suhrkamp taschenbuch 3611

Im rauhen Viertel der mexikanischen Einwanderer in East Los Angeles wächst Gregory Reeves als Gringo inmitten von Hispanos auf; als mittelloser Weißer lebt er zwischen zwei Welten, erleidet Niederlagen und Siege, boxt sich durch. Die großen Umbrüche der westlichen Gesellschaft prägen auch sein Leben, körperlich unversehrt, aber innerlich tief getroffen, kehrt er aus dem Vietnam-Krieg zurück. Mit rastlosem Karrierestreben, aufwendigem Leben und flüchtigen Liebschaften versucht er zu vergessen, daß in ihm noch eine tiefere Hoffnung auf Ruhe, auf inneren Frieden, auf Glück steckt.

»Isabel Allende schildert die amerikanische Gesellschaft mit sezierender Genauigkeit, wobei ihre lateinamerikanische Herkunft und ihre Liebe immer spürbar bleiben.« *die tageszeitung*

Isabel Allendes erstem Roman, dem Welterfolg *Das Geisterhaus* (1984, st 1676), schlossen sich die Romane *Von Liebe und Schatten* (1986, st 1735) und *Eva Luna* (1988, st 1897) an. 1990 erschienen die *Geschichten der Eva Luna* (st 2193), 1992 der Roman *Der unendliche Plan*, 1995 *Paula* (st 2840) und 1998 *Aphrodite. Eine Feier der Sinne* (st 3046). Mit den Romanen *Fortunas Tochter* (1999, st 3236) und *Porträt in Sepia* (2001, st 3487) findet die Trilogie um *Das Geisterhaus* ihren Abschluß. 2002 erschien der erste Teil einer Abenteuertrilogie, *Die Stadt der wilden Götter* (st 3595), der zweite Teil, *Im Reich des Goldenen Drachen*, erschien 2003; *Im Bann der Masken* (2004) lautet der Titel des letzten Teils. Persönliches erfährt man von der Autorin in dem Interviewband *Isabel Allende – Mein Leben, meine Geister* (2004, st 3625).

Isabel Allende, geboren 1942, arbeitete lange Zeit als Journalistin in Chile. Nach Pinochets Militärputsch ging sie ins Exil. Heute lebt sie mit ihrer Familie in Kalifornien.

Isabel Allende
Der unendliche Plan

Roman

Aus dem Spanischen von
Lieselotte Kolanoske

Suhrkamp

Die Originalausgabe erschien 1991 unter dem Titel
El Plan Infinito
bei Plaza & Janés, Barcelona.

Umschlagfoto: Alex Harris (Ausschnitt)

suhrkamp taschenbuch 3611
Erste Auflage dieser Ausgabe 2004

Druck: Ebner & Spiegel, Ulm
Printed in Germany
ISBN 3-518-45611-3

1 2 3 4 5 6 – 09 08 07 06 05 04

Der unendliche Plan

Meinem Gefährten William C. Gordon und den anderen Menschen, die mir die Geheimnisse ihres Lebens anvertrauten. Und meiner Mutter für ihre rückhaltlose Liebe.

I. A.

Dank dem Leben, das mir soviel gegeben hat, es hat mir das Lachen gegeben und es hat mir das Weinen gegeben . . .

Violeta Parra, Chile

Erster Teil

Sie zogen über die Straßen des Westens, ohne Eile, an kein Ziel gebunden, sie änderten die Richtung nach der Laune eines Augenblicks, nach dem warnenden Vorzeichen eines Vogelschwarms oder der Lockung eines unbekannten Namens folgend. Die Reeves machten in ihrem planlosen Umherschweifen nur halt, wenn die Müdigkeit sie überkam oder wenn sie jemanden trafen, der bereit war, ihre nicht greifbare Ware zu kaufen. Sie verkauften Hoffnung. So wanderten sie durch die Wüste, hierhin und dorthin, überschritten die Berge, und eines frühen Morgens sahen sie den Tag am Ufer des Pazifiks heraufziehen.

Mehr als vierzig Jahre später, während eines langen Bekenntnisses, in dem er sein Leben an sich vorüberziehen ließ und seine Irrtümer und seine Erfolge abwog, beschrieb Gregory Reeves mir seine früheste Erinnerung: ein kleiner Junge, er selbst, beim Pinkeln auf einer Anhöhe im Abendlicht, der Horizont rot und bernsteinfarben getönt von den letzten Strahlen der Sonne, hinter ihm die Hügelkuppen und unten eine weite Ebene, in der sein Blick sich verliert. Die warme Flüssigkeit rinnt heraus wie etwas seinem Körper und seinem Geist Wesenhaftes, jeder Tropfen, der in der Erde versickert, markiert das Gebiet mit seinem Zeichen. Er verzögert das Vergnügen, spielt mit dem Strahl, zeichnet einen zittrigen topasfarbenen Kreis in den Sand, er nimmt den unversehrten Frieden des Abends in sich auf, die Unendlichkeit der Welt erregt ihn zu einem Gefühl der Euphorie, weil er Teil ist dieser Landschaft, eines unermeßlichen zu erforschenden Raumes. In der Nähe wartet seine Familie auf ihn. Alles ist gut, zum erstenmal erlebt er bewußt das Glück: es ist ein Augenblick, den er nie vergessen wird. Im Laufe seines Lebens hat Gregory Reeves bei verschiedenen Gelegenheiten dieses Entzücken angesichts der erstaunlichen Dinge dieser Welt empfunden, dieses Gefühl, Teil eines herrlichen Ortes zu sein, wo alles möglich ist und wo jedes Ding, vom erhabensten bis zum schrecklichsten,

eine Daseinsberechtigung hat, nichts geschieht zufällig, nichts ist unnütz, wie sein Vater, in messianischem Eifer glühend, mit donnernder Stimme verkündete, eine zusammengerollte Schlange zu seinen Füßen. Und jedesmal, wenn dieser Funke des Verstehens in ihm aufblitzte, erinnerte er sich an jenen Sonnenuntergang auf dem Hügel.
Seine Kindheit war eine allzu reichlich mit Wirrnissen und Trübungen angefüllte Zeit, abgesehen von den Jahren, in denen er mit seiner Familie umherzog. Sein Vater, Charles Reeves, führte den kleinen Trupp mit Strenge und klaren Regeln – alle vereint, jeder erfüllt seine Pflicht, Belohnung und Strafe, Ursache und Wirkung, Disziplin, auf einer Reihe unwandelbarer Werte gegründet. Der Vater wachte wie das Auge Gottes. Die Fahrten bestimmten das Schicksal der Reeves, ohne ihren beständigen Zusammenhalt zu beeinträchtigen, denn die Richtlinien für ihr tägliches Leben waren genau festgelegt. Dies war der einzige Zeitraum, in dem Gregory sich sicher fühlte. Der Groll kam später, als der Vater nicht mehr da war und die Wirklichkeit unrettbar zu zerfallen begann.

Der Soldat hatte sich, den Brotbeutel auf dem Rücken, am Morgen auf den Weg gemacht, und am Mittag bereute er schon, daß er nicht den Bus genommen hatte. Er war fröhlich pfeifend losgezogen, aber als die Stunden dahingingen, tat ihm allmählich das Kreuz weh, und das Lied blieb in Verwünschungen stecken. Es war sein erster Urlaub nach einem Jahr Dienst im Pazifik, und er kehrte heim in seine kleine Stadt mit einer Narbe auf dem Bauch, den Nachwirkungen einer Malaria in den Knochen und so arm, wie er schon immer gewesen war. Er hatte einen Zweig geschultert, über dem sein Hemd hing, damit es ihm ein wenig Schatten bot, und seine Haut glänzte vor Schweiß wie ein dunkler Spiegel. Er gedachte jeden Augenblick dieser zwei Wochen zu nutzen, an den Abenden würde er mit den Freunden Billard spielen und mit den Mädchen tanzen gehen, die ihm auf seine Briefe geantwortet hatten, er würde sich gründlich ausschlafen und erwachen vom Duft frisch aufgebrühten Kaffees und der Pfannkuchen seiner Mutter, des einzigen appetitlichen Gerichts ihrer Küche, alles übrige roch nach verbranntem Gummi, aber wen kümmerte schon das kulinarische Können der schönsten Frau in hundert Meilen Umkreis, einer lebenden Legende mit den langen Gliedern einer Statue und den gelben Augen eines Leoparden.

Lange Zeit war er in dieser Einsamkeit keiner Menschenseele begegnet, da hörte er hinter sich das Knattern eines Motors, und als er sich umwandte, sah er in der Ferne die ungewissen Umrisse eines Lastwagens, die in der flirrenden Luft schwankten wie eine erschöpfte Fata Morgana. Er wartete, bis der Lastwagen herankam, weil er bitten wollte, ein Stück mitfahren zu dürfen, aber als er ihn von nahem sah, überlegte er es sich anders, erschreckt von der ungewöhnlichen Erscheinung – ein in grellen Farben angemaltes Vehikel, vollgeladen mit einem Berg von Siebensachen, den ein Käfig mit Hühnern und ein angeleinter Hund krönten, und auf dem Fahrerhaus ein Megaphon und ein Schild, auf dem in großen Lettern stand: DER UNENDLICHE PLAN. Er trat beiseite, um ihn vorbeirattern zu lassen, sah ihn aber wenige Meter weiter halten, und aus dem Fenster blickte eine Frau mit tomatenroten Haaren und machte ihm durch Zeichen klar, daß sie ihn mitnehmen wollten. Er wußte nicht recht, ob er sich freuen sollte, er ging vorsichtig näher, bis er in die Fahrerkabine hineinsehen konnte, und dachte, daß er unmöglich noch zusteigen konnte, denn dort saßen zusammengepfercht drei Erwachsene und zwei Kinder, und um auf den hinteren Teil des Lasters zu klettern, bedurfte es akrobatischer Geschicklichkeit. Da ging die Tür auf, und der Fahrer sprang auf die Straße.

»Charles Reeves«, stellte er sich höflich, aber mit unmißverständlicher Autorität vor.

»Benedict, Sir ... King Benedict«, antwortete der Junge und wischte sich die schweißnasse Stirn.

»Wir reisen ein bißchen unbequem, aber wo fünf reinpassen, passen auch sechs rein.«

Die Mitfahrer stiegen ebenfalls aus. Die Frau mit den roten Haaren entfernte sich in Richtung auf ein paar Büsche, ihr folgte ein kleines Mädchen von etwa sechs Jahren, das, um Zeit zu sparen, schon die Hose herunterließ, während der kleinere Junge, halb hinter der zweiten Frau versteckt, dem Fremden die Zunge herausstreckte. Charles Reeves zog an der Seite des Lastwagens eine Leiter herab, schwang sich behende auf die Ladung und band den Hund los, der mit einem verwegenen Satz zu Boden sprang und sofort herumrannte und die Bäume beschnüffelte.

»Die Kinder fahren gern hinten, aber allein dürfen sie das nicht, das ist zu gefährlich. Sie und Olga werden auf sie aufpassen. Wir nehmen Oliver nach vorn, damit er Sie nicht belästigt, er ist zwar noch ein junger Hund, aber er hat Tricks drauf wie ein alter«, entschied Charles Reeves und bedeutete dem Soldaten, aufzusteigen.

Der Soldat warf seinen Brotbeutel auf den Hügel der Habseligkeiten und kletterte hinauf, dann streckte er die Arme aus, um den kleinen Jungen in Empfang zu nehmen, den Reeves hoch über dem Kopf hielt. Es war ein mageres Bürschchen mit abstehenden Ohren und einem unwiderstehlichen Grinsen, bei dem sein Gesicht nur aus Zähnen zu bestehen schien. Als die Frau und das kleine Mädchen zurückkamen, stiegen auch sie hinten auf, Charles Reeves und die andere Frau setzten sich wieder in die Fahrerkabine, und gleich darauf fuhr der Lastwagen an.

»Ich heiße Olga, und dies sind Judy und Gregory«, stellte die Frau mit dem unmöglichen Haar vor und lockerte ihren Rockbund, während sie Äpfel und Kekse verteilte. »Auf die Kiste setzen Sie sich besser nicht, da ist die Boa drin, und Sie dürfen ihr nicht die Luftlöcher verstopfen«, fügte sie hinzu.

Der kleine Gregory hatte aufgehört, die Zunge herauszustrekken, als er begriffen hatte, daß der fremde Tramper aus dem Krieg kam, ein ehrfürchtiger Ausdruck löste die drolligen Grimassen ab, und er fing an, ihn über Kampfflugzeuge auszufragen, bis ihn die Müdigkeit übermannte. Der Soldat versuchte, sich mit der Rothaarigen zu unterhalten, aber sie antwortete nur einsilbig, und er fürchtete, ihr lästig zu fallen, wenn er weiterredete. Er begnügte sich damit, Songs aus seiner Gegend vor sich hin zu summen, und blickte hin und wieder verstohlen auf die geheimnisvolle Kiste, bis die andern auf dem Bündelstapel eingeschlafen waren und er sie ungestört betrachten konnte.

Das Haar der Kinder war weißblond und die Augen, wie er schon vorher bemerkt hatte, so hell, daß man sie, im Profil gesehen, fast für blind halten konnte, die Frau dagegen hatte die olivfarbene Haut, wie man sie am Mittelmeer findet. Die obersten Knöpfe ihrer Bluse standen offen, der Ausschnitt war schweißnaß, und feine Tropfen rannen zwischen ihren Brüsten hinab. Sie hatte einen Arm hoch auf eine Kiste gestützt, um dem Kopf Halt zu geben, und enthüllte dunkles Flaumhaar in der Achsel und einen feuchten Fleck auf dem Stoff darunter. Er wandte die Augen ab, weil er befürchtete, sie könnte ihn ertappen und seine Neugier übel auslegen. Bis jetzt waren diese Leute freundlich gewesen, überaus freundlich, dachte er, aber bei den Weißen konnte man nie sicher sein. Er nahm an, daß die Kinder den beiden anderen gehörten, obwohl sie, nach dem mutmaßlichen Alter der Reeves zu schließen, auch ihre Enkel sein konnten. Er musterte die Ladung und kam zu dem Schluß, daß die Leute nicht gerade die Wohnung wechselten, wie er anfangs geglaubt hatte, sondern daß dieser Lastwagen ihr ständiges Zuhause war. Er sah, daß sie einen Kanister mit mehreren Gallonen Wasser und einen anderen mit Kraftstoff mitführten, und fragte sich, wo sie das Benzin herbekamen, wenn es doch des Krieges wegen schon eine gute Zeit lang rationiert war. Alles war peinlich genau geordnet, an Nägeln und Haken hingen Geräte und Werkzeuge, exakt bemessene Fächer enthielten die Koffer, nichts lag lose herum, jedes Bündel war gekennzeichnet, und er entdeckte auch mehrere Kisten mit Büchern. Doch bald überwältigten ihn die Hitze und das Schaukeln des Wagens, und er schlief ein, gegen den Hühnerkäfig gelehnt.

Er wachte auf, als der Wagen hielt. Der kleine Junge, der über seinen Beinen lag, wog fast nichts, dennoch hatten sich seine Muskeln durch das Stillsitzen verkrampft, und die Kehle war ihm trocken. Ein paar Sekunden wußte er nicht, wo er war, er faßte in die Hosentasche, holte seinen Flachmann mit Whisky heraus und trank einen großen Schluck, um einen klaren Kopf zu bekommen. Die Sonne stand schon schräg, aber es war immer noch heiß. Die Frau und die Kinder waren staubbedeckt, und der Schweiß zeichnete ihnen Rinnen über Wangen und Hals. Charles Reeves war von der Straße abgebogen, und sie standen unter einer Gruppe von Bäumen, dem einzigen, was Schatten bot in dieser trostlosen Einöde. Hier würden sie lagern, damit der Motor abkühlte, aber am nächsten Tag würden sie ihn nach Hause fahren, erklärte Reeves dem Soldaten, der inzwischen ganz beruhigt war. Diese sonderbare Familie wurde ihm allmählich sehr sympathisch.

Reeves und Olga holten ein paar Bündel vom Wagen und schlugen zwei verwitterte Zelte auf, die andere Frau, die sich als Nora Reeves vorstellte, bereitete mit Hilfe ihrer kleinen Tochter auf einem ungefügen Petroleumherd das Essen zu, während der Junge, den Hund auf den Fersen, Holz für ein Lagerfeuer sammelte.

»Wollen wir Hasen jagen gehn, Papa?« bettelte er und zog an den Hosenbeinen seines Vaters.

»Heute ist dazu keine Zeit«, erwiderte Charles Reeves, griff sich ein Huhn aus dem Käfig und drehte ihm mit einem kräftigen Ruck den Hals um.

»Anderes Fleisch ist schwer zu bekommen. Die Hühner sparen wir für besondere Gelegenheiten auf«, erklärte Nora fast entschuldigend.

»Ist heute eine besondere Gelegenheit, Mama?« fragte Judy.

»Ja, Kind, Mister King Benedict ist unser Gast.«

Als es Abend wurde, war das Lager fertig, der Vogel schmorte im Kochtopf, und im Schein der Karbidlampen beschäftigte sich jeder, wie er mochte. Nora machte mit den Kindern Schularbeiten, Charles Reeves blätterte in einer abgegriffenen Ausgabe des ›National Geographic‹, und Olga fädelte bunte Glasperlen zu Halsketten auf.

»Die sind gut fürs Glück«, erklärte sie dem Gast.

»Und auch gut gegen Unsichtbarkeit«, fügte das kleine Mädchen hinzu.

»Wie denn das?«

»Wenn Sie anfangen, unsichtbar zu werden, dann hängen Sie sich einfach so eine Kette um, und alle können Sie wieder sehen«, erläuterte Judy.
»Hören Sie nicht drauf, das ist Kindergeschwätz«, sagte Nora Reeves lachend.
»Aber es ist wirklich wahr, Mama!«
»Widersprich deiner Mutter nicht«, wies Charles Reeves sie knapp zurecht.
Die Frauen deckten den Tisch – ein starkes Brett, darüber ein Tischtuch, feines Steingutgeschirr, Gläser und makellose Servietten. Ein solcher Aufwand erschien dem Soldaten nicht sehr praktisch für ein Zeltlager, bei ihm zu Hause aßen sie von Blechtellern, aber er verkniff sich jede Bemerkung. Er zog eine Fleischkonserve aus dem Beutel und schob sie schüchtern dem Gastgeber zu. Es sollte nicht so aussehen, als bezahlte er die Mahlzeit, aber er konnte auch nicht die Gastfreundschaft ausnutzen, ohne selbst etwas beizutragen. Charles Reeves stellte die Dose mitten auf den Tisch, neben die Bohnen, den Reis und die Schüssel mit dem Hühnchen. Alle faßten sich bei der Hand, und der Vater segnete die Erde, die sie aufgenommen hatte, und die Gabe der Nahrung. Alkoholische Getränke waren nirgends zu sehen, und der Gast traute sich nicht, seine Whiskyflasche hervorzuholen, denn er dachte, daß die Reeves vielleicht aus religiösen Gründen abstinent lebten. Ihm fiel allerdings auf, daß der Vater in seinem kurzen Gebet Gott nicht genannt hatte. Er bemerkte, daß sie sehr gesittet aßen, das Besteck zwischen den Fingerspitzen hielten, und doch hatten ihre Manieren nichts Geziertes. Nach dem Essen stellten sie das Geschirr in einen Bottich, um es am nächsten Tag abzuwaschen, deckten den Herd zu und gaben Oliver die Reste von den Tellern.
Inzwischen war tiefschwarz die Nacht hereingebrochen, und die Familie richtete sich rings um das Feuer ein, das die Mitte des Lagers erhellte. Nora Reeves hatte ein Buch geholt und las laut eine verwickelte Geschichte aus Ägypten vor, die die Kinder offenbar bereits kannten, denn Gregory unterbrach sie.
»Ich will nicht, daß Aida in dem Grab eingeschlossen wird und stirbt, Mama!«

»Es ist doch nur eine Oper, Junge.«
»Ich will aber nicht, daß sie stirbt!«
»Diesmal wird sie nicht sterben«, entschied Olga.
»Woher weißt du das?«
»Ich hab es in meiner Kugel gesehen.«
»Bist du sicher?«
»Ganz sicher.«
Nora Reeves blickte einigermaßen fassungslos in ihr Buch, als sähe sie sich einer unüberwindlichen Schwierigkeit gegenüber, wenn sie den Schluß ändern sollte.
»Was ist das für eine Kugel?« fragte der Soldat.
»Die Kristallkugel natürlich, in der Olga alles sieht«, erklärte Judy in einem Ton, als spräche sie zu einem geistig zurückgebliebenen Kind.
»Nicht alles, nur einige Dinge«, stellte Olga richtig.
»Können Sie meine Zukunft sehen?« fragte der Soldat so ängstlich bittend, daß sogar Charles Reeves von seiner Zeitschrift aufblickte.
»Was wollen Sie wissen?«
»Werde ich bis zum Ende des Krieges am Leben bleiben? Werde ich heil heimkehren?«
Olga ging zum Lastwagen und kam kurz darauf mit einer gläsernen Kugel und einem ausgebleichten Stück Tuch aus besticktem Samt zurück, das sie über den behelfsmäßigen Tisch breitete. Den Soldaten überlief ein abergläubischer Schauder, und er fragte sich, ob er etwa in eine dieser verfluchten Sekten geraten war, in so eine, die Säuglinge entführte, um ihnen bei ihrer satanischen Messe das Herz auszureißen, vor allem Negerkindern, wie die alten Frauen bei ihm zu Hause versicherten.
Judy und Gregory kamen neugierig näher, aber Nora und Charles vertieften sich wieder in ihre Lektüre. Olga bedeutete dem Soldaten, sich ihr gegenüberzusetzen, drehte die Kugel zwischen ihren Fingern mit den nachlässig lackierten Nägeln und spähte eine gute Zeit lang forschend hinein, dann nahm sie die Hände ihres Kunden und untersuchte aufmerksam die hellen, von dunklen Linien durchzogenen Handflächen.

»Sie werden zweimal leben«, sagte sie schließlich.
»Wieso denn zweimal?«
»Ich weiß es nicht. Ich weiß nur, daß Sie zweimal leben oder zwei Leben haben werden.«
»Das heißt, ich werde nicht im Krieg sterben?«
»Wenn Sie sterben, dann werden Sie bestimmt wiederauferstehen«, sagte Judy.
»Werde ich sterben oder nicht?«
»Ich glaube nicht«, sagte Olga.
»Danke, Madam, vielen Dank!« Sein Gesicht leuchtete auf, als hätte sie ihm eine unbegrenzte Aufenthaltsgenehmigung für sein Verbleiben auf dieser Welt überreicht.
Olga half den Kindern, die Pyjamas anzuziehen, und verschwand mit ihnen, gefolgt von Oliver, in dem kleineren Zelt. Kurz darauf hockte Nora Reeves sich vor die Zeltöffnung, um einen letzten Blick auf ihre Kinder zu werfen, bevor sie selber schlafen ging. Neben dem Feuer ausgestreckt, hörte Benedict ihre Stimmen.
»Mama, dieser Mann macht mir angst«, flüsterte Judy.
»Warum denn, Töchterchen?«
»Weil er schwarz ist wie ein Schuh.«
»Er ist nicht der erste Schwarze, den du siehst, Judy, du weißt doch, daß es Menschen in verschiedenen Farben gibt, und das ist gut so. Wir Weißen sind in der Minderzahl.«
»Ich sehe aber mehr Weiße als Schwarze, Mama.«
»Dies ist nur ein Stück von der Welt, Judy. In Afrika gibt es mehr Schwarze als Weiße. In China haben die Menschen eine gelbe Haut. Wenn wir südlich der Grenze lebten, würden wir seltene Vögel sein, die Leute würden vor deinen hellen Haaren verblüfft stehenbleiben.«
»Jedenfalls fürchte ich mich vor diesem Mann.«
»Die Haut hat gar nichts zu sagen. Sieh ihm in die Augen. Er scheint ein guter Mensch zu sein.«
»Er hat die gleichen Augen wie Oliver«, erklärte Gregory und gähnte ausgiebig.

Gegen Ende des Zweiten Weltkrieges wurde das Leben auch für die Amerikaner hart. Die Männer gingen noch immer mit einer gewissen abenteuerlustigen Begeisterung an die Front, aber für die Frauen machte die patriotische Propaganda das Alleinsein nicht erträglicher. Für sie war Europa dort in der Ferne ein Albdruck, sie waren der Rationierung überdrüssig, sie hatten es satt, zu arbeiten, um die Familie durchzubringen, satt, die Kinder allein aufzuziehen. Ein Aufschwung war nirgends zu sehen, und noch immer wanderten sie über die Landstraßen, die Farmer auf der Suche nach neuem Land, der weiße Unrat, wie sie genannt wurden, um sie von den andern zu unterscheiden, die ebenso arm waren wie sie, aber noch schlimmer gedemütigt: die Neger, die Indianer und die mexikanischen Tagelöhner. Obwohl der Lastwagen und seine Ladung die einzigen irdischen Besitztümer der Reeves waren, waren sie doch in einer besseren Position, erschienen sie weder unbeholfen noch verzweifelt, waren ihre Hände frei von Schwielen, und die Haut, wenn auch in Wind und Wetter abgehärtet, war kein ausgetrocknetes Schuhleder wie die der Feldarbeiter. Wenn sie die Staatsgrenzen überschritten, behandelten die Polizisten sie ohne Überheblichkeit, denn sie verstanden die feinen Nuancen der Armut zu unterscheiden, und an diesen Reisenden entdeckten sie keine Spur von Unterwürfigkeit. Sie zwangen sie nicht, den Lastwagen abzuladen und die Bündel zu öffnen, wie sie es bei den Farmern taten, die durch die Sandstürme, die Dürren oder die Maschinen des Fortschritts von ihrem Land vertrieben worden waren, sie reizten sie auch nicht durch beleidigende Schimpfworte zum Aufmucken, um dann einen Vorwand zu haben, sie zu verprügeln wie die Latinos, die Neger und die wenigen Abkömmlinge der Indianer, die die Massaker überlebt hatten und nicht am Alkohol zugrunde gegangen waren – sie beschränkten sich darauf, sie zu fragen, wohin sie fuhren. Charles Reeves, ein Mann mit asketischem Gesicht und glühendem Blick, der schon allein durch seine Gegenwart Respekt einflößte, pflegte zu erwidern, er sei Künstler und bringe seine Gemälde in die nächste Stadt, um sie dort zu verkaufen. Seine andere Ware erwähnte er nicht, um

keine Verwirrung zu stiften und sich nicht genötigt zu sehen, lange Erklärungen abzugeben.
Charles Reeves war in Australien geboren, und nachdem er auf Schiffen von Schiebern, Schmugglern und Schwarzhändlern die halbe Welt befahren hatte, ging er eines Abends in San Francisco an Land. Von hier rühre ich mich nicht mehr weg, beschloß er, doch seine unstete Natur ließ es nicht zu, daß er ruhig an einem festen Ort verblieb, und kaum hatte sich sein Staunen über die ungewohnten Wunderdinge in dieser Stadt erschöpft, brach er auf zu seiner Wanderung durch das ganze Land. Sein Vater, ein Pferdedieb, der zur Strafverbüßung nach Sydney deportiert worden war, hatte in ihm die Begeisterung für die großen offenen Räume geweckt, den freien Himmel trägt man im Blut, pflegte er zu sagen. Charles Reeves, verliebt in die Weiten und die heroische Legende von der Eroberung des Westens, malte Indianer und Cowboys und unendliche Landschaften. Von seiner kleinen Bilderindustrie und von Olgas Wahrsagekünsten lebte die Familie.
Charles Reeves, Doktor der Göttlichen Wissenschaften – so stellte er sich selbst vor –, hatte in einer mystischen Offenbarung den Sinn des Lebens entdeckt. Wie er erzählte, hatte er sich wie Jesus von Nazareth einsam in der Wüste befunden, als ein MEISTER sich in der Gestalt einer Viper materialisierte und ihn in den Knöchel biß – hier sehen Sie die Narbe! Zwei Tage lang lag er in Agonie, und als er spürte, wie die Kälte des Todes ihm von den Beinen durch den Leib ins Herz hinaufkroch, dehnte sich sein Verstand, und vor seinen fieberheißen Augen erschien die vollständige Karte des Universums mit seinen Gesetzen und seinen Geheimnissen. Als er erwachte, war er von dem Gift geheilt, und sein Geist hatte eine höhere Ebene erreicht, von der er nicht wieder hinabzusteigen gedachte. Während jenes erleuchtenden Deliriums hatte der Meister ihm befohlen, Die Einzige Wahrheit Des Unendlichen Plans zu verbreiten, und das tat er gehorsam und voller Hingabe, trotz der großen Unannehmlichkeiten, die diese Mission ihm brachte, wie er seinen Zuhörern stets versicherte. So oft wiederholte er die Geschichte, bis er sie schließlich selber

glaubte und sich nicht mehr erinnerte, daß die Narbe von einem Fahrradunfall herrührte.
Seine Predigten und seine Bücher brachten nur sehr wenig Geld ein, kaum genug, um den Raum für die Versammlungen zu mieten und seine Werke in kleinen, billig hergestellten Auflagen herauszubringen. Der Prediger verseuchte sein geistiges Labor nicht mit gemeinen kommerziellen Zielsetzungen, wie es so viele Scharlatane taten, die in jener Zeit durch das Land zogen und die Menschen mit dem Zorn Gottes schreckten, um ihnen ihre kärglichen Ersparnisse abzugaunern. Er griff auch nicht zu dem niederträchtigen Mittel, das Publikum bis zur Hysterie zu verängstigen, er hielt seine Zuhörer nicht an, den Bösen durch Schaum vorm Mund und Auf-dem-Boden-Wälzen auszutreiben, schon deshalb nicht, weil er die Existenz Satans leugnete und weil diese skandalösen Szenen ihn abstießen. Er nahm einen Dollar Eintritt für seine Predigten und weitere zwei Dollar am Ausgang, denn an der Tür wachten Nora und Olga mit einem Stapel seiner Bücher, und niemand getraute sich, daran vorbeizugehen, ohne ein Exemplar zu erstehen. Drei Dollar waren keine übertrieben hohe Summe, wenn man bedachte, welchen wohltätigen Gegenwert sie dafür erhielten – sie gingen getröstet heim in der Gewißheit, daß ihr Unglück Teil eines göttlichen Planes war, so wie ihre Seelen Partikel der allumfassenden Energie waren, sie waren nicht verlassen, und der Kosmos war kein schwarzer Raum, wo das Chaos herrschte, es existierte ein Großer Einigender Geist, der dem Leben Sinn gab. Um seine Predigten vorzubereiten, bediente er sich der Informationsbrocken, die ihm zugänglich waren, seiner Erfahrung und seiner sicheren Intuition neben der Lektüre seiner Frau und seinen eigenen Erkundungen in der Bibel und im ›Reader's Digest‹.
Während der großen Depression hatte er sich seinen Lebensunterhalt damit verdient, daß er in den Postämtern die Wände ausmalte. So lernte er fast das ganze Land kennen, von den heißen, feuchten Landstrichen, wo man noch die Wehklage der Sklaven nachhallen hörte, bis zu den schneebedeckten Bergen und den großen Wäldern, aber stets kehrte er in den Westen

zurück. Er hatte seiner Frau versprochen, daß ihre Pilgerfahrt in San Francisco enden werde, wo sie an einem strahlenden Sommertag in einer hypothetischen Zukunft ankommen würden, und dann würden sie zum letztenmal den Lastwagen abladen und sich für immer niederlassen.

Wenn auch die Wandmalerei für die Post seit langem beendet war, gelang es ihm doch gelegentlich, andere Aufträge zu bekommen, etwa ein Aushängeschild für ein Geschäft oder ein religiöses Bild für eine Pfarrgemeinde zu malen. Dann hielten sich die Wanderer eine Zeitlang am selben Ort auf, und die Kinder konnten sich mit anderen Kindern anfreunden. Vor denen prahlten sie mit ihren Erlebnissen und verstrickten sich dabei in so gewaltige Übertreibungen und Lügen, daß sie zum Schluß selbst zitterten bei der Vorstellung von Bären und Kojoten, die nachts über sie herfielen, von Indianern, die sie verfolgten, um ihnen den Skalp abzuschneiden, und von Straßenräubern, gegen die ihr Vater mit dem Gewehr in der Hand kämpfte. Charles Reeves' Pinseln entsprossen mit verblüffender Leichtigkeit die vielfältigsten Gestalten, von der üppigen Blondine mit der Bierflasche in der Hand bis zu einem dräuenden, die Gesetzestafeln umklammernden Moses, aber diese Art Arbeiten wurde nicht häufig verlangt, im allgemeinen gelang es ihm nur, bescheidene, gemeinsam mit Olga hergestellte Bilder zu verkaufen. Er malte am liebsten die Natur, die ihn begeisterte, Felsen wie rote Kathedralen, ausgedörrte Wüstenflächen und schroff abfallende Steilküsten, aber kein Mensch kaufte, was er ohnedies vor Augen hatte – wozu sollte er sich etwas an die Wand hängen, was er jeden Tag durchs Fenster sah? Der Kunde wählte im ›National Geographic‹ die Landschaft aus, die seinem Traumbild am nächsten kam oder deren Farben zu den abgenutzten Möbeln in seinem Wohnzimmer paßten. Ein Aufschlag von vier Dollar gab ihm das Recht auf einen Cowboy oder einen Indianer, und das Ergebnis war eine federngeschmückte Rothaut auf den eisigen Hochflächen Tibets oder zwei Cowboys mit breitkrempigen Hüten und hochhackigen Stiefeln im Zweikampf auf dem perlmuttfarbenen Sand eines polynesischen Strandes. Olga brauchte nicht lange, um die

Landschaft aus der Zeitschrift abzumalen, Reeves schaffte die menschliche Figur in wenigen Minuten aus dem Gedächtnis, und der Käufer bezahlte und ging mit dem Kunstwerk davon, auf dem das Öl noch nicht trocken war.

Gregory Reeves hätte geschworen, daß Olga immer bei ihnen gewesen war. Viel später begann er zu fragen, welches ihre Rolle in der Familie war, aber niemand mochte ihm antworten, denn zu jener Zeit war gerade sein Vater gestorben, und keiner rührte das Thema an. Nora und Olga hatten sich auf dem Flüchtlingsschiff kennengelernt, das sie von Odessa über den Atlantik nach Nordamerika brachte. Sie hatten sich dann viele Jahre aus den Augen verloren, und als der Zufall sie wieder zusammenführte, war Nora schon verheiratet, und Olga betrieb ihren Beruf als Heilkundige mit wachsendem Erfolg. Untereinander sprachen sie Russisch. Sie waren völlig verschieden, so introvertiert und scheu die eine war, so überschäumend weltoffen war die andere. Nora, mit langen Gliedern und langsamen Bewegungen, hatte ein Katzengesicht und steckte ihr langes, fahlblondes Haar zu einem Knoten auf, sie benutzte kein Make-up, verzichtete auf Schmuck und sah immer frisch und gepflegt aus. Auf diesen staubigen Fahrten, wo das Wasser oftmals zu knapp war, um sich zu waschen, und wo man kein Kleid bügeln konnte, brachte sie es fertig, so tadellos sauber zu erscheinen wie ihr gestärktes weißes Tischtuch. Ihre verschlossene Wesensart trat mit den Jahren immer stärker zutage, mehr und mehr löste sie sich von der Erde und erhob sich in eine Region, wohin niemand ihr folgen konnte.

Olga, mehrere Jahre jünger, war eine kleine, gutgewachsene Brünette mit vollen Rundungen, schmaler Taille und kurzen, aber wohlgeformten, frechen Beinen. Eine wilde Haarmähne, mit Henna gefärbt, fiel ihr auf die Schultern wie eine extravagante Perücke in verschiedenen Rottönen. Sie behängte sich mit so vielen Glasperlenketten, daß sie aussah wie ein aufgeputztes Götzenbild, ein Anblick, der ihr bei ihren hellseherischen Betätigungen sehr zustatten kam. Die gläserne Kugel und die Tarotkarten wuchsen wie natürliche Verlängerungen

aus ihren Händen hervor, deren Finger sämtlich Ringe trugen. Sie kannte nicht die geringste intellektuelle Wißbegier, sie las nur die Verbrechen in der Sensationspresse und den einen oder anderen Liebesroman, und sie dachte auch nicht daran, ihre hellseherischen Fähigkeiten durch ein systematisches Studium auszubilden, weil sie sie als angeborenes Talent betrachtete. Entweder man hat's oder man hat's nicht, sagte sie, es hat gar keinen Zweck, wenn man versucht, es sich durch Bücher anzueignen.
Von Magie, Astrologie, Kabbala und anderen ihrem Gewerbe zugehörigen Stoffen wußte sie fast gar nichts, sie kannte kaum die Namen der Tierkreiszeichen, aber in dem Augenblick, wo sie ihre gläserne Kugel oder ihre markierten Karten benutzte, vollzog sich so etwas wie ein Wunder. Nicht Geheimwissenschaften waren ihre Sache, sondern die Kunst der Phantasie, die zum größten Teil zusammengesetzt war aus Intuition und Schlauheit. Sie war in aller Unschuld überzeugt von ihren übernatürlichen Kräften, sie hätte ihren Kopf verwettet für ihre Prophezeiungen, und wenn sie versagte, hatte sie immer flink eine einleuchtende Erklärung parat, die im allgemeinen auf eine falsche Deutung ihrer Worte hinauslief. Sie nahm einen Dollar im voraus, um das Geschlecht des Kindes im Mutterleib weiszusagen. Dazu ließ sie die Frau sich auf dem Boden ausstrekken, den Kopf gen Norden, legte ihr eine Münze in den Nabel und hielt darüber ein Ende Nylonschnur, an dem ein Stück Blei hing. Wenn dieses behelfsmäßige Pendel in Uhrzeigerrichtung schwang, würde ein Knabe geboren werden, schwang es in der entgegengesetzten Richtung, wurde es ein Mädchen. Dieselbe Methode wandte sie bei trächtigen Kühen und Stuten an, wobei sie das Pendel über die Kruppe hielt. Sie sagte ihren Urteilsspruch, schrieb ihn auf ein Stück Papier und verwahrte es als unwiderleglichen Beweis.
Eines Tages kamen sie in einen kleinen Ort, in dem sie Monate zuvor schon einmal gewesen waren. Eine Frau lief herbei, begleitet von einem Häufchen unfreundlich gesinnter Neugieriger, und verlangte ihren Dollar zurück.
»Sie haben mir versprochen, ich würde einen Jungen kriegen,

und sehn Sie, was rausgekommen ist, ein Mädchen! Und dabei hab ich schon drei!«
»Das kann nicht sein! Sind Sie sicher, daß ich Ihnen einen Knaben vorausgesagt habe?«
»Klar, wie sollte ich wohl nicht wissen, was Sie mir gesagt haben, wo ich doch dafür bezahlt habe!«
»Sie haben mich falsch verstanden!« erklärte Olga nachdrücklich.
Sie kletterte auf den Lastwagen, wühlte eine Weile in ihrem Koffer und förderte ein Stück Papier zutage, das sie den Anwesenden zum Lesen hinhielt und auf dem nur ein Wort geschrieben stand: Mädchen. Ein tiefer Seufzer der Verwunderung ging durch die Zuschauer, die Mutter eingeschlossen, die sich verwirrt den Kopf kratzte. Olga brauchte den Dollar nicht zurückzugeben, und ihr Ruf als Hellseherin war nun nicht mehr zu erschüttern, der Abend reichte ihr nicht, sie mußte einen Teil der Nacht zu Hilfe nehmen, um die Kunden zu bedienen, die Schlange standen und entschlossen waren, sich ihr Schicksal deuten zu lassen.
Unter den Amuletten und Mixturen, die sie anzubieten hatte, war am begehrtesten ihr »magnetisiertes Wasser«, eine wundertätige Flüssigkeit, die in plumpe grüne Flaschen gefüllt war. Sie erklärte, es handle sich um gewöhnliches Wasser, das aber über heilende Kräfte verfüge, weil es mit psychischen Strömungen gesättigt sei. Diese Handlung nahm sie in Vollmondnächten vor, und wie Judy und Gregory festgestellt hatten, tat sie weiter nichts, als die Flaschen zu füllen, sie mit einem Korken zu verschließen und die Etiketts draufzukleben, aber sie versicherte, während sie das tue, lade sie das Wasser mit positiver Kraft auf, und das mußte wohl wahr sein, denn die Flaschen verkauften sich wie warme Semmeln, und die Käufer beklagten sich nie über mangelnden Erfolg. Das Wasser leistete vielfältige Dienste, je nachdem, wie man es anwendete: Trank man es, reinigte es die Nieren, rieb man es ein, linderte es arthritische Schmerzen, wusch man das Haar damit, verbesserte es die geistige Konzentration, aber es hatte keine Wirkung bei Liebesdramen, wie sie sich aus Eifersucht, Ehebruch oder

ungewolltem Ledigsein ergaben, in diesem Punkt war die Heilerin ganz freimütig und machte die Käufer stets darauf aufmerksam.
So peinlich genau wie bei ihren Rezepten war sie auch in Geldangelegenheiten, sie behauptete, ein gutes Mittel, das nichts koste, gebe es nicht, doch wenn sie einer Gebärenden beistand, nahm sie kein Geld. Sie liebte es, den kleinen Geschöpfen auf die Welt zu helfen, nichts war dem Augenblick vergleichbar, in dem das Köpfchen des Neugeborenen in der blutigen Öffnung der Mutter erschien. Sie bot ihre Dienste als Hebamme auf den abgeschiedenen Farmen und in den ärmsten Gegenden der Städte an, vor allem in den Negervierteln, wo die Vorstellung, in einem Krankenhaus niederzukommen, noch ungewohnt war. Während sie neben der zukünftigen Mutter wartete, säumte sie Windeln oder strickte Strümpfchen für das Kind, und bei diesen Gelegenheiten sänftigte sich ihr verschminktes Zauberinnengesicht. Der Ton ihrer Stimme veränderte sich, wenn sie ihrer Patientin in den schwersten Stunden Mut zusprach und wenn sie dem Säugling, den sie ins Leben geholt hatte, das erste Wiegenlied sang. Nach ein paar Tagen, wenn Mutter und Kind einander kennengelernt hatten, kehrte sie zu den Reeves zurück, die in der Nähe lagerten. Beim Abschied schrieb sie den Namen des Kindes in ein Heft, die Liste war lang, und alle darin Verzeichneten nannte sie ihre Patenkinder. Geburten bringen Glück, war ihre schroffe Erklärung dafür, daß sie sich ihre Dienste nicht bezahlen ließ.
Zu Nora hatte sie ein schwesterliches Verhältnis und das einer nörglerischen Tante zu Judy und Gregory, die sie als ihre Neffen ansah. Mit Charles Reeves ging sie um wie mit einem Freund und Teilhaber in einer Mischung aus Dreistigkeit und Gutmütigkeit. Nie sah man sie sich berühren, sie schienen sich nicht einmal anzublicken, aber sie handelten als Team, nicht nur in dem Bildergeschäft, sondern in allem, was sie gemeinsam taten. Beide verfügten über die Ausgaben und die Geldmittel der Familie, bestimmten an Hand der Landkarte die Fahrtrouten und gingen auf die Jagd, wobei sie für Stunden waldeinwärts verschwanden. Sie achteten einander, sie lachten über

dieselben Dinge, Olga war unabhängig, abenteuerlustig und von genauso entschlossenem Charakter wie der Prediger, sie war aus dem gleichen Stahl geschmiedet, deshalb beeindruckten sie weder das Charisma noch die künstlerische Begabung dieses Mannes. Charles Reeves' maskuline Kraft, die später auch seinen Sohn Gregory auszeichnen sollte, war das einzige, was sie gelegentlich bezwang.

Nora Reeves war eines jener Geschöpfe, die für die Stille bestimmt sind. Ihre Eltern, russische Juden, hatten ihr die beste Erziehung zukommen lassen, die sie sich leisten konnten. Sie hatte ihr Lehrerinnendiplom gemacht, und wenn sie auch ihren Beruf aufgegeben hatte, als sie heiratete, hielt sie sich doch geistig in Form und bildete sich in Geschichte, Geographie und Mathematik weiter, um ihre Kinder unterrichten zu können, denn bei dem Zigeunerleben, das sie führten, war es unmöglich, sie in die Schule zu schicken. Wenn sie unterwegs waren, las sie Zeitschriften und esoterische Bücher, aber sie maßte sich nicht an, diese Lektüre zu analysieren, sie beschränkte sich darauf, das Gelesene als Information an den Doktor der Göttlichen Wissenschaften weiterzugeben, damit er es verwendete. Ihr kam nie der geringste Zweifel daran, daß ihr Mann mit psychischen Kräften ausgestattet war, vermöge deren er das Verborgene sehen und die Wahrheit enthüllen konnte dort, wo die üblichen Sterblichen nur auf Dunkel stießen. Sie hatten sich kennengelernt, als beide nicht mehr jung waren, und ihre Beziehung zueinander war die reifer, wohlerzogener Menschen.

Nora taugte nicht für das praktische Leben, sie verlor sich in Träume von einer anderen Welt, sie war mehr mit den Möglichkeiten des Geistes beschäftigt als mit dem lästigen Alltagskram. Sie liebte die Musik, und die glanzvollsten Höhepunkte in ihrem anspruchslosen Dasein waren einige Opern, die sie in ihrer Jugend gehört und gesehen hatte. Sie bewahrte jede Einzelheit dieser Aufführungen im Gedächtnis, sie konnte die Augen schließen und den strahlenden Stimmen lauschen, sie ließ sich erschüttern von den tragischen Leidenschaften der handelnden Personen und erinnerte sich sogar an die Farben und Stoffe der Kostüme und der Dekorationen. Sie las Libretti und stellte sich jede Szene als Teil ihres eigenen Lebens vor, die ersten Märchen, die ihre Kinder hörten, waren die Geschichten vom verfemten Lieben und unvermeidlichen Sterben aus der Opernliteratur der Welt. In diesen überspannt romantischen Bereich flüchtete sie sich, wenn die gemeine Wirklichkeit sie niederdrückte.

Charles Reeves seinerseits hatte alle Meere befahren und sich mit verschiedenen Jobs über Wasser gehalten, er hatte mehr Abenteuer auf seinem Konto, als er je hätte zählen können, einige gescheiterte Liebschaften hinter sich und etliche hier und dort gesäte Kinder, von denen er nichts wußte. Als Nora ihn sah, wie er vor einer Gruppe von sprachlos staunenden Gläubigen einen Vortrag hielt, hatte sie sich in ihn verliebt. Sie hatte sich schon in ihr Schicksal als alte Jungfer gefügt wie so viele Frauen ihrer Generation, denen kein Zufall einen Bräutigam vorgesetzt hatte und die nicht beherzt genug waren, sich aufzumachen und einen zu suchen, aber diese plötzliche Verliebtheit in schon vorgerücktem Alter gab ihr den Mut, ihre natürliche Zurückhaltung zu überwinden.

Der Prediger hatte einen Saal in der Nähe der Schule gemietet, an der sie unterrichtete, und Werbezettel verteilt, als sie ihn zum erstenmal erblickte. Sein feines Gesicht und seine entschiedene Haltung beeindruckten sie, aus Neugier ging sie zu der Veranstaltung, darauf gefaßt, einen der üblichen Scharlatane zu hören, die herumreisten, ohne mehr Spuren zu hinterlassen als ein paar ausgebleichte Plakate an den Wänden, aber sie erlebte eine Überraschung.

Vor seinem Publikum stehend, einer Orange gegenüber, die an einem Faden von der Decke hing, erklärte Reeves die Stellung des Menschen im Universum und den Unendlichen Plan. Er drohte nicht mit Strafen und versprach auch nicht das ewige Heil, er beschränkte sich darauf, praktische Lösungen anzubieten, um das Zusammenleben zu verbessern, die Angst zu lindern und die Rohstoffquellen zu schützen. Alle Geschöpfe können und müssen in Harmonie leben, versicherte er, und um es zu beweisen, klappte er die Kiste mit der Boa auf und wand sie sich um den Leib wie einen Feuerwehrschlauch, zum fassungslosen Staunen der Zuschauer, die noch nie eine so lange und so dicke Schlange gesehen hatten.

An diesem Abend hatte Charles Reeves die unklaren Gefühle, die Nora belasteten und die sie nicht auszudrücken wußte, in Worte gefaßt. Sie hatte vor Jahren die Lehren Bahá Ullahs entdeckt und die Bahai-Religion angenommen. Diese orientalischen Gedanken von der liebevollen Toleranz, der Einigkeit unter den Menschen, der Suche nach der Wahrheit und der Ablehnung von Vorurteilen stießen sich hart mit ihrer starren jüdischen Erziehung und mit der provinziellen Enge ihrer Umgebung, aber als sie Reeves hörte, erschien ihr alles leicht. Es war ganz unnötig, sich mit jenen grundlegenden Widersprüchen den Kopf heiß zu machen, denn dieser Mann wußte die Antworten und konnte ihr als Führer dienen. Geblendet von der Geläufigkeit seiner Rede, achtete sie nicht auf die Verschwommenheit des Inhalts. Sie war so bewegt, daß sie ihre Schüchternheit überwand und an ihn herantrat, als sie ihn allein stehen sah, um ihn zu fragen, ob er über den Bahai-Glauben unterrichtet war, und ihm, falls er es nicht sein sollte, die Werke von Shogi Effendi anzubieten.

Der Doktor der Göttlichen Wissenschaften kannte die erregende Wirkung seiner Vorträge auf manche Frauen und zögerte nie, seinen Vorteil zu nutzen, doch die Lehrerin zog ihn auf andere Weise an. In ihr war etwas Klares, etwas Transparentes, das nicht nur Unschuld war, sondern echte Redlichkeit, ein Charakterzug, leuchtend, lauter und unbefleckt wie Eis. Er wünschte nicht nur, sie in die Arme zu nehmen, wenn dies auch sein erster Impuls gewesen war, als er ihr fremdartiges dreieckiges Gesicht mit den Sommersprossen sah, sondern er wollte auch in die kristallinische Materie dieser Unbekannten eindringen und die schlummernde Glut ihres Geistes entfachen. Er schlug ihr vor, mit ihm weiterzureisen, und sie willigte sofort ein und hatte dabei das Gefühl, nun sei sie ein für allemal bei der Hand genommen worden. In diesem Augenblick, als sie sich die Möglichkeit vorstellte, ihm ihre Seele zu überantworten,

begann der Prozeß der Selbstaufgabe, der ihr Schicksal kennzeichnen sollte.
Sie ging, ohne von irgend jemandem Abschied zu nehmen, mit einer Tasche voller Bücher als einzigem Gepäck. Als sie nach einigen Monaten feststellte, daß sie schwanger war, heirateten sie. Falls es wirklich ein glimmendes Feuer unter ihrem leidenschaftslosen Äußeren gab, dann wußte das nur ihr Mann. Gregory wurde sein Leben lang von derselben Neugier geplagt, die Charles Reeves in jenem gemieteten Saal der armseligen Kleinstadt im Mittelwesten gereizt hatte. Tausendmal versuchte er, die Mauern einzureißen, hinter denen seine Mutter sich verschloß, und an ihre Gefühle zu rühren, doch da es ihm nie gelang, entschied er schließlich, daß es nichts gab in ihrem Innern, daß sie leer war und unfähig, einen bestimmten Menschen zu lieben, allenfalls bezeigte sie eine unbestimmte Sympathie für die Menschheit im allgemeinen.
Nora gewöhnte sich daran, von ihrem Mann abhängig zu sein, sie wurde ein passives Wesen, das nur aus dem Reflex handelte, während die Seele den stofflichen Dingen auswich. So stark war die Persönlichkeit dieses Mannes, daß die Frau, um ihr Raum zu geben, sich mehr und mehr aus der Welt zurücknahm, ein Schatten wurde. Sie hatte ihren Anteil an den Gewohnheiten des Zusammenlebens, aber wenig an der Tatkraft der kleinen Gruppe, sie kümmerte sich nur um den Unterricht der Kinder und um Dinge der Hygiene und der Gesundheit. Nachdem sie seinerzeit mit dem Einwandererschiff ins Land gekommen war, hatte sie einige schwere Jahre durchgemacht, in denen sie sich nur mangelhaft und schlecht ernährt hatte. Diese Zeit der Entbehrung und des Hungers saß ihr wie ein Stachel im Gedächtnis, und nun legte sie einen übersteigerten Wert auf nahrhafte Kost und Vitamintabletten.
Ihren Kindern erklärte sie einige Lehrsätze des Bahai-Glaubens in demselben Ton, in dem sie ihnen das Lesen beibrachte oder die Namen der Sterne hersagte, ohne das geringste Verlangen, sie zu überzeugen. Nur wenn sie von Musik sprach, konnte sie sich bis zur Begeisterung erwärmen, das waren die einzigen Gelegenheiten, bei denen ihre Stimme Leben gewann

und ihre Wangen sich röteten. Später willigte sie dann ein, die Kinder im katholischen Glauben erziehen zu lassen, wie es üblich war in dem spanischen Viertel, in dem sie zu jener Zeit wohnten, denn sie begriff die Notwendigkeit, daß Judy und Gregory sich ihrer Umwelt anpaßten. Sie mußten schon mit zu viel Unterschieden in Herkunft und Gebräuchen fertig werden, als daß man sie auch noch mit unbekannten Religionen wie dem Bahai-Glauben hätte quälen dürfen. Ohnedies waren für Nora alle Religionen im Grunde gleich, ihr ging es nur um die moralischen Werte. Gott befand sich auf jeden Fall jenseits menschlichen Begreifens, es genügte zu wissen, daß Himmel und Hölle Sinnbilder für das Verhältnis der Seele zu Gott waren: Nähe zum Schöpfer führt zu Güte und sanfter Freude, Fernsein von Gott verursacht Schlechtigkeit und Leiden.
Im Gegensatz zu ihrer religiösen Toleranz gab sie in den Fragen von Anstand und Höflichkeit kein Tüpfelchen nach, ihren Kindern wusch sie den Mund mit Seife, wenn sie gemeine Wörter gebraucht hatten, und gab ihnen nichts zu essen, wenn sie die Gabel falsch benutzten, aber weitere Strafen waren Sache des Vaters, sie beschränkte sich auf die Anklage. Eines Tages ertappte sie Gregory dabei, wie er in einem Laden einen Bleistift stahl, und erzählte es Charles. Der zwang das Kind, den Bleistift zurückzugeben und sich zu entschuldigen, und verbrannte ihm dann vor Noras unbewegtem Gesicht die Handfläche mit der Flamme eines Streichholzes. Gregory tat die Wunde eine Woche lang sehr weh, dann vergaß er irgendwann den Grund für die Strafe und wer sie ihm zugefügt hatte, aber eines behielt er im Gemüt, und das war der tiefe Groll auf seine Mutter. Viele Jahrzehnte später, als er sich mit ihrem Bild ausgesöhnt hatte, konnte er ihr stillschweigend danken für die drei wichtigsten Güter, die sie ihm hinterlassen hatte: Liebe zur Musik, Toleranz und Ehrgefühl.

Es herrscht eine unbarmherzige Hitze, der Boden ist ausgedörrt, seit Urzeiten hat es nicht geregnet, und die Welt scheint mit einem feinen rötlichen Puder bedeckt. Ein gnadenloses Licht verzerrt die Umrisse der Dinge, der Horizont verliert sich im Staubdunst. Es ist eine dieser kleinen Städte ohne Namen, die genauso aussieht wie viele andere, eine lange Straße, ein Imbiß, eine einsame Benzinpumpe, ein Polizeiposten, die ewig gleichen schäbigen Holzhäuser, eine Schule, auf deren Dach eine von der Sonne ausgebleichte Fahne hängt. Staub und nichts als Staub.

Meine Eltern sind in ein Geschäft gegangen, um die Vorräte für die Woche einzukaufen, Olga paßt auf Judy und mich auf. Niemand geht über die Straße, die Fensterläden sind geschlossen, die Leute warten, bis es kühler wird, ehe sie wieder munter werden. Meine Schwester und Olga dösen auf einer Bank unter dem Vordach des Geschäfts, betäubt von der Hitze. Die Fliegen plagen sie, aber sie wehren sie schon nicht mehr ab, wenn sie ihnen übers Gesicht krabbeln. Durch die Luft zieht der unerwartete Wohlgeruch von geröstetem Zucker. Große blaugrüne Eidechsen liegen unbeweglich in der Sonne, aber wenn ich sie zu fangen versuche, entwischen sie unter die Häuser.

Ich bin barfuß und fühle die heiße Erde unter den Fußsohlen. Ich spiele mit Oliver, werfe ihm ein zerbissenes Lumpenknäuel zu, er bringt es mir, ich werfe es wieder, und so entferne ich mich allmählich von dem Geschäft, biege um eine Ecke und stehe in einer engen Gasse, die halb im Schatten der ländlichen Hausvordächer liegt. Ich sehe zwei Männer, einer ist stämmig, und seine Haut ist rot gebrannt, der andere hat gelbblondes Haar. Sie tragen Arbeitsoveralls, ihre Hemden und ihre Haare sind schweißverklebt. Der Stämmige hat ein kleines schwarzes Mädchen gepackt, sie kann nicht älter als zehn, zwölf Jahre sein. Mit der einen Hand verschließt er ihr den Mund, mit dem andern Arm hält er sie unbeweglich in der Luft, sie zappelt ein wenig und hält dann still, ihre Augen sind gerötet von der Anstrengung, Luft zu holen durch die Hand, die sie erstickt. Der andere Mann dreht mir den Rücken zu und fuhrwerkt an seiner Hose. Beide sind sehr ernst, konzentriert, gespannt, sie keuchen. Stille, ich höre nur dieses fremde Hecheln und das Schlagen meines eigenen Herzens. Oliver ist verschwunden, die Häuser auch, geblieben sind nur sie, im Staub schwebend und sich bewegend wie in Zeitlupe, und ich, gelähmt. Der mit dem gelben Haar spuckt sich zweimal in die Hände, geht nah an den andern heran und spreizt die Beine des Kindes, zwei dünne dunkle Stöckchen, die reglos herabhängen, ich kann das Mädchen nicht mehr sehen, sie wird zerdrückt zwischen den massigen Leibern der Schänder. Ich will fortlaufen, ich bin angefüllt mit Entsetzen, aber ich will auch zusehen, ich weiß, daß etwas Elementares und Verbotenes vor sich geht, ich bin beteiligt an einem Geheimnis voller Gewalttätigkeit. Ich kriege keine Luft, ich will meinen Vater rufen, ich öffne den Mund, aber die Stimme gehorcht mir nicht, ich schlucke Feuer, ein Schrei füllt mich ganz aus und würgt mich. Ich muß etwas tun, alles liegt in meiner Hand, der richtige Entschluß wird uns beide retten, das schwarze Mädchen und mich, der ich zu Tode erstarrt bin, aber mir fällt nichts ein, ich kann auch keine Bewegung machen, ich bin zu Stein geworden.

In diesem Augenblick höre ich von fern meinen Namen, Greg, Greg, und Olga erscheint am Anfang der Gasse. Es gibt eine lange Pause, eine unendliche Minute, in der nichts geschieht, alles ist still. Dann erzittert die Luft von dem langen Schrei, Olgas rauhem, schrecklichem Schrei, dem Olivers Gebell folgt, zusammen mit dem schrillen Quietschen meiner Schwester, und endlich kann ich den Atem herauspressen, und ich fange auch an zu schreien, verzweifelt zu schreien. Überrumpelt lassen die Männer das Mädchen los, das kaum den Boden berührt, als es auch schon davonstiebt wie ein aufgescheuchtes Kaninchen. Sie mustern uns, der mit dem gelben Haar hält etwas Violettes in der Hand, etwas, was nicht zu seinem Körper zu gehören scheint, und ist bemüht, es in die Hose zu schieben. Endlich machen sie kehrt und gehen davon, sie sind überhaupt nicht verlegen, sie lachen und machen obszöne Gesten – möchtest du nicht auch ein bißchen, du geile Hure, rufen sie Olga zu, komm her, damit wir ihn dir reinstecken. In der Gasse bleibt der Schlüpfer des Mädchens liegen. Olga ergreift Judy und mich bei der Hand, sie ruft den Hund, und wir gehen eilig, nein, wir rennen zum Lastwagen. Der Ort ist erwacht, und die Leute sehen uns an.

Der Doktor der Göttlichen Wissenschaften hatte sich damit abgefunden, seine Ideen unter ungebildeten Farmern und armen Arbeitern zu verbreiten, die nicht immer imstande waren, dem Faden seiner verwickelten Rede zu folgen, dennoch fehlte es ihm nicht an Anhängern. Sehr wenige Leute hörten sich seine Predigten aus Glaubensgründen an, die meisten kamen aus reiner Neugier, in diesen ländlichen Gegenden gab es nicht viel Zerstreuung, und die Ankunft des Unendlichen Plans blieb nicht unbemerkt. Wenn das Zeltlager aufgebaut war, ging Charles Reeves einen Raum suchen. Häufig bekam er ihn unentgeltlich, falls er auf ein paar Bekannte zählen konnte, andernfalls mußte er einen Saal mieten oder eine Scheune herrichten. Da er kein Geld hatte, gab er mit dem Versprechen, am Schluß jeder Vorstellung zu bezahlen, Noras Perlenkette und Diamantbrosche als Pfand, die einzige Hinterlassenschaft ihrer Mutter. Inzwischen stärkte Nora für ihn Hemdbrust und Hemdkragen, bügelte seinen schwarzen Anzug, der vom vielen Tragen blankgewetzt war, putzte seine Schuhe auf Hochglanz, bürstete seinen Zylinder und legte die Bücher bereit, während Olga und die Kinder von Haus zu Haus gingen und Handzettel verteilten, die einluden zum Kursus, der Ihr Leben verändern wird, Charles Reeves, Doktor der Göttlichen Wissenschaften, wird Ihnen helfen, das Glück zu finden und Wohlstand zu erlangen.

Olga badete die Kinder und steckte sie in ihre Sonntagssachen, und Nora zog ihr blaues Kleid mit dem Spitzenkragen an, streng und aus der Mode, aber noch sehr anständig. Der Krieg hatte das Erscheinungsbild der Frauen verändert, sie trugen enge, kniekurze Röcke, Jacken mit Schulterpolstern, Schuhe mit Keilabsatz, kunstvolle Hochfrisuren, mit Federn und Schleier geschmückte Hüte. In ihrem nonnenhaften Kleid ähnelte Nora einem adretten Großmütterchen aus den ersten Jahren des Jahrhunderts. Auch Olga folgte nicht der Mode, aber bei ihr konnte niemand von Nonnenhaftigkeit sprechen, sie glich eher einem Paradiesvogel. Im übrigen wußte man in diesen Orten nichts von modischem Raffinement, das Dasein bestand aus Arbeit von früh bis spät, das Vergnügen aus ein paar Schlucken Alkohol – in einigen Staaten noch immer heimlich genossen –, aus Rodeos, Kino, hin und wieder einem Tanzabend und den Rundfunksendungen mit Berichten vom Krieg und vom Baseball, und deswegen zog alles Ungewohnte die Neugierigen an.

Charles Reeves mußte die Wiedergeborenen ausstechen, die mit großem Getöse das neue Erwachen des Christentums, die Rückkehr zu den fundamentalen Lehren der zwölf Apostel und zur buchstabengetreuen Auslegung der Bibel verkündeten, Evangelisten, die mit ihren Zirkuszelten, Musikkapellen, Feuerwerksraketen, riesigen beleuchteten Kreuzen und Chören von Brüdern und Schwestern, die wie Engel ausstaffiert waren, durchs Land zogen und durch Megaphone den Namen des Nazareners in alle Winde posaunten. Sie ermahnten die Sünder, in sich zu gehen und zu bereuen, denn Jesus sei auf dem Wege mit einer Peitsche in der Hand, um die Pharisäer aus dem Tempel zu jagen, und riefen dazu auf, die Lehren Satans zu bekämpfen, wie die Evolutionstheorie, diese verderbenbringende Erfindung Darwins. Sakrileg! Der Mensch ist gemacht nach dem Bilde Gottes und nicht nach dem der Affen! Kauft einen Bon für Jesus! Halleluja, halleluja, heulten die Lautsprecher. In den Zelten drängten sich die Gläubigen auf der Suche nach Erlösung und nach Zirkus, alle sangen, viele tanzten, und hin und wieder verrenkte sich einer in ekstatischen Krämpfen, während die Kollektekübel sich bis zum Rand mit den Gaben derer füllten, die Eintrittskarten für den Himmel kauften.

Charles Reeves bot nichts so Hochtrabendes an, aber seine Ausstrahlung, seine Überzeugungskraft und das Feuer seiner Rede waren mitreißend. Ihn nicht zu beachten war unmöglich. Bisweilen kam jemand nach vorn zu ihm an das Podium und bat, er möchte ihn von Schmerzen oder von unerträglichen Gewissensbissen befreien, und ohne scheinheiliges Getue, ganz einfach, aber mit großer Autorität legte er die Hände um den Kopf des Leidenden oder des Bußfertigen und konzentrierte sich darauf, ihm Linderung zu verschaffen. Viele glaubten Funken aus seinen Handflächen sprühen zu sehen, und wer die Wohltat seiner Behandlung erfahren hatte, versicherte, ihn hätte ein starker Stromstoß durchs Gehirn geschüttelt. Dem größten Teil der Zuhörer genügte es, ihn einmal zu erleben, um sich für den Kursus anwerben zu lassen, seine Bücher zu kaufen und seine Anhänger zu werden.

»Die Schöpfung wird gelenkt nach dem Unendlichen Plan. Nichts geschieht durch Zufall. Wir Menschen sind ein wesentlicher Teil dieses Plans, weil wir auf der Stufenleiter der Entwicklung zwischen den Meistern und den übrigen Geschöpfen stehen, wir sind Zwischenglieder. Wir müssen unseren Platz im Kosmos erkennen«, begann Charles Reeves und elektrisierte sofort sein Publikum mit seiner tiefen Stimme, wie er da, von Kopf bis Fuß schwarz gekleidet, feierlich ernst vor der herabhängenden Orange stand, die Boa zu seinen Füßen wie eine dicke Rolle Schiffstau. Das Tier war völlig träge und blieb immer unbeweglich liegen, es sei denn, es wurde regelrecht gereizt. »Geben Sie jetzt gut acht, damit Sie die Prinzipien des Unendlichen Plans verstehen, aber wenn Sie sie nicht verstehen, macht das auch nichts, es genügt, wenn Sie meine Gebote befolgen. Das ganze Universum gehört der Höchsten Intelligenz an, die es geschaffen hat und die so unermeßlich groß und vollkommen ist, daß der Mensch sie niemals erkennen kann. Ihr unterstellt sind die Logi, Abgesandte des Lichts und damit beauftragt, Partikel der Höchsten Intelligenz in alle Galaxien zu tragen. Die Logi stehen in Verbindung mit den Meistern des Amtes, durch die sie die Botschaften und Regeln des Unendlichen Plans den Menschen übermitteln. Das menschliche Wesen setzt sich zusammen aus dem leiblichen Körper, dem geistigen Körper und der Seele. Das Wichtigste ist die Seele, die nicht der irdischen Atmosphäre angehört, sondern aus der Entfernung wirkt, sie ist nicht in uns, aber sie beherrscht unser Leben.«

An diesem Punkt begannen die Zuhörer, ein wenig verwirrt von seiner Rhetorik, teils ängstliche, teils spöttische Blicke zu wechseln, aber Charles Reeves fesselte sein Auditorium von neuem: Er deutete auf die Orange, um die Erscheinung der Seele zu erklären, die im Äther schwebe wie ein verschwommenes Ektoplasma und nur von erfahrenen Okkultisten erblickt werden könne. Um das zu beweisen, forderte er verschiedene

Personen aus dem Publikum auf, die Orange fest anzuschauen und ihr Aussehen zu beschreiben. Unweigerlich beschrieben sie eine gelbe Kugel, das heißt, eine gewöhnliche Orange, er dagegen sah die Seele. Danach stellte er die Logi vor, die sich in gasförmigem Zustand und daher unsichtbar im Saal befänden, und erklärte, sie seien es, die die Maschinerie des Universums exakt in Gang hielten. In jeder Epoche und in jeder Region wählten die Logi die Meister des Amtes, um Verbindung zu den Menschen aufzunehmen und die Absichten der Höchsten Intelligenz zu verbreiten. Er, Charles Reeves, Doktor der Göttlichen Wissenschaften, sei einer von ihnen. Seine Mission sei es, die einfachen Sterblichen in den Regeln zu unterrichten, und wenn er diese Stufe vollendet habe, werde er aufsteigen und in den privilegierten Kreis der Logi aufgenommen werden. Jede Handlung und jeder Gedanke des Menschen sind bedeutsam, sagte er, denn sie sind einbezogen in das vollkommene Gleichgewicht des Universums, deswegen ist jeder Einzelne gehalten, die Gebote des Unendlichen Plans wortwörtlich zu erfüllen. Dann zählte er die Regeln des »kleinsten Wissens« auf, durch die man die ungeheuren Fehler vermied, die imstande waren, den Absichten der Höchsten Intelligenz zu schaden. Diejenigen, die all dieses nicht bei einem einzigen Vortrag begriffen, konnten sich für den Kursus von sechs Sitzungen anmelden, wo sie die Regeln für ein gutes Zusammenleben lernen würden, einschließlich richtiger Ernährungsweise, körperlicher und geistiger Übungen, gelenkter Träume und verschiedener Methoden, die energetischen Batterien des Leiblichen Körpers und des Geistigen Körpers wieder aufzuladen. So würden sie sich ein ehrenhaftes Leben und den Frieden der Seele nach dem Tode sichern.

Charles Reeves war seiner Zeit voraus. Zwanzig Jahre später sollten manche seiner Ideen von verschiedenen Sektenführern über ganz Kalifornien verbreitet werden, diesen äußersten Grenzbezirk, wohin die Abenteurer kommen, die Verzweifelten, die Unangepaßten, die flüchtigen Gesetzesbrecher, die verkannten Genies, die verstockten Sünder und die hoffnungslos Verrückten, und wo sich noch immer alle möglichen Be-

schwörungsformeln, mit denen man die Lebensangst abwehren zu können hofft, fruchtbar vermehren.
Man sollte jedoch Charles Reeves nicht beschuldigen, er habe das wunderliche Treiben entfesselt. In diesem Landstrich gibt es etwas, was die Geister aufputscht. Oder vielleicht haben die, die kamen, um die Region zu bevölkern, sich so überhastet auf die Suche nach dem Glück oder dem leichten Vergessen begeben, daß sie ihre Seele unterwegs zurückgelassen haben und sie nun immer noch suchen. Zahllose Scharlatane haben ihren Profit damit gemacht, daß sie irgendwelche magischen Formeln anboten, um diese schmerzende Leere zu füllen, die den Geist außer acht läßt. Als Charles Reeves predigte, hatten viele schon das Mittel entdeckt, sich zu bereichern, indem sie ungreifbare Wohltaten für einen gesunden Körper und Tröstungen für die Seele verkauften, aber er war keiner von ihnen. Er hielt seine strenge Würde hoch und gewann so die Achtung seiner Anhänger. Olga hingegen ahnte sehr wohl, welche Möglichkeiten darin lagen, die Logi und die Meister des Amtes zu etwas Einträglichem zu verwerten, vielleicht Räumlichkeiten zu kaufen und eine eigene Kirche zu gründen, aber weder Charles noch Nora teilten je diesen gewinnsüchtigen Gedanken. Für sie war die Verbreitung seiner Wahrheit nur eine schwere, unentrinnbare moralische Bürde, keinesfalls aber ein Krämergeschäft.

Nora Reeves konnte den genauen Tag angeben, an dem sie den Glauben an die menschliche Güte verlor und an dem ihre stillschweigenden Zweifel am Sinn des Lebens begannen. Sie gehörte zu denen, die imstande sind, sich auch an unbedeutende Daten zu erinnern, um so nachhaltiger prägte sich ihr jener Augusttag ein, an dem die erste der beiden Bomben fiel, die mit der Wirkung einer Naturkatastrophe dem Krieg gegen Japan ein Ende setzten. In den darauffolgenden Jahren trug sie an diesem Gedenktag immer Trauer, gerade wenn das ganze Land ihn stürmisch feierte. Ihre Zuneigung zu den ihr am nächsten stehenden Menschen erlahmte. Zwar war der mütterliche Instinkt sicherlich nie ihre hervorstechendste Eigenschaft gewesen, aber von diesem Zeitpunkt an schien sie sich völlig von ihren beiden Kindern zu lösen. Sie entfernte sich auch ganz ohne Aufsehen von ihrem Mann, so unauffällig, daß er ihr nichts vorwerfen konnte. Sie zog sich zurück in eine innere Einsiedelei, wo sie es einzurichten wußte, daß sie von der Wirklichkeit unberührt blieb bis ans Ende ihrer Tage. Über vierzig Jahre später starb sie, in eine Fürstin des Urals verwandelt, ohne weiter am Leben teilgenommen zu haben.

An einem Septembertag wurde die endgültige Niederlage des asiatischen Feindes gefeiert, wie man vier Monate vorher die der Deutschen gefeiert hatte. Ein langer Kampf war beendet, die Japaner waren von der schlagkräftigsten Waffe der Welt besiegt worden, die in wenigen Minuten einhundertdreißigtausend Menschen getötet und viele andere zu langsamer Agonie verdammt hatte. Auf die Nachricht von dem Geschehenen erstarrte die Welt in einem Schweigen des Entsetzens, aber die Sieger begruben die Visionen von verbrannten Leichen und pulverisierten Städten unter dem Getöse von Musikkapellen und Aufmärschen mit flatternden Fahnen, noch bevor die Krieger heimgekehrt waren.

»Erinnerst du dich an den schwarzen Soldaten, den wir mal unterwegs aufgesammelt haben? Ob er noch lebt? Ob er jetzt auch nach Hause kommt?« fragte Gregory seine Mutter, bevor er loszog, um sich das Feuerwerk anzusehen.

Nora antwortete nicht. Sie hatten in einer Stadt auf der Durchfahrt haltgemacht, und während ihre Familie mit der Menge tanzte, blieb sie allein in der Fahrerkabine des Lastwagens. In den letzten Monaten hatten die Nachrichten aus Europa ihre Nerven bedenklich angegriffen, und die atomare Verwüstung hatte sie endgültig in bohrende Zweifel gestürzt. Im Rundfunk wurde über nichts anderes gesprochen, Zeitungen und Kino zeigten danteske Bilder aus den Konzentrationslagern. Schritt für Schritt hatte sie die genauen Berichte über die begangenen Greuel und die unermeßlichen Leiden verfolgt und hatte sich vorgestellt, wie in Europa ein Eisenbahnzug dem andern gefolgt war und erbarmungslos seine Fracht zu den Verbrennungsöfen gebracht hatte und wie in Japan Hunderttausende ebenso zu Asche geworden waren im Namen einer anderen Ideologie. Niemals hätte ich Kinder in diese Welt setzen dürfen, murmelte sie verstört. Als Charles Reeves euphorisch mit der Nachricht von der Bombe gekommen war, hatte sie es obszön gefunden, sich über ein solches Massaker zu freuen, auch ihr Mann schien den Verstand verloren zu haben wie alle anderen.

»Niemals wird es je wieder wie vorher sein, Charles. Die Menschheit hat ein Verbrechen begangen, das schlimmer ist als die Erbsünde. Dies ist das Ende der Welt«, sagte sie fassungslos.

»Red keinen Unsinn. Wir müssen die Fortschritte der Wissenschaft begrüßen. Zum Glück ist die Bombe nicht in den Händen des Feindes, sondern in unseren. Jetzt wird es niemand mehr wagen, uns anzugreifen.«

»Sie werden sie wieder einsetzen und alles Leben auf der Erde töten!«

»Der Krieg ist zu Ende, und Schlimmeres ist verhütet worden. Es hätte viel mehr Tote gegeben, wenn wir die Bombe nicht eingesetzt hätten.«

»Aber es sind Hunderttausende gestorben, Charles!«

»Die zählen nicht, das waren alles Japaner«, sagte ihr Mann lachend.

Zum erstenmal zweifelte Nora an seiner Seelengüte und fragte sich, ob er wirklich ein Meister war, wie er sagte.

Spät in der Nacht kehrte ihre Familie heim. Gregory schlief in den Armen seines Vaters, und Judy brachte einen mit den Sternen und Streifen der amerikanischen Fahne bemalten Luftballon mit.

»Endlich ist Schluß mit dem Krieg! Jetzt kriegen wir Butter und Fleisch und Benzin!« verkündete Olga strahlend und schwenkte die Reste eines Papierfähnchens.

Obwohl ein Jahr zwischen dem Beginn der Depressionen seiner Mutter und der Erkrankung seines Vaters lag, erinnerte Gregory sich an beide Geschehen wie an ein einziges. In seinem Gedächtnis würden sie immer miteinander verbunden sein, denn sie leiteten den Zerfall ein, der die glückliche Zeitspanne

seiner Kindheit beendete. Bald nachdem Nora sich dem äußeren Anschein nach beruhigt hatte und nicht mehr von den Konzentrationslagern und der Bombe sprach, wurde Charles Reeves krank. Von Anfang an waren die Symptome beunruhigend, aber er vertraute auf seine kräftige Konstitution und wollte den Verrat seines Körpers nicht wahrhaben. Er fühlte sich jung, er konnte noch immer einen Reifen in wenigen Minuten wechseln oder Stunden auf einer Leiter stehen und eine Wand bemalen ohne einen Krampf in den Schultern. Als sich plötzlich sein Mund mit Blut füllte, schrieb er das einer Fischgräte zu, die ihm wahrscheinlich in der Kehle steckengeblieben war, und als es zum zweitenmal geschah, sagte er niemandem etwas, kaufte sich eine Flasche Magnesiummilch und trank daraus, wenn sein Magen in Flammen stand. Bald hörte er auf, vernünftig zu essen, und hielt sich mit in Milch eingeweichtem Brot, wäßrigen Suppen und Kleinkinderbrei am Leben.
Er verlor an Gewicht, über seine Augen legten sich neblige Schleier, er konnte die Straße nicht mehr deutlich erkennen und mußte Olga das Lenkrad überlassen. Sie erriet, wann der Kranke das Rütteln des Wagens nicht länger ertrug, dann hielt sie an, und sie bauten das Lager auf. Die Stunden wurden sehr lang, und die Kinder vergnügten sich damit, durch die Umgebung zu strolchen, denn ihre Mutter hatte die Schulhefte weggepackt und gab ihnen keinen Unterricht mehr.
Nora hatte sich nie mit der Tatsache auseinandergesetzt, daß Charles Reeves sterblich war, sie konnte nicht begreifen, wieso seine Energie erlosch, die doch auch die ihre war. Viele Jahre hindurch hatte ihr Mann alle Aspekte ihrer Existenz und der ihrer Kinder überwacht, und die peinlich genauen Vorschriften des Unendlichen Plans, über die er nach seinem Gutdünken verfügte, ließen für Zweifel keinen Raum. Gewiß hatten sie an seiner Seite keine Freiheit, aber sie wurden auch nicht von Sorgen und Ängsten heimgesucht. Es gibt keinen Grund, sich zu beunruhigen, sagte sie sich, im Grunde hat Charles nie viel Haare gehabt, und diese tiefen Falten sind nicht neu, die hat ihm schon seit langem die Sonne eingebrannt, er ist dünner

geworden, das stimmt, aber er wird sich in wenigen Tagen erholen, wenn er nur erst wieder richtig ißt wie früher, bestimmt ist es eine Verdauungsstörung – heute sieht er doch schon viel besser aus, nicht wahr? fragte sie. Olga beobachtete, ohne sich zu äußern. Sie versuchte nicht, Reeves mit ihren Heiltränken und Breiumschlägen zu kurieren, sie beschränkte sich darauf, ihm ein nasses Tuch auf die Stirn zu legen, um das Fieber herunterzudrücken.

Als sich der Zustand des Kranken mehr und mehr verschlimmerte, nistete sich die Angst in der Familie ein. Zum erstenmal hatten sie das Gefühl, hilflos abzutreiben, erkannten sie den Umfang ihrer Armut und ihrer Verletzlichkeit. Nora kroch in sich zusammen wie ein geprügeltes Tier, sie war außerstande, an eine Lösung zu denken, suchte Trost in ihrem Bahai-Glauben und überließ Olga die ganze Last der Probleme einschließlich der Pflege ihres Mannes. Sie wagte nicht, diesen Kranken zu berühren, der so gealtert war, ein Unbekannter geworden war, sie konnte einfach in ihm den Mann nicht wiedererkennen, der sie mit seiner Lebenskraft verführt hatte. Bewunderung und Abhängigkeit, die beiden Fundamente ihrer Liebe, zerbröckelten, und da sie keine neuen aufzubauen verstand, verwandelte sich ihre Achtung in Widerwillen. Kaum hatte sie eine annehmbare Entschuldigung gefunden, richtete sie sich im Zelt der Kinder ein, und Olga schlief fortan bei Charles Reeves, um sich nachts um ihn kümmern zu können, wie sie sagte. Gregory und Judy gewöhnten sich daran, sie fast nackt im Bett ihres Vaters zu sehen, aber Nora setzte sich über die Tatsachen hinweg, sie war entschlossen, nun und immer so zu tun, als hätte sich nichts geändert.

Die Verbreitung des Unendlichen Plans kam ins Stocken, weil es dem Doktor der Göttlichen Wissenschaften an Schwung fehlte, anderen Hoffnung zu geben, wenn er selbst die seine zu verlieren begann und sich schon heimlich fragte, ob der Geist wirklich transzendent ist oder ob Bauchschmerzen genügen, ihn zu zerbrechen. Er konnte sich auch nicht mehr mit Malerei beschäftigen. Sie setzten ihre Fahrten fort, unter großen Entbehrungen und ohne festes Ziel, als suchten sie etwas, das

immer an einem andern Ort war. Olga übernahm ganz selbstverständlich den Platz des Vaters, und die andern fragten sich gar nicht erst, ob das die beste Lösung sei. Sie entschied über die Reiseroute, fuhr den Lastwagen, warf sich die schwersten Bündel über die Schulter, reparierte den Motor, wenn er streikte, ging Hasen und Vögel jagen und erteilte Nora Anweisungen mit derselben Autorität, mit der sie den Kindern eins hintendrauf gab, wenn sie rebellisch wurden.
Sie mied die großen Städte wegen der gnadenlosen Konkurrenz und der pflichteifrigen Polizei, außer wenn sie ihr Lager in Industriegebieten oder in der Nähe von Kaianlagen aufschlagen konnten, wo sie immer Kunden fand. Wenn sie die Reeves in den Zelten untergebracht hatte, ergriff sie ihre Zaubererutensilien und ging los, ihre Künste zu verkaufen. Auf den Fahrten trug sie derbe Arbeiterhosen, Männerhemd und Mütze, aber um ihren Hellseherberuf auszuüben, zog sie aus ihrem Koffer einen grellfarbigen geblümten Rock, eine tief ausgeschnittene Bluse, klirrende Halsketten und gelbe Stiefeletten. Sie schminkte sich großzügig und ohne besondere Sorgfalt: die Wangen karmesinrot, die Lippen purpurrot, die Lider blau, und diese Maske, diese Kleidung und der Feuerbrand ihres Haares wirkten so einschüchternd, daß die meisten nicht wagten, sie abzuweisen, aus Angst, sie könnte sie mit einem Zigeunertrick in Salzsäulen verwandeln. Sie öffneten die Tür und sahen sich dieser absonderlichen Erscheinung gegenüber, die eine Glaskugel in der Hand trug. Vor Schreck standen sie mit offenem Mund, und dieses Schwanken nutzte sie aus, um sich an ihnen vorbei ins Haus zu drängen. Sie war sehr freundlich, wenn es nötig war, und kam oft mit einem ordentlichen Stück Kuchen oder Fleisch ins Lager zurück, Geschenke von Kunden, die nicht nur mit der Weissagung der Zauberkarten zufrieden waren, die ihnen eine schöne Zukunft versprochen hatten, sondern die vor allem über die sprühenden Funken guter Laune froh gewesen waren, die sie ihnen in der ewigen verdrießlichen Langeweile ihres Daseins entzündet hatte.
In dieser Zeit so großer Ungewißheit verfeinerte die Hellseherin ihre Begabung. Durch die Umstände gezwungen, entwik-

kelte sie ungeahnte Kräfte und wuchs daran, bis sie die großartige Überfrau geworden war, die soviel Einfluß auf Gregorys Jugend haben sollte. Wenn sie eine Wohnung betrat, schnupperte sie ein paar Sekunden in der Luft, um die Atmosphäre einzusaugen, zu spüren, was unsichtbar gegenwärtig war, die Spuren des Unglücks zu erfassen, die Träume zu erahnen, das Raunen der Toten zu hören und die Bedürfnisse der Lebenden zu verstehen. Sie hatte bald gelernt, daß die Geschichten sich ohne viel Abweichungen wiederholen, die Menschen einander sehr ähneln, alle fühlen Liebe, Haß, Begierde, Leid, Freude und Furcht auf die gleiche Weise. Schwarze, Weiße, Gelbe, unter der Haut sind alle gleich, wie Nora Reeves sagte, die Kristallkugel unterschied keine Rassen, nur Schmerzen. Alle wollten vom gleichen Glück hören, nicht weil sie daran glaubten, sondern weil sie Trost darin fanden, es sich vorzustellen. Olga entdeckte auch, daß es nur zwei Arten von Krankheiten gab: die tödlichen und die, die zur gegebenen Zeit von selbst heilen. Sie griff zu ihren Fläschchen mit den verschieden gefärbten Zuckerpillen, ihrem Kräuterbeutel und der Schachtel mit den Amuletten nur, um den Heilbaren Gesundheit zu verkaufen, weil sie überzeugt war, wenn der Patient seinen Sinn fest darauf richtete, auf seine Genesung hin zu arbeiten, dann würde er höchstwahrscheinlich auch gesund werden. Die Leute vertrauten ihr mehr als den kühlen, unnahbaren Chirurgen in den Krankenhäusern. Olgas einzige Eingriffe von Bedeutung waren fast alle ungesetzlich: Abtreibungen, Zahnziehen, Wunden nähen, aber sie hatte ein gutes Auge und eine gute Hand und geriet nie in ernste Schwierigkeiten. Ein Blick genügte ihr, um die Zeichen des Todes zu erkennen, und in dem Fall verordnete sie keins ihrer Mittel, teils aus Gewissenhaftigkeit und teils, um ihren Ruf als Heilerin nicht zu gefährden. Doch all ihre Erfahrung in gesundheitlichen Dingen war nutzlos, als es darum ging, Charles Reeves zu helfen – sie war ihm zu nah, und wenn sie unheilkündende Symptome sah, wollte sie sie nicht wahrhaben.

Ob aus Stolz oder aus Angst – der Prediger weigerte sich, zum Arzt zu gehen. Er war entschlossen, das Leiden durch Hartnäckigkeit zu besiegen, aber eines Tages brach er zusammen, und das bißchen Befehlsgewalt, das ihm noch verblieben war, ging völlig in Olgas Hände über, und sie entschied, er müsse ins Krankenhaus.

Sie waren im Ostteil von Los Angeles, wo die Bevölkerung vorwiegend lateinamerikanischer Abkunft war. Zu jener Zeit war die Atmosphäre der Stadt schon spürbar mexikanisch durchsetzt, bei allem zutiefst nordamerikanischen Wahn, in perfekter Gesundheit, Schönheit und Glückseligkeit leben zu wollen. Hunderttausende von Einwanderern prägten das Milieu mit ihrer Verachtung für Schmerz und Tod, mit ihrer Armut, ihrem Fatalismus und ihrem Zweifel, ihren heftigen Leidenschaften und auch mit ihrer Musik, stark gewürzten Speisen und verwegenen Farben. Zwar lebten die Hispanos in einer Art Getto, aber überall war ihr Einfluß wahrnehmbar. Und wenn auch dieses Land nicht das ihre war und sie das offenbar auch gar nicht wünschten, hofften sie doch insgeheim, daß ihre Kinder eines Tages dazugehören würden. Sie lernten recht und schlecht Englisch und verwandelten es in ein Spanglish, das sich fest einwurzelte und mit der Zeit als Sprache der Chicanos akzeptiert wurde. Da sie festhielten an ihrer katholischen Tradition und am mexikanischen Seelenkult, an einem etwas rostig gewordenen patriotischen Empfinden und am Machismo, fiel es ihnen schwer, sich anzupassen, und so sahen sie sich für ein, zwei Generationen in die niedrigsten Dienstleistungen gedrängt. Die Nordamerikaner hielten sie für böswilliges, unberechenbares, gefährliches Volk, und viele beschwerten sich, wieso zum Teufel es nicht möglich sei, sie an der Grenze abzufangen, wozu ist die verdammte Polizei da, verflucht noch mal, aber sie beschäftigten sie doch als billige, wenn auch ständig überwachte Arbeitskräfte. Die Einwanderer schickten sich in ihre Rolle als soziale Randfiguren mit einer Dosis Hochmut: gebeugt ja, aber niemals gebrochen, Bruder. Olga hatte dieses ausgedehnte Viertel, das »Barrio«, wie es bei den Mexikanern hieß, schon häufig besucht und fühlte sich hier

wohl, sie schwatzte unverfroren ein schauderhaftes Spanisch und merkte kaum, daß ihr Vokabular sich zur Hälfte aus erfundenen Wörtern zusammensetzte. Hier würde sie sich mit ihrer Kunst ihr Brot verdienen können, dachte sie.
Sie fuhren mit dem Lastwagen bis vor das Tor des Krankenhauses, und während Nora und Olga dem Kranken beim Aussteigen halfen, sahen sich die Kinder ein wenig ängstlich den neugierigen Blicken der Leute ausgesetzt, die sich ansammelten, um dieses komische Vehikel anzustaunen, das mit esoterischen Symbolen in allen Farben bemalt war.
»Was ist das denn?« fragte einer.
»Der unendliche Plan, sehen Sie das denn nicht?« antwortete Judy und zeigte auf das Schild oberhalb der Windschutzscheibe. Keiner fragte weiter nach.
Charles Reeves blieb im Krankenhaus, wo sie ihm ein paar Tage später den halben Magen herausnahmen und die Löcher vernähten, die er in der anderen Hälfte hatte. Nora und Olga richteten sich inzwischen vorübergehend mit Kindern, Hund, Boa und Bündeln im Patio von Pedro Morales ein, einem großmütigen Mexikaner, der vor Jahren den vollständigen Kursus der Lehren von Charles Reeves durchgearbeitet hatte und stolz auf ein Diplom verweisen konnte, das in seinem Haus an der Wand hing und ihn als höhere Seele bestätigte. Er war robust wie ein Turm, hatte feste Mestizenzüge und eine stolze Maske, die sich bei guter Laune ins arglos Freundliche verwandelte. Wenn er lächelte, funkelten mehrere Goldzähne auf, die er sich der Eleganz halber anstelle der gesunden eigenen hatte einsetzen lassen. Er erlaubte nicht, daß die Familie seines Meisters hilflos auf der Straße saß – die Frauen dürfen nicht ohne Schutz bleiben, es gibt viele Banditen hierzulande, sagte er –, aber in seinem Haus war kein Platz für so viele Gäste, er hatte sechs Kinder, eine geistesgestörte Schwiegermutter und noch ein paar nahe Verwandte unter seinem Dach wohnen. Er half die Zelte und den Petroleumherd der Reeves in seinem Patio aufstellen und war gerüstet, ihnen beizustehen, ohne ihrer Würde Abbruch zu tun. Er redete Nora sehr ehrerbietig mit Doña an, aber Olga, die in seinen Augen seiner eigenen sozia-

len Stellung näherkam, nannte er nur Señorita. Inmaculada Morales, seine Frau, war wetterfest gegen die fremden Sitten, und im Unterschied zu vielen ihrer Landsmänninnen in dieser Fremde, die sich schminkten, auf Stilettabsätzen stöckelten und sich von Dauerwellen und Wasserstoffsuperoxyd die Haare ausdörren ließen, blieb sie ihrer heimischen Tradition treu. Sie war klein, schlank und kräftig und hatte ein anmutiges, faltenloses Gesicht, das Haar flocht sie zu einem Zopf, der ihr auf dem Rücken bis unter die Taille hing, sie trug einfache Kittelschürzen und Hanfschuhe, außer an religiösen Feiertagen, da putzte sie sich mit einem schwarzen Kleid und ihren goldenen Ohrringen. Inmaculada war der Stützpfeiler des Hauses und die Seele der Familie Morales. Als ihr Patio sich mit Gästen füllte, blieb sie gelassen, sie veränderte nur das Essen mit großzügigen Tricks, indem sie mehr Wasser an die Bohnen goß, wie sie sagte, und jeden Abend lud sie die Reeves zum Essen ein, bitte, Gevatterin, kommen Sie doch mit den Kindern und kosten Sie diese Maispasteten, oder: kommen Sie, damit der Chili nicht verdirbt, sehen Sie, es ist ja Gott sei Dank soviel da, sagte sie schüchtern. Etwas beschämt setzten sich die Gäste an ihren freigebigen Tisch.

Judy und Gregory brauchten mehrere Monate, um die Regeln des seßhaften Lebens zu begreifen. Sie sahen sich umgeben von einer Horde lebhafter brauner Kinder, die ein merkwürdiges Englisch kauderwelschten und nicht zögerten, ihnen ihre Sprache beizubringen, angefangen mit chingada, dem klangreichsten und brauchbarsten Wort ihres Vokabulars, wenn es auch unklug war, es vor Inmaculada auszusprechen, immerhin kreiste seine Bedeutung variantenreich um sexuelle Begriffe. Von den Moraleskindern lernten sie, sich im Labyrinth der Straßen zurechtzufinden, Gefahren geschickt auszuweichen, mit einem Blick feindliche Jungen zu erkennen, sich zu verstecken und zu entwischen. Mit ihnen gingen sie auf dem Friedhof spielen, von weitem die Prostituierten beobachten und von nahem die Opfer von tödlichen Unfällen besichtigen.

Juan José, der im gleichen Alter wie Gregory war, hatte einen unfehlbaren Riecher für das Unglück, immer wußte er, wo die

Verkehrsunfälle, die Gewalttätigkeiten, die Messerstechereien und die Toten zu finden waren. Er übernahm es, in wenigen Minuten den genauen Ort herauszufinden, wo ein Ehemann, dem die Frau mit einem Handlungsreisenden durchgebrannt war, sich von einem Zug überfahren ließ, weil er die Schande nicht ertrug, künftig als der Gehörnte dazustehen. Jemand hatte ihn gesehen, wie er zwischen den beiden Schienen stand und ruhig rauchte, und hatte ihm zugerufen, weg da, der Zug kommt, aber er hatte sich nicht gerührt. Das Gerede kam Juan José zu Ohren, noch ehe die Tragödie passiert war. Die Morales- und die Reeveskinder waren die ersten, die am Ort des Todes ankamen, und nachdem sie das anfängliche Entsetzen überwunden hatten, halfen sie die Teile aufsammeln, bis die Polizei sie wegjagte.
Juan José behielt einen Finger zur Erinnerung, aber als er überall den Toten vor sich auftauchen sah, begriff er, daß er sich von seiner Trophäe trennen mußte. Nur leider war es zu spät, den Finger seinem Besitzer zurückzuerstatten, denn die Überreste des Selbstmörders waren einige Tage zuvor beerdigt worden. Der Junge, von der irrenden Seele terrorisiert, wußte nicht, wie er den Finger loswerden sollte, ihn wegzuwerfen oder der Boa der Reeves zu geben schien ihm keine würdige Form, das Übel wiedergutzumachen. Gregory ging vertraulich Olga um Rat an, und die schlug die perfekte Lösung vor: den Finger unbemerkt in der Kirche auf den Altar zu legen, wo keine vernünftige Seele sich beleidigt fühlen konnte. Hier fand ihn Padre Larraguibel, den alle einfach Padre nannten, weil sein Name so schwer auszusprechen war, ein baskischer Priester mit einer gequälten Seele, aber sehr viel praktischem Verstand, der ihn ohne viel Federlesens in die Toilette warf. Er hatte genug Probleme mit seinen zahlreichen Pfarrkindern, als daß er Zeit darauf verschwendet hätte, der Herkunft eines einzelnen Fingers nachzuforschen.

Die Reeves-Geschwister gingen zum erstenmal in ihrem Leben zur Schule. Sie waren die einzigen Blauäugig-Blonden inmitten einer Bevölkerung lateinamerikanischer Einwanderer, deren

Überlebensregel lautete: Spanisch sprechen und schnell rennen. Den Schülern war es verboten, ihre Muttersprache zu gebrauchen, sie sollten Englisch lernen, um sich rasch einzugliedern. Entschlüpfte einem vor den Ohren der Lehrerin ein unverfälscht heimisches Wort, bekam er ein paar Klapse aufs Hinterteil. Wenn Christus das Englische gut genug war, um die Bibel zu schreiben, braucht man keine andere Sprache auf der Welt, war die Erklärung für die erzieherische Maßnahme. Natürlich sprachen die Kinder geflissentlich bei jeder möglichen Gelegenheit Spanisch, und wer es nicht tat, war als besa-culo abgestempelt, was Arschkriecher bedeutet und das schlimmste Schimpfwort im Schülervokabular war.
Judy und Gregory hatten sehr schnell die Ablehnung gegenüber den Andersartigen herausgespürt und fürchteten, bei der geringsten Unvorsichtigkeit fertiggemacht zu werden. Am ersten Schultag war Gregory so verängstigt, daß er nicht einmal seinen Namen herausbrachte.
»Wir haben zwei neue Schüler«, sagte die Lehrerin lächelnd, die ganz entzückt darüber war, daß sie nun über zwei weiße Kinder unter all den braunen verfügte. »Ich wünsche, daß ihr sie gut behandelt und ihnen helft, zu lernen und die Regeln dieser Anstalt zu beherrschen. Wie heißt ihr denn, Herzchen?«
Gregory blieb stumm an das Kleid seiner Schwester geklammert. Endlich bequemte Judy sich zu antworten.
»Ich bin Judy Reeves, und der hier ist mein dämlicher Bruder«, gab sie bekannt.
Die ganze Klasse einschließlich der Lehrerin brach in Lachen aus. Gregory fühlte etwas Warmes, Klebriges in der Hose.
»Nun gut, setzt euch«, sagte die Lehrerin.
Zwei Minuten später fing Judy an, die Nase zu rümpfen und ihren Bruder mit wenig freundlichen Blicken zu mustern. Gregory starrte krampfhaft zu Boden und versuchte sich vorzustellen, er wäre gar nicht hier, er fuhr im Laster über die Straßen, in der frischen Luft, sein Vater war nie krank geworden, und diese verdammte Schule gab es überhaupt nicht, die war nur ein Albtraum. Nur leider bemerkten auch die andern Kinder bald den Geruch, und es gab ein Riesengeschrei.

»Wollen mal sehn – wer war's?« fragte die Lehrerin mit diesem falschen Lächeln, das ihr auf die Zähne geklebt zu sein schien. »Dafür braucht sich keiner zu schämen, das ist ein Mißgeschick, das kann jedem passieren ... Also, wer war's?«
»Ich hab mir nicht in die Hose gekackt und mein Bruder auch nicht, das schwör ich!« schrie Judy trotzig. Ein Chor von Gelächter und Hänseleien belohnte diese Erklärung.
Die Lehrerin ging zu Gregory und flüsterte ihm ins Ohr, er solle hinausgehen, aber er hielt sich mit beiden Händen am Pult fest, den Kopf zwischen die Schultern gezogen, die Lider zusammengepreßt, das Gesicht rot vor Scham. Die Lehrerin versuchte, ihn am Arm hochzuziehen, zuerst sanft und dann mit kräftigem Ruck, aber der Junge klebte mit der Kraft der Verzweiflung an seinem Stuhl.
»Váyate a la chingada!« brüllte Judy die Lehrerin in ihrem frischerworbenen Spanisch an. »Diese Schule ist eine Scheiße!« fügte sie nicht weniger laut auf englisch hinzu.
Die Lehrerin stand starr vor Verblüffung, und die Klasse war verstummt.
»Chingada, chingada, chingada! Komm, Greg!« Und die beiden Geschwister verließen Hand in Hand die Klasse, sie das Kinn hochgereckt, er das seine gegen die Brust gepreßt.
Judy marschierte mit Gregory zu einer Tankstelle, versteckte ihn zwischen ein paar Ölfässern und brachte die Sache in Ordnung, indem sie die Hose mit Hilfe eines Wasserschlauchs auswusch. Schweigend trotteten sie nach Hause.
»Wie war's denn?« fragte Nora, verwundert, sie so früh heimkehren zu sehen.
»Die Lehrerin hat gesagt, wir brauchen nicht wiederzukommen, wir sind viel klüger als die andern Schüler. Die Blöden reden nicht mal wie richtige Leute, Mama. Die können kein Englisch!«
»Was ist das für eine Geschichte?« unterbrach Olga sie. »Und warum sind Gregorys Sachen naß?«
Und so mußten sie am nächsten Tag wieder in die Schule, von Olga am Arm hingeschleppt, die sie bis in die Klasse begleitete, sie zwang, sich bei der Lehrerin für die Beleidigungen zu

entschuldigen, und nebenbei die anderen Kinder warnte, sie sollten sich ja vorsehen, daß sie die Reeves nicht quälten. Bevor sie hinausging, stellte sie sich vor die kompakte Masse dunkelhaariger Kinder und machte die Geste des Verwünschens: beide Fäuste geschlossen und Zeigefinger und kleinen Finger zielend vorgestreckt wie Hörner. Ihr fremdartiges Äußeres, ihr russischer Akzent und diese Geste hatten die Macht, die kleinen Biester friedlich zu stimmen, wenigstens für eine Weile.

Eine Woche darauf wurde Gregory sieben Jahre alt. Sie feierten seinen Geburtstag nicht, tatsächlich dachte auch keiner daran, denn die Aufmerksamkeit der Familie war ganz auf den Vater gerichtet. Olga, die einzige, die täglich ins Krankenhaus ging, brachte die Nachricht, daß Charles Reeves endlich außer Gefahr war und in einen Gemeinschaftssaal verlegt, wo sie ihn besuchen konnten. Nora und Inmaculada wuschen ihre jeweiligen Kinder, bis sie glänzten wie poliert, zogen ihnen ihre besten Sachen an, kämmten die Jungens mit Brillantine und banden den Mädchen Schleifen in die Zöpfe. In großer Prozession zogen sie zum Krankenhaus, mit bescheidenen Margeritensträußen aus dem eigenen Garten und einer großen Schüssel voller Hühnchentortillas mit Bohnenpüree und Frischkäse, die Inmaculada zubereitet hatte. Der Saal war groß wie ein Flugzeugschuppen, zu beiden Seiten standen völlig gleich aussehende Betten, und durch die Mitte führte ein endloser Gang, den sie auf Fußspitzen entlanggingen bis zu dem Lager des Kranken. Auf einem Pappschild am Fußende des Bettes stand der Name Charles Reeves und half ihnen, ihn zu identifizieren, sonst hätten sie ihn nicht erkannt. Er war ein Fremder geworden, war um tausend Jahre gealtert, seine Haut war wächsern, die Augen lagen tief in den Höhlen, und er roch nach Mandeln. Die Kinder standen Ellbogen an Ellbogen gepreßt, die Sträuße in der Hand, und wußten nicht, wo sie sie hintun sollten, Inmaculada war schamrot geworden und bedeckte die Tortillaschüssel mit ihrem Schal, und Nora begann zu zittern. Gregory spürte, daß in seinem Leben etwas Niewiedergutzumachendes geschehen war.

»Ihm geht's schon viel besser, bald wird er essen können«, sagte Olga und richtete die Kanüle mit dem Tropf in der Vene des Kranken.
Gregory wich an den Gang zurück, lief zur Tür, sprang die Treppen hinab und rannte bis zur Straße. In der Pforte des Krankenhauses kauerte er sich zusammen wie ein Knäuel, den Kopf zwischen den Knien, die Arme um die Beine geschlungen, und sagte nur immer wieder chingada, chingada, wie eine Litanei.

Wenn die mexikanischen Einwanderer ankamen, krochen sie bei Freunden oder Verwandten unter, wo häufig schon mehrere Familien zusammengepfercht waren. Die Gesetze der Gastfreundschaft waren unantastbar, keinem wurden in den ersten Tagen Dach und Speise verweigert, aber danach mußte jeder sich selbst weiterhelfen. Sie kamen aus allen Städten und Dörfern südlich der Grenze auf der Suche nach Arbeit, ohne mehr Habe als die Kleider auf dem Leib und ein Bündel auf dem Rücken, aber mit den besten Absichten, voranzukommen in diesem Gelobten Land, wo, wie man ihnen erzählt hatte, das Geld auf den Bäumen wuchs und wo jeder, der anstellig und aufgeweckt genug war, Unternehmer werden konnte, mit einem eigenen Cadillac und mit einer Blondine am Arm. Nur hatte ihnen keiner gesagt, daß für jeden Glücklichen fünfzig andere auf der Strecke blieben und weitere fünfzig geschlagen wieder heimkehrten, daß nicht sie die Begünstigten sein würden, sondern daß sie dazu bestimmt waren, den Söhnen und Enkeln, die auf diesem feindlichen Boden zur Welt kamen, den Weg zu ebnen. Sie ahnten nichts vom Elend der Heimatlosigkeit, argwöhnten nicht, wie die Patrones sie ausnutzen und die Behörden sie schikanieren würden, wieviel Mühe es kosten würde, die Familie zu vereinigen, die Kinder und die Alten nachzuholen, wie schmerzvoll es sein würde, den Freunden Lebewohl zu sagen und ihre Toten zurückzulassen. Sie wurden auch nicht davor gewarnt, daß die unaufhaltsame Erosion des Gedächtnisses ihre Erinnerungen fortätzen und daß sie bald die meisten ihrer überlieferten Bräuche verlieren würden, und sie

wußten auch nicht, daß unter den Demütigen sie die am tiefsten Gedemütigten sein würden. Aber selbst wenn sie es gewußt hätten, vielleicht würden sie trotz allem die Reise nach Norden angetreten haben.
Inmaculada und Pedro Morales nannten sich selbst alambristas mojados, eine Zusammenziehung aus alambre, Draht, und lomo mojado, nasser Rücken, der Übersetzung von wet back, wie die illegalen Einwanderer bezeichnet wurden. Die beiden wollten sich schier totlachen, wenn sie erzählten, wie sie viele Male die Grenze überschritten hatten, wie sie manchmal durch den Rio Grande geschwommen waren und ein andermal den Draht an der Grenze durchgeschnitten hatten. Sie hatten mehr als einmal in ihrer Heimat Urlaub gemacht, waren hinübergegangen und zurückgekommen mit Kindern jeden Alters und sogar mit der Großmutter, die sie aus ihrem Dorf herüberholten, als sie Witwe geworden war und ihr Verstand sich verwirrte. Nach einigen Jahren hatten sie es geschafft, legale Papiere zu bekommen, und ihre Kinder waren nordamerikanische Bürger. An ihrem Tisch war immer ein Platz für die Neuangekommenen, und die Kinder wuchsen auf mit Geschichten von armen Teufeln, die wie Frachtgut im doppelten Boden eines Lastwagens versteckt die Grenze passiert hatten, von fahrenden Zügen gesprungen oder unterirdisch durch alte Abwasserkanäle gekrochen waren, immer in der Angst, von der Polizei, der gefürchteten »Migra«, erwischt und in Handschellen zurückgeschickt zu werden, nachdem sie als Kriminelle registriert worden waren. Viele starben unter den Kugeln der Wachtposten, manche verhungerten und verdursteten, andere erstickten in den geheimen Verstecken auf den Lastwagen der »Kojoten«, die ein Geschäft daraus machten, die Verzweifelten aus Mexiko an einen Ort auf der anderen Seite zu schaffen. In der Zeit, in der Pedro Morales zum erstenmal die Grenze überschritt, war unter den Latinos noch die Einstellung lebendig, daß sie ein Gebiet zurückgewannen, das ihnen immer gehört hatte. Für sie bedeutete die Verletzung der Grenze nicht eine Straftat, sondern ein Abenteuer im Dienste der Gerechtigkeit.

Pedro Morales war damals zwanzig Jahre alt gewesen, er hatte seinen Militärdienst abgeleistet, und da er keine Lust hatte, in die Fußstapfen seines Vaters und seines Großvaters zu treten, armseliger Kleinbauern einer Hacienda in Zacatecas, hielt er es für besser, sich nach dem Norden aufzumachen. So kam er nach Tijuana, wo er einen Job als Landarbeiter zu bekommen hoffte, denn die amerikanischen Farmer brauchten billige Arbeitskräfte. Aber er hatte kein Geld, er konnte nicht warten, bis die Formalitäten abgewickelt waren, oder Beamte und Polizisten bestechen, außerdem gefiel ihm diese Durchgangsstadt nicht, wo seiner Meinung nach die Männer keine Ehre hatten und die Frauen keine Achtung verdienten. Er hatte es satt, hin und her zu wandern auf der Suche nach Arbeit, und um Hilfe bitten oder Almosen annehmen wollte er nicht. Also entschloß er sich endlich, sich durch das Viehgatter davonzumachen, das die Grenze bildete, durchtrennte den Draht mit einer Zange und marschierte, den Ratschlägen eines erfahreneren Freundes folgend, in gerader Linie nach Norden. So kam er in Südkalifornien an. In den ersten Monaten ging es ihm schlecht, es stellte sich heraus, daß es doch nicht so leicht war, sich sein Brot zu verdienen, wie man ihm erzählt hatte. Er zog von Farm zu Farm, erntete Früchte, Bohnen oder Baumwolle, schlief auf der Straße, auf Bahnhöfen, auf Autofriedhöfen, ernährte sich von Brot und Bier und teilte das Elend mit Tausenden von Männern, die in der gleichen Lage waren. Die Patrones zahlten weniger, als sie versprochen hatten, und bei der ersten Beschwerde liefen sie zur Polizei, die immer eifrig hinter den Illegalen her war. Pedro konnte nirgends für längere Zeit Fuß fassen, die »Migra« war ihm stets auf den Fersen, aber schließlich legte er Sombrero und Sandalen ab, gewöhnte sich an Bluejeans und Schirmmütze und lernte ein paar Sätze Englisch radebrechen. Kaum hatte er sich in dem neuen Land einigermaßen eingerichtet, kehrte er zurück in sein Dorf, um seine Braut zu holen, mit der er seit seiner Kindheit verlobt war. Inmaculada erwartete ihn mit dem gestärkten Brautkleid.
»Die Gringos sind alle Spinner, die tun Pfirsiche ans Fleisch und Marmelade an die gebackenen Eier, sie schicken ihre

Hunde zum Friseur, an die Jungfrau Maria glauben sie auch nicht, die Männer spülen im Haus das Geschirr, und die Frauen waschen auf der Straße die Autos, bloß mit Oberteil und kurzen Hosen, daß man alles sehen kann, aber wenn wir uns nicht mit ihnen anlegen, kann man bestens leben«, berichtete er seiner Verlobten.

Sie heirateten mit den gebräuchlichen Feierlichkeiten, schliefen die erste Nacht als Ehepaar im Bett der Brauteltern, das ihnen für die Gelegenheit zur Verfügung gestellt wurde, und nahmen am Tag darauf den Bus in Richtung Norden. Diesmal hatte Pedro ein bißchen Geld und war auch schon erfahren im Überschreiten der Grenze, aber obwohl die Bedingungen besser waren als beim erstenmal, blieb er doch ängstlich, weil er seine Frau keiner Gefahr aussetzen wollte. Es wurden haarsträubende Geschichten erzählt von Banditen, die raubten und mordeten, von der Korruption der mexikanischen Polizei und von Mißhandlungen durch die amerikanische, Geschichten, die selbst den Stärksten abschrecken konnten. Inmaculada dagegen marschierte glücklich einen Schritt hinter ihrem Ehemann, das Bündel mit ihren Habseligkeiten auf dem Kopf balancierend, vor dem Unglück geschützt durch das geweihte Band der Jungfrau von Guadalupe, ein Gebet auf den Lippen und die Augen weit geöffnet, um die Welt zu sehen, die sich vor ihr öffnete wie eine prächtige Truhe, bis an den Rand gefüllt mit Überraschungen. Sie war nie aus ihrem Dorf herausgekommen und ahnte nicht, daß Straßen bisweilen endlos waren, aber nichts konnte sie entmutigen, weder Demütigung noch Erschöpfung, noch die Fallen des Heimwehs, und als sie endlich mit ihrem Mann in einem kümmerlichen Pensionszimmer auf der anderen Seite der Grenze untergekommen war, glaubte sie die Schwelle des Himmels überschritten zu haben.

Ein Jahr später wurde das erste Kind geboren, und Pedro hatte Arbeit in einer Gummifabrik in Los Angeles gefunden und machte einen Abendkursus als Mechaniker. Um ihrem Mann zu helfen, hatte Inmaculada in einem Kleiderwerk und dann als Putzfrau gearbeitet, bis die Schwangerschaften und die Kleinen sie zwangen, zu Hause zu bleiben. Die Morales waren ordentliche, anständige Leute, sie gingen sparsam mit dem Geld um und lernten die Vorteile dieses Landes zu nutzen, in dem sie selbst immer Fremde bleiben, wo aber ihre Kinder ihren Platz haben würden. Sie waren stets bereit, ihre Tür helfend für andere zu öffnen, ihr Haus verwandelte sich in eine Durchgangsstation für Mitmenschen. Heute dir, morgen mir, manchmal muß man abgeben und manchmal annehmen, das ist das natürliche Gesetz des Lebens, sagte Inmaculada. An ihnen bestätigte sich, daß Großherzigkeit vervielfältigende Wirkung hat, es fehlte ihnen weder an Glück noch an Arbeit, die Kinder waren gesund und gediehen, genau wie die Freundschaften, und mit der Zeit hatten sie die Armut des Anfangs überwunden. Fünf Jahre, nachdem Pedro in die Stadt gekommen war, richtete er seine eigene Autowerkstatt ein. Zu der Zeit, als die Reeves in seinem Patio wohnten, waren die Morales die angesehenste Familie im Barrio, Inmaculada war als Mutter für alle da, und Pedro wurde in der Gemeinde als gerechter Mann in vielen strittigen Angelegenheiten um Rat gefragt. In dieser Gegend, wo es niemandem in den Kopf kam, zur Polizei oder vor Gericht zu gehen, um Zwistigkeiten zu klären, wirkte er als Schlichter bei Mißverständnissen und als Richter in Streitfragen.

Olga behielt recht, wenigstens zum Teil. Einen Monat nach der Operation verließ Charles Reeves das Krankenhaus auf den eigenen Füßen, aber seine Vorstellung, nun wieder über die Landstraßen rollen zu können, erwies sich als abwegig, denn es war offensichtlich, daß die Genesung sehr lange Zeit dauern würde. Der Arzt verordnete Ruhe, Schonkost und ständige Kontrolle, an ein Nomadenleben war vorläufig, vielleicht sogar auf Jahre hinaus nicht zu denken. Das gesparte Geld war der Familie seit langem ausgegangen, und sie schuldete den Morales eine erhebliche Summe. Pedro weigerte sich, über die Angelegenheit auch nur zu sprechen, denn er hatte bei seinem Meister eine geistige Schuld, die er niemals abzahlen konnte. Charles Reeves war nicht der Mann, der imstande gewesen wäre, Almosen anzunehmen, nicht einmal von einem guten

Freund und Schüler, zudem konnten sie auch nicht länger im Patio eines fremden Hauses kampieren, und trotz der flehentlichen Bitten der Kinder, die die Möglichkeit, dem Druck der Schule zu entfliehen, auf immer dahinschwinden sahen, wurde der Lastwagen verkauft, nachdem Schild und Megaphon abmontiert waren. Mit dem Erlös und einer als Darlehen aufgenommenen Summe konnten die Reeves eine baufällige Hütte innerhalb des Barrios kaufen.

Die Morales mobilisierten ihre Verwandten, um die Ruine wiederaufbauen zu helfen. Das wurde ein unvergeßliches Wochenende für Gregory, die Musik und die Speisen der Mexikaner blieben in seiner Erinnerung für immer mit dem Gedanken der Freundschaft verbunden. Am Sonnabend in aller Frühe erschien vor der Hütte eine Karawane verschiedenartiger Fahrzeuge, von einem Lieferwagen, den Inmaculadas Bruder lenkte, ein Trumm von Mann mit einem ansteckenden Grinsen, bis zu einer Kolonne von Fahrrädern, mit denen Vettern, Neffen und Freunde anrückten, alle mit Werkzeug und Material ausgerüstet.

Die Frauen richteten auf dem Grundstück lange Tische her, krempelten die Ärmel hoch und machten sich ans Kochen für die Massen. Die abgehackten Köpfe der Hühner flogen durch die Luft, Schweinefleisch und Rindfleisch türmten sich zuhauf, Mais, Bohnen und Kartoffeln kochten, die Tortillas buken, die Messer tanzten, stachen, schnitten und schälten, die Schalen mit Früchten leuchteten in der Sonne, und im Schatten warteten die Schüsseln mit Tomatensoße, Avocadomus mit Zwiebeln und scharfer Würzsoße. Aus den Töpfen stiegen die Düfte von saftigem Schmorfleisch, aus Karaffen und Flaschen flossen Tequila und Bier, und aus den Gitarren erblühten die Weisen des großherzigen Landes jenseits der Grenze. Die Jungens tobten mit den Hunden zwischen den Tischen herum; die Mädchen halfen mit ernsthaften Gesichtern beim Auftragen; ein schwachsinniger Vetter mit sanftem Mongolengesicht wusch das Geschirr ab; die geistesgestörte Großmutter saß unter einem Baum und sang mit ihrem Vogelstimmchen alle Lieder mit; Olga verteilte Tortillas an die Männer und hielt die

Kinder in Schach. Das ganze Wochenende hindurch bis spät in die Nacht hinein arbeiteten sie fröhlich nach den Anweisungen von Charles Reeves und Pedro Morales, sägten, hämmerten, löteten. Es war eine Lustbarkeit voll Schweiß und Gesang, und am Montag im Morgengrauen stand das Haus da, mit festgefügten Wänden, den Fenstern in ihren Rahmen, den Zinkblechplatten auf dem Dach und einem Fußboden aus nagelneuen Dielen. Die Mexikaner bauten die Tische des großen Eßgelages ab, sammelten ihre Werkzeuge, ihre Gitarren und ihre Kinder ein, bestiegen ihre Fahrzeuge und verschwanden dorthin, woher sie gekommen waren, still und heimlich, damit ihnen niemand groß Dank sagte.

Als die Reeves ihr neues Heim betraten, fragte Gregory, ob so ein Haus auch wirklich niemals auseinanderfiel, er konnte einfach nicht an die Festigkeit der Wände glauben. Den Kindern kamen die bescheidenen Räume vor wie ein Palast, niemals bisher hatten sie ein solides Dach über dem Kopf gehabt, nur die Zeltleinwand oder den Himmel. Nora installierte ihren Petroleumherd, stellte die alte Schreibmaschine in ihr Zimmer, und ins Wohnzimmer kam auf einen Ehrenplatz das aufziehbare Grammophon, damit sie Opern und klassische Musik hören konnte. Dann war sie bereit, einen neuen Lebensabschnitt zu beginnen.

Olga beschloß ohne lange Erklärungen, sich von ihnen zu trennen. Anfangs blieb sie noch im Patio der Morales unter dem Vorwand, bis zum Haus der Reeves sei es sehr weit und ihre Kundschaft würde nicht bis dorthin kommen, aber bald konnte sie am andern Ende des Barrios ein Zimmer über einer Garage mieten und eine Tafel aufhängen, auf der sie ihre Dienste als Hellseherin, Hebamme und Heilerin anbot. Das Gerücht von ihrem Können verbreitete sich rasch, und in kurzer Zeit hatte sich ihr Ansehen gefestigt, als es ihr gelungen war, den Bart und Schnurrbart der Lebensmittelhändlerin auf immer zum Verschwinden zu bringen. In dieser Gegend, wo nicht einmal die Männer viel Haare im Gesicht haben, war die Geschäftsfrau die Zielscheibe der grausamsten Witze gewesen, bis Olga eingriff und sie mit einem Arzneitrank ihrer eigenen

Erfindung befreite, demselben, den sie anwandte, um die Krätze zu kurieren. Als die glücklich Enthaarte endlich ihre Wangen im hellen Tageslicht zur Schau stellen konnte, sagten die bösen Zungen, mit den Haaren hätte sie wenigstens interessant ausgesehen, aber ohne sie sei sie nur eine Señora mit einem Piratengesicht. Es dauerte nicht lange, und schon wurde gemunkelt, daß die Heilerin genausogut, wie sie mit ihrem Besprechen und ihren Salben gesund machte, mit ihren Hexenkünsten auch Böses tun konnte, und die Leute behandelten sie mit Respekt.

Judy und Gregory kamen häufig zu ihr, und sie erschien ab und zu an den Sonntagen zum Essen bei den Reeves, aber ihre Besuche wurden immer spärlicher und hörten schließlich ganz auf. Nach und nach wurde ihr Name in der Familie immer seltener genannt, zumal bei ihrer Erwähnung sich die Atmosphäre mit Spannung auflud. Judy, abgelenkt von all dem Neuen, vergaß sie bald, aber Gregory ließ die Verbindung zu ihr nie abreißen.

Charles Reeves kehrte zu seiner Malerei zurück, um die Familie zu ernähren. Anhand einer Fotografie vermochte er ein Gemälde zustande zu bringen, das den Abgebildeten ziemlich getreu wiedergab, wenn es sich um einen Mann handelte. War es eine Señora, verbesserte er so einiges, verwischte die Spuren des Alters, sänftigte das indianische oder afrikanische Erbe, hellte die Haut und das Haar auf und kleidete die Dargestellte in ein Festgewand. Kaum fühlte er sich kräftig genug, fing er auch wieder an, zu predigen und seine Traktate zu schreiben, die er selbst drucken ließ. Trotz der ökonomischen Behinderungen des Unternehmens setzte der Unendliche Plan seinen Weg fort, stolpernd und holpernd zwar, aber hartnäckig. Das Publikum bestand hauptsächlich aus Arbeitern und ihren Familien, von denen viele kaum Englisch verstanden, aber der Prediger lernte ein paar spanische Schlüsselwörter, und wenn ihm das Vokabular ausging, griff er zu einer Schiefertafel, auf der er seine Ideen veranschaulichte. Anfangs kamen nur Freunde und Verwandte der Morales, die mehr interessiert daran waren, die Boa von nahem zu sehen, als daran, die philosophischen Aspekte des

Vortrags zu würdigen, aber bald sprach es sich herum, daß der Doktor der Göttlichen Wissenschaften nicht nur viel redete, sondern auch ungeheuer schnell zeichnen konnte – die tollsten Trickbilder, stell dir bloß vor, das mußt du gesehn haben, wie er das macht, einfach so, er schaut nicht mal hin –, und die Morales mußten niemanden mehr antreiben, um den Saal voll zu bekommen.
Als Reeves bemerkte, in welch bedrängten Verhältnissen seine Nachbarn lebten, verbrachte er Wochen in der Bibliothek und studierte die Gesetze, und so vermochte er seinen Zuhörern neben dem geistigen Rückhalt auch Ratschläge zu geben, wie sie ihr Schiffchen durch die unbekannten Gewässer des Systems steuern konnten. Dank ihm erfuhren die Einwanderer, daß sie, obwohl sie Illegale waren, einige bürgerliche Rechte genossen. Sie konnten ins Krankenhaus gehen, konnten ihre Toten auf dem Friedhof des County beerdigen – wenn sie es auch immer vorzogen, sie in ihren Heimatort zu schicken –, und so gab es noch eine Unzahl anderer Vorteile, von denen sie bis jetzt nichts gewußt hatten.
Im Barrio stand der Unendliche Plan in Konkurrenz zu dem Prunk des katholischen Zeremoniells, den Trommeln und Tschinellen der Heilsarmee, der unerhörten Vielweiberei der Mormonen und den jeweiligen Riten der sieben protestantischen Kirchen der Umgebung, eingeschlossen die Baptisten, die bekleidet in den Fluß tauchten, die Adventisten, die sonntags Zitronentorte verschenkten, und die Anhänger der Pfingstbewegung, die mit erhobenen Händen gehen, um den Heiligen Geist zu empfangen. Da aber niemand auf die eigene Religion verzichten mußte, denn im Kursus von Charles Reeves hatten alle Lehrmeinungen Platz, konnten Padre Larraguibel von der Lourdes-Kirche und die Pastoren der anderen Glaubensrichtungen nichts Handfestes gegen ihn einwenden, wenn sie auch dieses Mal alle einer Ansicht waren und jeder von seiner Kanzel aus den Prediger beschuldigte, ein Scharlatan ohne Fundament zu sein.

Von der ersten Begegnung an, als der Lastwagen der Reeves seine Fracht im Patio der Morales ablud, waren Gregory und Carmen, die kleinste Tochter der Morales, innige Freunde geworden. Ein Blick hatte ihnen genügt, um das verschworene Bündnis zu begründen, das ein Leben lang halten sollte. Das Mädchen war ein Jahr jünger, aber in praktischen Dingen erwies sie sich als sehr viel gewitzter, und sie übernahm es, ihn über die Geheimnisse und Tricks aufzuklären, die das Überleben im Barrio sicherten. Gregory war groß, schlank und sehr blond, und sie war klein, rundlich und karamelfarben. Der Junge verfügte über recht ungebräuchliche Kenntnisse, er konnte mit dem Erzählen von Opernhandlungen oder mit dem Beschreiben von Landschaften aus dem ›National Geographic‹ oder mit dem Aufsagen von Byrongedichten glänzen, er verstand eine Ente zu erlegen, einen Fisch auszunehmen und in Sekundenschnelle auszurechnen, wie weit ein Lastwagen in fünfundvierzig Minuten kommt, wenn er dreißig Meilen die Stunde fährt – alles von dürftiger Verwendbarkeit in seiner neuen Situation. Er wußte eine Boa in einen Sack zu stecken, aber er konnte nicht bis an die Ecke gehen, um Brot zu kaufen. Er hatte nie mit Gleichaltrigen zusammengelebt außer mit Judy, er hatte nie eine Klasse betreten, er ahnte nicht, wie boshaft Kinder sein können, und er wußte nichts von den ungeheuren rassischen Barrieren, denn Nora hatte ihm eingeprägt, daß die Menschen gut sind – das Gegenteil ist ein Irrtum der Natur – und daß alle gleich sind. Bis er in die Schule kam, hatte Gregory das auch geglaubt. Seine Hautfarbe und sein gänzlicher Mangel an Bosheit reizten die andern, und sie fielen über ihn her, wann immer sie konnten, meistens auf der Toilette, und ließen ihn halb betäubt von Schlägen zurück. Freilich war er nicht immer unschuldig, häufig provozierte er die Zusammenstöße.

Mit Juan José und Carmen dachte er sich freche Streiche aus, so zogen sie mit einer Spritze die Pfefferminzfüllung aus Schokoladenbonbons, ersetzten sie durch das schärfste Gewürz aus Inmaculadas Küche und boten die fragwürdige Süßigkeit der Martínezbande an, etwa in dem Sinne: Raucht mit uns die

Friedenspfeife, laßt uns doch Freunde sein, okay? Danach mußten sie sich eine Woche lang verstecken.
Jeden Tag, wenn es kaum zum Schulschluß geläutet hatte, rannte Gregory wie der Blitz nach Hause, verfolgt von einer Meute Jungens, die fest entschlossen waren, ihn fertigzumachen. Er war so flink auf den Beinen, daß er sich meistens noch im vollen Lauf umdrehen und seine Feinde beschimpfen konnte. Solange seine Familie im Patio der Morales kampierte, brauchte er keine Angst zu haben, denn von der Schule zum Haus war es nicht weit, Juan José begleitete ihn, und niemand konnte ihn auf der kurzen Strecke einholen, aber als sie in ihre neue Wohnung umgezogen waren, hatte sich die Entfernung verzehnfacht, und die Möglichkeit, rechtzeitig ans Ziel zu kommen, war höchst beunruhigend geschrumpft. Er wechselte den Weg, nahm verschiedene Abkürzungen und kannte Verstecke, wo er abwartete, bis sie es satt hatten, ihn zu suchen. Einmal schlich er sich in die Pfarrkirche, weil ihnen der Padre im Religionsunterricht erzählt hatte, daß seit dem Mittelalter die Tradition existierte, dem Fliehenden in der Kirche Zuflucht zu gewähren. Aber die Martínezbande verfolgte ihn bis ins Innere, und nach einer frevlerischen Jagd über alle Bänke erwischten sie ihn genau vor dem Altar und machten sich daran, ihm eine mit Fußtritten gespickte Tracht Prügel zu verpassen, unter den kaltblütigen Blicken der Heiligenstatuen mit ihren Glorienscheinen aus vergoldetem Messing. Auf das Geschrei lief der energische Pfarrer herbei und befreite Gregory von seinen über ihm knienden Feinden, indem er sie gebündelt an den Haaren hochzog.
»Gott hat mich nicht gerettet!« schrie der Junge eher wütend als wehklagend und deutete auf das blutüberströmte Kruzifix über dem Altar.
»Wieso denn nicht? Bin ich etwa nicht gekommen, um dir zu helfen, du undankbarer Bursche?« brüllte der Priester.
»Aber zu spät! Sehn Sie doch, was sie mit mir gemacht haben!« heulte er und zeigte auf seine Beulen.
»Gott hat keine Zeit für Dummheiten. Steh auf und putz dir die Nase!« befahl der Padre.

»Sie haben behauptet, hier ist man sicher ...«
»Klar, sofern der Feind weiß, daß dies ein heiliger Ort ist, aber diese Strolche ahnen ja nicht mal, was für ein Sakrileg sie begangen haben.«
»Ihre poplige Kirche ist aber auch für nichts zu gebrauchen!«
»Sieh dich ja vor, was du sagst, oder ich hau dir die Zähne ein, undankbarer Bengel!« Der Padre hob drohend die Hand.
»Sakrileg! Sakrileg!« konnte Gregory ihn gerade noch erinnern, und dieses Wort hatte die Kraft, das wallende baskische Blut des Priesters zu besänftigen, der tief einatmete, um den Zorn zu bändigen, und sich bemühte, in einem seinem heiligen Gewand angemesseneren Ton zu sprechen.
»Höre, Sohn, du mußt lernen, dich zu verteidigen. Hilf dir selbst, so hilft dir Gott, wie das Sprichwort sagt.«
Und von diesem Tag an schloß sich der gute Mann, der in seiner Jugend ein streitsüchtiger Bauernlümmel gewesen war, mit Gregory im Patio der Sakristei ein, um ihm das Boxen ohne große Rücksicht auf die Regeln der Ritterlichkeit beizubringen. Seine erste Lektion bestand aus drei unumstößlichen Grundsätzen: Das einzig Wichtige ist gewinnen, wer zuerst schlägt, schlägt zweimal, hau ihm direkt in die Eier – und möge Gott uns vergeben. Auf jeden Fall entschied der Junge, daß der Schoß der Kirche weniger sicher war als der von Inmaculada Morales, und sein Vertrauen auf seine Fäuste festigte sich in dem Maße, in dem sein Glaube an das göttliche Eingreifen ins Wanken kam. Wenn er jetzt in Bedrängnis geriet, lief er zum Haus seiner Freunde, sprang über die Patiomauer und ging in die Küche, wo er wartete, bis Judy zu seiner Rettung herbeieilte. Mit seiner Schwester konnte er ungefährdet gehen, denn sie war das hübscheste Mädchen der Schule, in das alle Jungen verliebt waren, und keiner hätte die Dummheit begangen, Gregory in ihrer Gegenwart eins auszuwischen.
Carmen und Juan José bemühten sich, zwischen ihrem neuen Freund und der übrigen Kinderherde zu vermitteln, aber das gelang ihnen nicht immer, denn Gregory war doch sehr fremdartig für sie, nicht nur seiner Farbe wegen, sondern weil er stolz, starrsinnig und störrisch war. Er hatte den Kopf voll von

Geschichten über Indianer, wilde Tiere und Opernhelden und von Gedanken über Seelen in Form von hängenden Orangen und Logi und Meister des Amtes, von denen weder der Padre noch die Lehrerinnen Näheres hören wollten. Außerdem verlor er bei der kleinsten Herausforderung die Beherrschung und stürzte sich geradewegs auf den Gegner, die Augen geschlossen und die Fäuste bereit, schlug blind drauflos und verlor fast jedesmal, er war der am meisten verprügelte Junge der Schule. Sie lachten über ihn, über seinen Hund, einen unansehnlichen Bastard mit kurzen Beinen, und sogar über das Aussehen seiner Mutter, die so altmodisch angezogen war und Heftchen über den Bahai-Glauben oder den Unendlichen Plan verteilte. Aber die schlimmsten Hänseleien zielten auf sein gefühlvolles Wesen. Die übrigen Jungen hatten die Macholehren ihres Milieus im Blut: Männer müssen mitleidlos sein, tapfer, beherrschend, auf sich gestellt, schnell mit der Waffe und den Frauen in jeder Beziehung überlegen. Die zwei Hauptregeln, die die kleinen Jungen schon in der Wiege lernen, sind: Männer vertrauen niemandem, und Männer weinen niemals, aus keinem Grund. Aber wenn Gregory die Lehrerin von den Robben in Kanada erzählen hörte, die von den Pelzjägern mit Knüppeln totgeschlagen werden, oder wenn der Padre von den Leprakranken in Kalkutta berichtete, standen seine Augen voll Wasser, und er war entschlossen, sich auf der Stelle in den Norden aufzumachen, um die armen Tiere zu verteidigen, oder als Missionar nach Indien zu gehen. Dagegen konnten sie ihn halb bewußtlos prügeln, ohne ihm eine Träne zu entlocken, aus Hochmut ließ er sich lieber zusammenschlagen, als um Gnade zu bitten, und nur deshalb betrachteten die anderen Jungen ihn nicht als unverbesserliches Muttersöhnchen. Trotz allem war er ein fröhliches Kind, konnte auf jedem Instrument Musik machen, hatte ein unfehlbares Gedächtnis für Witze und war der Liebling der Mädchen in der Schulpause.
Als Gegendienst für seine Boxlektionen verlangte der Padre, daß er ihm bei den sonntäglichen Messen assistierte. Als Gregory das bei den Morales erzählte, mußte er eine ganze Witzkanonade von Juan José und seinen Brüdern über sich ergehen

lassen, bis Inmaculada sie unterbrach und verkündete, weil ihr Sohn Juan José sich darüber lustig gemacht habe, werde er nun auch Ministrant werden, und es werde ihr eine große Ehre sein, Gott sei Dank. Die beiden Freunde verbrachten zähneknirschend viele Stunden in der Kirche, atmeten Weihrauch, klingelten mit Glöckchen und sagten ihre lateinischen Sprüchlein auf unter dem aufmerksamen Blick des Priesters, der sie selbst in den schwierigsten Augenblicken des Gottesdienstes überwachte, natürlich mit seinem berühmten dritten Auge, von dem die Leute sagten, er habe es im Nacken, damit er alle Sünden sehen könne. Dem Pfarrer gefiel es, daß einer seiner Gehilfen braun und der andere blond war, er meinte, daß diese Rassenintegration dem Schöpfer zweifellos Freude bereitete.

Vor der Messe richteten die Kinder den Altar her, und danach brachten sie die Sakristei in Ordnung. Wenn sie gingen, bekamen sie ein Anisbrot geschenkt, aber die wahre Belohnung waren ein paar heimliche Schlucke vom Abendmahlswein, einem abgelagerten Roten, süß und stark wie Jerezwein. Eines Morgens war die Begeisterung so groß, daß sie ohne Maß drauflostranken, die Flasche leerten und nun für die letzte Messe keinen Wein mehr hatten. Gregory hatte die Eingebung, die Kollekte um ein paar Cent zu erleichtern, pfeilschnell zum nächsten Laden zu sausen und eine Coca-Cola zu kaufen. Sie schüttelten die geöffnete Flasche, damit die Kohlensäure sich verflüchtigte, und füllten den Inhalt dann in das Meßkännchen. Während des Gottesdienstes führten sie sich auf wie die Clowns, und nicht einmal die mörderischen Blicke des Priesters konnten das Getuschel, das Gekicher, das Geschubse und das Glöckchenläuten zur Unzeit bremsen. Als der Padre den Kelch hob, um die Coca-Cola zu weihen, setzten sich die Jungen auf die Altarstufen, weil sie vor Lachen nicht mehr konnten. Dann trank der Priester, ganz in die Worte der Liturgie versunken, ehrfürchtig von der Flüssigkeit, und beim ersten Schluck wurde ihm klar, daß der Teufel seine Hand im Kelch gehabt hatte, es sei denn, die Weihe hätte eine nachweisbare Veränderung der Weinmoleküle vollbracht, eine Vorstellung, die sein praktischer Sinn augenblicklich verwarf. Er hatte eine langjährige Übung in den Wechselfällen des Lebens und führte die Messe unerschütterlich fort, ohne durch eine Geste zu verraten, daß etwas Ungewöhnliches vorgefallen war. Er beendete das Ritual ohne Eile, schritt würdevoll hinaus, gefolgt von seinen stolpernden Ministranten, und als sie dann in der Sakristei waren, zog er eine seiner schweren Sandalen aus und ging daran, ihnen eine sehr überzeugende Tracht Prügel zu verabreichen.

Als meine Familie sich an die neuen Lebensbedingungen gewöhnt hatte und mein Vater sich kräftiger fühlte, begannen die Ausbesserungen an der Hütte. Durch die Hilfe der Morales und ihrer Freunde sah man zwar keine Ruine mehr, aber es fehlten doch immer noch einige notwendige Einrichtungen. Mein Vater installierte eine primitive elektrische Leitung, zimmerte ein Häuschen für die Toilette, und wir beide reinigten das Gelände von Steinen und Gestrüpp, damit meine Mutter den Garten für Gemüse und Blumen anlegen konnte, den sie sich immer gewünscht hatte. Er baute auch einen kleinen Schuppen direkt am Rande des Abhangs, an den das Grundstück grenzte, um darin sein Arbeitsgerät und die Reiseausrüstung aufzubewahren, denn er hegte immer noch die Illusion, eines Tages seine Überlandfahrten mit einem anderen Lastwagen wieder aufnehmen zu können. Dann wies er mich an, ein tiefes Loch auszuheben, denn in Übereinstimmung mit einem griechischen Philosophen sei er der Meinung, vor dem Sterben müsse jeder Mann einen Sohn gezeugt, ein Buch geschrieben, ein Haus gebaut und einen Baum gepflanzt haben, und die ersten drei Bedingungen habe er bereits erfüllt. Ich grub, wo er es mir angab, aber ohne jede Begeisterung, ich wollte doch nicht zu seinem Tod beitragen, aber ich wagte nicht, mich zu weigern oder die Arbeit halb liegenzulassen. »Einmal, als ich auf der Sternenebene wanderte, wurde ich in einen Raum geführt, der so groß war wie eine Fabrik«, pflegte Charles Reeves seinen Zuhörern zu erzählen. »Hier sah ich viele interessante Maschinen, einige waren nicht fertiggestellt, andere waren unsinnig, die mechanischen Prinzipien waren höchst fragwürdig, und man sah, daß sie niemals richtig funktionieren würden. Ich fragte einen Logi, wem sie gehörten. Das sind deine unvollendeten Werke, erklärte er mir. Ich erinnerte mich, daß ich in meiner Jugend den Ehrgeiz hatte, ein Erfinder zu werden. Diese grotesken Maschinen waren Produkte aus jener Zeit, und seither waren sie hier gelagert und warteten, daß ich über sie verfügte. Die Gedanken nehmen Form an, je bestimmter eine Idee, um so konkreter ist die Form. Man darf weder Ideen noch Vorhaben unvollendet lassen, sie müssen zerstört werden, denn sonst wird Energie verschwendet, die man besser an einen anderen Gegenstand gewendet hätte. Man muß konstruktiv, aber umsichtig denken.« Ich hatte diese Geschichte schon oft gehört, und diese Besessenheit, alles zu vollenden und jedem Ding und jedem Gedanken einen festen Platz zuzuweisen, ödete mich an, denn nach dem, was ich um mich herum sah, war die Welt ein einziges Durcheinander.

Mein Vater ging am nächsten Tag zeitig aus dem Haus und kehrte mit Pedro Morales im Lieferwagen zurück, auf dem eine Weide von beachtlicher Größe lag. Die beiden schleppten sie mit Müh und Not zu dem Loch und pflanzten sie ein. Mehrere Tage beobachtete ich den Baum und meinen Vater in der Erwartung, den ersten jeden Augenblick vertrocknen und den zweiten wie vom Blitz getroffen umfallen zu sehen, aber da nichts dergleichen geschah, war es für mich ausgemacht, daß die alten Philosophen nichtsnutzige Schwätzer waren.

Die Angst, Waise zu werden, bedrückte oft mein Gemüt. Im Traum erschien mir mein Vater als knarrendes Skelett, behängt mit einem schwarzen Talar, und wenn ich wach wurde, erinnerte ich mich, wie ich ihn im Krankenhaus gesehen hatte, zum Gerippe abgemagert. Der Gedanke an den Tod jagte mir Entsetzen ein. Seit wir in der Stadt wohnten, verfolgte mich ein Vorgefühl von Gefahr. Die wohlbekannten Lebensregeln bröckelten mir weg, selbst die Worte verloren ihren gewohnten Sinn, und ich mußte neue Verhaltensnormen lernen, andere Gesten, eine fremde Sprache, die härter und zugleich wohllautender klang. Die endlosen Highways und die weiten Landschaften waren ersetzt worden durch eine Anhäufung von lärmenden, schmutzigen, übelriechenden, aber auch faszinierenden Straßen, wo das Abenteuer einen auf Schritt und Tritt ansprang. Ihrer Anziehungskraft zu widerstehen war unmöglich, in ihnen verlief das Leben, sie waren der Schauplatz von Prügeleien, Liebesdramen und Geschäften. Mich bezauberte die lateinamerikanische Musik und der Brauch, Geschichten zu erzählen. Die Leute sprachen von ihrem Leben im Ton von Legenden. Ich glaube, ich lernte das Spanische nur, um kein Wort von diesen Geschichten zu versäumen.

Mein Lieblingsort war die Küche von Inmaculada Morales zwischen den Wohlgerüchen aus den Töpfen und der Geschäftigkeit der Familie. Ich wurde dieses ewigen Zirkus nicht müde, aber ich spürte auch das heimliche Bedürfnis, die Stille der Natur wiederzugewinnen, in der ich aufgewachsen war, ich suchte nach Bäumen, lief stundenlang, um auf einen kleinen Hügel zu steigen, wo ich für ein paar Minuten die Freude wieder fühlte, zu leben und ich selbst zu sein. In der übrigen Zeit empfand ich meinen Körper nur als Behinderung, ich mußte ihn vor ständigen Bedrohungen schützen, meine hellen Haare, die Farbe meiner Haut und meiner Augen, mein vogelleichter Knochenbau, alles belastete mich mit Zentnerschwere. Inmaculada Morales sagt, ich sei ein fröhliches Kind gewesen, voller Kraft und Energie und von einer ungeheuren Lebenslust, aber in meiner Erinnerung sehe ich mich nicht so. Im Barrio erfuhr ich den Schmerz des Andersseins, ich gehörte nicht dazu, und dabei wünschte ich so sehr, wie die übrigen zu sein, mich in der Menge aufzulösen, mich unsichtbar zu machen und so ruhig durch die Straßen zu gehen und im Schulhof zu spielen, befreit von den Banden braunfarbiger Jungen, die auf mich die Aggressionen abluden, die sie selbst von den Weißen hinnehmen mußten, wenn sie nur die Nase aus ihrem Viertel steckten.

Als mein Vater aus dem Krankenhaus gekommen war, hatten wir scheinbar wieder ein normales Leben aufgenommen, aber das Gleichgewicht der Familie war gestört. Auch Olgas Fehlen belastete die Atmosphäre, ich vermißte ihren Schatzkoffer, ihre

Weissageutensilien, ihre anstößigen Kleider, ihr unverschämtes Lachen, ihre Geschichten, ihren unermüdlichen Tatendurst. Ohne sie war das Haus wie ein wackliger Tisch. Meine Eltern übergingen das Thema mit Stillschweigen, und ich wagte nicht, um Erklärungen zu bitten. Meine Mama wurde zeitweise noch stiller und abwesender, während mein Vater, der seinen Charakter immer gut in der Gewalt gehabt hatte, aufbrausend, unberechenbar und sogar gewalttätig wurde. Das liegt an der Operation, die Chemie seines Leiblichen Körpers ist verändert worden, deswegen hat seine Aura sich verdunkelt, rechtfertigte Mama ihn im Jargon des Unendlichen Plans, aber ohne auch nur eine Spur von Überzeugung in der Stimme. Ich hatte mich bei ihr nie behaglich gefühlt, dieses farblose, zu jedem liebenswürdige Wesen unterschied sich so sehr von den Müttern anderer Kinder. Entschlüsse, Bewilligungen und Strafen kamen immer von meinem Vater, Trost und Lachen von Olga, die Vertraute war Judy. Mit meiner Mutter verbanden mich nur Bücher und Schulhefte, die Musik und die Vorliebe dafür, die Sternbilder zu beobachten. Niemals berührte sie mich, an ihre körperliche Distanz und ihr zurückhaltendes Wesen war ich schon gewöhnt.

Und eines Tages verlor ich auch Judy. Damals erlebte ich den panischen Schrecken der absoluten Einsamkeit, den ich erst ein paar Jahrzehnte später überwinden konnte, als eine unerwartete Liebe diesen Fluch aufhob. Judy war immer ein offenherziges, freundliches Kind gewesen, das mich beschützte, mich leitete, mich an ihrem Rockzipfel hängen ließ. Abends schlüpfte ich in ihr Bett, und sie erzählte mir Geschichten oder erfand Träume für mich mit genauen Angaben, wie ich sie zu träumen hatte. Die Körperformen meiner schlafenden Schwester, ihre Wärme und der Rhythmus ihres Atems begleiteten den ersten Teil meiner Kindheit, an ihrer Seite zusammengerollt vergaß ich die Angst, neben ihr konnte niemand und nichts mir etwas Böses antun.

Eines Abends im April, als Judy neun Jahre alt war und ich sieben, wartete ich, bis alles still war, schälte mich aus meinem Schlafsack und wollte in ihren kriechen, wie ich es immer tat, aber ich stieß auf wütenden Widerstand. Bis zum Kinn zugedeckt, die Hände um die Öffnung ihres Schlafsacks gekrampft, schrie sie mich an, ich mag dich nicht!, und daß sie mich niemals mehr bei sich schlafen lassen werde, daß Schluß sei mit den Geschichten, den erfundenen Träumen und all dem andern und daß ich zu groß sei für diesen Blödsinn.

»Was ist mit dir, Judy?« fragte ich flehend, entsetzt nicht so sehr über ihre Worte als über den wilden Groll in ihrer Stimme.

»Scher dich zum Teufel und rühr mich nie wieder an, nie, nie, nie!« Und sie fing an zu weinen und drehte das Gesicht zur Wand.

Ich setzte mich neben sie auf den Fußboden und wußte nicht, was ich sagen sollte, ich war über ihr Weinen ebenso traurig wie über die heftigen Worte. Eine ganze Zeit später stand ich auf und ging auf Fußspitzen zur Tür, um Oliver hereinzulassen, und von diesem Tag an schlief ich mit meinem Hund im Arm.

In den folgenden Monaten hatte ich das Gefühl, daß es in unserem Haus ein Geheimnis gab, von dem ich ausgeschlossen war, ein Geheimnis zwischen meinem Vater und meiner Schwester oder vielleicht zwischen ihnen und meiner Mutter oder zwischen ihnen allen und Olga. Ich spürte, daß es besser war, die Wahrheit gar nicht zu wissen, und versuchte nicht, sie zu ergründen. Die Atmosphäre war so geladen, daß ich es vorzog, so wenig wie möglich zu Hause zu sein. Ich besuchte Olga oder die Morales, ich lief hinaus aufs freie Land, bis ich meilenweit weg war, und kehrte bei Dunkelwerden zurück, ich versteckte mich in dem kleinen Schuppen zwischen Gerätschaften und Bündeln und weinte stundenlang, ohne recht zu wissen, warum. Keiner stellte mir Fragen.

Das Bild meines Vaters begann sich zu verwischen und wurde durch das eines Unbekannten ersetzt, eines ungerechten, jähzornigen Mannes, der Judy hätschelte, aber mich beim geringsten Anlaß schlug und mich von sich stieß, geh und spiel draußen, Jungens gehören auf die Straße, wenn sie stark werden wollen, knurrte er mich an. Keine Ähnlichkeit gab es mehr zwischen dem untadeligen, charismatischen Prediger und diesem widerwärtigen alten Mann, der den Tag damit verbrachte, in einem Sessel Radio zu hören, unrasiert und nur halb angezogen. Damals malte er auch nicht mehr, und ebensowenig konnte er sich dem Unendlichen Plan widmen, die Situation der Familie verschlechterte sich zusehends, und wieder war Inmaculada Morales da mit ihren pikanten Speisen, ihrem großzügigen Lächeln und ihrem guten Auge für die Bedürfnisse anderer. Olga gab mir Geld mit der Anweisung, es heimlich in die Handtasche meiner Mutter zu stecken. Diese ungewöhnliche Form des Geldzuwachses hielt sich viele Jahre, ohne daß meine Mutter je auch nur die kleinste Bemerkung dazu machte, als hätte sie die geheimnisvolle Vervielfältigung von Geldscheinen nie bemerkt.

Olga hatte das Talent, ihrer Umgebung ihren extravaganten Stempel aufzudrücken. Sie war ein abenteuerlustiger Zugvogel, aber wo sie sich niederließ, und sei es nur für ein paar Stunden, gelang es ihr, die Illusion eines für die Dauer bestimmten Nestes zu schaffen. Sie hatte nur wenige Besitztümer, aber sie verstand sie so um sich herum zu verteilen, daß sie in einem Koffer Platz gehabt hätten, wenn der Raum klein war, und wenn er größer war, blähten sie sich auf, bis sie ihn ganz ausfüllten. Ob unter einem Zelt an irgendeiner Wegbiegung, ob in einer Hütte oder in einer Gefängniszelle, wo sie später einige Zeit zubringen mußte, immer war sie Königin in ihrem Palast. Als sie sich von den Reeves getrennt und zu einem mäßigen Preis ein Zimmer gemietet hatte, eine ziemlich schäbige Bleibe mit der melancholischen Patina des übrigen Viertels, verschönerte sie es mit eigenen Farben und verwandelte es in kurzer Zeit in einen Anlaufort für diejenigen, die sich bemüßigt fühlten, nach der Richtung zu fragen: drei Häuserblocks geradeaus, rechts einbiegen, und wenn Sie links ein buntscheckiges Haus sehen, sind Sie da. Die Außentreppe und die beiden Fenster waren in ihrem Stil dekoriert, Gehänge aus Muscheln und Glasperlen riefen die Passanten mit ihrem Glöckchengeklingel, bunte Lämpchen blinkten wie zu einem immerwährenden Weihnachtsfest, und Olgas Name in Kursivbuchstaben krönte die ganze wunderliche Pagode. Die Hauseigentümer wurden es nach und nach müde, ein wenig mehr Zurückhaltung zu verlangen, und fanden sich schließlich mit dem Plunder ab, der das Gebäude verzierte. Bald gab es viele Meilen im Umkreis niemanden mehr, der nicht gewußt hätte, wo Olga wohnte.

Im Innern bot die Wohnung einen ähnlich skurrilen Anblick. Ein Vorhang teilte das Zimmer in zwei Teile, in dem einen bediente sie ihre Kundschaft, in dem andern stand ihr Bett und hingen ihre Kleider an Nägeln, die sie in die Wand geschlagen hatte. Sie nutzte ihre künstlerische Begabung und den Kasten mit Ölfarben, den sie noch von ihrer Malergemeinschaft mit Charles Reeves her besaß, und bedeckte die Wände mit Tierkreiszeichen und Wörtern in kyrillischer Schrift, die großen Eindruck auf die Besucher machten. Sie kaufte einige Matratzen aus zweiter Hand und verwandelte sie mit viel Einbildungskraft in orientalische Diwane; auf Regalen reihten sich Statuetten von Heiligen und Magiern, Gefäße mit Arzneitränken, Kerzen und Amulette; von der Decke hingen Büschel von getrockneten Kräutern, und es war schwierig, sich zwischen den zwergenkleinen Tischen zu bewegen, wo sie Räucherschalen mit Weihrauch von zweifelhafter Qualität aufbaute, die sie in den Läden der Pakistani gekauft hatte. Der süßliche Duft lag in ewigem Kampf mit dem Geruch der Pflanzen und Heiltränke, der Essenzen für die Liebe und der Altarkerzen, die sie zum Besprechen brauchte. Über die Lampen hängte sie Schals mit Fransen, legte ein mottenzerfressenes Zebrafell über den Fußboden, und neben dem Fenster thronte dickbäuchig ein großer Buddha aus vergoldetem Gips. In dieser Höhle schaffte sie es, zu kochen, zu leben und ihren Beruf auszuüben, alles in einem winzigen Raum, der sich durch die Kunst der Phantasie ihren Bedürfnissen und Launen anpaßte.

Als sie ihr Heim fertig ausgestattet hatte, ließ sie verbreiten, es gebe Frauen, die fähig seien, den Lauf des Unglücks zu wenden und in das Dunkel der Seele zu blicken, und sie sei eine solche Frau. Dann setzte sie sich hin und wartete, aber nicht lange,

denn die Leute wußten schon von der Heilung der bärtigen Lebensmittelhändlerin, und bald drängten sich die Kunden danach, ihre Dienste in Anspruch zu nehmen.
Gregory besuchte Olga alle nasenlang. Bei Unterrichtsschluß rannte er sofort los, verfolgt von der Bande von Martínez, einem etwas älteren Jungen, der zwar immer noch in der zweiten Klasse saß, weil er nicht lesen lernte und weil ihm das Englische nicht in den Schädel ging, der aber bereits die Statur und die Einstellung eines Raufboldes hatte. Oliver wartete bellend neben dem Zeitungskiosk in dem tapferen Bestreben, die Feinde aufzuhalten und seinem Herrn zu einem Vorsprung zu verhelfen, sauste dann aber wie ein Pfeil hinter ihm her zu seinem Ziel. Um Martínez von seiner Spur abzubringen, wich der Junge zu Olgas Wohnung aus. Seine Besuche bei der Hellseherin waren jedesmal ein kleines Fest.
Einmal kroch er unter das Bett, ohne daß sie ihn gesehen hatte, und erlebte dort in seinem Versteck eine ihrer ungewöhnlichen Sprechstunden. Der Besitzer der Kneipe »Los Tres Amigos«, ein eitler Weiberheld mit einem Clark-Gable-Schnurrbart und einer Leibbinde, um den Bauch im Zaum zu halten, erschien sehr beunruhigt bei der Zauberin und suchte Erleichterung von einem heimlichen Leiden. Sie empfing ihn in eine Astrologentoga gehüllt in dem nach Weihrauch duftenden Zimmer, das von roten Glühbirnen nur schwach erhellt wurde. Der Mann setzte sich vor den runden Tisch, an dem sie ihre Kunden bediente, und erzählte stotternd nach längerer Vorrede und mit der Bitte um äußerste Diskretion, daß er an einem ständigen Brennen in den Genitalien leide.
»Mal sehen, zeigen Sie her«, befahl Olga und untersuchte dann lang und breit mit einer Taschenlampe und einer Lupe den fraglichen Körperteil, während Gregory sich in die Hände biß, um unter dem Bett nicht laut loszuplatzen.
»Ich habe die Mittel angewendet, die sie mir im Krankenhaus verschrieben haben, aber nichts ist. Seit vier Monaten gehe ich fast kaputt, Doña.«
»Es gibt Krankheiten des Körpers und Krankheiten der Seele«, diagnostizierte die Zauberin und kehrte auf ihren Thron auf

der anderen Seite des Tisches zurück. »Dies ist eine Krankheit der Seele, deshalb kann sie mit normaler Medizin nicht geheilt werden. Womit du sündigst, damit zahlst du.«

»Aha?«

»Sie haben schlechten Gebrauch von Ihrem Organ gemacht. Manche Fehler bezahlt man mit ansteckenden Krankheiten, andere mit moralischem Höllenjucken«, erklärte Olga, die über jeden Klatsch im Viertel auf dem laufenden war, den schlechten Ruf ihres Klienten kannte und in der Woche zuvor der untröstlichen Ehefrau des Barbesitzers Pulver für die Treue verkauft hatte. »Ich kann Ihnen helfen, aber ich sage Ihnen gleich, daß jede Konsultation Sie fünf Dollar kostet und daß die Behandlung nicht sehr angenehm sein wird. Über den Daumen gepeilt schätze ich, daß Sie mindestens fünf Sitzungen brauchen.«

»Wenn es mir danach besser geht...«

»Sie müssen mir fünfzehn Dollar im voraus bezahlen. So sichern wir uns, daß Sie sich nicht auf halbem Wege anders besinnen. Bedenken Sie, wenn ich mit dem Besprechen angefangen habe, muß ich es auch zu Ende führen, sonst trocknet Ihnen das Glied ein, und Sie haben da nur noch eine Dörrpflaume. Haben Sie mich verstanden?«

»Aber natürlich, Doñita, ganz, wie Sie sagen«, willigte der Frauenjäger verstört ein.

»Ziehen Sie unten herum alles aus, das Hemd können Sie anbehalten«, ordnete sie an, bevor sie hinter dem Wandschirm verschwand, um die nötigen Ingredienzen für die Heilung vorzubereiten.

Der Mann mußte sich mitten ins Zimmer stellen, sie umgab ihn mit einem Kreis aus brennenden Kerzen, streute ihm ein weißes Pulver auf den Kopf, während sie eine Litanei in einer unbekannten Sprache hersagte, und salbte dann die betroffene Stelle ein mit etwas, was Gregory nicht sehen konnte, was aber zweifellos von großer Wirksamkeit war, denn nach wenigen Sekunden sprang der Unglückliche umher wie vom Affen gebissen und schrie aus voller Kehle.

»Verlassen Sie mir ja nicht den Kreis!« ermahnte Olga ihn,

während sie ruhig abwartete, daß ihm der Höllenjuckreiz verging.

»Au, au, tut das gemein weh, Heilige Mutter Gottes! Das ist ja schlimmer als Chilipfeffer ...« ächzte der Patient, als er wieder atmen konnte.

»Wenn's nicht weh tut, heilt's auch nicht«, entschied sie, denn sie kannte die Wohltaten der Strafe, um Schuld loszuwerden, das Gewissen reinzuwaschen und nervöse Leiden zu kurieren. »Jetzt werde ich Ihnen etwas Kühlendes draufgeben«, und damit pinselte sie ihm Methylenblau auf seine schmerzenden Teile, dann wand sie ihm eine Binde herum und trug ihm auf, in der nächsten Woche wiederzukommen, sich jeden Morgen mit der Tinktur einzupinseln und im übrigen die Binde nicht abzunehmen, unter keinen Umständen.

»Aber wie soll ich dann ... also, Sie verstehn mich schon, mit diesem Lappen da ...«

»Sie werden sich eben wie ein Heiliger benehmen müssen, was sonst. Dies ist Ihnen passiert, weil Sie fremdgegangen sind, warum geben Sie sich auch nicht mit Ihrer Frau zufrieden? Die arme Person hat sich den Himmel verdient, die sind Sie gar nicht wert!« Und mit dieser letzten Ermahnung, sich anständig zu führen, entließ sie ihn.

Gregory wettete einen Dollar mit Carmen und Juan José, daß der Wirt von der Kneipe einen blauen Schwanz hatte, der mit einer Geburtstagsschleife geschmückt war. Die Kinder hockten einen Morgen lang auf dem Dach der »Tres Amigos« und spähten durch ein Loch in die Toilette, bis sie die Sehenswürdigkeit vor ihren eigenen Augen bestätigt sahen. Nur wenig später kannte das ganze Barrio die Geschichte, und von da an mußte der Kneipier sich mit dem Spitznamen »Veilchenschwanz« abfinden, der ihn bis ins Grab begleiten sollte.

Wenn Olga ihn nicht einließ, weil sie gerade mit einem Klienten beschäftigt war, setzte Gregory sich auf die Treppe und überprüfte den neuesten Schmuck an der Hausfassade. Manchmal öffnete sie die Tür nur mit einem Bademantel bekleidet, das Haar zerwühlt, daß es ihr wie ein Büschel aus rotem Seetang vom Kopf abstand, und gab ihm Kuchen oder eine Geldmünze,

ich kann dich heut nicht reinlassen, Greg, ich habe Arbeit, komm morgen wieder, sagte sie und küßte ihn flüchtig auf die Wange. Der Junge ging enttäuscht davon, aber er verstand, daß sie unumgängliche Pflichten hatte.
Unter den Kunden gab es die verschiedensten Typen: Verzweifelte auf der Suche nach einem Weg, ihr Schicksal zu wenden, schwangere Frauen, die bereit waren, jedes Hilfsmittel zu nutzen, um die Natur zu prellen, Kranke, die das Vertrauen in die herkömmliche Medizin verloren hatten, wütende Liebhaber, die nach Rache dürsteten, Einsame, die unter der Stille litten, und gewöhnliche Leute, die nur eine Massage, einen Fetisch, eine Weissagung aus der Hand oder einen Tee aus orientalischen Blumen gegen den Kopfschmerz wünschten. Für jeden hatte Olga eine Dosis Magie und Illusion übrig, ohne lange über die Rechtmäßigkeit ihrer Methoden nachzudenken, denn hier im Barrio kannte keiner die Gesetze der Gringos so genau, und ohnehin hielt keiner sie für wichtig.
Die Hellseherin hatte keine eigenen Kinder und hatte in ihrem Herzen die Geschwister adoptiert. Sie war nicht gekränkt über Judys abweisende Haltung, denn sie wußte, sowie die Kleine sie brauchte, würde sie wieder zu ihr kommen, und sie war dankbar für Gregorys Treue, den sie mit Zärtlichkeit und Geschenken belohnte. Durch ihn wußte sie, was bei den Reeves vorging. Immer wieder fragte der Junge sie, weshalb sie denn nicht zu Besuch kam, aber er erhielt nur vage Antworten. Einmal, als die Hellseherin ihn nicht hereinlassen konnte, glaubte er, die Stimme seines Vaters durch die Tür zu hören, und das Herz wollte ihm fast zerspringen: Er sah sich am Rand eines bodenlosen Abgrundes stehen. Er rannte fort ohne den Wunsch, herauszufinden, was er fürchtete, aber die Neugier war stärker, und so kehrte er auf halbem Wege um, versteckte sich in einem Torweg und wartete, daß Olgas Kunde aus dem Haus kam. Die Nacht brach an, ohne daß die Tür sich geöffnet hätte, und schließlich mußte er heimgehen. Als er ins Zimmer trat, saß Charles Reeves in seinem Korbsessel und las die Zeitung.

Wie lange lebte mein Vater wirklich? Wann begann er zu sterben? In den letzten Monaten war er nicht mehr er selbst, sein Körper hatte sich so sehr verändert, daß man ihn kaum wiedererkannte, und auch sein Geist war dahin. Nur noch ein unheilvoller Hauch schien in diesem Greis zu atmen, der sich auch weiterhin Charles Reeves nannte, der jedoch nicht mein Vater war. An den habe ich keine bösen Erinnerungen. Judy dagegen ist voller Haß.
Wir haben darüber gesprochen, aber wir konnten uns weder über die Tatsachen noch über die beteiligten Personen einigen, als wäre jede der Hauptdarsteller in einer anderen Geschichte. Wir lebten zur selben Zeit im selben Haus, dennoch hat ihr Gedächtnis nicht dasselbe aufgezeichnet wie das meine. Meine Schwester kann nicht verstehen, daß ich auch weiterhin an dem Bild eines guten, freundlichen Vaters festhalte und an einer glücklichen Zeit, in der wir in der freien Natur unter der hohen Kuppel eines Himmels voller Sterne zelteten oder in der Abenddämmerung ins Schilf geduckt Enten jagten. Sie schwört, so seien die Dinge nie gewesen, es habe immer Gewalttätigkeit in unserer Familie gegeben, Charles Reeves sei ein unbedeutender Scharlatan gewesen, ein Lügenverkäufer, ein entarteter Mensch, der an purer Lasterhaftigkeit gestorben sei und uns nichts Gutes hinterlassen habe. Sie wirft mir vor, ich hätte die Vergangenheit verdrängt, sie sagt, ich täuschte mich lieber über seine Verderbtheit hinweg, und das muß wahr sein, denn ich wußte nicht, daß er Alkoholiker war und voller Bosheit, wie sie behauptet. »Erinnerst du dich denn nicht, wie er dich für jede kleine Dummheit mit einem Lederriemen geschlagen hat?« fragt Judy mich immer wieder. Doch, ich erinnere mich, aber ich trage ihm das nicht nach, zu jener Zeit wurden alle Jungen verprügelt, das gehörte zur Erziehung. Judy behandelte er besser, offenbar konnte er sich nicht daran gewöhnen, kleine Mädchen zu schlagen.
Im übrigen war ich ein sehr unruhiges und eigensinniges Kind. Meine Mutter konnte mich niemals gefügig machen, deshalb versuchte sie bei mehr als einer Gelegenheit, sich von mir zu befreien. Kurz bevor sie starb, bei einer der seltenen Begegnun-

gen, bei denen wir miteinander sprechen konnten, ohne uns gegenseitig zu verletzen, versicherte sie mir, sie habe das nicht aus Mangel an Liebe getan, sie habe mich immer sehr geliebt, aber sie habe befürchtet, sie würde nicht imstande sein, für zwei Kinder zu sorgen, und natürlich behielt sie lieber meine Schwester bei sich, die folgsamer war, mich dagegen konnte sie nicht unter Kontrolle bringen. Bisweilen träume ich davon, wie ich mit ihr im Hof des Waisenhauses stehe. Judy war viel besser als ich, daran gibt es keinen Zweifel, sie war ein sanftes, freundliches Kind, immer bereit zu gehorchen, und sie besaß diese natürliche Koketterie der hübschen kleinen Mädchen. So war sie, bis sie etwa dreizehn, vierzehn war. Später veränderte sie sich.

Es begann mit dem Geruch nach Mandeln. Er kehrte mit hinterlistiger Heimlichkeit zurück, fast unmerklich zu Anfang, ein schwacher Windstoß, der vorüberzog, ohne Spuren zu hinterlassen, so leicht, daß es mir unmöglich war, festzustellen, ob ich ihn wirklich verspürt hatte oder ob es nur die Erinnerung an den Besuch im Krankenhaus war, als sie meinen Vater operiert hatten. Dann kam der Lärm. Die auffallendste Veränderung war dieser Lärm. Früher, in den Zeiten der Lastwagenfahrten, war die Stille ein Teil des Lebens gewesen, jeder Laut hatte seinen bestimmten Raum gehabt. Unterwegs hörte man nur den Motor und ab und zu die Stimme meiner lesenden Mutter; wenn wir lagerten, vernahmen wir das Prasseln des brennenden Holzes, das Schaben des Schöpflöffels im Kochtopf, die Fragen und Antworten beim Unterricht, kurze Gespräche, das Lachen meiner Schwester, die mit Olga spielte, Olivers Bellen. In den Nächten war die Stille so dicht, daß der Schrei einer Eule oder das Heulen eines Kojoten einen aufschreckten.

Meinem Vater zufolge hat jeder Laut seinen Augenblick, wie jedes Ding seinen Platz hat. Er war entrüstet, wenn jemand ein Gespräch unterbrach. Bei seinen Vorträgen mußte man den Atem anhalten, selbst ein unwillkürliches Husten hatte seinen eisigen Blick zur Folge. Aber als es auf das Ende zuging, verwahrloste alles im Geist meines Vaters.

Bei seinen astralen Wanderungen muß er nicht nur auf diese Flugzeughalle voller mißratener Apparate und wahnsinniger Erfindungen gestoßen sein, sondern auch auf Räume, die überquollen von sinnlosen Gesten und Worten, auf andere, die zum Bersten angefüllt waren mit aberwitzigen Vorhaben, und auf einen, wo der Lärm des Zusammenbruchs dröhnte, als schlüge man eine monströse eiserne Glocke an. Ich spreche nicht von den Geräuschen des Barrios, dem Straßenverkehr, den Rufen der Leute, den Maschinen der Arbeiter, die eine Tankstelle bauten, sondern von der Verwilderung der Töne, die seine letzten Monate kennzeichnete. Das Radio, das früher nur eingeschaltet wurde, um Nachrichten vom Krieg oder klassische Musik zu hören, brüllte jetzt Tag und Nacht in voller Lautstärke blödsinnige Werbespots, Baseball-Reportagen und banale Schlager. Über dieses Getöse hinweg beschwerte sich mein Vater schreiend über Nichtigkeiten, gab widersprüchliche Anordnungen, rief uns alle Augenblicke zu sich, las laut seine eigenen Predigten oder Stellen aus der Bibel vor, hustete, spuckte unaufhörlich aus und schnaubte sich die Nase mit überflüssigen Donnerlauten, schlug Nägel in die Wände und spielte mit seinen Werkzeugen, als besserte er irgendeinen Schaden aus, aber in Wirklichkeit hatte dieses frenetische Herumwirtschaften kein bestimmtes Ziel. Sogar sein Schlaf war geräuschvoll. Dieser Mann, dessen Manieren und Gewohnheiten früher so makellos gewesen waren, schlief plötzlich bei Tisch ein, den Mund voller Essen, von einem tiefen Schnarchen geschüttelt, schnaufend und brabbelnd, verloren im Labyrinth Gott weiß welcher wollüstiger Wahnvorstellungen. Hör auf, Charles, weckte ihn meine Mutter verstört, wenn sie ihn dabei ertappte, daß er im Schlaf an seinem Glied herumfingerte; es ist das Fieber, Kinder, fügte sie hinzu, um uns zu beruhigen. Mein Vater delirierte, ohne Zweifel, das Fieber überfiel ihn am Tag mit erschreckender Häufigkeit, aber auch nachts fand er keine Erleichterung, wenn er erwachte, war er in Schweiß gebadet. Meine Mutter wusch jeden Morgen die Bettwäsche, die nicht nur vom Schweiß des Todeskampfes, sondern auch von Blut und Eiter aus den Furunkeln befleckt war. An seinen Beinen brachen eitrige Abszesse auf, die er mit Arnika und heißen Kompressen behandelte. Seit seine Krankheit begonnen hatte, schlief meine Mutter nicht mehr in ihrem Bett, sie verbrachte die Nächte im Korbsessel, mit einem wollenen Umlegetuch zugedeckt.

Als das Ende nahte und mein Vater nicht mehr imstande war aufzustehen, weigerte Judy sich, in sein Zimmer zu gehen, sie wollte ihn nicht sehen, und keine Drohung und keine Versprechungen vermochten sie dazu zu bringen, den Kranken zu besuchen. Nun konnte ich mich dem Kranken nach und nach nähern, zuerst beobachtete ich ihn von der Schwelle aus, und schließlich setzte ich mich auf den Bettrand. Er war zum Skelett abgezehrt, die grünliche Haut klebte auf den Knochen, die Augen waren tief in die Höhlen gesunken, nur das asthmatische Keuchen seines Atems zeigte an, daß er noch lebte. Ich berührte seine Hand, er öffnete die Lider, aber sein Blick erkannte mich nicht. Manchmal sank das Fieber, und er schien von einem langen Tod aufzuerstehen, er trank ein wenig Tee, bat, das Radio einzuschalten, erhob sich und machte ein paar schwankende Schritte. Eines Morgens ging er halbnackt in den Patio, um sich die Weide anzusehen, und zeigte mir die biegsamen Zweige; die wächst und wird leben, um mich zu beweinen, sagte er.

Als Judy und ich an diesem Tag aus der Schule kamen, sahen wir schon von weitem den Krankenwagen vor unserm Haus stehen. Ich rannte los, die Gasse hinauf, aber Judy setzte sich auf den Rinnstein, die Arme um ihre Schultasche geschlungen. Schon hatten sich ein paar Neugierige im Patio zusammengefunden. Inmaculada Morales stand vor dem Haus und half zwei Krankenwärtern, eine Trage durch die zu enge Tür zu bugsieren. Ich ging ins Haus und klammerte mich an das Kleid meiner Mutter, aber sie stieß mich wild von sich, als wäre ihr übel. In diesem Augenblick stieg mir der Mandelgeruch voll in die Nase, und ein ausgemergelter Greis erschien sehr aufrecht in der Zimmertür. Er trug nur ein Unterhemd und war barfuß, das wenige Haar, das er noch hatte, war zerzaust, seine Augen flammten im Fieberwahn, und ein Speichelfaden rann ihm aus

dem Mundwinkel. Mit der linken Hand stützte er sich an der Wand, mit der rechten masturbierte er.
»Hör auf, Charles, laß das!« schrie meine Mutter ihn an. »Hör auf, bitte hör auf«, flehte sie und schlug die Hände vors Gesicht.
Inmaculada Morales nahm meine Mutter in die Arme, während die Krankenwärter meinen Vater ergriffen, ihn zur Tür schoben und auf die Trage packten, wo sie ihn mit einem Laken zudeckten und mit zwei Gurten festbanden. Er warf mit Verwünschungen und schrecklichen Schimpfworten um sich, es war eine Sprache, die ich bisher niemals von ihm gehört hatte. Ich ging neben ihm bis zum Krankenwagen, aber meine Mutter erlaubte mir nicht, sie zu begleiten. Jaulend entfernte sich das Fahrzeug in einer Staubwolke. Inmaculada schloß die Haustür, nahm mich bei der Hand, pfiff Oliver und marschierte los. Ein Stück die Gasse hinab stießen wir auf Judy, die unbeweglich und mit einem seltsamen Lächeln immer noch an derselben Stelle saß.
»Gehen wir, Kinder, ich kaufe euch Zuckerwatte«, sagte Inmaculada und schluckte die Tränen hinunter.
Das war das letzte Mal, daß ich meinen Vater lebend sah. Einige Stunden später starb er im Krankenhaus an unstillbaren inneren Blutungen. In dieser Nacht schliefen Judy und ich bei unseren mexikanischen Freunden. Pedro Morales war abwesend, er begleitete meine Mutter auf ihrem Gang, die Formalitäten des Todes zu erledigen. Bevor wir uns zu Tisch setzten, nahm Inmaculada meine Schwester und mich beiseite und erklärte uns so gut sie konnte, wir sollten nicht traurig sein, der Leibliche Körper unseres Vaters habe aufgehört zu leiden, und sein Geistiger Körper sei zur Astralebene geflogen, wo er sich gewiß mit den Logi und den Meistern des Amtes vereinigt habe, zu denen er gehöre.
»Das heißt, er ist in den Himmel zu den Engeln gegangen«, fügte sie sanft hinzu, denn sie fühlte sich in den Begriffen ihres katholischen Glaubens wohler als in denen des Unendlichen Plans.
Judy und ich blieben bei den Moraleskindern, die zu zweit oder

dritt in einem Bett schliefen, alle im selben Zimmer. Inmaculada erlaubte, daß auch Oliver mit hereinkam, ihm war hier alles ungewohnt, und wenn er draußen bleiben mußte, würde er bestimmt ein fürchterliches Theater mit Jaulen und Winseln anstellen. Mir schwirrte der Kopf, erschöpft wie ich war von all den Aufregungen, da hörte ich im Dunkeln Carmens Stimme, die mir zuflüsterte, ich solle ihr Platz machen, und fühlte, wie ihr kleiner, warmer Körper sich neben mich schob. Mund auf, Augen zu, sagte sie und hielt mir einen Finger an die Lippen, der mit etwas Dickflüssigem, Süßem bestrichen war und das ich ablutschte, als wäre es ein Bonbon. Es war kondensierte Milch. Ich richtete mich ein wenig auf und steckte ebenfalls den Finger in die Dose, den ich dann ihr hinhielt, und so leckten und lutschten wir einer beim andern, bis die Süßigkeit alle war. Danach schlief ich ruhig ein, mit Zucker übersättigt, Gesicht und Hände klebrig, Arm in Arm mit Carmen, Oliver zu meinen Füßen, begleitet von dem Atem und der Wärme der anderen Kinder und dem Schnarchen der geistesgestörten Großmutter, die im Nebenzimmer mit einer langen Leine an Inmaculadas Taille angebunden war.

Der Tod des Vaters brachte die Familie ins Wanken, binnen kurzem ging die Fahrtrichtung verloren, und jeder mußte sein Schiffchen allein steuern. Für Nora war die Witwenschaft ein Verrat, sie sah sich in einer barbarischen Umwelt allein gelassen, mit zwei Kindern und ohne Geldmittel, aber gleichzeitig empfand sie eine Erleichterung, die sie sich nicht eingestehen wollte, denn in den letzten Monaten war ihr Gefährte nicht mehr derselbe Mann gewesen, den sie geliebt hatte, und das Zusammenleben mit ihm hatte sich in ein Martyrium verwandelt. Doch nach dem Begräbnis begann sie bald, seinen Verfall zu vergessen und zärtlich alten Erinnerungen nachzuhängen. Sie stellte sich vor, sie sei mit ihm durch einen unsichtbaren Faden verbunden wie jenen, an dem die Orange des Unendlichen Plans befestigt war, und dieses Bild gab ihr die Sicherheit von damals zurück, als ihr Mann noch mit der Festigkeit des Meisters über das Schicksal der Familie herrschte. Nora

ergab sich in die Trägheit ihres Temperaments, die Teilnahmslosigkeit, die die Kriegsgreuel ausgelöst hatten, verstärkte sich zu einer Zersetzung der Willenskraft, die heimtückisch zunahm und die, als sie Witwe geworden war, in ihrem ganzen Umfang zutage trat. Nie sprach sie von dem Verstorbenen in der Vergangenheit, seine Abwesenheit erwähnte sie in vagen Formulierungen, als wäre er zu einer längeren Astralreise aufgebrochen, und später, als sie begann, im Traum zu ihm Verbindung aufzunehmen, redete sie darüber in einem Ton, als hätte sie ein Telefongespräch mit ihm geführt. Ihre Kinder schämten sich für sie und mochten sie nicht von diesen Wahnideen reden hören, sie fürchteten, daß sie darüber irrsinnig werden würde.
Sie blieb allein. Sie war fremd in dieser Welt, konnte gerade ein wenig Spanisch radebrechen und sah, wie verschieden sie von den anderen Frauen war. Die Freundschaft mit Olga war zu Ende, zu ihren Kindern hatte sie kaum eine Beziehung, mit Inmaculada oder jemand anderem aus dem Barrio freundete sie sich nicht an. Sie war zwar liebenswürdig, aber die Leute mieden sie, weil sie sie sonderbar fanden und nichts von ihren Phantastereien über Opern und den Unendlichen Plan hören wollten. Die Gewohnheit, abhängig zu sein, war so tief in ihr verwurzelt, daß sie nach dem Verlust ihres Mannes wie betäubt zurückblieb. Sie machte ein paar Versuche, sich den Unterhalt mit Maschineschreiben und Näharbeiten zu verdienen, aber das schlug fehl, und sie kam auch nicht dazu, aus dem Hebräischen oder Russischen zu übersetzen, wie sie es gern getan hätte, weil im Barrio niemand diese Dienste brauchte, und die Vorstellung, sich ins Stadtzentrum zu wagen, um Arbeit zu suchen, erfüllte sie mit Schrecken. Sie war nicht allzu sehr beunruhigt, wie sie ihre Kinder ernähren sollte, weil sie sie nicht als ausschließlich ihr gehörig betrachtete, ihrer Theorie nach gehörten Kinder der Gattung Mensch im allgemeinen und niemandem im besonderen. Sie setzte sich in den Patio und betrachtete die Weide, und so konnte sie stundenlang unbeweglich sitzen, mit einem abwesenden, sanftmütigen Ausdruck auf ihrem schönen slawischen Gesicht, das bereits begann, seine Farben zu verlie-

ren. In den folgenden Jahren verschwanden ihre Sommersprossen, ihre Züge verwischten sich, und sie schien nach und nach völlig zu erlöschen. Im Alter wurde sie so dünn, daß es schwerfiel, sich an ihr früheres Aussehen zu erinnern, und da es von ihr nur ein Jungmädchenbild gab, das noch auf dem Auswandererschiff aufgenommen worden war und keinerlei Bezug zu ihr zu haben schien, befiel Gregory bisweilen die Furcht, seine Mutter hätte nie existiert.

Pedro Morales versuchte Nora zu überzeugen, daß sie sich mit irgend etwas beschäftigen müsse, er schnitt Anzeigen aus der Zeitung, in denen Stellen angeboten wurden, und begleitete sie zu den ersten Gesprächen, aber er sah bald ein, daß sie unfähig war, mit wirklichen Problemen fertig zu werden. Nach drei Monaten, als die Situation unhaltbar geworden war, ging er mit ihr zum Amt für Sozialfürsorge, um für sie als Bedürftige Unterstützung zu beantragen, und er war dankbar, daß sein Meister Charles Reeves nicht mehr lebte und eine solche Demütigung nicht mitansehen mußte. Der Scheck der öffentlichen Wohlfahrt, kaum ausreichend, um die geringsten Ausgaben zu decken, war jahrelang das einzige sichere Einkommen der Familie, der Rest stammte aus der Arbeit der Kinder, dazu kamen die Scheine, die Olga in Noras Handtasche schmuggeln ließ, und die diskrete Hilfe der Morales.

Ein Käufer für die Boa stellte sich ein, und nun wurde das Tier in einem fragwürdigen Etablissement den Augen der Neugierigen vorgeführt neben ein paar leichtbekleideten Tanzmädchen, einem Bauchredner mit obszönen Witzen und verschiedenen billigen Zirkusnummern, an denen sich die stumpfsinnigen Zuschauer erfreuten. Hier lebte die Boa noch einige Jahre, mit Ratten und Eichhörnchen gefüttert und mit den Abfällen, die die Besucher in den Käfig warfen, nur um zu sehen, wie die verdrießliche Bestie den Schlund aufmachte. Sie wuchs und wurde immer dicker, bis sie schreckenerregend anzusehen war, aber ihr sanfter Charakter veränderte sich nicht.

Die Reeveskinder überlebten allein auf sich gestellt, jeder auf seine Weise. Judy arbeitete nach der Schule vier Stunden in einer Bäckerei, und abends machte sie den Babysitter oder putzte Büros. Sie war eine sehr gute Schülerin, sie lernte, jede Handschrift genau nachzuahmen, und gegen einen vernünftigen Betrag machte sie den andern ihre Hausaufgaben. Sie unterhielt dieses heimliche Geschäft, ohne erwischt zu werden, und benahm sich währenddessen wie ein musterhaftes Kind, immer lächelnd und brav, ohne je die Dämonen ihrer Seele zu offenbaren, bis die ersten Anzeichen der Pubertät ihren Charakter förmlich umkehrten.

Als ihr zwei feste Kirschen auf der Brust wuchsen, sie eine richtige Taille bekam und ihre Babyzüge sich verfeinerten, änderte sich alles für sie. In diesem Viertel, wo die Leute braun und ziemlich klein waren, erregten ihr Goldblond und ihr hoher Wuchs dermaßen die Aufmerksamkeit, daß es ihr nicht möglich war, unbemerkt über die Straße zu gehen. Sie war immer hübsch gewesen, aber als sie die Kindheit hinter sich gelassen hatte, begannen Männer aller Altersstufen sie zu verfolgen, und da verwandelte sich dieses liebliche Mädchen in ein wütendes Biest. Sie fühlte die begehrlichen Blicke wie eine Vergewaltigung, oft kam sie fluchend nach Hause und schmiß mit den Türen, manchmal weinte sie auch vor Hilflosigkeit, weil die Burschen ihr auf der Straße nachpfiffen oder unverschämte Gesten machten. Sie legte sich einen richtigen Piratenjargon zu, um auf die Zurufe zu antworten, und wenn einer versuchte, sie anzufassen, verteidigte sie sich mit einer langen Hutnadel, die sie für diesen Zweck immer in Reichweite bei sich hatte wie einen Dolch, und sie hatte nicht das mindeste Bedenken, sie dem Bewunderer in seine empfindlichste Stelle zu rammen. In der Schule setzte sie den Jungen mit spöttischen Blicken zu, und in den Mädchen weckte sie Eifersucht, was kaum zu vermeiden war, und den inzwischen fast vergessenen Groll auf die andere Rasse. Gregory sah seine Schwester ein paarmal in diese merkwürdigen Mädchengefechte verwickelt – stoßen, kratzen, an den Haaren ziehen, beschimpfen –, die sich so sehr von den Kämpfen der Männer unterscheiden, die im allgemeinen kurz, stumm und überzeugend sind. Die Frauen suchen ihre Feindin zu demütigen, die Männer scheinen entschlossen, zu töten oder zu sterben. Judy brauchte keine Hilfe,

um sich zu verteidigen, mit zunehmender Praxis wurde sie eine echte Kämpferin.
Während andere junge Mädchen ihres Alters sich am ersten Make-up versuchten, französisch küssen lernten und die Zeit zählten, bis sie endlich Schuhe mit hohen Absätzen tragen durften, schnitt sie sich das Haar kurz wie ein Sträfling, zog Männersachen an und verschlang gierig die Überreste von Teig und Zuckerwerk, die in der Bäckerei abfielen. Ihr Gesicht bedeckte sich mit Pickeln, und als sie auf die High-School kam, hatte sie so an Gewicht zugenommen, daß nichts mehr übrig war von der zarten Porzellanpuppe, die sie als Kind gewesen war. Sie sah aus wie eine Seekuh, wie sie sich schonungslos selbst bezeichnete.
Mit sieben Jahren trieb es Gregory auf die Straße. Er war mit seiner Mutter nicht durch das Gefühl verbunden, sondern nur durch einige geteilte Gewohnheiten und durch eine Ehrentradition, die erbaulichen Geschichten entnommen war, in denen selbstlose Söhne belohnt werden und die undankbaren im Ofen einer Hexe enden. Sie tat ihm leid, er war sicher, daß Nora ohne ihn und Judy Hungers sterben würde, im Korbsessel sitzend und die Leere betrachtend. Keines der beiden Kinder sah die Trägheit ihrer Mutter als Charakterfehler an, sondern als eine Krankheit des Geistes, vielleicht war ihr Geistiger Körper zur Suche nach dem Vater aufgebrochen und hatte sich im Labyrinth irgendeines kosmischen Plans verirrt oder war in einer dieser weiten Hallen voller verrückter Maschinen und verwirrter Seelen zurückgeblieben.
Die innige Vertrautheit mit Judy war dahin, und als Gregory es müde war, nach Wegen zu suchen, ihr wieder nahezukommen, ersetzte er seine Schwester durch Carmen Morales, mit der er die rasche Herzlichkeit, die Prügeleien und die Treue guter Kumpels teilte. Er war mutwillig und ruhelos, in der Schule betrug er sich miserabel, die Hälfte der Zeit war er damit beschäftigt, vielerlei Strafen abzubüßen, vom Eckestehen mit Eselsohren, Gesicht zur Wand, bis zu Hieben mit dem Zeigestock aufs Hinterteil, die von der Direktorin persönlich verabfolgt wurden. Zu Hause benahm er sich wie ein Pensionsgast,

kam so spät wie möglich zum Schlafen und ging lieber zu den Morales oder besuchte Olga. Sein übriges Leben spielte sich im Dschungel des Barrios ab, das er bis in seine letzten Geheimnisse kennenlernte. Sie nannten ihn den Gringo, und trotz der rassischen Vorurteile hatten viele ihn gern, denn er war fröhlich und hilfsbereit. Er hatte mehrere Freunde: den Koch aus der Tortillabäckerei, der immer einen Teller mit köstlichem Futter für ihn hatte, die Lebensmittelhändlerin, bei der er die Comicsheftchen lesen durfte, ohne zu bezahlen, den Platzanweiser im Kino, der ihn hin und wieder zur Hintertür hereinließ, damit er den Film sehen konnte. Selbst »Veilchenschwanz«, der niemals auch nur ahnte, daß Gregory bei der Entstehung seines Spitznamens mitgewirkt hatte, bot ihm gelegentlich eine Brauselimonade in den »Tres Amigos« an.

Gregory war eifrig bemüht, Spanisch zu lernen, nur verlor er dabei ein gut Teil seines Englisch und sprach schließlich beides schlecht. Dann stotterte er auch noch eine Zeitlang, und die Direktorin bestellte Nora zu sich und empfahl ihr, ihren Sohn in die Hilfsschule im Barrio zu schicken, die von Nonnen geleitet wurde. Aber da griff Miss June, seine Lehrerin, ein und verpflichtete sich, ihm bei den Aufgaben zu helfen.

Dem Schulunterricht vermochte er nicht viel abzugewinnen, seine Welt waren die Straßen, hier lernte er viel mehr. Das Barrio war eine Art Getto der Unwissenden und Armen innerhalb der Stadt, entstanden aus einer natürlichen Notwendigkeit rund um das Industriegebiet, in dem die illegalen Einwanderer arbeiten konnten, ohne mit Fragen behelligt zu werden. Die Luft war verpestet vom Gestank der Gummifabrik, an den Wochentagen kamen die Autoabgase und der Dunst aus den Garküchen hinzu, und das Ganze bildete eine dichte Wolke, die über den Häusern hing wie eine Decke. Freitags und sonnabends war es gefährlich, sich bei Dunkelwerden hinauszuwagen, wenn die Straßen von Betrunkenen und Junkies wimmelten, die immer schnell bereit waren, tödliche Schlachten vom Zaun zu brechen. In den Nächten hörte man den Wortwechsel eines Liebespärchens, den Schrei einer Frau, das Weinen eines Kindes, das Wutgebrüll eines Mannes, manchmal auch Schüsse und Polizeisirenen. Am Tag siedeten die Straßen vor Geschäftigkeit, während an den Ecken die Arbeitslosen müßig herumhingen, viele waren betrunken, belästigten die Frauen, schlugen mit Würfelspielen die Zeit tot und warteten mit dem Fatalismus von fünf Jahrhunderten auf dem Buckel, daß die Stunden vergingen. Die Läden stellten die gleichen billigen Waren aus wie in irgendeinem mexikanischen Dorf, die Restaurants servierten die typischen Gerichte, in den Bars wurden Tequila und Bier ausgeschenkt, im Tanzlokal wurde lateinamerikanische Musik gespielt, und bei Feiern fehlten nie die Mariachis mit ihren riesigen Sombreros und ihren goldbestickten Trachtenkostümen, die die Ehre und den Zorn besangen. Gregory, der sie alle kannte und sich nie ein Fest entgehen ließ, gehörte als Maskottchen zum Gefolge der Musikantengruppe, sang mit und brachte das unvermeidliche Ayayay der Rancheras so gefühlvoll, daß die Zuhörer begeistert waren, denn sie hatten noch nie einen Gringo mit solchen Fähigkeiten gesehen.

Er grüßte die halbe Welt mit Namen, und dank seinem gutherzigen Gesicht gewann er sich das Vertrauen vieler Leute. Viel wohler als zu Hause fühlte er sich in dem Gewirr von Gassen und Durchgängen, aber auch auf unbebautem Gelände und in verlassenen Häusern, wo er mit den Moralesgeschwistern und einem halben Dutzend anderer Kinder spielte, immer darauf bedacht, ein Zusammentreffen mit den älteren Banden zu vermeiden. So wie den jungen Negern, Asiaten oder armen Weißen in anderen Gegenden der Stadt war auch für die Hispanos das Barrio wichtiger als die Familie, es war ihr unantastbares Territorium. Jede Bande war kenntlich an ihrer Zeichensprache, ihren Farben und ihren Graffiti an den Wänden. Von weitem erschienen alle gleich, zerlumpte Jungen, denen man nicht zugetraut hätte, einen Gedanken in Worte zu fassen. Von nahem waren die Banden ganz unterschiedlich, eine jede hatte ihre Riten und ihre verwickelte symbolische Gebärdensprache.

Für Gregory war das Erlernen der Geheimzeichen eine Sache von dringendster Notwendigkeit gewesen. Er konnte die Mitglieder der verschiedenen Banden an ihren Jacken oder Mützen erkennen oder an der Zeichensprache der Hände, mit der sie sich Botschaften übermittelten oder zum Krieg herausforderten, er brauchte nur die Farbe eines einzelnen Buchstabens an einer Wand zu sehen, um zu wissen, welche Jungen ihn gemalt hatten und was er bedeutete. Das Graffito markierte die Grenze, und wer sich, sei es aus Unwissenheit, sei es aus Tollkühnheit, in den fremden Bereich wagte, mußte es teuer bezahlen, deshalb machte man lieber jedesmal lange Umwege, wenn man darauf stieß.

Die einzige Kinderbande in der Grundschule war die von Martínez, die eifrig trainierte, um eines Tages zu »Los Carniceros« zu gehören, was nicht weniger hieß als »Die Raubtiere« oder auch »Die Schlächter« und der Name der gefürchtetsten Bande des Barrios war. Ihre Mitglieder wiesen sich durch die Farbe Violett und den Buchstaben C aus, ihr Getränk war Tequila mit einem Schuß Traubensaft, der Farbe wegen, ihr Gruß die an Mund und Nase geführte und wie ein Fleischerhaken gekrümmte rechte Hand. In ständigem Krieg gegen andere Gruppen und gegen die Polizei, hatte die Bande nur den einen Zweck, den jungen Leuten, von denen die meisten die Schule frühzeitig verlassen hatten, ohne Arbeit waren und auf der Straße oder in Gemeinschaftswohnungen lebten, ein Identitätsgefühl zu geben. Die Bandenmitglieder waren bei der Polizei registriert, weil sie mehrfach im Gefängnis gesessen hatten – wegen Diebstahl, Dealen mit Marihuana, Rowdytum im Suff, Überfall und Eisenbahnraub. Einige wenige waren mit selbstgefertigten Pistolen bewaffnet, gebastelt aus einem Stück Leitungsrohr, einem Holzgriff und einem Zünder, aber die meisten benutzten Schnappmesser, Taschenmesser, Ketten und Knüppel, was zur Folge hatte, daß nach jeder Straßenschlacht die Ambulanz zwei oder drei bedenklich Verletzte aufsammeln mußte.

Die Banden stellten für Gregory die größte Bedrohung im Barrio dar. Niemals würde er in eine aufgenommen werden, auch das war eine Frage der Rasse, offen gegen sie anzutreten aber wäre ein Akt des Wahnsinns gewesen. Hier handelte es sich nicht darum, sich einen Ruf als tapferer Kämpfer zu machen, sondern zu überleben, andererseits durfte er auch nicht als Feigling angesehen werden, denn dann würden sie besonders wütend über ihn herfallen. Einige Prügel genügten, und er hatte begriffen, daß die einsamen Helden nur in den Filmen siegreich sind und daß er lernen mußte, mit List vorzugehen, keine Aufmerksamkeit zu erregen, den Feind zu kennen, um Vorteil aus seinen Schwächen zu ziehen und Schlägereien auszuweichen, denn wie der weltkundige Padre Larraguibel sagte: Gott hilft den Guten, wenn sie in der Überzahl sind.

Das Haus der Morales wurde Gregorys wirkliches Heim, in das er jederzeit als Sohn kommen konnte. Er war eben einer mehr in dem Kindergewusel, und selbst Inmaculada fragte sich manchmal zerstreut, wieso sie eigentlich einen blonden Jungen in die Welt gesetzt hatte. In diesem Clan beklagte sich niemand über Einsamkeit oder Langeweile, alles wurde geteilt, von den Existenzängsten bis zu der einzigen Badewanne, und über unwichtige Dinge wurde lauthals diskutiert, aber die wichtigen Angelegenheiten blieben gemäß einem jahrhundertealten Ehrenkodex striktes Familiengeheimnis. Die Autorität des Vaters wurde nie in Frage gestellt, die Hosen habe ich an, brüllte Pedro jedesmal, wenn irgendwer ihm den Boden unter den Füßen wegzuziehen drohte, aber im Grunde war Inmaculada das wahre Oberhaupt der Familie. Keiner wandte sich unmittelbar an den Vater, sie machten lieber den Umweg über die mütterliche Administration. Vor Zeugen widersprach sie ihrem Ehemann nie, aber sie schaffte es dennoch, ihren Willen durchzusetzen.

Als ihr Ältester sich das erste Mal als Pachuco gekleidet präsentierte, verprügelte Pedro ihn mit dem Riemen und warf ihn aus dem Haus. Der Junge hatte es satt gehabt, doppelt soviel wie ein Amerikaner zu arbeiten und nur halb soviel Lohn zu bekommen, also trieb er sich den größten Teil des Tages mit seinen Kumpanen in Kneipen und üblen Bars herum, ohne mehr Geld in der Tasche als das, was er durch Wetten gewann, und das, was seine Mutter ihm heimlich zusteckte. Um Diskussionen mit seiner Frau zu vermeiden, hatte Pedro getan, als wüßte er von nichts, aber als der Junge aufgetakelt wie ein Zuhälter vor seinen Augen erschien, auf eine Wange eine Träne tätowiert, walkte er ihn gewaltig durch. In jener Nacht, als alle andern schon im Bett waren, hörten sie stundenlang Inmaculadas Stimme murmeln, die den Widerstand ihres Mannes aufweichte. Am folgenden Tag ging Pedro, seinen Sohn suchen. Er fand ihn an einer Ecke stehend, wo er den vorübergehenden Frauen Schmeicheleien nachrief, packte ihn beim Kragen, schleppte ihn in seine Autowerkstatt, fetzte ihm seine Pachuco-Pracht herunter, warf ihm eine ölbeschmierte Hose zu und zwang ihn zu arbeiten, und zwar von früh bis spät. Das ging so mehrere Jahre, bis er aus dem Jungen den besten Mechaniker in der Umgebung gemacht hatte, und dann richtete er ihm eine eigene Werkstatt ein. Als Pedro fünfzig Jahre alt wurde, ließ sein Sohn, der inzwischen verheiratet war, drei Kinder und ein Haus in einem Vorort hatte, sich die Träne auf der Wange als Geburtstagsgeschenk für seinen Vater entfernen. Die Narbe war die einzige Erinnerung, die von seiner Rebellenzeit blieb.

Inmaculada brachte ihr Leben damit zu, die Männer ihrer Familie wie eine Sklavin zu bedienen. Als Kind hatte sie das für ihren Vater und ihre Brüder tun müssen, und später tat sie es für ihren Mann und ihre Söhne. Sie stand bei Tagesanbruch auf, um ein reichhaltiges Frühstück für Pedro zu kochen, der seine Werkstatt sehr zeitig aufmachen mußte. Niemals setzte sie ihm altbackene Tortillas vor, das hätte seine Würde beeinträchtigt. Der übrige Tag verging ihr mit tausend undankbaren Arbeiten, einschließlich der Zubereitung von drei vollständigen und unterschiedlichen Mahlzeiten, denn sie war überzeugt, daß Männer sich mit gehaltvollen und immer abwechslungsreichen Gerichten ernähren müssen. Niemals fiel es ihr ein, ihre Söhne, vier kräftige, stämmige Burschen, um Hilfe zu bitten, etwa um die Fußböden zu scheuern, die Matratzen auszuklopfen oder die derben Overalls aus der Werkstatt zu waschen, die steifstanden von Motorenöl und die sie mit der Hand rubbelte. Von den beiden Mädchen hingegen verlangte sie, daß sie die Jungens bedienten, denn das war ihrer Meinung nach ihre Pflicht. Gott

hat gewollt, daß wir als Frauen geboren werden, unser Pech, wir sind bestimmt für die Arbeit und für die Schmerzen, sagte sie sachlich und ohne eine Spur von Selbstmitleid.
Schon in diesen Jahren war Carmen Morales ein Balsam gegen die Rauheiten in Gregorys Leben und ein Licht in den Augenblicken kopfloser Verstörtheit, und das würde sie auch in Zukunft immer sein. Die Kleine war wie ein ruheloses Wiesel, unermüdlich und flink, mit einem ungeheuren Sinn für das Praktische, der ihr gestattete, die strengen Familientraditionen zu umgehen, ohne sich ihrem Vater zu widersetzen, der sehr klare Vorstellungen von der Stellung der Frauen hatte: Sie haben zu schweigen und gehören ins Haus. Und er zögerte nicht, jedem eine Abreibung zu verpassen, der sich dagegen auflehnte, seine beiden Töchter eingeschlossen. Carmen war sein Liebling, aber ein besonderer Lebensweg, der sich von dem der gehorsamen Mädchen seines Dorfes in Zacatecas unterschieden hätte, kam ihm für sie gar nicht in den Sinn.
Dagegen arbeitete er pausenlos für die Ausbildung seiner vier Söhne, in die er übersteigerte Hoffnungen gesetzt hatte und die er weit über seinen bescheidenen Großvätern und über sich selbst stehen sehen wollte. Mit unerschöpflicher Zähigkeit, mit Hilfe von Standpauken, Strafen und gutem Beispiel hielt er die Familie zusammen und schaffte es, seine Jungens vor Alkohol und vor Verbrechen zu bewahren, sie zu zwingen, die High-School zu beenden, und sie in verschiedenen Berufen unterzubringen. Am Ende seiner Tage, umgeben von Enkeln, die kein Wort Spanisch sprachen, beglückwünschte Pedro Morales sich zu seiner Nachkommenschaft und war stolz darauf, der Stammvater dieser Sippe zu sein, wenn er auch zum Scherz sagte, daß leider keiner Millionär geworden oder zu Ruhm gelangt sei. Carmen kam zwar diesem Ziel am nächsten, aber ihre Leistungen erkannte er nie vor andern an, das wäre eine Kapitulation seiner Machoprinzipien gewesen. Er hatte die beiden Mädchen zur Schule geschickt, weil es nun einmal Pflicht war und es nicht anging, sie in Unwissenheit sitzenzulassen, aber er erwartete nicht, daß sie den Unterricht ernst nähmen, sie hatten die Hausarbeit zu lernen, ihrer Mutter zu helfen und

ihre Jungfräulichkeit bis zum Hochzeitstag zu bewahren, das einzige Ziel für ein anständiges junges Mädchen.

»Ich denke nicht daran zu heiraten, ich will in einem Zirkus als Dompteuse mit wilden Tieren arbeiten und an einem ganz hohen Trapez schaukeln, mit dem Kopf nach unten, damit alle Leute mein Höschen sehen können«, vertraute Carmen flüsternd Gregory an.

»Meine Töchter werden gute Frauen und Mütter sein, oder sie gehn ins Kloster«, prahlte Pedro jedesmal, wenn ihm jemand mit der Geschichte von dem Mädchen kam, das schwanger geworden war, noch bevor es die High-School abgeschlossen hatte.

»Mögen sie einen guten Ehemann finden, gelobt sei San Antonio!« flehte Inmaculada und hängte die Statuette des Heiligen mit den Füßen nach oben auf, um ihn zu zwingen, ihre bescheidenen Bitten anzuhören. Ihr war klar, daß keine ihrer beiden Töchter zur Nonne berufen war, und sie mochte sich nicht die Tragödie vorstellen, wenn sie sich Gott behüte aufführen sollten wie diese Verlorenen, die es auf dem Friedhof trieben, ohne verheiratet zu sein, und einen Haufen Kondome zurückließen.

Aber das alles war erst viel später. Zur Zeit der Grundschule, als Carmen und Gregory ihren Geschwisterpakt besiegelten, stellten sich diese Fragen noch nicht, und keiner führte Argumente der Sittsamkeit an, um sie daran zu hindern, ohne Aufsicht zu spielen. So sehr hatten sich alle daran gewöhnt, sie zusammen zu sehen, daß die Morales auch später, als die Freunde mitten in der Pubertät steckten, Gregory mehr vertrauten als ihren eigenen Söhnen, wenn es darum ging, Carmen zu begleiten. Wenn das Mädchen um Erlaubnis bat, auf ein Fest zu gehen, war die erste Frage, ob er auch ging, in dem Fall fühlten die Eltern sich sicher. Vom ersten Tag an hatten sie ihn ohne Vorbehalt aufgenommen, und in den kommenden Jahren stellten sie sich taub gegen den unvermeidlichen Klatsch der Nachbarinnen, denn sie waren gegen alle Logik und alle Erfahrung überzeugt von den sauberen Gefühlen der beiden Kinder. Als Gregory dreizehn Jahre später von der Stadt für immer

Abschied nahm, galt die einzige Sehnsucht, die ihn nie verließ, dem Heim der Morales.

Gregorys Schuhputzkasten enthielt schwarze, kaffeebraune, gelbe und dunkelrote Schuhcreme, aber es fehlte farblose für graues oder blaues Leder, das auch Mode war, und Tusche, um die abgeschabten Stellen zu überdecken. Er hatte sich vorgenommen, Geld zu sparen, um sein Arbeitsmaterial zu ergänzen, aber der Entschluß verpuffte, sowie ein neuer Film erschien. Das Kino war seine heimliche Leidenschaft, in der Dunkelheit war er nur einer mehr in der Horde lärmender Jungen, er versäumte keine Vorstellung in dem Kinosaal im Barrio, und sonnabends ging er mit Carmen und Juan José ins Stadtzentrum, um die amerikanischen Serienfilme zu sehen. Die Vorstellung endete damit, daß der Held an Händen und Füßen gefesselt in einem Schuppen voller Dynamit lag und der Schurke gerade die Lunte angezündet hatte – an diesem Höhepunkt wurde die Leinwand weiß, und eine Stimme lud das Publikum ein, sich am folgenden Sonnabend die Fortsetzung anzusehen. Manchmal war Gregory so unglücklich, daß er sterben wollte, aber er schob den Selbstmord bis zur nächsten Woche auf, er konnte unmöglich diese Welt verlassen, ohne zu erfahren, wie zum Teufel sein Held aus der Falle entkam. Und er rettete sich jedesmal, es war wirklich verblüffend, wie er es schaffte, sich durch die Flammen zu schleppen und heil herauszukommen, mit tadellos sauberem Hemd und den Sombrero oder Stetson auf dem Kopf.
Der Film versetzte Gregory in eine andere Welt, für zwei Stunden verwandelte er sich in Zorro oder den Lonesome Rider, und all seine Träume erfüllten sich. Durch schiere Zauberkraft erholte der Gute sich von Schlägen und Wunden, befreite sich aus Fesseln und Fangeisen, triumphierte durch eigenes Verdienst über seine Feinde und bekam zum Schluß das Mädchen, die beiden küßten sich im Vordergrund, während hinter ihnen die Sonne oder der Mond schien und ein Orchester aus Streichern und Bläsern eine schmachtende Melodie spielte. Er brauchte sich keine Sorgen zu machen, das Kino war

nicht wie sein Barrio, der Böse wurde immer vom Guten besiegt und bezahlte seine Verbrechen mit dem Tod oder dem Gefängnis. Manchmal bereute er auch, und nach einer unumgänglichen Demütigung bekannte er seine Fehler und entfernte sich, von einer warnenden Musik begleitet, im allgemeinen Trompeten und Pauken. Gregory fühlte, daß das Leben schön war und Amerika das Land der Freien und der Hort der Tapferen, wo einer wie er Präsident werden konnte, alles hing nur davon ab, daß man ein reines Herz bewahrte, Gott und seine Mutter liebte, einer einzigen Braut ewige Treue hielt, die Gesetze achtete, die Hilflosen beschützte und das Geld verachtete, denn die Helden erwarteten niemals eine Belohnung. Alle Zweifel verflogen in diesem großartigen schwarzweißen Universum. Wenn er aus dem Kino kam, war er versöhnt mit dem Leben und strotzte von wohlmeinenden Vorsätzen, die jedoch nur ein paar Minuten anhielten, dann schlug die Straße wieder zu und gab ihm seinen Sinn für die Wirklichkeit zurück. Olga übernahm es, ihn aufzuklären, daß die Filme in Hollywood gemacht wurden, ganz in der Nähe von seinem eigenen Haus, und daß alles eine riesengroße Lüge war, das einzige Echte seien die Tänze und Songs der Film-Musicals, alles übrige seien Kameratricks, aber der Junge ließ sich durch diese Enthüllung nicht beirren.

Er arbeitete weit von zu Hause, in einer Gegend mit Büros, Restaurants und kleinen Geschäften. Sein Wirkungsbereich waren fünf Häuserblocks, die er auf und ab lief, während er seine bescheidenen Dienste anbot, den Blick auf den Boden gerichtet auf die Schuhe der Leute, die genauso abgetragen und ausgetreten waren wie die seiner mexikanischen Nachbarn. Auch hier trug man kein neues Schuhwerk, abgesehen von ein paar Gangstern und Dealern mit Lackmokassins, silberbeschlagenen Stiefeln oder zweifarbigen Schuhen, die sehr schwer zu putzen waren. An der Art zu gehen und am Schuhwerk erriet er die Gesichter ihrer Träger: Die Hispanos hatten rote Schuhe mit Absatz an, die Neger und Mulatten bevorzugten gelbe mit Spitze, die Chinesen hatten kleine Füße, die Weißen waren an krummen Schuhspitzen und schiefgetretenen Absätzen zu erkennen. Das Putzen fiel ihm leicht, das Schwierigste war es, Kunden aufzutreiben, die bereit waren, zehn Cent zu bezahlen und fünf Minuten für das Aussehen ihrer Schuhe zu opfern. Gut geputzt, wohl geachtet! rief er, bis er heiser war, aber nur wenige beachteten ihn. Wenn er Glück hatte, brachte er es auf fünfzig Cent an einem Nachmittag, der Gegenwert für eine Marihuanazigarette.

Als er ein paarmal Gras geraucht hatte, fand er, es sei nicht der Mühe wert, so viele Stunden zu putzen, nur um diesen Mist finanzieren zu können, von dem sich ihm der Magen umdrehte und der Kopf dröhnte wie eine Trommel, aber um nicht als Blödmann dazustehen, tat er vor Zuschauern so, als höbe ihn das Zeug in den Himmel, wie die andern von sich behaupteten. Für die Mexikaner, die es als Unkraut auf den Feldern ihrer Heimat hatten wachsen sehen, war es eigentlich nicht mehr als Viehfutter, aber für die Gringos war es ein Zeichen von Männlichkeit, wenn sie es rauchten. Aus Nachahmungstrieb und um die blonden Mädchen zu beeindrucken, rauchten es die Jungen des Barrios im Akkord. In Anbetracht seines schwachen Erfolges mit Marihuana und um anzugeben, gewöhnte Gregory sich an, sich mit einer Zigarette aufzuspielen, die an seinen Lippen klebte wie bei den Schurken im Kino. Er bekam so viel Übung darin, daß er sich unterhalten und Kaugummi kauen konnte, ohne die Zigarette zu verlieren. Wenn es nötig war, vor den Freunden als Macho zu posieren, zog er eine selbstgebastelte Pfeife heraus und stopfte sie mit einer Mischung seiner eigenen Erfindung: auf der Straße aufgesammelte Zigarettenkippen, ein wenig Sägemehl und zerriebenes Aspirin, wodurch man dem allgemeinen Gerede zufolge ebenso high wurde wie durch irgendeine der bekannten Drogen.

An den Sonnabenden arbeitete er von morgens an und verdiente meistens über einen Dollar, wovon er den größten Teil seiner Mutter ablieferte, er behielt nur zehn Cent für den Film der Woche zurück und manchmal noch fünf für die Büchse der Missionare in China. Wenn er fünf Dollar zusammenhatte, überreichte ihm der Padre eine Adoptionsurkunde für ein kleines Chinesenmädchen, aber das Größte war es, zehn Dollar zusammenzubringen, das gab ihm das Recht auf einen kleinen Jungen. Gott segne dich, sagte der Padre, wenn er mit seinen fünf Cent für den Opferstock kam, und einmal segnete Gott ihn nicht nur, er belohnte ihn sogar mit einer Brieftasche, in der fünfzehn Dollar waren und die er auf den Friedhof gelegt hatte, damit Gregory sie fand.

Der Friedhof war der bevorzugte Ort der heimlichen Pärchen, wenn es dunkel wurde. Hier versteckten sie sich zwischen den Gräbern und trieben es nach Herzenslust, von den Kindern des Barrios belauscht, die sich das stürmische Spektakel dieser Liebesspiele nicht entgehen ließen. Ich hab Angst, ich hab Angst, hier spukt es doch, wimmerten die Frauen, die das unterdrückte Kichern der Zaungäste für das Raunen ruheloser Seelen hielten, aber sie ließen sich trotzdem die Röcke hochheben, um sich zwischen Grabsteinen und Kreuzen herumzuwälzen. Unser Friedhof ist der beste der Stadt, viel schöner als der von den Millionären und Hollywoodschauspielerinnen, da gibt's bloß Gras und Bäume, der sieht mehr aus wie ein Golfplatz, wo hat man so was schon erlebt, daß die Toten nicht mal ein Standbild haben, um sie zu begleiten, meinte Inmaculada. Aber leider konnten in Wirklichkeit auch hier nur die Reichen sich die Mausoleen und die steinernen Engel leisten, die Einwanderer schafften es allenfalls, Geld für einen Stein mit einer einfachen Inschrift aufzubringen.

Im November, zur Feier von Allerseelen, besuchten die Mexikaner ihre verstorbenen Verwandten, die sie nicht in ihre Heimatdörfer hatten zurückschicken können, und brachten ihnen Musik, Papierblumen und Süßigkeiten. Vom frühen Morgen an hörte man die Rancheras, die Gitarren und die Trinksprüche, und gegen Abend waren alle berauscht, einschließlich der Seelen im Fegefeuer, die sie in der Erde mit Tequila bewirteten.

Die Reeveskinder gingen mit Olga auf den Friedhof, die ihnen Schädel und Gerippe aus Zucker kaufte, damit sie sie am Grab ihres Vaters aßen. Nora blieb zu Hause, sie sagte, sie liebe diese heidnischen Feste nicht, sie seien nur ein willkommener Vorwand für Trinkgelage und Laster, aber Gregory argwöhnte, daß sie in Wirklichkeit ein Zusammentreffen mit Olga vermei-

den wollte. Oder vielleicht wies sie den Gedanken zurück, daß ihr Mann beerdigt war, für sie war Charles Reeves in einer anderen Sphäre mit dem Unendlichen Plan beschäftigt. Die Brieftasche mit den fünfzehn Dollar lag unter Gesträuch versteckt. Gregory suchte nach Löchern von Falltürspinnen, zu jener Zeit reizten ihn die wunderbaren gewebten Fallen, in denen die Spinnen die Insekten fingen, und ihre Gespinste mit hundert winzigen Jungen mehr als die stumpfsinnige Schaukelei und das unverständliche Gestöhne der Pärchen. Er sammelte auch ein paar längliche Luftballons aus weißem Gummi auf, die dort herumlagen und die man zu prächtigen Würstchen aufblasen konnte.
Er sah die Brieftasche, als er sich über ein Spinnenloch bückte, und ihm war, als müßten sein Herz und seine Adern zerspringen. Noch nie hatte er etwas Wertvolles gefunden, und er wußte nicht, ob dies ein Geschenk des Himmels oder eine Versuchung des Teufels war. Er blickte in die Runde, um sich zu versichern, daß er allein war, hob hastig die Brieftasche auf und rannte zu einem Mausoleum, hinter dem er sich versteckte, um sie zu untersuchen. Er öffnete seinen Schatz mit zitternden Händen und zog drei funkelnagelneue Fünfdollarscheine heraus, mehr Geld, als er in seinem ganzen Leben auf einmal gesehen hatte. Er dachte an Padre Larraguibel, der ihm sagen würde, daß der Herr sie dort hingelegt habe, weil er ihn auf die Probe stellen und sehen wollte, ob er die Beute behielt oder sie in die Missionsbüchse steckte, um auf einen Schlag zwei Chinesenkinder zu adoptieren. In der Schule war keiner so reich, daß er einen Jungen und ein Mädchen gleichzeitig hätte bezahlen können, das würde ihn zu einer Berühmtheit machen.
Trotzdem entschied er, daß ein Fahrrad sehr viel praktischer war als zwei weit entfernte asiatische Babys, die er ohnehin niemals kennenlernen würde. Er hatte schon seit Monaten ein Auge auf das Fahrrad geworfen, das ein Nachbar von Olga ihm für zwanzig Dollar angeboten hatte, ein unerhörter Preis, aber er hoffte, daß der Anblick der Scheine den Mann verführen würde. Das Rad war eine primitive Karre und in erbärmlichem Zustand, aber es fuhr noch. Es gehörte einem Indianer, den ein

Leben voll unaussprechlicher Machenschaften verdorben hatte und vor dem Gregory Angst hatte, weil er den Jungen gern unter verschiedenen Vorwänden in eine Garage lockte und dort versuchte, ihm in die Hose zu fassen. Deshalb bat er Olga, sie möchte ihn begleiten.

»Zeig nicht dein Geld, mach den Mund nicht auf und laß mich die Sache machen«, schärfte sie ihm ein. Sie feilschte so erfolgreich, daß er das Fahrrad für zwölf Dollar und ein Amulett gegen den bösen Blick bekam. »Die drei, die du übrig hast, gibst du deiner Mutter, hast du verstanden?« befahl sie ihm zum Abschied.

Er trat begeistert in die Pedale, mitten auf der Straße, und übersah einen Lastwagen mit Getränken, der ihm entgegenkam. Er prallte frontal dagegen. Wie durch ein Wunder blieb er unverletzt, aber vom Fahrrad lagen da jetzt nur noch verbogene Eisenteile und die Radnaben herum. Der Lastwagenfahrer sprang fluchend herunter, packte ihn beim Hemd, stellte ihn auf die Füße und schüttelte ihn wie einen Staubwedel, dann ließ er ihn mit einem Dollar zum Trost laufen.

»Sei froh, daß ich dich nicht verhaften lasse, fährt hier mit offenem Mund auf der Straße spazieren, verdammter Bengel!« schimpfte der Mann, der mehr erschrocken war als sein Opfer.

»So was Dämliches wie dich hab ich wirklich noch nie gesehn, du hättest mindestens zwei Dollar von ihm verlangen sollen«, fauchte Judy ihn an, als sie es erfuhr.

»Das hast du nun davon, weil du ungehorsam warst, ich habe dir schon tausendmal gesagt, du sollst nicht auf den Friedhof gehn, übel erworbenes Geld führt zu keinem guten Ende«, stellte Nora fest, während sie ihm Whisky auf die Abschürfungen an Knien und Ellbogen tat.

»Jesus sei Dank, wenn du nur noch lebst!« sagte Inmaculada und umarmte ihn.

Zu Geld zu kommen wurde für Gregory eine fixe Idee. Er war bereit, jede Arbeit zu machen, sogar für die Tortillas Mais zu rebeln, eine gräßliche Beschäftigung, die ihm die Haut von den Händen zog, außerdem war ihm von dem Geruch stundenlang übel. Da machte es schon mehr Spaß zu stehlen, aber nie kam er auf den Einfall, Geld zu stehlen. Dies war ein Abenteuer, ein Sport, aber keine Form, sich den Lebensunterhalt zu verdienen. Nachts schlüpfte er durch ein Loch im Zaun der Schule, kletterte auf das Dach des Süßigkeitenkiosks, hob eine Zinkblechplatte an und ließ sich hineingleiten, um Eiskrem zu stehlen, zwei oder drei Päckchen, und brachte auch Carmen eins mit. Diese nächtlichen Ausflüge erfüllten ihn mit einer Mischung aus freudiger Erregung und Schuldgefühl, die strengen Ehrbegriffe, die seine Mutter ihm eingeprägt hatte, rumorten in seinem Kopf, er fand sich verdorben, nicht so sehr, weil er ihr trotzte, sondern weil die Kioskbesitzerin eine gutmütige alte Frau war, die ihn den andern Kindern vorzog und ihm schon oft eine Süßigkeit geschenkt hatte. Eines Abends kam sie zurück, weil sie etwas vergessen hatte, sie öffnete die Tür und machte Licht, ehe er verschwinden konnte, und ertappte ihn mit dem Beweis für seine Untat in der Hand. Sie stand wie erstarrt, während sie jammerte: »Wie konntest du mir das antun, wo ich immer so gut zu dir gewesen bin!« Gregory fing an zu weinen, bat sie um Verzeihung und schwor, er werde alles bezahlen, was er ihr gestohlen habe. »Was, dies ist nicht das erste Mal?« Und er mußte gestehen, daß er ihr mehr als sechs Dollar für Eis schuldete. Von diesem Tag an ging er nur noch zu dem Kiosk, um seine Schulden zu begleichen, die er nach und nach abzahlte. Wenn die alte Frau ihm auch verziehen hatte, er fühlte sich in ihrer Gegenwart nie mehr wohl.

Noch weniger Glück hatte er in dem Geschäft für ausgemusterte Heeresbestände, wo er Überreste aus dem Krieg stahl, die ihm zu nichts nütze waren. Im Materiallager sammelte er seine Schätze in einen Sack: Feldflaschen, Knöpfe, Mützen und sogar ein Paar riesige Stiefel, die er in seiner Schultasche versteckt mitgehen ließ, ohne zu ahnen, daß der Geschäftsinhaber ihn bereits aufs Korn genommen hatte. Eines Abends staubte er eine Taschenlampe ab, er schob sie sich unters Hemd und war schon fast aus der Tür, als der Streifenwagen vorfuhr. Weglaufen konnte er nicht mehr, sie nahmen ihn mit aufs Polizeirevier und sperrten ihn in eine Zelle, von wo aus er die grausamen Prügel mitansehen konnte, die sie einem braunen Jungen verpaßten. Angstzitternd wartete er, bis er an die Reihe kam, aber sie behandelten ihn gut, nahmen nur seine Personalien auf, erteilten ihm einen Verweis und verpflichteten ihn, alles wieder herauszugeben, was er zu Hause versteckt hatte. Sie holten Nora aufs Revier, obwohl er sie fast hysterisch anflehte, es nicht zu tun, weil es ihr das Herz brechen würde. Sie kam in ihrem blauen Kleid mit dem Spitzenkragen, wie eine Erscheinung, die aus einem alten Gemälde herausgetreten war, unterschrieb, was von ihr verlangt wurde, hörte sich schweigend die Beschuldigung an und ging, von ihrem Sohn gefolgt, ebenso schweigend hinaus. Sei froh, daß du weiß bist, Greg, wenn du braun wärst wie meine Jungens, hätten sie dich aber mächtig durchgehauen, sagte Inmaculada, als sie von der Sache erfuhr.

Nora schämte sich so sehr, daß sie für mehrere Wochen verstummte, und als sie wieder sprach, dann auch nur, um ihm zu sagen, er solle sich waschen und seinen Anzug anziehen – seinen einzigen, den vom Begräbnis seines Vaters, der ihm inzwischen reichlich eng geworden war –, weil sie eine wichtige Angelegenheit zu erledigen hätten. Sie brachte ihn in ein von katholischen Nonnen geführtes Waisenhaus, wo sie die Mutter Oberin bat, ihn aufzunehmen, denn sie fühle sich außerstande, diesen mißratenen Sohn großzuziehen. Gregory stand hinter seiner Mutter, starrte auf seine Schuhe und murmelte: Ich werde nicht weinen, ich werde nicht weinen, während ihm die Tränen in Strömen herunterliefen, und schwor sich, wenn sie ihn hierließe, würde er auf den Kirchturm klettern und sich kopfüber hinunterstürzen. Das war nicht nötig, denn die Nonnen wiesen ihn ab, es gab zu viele verwaiste Kinder, um die sie sich kümmern mußten, und er hatte Familie, lebte im eigenen Haus und erhielt Sozialunterstützung, er war nicht geeignet für das Waisenhaus.

Vier Tage später packte Nora seine Sachen in eine Tasche und fuhr mit ihm im Bus aus der Stadt zu einem Farmerehepaar, das bereit war, ihn zu adoptieren. Sie verabschiedete sich von ihrem Sohn mit einem traurigen Kuß auf die Stirn, versprach ihm, daß sie ihm schreiben werde, und ging, ohne zurückzublicken. An diesem Abend setzte sich Gregory mit seiner neuen Familie zu Tisch, ohne ein Wort zu sprechen und ohne den Blick zu heben. Er dachte daran, daß keiner Oliver füttern würde, daß er Carmen niemals wiedersehen würde und daß er sein Federmesser im Schuppen liegengelassen hatte.

»Unser einziger Sohn ist vor elf Jahren gestorben«, sagte der Farmer. »Wir sind gottesfürchtige und arbeitsame Leute. Hier wirst du keine Zeit haben herumzustrolchen, die Schule, die Kirche und Hilfe für mich auf den Feldern, das ist alles. Aber das Essen ist gut, und wenn du dich anständig benimmst, wirst du auch gut behandelt.«

»Morgen mach ich dir Milchpudding«, sagte die Frau. »Du wirst müde sein, bestimmt möchtest du schlafen gehen. Ich zeig dir dein Zimmer, es hat unserm Sohn gehört, wir haben nichts verändert, seit er von uns gegangen ist.«

Zum erstenmal verfügte Gregory über ein eigenes Zimmer und ein richtiges Bett, bisher hatte er in einem Schlafsack geschlafen. Es war ein kleines Zimmer, nur mit dem Unentbehrlichsten möbliert, und sein Fenster ging auf bebaute Felder hinaus, die sich bis zum Horizont erstreckten. An den Wänden hingen Fotos von ehemaligen Baseballspielern und von alten Kampfflugzeugen, die sich sehr von denen unterschieden, die er aus modernen Dokumentarfilmen kannte. Er blickte sich um, wagte aber nicht, etwas anzurühren, und dachte an seinen Vater, an die Boa, an Olgas Halsketten gegen Unsichtbarkeit, an Inmaculadas Küche, an Carmen und an den übersüßen Geschmack der kondensierten Milch, und indessen wuchs in seiner Brust eine schreckliche Kugel ganz aus Eis. Er setzte sich auf das Bett, die Tasche mit seiner bescheidenen Habe auf den Knien, und wartete, bis das Haus schlief, dann stahl er sich leise hinaus und schloß behutsam die Tür. Die Hunde bellten, aber er kümmerte sich nicht darum. Er lief los in Richtung auf die Stadt, denselben Weg, den er im Bus gekommen war und den er wie eine Landkarte im Gedächtnis hatte. Er wanderte die ganze Nacht, und früh am Morgen stand er erschöpft vor seinem Zuhause. Oliver empfing ihn mit lärmender Freude, und Nora erschien in der Tür, nahm die Tasche mit den Sachen ihres Sohnes und streckte die andere Hand aus, um ihn zu streicheln, aber die Bewegung blieb in der Luft hängen.

»Sieh zu, daß du schnell groß wirst«, war alles, was sie sagte.

An diesem Tag kam Gregory auf den Einfall, sich dem Zug zu stellen.

Ich renne den Hügel hinauf, gefolgt von Oliver, der hechelnd von Baum zu Baum trabt, die Zweige zerkratzen mir die Beine, ich falle und schürfe mir das Knie auf, Scheiße, schreie ich, Scheiße, und lasse zu, daß der Hund mir das Blut aufleckt, ich sehe kaum, wohin ich trete, aber ich renne weiter zu meinem grünen Schlupfwinkel, in dem ich mich immer verstecke. Ich brauche die Markierungen an den Baumstämmen nicht zu sehen, um meinen Weg zu finden, ich bin so oft hiergewesen, daß ich ihn mit geschlossenen Augen gehen könnte, ich kenne jeden Eukalyptus, jeden Brombeerstrauch, jeden Felsblock. Ich hebe einen Zweig hoch, und da ist der Eingang, ein enger Tunnel unter einem Dornbusch, es muß einmal ein Fuchsbau gewesen sein, er ist gerade weit genug für meinen Körper. Wenn ich auf den Ellbogen krieche, mich vorsichtig rückwärts hineinschiebe, das Gesicht zwischen den Armen, und die Biegung bedenke, kann ich hineingleiten, ohne hängenzubleiben. Oliver wartet draußen, er kennt den Ablauf. Es hat die Woche geregnet, und der Boden ist weich. Es ist kalt, aber ich habe Fieber im ganzen Körper, seit Stunden schon, seit heute morgen in der Besenkammer der Schule, ein Feuer, das niemals erlöschen wird, da bin ich sicher. Etwas hält mich von hinten fest, und ich schreie auf, aber es sind nur die dornigen Zweige, die sich in meine Jacke gehakt haben. So hatte mich Martínez gepackt, im Rücken, ich spüre noch die Spitze seines Messers am Hals, aber es scheint nicht zu bluten, wenn du dich bewegst, bringe ich dich um, du jämmerlicher Gringo und Sohn einer Chingada, und ich konnte mich nicht wehren, das einzige, was ich tat, war heulen und zwischendurch fluchen, während er es mit mir machte. Jetzt lauf und erzähl es Miss June, und ich zerschneide genau hier deiner Schwester das Gesicht, und was ich mit dir anstelle, weißt du ja jetzt, sagte er und machte sich die Hose zu. Lachend ging er. Wenn die andern das rauskriegen, bin ich geliefert, sie werden mich Schwuli nennen für den Rest meines Lebens. Kein Mensch darf das jemals erfahren! Und wenn Martínez es erzählt? Ich möchte ihn umbringen! Meine Hände, meine Sachen und mein Gesicht sind mit Lehm beschmiert, meine Mutter wird wütend sein, ich lasse mir besser eine Entschuldigung einfallen: Ein Auto hat mich angefahren, oder die Bande hat mich wieder erwischt, aber da erinnere ich mich, daß es gar nicht nötig sein wird, eine Lüge zu erfinden, weil ich nämlich sterben werde, und wenn sie meine Leiche finden, wird ihr der Dreck nichts ausmachen. Hoffe ich wenigstens. Sie wird verzweifelt sein, sie wird nicht mehr an meine Schlechtigkeit denken, nur an meine guten Seiten, daß ich das Geschirr abwasche und ihr fast alles gebe, was ich beim Schuhputzen verdiene, und endlich wird ihr klarwerden, daß ich ein guter Sohn bin, und es wird ihr leid tun, daß sie nicht zärtlicher zu mir gewesen ist, daß sie mich an die Nonnen weggeben wollte und an die Farmer und daß sie mir nicht ein einziges Mal Eier zum Frühstück gemacht hat, und dabei ist das gar nicht so schwer, Doña Inmaculada macht es mit geschlossenen Augen, sogar ein Schwachsinniger kann ein paar Eier braten, sie wird alles bereuen, aber dann ist es zu spät, denn ich bin dann tot. Es wird eine Trauerfeier in der Schule geben, sie werden mich ehren wie Zárate, der im Meer ertrunken ist, sie werden sagen, daß ich der beste Kamerad war und daß ich eine große Zukunft vor mir hatte, die Schüler werden sich in einer Reihe aufstellen müssen, um an meinem Sarg vorbeizugehen und mich auf die Stirn zu küssen, die kleineren Kinder werden anfangen zu weinen, und die Mädchen werden bestimmt ohnmächtig, Frauen können kein Blut sehen, sie werden kreischen, nur Carmen nicht, Carmen wird meinen Leichnam umarmen, ohne sich zu ekeln. O Gott, wenn bei der Beerdigung Miss June bloß nicht auf die Idee kommt, den Brief vorzulesen, den ich ihr geschrieben habe, verdammt, warum hab ich das gemacht, niemals werde ich ihr wieder ins Gesicht sehen können, sie ist so schön, sie sieht aus wie eine Fee oder eine Filmschauspiele-

rin, wenn sie wüßte, was für Sachen mir in ihren Stunden einfallen, sie da vorn an der Tafel, wenn sie die Rechenaufgaben erklärt, und ich auf meiner Bank, der sie anglotzt wie ein Idiot, den Kopf in den Wolken, wer kann denn bei ihr an Zahlen denken! Ich denke zum Beispiel, sie sagt zu mir, ich werde dir bei den Aufgaben helfen, Gregory, denn deine Zensuren sind eine Katastrophe, dann muß ich nachsitzen, die andern sind gegangen, und wir sind allein im ganzen Gebäude, und ohne daß ich irgendwas zu ihr sage, wird sie mit einemmal ganz verrückt und legt sich auf den Fußboden, und ich mache Pipi zwischen ihren Beinen. Niemals, mein ganzes Leben lang nicht werde ich dem Padre diese Schweinereien beichten, die mir im Kopf stecken, ich bin ein Verkommener, ein schmutziges Schwein! Wie konnte ich bloß diesen Abschiedsbrief an Miss June schreiben! Ich muß wirklich saublöd sein! Na schön, wenigstens muß ich die Schande nicht ertragen, sie wiederzusehen, ich werde einfach tot sein, wenn sie ihn liest. Und Carmen, arme Carmen ... das einzige, was mir weh tut beim Sterben, ist, daß ich sie nie wiedersehen werde. Wenn sie wüßte, was Martínez mir angetan hat, würde sie hier mit mir zusammen sterben, aber ich kann es niemandem erzählen, ihr am allerwenigsten.
Dies ist das Allerschlimmste, was mir in meinem Leben passiert ist, die größte Gemeinheit, die mir dieser Schuft von Martínez angetan hat, schlimmer als bei der Erstkommunion, als er mich zwang, vor dem Abendmahl ein Stück Brot zu essen, damit, wenn ich die Hostie runterschluckte, ein Blitz mich durchbohrte und ich kopfüber in die Hölle fuhr. Aber mir passierte gar nichts, ich fühlte überhaupt nichts, weil das nicht meine Sünde gewesen war, sondern seine, und nicht ich würde in den Kochtöpfen des Satans schmoren, sondern er, weil er mich zur Sünde verleitet hatte, was schlimmer ist als die Sünde selbst, wie uns Padre Larraguibel erklärt hat, als er uns die Sache mit Adam und Eva erzählte. Damals mußte ich fünfhundertmal schreiben: Ich soll nicht Gott lästern, weil ich zu dem Padre gesagt hatte, dann wäre das Gottes Sünde gewesen, weil er doch den Apfel im Garten Eden aufgehängt hatte, obwohl er wußte, daß Adam ihn auf jeden Fall essen würde, und wenn das nicht

Zur-Sünde-Verleiten wäre, was denn dann? Schlimmer als damals, als Martínez mich in der Turnhalle auszog und meine Sachen versteckte, und wenn die Reinemachefrau nicht gekommen wäre, hätte ich die Nacht im Duschraum zubringen müssen, und am nächsten Tag hätte die ganze Schule mich splitternackt gesehen. Schlimmer als damals, als er auf dem Schulhof mit lautem Geschrei verkündete, er hätte mich auf dem Klo mit Ernestina Pereda beim Doktorspielen gesehen. Ich hasse ihn, aus tiefster Seele hasse ich ihn, sterben soll er, aber nicht an einer Krankheit, sondern umbringen soll ihn einer, aber vorher ihm den Schniepel abschneiden, damit der Saukerl von Martínez für all das bezahlt, ich hasse ihn, ich hasse ihn!

Ich bin in meinem Versteck und pfeife Oliver. Ich höre, wie er in den Tunnel kriecht, ich nehme ihn in den Arm, und er ist still, hechelt nur mit heraushängender Zunge, sieht mich mit seinen honigfarbenen Augen an und versteht, er ist der einzige, der alle meine Geheimnisse kennt. Oliver ist ein ziemlich häßlicher Hund, Judy kann ihn nicht ausstehen, er ist eine Mischung aus mehreren Rassen und hat einen Schwanz, so dick und lang wie ein Baseballschläger. Außerdem ist er ein Untier, frißt die Wäsche an, wälzt sich im Kot von andern Hunden und schmeißt sich dann in die Betten, liebt Balgereien und kommt manchmal ganz zerbissen nach Hause, aber er ist warm, und wenn er sich gerade nicht in irgendwelchen Schweinereien gesuhlt hat, riecht er richtig gut. Ich stecke die Nase in sein Fell am Hals, außenrum ist sein Haar kurz und hart, aber nahe der Haut ist es flaumig wie Watte, und hier schnuppere ich gerne, es gibt keinen besseren Geruch als den nach Hund. Die Sonne ist untergegangen, und alles ist schon ganz dunkel, es ist ein so kalter Winterabend wie selten, und obwohl ich glühe, frieren mir Ohren und Hände, aber das ist ein sauberes Gefühl. Ich beschließe, mir nicht mit dem Taschenmesser die Kehle durchzuschneiden, wie ich vorhatte, sondern ich werde an der Kälte sterben, ich werde in der Nacht allmählich vereisen, und morgen werde ich erstarrt sein, das ist zwar ein langsamer Tod, aber ruhiger als die Sache mit dem Zug. Die war mir zuerst eingefallen, aber immer, wenn ich vor dem Zug herlaufe, krieg ich's mit der Angst und springe im letzten Augenblick beiseite und rette mich gerade so eben. Ich weiß nicht, wie oft ich es versucht habe, aber ich kann es nicht über mich bringen, so zu sterben, es muß doch schrecklich weh tun, außerdem ekelt es mich an, wenn dann meine Eingeweide überall verstreut sind, ich will nicht, daß sie mich mit einer Schaufel aufschippen und daß vielleicht irgend so ein Witzbold meine Finger zur Erinnerung behält. Ich schiebe Oliver beiseite, damit er mich nicht vor der Kälte beschützt, sonst gefriere ich ja nie, scharre eine kleine Mulde in den Boden, damit ich es bequemer habe, und strecke mich auf dem Rücken aus. Ich bleibe unbeweglich liegen, mit diesem Schmerz da hinten – verfluchter Martínez Saukerl elender! – und dem Kopf voller Gedanken, Bilder, Worte. Aber nach einer sehr langen Weile hören die Tränen auf, und ich atme wieder wie immer, und da fühle ich die Erde, weich und frisch, die mich aufnimmt wie Doña Inmaculadas Umarmung, und ich lasse mich sinken, vergesse mich selbst und denke an den Planeten, der rund und schwerelos im schwarzen Abgrund des Kosmos schwebt und sich dreht und dreht, und ich denke auch an die Sterne der Milchstraße und daran, wie wohl das Ende der Welt sein wird, wenn alles explodiert und die Partikel umherschießen wie so ein Feuerwerk am 4. Juli, und ich fühle, daß ich ein Teil der Erde bin, ich bin aus demselben Stoff gemacht, wenn ich sterbe, werde ich zerfallen, ich werde nur noch Brösel sein wie Krümelkuchen, und ich werde Teil des Erdbodens sein, und aus meinem Körper werden Bäume wachsen. Mir kommt in den Sinn, daß ich nicht allein bin im Universum, daß ich nicht einmal etwas Besonderes bin, ich muß wohl nur ein Brocken Lehm sein, vielleicht habe ich nicht einmal eine eigene Seele, plötzlich gibt's da eine einzige große Seele für alle Lebewesen einschließlich Oliver, und es gibt keinen Himmel, keine Hölle und kein Fegefeuer, das müssen Spinnereien vom Padre sein, dem sich vor lauter Alter der Kopf verwirrt hat, und die Logi und die Meister von meinem Papa existieren auch nicht, und die einzige, die halbwegs an die Wahrheit herankommt, ist meine Mama mit ihrer Bahai-Religion, wenn sie sich auch in allerhand Scheißkram verheddert, der ja vielleicht gut für Persien ist, aber was sollen wir hier damit anfangen. Der Gedanke, ein Partikel zu sein, ein kosmisches Sandkorn, gefällt mir. Miss June sagt, der Schweif der Kometen ist aus Sternenstaub gebildet, aus unendlich vielen winzigen Steinchen, die das Licht zurückstrahlen. Eine tiefe Ruhe zieht in mich ein, ich vergesse Martínez, die Angst, den Schmerz und die Besenkammer, ich bin im Frieden, ich erhebe mich und fliege mit offenen Augen in die Weltraumleere, ich fliege, fliege mit Oliver.

Schon als kleines Mädchen hatte Carmen diese Geschicklichkeit, die sie ihr Leben lang kennzeichnete, jedes Ding, das sie in die Hand nahm, verlor seine ursprüngliche Form und verwandelte sich. Sie konnte aus Suppennudeln Halsketten machen, aus Toilettenpapierröhrchen Soldaten und aus Garnrollen und Streichholzschachteln allerlei Spielzeug. Eines Tages spielte sie mit drei Äpfeln und entdeckte dabei, daß sie alle drei ganz leicht in der Luft halten konnte, bald jonglierte sie mit fünf Eiern und ging von da aus natürlich zu ausgefalleneren Gegenständen über.

»Beim Schuhputzen schwitzt man viel und verdient wenig, Greg. Du mußt ein paar Kunststücke lernen, und dann arbeiten wir zusammen. Ich brauche einen Mitmacher«, schlug sie ihrem Freund vor.

Nach einer ganzen Anzahl zerbrochener Eier war Gregorys Ungeschick offensichtlich. Er kriegte nicht einen umwerfenden Trick fertig, außer mit den Ohren wackeln und lebende Fliegen essen, aber er spielte recht hübsch die Mundharmonika, weil er ein gutes musikalisches Gehör hatte. Oliver stellte sich als talentierter heraus, sie brachten ihm bei, mit der Schnauze Zettel aus einem Pappkarton zu fischen und auf den Hinterpfoten zu gehen mit einem Hut im Maul. Anfangs fraß er die Zettel auf, aber dann lernte er, sie sehr vorsichtig dem Kunden anzubieten. Carmen und Gregory bereiteten die einzelnen Auftritte der Vorführung sorgfältig vor und entfernten sich dafür soweit wie möglich von zu Hause, um den Blicken der Freunde und Nachbarn zu entgehen, denn sie wußten, wenn die Sache Pedro oder Inmaculada zu Ohren kam, würde nichts sie vor einer ordentlichen Tracht Prügel retten – wie damals, als sie auf die Idee gekommen waren, für das Barrio um Almosen zu betteln. Carmen nähte sich einen Rock aus verschiedenfarbigen Tüchern und Stoffresten zusammen, machte sich aus Hühnerfedern ein keckes Hütchen und überredete Olga dazu, ihr die gelben Stiefeletten zu leihen. Gregory entwendete heimlich den Zylinder und die Krawatte, die sein Vater bei seinen Predigten getragen hatte und die Nora wie Reliquien aufbewahrte. Sie baten Olga um Hilfe bei der Abfassung der Glückszettel, wobei sie ihr versicherten, es handle sich um ein Spiel für die Jahresabschlußfeier der Schule; sie warf ihnen einen ihrer durchdringendsten Blicke zu, verlangte aber keine näheren Erklärungen und diktierte ihnen eine lange Reihe Prophezeiungen im Stile der chinesischen Glücksküchlein. Sie vervollständigten ihre Ausrüstung mit Eiern, Kerzen und fünf Küchenmessern, alles in einem Beutel versteckt, denn schließlich konnten sie diese Dinge nicht offen aus dem Haus tragen, ohne Verdacht zu erregen. Oliver spritzten sie gründlich mit dem Schlauch ab und banden ihm eine Schleife um den Hals, die seine Häßlichkeit ein wenig mildern sollte.

Sie bauten sich an einer Ecke auf, die schön weit vom Barrio entfernt war, kostümierten sich und gingen ans Werk. Bald versammelte sich eine kleine Menschenmenge um die beiden Kinder und den Hund. Carmen mit ihrer zierlichen Figur, ihrem buntscheckigen Flickenrock und der unbeschreiblichen Geschicklichkeit, mit der sie brennende Kerzen und scharfe Messer durch die Luft fliegen ließ, war eine unwiderstehliche Attraktion, während Gregory ganz an die Musik seiner Mundharmonika hingegeben war. Als die Jongleurin eine Pause machte, ließ der Junge seine Musik und lud die Umstehenden ein, ihr Glück zu versuchen. Für einen niedrigen Preis suchte der Hund einen zusammengefalteten Zettel aus dem Karton und hielt ihn dem Kunden hin, ein bißchen besabbert zwar, aber ausgezeichnet lesbar. Und schließlich machte Oliver als Kassierer mit dem Hut die Runde. In zwei Stunden hatten die Kinder soviel Geld beisammen, wie ein Arbeiter an einem ganzen Tag in irgendeiner Fabrik der Umgebung verdiente. Als es dunkel wurde, legten sie ihre Kostümierung ab, packten ihre Siebensachen zusammen, teilten sich die Einnahmen und kehrten nach Hause zurück, nachdem sie sich geschworen hatten, selbst unter der Folter kein Wort zu verraten. Carmen vergrub ihre Beute in einer Büchse im Patio, und Gregory lieferte sie zu Hause ab, aber natürlich nur nach und nach, um unbequeme Fragen zu vermeiden, und behielt einen Teil fürs Kino.

»Wenn wir hier soviel verdienen, dann stell dir bloß mal vor, wieviel Geld wir auf dem Pershing Square machen könnten! Wir würden Millionäre werden! Da gehen viele Leute hin, um den Verrückten zuzuhören, und da sind auch noch die Reichen, die aus dem Hotel kommen«, sagte Carmen.

Eine derartige Verwegenheit wäre Gregory nie in den Sinn gekommen, für ihn existierte eine unsichtbare Grenze, die Leute seiner Herkunft nicht überschritten. Auf der anderen Seite war eine andere Welt, die Männer gingen eilig, weil sie dringende Arbeiten und wichtige Pläne hatten, die Frauen spazierten mit Handschuhen herum, die Geschäfte waren prächtig, und die Autos glänzten nur so. Er war zweimal dort gewesen, als er seine Mutter begleitet hatte, irgendwelche Formalitäten zu erledigen, aber nie wäre es ihm eingefallen, allein dort hinzugehen. Carmen hatte ihm in einem Augenblick die Möglichkeiten des Marktes offenbart: Drei Jahre lang putzte er schon Schuhe für zehn Cent unter den Ärmsten der Armen, ohne daran zu denken, daß er ein paar Häuserblocks weiter das Dreifache nehmen konnte und viel mehr Kunden finden würde. Aber dann schob er den Gedanken erschrocken beiseite.

»Du bist verrückt.«

»Warum bist du bloß so ein Angsthase, Gregory? Ich wette, du kennst nicht mal das Hotel.«

»Das Hotel? Bist du etwa ins Hotel gegangen?«

»Klar. Das ist wie ein Palast, mit Bildern an den Decken und an den Türen, Vorhängen mit Bommeln, und Lampen, die kann ich dir gar nicht beschreiben, sie sind wie Schiffe voller Lichter. In die Teppiche sinkst du mit den Füßen ein, wie am Strand, und alle Leute sind elegant angezogen und trinken Tee und essen Kuchen.«

»Hast du im Hotel Tee getrunken?«
»Na ja, nicht direkt, aber ich hab die Tabletts gesehn. Man muß einfach reingehn, ohne jemanden anzusehn, als ob die Mama an einem Tisch auf uns wartet, verstehst du?«
»Und wenn sie dich schnappen?«
»Man darf niemals etwas zugeben, grundsätzlich nicht. Wenn jemand etwas zu dir sagt, spielst du das reiche Kind, hebst die Nase hoch und antwortest irgendeine Grobheit. Eines Tages nehme ich dich mit. Jedenfalls ist das die beste Gegend zum Arbeiten.«
»Wir können mit Oliver nicht in der Straßenbahn fahren«, wandte Gregory schwach ein.
»Dann gehn wir eben«, antwortete sie.
Von diesem Tag an gingen sie jedesmal zum Pershing Square, wenn Carmen der mütterlichen Aufsicht entwischen konnte. Sie zogen mehr Publikum an als die Prediger auf ihren Kisten, die mit nutzloser Begeisterung von Dingen redeten, die niemandem etwas sagten. Ohne Carmens Jongleurkünste hatte die Vorführung keinen rechten Reiz, wenn also seine Freundin nicht mitgehen konnte, kehrte Gregory zu seiner Schuhputzerei zurück, die er allerdings nun in den Straßen des Geschäftsviertels betrieb. Kaum etwas verband die Kinder so sehr wie dieses geteilte Geheimnis.

Mit sechzehn Jahren war Gregory mit Juan José auf der High-School, Carmen ging in eine Klasse tiefer, und Martínez hatte die Schule verlassen und gehörte nun zur Bande der »Carniceros«. Damit war er aus Gregorys Nähe verschwunden, und der fühlte sich endlich sicher, weil er ihm leicht aus dem Weg gehen konnte. Inzwischen hatte sich seine Aufsässigkeit gemildert, die ihn früher in ständiger Bewegung hielt, aber dafür peinigten ihn andere lautlose Ängste. Auf der High-School war die Mehrzahl der Schüler weiß, hier hatte er nicht mehr das Gefühl, daß mit dem Finger auf ihn gezeigt wurde, und er mußte nicht mehr davonstieben, wenn es eben zum Schulschluß läutete, um seinen Feinden zu entwischen. Die Armen kamen der Schulpflicht nicht immer nach, und am wenigsten die Latinos, die sich ihren Unterhalt verdienen mußten, wenn sie gerade die Grundschule abgeschlossen hatten. Charles Reeves hatte seinem Sohn die Lust zum Lernen eingepflanzt, die er selber nie hatte befriedigen können, weil er von seinem dreizehnten Lebensjahr an über die Weiden Australiens gezogen war, um Schafe zu scheren. Auch Nora nährte in Gregory den Gedanken, auf einen Beruf hinzusteuern, damit er sich nicht in den niedrigsten Jobs den Rücken krummzuschuften brauchte, rechne nach, Sohn, sagte sie, ein Drittel der Stunden deines Lebens gehen mit Schlafen verloren, ein Drittel hier und da mit allen möglichen Beschäftigungen, und das dritte, wichtigste wirst du an die Arbeit wenden, deshalb ist es besser, du arbeitest etwas, was dir Freude macht. Als er ein einziges Mal zu Olga davon sprach, die Schule zu verlassen und sich eine Arbeit zu suchen, las sie ihm sein Schicksal aus den Karten und schlug die Karte des Gesetzes auf.

»Laß dir das ja nicht einfallen. Du wirst entweder Bandit oder Polizist, und in beiden Fällen ist es besser, du hast ein Studium gemacht«, entschied sie.

»Ich will aber keins von beidem werden!«

»Diese Karte sagt eindeutig, daß du mit dem Gesetz zu tun bekommst.«

»Sagt sie nicht, ob ich reich sein werde?«

»Mal reich und mal arm.«

»Aber ich werde dahin gelangen, jemand Bedeutendes zu sein, nicht wahr?«

»Im Leben gelangt man nirgendwohin, Gregory. Man lebt, und fertig.«

Mit Carmen lernte er die heißesten amerikanischen Rhythmen tanzen, und sie wurden solche Experten in akrobatischen Figuren, daß die anderen Tänzer einen Kreis bildeten und zu ihren Vorführungen von Jitterbug und Rock 'n' Roll Beifall klatschten. Sie flog, die Beine hoch in der Luft, und wenn sie drauf und dran war, sich den Kopf zu zerschmettern, gab er ihr eine unmögliche Drehung über die Schulter, zog sie sich über den Boden zwischen den Beinen hoch und stellte sie mit einem Ruck heil und gesund auf die Füße, alles, ohne den

Rhythmus oder die Zähne zu verlieren. Gregory sparte monatelang, um sich eine schwarze Lederjacke zu kaufen, und versuchte, sich eine Bill-Haley-Locke über den Augen heranzuziehen, aber da auch der ausschweifende Verbrauch von Brillantine es nicht schaffte, den traurig ausgefransten Anblick seines Haares zu bessern, entschied er sich für eine Kurzhaarfrisur, die sehr viel bequemer war, nur eben dem Bild des Rebellen weniger angemessen, das die Mädchen vor Furcht und Vergnügen zum Zittern brachte. Auch Carmen glich nicht den Heldinnen in den Filmen für junge Leute, die blond, tugendhaft und ein wenig dumm waren, nach denen die Jungens seufzten und die die braunen, rundlichen mexikanischen Mädchen vergebens nachzuahmen suchten, indem sie sich das Haar mit Wasserstoffsuperoxyd bleichten. Carmen war pures Feuerwerk.

An den Wochenenden zogen die beiden Freunde ihre besten Sachen an, er immer seine schwarze Lederjacke, auch wenn er darin höllisch schwitzte, und sie enge Hosen, die sie in einer Tasche versteckte und auf einer öffentlichen Toilette anzog, denn wenn ihr Vater sie darin gesehen hätte, hätte er sie ihr vor Empörung vom Leibe gerissen. So zogen sie durch die Tanzlokale, wo man sie bereits kannte und wo sie keinen Eintritt zu bezahlen brauchten, weil sie die Attraktion des Abends waren. Sie tanzten, ohne müde zu werden und ohne auch nur eine Erfrischung zu sich zu nehmen, weil sie sie nicht bezahlen konnten. Carmen war zu einem kecken jungen Mädchen herangewachsen, ihr schwarzer Haarschopf umrahmte ein freundliches Gesicht mit dichten Augenbrauen und vollen Lippen, die leicht und gern lachten. Ihre Formen waren fest, die Brüste zu groß für ihre Gestalt und ihr Alter, Vorsprünge, die sie verabscheute wie eine Verunstaltung, aber Gregory beobachtete, wie sie wuchsen, und schätzte, daß sie jeden Tag voller wurden. Beim Tanzen schwenkte er sie kräftig, nur um zu sehen, wie diese Kurtisanenbrüste den Gesetzen der Schwerkraft und des Anstands trotzten, aber wenn er merkte, daß er nicht der einzige war, der sie bewunderte, packte ihn dumpfe Wut.

Zu seiner Freundin zog ihn kein handfestes Verlangen, allein der Gedanke hätte ihn entsetzt und wäre ihm wie Inzest vorgekommen. Er sah sie ebenso als seine Schwester an wie Judy, wenn auch seine guten Absichten bisweilen unter dem hinterhältigen Ansturm seiner Hormone wankten, die ihn in permanentem Notstand hielten. Padre Larraguibel hatte sich bemüßigt gesehen, ihm den Kopf mit apokalyptischen Voraussagen der fürchterlichen Folgen anzufüllen, wenn man Frauen mit Hintergedanken ansah und am eigenen Körper herumspielte. Er drohte den Wollüstigen mit plötzlichen Blitzschlägen, er versicherte, ihnen würden Haare in der Handfläche wachsen, eitrige Pickel würden aufbrechen, der Penis würde faulen, und schließlich würde der Schuldige unter grausamen Schmerzen sterben und im Nu zur Hölle fahren, falls er ohne Beichte starb.

Der Junge zweifelte zwar an dem göttlichen Blitz und an den Haaren in der Handfläche, aber er war sicher, daß die anderen Übel stimmten, er hatte es an seinem Vater gesehen, er erinnerte sich, wie er mit Eiterpusteln übersät war und wie er starb, weil er sich mit der Hand befriedigt hatte. Er dachte auch nicht daran, bei den Mädchen in der Schule oder im Barrio Trost zu suchen, die für ihn außerhalb der erreichbaren Grenzen waren, oder zu den Prostituierten zu gehen, die ihm fast soviel Angst einjagten wie Martínez. Er war verzweifelt vor unbestimmtem Liebesdrang, glühte in einer brutalen und unverständlichen Hitze, war erschreckt vom Trommeln seines Herzens, von der sämig-klebrigen Flüssigkeit in seinem Schlafsack, von den wildbewegten Träumen und den Überraschungen, die ihm sein Körper bereitete. Seine Glieder streckten sich, Muskeln bildeten sich heraus, Achselhaar und Schamhaar wuchsen. Ein unbedeutender Anreiz genügte, und er entlud sich in jäher Lust, die ihn verwirrt und halb ohnmächtig zurückließ. Die flüchtige Berührung einer Frau auf der Straße, der Anblick eines Frauenbeins, eine Filmszene, ein Satz in einem Buch, selbst der rüttelnde Sitz in der Straßenbahn, alles erregte ihn. Neben dem Lernen mußte er arbeiten, doch auch die Müdigkeit vermochte nichts über das unbegreifliche Verlangen, sich in einen Sumpf zu stürzen, sich in der Sünde zu verlieren, abermals

diese Wonne und diesen Tod zu erleiden, die immer allzu kurz waren.
Sport und Tanz halfen ihm, seine Energien zu entladen, aber es bedurfte eines nachdrücklicheren Mittels, um den Tumult seiner Instinkte zu beschwichtigen. Wie er sich in seiner Kindheit besinnungslos in Miss June verliebt hatte, verfiel er nun in plötzliche leidenschaftliche Schwärmerei für unerreichbare, meistens ältere Mädchen, an die er sich nicht herantraute, weshalb er sich damit begnügte, sie aus der Ferne anzubeten. Ein Jahr später erreichte er mit einem Ruck seine endgültige Größe, mit sechzehn jedoch war er noch ein schmaler Jüngling mit zu großen Knien und Ohren, ein wenig rührend, aber man ahnte doch schon, was in ihm steckte.
»Wenn du es fertigbringst, weder Bandit noch Polizist zu werden, wirst du Filmschauspieler, und die Frauen werden dich vergöttern«, versprach ihm Olga, um ihn zu trösten, wenn sie ihn in dem Büßerhemd seiner eigenen Haut leiden sah.
Sie war es dann, die ihn endlich von den weißglühenden Martern der Keuschheit erlöste. Seit Martínez ihn in die Besenkammer der Grundschule gedrängt hatte, plagten ihn unaussprechliche Zweifel an seiner Männlichkeit. Nie wieder hatte er Ernestina Pereda oder ein anderes Mädchen unter dem Vorwand des Doktorspielens zu erforschen versucht, und seine Kenntnisse über diese geheimnisvolle Seite des Lebens waren vage und widersprüchlich. Die Informationsbrocken, die er sich heimlich in der Bibliothek verschaffte, trugen nur dazu bei, ihn noch mehr zu verwirren, denn sie paßten nicht zu den Erfahrungen der Straße, den Witzeleien der Moralesbrüder und anderer Freunde, den Predigten des Padre, den Enthüllungen des Kinos und den Bocksprüngen seiner Phantasie. Er zog sich in die Einsamkeit zurück, verleugnete mit verbissener Entschlossenheit die Unruhe seines Herzens und die Nöte seines Körpers und versuchte, die keuschen Ritter der Tafelrunde nachzuahmen, aber immer wieder wurde er vom Ungestüm seiner Natur verraten.
Dieser dumpfe Schmerz und diese Verwirrung ohne Namen drückten ihn eine endlos lange Zeit nieder, bis er die Quälerei

kaum noch ertragen konnte, und wäre ihm nicht Olga zu Hilfe gekommen, wäre er wohl noch verrückt geworden.
Olga hatte ihn zur Welt kommen sehen, sie war in allen wichtigen Augenblicken seiner Kindheit dabeigewesen, sie kannte ihn wie einen eigenen Sohn, nichts, was den Jungen betraf, entging ihrem Blick, und was sie nicht durch einfachen gesunden Menschenverstand folgerte, das erriet sie mit ihrem Hellsehertalent, das in der Hauptsache darin bestand, die Seele des andern zu kennen, ein gutes Auge zum Beobachten zu haben und unverfroren Ratschläge und Prophezeiungen zu improvisieren. In Gregorys Fall brauchte es keine hellseherische Gabe, um seine Hilflosigkeit zu erkennen.
Zu jener Zeit war Olga in den Vierzigern, aus den Rundungen der Jugend war Fett geworden, und auch ihre einst so straffe Haut war erschlafft, aber sie hatte sich ihre Anmut und ihren Stil ebenso bewahrt wie ihre rote Mähne, das Rauschen ihrer Röcke und das mitreißende Lachen. Sie wohnte noch immer am selben Ort, aber nun nicht mehr nur in einem Zimmer, sie hatte das Haus gekauft, um daraus ihren persönlichen Tempel zu machen, wo sie über ein Zimmer für ihre Medikamente, das magnetisierte Wasser und alle Sorten Kräuter verfügte, ein anderes für therapeutische Massagen und Abtreibungen und einen ziemlich großen Saal für spiritistische Séancen, Magie und Weissagung. Gregory empfing sie immer in dem Zimmer über der Garage. An jenem Tag fand sie ihn abgemagert, und wieder rührte das rauhe Mitleid sie an, das in letzter Zeit ihr vornehmliches Gefühl für ihn war.
»In wen bist du heute verliebt?« fragte sie lachend.
»Ich möchte weggehn aus diesem Scheißort«, murmelte er, den Kopf zwischen den Händen, geschlagen von dem Feind in seinem Unterleib.
»Und wohin willst du gehn?«
»Irgendwohin, meinetwegen zum Teufel, ist mir egal. Hier passiert doch nichts, man kriegt keine Luft, ich ersticke.«
»Das ist nicht das Barrio, das bist du selbst. Du erstickst in deiner eigenen Haut.«
Die Wahrsagerin holte eine Flasche Whisky aus dem Schrank,

goß ihm und sich selbst einen kräftigen Schluck ein, wartete, bis er ausgetrunken hatte, und goß ihm abermals ein. Der Junge war an den starken Alkohol nicht gewöhnt, im Zimmer war es heiß, die Fenster waren geschlossen, und die Luft war gesättigt vom Duft nach Weihrauch, Heilkräutern und Patschuli. Olgas Geruch stieg ihm in die Nase, und er erzitterte. In einem Augenblick barmherziger Inspiration trat die Frau von hinten an ihn heran und schloß ihn in die Arme, ihre schon etwas abgeschlafften Brüste preßten sich gegen seinen Rücken, ihre mit glitzernden Ringen bedeckten Finger knöpften sein Hemd auf, während er erstarrte, von Überraschung und Angst gelähmt. Doch dann begann sie, ihn in den Nacken zu küssen, schob die Zunge in sein Ohr, flüsterte ihm russische Worte zu, erforschte ihn mit ihren kundigen Händen, berührte ihn, wo ihn noch nie jemand berührt hatte, bis er sich mit einem Schluchzen ergab, sich in eine bodenlose Tiefe fallenließ, geschüttelt von Grausen und vorweggeahnter Seligkeit. Und ohne zu wissen, was er tat oder warum er es tat, wandte er sich verzweifelt zu ihr um, zerfetzte ihr in der Eile die Bluse, sprang sie an wie ein brünstiges Tier, wälzte sich mit ihr auf dem Boden, entledigte sich strampelnd seiner Hose, kämpfte sich durch ihre Unterwäsche, drang in sie ein in jäher Ausweglosigkeit und sank dann mit einem Schrei zusammen, während er sich sprudelnd entlud, als wäre ihm im Innern eine Arterie gerissen. Olga ließ ihn eine Weile auf ihrer Brust ausruhen und strich ihm besänftigend über den Rücken, wie sie es so oft getan hatte, als er noch ein Kind war, und als sie annahm, daß nun seine Gewissensbisse einsetzen würden, erhob sie sich und ging die Vorhänge schließen. Dann zog sie gelassen die zerfetzte Bluse und den zerknitterten Rock aus.

»Jetzt werde ich dir beibringen, was wir Frauen gern mögen«, sagte sie mit einem neuen Lächeln. »Das erste ist, nicht so hastig sein, Junge...«

»Ich muß etwas wissen, Olga, schwöre mir, daß du mir die Wahrheit sagen wirst!«

»Was willst du wissen?«

»Mein Vater und du... ich meine, ihr...«

»Das geht dich nichts an, das hat nichts mit dir zu tun.«
»Ich muß es aber wissen... ihr wart ein Liebespaar, nicht wahr?«
»Nein, Gregory. Ich sage es dir nur ein einziges Mal: Nein, wir waren kein Liebespaar. Rühr mir nie wieder an das Thema, denn wenn du das tust, will ich dich nie mehr sehen. Hast du mich verstanden?«
Gregory hatte ein so starkes Bedürfnis, ihr zu glauben, daß er keine weiteren Fragen stellte. Von diesem Abend an hatte die Welt für ihn eine andere Farbe angenommen. Er besuchte Olga fast jeden Tag, und als strebsamer Schüler lernte er alles, was Olga ihm zu enthüllen für richtig hielt, er brach in die Schlupfwinkel ihrer Wünsche ein, getraute sich, alle möglichen Schamlosigkeiten zu murmeln, und entdeckte in glücklichem Staunen, daß er nicht völlig allein im Universum war und daß er überhaupt keine Lust mehr hatte zu sterben. Wie seine Seele sich weitete und erstarkte, so entwickelte sich auch sein Körper, nach wenigen Wochen sah er nicht mehr aus wie ein Kind, und auf seinem Gesicht festigte sich allmählich der Ausdruck eines zufriedenen Mannes.
Als Olga merkte, daß er drauf und dran war, sich aus purer Dankbarkeit in sie zu verlieben, schüttelte sie ihn wütend und zwang ihn, sich ihren nackten Körper anzusehen und genauestens Bestand aufzunehmen, wie dick sie war, wie viele graue Haare und Falten sie hatte, wie ausgelaugt sie war von den vielen Jahren, die sie sich schon mit dem Schicksal herumprügelte, und sie drohte ihm, sie werde ihn rausschmeißen, wenn er bei seinen blödsinnigen Ideen blieb. Sie zeigte ihm ganz klar die Grenzen ihrer Beziehung und fügte hinzu, bei ihr beiße er auf Granit, denn er habe so schon ein unverschämtes Glück, er würde keine zweite Frau finden, die ihm gratis sicheren Sex bot, ihm die Hemden bügelte, ihm Geld in die Taschen steckte und für all das nichts verlangte, und ohnedies sei er noch eine Rotznase, und wenn er das nicht mehr sein werde, würde sie eine alte Frau sein. Er solle sich aufs Lernen konzentrieren, vielleicht schaffe er es ja, aus dem Loch herauszukommen, in dem er aufgewachsen sei, und jemand zu werden, der im Land

der Möglichkeiten lebe, und wenn er die nicht nutze, sei er ein hoffnungsloser Idiot.

Seine Zensuren besserten sich, er schloß neue Freundschaften, begann an der Schulzeitung mitzuarbeiten und schrieb schon bald hitzige Artikel und leitete Schülerversammlungen, die aus den verschiedensten Gründen einberufen wurden, einige waren gegen bürokratische Maßnahmen gerichtet wie etwa den Stundenplan des Sportunterrichts, bei anderen ging es um Grundsätzliches wie die Diskriminierung von Negern und Latinos. Das hast du von deinem Vater geerbt, seufzte Nora etwas besorgt, denn sie konnte der Vorstellung, ihn als Prediger zu sehen, nichts Erfreuliches abgewinnen. Seit Olga ihm Ruhe gebracht hatte, fand er endlich Freude am Lesen und nutzte jeden freien Augenblick, um in die Stadtbibliothek zu gehen, wo er sich mit Cyrus, einem alten Fahrstuhlführer, anfreundete. Cyrus bediente die Steuerung mit einer Hand, und in der anderen hielt er ein Buch, und er war so versunken, daß der Fahrstuhl nach Gutdünken auf und ab rangierte, als hätte er zu spinnen angefangen. Er hob nur die Augen, wenn Gregory kam, dann hellte sich sein blutleeres Prophetengesicht für ein paar Sekunden auf, und sein mürrischer Mund verzog sich zu einem leichten Lächeln, aber sofort beherrschte er seine Mimik wieder und begrüßte ihn mit einem Brummen, damit ganz klar blieb, daß nur eine gewisse intellektuelle Verwandtschaft sie verband.

Der Junge erschien im allgemeinen am Nachmittag nach der Schule und blieb nur eine halbe Stunde, weil er arbeiten mußte. Der alte Mann wartete schon vom Mittag an auf ihn, und je näher die Zeit rückte, um so öfter ertappte er sich dabei, daß er auf die Uhr sah. Er war immer auf der Hut, um unnötige Gemütsbewegungen niederzuhalten, aber wenn Gregory ausblieb, war es, als wäre die Sonne nicht aufgegangen. Sie wurden gute Freunde. Gregory verbrachte gern die Sonnabende in seiner Gesellschaft, er besuchte ihn in dem schäbigen Pensionszimmer, in dem er wohnte, ein andermal machten sie einen Spaziergang oder gingen ins Kino, und wenn der Abend kam,

verabschiedete er sich, um mit Carmen durch die Tanzlokale zu ziehen.
Eines Tages schlug Cyrus ihm vor, sich mit ihm in einem Park zu treffen, unter dem Vorwand, er wolle mit ihm ein Picknick machen und dabei über Philosophie sprechen. Er erwartete Gregory mit einem Korb, aus dem ein Brot und ein Flaschenhals hervorsahen, führte ihn am Arm an einen einsamen Platz, wo niemand sie hören konnte, und kündigte ihm hier flüsternd an, er habe sich entschlossen, ihm ein Geheimnis zu enthüllen, bei dem es um Leben und Tod gehe. Er ließ ihn schwören, daß er ihn niemals verraten würde, und bekannte ihm dann feierlich, daß er Mitglied der Kommunistischen Partei sei.
Gregory war die Bedeutung eines solchen Bekenntnisses nicht klar, denn von der Hexenjagd gegen liberale Ideen, die inzwischen am Abflauen war, hatte der Halbwüchsige in seinem Barrio nichts mitgekriegt, aber er stellte sich vor, es müsse etwas Ansteckendes und so übel Beleumdetes wie Geschlechtskrankheiten sein. Er fragte herum, aber was dabei herauskam, trug nur dazu bei, ihm die Sicht noch mehr zu verdunkeln. Seine Mutter erzählte ihm eine verworrene Geschichte über Rußland und das Massaker an einer bestimmten kaiserlichen Familie in einem Winterpalast, aber das alles war so weit weg, daß es ihm unmöglich war, es mit seiner Zeit und seinem Ort zu verbinden. Als er es bei den Morales erwähnte, bekreuzigte Inmaculada sich entsetzt, und Pedro verbot ihm, in seinem Haus unanständige Sachen zu sagen, und warnte ihn vor dem Unfug, sich in Angelegenheiten zu mischen, die ihn nichts angingen. Die Politik ist ein Laster, anständige und arbeitsame Leute können gut und gerne ohne auskommen, entschied Padre Larraguibel, dessen Neigung zu düsteren Schreckensgemälden mit den Jahren mehr und mehr wuchs. Er klagte die Kommunisten an, der Antichrist in Person zu sein und natürliche Feinde der Vereinigten Staaten, er versicherte, auch nur mit einem zu sprechen stelle automatisch einen Verrat an der christlichen Kultur und dem Vaterland dar, weil alles Gesagte augenblicklich zu teuflischen Zwecken nach Moskau übermittelt würde. Vorsicht, du kannst dich da gefährlich mit der Staats-

macht anlegen und auf dem elektrischen Stuhl enden, was du dir dann auch redlich verdient hättest, Blödhammel, die Roten sind Atheisten, Bolschewiken und schlechte Menschen, die haben in diesem Land nichts zu suchen, sollen sie doch nach Rußland gehen, wenn sie's da so schön finden, schloß er mit einem Fausthieb auf den Tisch, daß die nachmittägliche Tasse Kaffee mit Brandy hochsprang.

Gregory begriff, daß Cyrus ihm den stärksten Freundschaftsbeweis gegeben hatte, als er ihm sein Geheimnis erzählte, und dafür nahm er sich vor, ihn auf dem vor kurzem eingeschlagenen intellektuellen Weg nicht zu enttäuschen. Cyrus weckte in ihm die Vorliebe für bestimmte Schriftsteller, und immer, wenn Gregory ihm eine Frage stellte, schickte er ihn, die Antwort selbst zu finden, und so lernte er, Enzyklopädien, Wörterbücher und andere Hilfsmittel der Bibliothek zu benutzen. Wenn alles andere versagt, sieh die alten Zeitungen durch, riet er ihm. Vor Gregorys Augen öffnete sich ein weiter Horizont, zum erstenmal erschien es ihm möglich, aus dem Barrio hinauszukommen, er war nicht dazu verdammt, den Rest seines Lebens hier begraben zu bleiben, die Welt war so riesengroß, die Neugier erwachte in ihm und das Verlangen, die Abenteuer selbst zu erleben, die im Kino zu sehen ihm früher genügt hatte. Wenn er von Schule und Arbeit frei war, verbrachte er viele Stunden mit seinem Lehrmeister, fuhr mit ihm im Fahrstuhl auf und ab, bis er seekrank war und hinausstolperte, um frische Luft zu atmen.

Abends aß er bei den Morales und half Carmen schnell noch bei ihren Hausaufgaben, denn sie war eine sehr schlechte Schülerin, dann ging er zu Olga und kam erst nach Hause, wenn seine Mutter und Judy schon schliefen. Manchmal an den Wochenenden suchte er Noras Gesellschaft, um mit ihr über die Bücher zu reden, die er gerade las, aber ihre Beziehung erkaltete mehr und mehr, sie hatten nicht länger dieselbe Freude an ihren Unterhaltungen wie in den Zeiten des zigeunernden Lastwagens, als sie ihm ganze Opernhandlungen erzählte und in den Sternennächten die Geheimnisse des Firmaments entschlüsselte. Mit seiner Schwester hatte er nur noch wenig gemein, und

er hätte sehr viel zerstreuter sein müssen, um nicht ihre unnachgiebige Feindseligkeit zu bemerken.
In diesen Jahren begann das Häuschen wieder zu verfallen, das Holz knackte und krachte, es regnete durch das Dach, aber das Grundstück war wertvoller geworden, weil die Stadt sich in dieser Richtung ausbreitete. Pedro schlug Nora vor, zu verkaufen und in eine kleine Wohnung zu ziehen, wo die Ausgaben geringer sein würden und der Unterhalt leichter, aber sie fürchtete, daß ihr Mann beim Umzug verlorengehen könnte.
»Die Toten brauchen ein festes Heim, sie können nicht von einem Ort zum andern übersiedeln. Auch die Häuser brauchen einen Toten und eine Geburt. Eines Tages werden hier meine Enkel geboren werden«, sagte sie.
Neben Olga, mit der er die wunderbare Vertraulichkeit der schamlosen Liebenden teilte, war Carmen der Mensch, der Gregory am nächsten stand. Hatte Olga erst seine Triebe beruhigt, konnte er die prachtvollen Hügel seiner Freundin betrachten, ohne daß ihm ein lästiges Mißgeschick zustieß. Er wünschte für sie ein weniger klägliches Schicksal als das der Frauen des Barrios, die bettelarm waren, von den Ehemännern schlecht behandelt und von den Söhnen gedemütigt wurden, er glaubte, mit ein bißchen Hilfe würde sie die Schule abschließen und einen Beruf erlernen können. Er versuchte, sie mit der Welt der Bücher vertraut zu machen, aber sie langweilte sich in der Stadtbücherei, verabscheute das Lernen und zeigte nicht das geringste Interesse an den Nachrichten in den Zeitungen.
»Wenn ich mehr als eine halbe Seite lese, tut mir der Kopf weh. Lieber lies du und erzähl's mir nachher«, entschuldigte sie sich, wenn er ihr partout ein Buch aufzwingen wollte.
»Das ist, weil sie große Brüste hat. Je mehr Busen, um so weniger Gehirn, das ist ein Naturgesetz, deshalb sind die armen Frauen so dumm«, erklärte Cyrus ihm.
»Dieser Alte ist ja schwachsinnig!« platzte Carmen los, als sie es erfuhr, und von dem Tag an trug sie gepolsterte Büstenhalter, aus purem Trotz und mit so aufsehenerregendem Erfolg, daß niemand in der Nachbarschaft zu erwähnen unterließ, wie gut sich die Kleinste von den Moraleskindern entwickelte.

Nicht nur ihre Brust erregte Aufmerksamkeit; sie hatte ihr Aussehen einer flinken Maus hinter sich gelassen und war dabei, sich in ein aufregendes Mädchen zu verwandeln, um das die Bewerber in Scharen herumschwärmten, aber ohne sich zu trauen, die heikle Grenze der Ehrbarkeit zu überschreiten, denn auf der anderen Seite standen Pedro Morales und seine vier Söhne, alle stämmig, entschlossen und wachsam. Carmen schien sich nicht von anderen Mädchen ihres Alters zu unterscheiden, sie fand Feste wunderbar, schrieb romantische Gedanken und Verse ab in ein Tagebuch, verliebte sich in Filmschauspieler und kokettierte mit jedem Jungen in ihrer Reichweite, sowie es ihr gelang, sich der Aufmerksamkeit ihrer Familie zu entziehen und Gregory zu umgehen, der die Rolle des ritterlichen Beschützers übernommen hatte. Doch im Unterschied zu anderen Mädchen besaß sie eine wildwuchernde Einbildungskraft, die sie später vor einer alltäglichen Existenz retten sollte.

Eines Donnerstags, als Gregory und Carmen aus der Schule kamen, standen sie plötzlich Martínez und dreien seiner Bandenbrüder gegenüber. Der Strom der jungen Leute, der das Gebäude verließ, machte einen Augenblick halt und teilte sich dann, um ihnen auszuweichen, ohne das Zusammentreffen für eine Provokation zu halten. Aber Martínez hatte Carmen am vergangenen Sonnabend in einem Tanzlokal gesehen und wartete nun auf sie mit der großspurigen Lässigkeit des Mannes, der weiß, daß er der Stärkste ist. Sie blieb abrupt stehen, und das taten auch die anderen Schüler um sie herum, die merkten, daß eine Drohung in der Luft lag, und nicht wußten, wie sie reagieren sollten. Martínez war sehr groß für einen Mexikaner, ein bulliger Kerl mit dem Schnurrbärtchen eines Weiberhelden, einigen zur Schau gestellten Tätowierungen, gekleidet als Pachuco, das Haar mit Pomade zu zwei hochstehenden Tollen geklebt, eine Hose mit Falten in der Taille, Schuhe mit Metallnieten an der Spitze, Lederjacke und violettes Hemd.

»Los, Schätzchen, gib mir einen Kuß«, damit machte er zwei Schritte auf Carmen zu und packte sie beim Kinn.

Mit einem kräftigen Schlag stieß sie ihn von sich, und seine

Augen verengten sich zu Schlitzen. Gregory ergriff seine Freundin beim Arm und versuchte sie aus dem feigen Zuschauerkreis zu ziehen, aber die Bande blockierte den Weg, und es gab niemanden, an den man sich um Hilfe wenden konnte. Auf der Straße hatte sich ein riesiges Vakuum aufgetan, die anderen Schüler zogen sich in weitem Halbkreis auf klugen Abstand zurück, und in der Mitte blieben nur sie beide und die Angreifer.
»Dich kenne ich doch, du Hurensohn«, sagte Martínez lachend und stieß Gregory spielerisch gegen die Brust, dann fügte er für seine Anhänger hinzu: »Das ist der beschissene schwule Gringo, von dem ich euch erzählt habe.«
Ohne Carmen loszulassen, versuchte Gregory noch einmal ein Ausreißmanöver, aber Martínez kam drohend auf ihn zu, und da begriff er, daß der gefürchtete Augenblick gekommen war, er konnte dieser Drohung, die ständig auf ihn lauerte, nicht länger ausweichen. Er atmete tief ein und aus und bemühte sich, seiner Angst Herr zu werden. Er zwang sich zu denken, überlegte, daß er allein war, denn keiner seiner Kameraden würde ihm zu Hilfe eilen, und daß die andern vier waren und bestimmt Messer oder Schlagringe bei sich hatten. Der Haß kehrte wieder, stieg ihm wie ein heißer Schwall aus der Tiefe des Bauches in die Kehle, die bösen Erinnerungen kamen im Schwarm, sie verwirrten ihn, und einen Augenblick sah und hörte er nichts und versank in schwarzem Morast. Carmens Stimme brachte ihn auf die Straße zurück.
»Rühr mich nicht an, du widerlicher Bock!« schrie sie und wehrte sich gegen Martínez' Hände, während die andern drei lachten.
Gregory stieß Carmen beiseite und stellte sich seinem Feind; sie starrten sich an, schwer atmend, die Gesichter nur wenige Zentimeter voneinander entfernt, die Fäuste schlagbereit.
»Was möchtest du denn, Gringoschwuchtel? Bist du scharf drauf, daß ich's dir noch mal im Arsch besorge, oder soll ich dich lieber zur Sau machen?« fragte Martínez langsam und leise und mit sanfter Stimme, als spräche er zu ihm von Liebe.
»Deine Mutter kannst du zur Sau machen! Vier von deinen

Schlägern gegen einen, der allein und unbewaffnet ist, das ist keine Kunst«, erwiderte Gregory.
»Ha! Hört zu, Jungens, dies ist eine Sache nur zwischen uns beiden«, befahl Martínez den Seinen.
»Ich will keine Kinderprügelei. Was ich will, ist ein Duell auf Leben und Tod«, stieß Gregory zwischen zusammengebissenen Zähnen hervor.
»Was für eine Sauerei ist das denn?«
»Genau das, was du gehört hast, du Hurensohn«, und Gregory hob die Stimme, damit alle auf der Straße ihn verstehen konnten. »In drei Tagen, hinter der Gummifabrik, um sieben Uhr abends.«
Martínez warf ein paar Blicke in die Runde, ohne recht zu begreifen, worum es überhaupt ging, und die Bandenbrüder zuckten, immer noch spöttisch, die Achseln, während der Halbkreis der Neugierigen ein wenig näherrückte, um auch nicht ein Wort von dem zu verlieren, was da verhandelt wurde.
»Messer, Knüppel, Kette oder Pistole?« fragte Martínez zweifelnd.
»Der Zug«, antwortete Gregory.
»Und was ist mit dem Scheißzug?«
»Der wird uns zeigen, wer mehr Mumm hat«, und Gregory nahm Carmen bei der Hand und entfernte sich die Straße entlang, wandte dem Feind den Rücken zu mit der vorgetäuschten Verachtung des Toreros für den Stier, den er noch nicht zur Strecke gebracht hat, aber er ging schnell, damit niemand hörte, wie sein Herz hämmerte.

Es war schon ein paar Jahre her, daß ich mit dem Zug um die Wette gelaufen war, anfangs, weil ich sterben wollte, und danach nur noch, um meiner Lebensfreude aufzuhelfen. Viermal am Tag fuhr er brüllend wie eine Büffelherde in wilder Flucht vorbei und störte den Wind und die Stille auf. Ich erwartete ihn immer an derselben Stelle, auf einem kahlen, flachen Gelände, wo sich zu manchen Zeiten Schrott und Unrat ansammelten und wohin, wenn der Dreck abgefahren worden war, die Kinder zum Ballspielen kamen. Zuerst hörte ich von ferne seinen Pfiff und das Rumpeln der Wagen, dann sah ich ihn auftauchen, eine ungeheure, endlose Schlange aus Eisen und Getöse. Meine Herausforderung bestand darin, den genauen Augenblick abzuschätzen, in dem ich die Gleise vor der Lokomotive überqueren mußte, dann bis zur letzten Sekunde, bis sie fast über mir war, abzuwarten, wie ein Wahnsinniger loszurennen und mit einem Sprung die andere Seite zu erreichen. Das Leben hing von der Flinkheit meiner Beine und von meiner Kaltblütigkeit ab – der kleinste Fehler, ein leichtes Schwanken, ein Stolpern über die Schienen, und es war aus.

Ich konnte die verschiedenen Züge am Lärm ihrer Lokomotiven unterscheiden, ich wußte, daß der erste am Morgen der langsamste und der um sieben Uhr fünfzehn am Abend der schnellste war. Ich fühlte mich ziemlich sicher, aber da ich eine ganze Zeit lang nicht mehr den Stier herausgefordert hatte, übte ich es in den folgenden Tagen bei jedem Zug, der durchkam, und Carmen und Juan José begleiteten mich, um die Zeit zu stoppen. Als sie mich das erste Mal laufen sahen, fiel ihnen die Stoppuhr aus der Hand, und Carmen fing hemmungslos an zu schreien, was ich zum Glück erst hörte, als die Lok vorbei war, denn sonst hätte ich bestimmt gestockt und könnte jetzt diese Geschichte nicht erzählen. Wir fanden die beste Stelle für den Lauf, dort, wo man die Gleise am klarsten sehen konnte, räumten die Steine weg und markierten die Entfernung von den Gleisen mit einem Strich auf dem Boden. Bei jedem Versuch verlängerten wir die Entfernung, bis es weiter nicht ging, weil der Zug mich beim Überqueren fast schon an der Schulter streifte. Abends war es am schwierigsten, weil es um die Zeit schon dunkel wurde und die Lichter der Lokomotive blendeten.

Ich nehme an, daß auch Martínez trainierte, irgendwo, wo niemand ihn sah und sein unmäßiger Stolz nicht gefährdet war. Vor seinen Kumpanen durfte er nicht die kleinste Spur Besorgnis wegen des Duells zeigen, er mußte absolute Verachtung für die Gefahr vorspiegeln, eingefleischter Macho, der er war. Damit rechnete ich, darin war ich ihm überlegen, denn wäh-

rend meiner Jahre im Dschungel des Barrios hatte ich gelernt, mit Demut die Angst zu akzeptieren, diesen Brand im Magen, der mich manchmal mehrere Tage hintereinander quälte.
In der Schule hatte sich die Geschichte von dem bevorstehenden Zweikampf natürlich längst herumgesprochen, und an dem festgesetzten Sonntagabend war um halb sieben Uhr ein beachtlicher Pulk von Autos, Motorrädern und Fahrrädern auf dem Brachland hinter der Gummifabrik geparkt, und an die fünfzig meiner Schulkameraden saßen neben den Gleisen auf dem Boden und warteten auf den Beginn des Spektakels. Die Fabrik war geschlossen, aber der übelkeiterregende Gestank des heißen Gummis hielt sich noch in der Luft. Es herrschte aufgeregte Feststimmung, einige hatten Futterpakete mitgebracht, ein paar auch Whisky und Gin, in Limonadenflaschen getarnt, mehrere hatten Kameras bei sich.
Carmen mied den Lärm, sie hielt sich abseits von den andern und betete. Sie hatte mich bestürmt, es nicht zu tun, besser als Feigling gelten als Knall und Fall das Leben verlieren, überhaupt hat Martínez mir doch gar nichts getan, dieses Duell ist eine schlimme Verirrung, eine Sünde, Gott wird uns alle strafen, sagte sie flehend. Ich hatte ihr erklärt, daß dieser Zweikampf nichts mit dem Zwischenfall auf der Straße zu tun habe, der sei nicht die Ursache, sondern nur der Vorwand, es gehe um sehr alte Schulden, über die man nicht reden könne – Männersachen. Sie hatte mir ein kleines Rechteck aus besticktem Stoff um den Hals gehängt.
»Das ist das geweihte Band der Jungfrau von Guadalupe, das hat meine Mutter getragen, als sie aus Zacatecas kam. Es ist sehr wundertätig ...«
Punkt sieben Uhr erschienen vier klapprige Autos, in der violetten Farbe der »Carniceros« schlecht und recht angestrichen, und brachten die Bande, die gekommen war, um Martínez den Rücken zu stärken. Sie gingen zwischen uns hindurch, die Hand zum Gruß vor dem Gesicht zum Fleischerhaken gekrümmt, die andere Hand provozierend über das Geschlecht gelegt. Ich stellte mir vor, was für einen fürchterlichen Krawall das geben würde, wenn die Sache nicht gut ausging, und die

Gruppe meiner Freunde, wenn auch zahlreicher, war keinesfalls ein zu fürchtender Gegner für die Bandenbrüder, die bewaffnet und an Kampf gewöhnt waren.
Ich mußte zweimal hinschauen, bis ich Martínez herausfand, denn alle sahen gleich aus, die gleichen Pomadefrisuren, die gleichen Jacken mit allem Zubehör, der gleiche herausfordernde, schlingernde Gang. Er hatte nicht auf seine Angeberkluft verzichtet, nicht einmal auf seine hochhackigen Schuhe. Ich hatte mich dagegen bequem angezogen – zu jener Zeit konnte ich mir nur Kleidung aus zweiter Hand auf dem Kirchenbasar kaufen – und trug Turnschuhe. Ich wog meine Vorteile ab: Ich war schneller und leichter, bei einem gewöhnlichen Lauf konnte er mich nicht besiegen, aber dies war ein Wettkampf mit dem Tod, und hier zählte letztlich mehr der Wagemut als die Behendigkeit. In der Grundschule war er ein guter Athlet gewesen, ich dagegen war immer nur mittelmäßig im Sport, aber ich versuchte, nicht daran zu denken.
»Um sieben Uhr fünfzehn pünktlich kommt der Expreß durch. Wir laufen zur gleichen Zeit los, durch drei lange Schritte getrennt, damit du mich nicht stoßen kannst, du Mistkerl, ich näher am Zug, das Geschenk mach ich dir, wenn du willst«, schrie ich, damit alle mich hörten.
»Ich brauch keinen Vorteil, Scheißgringotucke.«
»Dann such's dir aus: Willst du näher am Zug laufen oder weiter zurück?«
»Weiter zurück.«
Mit einem Stock zog ich zwei Striche auf dem Boden, während drei Bandenbrüder und einige meiner Kameraden, angeführt von Juan José, über die Schienen auf die andere Seite gingen, um von dort den Zweikampf zu kontrollieren.
»So nah an den Gleisen? Hast du Angst, Schwuli?« spöttelte Martínez verächtlich.
Ich hatte mit seiner Reaktion gerechnet, löschte die Striche mit dem Fuß und zog sie etwas weiter hinten neu. Juan José und ein Bandenbruder maßen die trennenden Schritte ab, und in dem Augenblick hörte ich den Pfiff der Lokomotive. Alle Zuschauer kamen heran, die Bande zur Linken in einem kompak-

ten Block, meine Kameraden zur Rechten. Carmen warf mir einen letzten tapferen Blick zu, aber ich sah sie nur verzerrt. Wir stellten uns an den Marken auf, ich berührte verstohlen das geweihte Band und schloß dann meinen Geist vollständig gegen alles ab, was mich umgab. Ich konzentrierte mich nur auf mich selbst und auf diese Masse Eisen, die da heranraste, ich zählte die Sekunden, den Körper gespannt, aufmerksam auf das anwachsende Dröhnen hörend, ich allein gegen den Zug, wie ich es so viele Male gewesen war. Drei, zwei, eins, jetzt! Und ohne mir bewußt zu sein, was ich tat, fühlte ich ein wildes Tosen in meinem Innern, die Beine schossen aus eigenem Antrieb los, ein gewaltiger Stromstoß durchzuckte mich ganz, die Muskeln schienen vor Anstrengung zu bersten, und das Entsetzen blendete mich mit einem blutigen Schleier. Das Donnern des Zuges und mein eigener Schrei fuhren mir unter die Haut, durchdrangen mich völlig, ich verwandelte mich in ein einziges schreckliches Brüllen. Aus dem Augenwinkel sah ich die riesigen Lichter, gleich waren sie über mir, meine Haut brannte von der Hitze der Dieselmotoren und der Luft, die der gigantische Pfeil zerteilte, die Funken, die die metallenen Räder den Schienen entrissen, sprühten vor mir auf. Es gab einen Augenblick, der ein Jahrtausend dauerte, einen für immer geronnenen Zeitbruchteil, und ich hing in einem unermeßlichen Abgrund, vor der Lokomotive schwebend, ein in vollem Flug versteinerter Vogel, jedes Partikel des Körpers ausgestreckt in dem letzten Sprung nach vorn, der Geist festgehalten in der Gewißheit des Todes.

Ich weiß nicht, was danach geschah. Ich erinnere mich nur, daß ich zu mir kam, als ich mich völlig entkräftet auf der anderen Seite der Gleise mit einem furchtbaren Brechreiz wälzte und den Geruch von heißem Metall einsog, betäubt vom blindwütigen Dröhnen der riesigen Bestie, die vorbeifuhr und vorbeifuhr, lang, lang, unaufhörlich, und als sie sich endlich entfernte, war um mich herum eine unnatürliche Stille, eine absolute Leere, und die Dunkelheit hüllte mich ein. Eine Ewigkeit später griffen Carmen und Juan José mir unter die Arme und halfen mir auf die Füße.

»Steh auf, Gregory, wir müssen hier weg, bevor die Polizei kommt ...«

Und mit plötzlich aufblitzender Klarheit konnte ich im Halbdunkel des Abends sehen, wie die Jungen zu den geparkten Fahrzeugen rannten, wie die violetten Wagen der Bande davonrasten, wie nicht eine Seele mehr an diesem Ort war außer Carmen, Juan José und mir, blutbespritzt, neben den nach allen Seiten verstreuten Überresten von Martínez.

So oft wurde die Geschichte von dem Zugduell weitererzählt und so farbig wurde es ausgeschmückt, daß es schließlich phantastische Ausmaße annahm und Gregory Reeves bei seinen Schulkameraden der große Held war. Etwas Grundlegendes wandelte sich nun in seinem Charakter. Zudem schoß er förmlich mit einem Schlag in die Höhe und verlor jene engelhafte Kindlichkeit, die ihm soviel Kummer und höhnische Knüffe eingebracht hatte. Er gewann Sicherheit und fühlte sich zum erstenmal seit Jahren wohl in seiner Haut, er wollte nicht mehr braun sein wie die andern im Barrio und lernte den Vorteil schätzen, es nicht zu sein.

Auf der High-School gab es etwa viertausend Schüler, die aus verschiedenen Stadtbezirken kamen, fast alles Weiße der Mittelklasse. Die Mädchen trugen die Haare zum Pferdeschwanz gebunden, sagten keine häßlichen Worte, lackierten sich nicht die Nägel, gingen sonntags in die Kirche, und manche trugen schon den gleichen Ausdruck unfehlbarer Matronen wie ihre Mütter.

Sie ließen keine Gelegenheit aus, sich mit dem Verehrer vom Dienst in der letzten Kinoreihe oder auf dem Hintersitz eines Autos herumzuknutschen, aber sie redeten nicht darüber. Sie träumten von einem Brillanten im Verlobungsring, während die Jungen ihre Freiheit nutzten, solange sie konnten, bevor der Blitzschlag der Liebe sie bändigte. Sie nahmen ihre letzte Möglichkeit wahr, sich noch einmal richtig auszutoben mit rauhen Spielen und hartem Sport, berauschten sich mit Alkohol und schnellen Wagen und vergnügten sich mit mannhaften Späßen, einige davon harmlos wie der Raub der Lincolnbüste aus dem Rektorzimmer, andere weniger harmlos, wenn sie sich einen Neger, einen Mexikaner oder einen Homosexuellen griffen und ihn mit Kot vollschmierten. Über Romantik machten sie sich lustig, aber sie setzten sie ein, wenn es darum ging, ein Mädchen herumzukriegen. Untereinander sprachen sie unaufhörlich von Sex, aber nur wenige hatten Gelegenheit, ihn zu praktizieren. Aus Schamgefühl erwähnte Gregory Olga niemals vor seinen Freunden.

In der Schule fühlte er sich jetzt sehr wohl, er war nicht mehr seiner Hautfarbe wegen ausgeschlossen, niemand kannte seine Herkunft oder seine Familie, keiner wußte, daß seine Mutter einen Scheck von der Sozialfürsorge erhielt. Er gehörte zu den Ärmeren, aber er hatte immer ein wenig Geld in der Tasche, weil er arbeitete. Er konnte ein Mädchen ins Kino einladen, konnte eine Runde Bier ausgeben oder eine Wette mithalten, und im letzten Schuljahr lächelte ihm das Glück in Gestalt eines Autos, das zwar ziemlich verbeult und zerschrammt war, aber einen guten Motor hatte. Die Ärmlichkeit bemerkte man nur an der blankgewetzten Hose, den abgetragenen Hemden und dem Mangel an freier Zeit. Er wirkte schon ziemlich erwachsen, war schlank und so stark, wie sein Vater gewesen war, hielt sich in seinen besseren Momenten für gutaussehend und benahm sich so, als wäre er es. In den Jahren nach dem Zugduell zog er Vorteil aus der Martínezlegende und auch daraus, daß er beide Welten kannte, die der Chicanos wie die der typischen Nordamerikaner.

Die geistigen Extravaganzen seiner Familie und seine Freundschaft mit dem Fahrstuhlführer der Stadtbibliothek entwickelten seine intellektuelle Neugier – in einer Stadt, wo die Männer sich nur in die Sportseiten der Zeitung vertieften und die Frauen die Klatschgeschichten über Hollywoodstars vorzogen, hatte er sich in den Lexika der Bücherei in alphabetischer Ordnung über die berühmtesten Denker von Aristoteles bis Zarathustra informiert. Seine Vorstellung von der Welt war zwar etwas schief, aber auf jeden Fall sehr viel umfassender als die der übrigen Schüler und verschiedener Lehrer. Jede neue Idee blendete ihn, er glaubte, etwas Einzigartiges entdeckt zu haben, und fühlte sich verpflichtet, es der übrigen Menschheit zu offenbaren, mußte sich jedoch sehr schnell klarmachen, daß die Zurschaustellung von Kenntnissen auf seine Schulkameraden wie der Tritt eines Maultiers wirkte. Ihnen gegenüber nahm er sich in acht, aber vor den Mädchen konnte er der Versuchung nicht immer widerstehen, wie ein Seiltänzer des

Wortes zu paradieren. Die unermüdlich mit Cyrus geführten Streitgespräche lehrten ihn, seine Gedanken leidenschaftlich zu verteidigen. Sein Lehrmeister machte ihm zwar jeden Versuch zunichte, ihn durch Redegewandtheit aus dem Konzept zu bringen, mehr Fundament und weniger Rhetorik, Junge, sagte er, aber Gregory stellte fest, daß seine Rednertricks bei anderen Personen ausgezeichnet funktionierten. Er wußte sich immer an die Spitze einer Gruppe zu setzen, die anderen gewöhnten sich daran, ihm den Platz zu überlassen, und da Bescheidenheit nicht zu seinen Tugenden gehörte, bildete er sich selbstverständlich ein, er könnte in eine politische Karriere einsteigen.

»Das ist kein schlechter Gedanke. In ein paar Jahren wird der Sozialismus überall in der Welt gesiegt haben, und du kannst dann der erste kommunistische Senator dieses Landes sein«, suchte Cyrus heimlich flüsternd seine Begeisterung zu wecken. Sie saßen im Keller der Stadtbibliothek, dem Ort, wo der alte Herr sich seit Jahren ohne großen Erfolg bemühte, dem Geist seines Schülers seine eigene glühende Leidenschaft für Marx und Lenin einzupflanzen. Für Gregory waren diese Theorien vom rechtlichen wie vom logischen Standpunkt aus unanfechtbar, aber er erkannte, daß sie nicht die geringste Aussicht hatten zu siegen, zumindest nicht auf seiner Hälfte des Planeten. Zudem erschien ihm die Vorstellung, reich zu werden, wesentlich verführerischer als die, die Armut gleichmäßig zu verteilen, aber niemals hätte er gewagt, so schäbige Gedanken offen auszusprechen.

»Ich bin nicht sicher, daß ich Kommunist werden möchte«, sagte er vorsichtig abwehrend.

»Was willst du denn dann werden, Junge?«

»Demokrat zum Beispiel ...«

»Es gibt keinen Unterschied zwischen Demokraten und Republikanern, wie oft muß ich dir das noch erklären! Aber wenn du in den Senat kommen willst, mußt du sofort anfangen. Den Krebs, der schläft, führt die Strömung mit fort. Du mußt Präsident im Schülerausschuß werden.«

»Du bist verrückt, Cyrus! Ich bin der Ärmste der Klasse und spreche Englisch wie ein Chicano. Wer sollte für mich stimmen? Ich bin weder Gringo noch Latino, ich vertrete niemanden.«

»Gerade deshalb mußt du alle vertreten!« Und der alte Mann lieh ihm eine Studienausgabe des »Fürsten« von Niccolò Machiavelli, damit er etwas über die menschliche Natur lernte. Nach drei Wochen oberflächlicher Lektüre kam Gregory recht verwirrt zu ihm.

»Das nützt mir überhaupt nichts, Cyrus. Was für eine Verbindung gibt es zwischen den Italienern des sechzehnten Jahrhunderts und den Pennern in meiner Schule?«

»Ist das alles, was du mir über Machiavelli zu sagen hast? Du hast nichts verstanden, du bist ein Dummkopf. Du verdienst nicht einmal, Sekretär einer Vorschulgruppe zu sein, geschweige denn Präsident aller High-School-Schüler.«

Der Junge steckte erneut die Nase in den Wälzer, diesmal mit mehr Aufmerksamkeit, und nach und nach durchdrang das aufklärerische Genie des florentinischen Staatstheoretikers über vier Jahrhunderte Geschichte, über die halbe Erde und über die kulturellen Barrieren hinweg die Nebel seines jungen Gehirns und offenbarte ihm die Kunst des Herrschens. Er schrieb seine Gedanken dazu in ein Heft mit dem bescheidenen Titel »Ich, der Präsident«, und tatsächlich, dank den machiavellistischen Strategien, den Ratschlägen seines Lehrmeisters und einigen geschickten Kniffen, die ihm selbst einfielen, schaffte er es, von einer überwältigenden Mehrheit gewählt zu werden.

Durch seine Zweisprachigkeit gelang es ihm dann, die Chicanos selbstverständlicher in die Schulaktivitäten einzubeziehen. Er organisierte auch den ersten Sockenball, zur großen Entrüstung des Direktoriums, das diese Veranstaltung als ersten Schritt zu römischen Orgien ansah, aber nichts Sündiges spielte sich ab, es wurde ein ganz und gar unschuldiges Fest, auf dem die Teilnehmer nichts als ihre Schuhe auszogen.

Der neue Präsident war entschlossen, eine unauslöschliche Erinnerung in den Annalen der Schule zu hinterlassen und hier seinen Weg ins Weiße Haus zu beginnen, aber die Aufgabe war denn doch mühseliger, als er gedacht hatte. Neben den eher harmlosen Pflichten seines Amtes arbeitete er bis in den späten

Abend in der Küche einer Tortillabäckerei, an den Wochenenden reparierte er Autos in der Werkstatt von Pedro Morales, und in den Sommerferien ging er als Tagelöhner auf dem Lande Obst ernten. Die Arbeit füllte seine Tage so aus, daß sie ihn fernhielt von Alkoholexzessen, von Drogen, von Footballwetten und von Geschwindigkeitsrennen, all den Dingen, bei denen manche seiner Freunde ihre Gesundheit oder sogar das Leben verloren.

Die Mädchen wurden seine fixe Idee, die sich manchmal als glückliche Kopflosigkeit äußerte, aber im allgemeinen war sie nur ein Martyrium von heißer Suppe in den Adern und gewöhnlichen Obszönitäten im Kopf. Mit Zartgefühl, weil sie ihn sehr gern hatte, aber mit unwiderruflicher Entschlossenheit verbannte Olga ihn aus ihrem Bett unter dem Vorwand, es sei nun an der Zeit für ihn, sich andere Tröstungen zu suchen. Sie fühle sich zu alt für diese Galoppaden, sagte sie, aber in Wirklichkeit hatte sie sich in einen Fernfahrer verliebt, der zehn Jahre jünger war als sie und der sie jedesmal besuchte, wenn er durch die Stadt kam. Die reife Frau mit dem unbezähmbaren Geist war tatsächlich dahin gelangt, daß sie diesem fragwürdigen Liebhaber jahrelang die Socken stopfte und seine Bosheiten ertrug, bis er auf einer seiner Fahrten vom Weg abbog, um einer anderen Liebe zu folgen, und nie mehr wiederkehrte. Andererseits hatten die Liebesstunden von Olga und Gregory den Reiz des Neuen und den Zauber des Verbotenen verloren, sie waren zu einer verschwiegenen Gymnastik zwischen einer ältlichen Tante und ihrem jungen Neffen verkommen.

Olga wurde durch Ernestina Pereda ersetzt, Gregorys Klassenkameradin in der Grundschule, die jetzt in einem Restaurant arbeitete. Mit ihr bildete er sich ein, dies sei nun die Liebe, eine Illusion, die jedesmal nach wenigen Minuten verflog und ihm den Nachgeschmack von Schuld hinterließ. Vielleicht war er der einzige von Ernestinas Liebhabern, der solche Skrupel hatte, aber um sie zu überwinden, hätte er seine romantische Natur und die Grundregeln der Ritterlichkeit verraten müssen, die er von seiner Mutter und aus Büchern gelernt hatte. Er wollte das Mädchen nicht ausnutzen, wie es so viele andere taten, aber er war auch nicht fähig, ihr Liebe vorzutäuschen. Noch zeichneten sich am Horizont nicht die Veränderungen in den Gewohnheiten ab, die den Sex in eine gesunde Übung verwandelten, ohne die Gefahr der Schwangerschaft und ohne hinderliches Schuldgefühl.

Ernestina war eines von diesen Geschöpfen, die dazu bestimmt sind, den Abgrund der Sinne kennenzulernen, aber sie hatte das Pech, fünfzehn Jahre zu früh geboren zu sein, als die Frauen noch zwischen Anstand und Vergnügen wählen mußten, und sie war nicht mutig genug, auf eins der beiden zu verzichten. So weit sie zurückdenken konnte, war sie entzückt von den Möglichkeiten ihres Körpers gewesen, mit sieben Jahren hatte sie aus der Schultoilette ihr eigenes Forschungslabor gemacht und aus ihren Schulkameraden Meerschweinchen, mit denen sie Untersuchungen und Experimente anstellte, wobei sie zu überraschenden Schlußfolgerungen gelangte. Gregory war diesem wissenschaftlichen Eifer nicht entkommen, die beiden verschwanden heimlich in die schmutzige Intimität der Toilette, um sich allerbesten Willens gegenseitig zu befummeln, ein Spiel, das endlos weitergegangen wäre, wenn die Gemeinheit von Martínez und seiner Bande ihm nicht ein rauhes Ende bereitet hätte. In der Schulpause waren sie auf eine Kiste geklettert, um sie zu belauschen, entdeckten sie beim Doktorspielen und stellten ein solches Hohngelächter an, daß Gregory vor lauter Scham eine Woche krank war und Vergnüglichkeiten dieser Art nicht wieder unternahm, bis Olga ihn aus seinem Jammer erlöste.

Ernestina hatte inzwischen zahlreiche Erfahrungen gesammelt, da war kein Junge mehr im Barrio, der nicht damit prahlte, sie zu kennen, einige mit gutem Grund, aber die meisten aus purer Angeberei. Gregory versuchte, nicht an dieses Bäumchen-wechsle-dich-Durcheinander zu denken, und obwohl ihr Zusammensein ohne sentimentales Blendwerk auskommen mußte, fehlte ihm doch nie eine selbstverständliche Freundlichkeit, auch wenn sie nicht von Gefühlen sprachen.

Die Liebe bot sich ihm fortwährend an in Form von kurzlebiger Schwärmerei für ein Mädchen seiner Umgebung, mit dem er weder die stillen Ausschweifungen aus Olgas Repertoire noch Ernestinas ungestüme Kapriolen praktizieren konnte. Er hatte keine Schwierigkeit, Frauen zu bekommen, aber er fühlte sich niemals genügend geliebt, das Ergebnis war immer nur ein schwacher Abglanz der ziellosen Leidenschaft, die ihn verzehrte. Er mochte die Hochgewachsenen, Schlanken, aber er gab ohne größeren Widerstand jeder Versuchung durch das andere Geschlecht nach, auch wenn die Betreffende eher klein und rundlich war, wie es die Latinas im Barrio nun einmal waren.

Nur Carmen schloß er als Inspiration für seine erotischen Phantasien aus, sie war für ihn sein Kumpel, und ihre weiblichen Attribute änderten nichts an seiner alten Freundschaft. Allerdings waren sie in ihren Anlagen nun einmal völlig verschieden, und nach und nach hatte sich intellektuell zwischen ihnen eine Kluft aufgetan. Mit ihr teilte er Tanz und Kino und vertrauliche Gespräche über Alltäglichkeiten, aber es hatte keinen Sinn, ihr von seiner Lektüre zu erzählen oder von den weltanschaulichen Beunruhigungen, die Cyrus ihm ins Gemüt gepflanzt hatte. Wenn er auf diesen Wegen wanderte, machte seine Freundin sich nicht die Mühe, ihm mit geheucheltem Interesse zu schmeicheln, mit einem eisigen Blick fror sie ihn ein und forderte ihn auf, den Quatsch gefälligst zu lassen.

Auch bei anderen Mädchen fand er damit keine bessere Aufnahme. Anfangs zog er sie durch seinen Ruf als wilder und guter Tänzer an, aber bald hatten sie sein Drängen satt und verzogen sich mit dem Kommentar, er sei ein aufgeblasener Pedant, und dann kann er die Hände nicht stillhalten, paß bloß auf, wenn er dich einlädt, mit ihm allein eine Spazierfahrt in seiner alten Karre zu machen, erst langweilt er dich mit dem Schwachsinn, daß er ein Kandidat für irgendwas ist, und dann versucht er, dir den Büstenhalter auszuziehn. Dennoch fehlte es Gregory nicht gänzlich an Liebesabenteuern.

Juan José war der Meinung, es sei nicht der Mühe wert, die Frauen verstehen zu wollen, sie seien Objekte der Wollust und der Verderbnis, wie der mexikanische Liedersänger versichert, ganz zu schweigen von Padre Larraguibel, wenn er in katholischem Eifer entflammte. Für die Machos des Barrios gab es nur zwei Klassen von Frauen, die einen, die wie Ernestina Pereda waren, und die anderen, Unberührbaren, die für Mutterschaft und Familie bestimmt waren – aber verlieben darfst du dich in keine, das macht den Mann zum Sklaven, wenn nicht zum Hahnrei. Gregory war mit dieser Kennzeichnung nie einverstanden, und in den folgenden dreißig Jahren folgte er unermüdlich dem Trugbild der vollkommenen Liebe, stolperte unzählige Male, fiel und stand wieder auf in einem endlosen Hindernislauf, bis er die Suche aufgab und lernte, allein zu leben. Und da, als eine dieser ironischen Überraschungen, die das Leben bereithält, begegnete er der Liebe, als er sie schon nicht mehr zu finden glaubte. Aber das ist eine andere Geschichte.

Gregorys hochfliegendes Streben nach einem Senatorensessel endete abrupt am Tag nach dem Abschluß der High-School, als Judy ihn fragte, was er nun mit seinem Leben anzufangen gedenke, denn es sei Zeit, das Haus seiner Mutter zu verlassen.

»Du hättest schon längst woanders wohnen sollen, hier haben wir nicht zu dritt Platz, wir sind zu beengt.«

»Gut, gut, ich werde mir was suchen«, antwortete Gregory mit einer Mischung aus Traurigkeit, so schroff aus der Familie ausgestoßen zu werden, und Erleichterung, ein Heim zu verlassen, in dem er sich nie geliebt gefühlt hatte.

»Wir müssen Mamas Zähne in Ordnung bringen lassen, wir können das nicht länger hinausschieben.«

»Sind Ersparnisse da?«

»Die reichen nicht. Dreihundert Dollar fehlen. Außerdem haben wir ihr zu Weihnachten einen Fernseher versprochen.«

Judy war ein unglückliches junges Mädchen gewesen und war nun eine Frau, an der ein dumpfer Groll nagte. Ihr Gesicht war noch immer von überraschender Schönheit, und ihr Haar, das sie eigenhändig mit der Schere schnitt, eher schlecht als recht, hatte dieselbe weißgoldene Farbe wie in ihrer Kindheit. Beängstigende Fettpolster hatten sich an ihrem Körper festgesetzt, aber sie entstellten sie nicht, weil sie noch sehr jung war; trotz der Beleibtheit erriet man ihre ursprünglichen Formen, und bei den seltenen Gelegenheiten, wo sie sich nicht selbst verabscheute und herzhaft lachte, gewann sie ihren Liebreiz zurück. Sie hatte ein paar Liebschaften mit weißen Männern gehabt, denen sie bei der Arbeit oder in anderen Vierteln begegnet war, ihre mexikanischen Nachbarn hatten die Jagd schon lange aufgegeben in der Überzeugung, daß sie eine unerreichbare Beute war. Sie legte es darauf an, mutige Bewerber mit ihren Anwandlungen von Hochmut oder mit langem Schweigen abzuschrecken.

»Das arme Kind wird niemals heiraten, es ist ja deutlich genug zu sehen, daß sie die Männer haßt«, urteilte Olga.

»Solange sie nicht abspeckt, ist sie angeschmiert«, sagte Gregory.

»Das Gewicht hat nichts zu sagen, Gregory. Sie wird nicht deshalb allein bleiben, weil sie fett ist, sondern weil sie fett sein will, aus purer Wut.«

Aber diesmal versagte Olgas Hellseherkunst. Trotz ihres Aussehens heiratete Judy dreimal und hatte zahllose Verehrer, von denen einige ihren Seelenfrieden verloren, weil sie einer Liebe nachjagten, die sie nicht geben konnte oder nicht geben wollte. Sie hatte mehrere Kinder von ihren verschiedenen Ehemännern und adoptierte noch einige dazu, die sie mit großer Hingabe aufzog. Diese wesenseigene Zärtlichkeit, die Gregorys erste Lebensjahre bestimmt hatte und die er viele Male im Laufe der wildbewegten Beziehung zu seiner Schwester zurückzugewinnen versuchte, war in Judys Seele eingefroren, bis sie in dem Bedürfnis nach Mutterschaft auf natürliche Weise auftauen konnte. Die eigenen und die fremden Kinder halfen ihr, die emotionale Lähmung ihrer Jugend zu überwinden, und gaben ihr die seelische Kraft, das in ihrer Vergangenheit verborgene unselige Geheimnis zu bewältigen.

Zu der Zeit von Gregorys Schulabschluß hatte sie selbst die Schule verlassen und arbeitete in einer Kleiderfabrik. Die Lage der Familie war heikel, was sie und Gregory an Geld heimbrachten, reichte nicht zum Leben. Nachdem sie ein Jahr lang in ihren freien Stunden fremde Wohnungen saubergemacht hatte, mit aufgesprungenen Händen und der Gewißheit, daß dieser Weg sie nirgendwohin führen würde, hatte sie sich entschlossen, eine Vollzeitbeschäftigung als Arbeiterin anzunehmen. Neben anderen schlecht bezahlten und schlecht behandelten Frauen nähte sie in einem dunklen Loch ohne Lüftung, wo die Kakerlaken gemütlich umherspazierten. In dieser Fabrik wurden die Gesetze ungestraft verletzt, und die Arbeiterinnen wurden von den Bossen skrupellos ausgebeutet. Abends kam sie mit Stoffpaketen heim und saß die halbe Nacht an der Nähmaschine ihrer Mutter. Die Überstunden wurden mit dem gleichen Lohn bezahlt wie die normalen, aber sie brauchte das Geld, und bei der geringsten Beschwerde würde sie ohne große Formalitäten vor die Tür gesetzt werden; es gab viele Verzweifelte, die nur darauf warteten, sie abzulösen.

Auch Gregory war an Arbeit gewöhnt, seit seinem siebenten Lebensjahr hatte er zum Haushaltsgeld beigetragen. Mit seinen Ersparnissen hatte er einige Veränderungen zustande gebracht, er hatte den alten Kühlschrank durch einen neuen ersetzt, den Petroleumherd durch einen Gasherd und das Grammophon durch einen elektrischen Plattenspieler, damit seine Mutter ihre Lieblingsmusik hören konnte. Der Gedanke, allein zu leben, schreckte ihn nicht. Sowohl Cyrus wie Olga versuchten ihn zu überreden, nicht einzig des Überlebens wegen arbeiten zu gehen, sondern eine Form zu suchen, wie er sich ein Studium finanzieren konnte, aber diese Alternative stellte sich den Jungen seines Milieus nicht, über ihren Köpfen gab es ein unsichtbares Dach, das sie dazu anhielt, zu Boden zu sehen.

Als Gregory die Schule abgeschlossen hatte, fand er sich mit einem Schlag wieder von dem engen Gesichtskreis des Barrios eingegrenzt. Elf Jahre hindurch hatte er sich abgestrampelt, um als ein Dazugehöriger akzeptiert zu werden, und trotz seiner Hautfarbe hatte er es fast erreicht. Wenn er es auch nicht in Worte fassen konnte, war vielleicht der wahre Grund dafür, Arbeiter zu werden, sein Drang, zu der Umgebung zu gehören, in der er nun einmal aufgewachsen war; die Vorstellung, sich durch das Studium über die anderen zu erheben, ängstigte ihn und kam ihm wie Verrat vor. In den glücklichen Jahren der High-School hatte er die kurze Illusion gehabt, er könnte seinem Schicksal entwischen, aber im Grunde hatte er seine Stellung als soziale Randfigur auf sich genommen, und in dem Augenblick, als er sich der Zukunft stellen sollte, drückte ihn das Gewicht der ihn umgebenden Wirklichkeit zu Boden.

Er mietete sich ein Zimmer und richtete sich dort ein, mit ein paar Kartons, in dem seine spärlichen Besitztümer waren, mit den von Cyrus entliehenen Büchern und mit Oliver als einziger Gesellschaft. Der Hund war jetzt sehr alt und halbblind, er hatte mehrere Zähne und ein gut Teil Haare verloren, kam kaum noch hoch mit seinem schwerfälligen Bastardkörper, aber er war immer noch ein verständiger, treuer Freund.

Wenige Wochen Arbeit zusammen mit den mexikanischen Tagelöhnern genügten Gregory, um zu begreifen, daß der amerikanische Traum nicht für alle reichte. Wenn er abends in sein Zimmer zurückkehrte, sich erschöpft aufs Bett warf und die Decke anstarrte, machte er sich seine hoffnungslose Lage klar und fühlte sich in einer Falle gefangen. Den Sommer über arbeitete er in einem Transportunternehmen, wo er schwere Lasten tragen mußte. Ihm wuchsen Muskeln an Stellen, an denen er nie welche vermutet hatte, und er war drauf und dran, sich das massige Äußere eines Gladiators zuzulegen, als ein Unfall ihn zwang, die Richtung zu wechseln. Sie trugen zu zweit eine Kühltruhe an Gurten, die sie um die Schultern geschlungen hatten, eine Treppe hinauf, es war stickig heiß, die Treppe war eng, und das ganze Gewicht ruhte auf einer Körperhälfte. Plötzlich spürte er im rechten Bein ein brennendes Reißen wie einen elektrischen Schlag, er mußte seinen ganzen Willen aufbieten, um die Last nicht loszulassen, die seinen Arbeitskameraden zerquetscht hätte. Er brüllte auf und schickte einen Schwall von Flüchen hinterher, und als er die Kühltruhe absetzen und sein Bein in Augenschein nehmen konnte, sah er einen violetten Baum mit einem dicken Stamm und vielen Verästelungen, ihm waren Venen geplatzt, und in wenigen Minuten war das Bein verunstaltet. Er ging damit ins Krankenhaus, wo ihm der Arzt nach der Untersuchung abso-

lute Ruhe empfahl und ihm ankündigte, aus den verletzten Venen würden Krampfadern werden, die nur chirurgisch entfernt werden könnten.
Sein Arbeitgeber zahlte ihm eine Woche Lohn, und Gregory verbrachte die Genesungszeit in seinem Zimmer, unter dem Ventilator schwitzend, ließ sich vom treuen Oliver trösten, bekam ein paar therapeutische Massagen von Olga und mexikanisches Essen von Inmaculada. Seine Unterhaltung bestand in den Büchern von Cyrus, klassischer Musik und den Besuchen einiger Freunde. Carmen tauchte alle nasenlang auf und beschrieb ihm in allen Einzelheiten die Filme, die gerade liefen, sie hatte die Gabe des Erzählens, und wenn er ihr zuhörte, war ihm, als säße er vor der Leinwand. Juan José, der ebenfalls achtzehn geworden war, kam, um sich zu verabschieden, bevor er in die Army eintrat, und schenkte ihm zur Erinnerung sein Album mit Fotos von nackten Mädchen, das Gregory sich aber lieber nicht ansah, um sich größere Foltern zu ersparen, er hatte genug mit der hochsommerlichen Hitze, der Unbeweglichkeit und seinem Ärger zu tun. Cyrus besuchte ihn täglich und kommentierte die neuesten Nachrichten im Grabeston, die Menschheit stand am Rande einer Katastrophe, der kalte Krieg brachte den ganzen Planeten in Gefahr, es gab zu viele Atombomben, die jederzeit eingesetzt werden konnten, und zu viele arrogante Generäle, die entschlossen waren, ebendies zu tun, jeden Augenblick konnte einer auf den unheilvollen Knopf drücken, die Erde würde in einem apokalyptischen Feuerball explodieren, und alles würde endgültig zum Teufel gehen.
»Die Ethik ist abhanden gekommen, wir leben in einer Welt der schäbigen Werte, der Vergnügungen ohne Freude und der Handlungen ohne Sinn.«
»Aber Cyrus! Hast du mich nicht oft und oft vor dem bürgerlichen Pessimismus gewarnt?« antwortete sein Schüler lachend.
Seine Mutter materialisierte sich plötzlich, zart und zurückhaltend. Sie hatte ein paar Kekse mitgebracht und einen Knochen für Oliver, setzte sich neben der Tür auf die Stuhlkante und konversierte mit größtmöglicher Förmlichkeit über die alten

Themen: Geschichte, Erinnerungen an den Vater, Musik. Jeden Tag kam sie ihm ätherischer und verschwommener vor. An den Sonnabenden lauschten sie gemeinsam dem Opernprogramm im Radio, und Nora, bis zu Tränen bewegt, verkündete, dies seien die Stimmen übernatürlicher Wesen, Menschen könnten eine solche Vollkommenheit nicht erreichen. Mit ihren gewohnten guten Manieren sah sie sich von fern den Bücherstapel neben dem Bett an und fragte höflich, was er denn lese.

»Philosophie, Mama.«

»Ich mag die Philosophen nicht, Greg, sie sind gegen Gott. Sie versuchen die Schöpfung rational zu erklären, die doch ein Akt der Liebe und des Wunders ist. Um das Leben zu verstehen, ist der Glaube nützlicher als die Philosophie.«

»Diese Bücher würden dir gefallen, Mama.«

»Ja, das mag schon sein. Man muß viel lesen, Greg. Mit Wissen und Weisheit würde es möglich sein, das Böse auf der Erde zu vernichten.«

»Diese Bücher sagen mit anderen Worten dasselbe, was du mich gelehrt hast, daß alle Menschen gleich sind, daß niemand die Erde besitzen darf, weil sie allen gehört, daß es eines Tages Gerechtigkeit und Gleichheit unter den Menschen geben wird.«

»Und das sind keine religiösen Bücher?«

»Ganz im Gegenteil, es sind keine Bücher über Götter, sondern über Menschen. Sie sprechen von Ökonomie, Politik, Geschichte ...«

»Wenn das nur keine kommunistischen Bücher sind, Kind!«

Beim Abschied ließ sie ihm eine Broschüre über ihren Bahai-Glauben da oder über einen brandneuen geistigen Führer, einen der vielen, die hierorts aus dem Boden schossen, und verschwand mit einem sanften Winken, ohne ihren Sohn zu berühren. Sie ging so leicht durch das Zimmer, daß Gregory mit dem Zweifel zurückblieb, ob sie wirklich dagewesen war oder ob er diese altmodisch gekleidete Dame mit dem nebelfarbenen Haar einem Streich seiner Einbildungskraft zuschreiben sollte. Er empfand für sie eine schmerzhafte Zuneigung, sie kam ihm vor wie ein seraphisches Wesen, unberührt von der

Schlechtigkeit, fein und zart wie die Erscheinungen im Märchen. Bisweilen übermannte ihn der Zorn, und er hätte sie gern geschüttelt, um sie ihrem ständigen Dahindämmern zu entreißen, hätte sie anschreien mögen: Mach doch einmal die Augen auf und sieh mir ins Gesicht, sieh mich an, Mutter, hier bin ich, siehst du mich nicht? Aber im allgemeinen wünschte er nur, ihr nahe zu sein, sie zu berühren, mit ihr zu lachen und ihr seine Geheimnisse zu erzählen.

Eines Abends schloß Pedro Morales seine Werkstatt schon früh, um Gregory zu besuchen. Nach dem Tode von Charles Reeves hatte er stillschweigend die Aufgabe übernommen, über der Familie seines Meisters zu wachen.

»Das ist ein Arbeitsunfall. Sie müssen dir eine Entschädigung zahlen«, erklärte er Gregory.

»Mir haben sie gesagt, ich hätte auf nichts ein Anrecht, Don Pedro.«

»Dein Boß ist doch versichert, oder?«

»Der Boß sagt, daß er nicht der Boß ist und daß wir nicht seine Angestellten sind, sondern unabhängige Unternehmer. Sie bezahlen uns bar, können uns jeden Augenblick rausschmeißen, und wir sind nicht versichert. Sie wissen doch, wie so was geht.«

»Das ist illegal. Laß dir von einem Anwalt helfen, Junge.«

Aber Gregory hatte kein Geld für Anwälte, und die Vorstellung, er müßte jahrelang im Sumpf lästiger Verhandlungen herumwaten, entnervte ihn.

Als er wieder aufstehen konnte, bekam er sehr schnell eine weniger anstrengende, wenn auch nicht gerade angenehmere Arbeit in einer Möbelfabrik, wo der feine Staub des Sägemehls, der in der Luft schwebte, und die Dünste von Leim, Lack und Lösungsmittel den Arbeitern ständig beißend in die Augen stieg und sie blendete. Mehrere Monate machte er Stuhlbeine, alle genau einander gleich. Der Unfall mit dem Bein hatte ihn gewarnt, und er meldete sich so oft bei dem Vorarbeiter, um Rechte einzuklagen, die im Vertrag zwar geschrieben standen, in der Praxis aber nicht beachtet wurden, daß sie ihn schließlich als unverbesserlichen Unruhestifter einordneten und ihn an die

Luft setzten. Danach wanderte er durch verschiedene Anstellungen und flog aus allen nach wenigen Wochen hinaus.

»Warum machst du soviel Aufruhr, Greg? Du bist nicht mehr auf der High-School, und ein Anführer bist du schon gar nicht. Wenn sie dir bezahlen, was dir zusteht, dann beschwer dich nicht und halt den Mund«, riet ihm Olga ohne Hoffnung, daß er auf sie hörte.

»Du machst das richtig, Junge, man muß Klassensolidarität zeigen. In der Einigkeit liegt die Kraft«, rief Cyrus aus und deutete mit zittrigem Zeigefinger auf eine unsichtbare rote Fahne. »Die Arbeit erhebt den Menschen, und alle Arbeiten sind gleich würdig und müßten die gleiche Bezahlung bekommen, nur haben nicht alle Menschen die gleichen Fähigkeiten. Aber du taugst nicht dazu, Greg, es ist nutzlose Mühe, sie führt dich nirgendwohin, es ist, als wollte man Wasser ins Meer schütten.«

»Warum schmeißt du dich nicht lieber auf die Kunst? Dein Vater war doch Maler, nicht wahr?« Das war Carmens Rat.

»Und ist im Elend gestorben und hat uns der öffentlichen Wohlfahrt vermacht. Nein, danke, ich habe es satt, arm zu sein. Armut ist Scheiße.«

»Als Fabrikarbeiter ist noch keiner reich geworden. Außerdem kannst du keinen Befehlen gehorchen und hast immer gleich die Nase voll. Das einzige, wozu du taugst, ist, dein eigener Chef zu sein«, fuhr die Freundin beharrlich fort, die dieselbe Grundregel auch für sich beanspruchte.

Das junge Mädchen war dem Alter entwachsen, in dem sie im buntscheckigen Flickenröckchen als Straßenjongleurin auftreten konnte, aber sie hatte auch keine Neigung, sich als Angestellte oder Arbeiterin ihr Brot zu verdienen. Es grauste sie bei der Vorstellung, Tag für Tag in einem Büro oder einem miesen Schuppen vor einer Nähmaschine eingesperrt zu sein, und so verdiente sie sich ein wenig Geld mit der Anfertigung von kunstgewerblichem Schnickschnack, den sie an Geschenkläden oder auf Jahrmärkten verkaufte. Wie Judy und viele andere Mädchen des Barrios hatte auch sie die High-School nicht abgeschlossen und konnte keinerlei Ausbildung vorweisen, dafür aber Einfallsreichtum im Überfluß, und insgeheim rechnete sie damit, daß ihr Vater ihr helfen werde, dem Martyrium einer Routinearbeit zu entgehen. Pedros Willensstärke wankte vor dieser aus der Art geschlagenen Tochter, und er gestattete ihr einige Freiheiten, die er bei seinen anderen Kindern nicht geduldet hätte.

In der Dosenfabrik war die Arbeit einfach, aber jede Ablenkung konnte ein paar Finger kosten. Die Maschine, die Gregory bediente, versiegelte die Büchsen, die in endloser Folge auf einem Laufband vorbeizogen. Der Lärm war mörderisch, ein Donnern von Schwenkhebeln und Metallplatten, ein Krachen von Versieglern und Zahnrädern, ein Kreischen von schlecht geöltem Eisen, ein Dröhnen von Hämmern, ein Knirschen von Messern, ein Klappern von Walzen. Gregory konnte trotz der Wachspfropfen in den Ohren das Getöse im Kopf kaum aushalten, er fühlte sich wie in einem monströs hallenden Glockenturm. Der Lärm erschöpfte ihn, wenn er aus der Fabrik auf die Straße trat, war er so benommen, daß er die Verkehrsgeräusche gar nicht wahrnahm und ihm eine ganze Weile schien, er wäre in die Stille des Meeresgrundes gesunken. Das einzig Wichtige war die Produktion, und jeder Arbeiter war verpflichtet, bis an die Grenzen seiner Kraft zu schuften und sie oft genug blindlings zu überschreiten, wenn er seinen Job behalten wollte. Montags kamen die Männer schlapp zur Arbeit, verkatert von den Wochenendvergnügungen, und konnten sich kaum wach halten. Wenn am Abend die Sirene ertönte, hörte der Lärm schlagartig auf, und für ein paar Minuten verlor Gregory jeden Halt und glaubte im Leeren zu schweben. Die Arbeiter wuschen sich an den Wasserhähnen im Hof, zogen sich um und marschierten im Rudel zu den nächsten Kneipen.

Anfangs war Gregory mit ihnen gegangen, war eingetaucht in den von billigem Tequila und dunklem Bier gesättigten Dunst, hatte über die groben Witze gelacht und in das Grölen von Rancheras eingestimmt, eher gelangweilt als fröhlich, und konnte sich eine Weile vorstellen, daß er Freunde hatte, aber

kaum kam er hinaus an die frische Luft, kaum klärten sich die Kneipennebel ein wenig, begriff er, daß er sich mit dem Selbstbetrug des Verzweifelten tröstete. Er hatte mit den anderen nichts gemein, die Mexikaner mißtrauten ihm wie allen Gringos. Schon bald verzichtete er auf diese trügerische Kameraderie und ging von der Fabrik geradewegs nach Hause, wo er sich einschloß, um zu lesen und Musik zu hören.
Um das Vertrauen der übrigen Arbeiter zu gewinnen, übernahm er bei Protesten die Führung, er war der erste, der Krach schlug, wenn einer verunglückte oder ungerecht behandelt wurde, aber in der Praxis erwies es sich als schwierig, Cyrus' Ideen über soziale Gerechtigkeit zu verbreiten, weil er nicht mit der Unterstützung durch die vermeintlichen Nutznießer rechnen konnte.
»Sie wollen Sicherheit, Cyrus. Sie haben Angst. Jeder sorgt sich nur um seinen eigenen Kram, keiner kümmert sich um den anderen.«
»Angst kann man überwinden, Gregory. Du mußt sie lehren, die persönlichen Interessen für die Sache der Allgemeinheit zu opfern.«
»Im wirklichen Leben scheint jeder seinen eigenen Hühnerhof zu verteidigen. Wir leben in einer sehr selbstsüchtigen Gesellschaft.«
»Du mußt mit ihnen reden, Greg. Der Mensch ist das einzige Tier, das sich von einer Ethik leiten läßt und das sich weit über den Instinkt erheben kann. Wenn es nicht so wäre, würden wir uns noch immer im Steinzeitalter befinden. Dies ist ein entscheidender Augenblick in der Geschichte, wenn wir uns vor der atomaren Katastrophe retten, sind die Grundlagen gegeben für die Geburt des Neuen Menschen«, erklärte der unermüdliche Fahrstuhlführer in seinem ausgefeilten Politjargon.
»Wenn du doch recht hättest, aber ich fürchte, der Neue Mensch wird an anderer Stelle geboren werden, nicht hier bei uns. In diesem Barrio denkt keiner an biologische Sprünge, sondern nur ans Überleben.«
Und so war es, keiner wollte Aufmerksamkeit erregen. Die Mexikaner, in der Mehrheit illegal eingewandert, hatten auf

ihrem Weg nach Norden unzählige Hindernisse überwunden und waren ganz und gar nicht darauf erpicht, neues Unheil durch politische Extravaganzen auf sich zu ziehen, die die gefürchteten Polizisten der »Migra« anlocken könnten.
Der Vorarbeiter der Fabrik, ein wuchtiger Kerl mit einem roten Bart, hatte Gregory monatelang beobachtet. Er hatte ihn nicht hinausgeworfen, weil er zu Judys geduldigen Bewunderern gehörte. Er träumte davon, sie eines Tages auszuziehen, um sich an ihrem großzügigen Fleisch zu weiden, und eine Zeitlang hatte er daran gedacht, sich ihres Bruders zu bedienen, um ihr Herz zu erweichen. Er ließ keine Gelegenheit vorübergehen, einen Schluck mit Gregory zu trinken, immer in der Hoffnung, mit einer Einladung zu den Reeves belohnt zu werden. Ich will ihn hier nicht sehen, knurrte Judy, als ihr Bruder einmal darauf anspielte. Sie konnte nicht ahnen, daß der Rotbart die Partie durch Hartnäckigkeit gewinnen und nach einiger Zeit ihr erster Ehemann werden würde.
Eines Tages erwischte der Vorarbeiter Gregory dabei, wie er Flugblätter in schlecht geschriebenem Spanisch verteilte, und wollte wissen, was zum Teufel das sollte.
»Das sind Artikel aus dem Arbeitsgesetz«, erwiderte Gregory herausfordernd.
»Was ist das für'n Mist?«
»Die Arbeitsbedingungen in diesem Schuppen sind gesundheitsschädlich, außerdem schuldet uns der Betrieb eine Menge Überstunden.«
»Komm mit ins Büro, Reeves.«
Als sie allein waren, bot er Gregory einen Stuhl an und einen Schluck aus einer Ginflasche, die er im Schränkchen für Erste Hilfe aufbewahrte. Eine ganze Weile beobachtete er ihn schweigend und überlegte, in welcher Form er ihm seine Ansichten klarmachen sollte. Er war ein Mann von wenig Worten und hätte sich nie diese Mühe gemacht, wenn es ihm nicht um Judy gegangen wäre.
»Hier kannst du weit kommen, Mann. So wie ich die Sache sehe, müßtest du in weniger als fünf Jahren Vorarbeiter sein. Du bist gebildet und kannst befehlen.«

»Und weiß bin ich auch noch, nicht wahr?«
»Auch das. Sogar damit hast du Glück.«
»Wie's scheint, wird keiner meiner Arbeitskollegen je vom Laufband wegkommen.«
»Diese verlausten Indios sind ein übles Volk, Reeves. Sie prügeln sich, sie klauen, man kann ihnen nicht trauen. Außerdem sind sie dämlich, sie kapieren nichts, sie lernen nicht Englisch, und faul sind sie auch.«
»Du weißt nicht, wovon du redest. Sie haben mehr Geschick und Ehrgefühl als du und ich. Du hast dein ganzes Leben in diesem Barrio gewohnt und kannst nicht ein Wort Spanisch, aber jeder von ihnen lernt in ein paar Wochen Englisch. Sie sind auch nicht faul, sie arbeiten mehr als jeder Weiße für den halben Lohn.«
»Was geht dich dieses Pack an? Du hast nichts mit ihnen zu schaffen, du bist anders. Glaub mir, du wirst Vorarbeiter, und wer weiß, vielleicht bist du eines Tages selber Fabrikdirektor, du bist aus gutem Holz, du mußt an deine Zukunft denken. Ich werde dir helfen, aber ich will keinen Krach, der gehört sich nicht für dich. Überhaupt diese Indios, die beklagen sich nie, die sind ganz und gar zufrieden.«
»Frag sie doch mal, dann wirst du schon sehen, wie zufrieden sie sind.«
»Wenn's ihnen hier nicht paßt, sollen sie gefälligst in ihr Land zurückgehen, keiner hat sie gebeten herzukommen.«
Gregory hatte diesen Satz schon ein paarmal zu oft gehört, er verließ wütend das Büro. Im Hof, wo die Arbeiter sich wuschen, sah er die Mülltonne bis obenhin mit seinen Pamphleten angefüllt. Er warf sie mit einem Fußtritt um und ging fluchend davon. Um seinen Ärger zu vergessen, setzte er sich ins Kino und sah sich zwei Horrorfilme an, danach aß er in einem Imbiß stehend einen Hamburger und kehrte um Mitternacht zu Fuß in sein Zimmer zurück. Inzwischen war sein Zorn einem beklemmenden Gefühl der Machtlosigkeit gewichen.
An seiner Tür fand er eine Nachricht: Cyrus war im Krankenhaus.
Nur Gregory leistete dem alten Fahrstuhlführer an seinen bei-

den letzten Tagen Gesellschaft. Cyrus hatte keine Familie und wollte sonst keinen seiner Freunde benachrichtigen, weil er den Tod als eine Privatangelegenheit empfand. Er verabscheute Sentimentalitäten und warnte Gregory, daß er bei der ersten Träne lieber gehen sollte, er sei nicht bereit, in seinen letzten Augenblicken auf dieser Erde einen Heulmichel zu trösten. Er habe ihn gerufen, erklärte er, weil er ihn noch ein paar Dinge lehren müsse und weil er nicht dahingehen wolle mit dem Schuldgefühl einer nicht abgeschlossenen Aufgabe. In diesen zwei Tagen ermattete sein Herz mehr und mehr, viele Stunden konzentrierte er sich auf den beschwerlichen Prozeß, sich vom Leben zu verabschieden und sich von seinem Körper zu lösen. Hin und wieder fand er die Kraft zum Sprechen und war klarsichtig genug, seinen Schüler noch einmal vor den Gefahren des Individualismus zu warnen und ihm eine Liste wichtiger Autoren zu diktieren mit der Anweisung, sie in der angegebenen Ordnung zu lesen. Dann gab er ihm den Schlüssel zu einem Schließfach auf dem Bahnhof, und von vielen Pausen unterbrochen, in denen er nach Luft rang, sagte er ihm seine letzten Verfügungen.

»Du wirst darin achthundertzehn Dollar in Scheinen finden. Niemand weiß, daß ich sie habe, das Krankenhaus kann sie nicht verlangen, um meine Unkosten zu bezahlen. Die öffentliche Wohlfahrt oder die Bibliothek werden sich um meine Beerdigung kümmern, die werfen mich schon nicht auf den Müllhaufen, da kannst du beruhigt sein. Dieses Geld ist für dich, damit du auf die Universität gehst. Man kann unten anfangen, aber es ist viel besser, oben anzufangen, und ohne ein Diplom wirst du große Mühe haben, aus diesem Loch herauszukommen. Je höher du stehst, um so mehr wirst du tun können, um die Dinge in diesem verdammten Kapitalismus zu ändern. Hast du mich verstanden?«

»Cyrus ...«

»Unterbrich mich nicht, mich verlassen die Kräfte. Weshalb habe ich dir so viele Jahre lang das Gehirn angefüllt? Damit du es gebrauchst! Wenn man sich das Brot mit etwas verdient, was man nicht gern tut, fühlt man sich wie ein Sklave, aber wenn man es mit dem tut, was man liebt, fühlt man sich wie ein Fürst. Nimm das Geld und geh weit fort von dieser Stadt, hast du gehört? Du hattest gute Zensuren in der Schule, dich werden sie ohne Schwierigkeiten an jeder Universität annehmen. Schwöre mir, daß du es tun wirst!«

»Aber...«

»Schwöre es mir!«

»Ich schwöre dir, daß ich es versuchen werde...«

»Das genügt mir nicht! Schwöre mir, daß du es tun wirst!«

»Gut, ich werde es tun«, und Gregory mußte auf den Flur hinausgehen, damit sein Freund ihn nicht weinen sah. Wie ein Prankenhieb war eine alte Angst zurückgekehrt. Nachdem er Martínez' Überreste neben den Schienen hatte liegen sehen, hatte er geglaubt, er habe seine besessene Todesfurcht überwunden, und er hatte auch wirklich jahrelang nicht mehr daran gedacht, aber als er in Cyrus' Zimmer diesen feinen Bittermandelgeruch in der Luft gespürt hatte, war das Entsetzen mit der gleichen Eindringlichkeit wie in seiner Kindheit wieder da.

In dieser Nacht starb Cyrus, still und würdig, wie er gelebt hatte, in Gegenwart des Mannes, den er als seinen Sohn ansah. Kurz vor dem Ende wurde der Sterbende aus dem Gemeinschaftssaal in ein Einzelzimmer gebracht. Von Carmen benachrichtigt, erschien Padre Larraguibel, um ihm die Tröstungen seines Glaubens anzubieten, aber Cyrus war bereits ohne Bewußtsein, und Gregory empfand es als Mangel an Achtung gegenüber dem eingeschworenen Agnostiker, ihn mit Weihwasserbesprengungen und lateinischen Sprüchen zu belästigen.

»Das kann ihm nicht schaden, und vielleicht ist es ja zu seinem Guten«, erklärte der Padre.

»Es tut mir leid, Padre, aber Cyrus würde das nicht haben wollen, entschuldigen Sie.«

»Das hast du nicht zu entscheiden, Junge«, entgegnete der Padre kategorisch, und ohne viel Umstände schob er Gregory einfach beiseite, holte aus seiner Reisetasche die Stola seiner Autorität und das heilige Öl für die Letzte Ölung und machte

sich daran, seine Aufgabe zu erfüllen, wobei ihm zustatten kam, daß der Sterbende nicht in der Lage war, sich zu wehren.
Cyrus starb in aller Stille, und es vergingen mehrere Minuten, bevor Gregory bemerkte, was geschehen war. Er blieb lange Zeit neben dem Leichnam seines Freundes sitzen und sprach zu ihm ein letztes Mal, dankte ihm für alles und bat ihn, er möge ihn nicht verlassen und vom Himmel der Ungläubigen aus über ihm wachen – da siehst du, wie dumm ich bin, Cyrus, daß ich gerade dich darum bitte, denn wenn du nicht an Gott glaubst, kannst du schon gar nicht an die Schutzengel glauben.
Am nächsten Morgen holte er den bescheidenen Schatz aus dem Schließfach und fügte noch ein paar eigene Ersparnisse hinzu, um ein feierliches Begräbnis mit Orgelmusik und einer Überfülle an Gardenien zu bezahlen. Er lud dazu das Personal der Bibliothek ein und noch weitere Personen, die von Cyrus' Existenz nie gehört hatten und die nur kamen, weil er sie darum bat, wie seine Mutter, Judy und die Moralessippe einschließlich der schwachsinnigen Großmutter, die inzwischen auf die Hundert zuging und noch imstande war, sich an einer fremden Beerdigung zu erfreuen, glücklich, daß nicht sie es war, die da im Sarg lag. Der Tag der Beisetzung brach mit strahlendem Sonnenschein an, es wurde sehr heiß, und Gregory schwitzte in seinem geliehenen schwarzen Anzug. Während er über die Friedhofswege hinter dem Sarg herschritt, nahm er schweigend Abschied – von seinem alten Lehrmeister, von der ersten Etappe seines Lebens, von dieser Stadt und von den Freunden. Eine Woche später stieg er in den Zug nach Berkeley. Er nahm neben neunzig Dollar in der Tasche nur wenige gute Erinnerungen mit.

Ich sprang aus dem Zug mit einem Gefühl, als schlüge ich ein noch unbeschriebenes weißes Heft auf – mein Leben begann von neuem. Ich hatte so viel von dieser weltlichen, aufrührerischen und phantasieträchtigen Stadt gehört, wo die Verrückten neben Nobelpreisträgern lebten, daß ich die Energie zu spüren glaubte, mit der die Luft geladen schien, die Flügelschläge eines

ansteckenden Windes, der mich schüttelte und fast zwanzig Jahre Trott, Mühsal und Atemnot fortblies. Weiter wäre es nicht gegangen, Cyrus hatte recht gehabt, meine Seele war ja drauf und dran gewesen, zu verlumpen.
Ich sah eine Kette gelber Lichter im nebligen Mondlicht, einen etwas ramponierten Bahnsteig, schweigende Schatten von Reisenden, die Koffer oder Bündel trugen, ich hörte einen Hund bellen. Eine ungreifbare kalte Feuchtigkeit hing in der Luft und der Geruch nach heißem Eisen von der Lokomotive, in den sich überraschend der Geruch von frischgebrühtem Kaffee mischte. Der Bahnhof lag trübselig da, aber das konnte meine Begeisterung nicht dämpfen, ich warf mir meinen Reisesack über die Schulter und marschierte los, wobei ich wie ein Schulkind hüpfte und aus vollem Halse schrie: Dies ist die erste Nacht von allen großartigen kommenden Tagen meines phantastischen Lebens. Niemand drehte sich nach mir um, als wäre dieser plötzliche Anfall von fröhlichem Schwachsinn etwas höchst Normales. Und das war er wirklich, wie ich am folgenden Morgen feststellte, als ich aus der Jugendherberge trat und den Fuß auf die Straße setzte, um mich in das Abenteuer zu stürzen – mich an der Universität immatrikulieren zu lassen, einen Job zu suchen und einen Ort zum Wohnen zu finden. Es war ein anderer Planet.
Mich, der ich in einer Art Getto aufgewachsen war, berauschte die kosmopolitische und libertäre Atmosphäre von Berkeley. An einer Mauer stand mit grüner Farbe in großen Pinselstrichen geschrieben: *Wir tolerieren alles außer der Intoleranz!* Die Jahre, die ich dort verbrachte, waren herrliche, intensiv gelebte Jahre, und immer, wenn ich zu Besuch hinfahre, was ich oft tue, fühle ich, daß ich zu dieser Stadt gehöre. Als ich ankam, zu Beginn der sechziger Jahre, war noch keine Spur von dem unbeschreiblichen Zirkus zu sehen, der sich zu der Zeit in ihr abspielte, als ich schon auf die andere Seite der Bucht gezogen war, aber sie schlug bereits kräftig über die Stränge und wurde eine Wiege radikaler Bewegungen und wagemutiger Formen der Auflehnung. Ich war dabei, als die verpuppte Raupe sich in den großen Schmetterling mit den vielfarbigen psychedelischen

Flügeln verwandelte, der eine ganze Generation in Erregung versetzte. Aus allen Himmelsrichtungen kamen junge Leute um neuer Ideen willen, die noch keinen Namen hatten, aber in der Luft wahrnehmbar waren wie gedämpfter Trommelschlag. Es war das Mekka der Pilger ohne Gott, das andere Ende des Kontinents, wohin man zog, um vor alten Enttäuschungen zu fliehen oder eine neue Utopie zu suchen, es war das Wesen Kaliforniens selbst, die Seele dieses weiten sonnenbeschienenen und gedächtnislosen Landes, ein babylonischer Turm aus Weißen, Asiaten, Negern, einigen Latinos, Kindern, Alten und jungen Leuten, vor allem jungen Leuten: *Trau keinem über dreißig!*

Hier war es Mode, arm zu sein oder wenigstens so zu tun, als wäre man's, und so blieb es auch in den folgenden Jahrzehnten, als das ganze Land sich dem Rausch des Geldmachens und der Erfolgsgier hingab. Die Bewohner von Berkeley kamen mir alle immer ein bißchen zerlumpt vor, häufig sah der Bettler an der Straßenecke weniger schäbig aus als der großzügige Passant, der ihm ein Almosen gab.

Ich beobachtete mit der Neugier des Provinzlers. In meinem Barrio in Los Angeles gab es nicht einen einzigen Hippie, die mexikanischen Machos hätten ihn zerfetzt, und wenn ich auch ein paar im Fernsehen, am Strand oder im Stadtzentrum gesehen hatte, war doch nichts diesem Schauspiel vergleichbar. Rund um die Universität hatten die Erben der Beatniks mit ihren langen Haaren, Schnauzern und Vollbärten, mit Blumenketten, indischen Saris, bemalten Bluejeans und Mönchssandalen die Straßen fest in der Hand. Der Geruch von Marihuana mischte sich mit dem von Autoabgasen, Weihrauch, Kaffee und Gewürzen aus den orientalischen Garküchen. In der Universität trug man noch Kurzhaarfrisuren und konventionelle Kleidung, aber ich glaube, man konnte den Wandel schon voraussehen, der ein paar Jahre später dieser allzu vernünftigen Eintönigkeit ein Ende machen würde. In den Parks zogen die Studenten schon die Schuhe und die Hemden aus, um sich zu sonnen, ein Vorgriff auf die herannahende Zeit, in der Männer und Frauen sich völlig entblößen würden, um die Revolution der gemeinschaftlichen Liebe zu feiern. *Forever young* sagte das Graffito auf einer Mauer, und jede Stunde erinnerte uns das Glockenspiel auf dem Turm schonungslos an das unerbittliche Fortschreiten der Zeit.

Ich hatte verschiedene Gesichter des Rassismus von nahem sehen müssen, ich selbst gehöre zu den wenigen Weißen, die ihn am eigenen Leibe erfahren haben. Als die ältere Tochter der Morales über ihre hohen indianischen Wangenknochen und ihre zimtfarbene Haut jammerte, packte ihr Vater sie am Arm, zerrte sie vor einen Spiegel und befahl ihr, sich mal ganz genau anzusehen und der Allerheiligsten Jungfrau von Guadalupe zu danken, daß sie kein *Niggerschwein* war. Damals dachte ich, daß das Diplom des Unendlichen Plans, das bei Pedro an der Wand hing und ihm die Erhabenheit seiner Seele bescheinigte, ihm nicht viel genutzt hatte, denn im Grunde hatte er die gleichen Vorurteile wie viele andere Mexikaner, die Neger und Asiaten verabscheuten.

Auf der Universität studierten um diese Zeit keine Latinos, fast alle waren Weiße mit Ausnahme einiger weniger Nachkommen chinesischer Einwanderer. Es gab kaum Schwarze in den Vorlesesälen, nur ein paar in den Sportmannschaften. Auch in Büros, Geschäften und Restaurants sah man nicht viele. Sicherlich herrschte eine faktische Rassentrennung, aber die Schwarzen hatten hier nicht die Stellung der Fremden, die für meine Latinofreunde so demütigend war, sie gingen über heimischen Boden, und viele begannen, dies mit großen, dröhnenden Schritten kundzutun.

Ich wanderte durch die verschiedenen Amtszimmer und versuchte dabei, mich in dem Irrgarten des Campus zurechtzufinden, während ich herumrechnete, wieviel Geld ich wohl zum Leben brauchen würde und wie ich einen Job bekommen konnte. Ich wurde von einer Auskunft zur nächsten geschickt in einem Formalitätenrundlauf, der sich in den Schwanz biß, die Bürokratie drangsalierte mich, niemand hatte eine Ahnung von irgend etwas, wir Neuankömmlinge wurden als unvermeidliches Übel angesehen, das jeder abzuschütteln bemüht war. Ich wußte nicht, ob wir alle wie Dreck behandelt wurden,

um uns den Schneid abzukaufen, oder ob nur ich hier verloren umherirrte, und mir kam der Verdacht, daß ich meines Chicanoakzents wegen diskriminiert wurde. Von Zeit zu Zeit traf ich auf den oder jenen gutwilligen Studenten, einen Überlebenden anderer Hindernisläufe, der mir mit einer Information den nächsten richtigen Weg wies, ohne diese Hilfe hätte ich mich einen Monat lang um mich selbst gedreht wie ein Dorftrottel. In den Schlafräumen gab es keine freien Betten, und die Studentenverbindungen interessierten mich nicht, das sind konservative Clans voller Klassendünkel, in die ich nicht hineinpasse.
Ein Student, auf den ich während der mühseligen Rennerei dieser Tage mehrmals gestoßen war, erzählte mir schließlich, er habe ein Zimmer gemietet und sei bereit, es mit mir zu teilen. Er hieß Timothy Duane, und wie ich später erfuhr, galt er bei den Mädchen als der bestaussehende Mann der Universität. Als Carmen ihn Jahre später kennenlernte, sagte sie, er gleiche einer griechischen Statue. Von einem Griechen hat er gar nichts, er ist ein Ire mit hellen Augen und schwarzem Haar wie viele andere auch. Er erzählte mir, daß sein Großvater zu Anfang des Jahrhunderts vor der englischen Justiz aus Dublin geflohen war, nach New York kam ohne einen Cent in der Tasche und in wenigen Jahren mit dunklen Geschäften ein Vermögen machte. Im Alter wandelte er sich zu einem Schirmherrn der Künste, und niemand erinnerte sich mehr an seine etwas trüben Anfänge, und als er starb, hinterließ er seinen Nachkommen einen Riesenberg Geld und einen guten Namen.
Timothy wurde in katholischen Internaten für reiche Kinder erzogen, wo er ein paar Sportarten lernte und wo sie ein drükkendes Schuldgefühl sorgsam in ihm pflegten, das er jedenfalls, da bin ich sicher, schon von der Wiege her mitbrachte. Im Grunde seiner Seele wünschte er sich, Schauspieler zu werden, aber sein Vater war der Ansicht, daß es nur zwei anständige Berufe gab, Arzt oder Rechtsanwalt, alle anderen waren Schnurrpfeifereien oder Gaunergewerbe, schon gar die, die mit dem Theater zu tun hatten, das war in seinen Augen ohnehin nur etwas für Homosexuelle und Perverse. Die Hälfte seiner

Steuern schrieb er für die Förderung der Künste ab, die Großvater Duane ins Leben gerufen hatte, aber das förderte nicht seine Sympathien für die Künstler. Über ein halbes Jahrhundert beherrschte seine ungebeugte Gestalt die Familie und gab seinem Sohn keine Chance, auf der Leinwand oder der Bühne zu brillieren.

Tim wurde ein Arzt, der seinen Beruf haßt und der versichert, er habe sich nur deshalb für die Pathologie entschieden, weil er bei den Toten wenigstens sicher ist, daß er sie weder zu trösten noch sich ihre Klagen anzuhören braucht. Als er auf seine Schauspielerträume verzichtet hatte und die berühmten Bretter mit eisigen Seziersälen vertauschte, wurde er ein Einzelgänger, den hartnäckige Dämonen plagten. Viele Frauen liefen ihm nach, aber all seine Liebesbeziehungen scheiterten und ließen ihn voll bohrendem Kummer und Mißtrauen auf der Strecke, bis spät in seinem Leben, als er das Lachen, die Hoffnung und einen Großteil seines guten Aussehens verloren hatte, jemand erschien, der ihn vor sich selbst rettete.

Zu der Zeit, da ich ihn kennenlernte, täuschte er seinen Vater mit dem Versprechen, Jura oder Medizin zu studieren, während er sich heimlich dem Theater widmete. Er war in derselben Woche wie ich in die Stadt gekommen und befand sich noch in der Sondierungsphase, aber im Unterschied zu mir verfügte er über Erfahrung in der Welt der Bildung für Weiße, hatte die Rückendeckung eines reichen Vaters und eine Haltung und ein Benehmen, die ihm alle Türen öffneten. Mit seinem sicheren Auftreten schien er der Herr der Universität zu sein. Hier studiert man wenig, aber man lernt viel, mach die Augen auf und den Mund zu, riet er mir. Ich ging noch herum wie verklärt.

Sein Zimmer stellte sich als der Dachboden eines alten Hauses heraus, ein einziger Raum mit spitz zulaufender hoher Decke und zwei Dachluken, durch die man den Campanile des Campus sehen konnte. Tim zeigte mir, daß es auch andere Dinge zu besichtigen gab: Wenn wir auf einen Stuhl stiegen, blickten wir in das Badezimmer eines Schlafsaales, wo jeden Morgen Reihen von Mädchen in Unterwäsche auf dem Weg zur Dusche hindurchzogen. Als sie wenig später entdeckten, daß wir sie beobachteten, traten am nächsten Morgen einige nackt an. In dem Raum gab es sehr wenige Möbel, nur zwei Betten, einen großen Tisch und ein Bücherbord. Wir brachten zwischen zwei Balken ein Stück Leitungsrohr an, um die Wäsche aufzuhängen, und alles andere war in einigen Kartons untergebracht, die auf dem Fußboden standen.

Das übrige Haus wurde von zwei zauberhaften Frauen bewohnt, Joan und Susan, die mit der Zeit sehr gute Freundinnen von mir wurden. Sie hatten eine geräumige Küche, wo sie die Rezepte für ein Buch ausprobierten, das sie schreiben wollten. Beim Duft ihrer Speisen lief mir das Wasser im Munde zusammen, ihnen habe ich es zu verdanken, daß ich kochen lernte. Bald darauf sollten sie berühmt werden, nicht wegen ihrer kulinarischen Begabung oder wegen des Buches, das niemals erschien, sondern weil sie es waren, die die Mode kreierten, bei öffentlichen Protesten den Büstenhalter zu verbrennen. Diese Geste, Produkt einer plötzlichen Eingebung, als ihnen der Eintritt in eine Bar nur für Männer verweigert wurde, war zufällig von der Kamera eines japanischen Touristen eingefangen worden, erschien in den Fernsehnachrichten, wurde von anderen Frauen nachgeahmt und war bald das Kennzeichen der Feministinnen in der ganzen Welt.

Das Haus war ideal, es lag nur ein paar Schritt von der Universität entfernt und war sehr bequem. Außerdem gefiel mir seine herrschaftliche Atmosphäre, verglichen mit den anderen Orten, an denen ich gewohnt hatte, erschien es mir wie ein Palast. Jahre später sollte es eine der berühmtesten Hippiekommunen der Stadt beherbergen, einige zwanzig Leute in freundlicher Promiskuität unter einem Dach und der Garten eine verwucherte Marihuanaplantage, aber um die Zeit war ich bereits fortgezogen.

Tim brachte mich dazu, mich von meinen Hemden zu trennen, er sagte, ich sähe in dieser südkalifornischen Mode aus wie ein tropischer Vogel, in Berkeley ziehe sich keiner so an, in diesem Aufzug könne ich an keiner Protestaktion teilnehmen. Er erklärte mir, wenn wir nicht protestieren gingen, wären wir

schlechthin niemand und würden keine Frauen bekommen. Ich hatte die Plakate und Aushänge bemerkt, die verschiedene Protestgründe ankündigten: Hungersnöte, Diktaturen und Revolutionen an den entlegensten Punkten des Planeten, Rechte der Minderheiten, der Frauen, gefährdete Wälder und Tierarten, Frieden und Brüderlichkeit. Man konnte zu keinem Hörsaal vordringen, ohne seine Unterschrift auf ein Manifest zu setzen, man konnte keinen Kaffee bestellen, ohne fünfundzwanzig Cent zu spenden für eine Sammlung zu irgendeinem ebenso altruistischen wie fernliegenden Zweck. Die Zeit, die man mit Studieren verbrachte, war minimal im Vergleich zu der, die man darauf verwandte, auf fremdes Leid aufmerksam zu machen und die Regierung, die Militärs, die Außenpolitik, die Rassendiskriminierung, die ökologischen Verbrechen sowie die ewigen Ungerechtigkeiten anzuklagen.
Dieser streitbare Einsatz für die Angelegenheiten der Welt, so unsinnig er bisweilen sein mochte, war für mich eine Offenbarung. Cyrus hatte mir jahrelang den Kopf mit Fragen vollgestopft, aber bisher hatte ich sie als Material für Bücher und für intellektuelle Übungen angesehen, ohne praktische Anwendung im täglichen Leben, Dinge, über die ich nur mit ihm reden konnte, weil der Rest der Sterblichen sich solchen Themen verschloß. Nun teilte ich diese besorgte Anteilnahme mit den Freunden, wir fühlten, die Welt war ein kompliziertes Netzwerk, wo jede Handlung unabsehbare Folgen für das zukünftige Schicksal der Menschheit haben konnte. Nach Ansicht meiner Cafeteriakumpels war eine Revolution auf dem Marsch, die niemand aufhalten konnte, unsere Theorien und Lebensformen würden bald weltweit nachgeahmt werden, wir hatten die historische Verantwortung, auf der Seite der Guten zu sein, und die Guten waren natürlich die Radikalen. Keiner durfte stehenbleiben, wir mußten den Boden für die neue Gesellschaft vorbereiten. Das Wort *Politik* hatte ich zum erstenmal im Bibliotheksfahrstuhl flüstern hören und hatte erfahren, daß *liberal* oder *radikal* genannt zu werden kaum weniger beleidigend war als *kommunistisch*. Jetzt war ich in der einzigen Stadt der Vereinigten Staaten, wo diese Begriffe sich

umkehrten, hier war das einzige, was noch schlimmer war als *konservativ*, neutral oder indifferent zu sein.
Nach einer Woche war ich bei meinem Freund Duane auf dem Dachboden untergebracht, ging regelmäßig in die Vorlesungen und hatte zwei Jobs aufgetan, die mich über Wasser halten würden. Das Studium lastete nicht schwer auf mir, noch gab es hier nicht das fürchterliche Geschiebe und Gesiebe einer Massenuniversität, die sie später wurde, mir kam sie vor wie die High-School, nur unordentlicher. Es war Pflicht, zwei Jahre an militärischen Kursen teilzunehmen. Ich hatte soviel Spaß an den Übungen und an den Sommerlagern, und die Uniform gefiel mir so gut, daß ich vier Jahre mitmachte und einen Offiziersgrad erhielt. Als ich mich dazu anmeldete, hatte ich eine eidesstattliche Erklärung unterschreiben müssen, daß ich kein Kommunist war. Während ich meine Unterschrift auf das Dokument setzte, spürte ich Cyrus' ironischen Blick so lebhaft in meinem Nacken, daß ich mich umdrehte, um ihn zu grüßen.

Der Vorarbeiter der Dosenfabrik träumte jede Nacht von Judy Reeves, und auch am Tage verfolgte ihn unablässig das Bild dieser Frau. Er war nicht etwa einer dieser Männer, die auf dicke Frauen versessen sind, er hatte noch nicht einmal bemerkt, daß sie das war. In seinen Augen war sie vollkommen, nichts fehlte, nichts war zuviel, und wenn ihm einer gesagt hätte, daß sie praktisch doppelt soviel wog wie normal, hätte ihn das ernstlich überrascht. Er hatte sein Auge nicht auf den Umfang ihrer Fehler gerichtet, sondern auf die Güte ihrer Vorzüge, er liebte ihre runden Brüste und ihr ausladendes Hinterteil, und ihm gefiel, daß dies wie jene groß waren, so hatte er mit beiden Händen mehr zu packen. Ihn entzückten ihre Babyhaut, ihre schön geformten Hände, wenn sie auch vom Nähen und der Hausarbeit angegriffen waren, das strahlende Lächeln, das er zwei-, dreimal kurz hatte sehen dürfen, und ihr feines Haar, das so blond war wie Silberfäden.
Die Entschiedenheit, mit der die junge Frau ihn zurückwies, erhöhte nur noch sein Verlangen. Er suchte nach einer Gele-

genheit, wie er sich ihr nähern konnte, ungeachtet der überheblichen Miene, mit der sie jedesmal über ihn hinwegsah. Frisch gewaschen, in sauberem Hemd und mit Eau de Cologne eingesprengt, um den beißenden Fabrikgeruch zu übertäuben, baute er sich jeden Tag an der Bushaltestelle auf und wartete, bis seine Angebetete von der Arbeit kam. Er hielt ihr die Hand hin, um ihr beim Aussteigen zu helfen, und war nicht gekränkt, wenn sie es vorzog, herauszustolpern, statt sich auf ihn zu stützen. Er ging neben ihr her und sprach zu ihr in ganz alltäglichem Ton, als wären sie die besten Freunde; ohne sich von Judys störrischem Schweigen stören zu lassen, erzählte er ihr kleine Begebenheiten aus seinem Tagesablauf, Neuigkeiten über Leute, die sie gar nicht kannte, und die letzten Baseballergebnisse. Er begleitete sie bis zu ihrer Haustür, lud sie zum Abendessen ein – ihrer schweigenden Ablehnung gewiß – und verabschiedete sich mit dem Versprechen, sie am nächsten Tag am selben Ort wieder zu treffen. Diese geduldige Belagerung dauerte ohne Abwandlung zwei ganze Monate.

»Wer ist der Mann, der jeden Tag mit dir kommt?« fragte Nora Reeves schließlich.

»Niemand, Mama.«

»Wie heißt er?«

»Ich hab ihn nicht gefragt, es interessiert mich nicht.«

Am folgenden Tag stand Nora am Fenster auf der Lauer, und bevor Judy dem rothaarigen Riesen die Tür vor der Nase zuschlagen konnte, kam sie heraus und lud ihn ein, bei ihnen ein Bier zu trinken, ohne die mörderischen Blicke ihrer Tochter zu beachten. In dem winzigen Wohnzimmer saß der Kandidat auf einem Stuhl, der reichlich zerbrechlich für seinen kräftigen Körper schien, und knetete stumm seine Hände, daß die Knöchel knackten, während Nora ihn von ihrem Korbstuhl aus ungeniert musterte. Judy war im Schlafzimmer verschwunden, und durch die dünnen Wände hörten sie ihr wütendes Schnauben.

»Lassen Sie mich Ihnen danken für die zartsinnigen Aufmerksamkeiten, die Sie meiner Tochter erweisen«, sagte Nora.

»Ach ja«, antwortete er und fühlte sich gänzlich außerstande,

sich eine schwierigere Antwort auszudenken, denn solch eine gesuchte Sprache war er nicht gewohnt.
»Sie scheinen ein guter Mensch zu sein.«
»Ach ja ...«
»Sind Sie es?«
»Was?«
»Ob Sie wohl ein guter Mensch sind?«
»Ich weiß nicht, Madam.«
»Wie heißen Sie?«
»Jim Morgan.«
»Ich heiße Nora, und mein Mann ist Charles Reeves, Meister des Amtes und Doktor der Göttlichen Wissenschaften, Sie haben sicherlich schon von ihm gehört, er ist sehr bekannt ...«
Judy, die der Unterhaltung vom Nebenzimmer her zuhörte, hielt es nicht länger aus, wie ein Taifun kam sie hereingestürmt und pflanzte sich, die Hände in die Hüften gestemmt, vor ihrem Anbeter auf.
»Was zum Teufel willst du von mir?! Warum läßt du mich nicht in Frieden?!«
»Ich kann nicht ... ich glaube, ich bin verliebt, wirklich, tut mir leid ...« stammelte der unglückliche Verehrer, das Gesicht so flammend wie sein Haar.
»Na gut, da ich mich wohl nur von diesem Albdruck befreien kann, wenn ich mit dir schlafe, dann komm und laß es uns ein für allemal hinter uns bringen!«
Nora stieß einen Schrei des Entsetzens aus und sprang so hastig von ihrem Korbsessel hoch, daß er umkippte – solch ein Vokabular hatte ihre Tochter noch nie in ihrer Gegenwart benutzt. Auch Morgan stand auf. Er verabschiedete sich mit einer Verbeugung von Nora, setzte seine Mütze auf und ging zur Tür.
»Ich sehe, daß ich mich in dir getäuscht habe. Was ich will, ist eine Ehe«, sagte er kurz auf der Schwelle.
Als Judy am folgenden Tag aus dem Bus stieg, stand da niemand bereit, ihr die Hand hinzuhalten, um ihr zu helfen. Sie seufzte erleichtert auf und machte sich mit ihrem langsamen Schaukelschritt ans Heimgehen. Sie besah sich das Treiben auf der Straße, die geschäftigen Leute, die Katzen, die in den Müllton-

nen stöberten, die braunen Kinder, die umherrannten und Cowboys und Banditen spielten. Der Weg wurde ihr lang, und als sie zu Hause ankam, war ihre Freude zerronnen, und sie empfand statt dessen eine herbe Erbitterung. In dieser Nacht konnte sie nicht schlafen, sie wälzte sich zwischen den Laken wie ein bei Ebbe gestrandeter Wal, sie war verzweifelt. Im Morgengrauen stand sie auf und aß zwei Bananen, drei gebratene Eier mit Speck und acht Scheiben Toast mit Butter und Marmelade, dazu trank sie eine Tasse Schokolade. Ihre Mutter fand sie im Patio mit einem Schnurrbart aus Schokolade und Eigelb und mit dicken Tränen, die ihr die Wangen herunterliefen.

»Heute nacht war dein Vater wieder da. Er hat mir aufgetragen, du möchtest Hühnerleber am Fuß der Weide vergraben.«

»Red mir nicht von ihm, Mama.«

»Es ist wegen der Ameisen. Er sagt, dann verschwinden sie aus dem Haus.«

An diesem Tag ging Judy nicht zur Arbeit, statt dessen besuchte sie Olga. Die Hellseherin musterte sie vom Kopf bis zu den Füßen, schätzte die Speckrollen ab, die geschwollenen Beine, den schnaufenden Atem, das gräßliche, aus einem billigen Stoff hastig zusammengenähte Kleid, die ungeheure Trostlosigkeit in den absolut blauen Augen, und sie brauchte nicht zu ihrer Kristallkugel zu greifen, um aus dem Handgelenk einen Rat parat zu haben.

»Was würdest du am allerliebsten haben, Judy?«

»Kinder«, antwortete sie ohne zu zögern.

»Dann brauchst du einen Mann. Und wenn du schon mal dabei bist, dann sollte es am besten ein Ehemann sein.«

Judy ging in die Konditorei an der Ecke und verschlang drei Stück Blätterteigkuchen, wozu sie zwei Gläser Apfelsaft trank. Dann marschierte sie zum Frisiersalon, in den sie noch nie den Fuß gesetzt hatte, und in den folgenden drei Stunden machte eine freundliche kleine Mexikanerin ihr eine Dauerwelle, lackierte ihr die Nägel an Händen und Füßen in einem umwerfenden Rosa und enthaarte ihr die Beine mit Wachs, während Judy in geduldiger Entschlossenheit ein Kilo Süßigkeiten verdrückte. Danach fuhr sie mit dem Bus ins Stadtzentrum, um sich in dem einzigen Geschäft für Dicke, das es damals im Staat Kalifornien gab, ein Kleid zu kaufen. Sie erstand einen himmelblauen Rock und ein weites geblümtes Shirt, die ein wenig ihren Umfang kaschierten und die kindliche Frische ihrer Haut und ihrer Augen hervorhoben. So herausgeputzt baute sie sich um fünf Uhr nachmittags mit verschränkten Armen und wütendem Gesicht vor dem Tor der Fabrik auf, in der ihr Anbeter arbeitete. Die Sirene ertönte, sie sah das Rudel mexikanischer Arbeiter herauskommen, und zwanzig Minuten später erschien der Vorarbeiter, unrasiert, verschwitzt und in schmierigem Unterhemd. Als er sie erblickte, blieb er mit offenem Mund stehen.

»Wie hast du gesagt, heißt du?« fragte Judy mit einem wenig liebenswürdigen Grollen in der Stimme, hinter dem sich ihr Schamgefühl verbarg.

»Jim. Jim Morgan ... Du siehst sehr hübsch aus.«

»Willst du mich immer noch heiraten?«

»Na klar!«

Padre Larraguibel vollzog die Trauungszeremonie in der Lourdes-Kirche, obwohl Judy eine Bahai war wie ihre Mutter und Jim zur Kirche der Heiligen Apostel gehörte, aber seine Freunde waren katholisch, und im Barrio war die einzig gültige Ehe die mit den Riten des Vatikans geschlossene. Gregory kam eigens angereist, um seine Schwester am Arm zum Altar zu führen. Pedro Morales finanzierte die Hochzeit, während Inmaculada, ihre Töchter und Freundinnen zwei Tage lang mexikanische Gerichte kochten und Hochzeitskuchen buken. Der Bräutigam kam für den Alkohol und die Musik auf, und sie veranstalteten ein großes Fest mitten auf der Straße mit den besten Mariachis und hundert Gästen, die die ganze Nacht nach lateinamerikanischen Rhythmen tanzten. Nora nähte für ihre Tochter ein wunderschönes Brautkleid mit soviel Organdyvolants, daß sie von weitem aussah wie ein Hochseesegler und von nahem wie die Wiege eines Erbprinzen.

Jim besaß ein bißchen Erspartes und konnte seine Frau in ein kleines, aber gemütliches Haus führen und ihr eine neue Schlafzimmereinrichtung kaufen mit einem besonders großen und stabilen Bett, das imstande war, beide aufzunehmen und den gewaltigen Zusammenstößen standzuhalten, mit denen sie sich in der ersten Woche guten Glaubens liebten. Am folgenden Freitag kam der Ehemann nicht zum Schlafen nach Hause. Seine Frau wartete bis Sonntag auf ihn, da tauchte er wieder auf, so betrunken, daß er sich nicht erinnern konnte, wo er mit wem gewesen war. Judy ergriff eine Milchflasche und schmetterte sie ihm auf den Schädel. Einen Schwächeren hätte der Hieb vielleicht umgebracht, aber Jim schlitzten die Scherben nur die Stirn auf, und weit davon entfernt, zu Boden zu gehen, wurde er in wilde Erregung versetzt. Er wischte sich mit dem Ärmel das Blut aus den Augen und stürzte sich auf Judy, und trotz ihres wütenden Gestrampels zeugten sie in dieser Nacht ihren ersten Sohn, ein prächtiges Kind, das bei der Geburt fünf Kilo wog.

Judy legte es an die Brust, von einem Glücksgefühl erfüllt, das sie niemals für möglich gehalten hätte, und sie war entschlossen, diesem kleinen Geschöpf die Liebe zu geben, die sie selber an sich nie erfahren hatte. Sie hatte ihre Berufung zur Mutter entdeckt.

Für Carmen war Gregorys Fortgang eine persönliche Kränkung. Im Grunde ihres Herzens hatte sie immer gewußt, daß er nicht ins Barrio gehörte und früher oder später andere Wege gehen würde, aber sie hatte vorausgesetzt, wenn dieser Augenblick kam, würden sie sich zusammen davonmachen, vielleicht um mit einem Wanderzirkus Abenteuer zu erleben, wie sie so oft geplant hatten. Sie konnte sich ihr Leben ohne ihn nicht vorstellen. Soweit sie zurückdenken konnte, hatte sie ihn fast täglich gesehen; was ihr auch immer geschehen war, ob wichtig, ob unwichtig, sie hatte es mit ihrem Freund geteilt. Er hatte ihr die Geheimnisse der Kindheit enträtselt, daß es keinen Weihnachtsmann gab und daß die kleinen Kinder nicht in Kohlköpfen wuchsen und daß sie auch nicht der Storch aus Paris brachte. Er war der erste, dem sie die Neuigkeit mitteilte, als sie mit elf Jahren einen roten Fleck in ihrem Höschen entdeckte. Er stand ihr näher als ihre eigene Mutter oder ihre Geschwister, sie waren zusammen aufgewachsen, sie hatten sich alles erzählt, auch jene Dinge, die das anerzogene Schamgefühl zu erwähnen verbot.

Wie Gregory hatte auch sie sich immer wieder mit wilder Begeisterung und kurzem Atem verliebt, aber im Unterschied zu ihm war sie an die patriarchalischen Traditionen ihrer Familie und ihrer Umwelt gebunden. Ihre leidenschaftliche Natur stieß sich an dem doppelten Moralkodex, der aus Frauen Gefangene machte, den Männern jedoch freie Jagd bewilligte. Sie mußte ihren guten Ruf bewahren, denn jeder Schatten darauf konnte eine Tragödie auslösen. Ihr Vater und ihre Brüder bewachten sie sorgfältig, entschlossen, die Ehre des Hauses zu verteidigen, während sie selbst mit anderen Frauen das zu tun versuchten, was sie den ihren nie erlauben würden.

Carmen hatte einen unbezähmbaren Geist, aber zu dieser Zeit war sie noch in dem Spinnennetz des »Was-werden-die-Leute-sagen« verstrickt. Sie fürchtete vor allem ihren Vater, dann den aufbrausenden Padre Larraguibel und dann Gott, in dieser Reihenfolge, und schließlich die bösen Zungen, die ihr die Zukunft zerstören konnten. Wie so viele andere Mädchen ihrer Generation war sie nach dem Axiom erzogen worden, daß Ehe und Mutterschaft das vortrefflichste Los der Frau seien – *sie heirateten, bekamen viele Kinder und waren sehr glücklich* –, aber sie hatte in ihrem Umfeld nicht ein einziges Beispiel für häusliches Glück gesehen, nicht einmal bei ihren Eltern, die zusammenblieben, weil sie sich keine Alternative vorstellen konnten, aber weit davon entfernt waren, die romantischen Paare aus dem Kino nachzuahmen. Niemals hatte sie eine Zärtlichkeit zwischen den beiden erlebt, und es wurde gemunkelt, daß Pedro Morales ein Kind mit einer anderen Frau hatte. Nein, das war es nicht, was sie sich für sich selbst wünschte. Wie in der Kindheit träumte sie von einem anderen, abenteuerlichen Leben, aber sie hatte nicht den Mut, mit allem hier zu brechen und fortzugehen. Sie wußte, daß hinter ihrem Rücken über sie geklatscht wurde: Wofür hält sich eigentlich die Jüngste von den Morales? hat keine Arbeit, geht abends allein aus,

malt sich die Augen an? ist das nicht ein Armband, was sie da am Fußknöchel trägt? sie zieht viel zuviel mit Gregory Reeves rum, schließlich sind die ja nicht verwandt, die Morales sollten sich mehr um ihre Tochter kümmern, sie ist doch schon im heiratsfähigen Alter, aber die wird nicht leicht einen Mann finden, wenn sie sich weiter wie eine schamlose Gringa benimmt.
Dennoch hatte es Carmen nie an feurigen Heiratskandidaten gefehlt. Den ersten Antrag erhielt sie, als sie gerade fünfzehn geworden war, und mit neunzehn hatte sie schon fünf verzweifelte Bewerber gehabt, in alle hatte sie sich mit trügerischer Leidenschaft verliebt, und alle hatte sie nach ein paar Wochen angeödet fallengelassen, noch bevor sich die unvermeidliche Routine einschleichen konnte. In der Zeit vor Gregorys Weggang hatte sie ihren ersten amerikanischen Freund, all die andern waren Latinos aus dem Barrio gewesen. Er hieß Tom Clayton und war ein Journalist, der gewandte und hochironische Artikel schrieb. Er blendete sie mit seiner Weltkenntnis und mit seinen erstaunlichen Theorien über die freie Liebe und die Gleichheit der Geschlechter, Themen, die auch nur zu erwähnen sie zu Hause niemals wagen würde, die sie aber ausgiebig mit Gregory diskutiert hatte.
»Reines Geschwätz, was er wirklich will, ist mit dir schlafen und sich dann aus dem Staub machen«, entschied Gregory.
»Du bist ein Neandertaler, du bist rückständiger als mein Papa!«
»Hat er was von Heiraten gesagt?«
»Die Ehe tötet die Liebe.«
»Was nicht noch alles! Red nicht so blödes Zeug.«
»Ich bin nicht scharf drauf, im weißen Kleid in die Kirche zu marschieren, Greg. Ich bin eben anders.«
»Nun sag es schon endlich, du hast mit ihm geschlafen...«
»Nein, noch nicht«, und nach einer Pause voller Seufzer: »Was fühlt man dabei? Erzähl mir, was man dabei fühlt...«
»Es ist wie ein elektrischer Stromstoß, weiter nichts. Im Grunde wird der Sex schrecklich überbewertet, große Illusionen, und am Ende bleibt man halb enttäuscht zurück.«

»Du lügst! Wenn das so wäre, würdest du nicht mit heraushängender Zunge hinter all den Frauen herrennen.«
»Genau das ist die Falle, Carmen. Man glaubt immer, daß es mit einer andern besser sein wird.«

Gregory ging im September fort, und im Januar darauf verließ Tom Clayton Los Angeles und flog nach Washington, um sich in das Presseteam des charismatischsten Präsidenten des Jahrhunderts einzureihen, dessen Politik der hochtrabenden Ideen ihn faszinierte. Er wollte den Pulsschlag der Macht fühlen können und teilhaben an den überraschenden Wendungen der Geschichte, er fühlte, daß es hier im Westen keine Zukunft für einen ehrgeizigen Journalisten gab, er war zu weit entfernt vom Herzen des Imperiums, wie er zu Carmen sagte.
Er ließ sie in Tränen zurück, denn inzwischen hatte sie sich zum erstenmal wirklich verliebt, verglichen mit dem Gefühl, das sie jetzt schüttelte, waren alle anderen unbedeutende Liebeleien gewesen. Am Telefon und in kurzen, von grammatikalischen Greueln gespickten Briefchen erzählte sie Gregory Tag für Tag die Einzelheiten ihrer romantischen Qual und warf ihm vor, daß er sie in einem solchen Augenblick allein gelassen habe. Außerdem habe er sie belogen, was den elektrischen Stromstoß betreffe, denn wenn sie gewußt hätte, wie die Sache in Wirklichkeit war, hätte sie nicht so lange damit gewartet, sie in ihr Leben einzuführen.
»Ein Jammer, daß du so weit weg bist, Greg. Ich habe keinen, bei dem ich mir Luft machen kann.«
»Hier sind die Leute moderner, jeder schläft mit jedem, und hinterher reden sie ganz offen drüber.«
»Wenn meine Eltern dahinterkommen, bringen sie mich um.«
Die Morales kamen drei Monate später dahinter, als die Polizei kam, um sie zu befragen. Tom Clayton hatte weder Carmens Briefe beantwortet noch sonst ein Lebenszeichen gegeben, bis sie ihn nach einigen Wochen zu einer unpassend frühen Morgenstunde am Telefon erwischte, um ihm mit einer vor Angst gebrochenen Stimme mitzuteilen, daß sie schwanger war. Der

Mann war liebenswürdig, aber entschieden: Das war nicht sein Problem, er hatte vor, sich dem politischen Journalismus zu widmen und mußte an seine Karriere denken, es konnte keine Rede davon sein, in diesem Augenblick zurückzukommen, und im übrigen hatte er das Wort Ehe nie erwähnt, er war ein Anhänger spontaner Beziehungen und hatte angenommen, sie teile seine Vorstellungen, hätten sie nicht oft genug in dem Sinne darüber gesprochen? Auf keinen Fall aber wollte er ihr schaden, er stand zu seiner Verantwortung und würde ihr am nächsten Tag einen Scheck mit der Post schicken, um diese kleine Unannehmlichkeit auf die übliche Art beizulegen.

Carmen verließ das Fernsprechamt und ging wie eine Schlafwandlerin in ein Café, wo sie völlig verstört auf einem Stuhl zusammensank. Hier saß sie und starrte in ihre Tasse, bis die Kellnerin sie darauf aufmerksam machte, daß das Lokal jetzt geschlossen würde. Später lag sie auf ihrem Bett mit einem dumpfen Schmerz in den Schläfen und sagte sich, das Wichtigste sei jetzt, das Geheimnis zu bewahren, sonst würde sie ihr Leben unrettbar zerstören.

In den folgenden Tagen war sie mehrmals drauf und dran, Gregorys Telefonnummer zu wählen, aber sie unterließ es dann doch – nicht einmal ihm wollte sie ihr Unglück anvertrauen. Dies war ihre Stunde der Wahrheit, und sie wollte sie allein durchstehen; der Welt mit verschwommenen, großspurigen feministischen Parolen trotzen war eine ganz andere Sache als die sehr konkrete, in dieser Umwelt eine ledige Mutter zu sein. Sie machte sich klar, daß ihre Familie nie wieder mit ihr sprechen würde, daß sie sie aus dem Haus jagen, aus dem Clan, sogar aus dem Barrio ausstoßen würden. Ihre Eltern und Geschwister würden sterben vor Scham, und sie würde ohne Hilfe für ein kleines Kind sorgen, es ernähren und aufziehen müssen, in irgendeinem Job arbeiten, um zu überleben, die Frauen würden sie zurückstoßen, und die Männer würden sie wie eine Prostituierte behandeln. Auch dem Kind würde sie die unerträgliche Last der Ächtung aufbürden. Sie hatte nicht den Mut für solch einen langen Kampf, aber sie konnte sich auch nicht aufraffen, einen Entschluß zu fassen.

Mit dieser Unsicherheit schlug sie sich eine endlose Zeit herum, verheimlichte die Übelkeiten, die sie morgens überkamen, und die Schläfrigkeit, die sie abends umwarf, wich ihrer Familie aus, so gut es ging, beschränkte ihren Austausch mit Gregory auf ein Minimum, bis sie eines Tages ihren Rock nicht mehr zuknöpfen konnte und die Dringlichkeit begriff, schnell zu handeln. Noch einmal rief sie Tom Clayton an, aber sie erhielt nur die Auskunft, daß er auf Reisen sei und man ihr nicht sagen könne, wann er zurückkehren würde. Da ging sie in die Lourdes-Kirche und hoffte nur, daß der baskische Priester nicht auftauchte.
Sie kniete vor dem Altar nieder, wie sie es in ihrem Leben schon so oft getan hatte, und zum erstenmal wandte sie sich an die Jungfrau, um zu ihr von Frau zu Frau zu sprechen. Seit Jahren schon hegte sie unausgesprochene Zweifel an der Religion, die Sonntagsmesse war für sie zum bloßen gesellschaftlichen Ritus geworden, aber in dieser Zeit der großen Angst fühlte sie das Bedürfnis, sich in die Tröstungen ihres Glaubens zurückzufinden. Die Madonnenfigur in ihrem Seidengewand und ihrer Perlenaureole bot ihr keine Hilfe an, das gipserne Antlitz blickte mit seinen Augen aus gemaltem Glas ins Leere. Carmen erklärte ihr die Gründe für die Sünde, die sie begehen wollte, bat sie um ihre Geneigtheit und ihren Segen und ging von dort geradewegs zu Olga.
»Du hättest nicht so lange warten dürfen«, sagte die Hellseherin, nachdem sie sie mit ihren erfahrenen Händen abgetastet hatte. »In den ersten Wochen ist das kein Problem, aber jetzt...«
»Jetzt auch nicht! Du mußt es machen!«
»Es ist sehr riskant.«
»Das ist mir egal. Bitte hilf mir!« Und sie weinte verzweifelt in Olgas Armen.
Olga hatte Carmen aufwachsen sehen, die Morales waren für sie wie ihre eigene Familie, und sie hatte lange genug in diesem Barrio gelebt, um zu wissen, was das Mädchen erwartete, wenn man erst einmal ihren Bauch bemerkte. Sie bestellte sie für den kommenden Abend, bereitete ihre Instrumente und ihre Heil-

kräuter vor und putzte ihren Buddha blank, denn in dieser Lage würden sie alles Glück brauchen, das sie bekommen konnten. Carmen erzählte zu Hause, sie fahre mit einer Freundin zwei Tage an den Strand, und ging zu Olga.

Nichts war mehr geblieben von der fröhlichen Keckheit der jungen Frau, die Angst vor den bevorstehenden Schmerzen löschte die übrigen Schrecknisse aus, sie konnte weder an die Gefahren noch an die möglichen Folgen denken, sie wünschte sich nur das eine, tief zu schlafen und befreit von diesem Albdruck aufzuwachen. Aber trotz Olgas Arzneitränken und trotz der halben Flasche Whisky, den sie ihr unverdünnt zu trinken gab, verlor sie nicht das Bewußtsein, und kein gnädiger Schlaf half ihr in dieser schlimmen Stunde, sie mußte sie durchstehen, an Armen und Beinen auf den Küchentisch gefesselt, einen Lappen im Mund, damit man ihr Jammern nicht auf der Straße hörte. Bis sie es nicht mehr aushielt und Olga Zeichen machte, aufzuhören, denn sie wollte lieber alles andere ertragen als diese Folter, aber die Heilerin antwortete ihr, jetzt sei es zu spät zur Umkehr, sie müßten die Sache hinter sich bringen.

Danach lag Carmen zusammengerollt wie ein Bündel, einen Eisbeutel auf dem Bauch, und weinte unaufhörlich, bis die Müdigkeit sie überwältigte, die Beruhigungsmittel und der Alkohol endlich wirkten und sie schlafen konnte.

Als sie nach dreißig Stunden immer noch nicht aufwachte und sich in jenseitigen Fieberphantasien zu verlieren schien, während das Blut in dünnem, aber stetigem Fließen in die Tücher sickerte, da wußte Olga, daß diesmal ihr Glücksstern versagt hatte. Sie versuchte mit allen Mitteln aus ihrem so sinnreich zusammengestellten Arzneivorrat, das Fieber herabzudrücken und die Blutung zu stoppen, aber das Mädchen verfiel von Stunde zu Stunde, es war offensichtlich, daß das Leben aus ihr floh. Olga sah sich in der Falle gefangen, Carmen konnte unter ihrem Dach sterben, und dann war auch sie verloren, andererseits konnte sie sie weder auf die Straße setzen noch ihre Familie benachrichtigen. Während sie ihr den Kopf hielt, um ihr ein paar Schluck Wasser einzuflößen, schien ihr, daß die

Fiebernde Gregorys Namen murmelte, und da begriff sie, daß er der einzige war, den sie um Hilfe bitten konnte.
Als sie ihn anrief, schlief er. Komm sofort her, sagte sie, und aus dem Ton ihrer Stimme erriet er, wie dringend die Botschaft war, und stellte keine Fragen. Er nahm am Morgen das erste Flugzeug und trug schon wenige Stunden später seine Freundin auf den Armen in ein Taxi und fuhr mit ihr ins nächste Krankenhaus. Dabei schimpfte er vor sich hin, weshalb sie sich ihm in diesen schrecklichen Wochen nicht anvertraut habe – warum hast du mich ausgeschlossen, ich hätte bei dir sein müssen, ich hab es dir gesagt, Carmen, dieser Tom Clayton ist ein gewissenloser Hurensohn, aber nicht alle Männer sind gleich, nicht alle bumsen ein bißchen und verschwinden dann, wie dein Vater sagt, ich schwöre dir, es gibt bessere als Clayton, warum hast du dir nicht von mir helfen lassen, das Baby hätte doch leben können, du hättest das nicht allein zu machen brauchen, wozu sind wir Freunde, wozu sind wir Geschwister, wenn nicht, um einander beizustehen, was für ein Scheißleben, Carmen, stirb nicht, bitte stirb nicht!
Während die Ärzte operierten, kam die Polizei, vom Krankenhaus benachrichtigt, in welcher Verfassung die Patientin eingeliefert worden war, und bemühte sich, aus Gregory Informationen herauszuholen.
»Schließen wir ein Abkommen«, bot ihm der erbitterte Beamte nach drei Stunden nutzlosen Verhörs an. »Du sagst mir, wer die Abtreibung gemacht hat, und ich laß dich sofort gehn, du wirst nicht einmal registriert. Keine Fragen mehr, nichts, du bist völlig frei.«
»Ich weiß nicht, wer es gemacht hat, das hab ich Ihnen doch schon hundertmal gesagt. Ich wohne hier nicht einmal, ich bin mit dem Morgenflugzeug gekommen, hier sehen Sie mein Flugticket. Meine Freundin hat mich angerufen, und ich hab sie ins Krankenhaus gebracht, das ist alles, was ich weiß.«
»Bist du der Vater des Kindes?«
»Nein. Ich habe Carmen Morales seit über acht Monaten nicht gesehn.«
»Wo hast du sie aufgesammelt?«

»Sie hat mich am Flughafen erwartet.«
»Das ist unmöglich, sie kann doch gar nicht gehen! Sag mir, wo du sie aufgesammelt hast, und ich laß dich laufen. Tust du das nicht, verhafte ich dich als Komplizen und Begünstiger einer Straftat.«
»Das müssen Sie erst mal beweisen.«
Und abermals wiederholte sich derselbe Kreislauf von Fragen, Antworten, Drohungen und Ausflüchten. Schließlich ließen die Polizisten ihn gehen und fuhren zum Haus der Morales, um die Familie zu verhören. So erfuhren Pedro und Inmaculada, was geschehen war, und obwohl sie Olga in Verdacht hatten, gaben sie sie nicht preis, einerseits, weil sie sich denken konnten, daß sie ihrer Tochter in guter Absicht geholfen hatte, und andererseits, weil im mexikanischen Barrio eine Denunziation ein unfaßbares Verbrechen war.
»Gott hat sie bestraft, da brauche ich sie nicht mehr zu bestrafen«, sagte Pedro mit rauher Stimme, als er hörte, in welch bedenklichem Zustand sich seine Tochter befand.
Gregory blieb bei seiner Freundin, bis die Gefahr vorüber war. Drei Nächte schlief er auf einem Stuhl neben ihrem Bett und schreckte nach kurzem Schlummer immer wieder auf, um ihre Atmung zu kontrollieren. Am Morgen des vierten Tages erwachte Carmen ohne Fieber.
»Ich hab Hunger«, gab sie bekannt.
»Gott sei Dank!« sagte er lachend und zog aus der Tasche eine Büchse kondensierte Milch. Während sie sich an seiner Hand festhielt, tranken sie abwechselnd die sämige Süßigkeit in langsamen Schlucken, wie sie es so oft als Kinder getan hatten.
Inzwischen hatte Olga sich ihren Koffer gegriffen und war nach Puerto Rico abgereist, so weit weg, wie sie nur konnte. Im Barrio hatte sie erzählt, sie fahre nach Las Vegas, um dort in den Casinos zu spielen, denn der Geist eines Indios sei ihr erschienen und habe ihr eine Kartenkombination ins Ohr geflüstert. Pedro legte sich eine schwarze Binde um den Ärmel und verbreitete auf der Straße, ihm sei ein Verwandter gestorben, zu Hause aber ließ er alle wissen, daß seine Tochter nie existiert habe und daß er ihnen verbiete, auch nur ihren Namen zu

nennen. Inmaculada versprach der Heiligen Jungfrau, bis an ihr Lebensende täglich einen Rosenkranz zu beten, damit sie Carmen die begangene Sünde verzieh, dann holte sie das Geld heraus, das sie unter einem Dielenbrett versteckt hatte, und ging hinter dem Rücken ihres Mannes Carmen besuchen. Sie fand sie, wie sie in dem plumpen grünen Krankenhauskittel am Fenster saß und auf die Ziegelmauer des gegenüberliegenden Hauses starrte. Sie sah so unglücklich aus, daß Inmaculada sich ihre Vorwürfe und ihre Tränen sparte und sie einfach in die Arme nahm. Carmen verbarg das Gesicht an der Brust ihrer Mutter, ließ sich lange von ihr wiegen und atmete den Geruch von sauberer Wäsche und Küchendünsten ein, der sie ihre ganze Kindheit hindurch begleitet hatte.

»Hier hast du mein Erspartes, Kind. Es ist besser, du fährst für eine Weile weg, bis dein Vater dich so sehr vermißt, daß sein Herz weich wird. Schreib mir, aber nicht nach Hause, sondern an Nora Reeves, sie ist die verschwiegenste Frau, die ich kenne. Gib gut auf dich acht, und möge Gott dir helfen ...«

»Gott hat vergessen, daß es mich gibt, Mama ...«

»Sag das nicht mal im Scherz«, unterbrach Inmaculada sie. »Mag kommen, was will, Gott liebt dich und ich auch, Tochter. Wir beide werden immer bei dir sein, hast du verstanden?«

»Ja, Mama.«

Gregory sah Samantha Ernst zum erstenmal auf einem Tennisplatz, wo sie spielte, während er in dem daneben gelegenen Park die Sträucher beschnitt. Er hatte einen Posten als Kantinenaufsicht in einem Studentinnenheim gegenüber seiner Wohnung erwischt, zwei Köchinnen bereiteten das Essen zu, und Gregory dirigierte ein Team von fünf Studentinnen, die an den Tischen bedienten und das Geschirr abwuschen. Es war ein sehr begehrter Job, weil er freien Zugang zum Gebäude und damit zu den Mädchen verschaffte. In seinen übrigen freien Stunden aber arbeitete er als Gärtner.

Außer Rasenmähen und Unkrautausreißen hatte er, als er anfing, keine Ahnung von Pflanzen, aber er hatte einen guten Lehrmeister. Das war ein Rumäne mit Namen Balcescu, ein

Mann von rauhem Aussehen und weichem Herzen, der sich den Schädel rasierte und mit einem Stück Filz blankpolierte, ein schwindelerregendes Gemisch verschiedener Sprachen radebrechte und alle Gewächse ebenso liebte wie sich selbst. In seiner Heimat war er Grenzpolizist gewesen, aber kaum bot sich ihm die Gelegenheit, hatte er seine Kenntnis des Geländes genutzt und war geflohen, und nach langer Wanderschaft hatte er von Kanada aus den Boden der Vereinigten Staaten betreten, ohne Geld, ohne Papiere und mit nur zwei englischen Wörtern: *money* und *liberty*. Überzeugt, daß es sich eben darum handelte in Amerika, machte er nur wenige Anstrengungen, sein Vokabular zu erweitern, und behalf sich mit Gestik und Mimik. Von ihm lernte Gregory düngen, okulieren, verpflanzen sowie Raupen, weiße Fliegen, Schnecken und anderes der Vegetation feindlich gesonnenes Viehzeug bekämpfen. Diese Stunden an der frischen Luft waren weit mehr als eine Arbeit, sie waren ein vergnüglicher Zeitvertreib, zumal er, um die Anweisungen seines Chefs zu enträtseln, seine Intuition ständig in Übung halten mußte.

An diesem Tag beschnitt er die Hecke, als er auf eine der Tennisspielerinnen aufmerksam wurde und sie eine ganze Weile beobachtete, nicht so sehr ihres Aussehens wegen – hätte sie irgendwo gesessen, hätte er sie gar nicht beachtet – als vielmehr wegen der Präzision ihres Spiels. Sie hatte straffe Muskeln, flinke Beine, ein längliches, gut geformtes Gesicht, kurzes Haar und diese ein wenig erdige Bräune der Leute, die sich ständig in der Sonne aufhalten. Gregory fühlte sich angezogen von ihrer Beweglichkeit, die an ein gesundes Tier erinnerte, und als sie ihr Spiel beendet hatte, stellte er sich an den Ausgang und wartete auf sie. Er wußte nicht, was er zu ihr sagen sollte, und als sie an ihm vorüberging, den Schläger über der Schulter und die Haut glänzend vor Schweiß, fiel ihm noch immer kein bemerkenswerter Satz ein, und er blieb stumm. Er folgte ihr in einer gewissen Entfernung und sah sie in einen auffallenden Sportwagen steigen. Am Abend erzählte er Timothy betont gleichgültig davon.

»Sei bloß nicht so idiotisch, dich zu verlieben, Greg.«

»Natürlich nicht. Sie gefällt mir, weiter nichts.«
»Wohnt sie nicht im Studentinnenheim?«
»Ich hab sie da nie gesehn.«
»Das ist Pech. Da hätte dir der Schlüssel wenigstens einmal was genutzt.«
»Sie scheint keine Studentin zu sein, sie fährt ein rotes Kabriolett.«
»Dann wird sie die Frau von irgendeinem Großkotz sein.«
»Ich glaub nicht, daß sie verheiratet ist.«
»Dann ist sie eine Nutte.«
»Hast du schon mal gesehn, daß Nutten Tennis spielen? Sie arbeiten bei Nacht und schlafen bei Tag. Ich weiß nicht, wie ich ein solches Mädchen ansprechen soll . . . sie ist so ganz anders als die, die ich kenne.«
»Sprich sie nicht an. Spiel mit ihr Tennis.«
»Ich hab noch nie einen Schläger in der Hand gehabt.«
»Das kann ich nicht glauben! Was hast du denn dein Leben lang gemacht?«
»Gearbeitet.«
»Was zum Teufel kannst du denn, Greg?«
»Tanzen.«
»Dann lad sie zum Tanzen ein.«
»Ich trau mich nicht.«
»Soll ich mit ihr reden?«
»Untersteh dich, ihr nahezukommen!« rief Gregory aus, der wenig geneigt war, vor irgend jemandem, und schon gar nicht vor diesem Mädchen, mit seinem Freund in Wettbewerb zu treten.
Am folgenden Tag beobachtete er sie eine ganze Weile, während er so tat, als wäre er mit der Hecke beschäftigt, und als sie an ihm vorüberging, machte er eine Bewegung, um sie aufzuhalten, aber wieder besiegte ihn die Schüchternheit. Die Szene wiederholte sich, bis endlich Balcescu merkte, daß die Sträucher fast bis auf die Wurzeln gestutzt waren, und einzugreifen beschloß, bevor der übrige Park von dem gleichen Schicksal betroffen wurde. Der Rumäne marschierte auf den Tennisplatz, unterbrach das Spiel mit einem Wortschwall in Transsil-

vanisch, und als das erschrockene Mädchen seinem dringlichen Gestikulieren in Richtung auf ihren Bewunderer, der versteinert von der anderen Seite der Hecke zusah, nicht nachkam, nahm er sie beim Arm und zog sie mit sich fort, wobei er etwas wie »terrible nice guy« murmelte, was die Tennisspielerin noch mehr verwirrte.

So kam es, daß Gregory endlich Samantha Ernst von Angesicht zu Angesicht gegenüberstand, die sich an ihn klammerte, um Balcescu zu entkommen, und daß sie schließlich mit Genehmigung des drolligen Meistergärtners Kaffee trinken gingen. Sie setzten sich an einen wackligen Tisch in der am meisten besuchten Cafeteria der Stadt, einem heruntergekommenen Schuppen, der aber immer gedrängt voll war, in dem mehrere Generationen von Studenten Tausende Gedichte geschrieben und alle möglichen Theorien diskutiert und andere Paare wie sie den behutsamen Prozeß des Kennenlernens begonnen haben. Gregory versuchte sie mit seinem Repertoire an literarischen Themen zu blenden, aber angesichts ihrer zerstreuten Miene gab er diese Taktik bald auf und hielt es für besser, nach Gemeinsamkeiten zu suchen. Das junge Mädchen begeisterte sich auch nicht für Bürgerrechte oder die kubanische Revolution, eigentlich schien sie überhaupt keine Meinung zu was auch immer zu haben, aber Gregory verwechselte ihre passive Haltung mit unergründlicher geistiger Tiefe und ließ die Beute nicht fahren.

Außerhalb des Sportplatzes zeigte Samantha an nichts allzuviel Interesse, auf jeden Fall aber mehr als die Mädchen von der High-School oder aus dem mexikanischen Barrio. Sie hatte Archäologie studieren wollen, weil ihr die Vorstellung gefiel, exotische Orte auf der Suche nach jahrtausendealten Zivilisationen zu erforschen, in Shorts und an der frischen Luft, aber als sie herausbekam, was dieser Beruf von ihr verlangte, ließ sie von ihrem Plan ab. Sie hatte nicht das Zeug, angefressene Knochen und unbrauchbare Bruchstücke von Krügen peinlich genau zu klassifizieren.

Sie war in Hollywood in dem schönen Haus – zwei Swimmingpools – eines Filmproduzenten aufgewachsen, ihr Vater heiratete viermal und umgab sich nebenbei mit frisch aus den Eierschalen geschlüpften Küken, denen er jedesmal eine blitzartige Starkarriere versprach im Austausch gegen kleine persönliche Gefälligkeiten. Ihre Mutter, eine Aristokratin aus Virginia mit erlesenen Manieren und dem Stolz einer Königin, ertrug stoisch die Liebschaften ihres Mannes mit Hilfe eines trostreichen Arsenals von Drogen und mehrerer Kreditkarten, bis sie eines Tages in den Spiegel sah und ihr eigenes Gesicht nicht mehr erkannte, weil die zermürbende Wirkung der Einsamkeit es ausgelöscht hatte. Sie fanden sie von rosigem Schaum eingehüllt in der marmornen Badewanne, in der sie sich die Adern aufgeschnitten hatte.

Samantha, die damals sechzehn war, blieb im väterlichen Haus fast unbemerkt in dem Gewimmel von Stiefgeschwistern, Exehefrauen, Gespielinnen vom Dienst, Personal, Freunden und Rassehunden. Sie schwamm und spielte Tennis wie zuvor und mit der gleichen Hartnäckigkeit, ohne unnütze Wehmut und ohne ihre Mutter zu verurteilen. Sie vermißte sie nicht, sie war mit ihr nie vertraut gewesen, und vielleicht hätte sie sie ganz vergessen, wären da nicht immer wiederkehrende Albträume von rosigem Schaum gewesen. Sie kam nach Berkeley, weil sein anarchistischer Ruf sie angezogen hatte, sie hatte den gutbürgerlichen Anstand satt, den ihre Mutter ihr anerzogen hatte, und die Feste, die ihr Vater mit Epheben und Lolitas feierte. Ihr Auto erregte Aufsehen zwischen den abgetakelten Karren der übrigen Studenten, und ihr Haus, von Bäumen und Riesenfarnen umgeben und mit einem herrlichen Blick auf die Bucht, das ihr Vater ihr gekauft hatte, war eine Freistatt für die studentische Boheme.

Gregory war geblendet von den exquisiten Umgangsformen des jungen Mädchens, er kannte niemanden, der imstande gewesen wäre, mit sechs Bestecken zu speisen und die Echtheit einer Kaschmirweste oder eines Perserteppichs auf den ersten Blick zu erkennen, außer Timothy Duane, aber der machte sich über alles lustig, vor allem über die Kaschmirwesten und die Perserteppiche. Als er sie das erste Mal zum Tanz eingeladen hatte, erschien sie strahlend schön in einem weit ausgeschnitte-

nen gelben Kleid und mit einer Perlenkette um den Hals. Er fühlte sich lächerlich in dem von Duane geliehenen Anzug und begriff, daß er sie in ein weit teureres Lokal führen mußte als vorgesehen.
Samantha tanzte schlecht, hörte aufmerksam auf die Musik und zählte die Schritte, eins, zwei, eins, zwei, steif wie ein Besen im Arm ihres Partners, trank Fruchtsaft, sprach wenig und hatte eine unzugängliche, kühle Miene aufgesetzt, die in Gregorys Augen voller Geheimnis war. Er stellte seine Starrköpfigkeit in den Dienst dieser Liebe und redete sich ein, daß geteilte Leidenschaft oder gemeinsame Neigungen nicht unerläßliche Bedingungen seien, um eine Familie zu gründen. Und genau das beabsichtigte er, wenn er auch noch nicht wagte, es in seinem Innern zuzugeben, geschweige denn, es in Worte zu fassen. Sein ganzes Leben hatte er gewünscht, ein richtiges Heim zu haben wie das der Morales, und so verliebt war er in diesen Traum vom häuslichen Glück, daß er entschlossen war, ihn mit der ersten erreichbaren Frau zu verwirklichen, ohne erst groß zu fragen, ob sie das gleiche vorhatte.

Gregory schloß sein Vorstudium mit überraschend guten Noten ab – sein Freund Cyrus muß sich in der anderen Welt sehr gefreut haben – und trat in die San Francisco Law School ein. Der Einfall, Anwalt zu werden, war ihm in einem Streitgespräch mit Timothy Duane gekommen, der behauptete, Anwalt wäre so ungefähr die letzte Stufe vor dem Seeräuber, und dieser Gedanke gefiel ihm. Kaum hatte er sich entschlossen, rief er Olga an, um ihr zu sagen, daß sie sich bei ihm in ihren Voraussagen geirrt habe, er werde weder Bandit noch Polizist werden, wenn er es vermeiden könne. Die Hellseherin, die schon seit einiger Zeit aus Puerto Rico zurückgekehrt war, mit neuen weissagerischen und medizinischen Kenntnissen im Gepäck, antwortete, sie habe wie immer genau das Richtige getroffen, denn er werde mit dem Gesetz arbeiten, und außerdem seien die Anwälte nur Räuber mit Lizenz.
Ein Grund für Gregory, weiterzustudieren, war die Absicht, den Militärdienst so lange zu umgehen, wie er nur konnte. Der

Krieg in Vietnam, der anfangs ausgesehen hatte wie ein kleiner, weit entfernter Konflikt, hatte eine beunruhigende Wendung genommen, und nun schien es ihm nicht mehr so vergnüglich, sich mit der Uniform des Reserveoffiziers herauszuputzen, wie wenn er an den Wochenenden Kriegspielen übte. Ein Aufschub von drei, vier Jahren, während er sein Anwaltsdiplom machte, könnte ihn vor der Front retten.

»Ich kann mir den wilden Widerstand dieser asiatischen Zwerge einfach nicht erklären«, spottete Timothy. »Wieso haben sie immer noch nicht mitgekriegt, daß wir die überwältigendste Militärmacht der Geschichte sind? Wir gewinnen doch sowieso. Ihre Verluste sind so gewaltig, nach offiziellen Berechnungen, daß es keine lebenden Feinde mehr geben kann. Was da von der andern Seite schießt, das sind Gespenster.«

Was für Timothy purer Hohn war, sahen viele andere als Wahrheit an, sie waren überzeugt, daß ein letzter Kraftaufwand genügte, und diese illusorischen Wesen würden für immer besiegt oder vom Angesicht der Erde getilgt sein. Das versicherten die Generäle im Fernsehen, während hinter ihnen die Kameras lange Reihen von Plastiksäcken mit den Leichen amerikanischer Soldaten zeigten, die auf den Landepisten auf den Heimtransport warteten. Hymnen, Fahnen und Paraden in den Städten der USA. Gefechtslärm, Dschungel und Ausweglosigkeit im Südosten Asiens. Stillschweigende Registrierung der Toten, keine Liste der körperlich oder seelisch Verstümmelten. Bei den öffentlichen Protesten verbrannten die jungen Pazifisten Fahnen und Einberufungsbefehle. Verräter, rote Schweine, wenn ihnen Amerika nicht gefällt, sollen sie doch gehen, wir wollen sie nicht, schrien ihre Gegner. Die Polizei erstickte den Aufruhr mit Schlagstöcken, sie hatte auch schon geschossen. Frieden und Liebe, Bruder, sangen inzwischen die Hippies und boten denen Blumen an, die mit dem Gewehr auf sie zielten, und tanzten Hand in Hand im Kreis, die Augen in einem Marihuanaparadies verloren und immer mit diesem empörend glückseligen Lächeln, das ihnen keiner verzeihen konnte.

Gregory schwankte. Das Abenteuer des Krieges zog ihn an,

aber er fühlte einen instinktiven Argwohn gegenüber dem kämpferischen Enthusiasmus. Irre, lauter Irre, seufzte Timothy, der mit Hilfe eines Dutzends fragwürdiger ärztlicher Atteste, die ihm eine von folgenschweren Leiden heimgesuchte Kindheit bescheinigten, vom Militärdienst befreit war.
Nach einer langen Zeit der Freundschaft hatte Gregorys anfängliche Leidenschaft für Samantha sich in Liebe verwandelt, ihr Mißtrauen war verflogen, und ihre Beziehung richtete sich in den Gewohnheiten und Gebräuchen der ewigen Verlobten ein. Sie gingen gemeinsam ins Kino, ins Konzert und ins Theater und machten Ausflüge ins Freie, sie setzten sich in einen Park, um unter den Bäumen zu studieren, oder sie trafen sich nach den Vorlesungen und spazierten wie Touristen Hand in Hand durch das Chinesenviertel von San Francisco. Gregorys Pläne waren so bürgerlich, daß er sie nicht einmal mit Samantha zu erörtern wagte. Sie würden ein Haus bauen in einem Garten voller Rosen, und während er als Anwalt Geld verdienen ging, würde sie Torten backen und Kinder aufziehen, alles korrekt und anständig. Die Erinnerung an sein Zuhause in dem zigeunernden Lastwagen, als sein Vater noch gesund war, dauerte in seiner Erinnerung fort als die einzige glückliche Zeit seines Lebens. Er bildete sich ein, wenn er diese kleine Familie nachbilden könnte, dann würde er sich wieder sicher und ruhig fühlen, und er träumte davon, am Kopfende eines langen Tisches zu sitzen, umgeben von seinen Kindern und seinen Freunden, wie er es so oft bei den Morales gesehen hatte. Er dachte häufig an sie, denn trotz der Armut und der Bedürftigkeit, in der sie leben mußten, schwebten sie ihm als das beste Beispiel vor, das er kannte.
In jenen Zeiten der Hippiekommunen und des Fast Food war sein heimlicher Wunschtraum vom Patriarchat verdächtig, und es war besser, gar nicht erst davon zu sprechen. Die Wirklichkeit veränderte sich in erschreckendem Tempo, jeden Tag gab es weniger Raum für Familientische, die Dinge liefen kopfüber, kopfunter, das Leben war ein reines Ballspiel geworden, und selbst das Kino, einst ein so sicherer Ort, bot nicht mehr den geringsten Trost. Die Cowboys, die Indianer, die keuschen

Liebenden und die tapferen Soldaten in ihren tadellos sauberen Uniformen erschienen nur noch auf dem Bildschirm in alten Filmen, die alle zehn Minuten von Werbespots für Deodorants oder Bier unterbrochen wurden, aber im Heiligtum der Kinosäle, wohin man sich früher auf der Suche nach einer wenn auch vergänglichen Ruhe flüchtete, war heute die Wahrscheinlichkeit nur zu groß, daß man einen Schlag unter die Gürtellinie einstecken mußte. John Wayne, der harte, kühne, einsame Held, dem Gregory seinerzeit erfolglos nachzueifern suchte, war rettungslos überholt, als die Filme neueren Typs vorrückten. Wehrlos in seinem Kinosessel hockend, ließ der Zuschauer sie über sich ergehen – die japanischen Krieger, die in Großaufnahme Harakiri begingen, die schwedischen Lesbierinnen in voller Aktion, die sadistischen Außerirdischen, die sich des Planeten bemächtigten. Nicht einmal in den Melodramen konnte man mehr entspannen, weil sie nicht mit Küssen und Geigen endeten, sondern in Depressionen und Selbstmord.

In den Ferien trennten sie sich für ein paar Wochen, Samantha besuchte ihren Vater, und er teilte seine Zeit auf zwischen den obligatorischen Militärcamps und der politischen Arbeit. Er hatte sich inzwischen sehr engagiert und verbreitete gemeinsam mit anderen Studenten die Forderungen der Bürgerrechtler. Zwei unterschiedlichere Wirklichkeiten sind kaum vorstellbar: die militärischen Übungen, bei denen Weiße und Schwarze unter dem Befehl des Sergeants scheinbar gleichgestellt waren, und die riskanten Einsätze in den Südstaaten, wo er mit den schwarzen Gemeinden praktisch im geheimen arbeitete, um die Gruppen weißer Schläger nicht aufmerksam zu machen, die entschlossen waren, jeden Gedanken an Rassengleichheit zu unterbinden. Damals verbreiteten die Black Panthers mit ihren Baskenmützen, ihrer bitterbösen Rhetorik und ihren martialischen Märschen Schrecken und Faszination. Neger der hochmütigen Négritude, Schwarze, schwarz gekleidet mit schwarzen Sonnenbrillen und herausfordernden Mienen, nahmen die ganze Breite des Bürgersteigs ein, Ellbogen an Ellbogen mit ihren Frauen, kecken Negerinnen, die mit straff aufgerichteten Brüsten marschierten, sie wichen den Weißen nicht mehr aus, blickten nicht mehr zu Boden, senkten nicht mehr die Stimme. Die Furchtsamen und Gedemütigten von einst boten die Stirn.

Am Ende des Sommers trafen die Verlobten sich wieder, ohne Eile, aber mit aufrichtiger Freude wie zwei gute Kameraden. Sie diskutierten selten und sprachen nicht über Konfliktstoffe, aber sie langweilten sich auch nicht, das Schweigen war ihnen angenehm. Gregory bat Samantha nicht um ihre Meinung und erzählte ihr auch nicht von seinen Aktivitäten, denn sie schien ihm gar nicht zuzuhören, sein Bemühen, ihr seine Gedanken mitzuteilen, belastete sie nur. Nichts konnte sie begeistern außer dem Sport und einige aus dem Orient importierte Neuheiten wie Wandertänze der Derwische oder Techniken transzendentaler Meditation. In dieser Hinsicht war die Auswahl groß, denn die Stadt bot eine Unzahl von Schnellkursen an für diejenigen, die sich bequem an einem Wochenende die Weisheit der großen indischen Mystiker aneignen wollten.

Gregory war zwischen Logi und Meistern vom Amt aufgewachsen, er hatte gesehen, wie seine Mutter sich von der Wirklichkeit löste und sich in geistige Abwege flüchtete, und er kannte Olgas Hexenkünste, da war es nicht verwunderlich, daß er sich über all diese Lehren lustig machte. Samantha beklagte sich über sein schwach entwickeltes Empfindungsvermögen, aber sie war nicht gekränkt und versuchte auch nicht, ihn zu ändern, die Aufgabe wäre ihr zu anstrengend gewesen. Ihre Energie war sehr begrenzt, vielleicht war sie nur faul wie ihre Katzen, aber an diesem Ort und zu dieser Zeit war es einfach, ihr willensschwaches Temperament mit dem so modischen Frieden Buddhas zu verwechseln. Auch in der Liebe zeigte sie wenig Feuer, aber Gregory blieb hartnäckig dabei, Scheu zu nennen, was im Grunde Kälte war, und im Dienste dieses faden Verlöbnisses erfand er Vorzüge, wo keine waren. Er lernte einen Tennisschläger schwingen, um seiner Verlobten bei ihrer einzigen Passion Gesellschaft zu leisten, obwohl er dieses Spiel verabscheute, weil er es niemals schaffte zu gewinnen, und da sich hier nur zwei Kontrahenten gegenüberstanden, gab es

keine Möglichkeit, die Niederlage unter mehreren Mitgliedern des gleichen Teams aufzuteilen.
Sie dagegen versuchte gar nicht, irgendeines der Dinge zu lernen, die sie an ihm anzogen. Als sie – ein einziges Mal – die Oper besuchten, schlief sie im zweiten Akt ein, und jedesmal, wenn sie tanzen gingen, waren sie zum Schluß schlechter Laune, weil sie unfähig war, sich zu entspannen oder mit der Musik mitzugehen.
Das gleiche geschah, wenn sie sich liebten, ihr Tempo war zu unterschiedlich, und immer blieb das Gefühl der Leere zurück, aber keiner der beiden sah in diesen Unstimmigkeiten eine Warnung für die Zukunft, und sie schoben die Schuld auf die Furcht vor einer Schwangerschaft. Sie lehnte alle Verhütungsmittel ab, die einen waren zu unästhetisch oder unbequem, und die andern wollte sie nicht, weil sie nicht bereit war, das empfindliche Gleichgewicht ihrer Hormone zu stören. Sie pflegte ihren Körper mit wahrer Besessenheit, machte stundenlang Gymnastik, trank täglich zwei Liter Mineralwasser und nahm nackt Sonnenbäder. Während Gregory bei seinen Freundinnen Joan und Susan kochen lernte, das »Kamasutra« las und was ihm sonst an erotischen Unterweisungsbüchern in die Hände fiel, knabberte sie rohes Gemüse und verteidigte die Enthaltsamkeit als hygienische Maßnahme für den Organismus und als seelische Disziplin.
Gregory verlor seine anfängliche blinde Begeisterung für die Universität ebenso, wie er seinen Chicanoakzent verlor. Als er sein Examen machte, kam er wie viele andere zu dem Schluß, daß er auf der Straße mehr Kenntnisse gesammelt hatte als in den Hörsälen. Die akademische Erziehung lief darauf hinaus, die Studenten in die leistungsbetonte Existenz eines braven Staatsbürgers einzupassen, ein Vorhaben, das hart mit der neuen Aufsässigkeit der jungen Leute zusammenstieß. Die Professoren fühlten sich nicht betroffen von dem Aufprall, sie waren in ihre kleinen Rivalitäten und ihre Amtsgeschäfte eingekapselt und bemerkten nicht die Bedeutung dessen, was vor sich ging. Während dieser Zeit hatte Gregory keine Lehrer, die des Erinnerns würdig gewesen wären, keinen wie Cyrus, der

ihn gezwungen hätte, seine Ideen zu überprüfen und sich an das Abenteuer der intellektuellen Forschung zu wagen, obwohl viele der Professoren berühmte Wissenschaftler waren. Die Stunden gingen dahin mit nutzloser Bücherwälzerei, mit dem Auswendiglernen von Paragraphen und dem Schreiben von Arbeiten, die oftmals gar nicht durchgesehen wurden. Sinnlose Routine hatte seine romantischen Vorstellungen vom Studentenleben weggewischt.

Doch die Volksrepublik Berkeley war ihm unter die Haut gegangen, er mochte diese außergewöhnliche Stadt nicht verlassen, obwohl es praktischer für ihn gewesen wäre, in San Francisco zu wohnen. Er liebte es, durch diese Straßen zu laufen, wo es wimmelte von Hindumönchen in Baumwolltuniken, Frauen wie Erscheinungen aus der Renaissance, Weisen ohne irdische Fesseln, Revolutionären ohne Revolution, Straßenmusikanten, Predigern, Verrückten, Bauchladenhändlern, Kunstgewerblern, Polizisten und Verbrechern. Der indische Stil überwog bei den jungen Leuten, die sich soweit wie möglich von ihren bürgerlichen Eltern entfernen wollten. Auf Straßen und Plätzen wurde mit allem Erdenklichen gehandelt: Shit, T-Shirts, Schallplatten, antiquarische Bücher, unechter Schmuck. Der Verkehr war ein wildes Gemisch von graffitibemalten Bussen, Fahrrädern, alten Cadillacs in Zitronengrün und Wassermelonenrot und altersschwachen Autos eines Taxiunternehmens, das billige Fahrten für normale Menschen bot und Gratisbenutzung für besondere Leute wie Stadtstreicher und Demonstrationsteilnehmer.

Um über die Runden zu kommen, hatte Gregory sich darauf verlegt, nach den Vorlesungen Kinder zu hüten, die er von der Schule abholte, um sich ein paar Nachmittagsstunden mit ihnen zu beschäftigen, bis ihre Eltern heimkamen. Anfangs waren es nur fünf, aber die Zahl wuchs rasch, und er konnte seine Jobs als Kantinenaufsicht im Studentinnenhaus und als Gärtner bei Balcescu aufgeben. Er kaufte einen Kleinbus und stellte zwei Helfer an. Nun verdiente er mehr Geld als irgendeiner seiner Freunde, und von außen sah die Arbeit sehr angenehm aus, aber in der Praxis erwies sie sich als ziemlich aufreibend.

Die Kinder waren wie Sandkörner, sie glitten ihm durch die Finger, wenn er versuchte, ihnen Grenzen zu setzen, und klebten an ihm wie Kletten, wenn er sie abschütteln wollte, aber er gewann sie lieb, und an den Wochenenden fehlten sie ihm. Einer der Jungen hatte ein besonderes Talent zu verschwinden, er machte so viele Versuche, unbeobachtet zu entwischen, daß er Gregory schon deshalb unvergeßlich blieb. Und eines Nachmittags ging er verloren.

Vor der Abfahrt zählte Gregory gewöhnlich die Kinder, aber an diesem Tag hatte er sich verspätet und vergaß das Zählen. Als er bei seiner üblichen Rundfahrt zu der Wohnung des Jungen kam, stellte er entsetzt fest, daß der nicht im Bus war. Er wendete und raste zurück zum Park, wo es schon dunkelte, als er ankam. Er rannte umher und schrie aus vollem Halse den Namen des Verschwundenen, während die übrigen im Bus müde vor sich hin heulten, und schließlich galoppierte er zu einem Telefon, um Hilfe heranzuholen. Fünfzehn Minuten später war er umgeben von einer Abteilung Polizisten mit Taschenlampen und Hunden, verschiedenen Freiwilligen, zwei Reportern und einem Fotografen, ein Krankenwagen wartete für den Fall, daß er benötigt wurde, und ein halbes Hundert Anwohner und Neugierige verfolgte das Ganze von der Absperrung aus.

»Sie müssen die Eltern benachrichtigen«, sagte ein Polizeibeamter.

»Lieber Gott, wie soll ich ihnen das bloß beibringen?«

»Kommen Sie schon, ich begleite Sie. Diese Dinge passieren nun mal, was meinen Sie, was ich schon alles hab sehen müssen. Später tauchen dann die Leichen auf, ich will sie lieber nicht beschreiben, manche vergewaltigt ... gefoltert ... Perverse gibt's immer. Ich würde sie alle auf den elektrischen Stuhl schicken.«

Gregory zitterten die Knie, ihm war speiübel. Als sie an der Wohnung klingelten, öffnete sich die Tür, und der verlorengegangene kleine Strolch stand auf der Schwelle, das Gesicht von Erdnußbutter verschmiert. Er hatte sich gelangweilt und war lieber nach Hause gegangen, fernsehen, sagte er. Seine Mutter war noch nicht von der Arbeit heimgekehrt und hatte keine Ahnung, daß ihr Sohn als vermißt gemeldet war. Von diesem Tag an vertäute Gregory seinen fluchtwütigen Schützling mit einer Leine am Gürtel, wie es Inmaculada mit ihrer geistesgestörten Mutter gemacht hatte, das vermied neue Probleme und entmutigte jeden Anflug von Unabhängigkeitsstreben bei den übrigen Kindern. Großartige Idee, was macht es schon, wenn sie später einen Psychiater bezahlen müssen, damit er sie von dem Komplex befreit, ein Schoßhündchen zu sein, sagte Carmen, als er es ihr am Telefon erzählte.

Joan und Susan zogen um in ein großes altes Haus, das ziemlich heruntergekommen war, aber noch fest im Mauerwerk, und richteten darin ein vegetarisches und makrobiotisches Restaurant ein, das mit den Jahren das beste der Stadt wurde. In dem anderen Haus ließ sich eine Hippiekolonie nieder, die sich binnen kurzem in beträchtlichem Tempo vervielfachte. Anfangs waren es zwei Paare mit ihren Kindern, aber bald vergrößerte sich die Familie, die Türen standen offen für alle, die in diese Oase von Drogen, bescheidener Kunsthandwerkelei, Yoga, orientalischer Musik, freier Liebe und gemeinsamer Gemüsesuppe einziehen wollten.

Timothy Duane ertrug den Lärm, den Wirrwarr und den Schmutz nicht und mietete eine Wohnung in San Francisco, wo er Medizin studierte. Er bot Gregory an, sie mit ihm zu teilen, aber der konnte sich nicht entschließen, die Mansarde zu verlassen, obwohl er ebenfalls die Hippies ziemlich satt hatte. Es störte ihn, Fremde in seiner Wohnung anzutreffen, er verabscheute die monotone Musik der Handtrommeln und Flöten, und er geriet in Wut, wenn seine persönlichen Dinge verschwanden. Frieden und Liebe, Bruder, lächelten die Blumenkinder sanft, wenn er wie ein wilder Stier heruntergerast kam und seine Hemden zurückverlangte. Fast jedesmal kehrte er besiegt in den letzten privaten Winkel seines Zimmers zurück, ohne Beute und mit dem Gefühl, ein stinkender Kapitalist zu sein.

Berkeley war ein Drogenzentrum und Aufruhrherd geworden, täglich erschienen neue Nomaden auf der Suche nach dem Paradies, sie kamen auf knatternden Motorrädern, in klappri-

gen alten Autos und in Bussen, die sie zu provisorischen Wohnstätten umfunktioniert hatten, sie lagerten in den öffentlichen Parks, kopulierten wonnig auf den Straßen und lebten von Luft, Musik und Gras. Der Geruch von Marihuana überlagerte alle anderen Gerüche. Zwei Revolutionen waren hier auf dem Marsch, die eine der Hippies, die glaubten, mit Gebeten in Sanskrit und mit Blumen und Küssen die Gesetze des Universums verändern zu können, und die der Bilderstürmer, die mit Protesten, Geschrei und Steinen die Gesetze des Landes verändern wollten. Die zweite kam Gregorys Charakter mehr entgegen, aber ihm blieb keine Zeit für diese Aktivitäten, und seine Begeisterung für die Straßenrevolten legte sich auch, als er erkannte, daß sie sich in eine Lebensart verwandelt hatten, eine Art lässigen Zeitvertreib. Deshalb fühlte er sich nicht länger schuldig, wenn er bei seinen Studien blieb, statt die Polizei zu provozieren, er hielt seine stille Haus-für-Haus-Arbeit bei den Schwarzen des Südens in den Semesterferien für sinnvoller.
Wenn es keine Demonstrationen zur Unterstützung der Bürgerrechtler gab, dann waren sie gegen den Vietnamkrieg gerichtet, selten verging ein Tag ohne öffentliche Auseinandersetzungen. Die Polizei setzte Kampfeinheiten mit Gefechtstaktiken ein, um einen Anschein von Ordnung aufrechtzuerhalten. Eine Gegenbewegung bildete sich unter denen, die schauderten vor Entsetzen über die Promiskuität, die Revoluzzerei und die Verachtung für das Privateigentum und die die hohen Werte der Väter des Vaterlandes bewahren wollten. Ein Chor von Stimmen erhob sich zur Verteidigung des geheiligten *American Way of Life*. Sie zerstören die Grundlagen der westlichen christlichen Zivilisation! dieses Land wird ein kommunistisches und psychedelisches Sodom werden, das wollen diese Hurensöhne! die Schwarzen und die Hippies werden das System zum Teufel jagen! parodierte Timothy Duane seinen Vater und andere Herren des Klubs.
Sie waren nicht die einzigen, die alle Nichtangepaßten in dasselbe Paket packten, auch die Presse verfiel in die gleiche Simplifizierung, obwohl ein oberflächlicher Blick genügte, um die erheblichen Unterschiede zu sehen. Die Bürgerrechtler er-

starkten, während die Hippiebewegung auseinanderfiel. Die gezielte Auflehnung gegen den herrschenden Rassismus schritt unaufhaltsam voran, die Revolution der Blumen dagegen war ein Traum. Die Hippies, die sich mit Halluzinogenen, Gras, Sex und Rock auf eine phantastische Reise begeben hatten, waren sich nicht im klaren über ihre eigenen Schwächen und die Stärke ihrer Gegner, sie glaubten, die Menschheit hätte eine höhere Stufe erreicht, und nichts würde wieder so sein wie früher. Wir dürfen die menschliche Dummheit nicht unterschätzen, sagte Timothy, ein paar Bescheuerte geben sich Küßchen und tätowieren sich Tauben auf die Brust, aber ich versichere dir, von ihnen wird keine Spur zurückbleiben, die Geschichte wird sie einfach schlucken.

Zu den langen nächtlichen Gesprächen der beiden Freunde lieferte er immer die skeptische Note, denn er war überzeugt, daß die Mittelmäßigkeit letztlich die großen Ideale ausrotten würde, und deshalb lohnte es nicht, sich für das Zeitalter des Wassermanns oder welches auch immer zu begeistern. Er behauptete, es sei verlorene Zeit, die Ferien damit zu verbringen, Schwarze auf die Wählerlisten zu setzen, weil sie sich gar nicht die Mühe machen würden zu wählen, und wenn, dann die Republikaner. Dennoch, wenn es darum ging, Geld für die Kampagnen der Bürgerrechtler aufzubringen, schaffte er es jedesmal, seiner Mutter einen Scheck mit drei Nullen abzuschwatzen. Den Feminismus verteidigte er als großartige Erfindung, weil er ihn davon befreie, für seine Dame zu bezahlen, wenn er mit ihr ausgehe, und nebenbei könne er sie auch noch gratis ins Bett kriegen, aber in Wirklichkeit würde er solcherart Vorteile niemals nutzen. Seine zynische Haltung schockierte Gregory ebenso, wie sie ihn amüsierte.

Freiheit und Geld, Geld und Freiheit prophezeite geheimnisvoll Balcescu, der sich inzwischen ein etwas ausführlicheres englisches Vokabular angeeignet hatte, sich auf seinem rasierten Schädel einen Mandarinzopf hatte wachsen lassen, sich wie ein russischer Kulak kleidete und im Park eine Gruppe von Jüngern seine eigene Philosophie lehrte. Duane schrieb den Aufstieg des Meistergärtners der Tatsache zu, daß keiner verstand, wovon zum Teufel er eigentlich redete, und seiner außerordentlichen Geschicklichkeit, Marihuana in Badewannen zu ziehen und magische Pilze in Blumentöpfen. Der Rumäne hatte sich in seiner Garage ein kleines Laboratorium für Lysergsäure eingerichtet, mit welchem Halluzinogen er einen schwunghaften Handel trieb, der in kurzer Zeit einen reichen Mann aus ihm machte. Obwohl Gregory schon lange nicht mehr bei ihm arbeitete, hielten sie auch weiter gute Freundschaft, die sich auf die Liebe zu den Rosen und die Freude am Essen gründete. Balcescu hatte eine natürliche Gabe, Gerichte auf Knoblauchbasis zu erfinden, die er mit unaussprechlichen Namen versah und für typische rumänische Gerichte ausgab. Er brachte Gregory auch bei, Rosen in kleinen, mit Rädern versehenen Fäßchen zu züchten, damit er sie mitnehmen konnte, falls er umzog oder auswanderte.

»Ich denke nicht daran, auszuwandern!« sagte Gregory lachend.

»Weiß man nie. Kein Freiheit, kein Geld, was machen? Auswandern«, seufzte Balcescu mit einem Tremolo in der Stimme, das sehr nach Heimweh klang.

Samantha studierte Literatur, wenn Gymnastik und Sport ihr Zeit dazu ließen. Sie hatte niemals gearbeitet und würde es auch niemals tun. In diesem Jahr hatte ihr Vater sich mit einem Film über das byzantinische Kaiserreich ruiniert, der viele Millionen gekostet hatte, ein monumentaler Reinfall geworden war und in kurzer Zeit sein eigenes Imperium zerstörte. Wie alle ihre Stiefgeschwister und Stiefmütter, die bislang die Großzügigkeit des Filmproduzenten genossen hatten, mußte Samantha nun allein zu Rande kommen. Dennoch brauchte sie nicht gerade Not zu leiden, denn Gregory war ja da.

Sie hatten geplant zu heiraten, wenn er mit dem Studium fertig sein und eine sichere Arbeit haben würde, aber der Ruin des großen Mannes beschleunigte die Dinge, und sie mußten die Hochzeit um ein paar Jahre vorverlegen. Sie feierten ihre Eheschließung so privat, daß sie schon fast geheim war, mit Timothy Duane und dem Tennistrainer als einzigen Zeugen, und dann teilten sie den Verwandten und Freunden die Neuigkeit

telefonisch mit. Nora und Judy, die Gregory einmal im Jahr zu Thanksgiving sahen, fühlten sich ihm sehr fern und wunderten sich nicht, daß er sie nicht eingeladen hatte, aber die Morales waren tief gekränkt und sprachen eine Zeitlang nicht mit ihrem »Gringo-Sohn«, wie sie ihn nannten, bis die Geburt seiner Tochter ihnen die Herzen erweichte und sie ihm verziehen.
Gregory zog mit seiner ganzen Habe einschließlich der rollenden Rosenfäßchen in Samanthas Haus in Berkeley und war entschlossen, sich seinen Traum von einer glücklichen Familie zu erfüllen. Das Eheleben war allerdings nicht so idyllisch, wie er es sich vorgestellt hatte, im Grunde war keines der Probleme aus der Verlobungszeit gelöst, es waren nur neue hinzugekommen. Aber er ließ sich nicht entmutigen und nahm an, daß die Dinge sich bessern würden, wenn er erst einmal seine Approbation als Anwalt besaß, eine normale Arbeit hatte und nicht mehr so sehr unter Druck stand. Seine Kinderhüterei warf genug ab, um seiner Frau ein bequemes Leben zu ermöglichen, nur er selbst schwelgte nicht in diesem Wohlstand. Sein Tageslauf war zu einem wahren Hindernisrennen entartet. Er stand in aller Frühe auf, um sich auf die Vorlesungen oder Seminare vorzubereiten, brauchte eine Stunde, um hinüber nach San Francisco zu fahren, und eine Stunde für die Heimkehr, und verdiente am Nachmittag Geld. Er brachte die Kinder in Museen, Parks, Veranstaltungen, und während er sie mit einem Auge überwachte, versuchte er mit dem anderen in seinen Fachbüchern zu lesen. Einmal in der Woche ging er in den Waschsalon und auf den Markt, und viele Nächte verdiente er sich ein paar Dollar, indem er Joan und Susan im Restaurant half. Am Ende des Tages erschien er schachmatt zu Hause, bereitete sich auf dem Grill ein Steak, aß allein und setzte sich wieder hinter die Bücher.
Samantha stieß der Anblick von rohem Fleisch und der Bratgeruch ab, sie zog es vor, zur Abendbrotzeit nicht zu Hause zu sein. Im übrigen paßten auch ihre Stundenpläne nicht zusammen, sie schlief bis Mittag und wurde erst am Nachmittag aktiv, und am Abend hatte sie immer irgendwelchen Unterricht: afrikanische Trommeln, Yoga, kambodschanische Tänze.

Während ihr Mann sich mit einer Unzahl Verpflichtungen abhetzte, schien sie immer verwirrt zu sein, als wäre die reine Existenz eine titanische Prüfung für ihre zum Ausweichen neigende Natur. Mit dem Zusammenleben war ihr Interesse an den Liebesspielen keineswegs gewachsen, sie war im Bett genauso gleichgültig wie früher, nur kam erschwerend hinzu, daß sie jetzt mehr Gelegenheit hatten zusammenzusein und sie weniger Ausreden für ihre Kälte. Gregory versuchte, die Ratschläge aus seinen Unterweisungsbüchern zu befolgen, obwohl er sich reichlich albern vorkam beim Praktizieren erotischer Akrobatenkunststückchen, die Samantha noch dazu überhaupt nicht schätzte. Angesichts der spärlichen Ergebnisse seiner Bemühungen nahm er an, daß Frauen im allgemeinen eben wenig Begeisterung für diese Übungen aufbringen, abgesehen von Ernestina Pereda, die eine glückliche Ausnahme darstellte. Er kannte nicht die zahllosen Publikationen, die das Gegenteil bewiesen, und während die westliche Welt die stürmische weibliche Libido entdeckte, beschloß er, Leidenschaft durch Geduld zu ersetzen, wobei er doch nicht ganz auf den Gedanken verzichtete, Samantha nach und nach in die sündigen Gärten der Wollust einzuführen, wie Timothy Duane mit seiner katholischen Selbstkasteiung die schiere und schlichte sexuelle Betätigung nannte.

Als Samantha entdeckte, daß sie schwanger war, verlor sie völlig die Fassung. Ihr war, als wäre aus ihrem bronzefarbenen Körper, der kein Gramm Fett zuviel aufwies, ein ekelerregendes Gefäß geworden, in dem eine gefräßige Quappe wuchs, die sie einfach nicht als etwas zu ihr Gehörendes anerkennen konnte. In den ersten Wochen betrieb sie bis zur Erschöpfung die wildesten Übungen aus ihrem Trainingsrepertoire in der unterschwelligen Hoffnung, sich von der verhaßten Hörigkeit zu befreien, und wenn sie dann ermattet aufhörte, lag sie auf ihrem Bett, starrte an die Decke und war verzweifelt und voller Wut auf Gregory.

Der war selig bei der Vorstellung, einen Sprößling zu bekommen, und antwortete auf ihre Klagen mit gefühlvollen Tröstungen, was unter den Umständen höchst unangebracht war, wie sie ihm oft genug sagte. Das ist deine Schuld, allein deine Schuld, warf sie ihm vor, ich will keine Kinder, jedenfalls jetzt noch nicht, du bist es, der die ganze Zeit davon redet, eine Familie zu gründen, unglaublich, was du für Einfälle hast, und von dem ganzen Geplapper über diesen Blödsinn ist es jetzt passiert, du verdammter Esel!

Sie konnte diesen bösen Streich des Schicksals nicht verstehen, sie hatte geglaubt, unfruchtbar zu sein, denn in all den Jahren ohne Verhütungsmittel hatte es keinen Ärger gegeben. Wenn ich nicht will, dann spielt sich da auch nichts ab, hatte sie trotzig gedacht, wie ein verzogenes Kind, das außerstande ist, eine unangenehme Belastung zu ertragen. Ihre Anfälle von Übelkeit waren mehr dem Widerwillen gegen sich selbst und der Abneigung gegen das Wesen in ihrem Bauch zuzuschreiben als ihrem Zustand. Ihr Mann kaufte ein Buch über natürliche Ernährung und bat Joan und Susan, zu helfen und gesunde Gerichte zuzubereiten, eine unnütze Mühe, denn sie nahm allenfalls einen Stengel Sellerie oder einen Apfel an.

Drei Monate später, als sie die Veränderungen in der Taille und den Brüsten bemerkte, ergab sie sich in ihr Los mit einer gewissen fatalistischen Wut. Ihre Appetitlosigkeit wich einer erstaunlichen Gefräßigkeit, und gegen alle ihre vegetarischen Grundsätze verschlang sie methodisch fette Schweinekoteletts und Bratwürste, die Gregory am Abend zubereitete und die sie den ganzen Tag über kalt kaute. Eines Abends aßen sie mit ein paar Freunden in einem spanischen Restaurant, wo sie die Spezialität des Tages entdeckte: Kaldaunen auf madrilenische Art, ein Innereienmischmasch mit der Konsistenz von eingeweichtem Frotteetuch in Tomatensoße. Sie ging so oft wieder in das Restaurant, wenn der Gästeandrang vorbei war, und bestellte das gleiche Gericht, daß der Koch ihr begeisterter Verehrer wurde und sie mit Plastiktöpfen voll seines ungesunden Futters verwöhnte.

Sie wurde dick, ihre Haut war von Pusteln überzogen, und schließlich war sie völlig niedergeschlagen, fühlte sich krank und schuldig, weil sie sich mit faulender Nahrung und Tierkadavern vergiftete, aber sie konnte nicht aufhören, sie hinunter-

zuschlingen wie eine Strafe. Sie schlief zuviel, und in der übrigen Zeit lag sie auf dem Bett vor dem Fernseher, umgeben von ihren Katzen. Gregory, der allergisch gegen Katzenhaare war, zog in ein anderes Zimmer um, im verzweifelten Versuch, nicht alle Gelassenheit zu verlieren, das wird schon vergehen, sagte er lächelnd, das sind Schwangerenlaunen. Samantha haßte die Hausarbeit, aber sie hatte früher wenigstens immer eine gewisse Sauberkeit aufrechterhalten, in diesen Monaten jedoch zog das Chaos ein. Gregory versuchte, ein wenig Ordnung hineinzubringen, aber soviel er auch putzte und wischte, der Geruch der eingesperrten Katzen und der Kaldaunen auf madrilenisch durchdrang alles.
In diesem Jahr war die Mode der natürlichen Unterwassergeburten aufgekommen, eine sonderbare Kombination von Atemübungen, Balsamen, östlicher Meditation und ganz gewöhnlichem Wasser. Die Schwangere mußte rechtzeitig trainieren, wenn sie – gestützt von dem Vater des Kindes und in der Gesellschaft von Freunden, so sie daran teilzunehmen wünschten – in der Badewanne niederkommen wollte, damit das Neugeborene in diese Welt gelangte ohne das Trauma, die flüssige, warme, stille Umgebung des Mutterleibes zu verlassen, um jählings in den Schrecknissen eines Kreißsaales zu landen, unter gnadenlos grellen Lampen und umgeben von chirurgischen Instrumenten. Die Idee war nicht schlecht, aber in der Praxis zeigte sie sich als einigermaßen schwer durchführbar.
Samantha hatte sich geweigert, das Thema der Geburt zu berühren, getreu ihrem Glaubenssatz, daß etwas, was sie nicht wollte, niemals passieren würde, aber gegen Ende des siebenten Monats blieb ihr nichts anderes mehr übrig, als sich mit der Wirklichkeit abzufinden, denn innerhalb einer festgesetzten Zeit würde das Baby zur Welt kommen, und ihre Mitwirkung würde bei dem Ereignis nicht zu vermeiden sein. In einer Badewanne mit warmem Wasser, bei gedämpftem Licht und mit der Hilfe von zwei milden Muttergestalten zu gebären erschien ihr weniger gräßlich als auf einem Krankenhaustisch unter den Händen eines Mannes im Ärztekittel und mit erschreckend vermummtem Gesicht. Dennoch war sie nicht da-

mit einverstanden, aus dem Ganzen einen Gesellschaftsabend zu machen, obwohl die naturbewegten Hebammen ihr versprachen, sie brauche sich um überhaupt nichts zu kümmern, die Kosten für die Geburt schlössen Getränke, Marihuana, Musik und Fotos mit ein. Wenn wir privat geheiratet haben, denke ich nicht daran, öffentlich zu gebären, und ebensowenig wünsche ich, mit gespreizten Beinen fotografiert zu werden, entschied Samantha und machte so dem Dilemma ein Ende.
Sie stand endlich vom Bett auf und begann sogar mit ihrem Mann die Vorlesungen zu besuchen, wo sie andere Frauen im gleichen Zustand sah und entdeckte, daß die Mutterschaft nicht unbedingt ein Unglück ist. Überrascht stellte sie fest, daß die anderen ihren Bauch mit Stolz zur Schau stellten und sogar froh zu sein schienen. Das hatte eine therapeutische Wirkung, sie gewann zumindest halbwegs die Achtung vor ihrem Körper zurück und nahm sich vor, mehr auf sich zu achten, sie verzichtete zwar nicht auf ihre madrilenischen Kaldaunen, aber sie fügte doch Grünzeug und Obst hinzu, machte lange Spaziergänge, rieb sich die Haut mit Mandelöl und einer Lotion aus Salbei und Minze ein und kaufte Kleidung für das Kind; für einige Wochen wurde ihr früheres Selbst wieder sichtbar.
Die eingehenden Vorbereitungen für die Geburt schlossen auch die Aufstellung eines riesigen Holzzubers im Wohnzimmer ein, den sie eigentlich hätten mieten können, aber mit der Materie vertraute Bekannte überredeten sie zum Kauf wegen der ungeheuren Nützlichkeit dieses Bottichs. Nach der Niederkunft konnten sie ihn doch zu anderen Zwecken gebrauchen, sagten sie, wo nun die gemeinsamen Bäder unter Freunden in Mode kamen, alle nackt im warmen Wasser badend. Das Monstrum erwies sich als nutzlos, denn fünf Wochen vor dem angenommenen Termin brachte Samantha eine Tochter zur Welt, die sie Margaret nannten nach der Großmutter mütterlicherseits, die in rosigem Schaum gestorben war. Gregory war abends nach Hause gekommen und hatte seine Frau in der Lache des Fruchtwassers sitzend vorgefunden, sie war so verstört, daß sie nicht einmal daran gedacht hatte, Hilfe herbeizurufen, und sogar die Robbenatmung vergaß, die sie in den

Kursen für Wassergeburt gelernt hatte. Gregory setzte sie in seinen Kinderbus und fuhr sie ins Krankenhaus, wo der Arzt einen Kaiserschnitt machen mußte, um das Kind zu retten. Margaret kam nicht in einem Holzzuber zur Welt, von beruhigenden Weisen und Wolken von Weihrauch eingelullt, wie vorgesehen, sie begann das Leben in einem Brutkasten, wie ein rührender einsamer Fisch in einem Aquarium.
Zwei Tage später, als die Mutter auf dem Flur des Krankenhauses ihre ersten Gehversuche machte, erinnerte sich der Vater, daß er ja die spirituellen Hebammen und die Verwandten und Freunde anrufen mußte, um ihnen die Neuigkeit mitzuteilen. Er bedauerte es sehr, daß er nicht Carmen an seiner Seite hatte, sie war die einzige, mit der er die Nöte dieser letzten Tage gern geteilt hätte.

Für Samantha hatte der Wind des Unheils am Tag ihrer Geburt zu wehen begonnen, als ihre aristokratische Mutter sie einer Krankenschwester in die Hände legte und sich für immer von ihr abwandte, und er hatte sich zum Orkan gesteigert, der sie aus der Wirklichkeit hinausfegte in dem Augenblick, als sie ihre Tochter zur Welt brachte. Sehr viel später sollte sie ihrem Psychiater mit äußerster Aufrichtigkeit bekennen, daß dieses winzige Wesen, daß da in einem Glaskasten mühsam atmete, ihr nur Abneigung eingeflößt hatte. Heimlich war sie froh, daß sie keine Milch hatte, um es zu nähren, und vielleicht wünschte sie im tiefsten Innern, daß es verschwinden möge, damit sie sich nicht gezwungen sähe, es in die Arme zu nehmen. Was sie in den Kursen gelernt hatte, nutzte ihr überhaupt nichts, es war ihr unmöglich, Margaret als Kind zu akzeptieren. Sie fügte sich auch nicht in den Gedanken, daß sie durch unabweisliche Pflichten an diesen Wurm gebunden war. Sie betrachtete sich im Spiegel und sah eine lange Naht quer über den Bauch, der vorher glatt und bronzefarben gewesen war und nun ein schlappes, gestriemtes Fell war, und sie weinte trostlos über die verlorene Schönheit.
Ihr Mann versuchte sich ihr zu nähern, um ihr zu helfen, aber sie wies ihn mit einer Bösartigkeit ab, als wäre sie wahnsinnig

geworden. Sie wird sich schon gewöhnen, es ist alles noch sehr frisch, sie ist aus dem Gleichgewicht, dachte Gregory, aber nach drei Wochen, als die Ärzte das Kind für gesund erklärten und die Mutter noch immer nicht aufhörte, sich im Spiegel zu besehen und zu jammern, mußte er seine Schwester um Hilfe bitten. Vielleicht wäre seine Mutter in dieser kritischen Zeit die geeignetere Person gewesen, aber Samantha konnte ihre Schwiegermutter nicht ertragen, sie mochte keinen ihrer Vorzüge anerkennen und betrachtete sie als eine verschrobene Alte, die imstande war, den Gutmütigsten auf die Palme zu bringen. Er hatte auch an Olga gedacht, die soviel Freude an Geburten und Babys hatte, aber er begriff, daß seine Frau, wenn sie Nora nicht dulden wollte, Olga noch weniger zulassen würde.

»Ich brauche dich, Judy, Samantha ist krank und leidet an Depressionen, und ich verstehe nichts von Säuglingen, bitte komm!« flehte er ins Telefon.

»Ich werde mir für den Freitag freigeben lassen und das Wochenende bei euch verbringen, mehr kann ich nicht tun«, antwortete sie.

Judy, die der Sauftouren Jim Morgans, des rotköpfigen Riesen, mit dem sie zwei Kinder hatte, schließlich müde geworden war, hatte sich scheiden lassen und war wieder zu ihrer Mutter in das alte Häuschen gezogen. Nora hütete die beiden Enkelchen, von dem das eine noch auf dem Arm getragen wurde, und Judy sorgte für den Lebensunterhalt der Familie.

Jim Morgan liebte seine Frau und würde sie bis ans Ende seiner Tage lieben, wenn sie sich auch in einen großen Drachen verwandelt hatte, ihn schreiend durchs Haus jagte, sich am Fabriktor aufbaute, um ihn vor seinen Arbeitern zu beschimpfen, und die Kneipen nach ihm absuchte und einen Riesenkrach schlug, wenn sie ihn gefunden hatte. Als sie ihn endgültig aus dem Haus warf und die Scheidung einreichte, war ihm gewesen, als ginge sein Leben zu Ende, und er hatte sich einen fürchterlichen, besinnungslosen Rausch angetrunken, aus dem er hinter Gittern erwachte. Er konnte sich nicht erklären, wie das Unglück geschehen war, er erinnerte sich nicht einmal an den Mann, den er totgeschlagen hatte. Einige Zeugen sagten aus, es sei ein Unfall gewesen und Morgan habe gar nicht die Absicht gehabt, ihn umzubringen, er habe ihm nur einen kleinen Schlag gegeben, und schon war der arme Kerl hinüber, aber die Umstände sprachen nicht für den Angeklagten. Das Opfer war offensichtlich nüchtern gewesen und noch dazu ein schwächliches Männchen und hatte, als der Streit begann, an einer Ecke gestanden mit einem Glöckchen in der Hand und um Almosen für die Heilsarmee gebettelt. Von seiner Zelle aus konnte Jim Morgan nicht zu den Kosten für die Kinder beitragen, und Judy war froh darüber, denn sie war überzeugt, je weniger Berührung die Kinder mit einem kriminellen Vater hatten, um so besser für sie, aber da sie es nicht schaffte, das Haus allein zu halten, ging sie zu ihrer Mutter zurück.

Gregory holte seine Schwester vom Flughafen ab und erschrak, als er sah, wie dick sie geworden war. Sie bemerkte seine Bestürzung, die er nicht verhehlen konnte.

»Sag gar nichts, ich seh schon, was du denkst.«

»Du mußt eine Diät machen, Judy!«

»Das ist leicht gesagt, dagegen steht nur, daß ich es so und so oft versucht habe. Im ganzen habe ich so an die zweitausend Pfund abgenommen.«

Judy kletterte mühsam in Gregorys Bus, und sie fuhren zum Krankenhaus, um Margaret abzuholen. Sie bekamen ein kleines, in einen Schal gehülltes Bündel ausgehändigt, das so leicht war, daß sie es vorsichtig aufmachten, um den Inhalt zu überprüfen. Zwischen den Tüchern entdeckten sie ein winziges Geschöpf, das friedlich schlief. Judy beugte das Gesicht zu ihrer Nichte hinab und küßte und beschnupperte sie wie eine Hündin ihr Junges, verklärt durch eine Zärtlichkeit, die Gregory seit Jahrzehnten an ihr nicht mehr gesehen, die er aber nicht vergessen hatte. Den ganzen Weg redete sie mit der Kleinen und liebkoste sie, während ihr Bruder sie aus dem Augenwinkel beobachtete und immer nur staunen konnte, wie Judy sich verwandelte, wie die Fettpolster, die sie entstellten, dahinzuschwinden schienen und die in ihrem Innern verborgene strahlende Schönheit ans Tageslicht trat.

Zu Hause fanden sie die Katzen im Kinderbettchen und Samantha kopfstehend in ihrem Zimmer – sie suchte in solcherart Fakirakrobatik Erleichterung für ihre Angstzustände. Gregory machte sich daran, die Katzenhaare abzubürsten, um das Baby unterbringen zu können, während die von der Reise erschöpfte Judy ihre Schwägerin mit einem kräftigen Puff aus dem Nirwana holte und sie in die Kopf-oben-Haltung zurückversetzte zu den gemeinen Plagen der Wirklichkeit.

»Komm mit, damit ich dir erklären kann, wie man ein Fläschchen zubereitet und wie man die Windeln wechselt«, befahl sie ihr.

»Das wirst du Gregory erklären müssen, ich bin für diese Sachen nicht zu gebrauchen«, stammelte Samantha zurückweichend.

»Es ist besser, wenn er der Kleinen nicht zu nahe kommt, er soll nur ja nicht mit denselben Sauereien wie mein Vater anfangen«, knurrte Judy gereizt.

»Wovon redest du?« fragte Gregory mit dem Säugling auf dem Arm.

»Du weißt sehr gut, wovon ich rede. Ich bin doch nicht blöd, denkst du, ich habe nicht mitgekriegt, daß du ewig kleine Kinder um dich herum hast?«

»Das ist meine Arbeit!«

»Klar, das ist deine Arbeit! Von allen möglichen Arbeiten mußtest du dir ausgerechnet diese aussuchen. Das wird ja wohl seinen Grund haben. Ich wette, du hütest auch kleine Mädchen, oder? Die Männer sind alle pervers.«

Gregory legte Margaret auf das Bett, packte seine Schwester beim Arm, zerrte sie in die Küche und schloß die Tür hinter sich.

»Jetzt wirst du mir erklären, was du da verflucht noch mal eigentlich redest!«

»Du hast eine verblüffende Fähigkeit, dich dumm zu stellen, Gregory. Ich kann nicht glauben, daß du nicht weißt . . .«

»Nichts weiß ich!«

Und nun schüttete Judy das Gift vor ihm aus, das in ihr gewirkt hatte seit jener Nacht vor über zwanzig Jahren, als sie ihm nicht erlaubt hatte, neben ihr zu schlafen, das schwer lastende Geheimnis, das sie ängstlich gehütet hatte – und doch war sie den Verdacht nicht losgeworden, daß es gar kein Geheimnis war und daß alle es wußten –, den tiefverborgenen Gegenstand ihres Grolls und ihrer schlimmen Träume, die unaussprechliche Schande, die sie jetzt nur preiszugeben wagte, um ihre Nichte zu schützen, das arme unschuldige Ding, wie sie sagte, um zu verhindern, daß sich dasselbe Verbrechen des Inzests in der Familie wiederholte, »denn diese Dinge trägt man im Blut, sie sind ein Fluch der Gene, und die einzige Hinterlassenschaft von Charles Reeves, diesem Lustschwein, das uns in einer bösen Stunde in die Welt gesetzt hat, ist die dreckige Gemeinheit seiner Geilheit, und wenn du Einzelheiten brauchst, die kann ich dir erzählen, denn ich habe nichts vergessen, es ist mir mit Feuer ins Gedächtnis gebrannt, wenn du willst, erzähl ich dir, wie er mich mit allerhand Vorwänden in den Schuppen mitnahm und mich dazu brachte, ihm die Hose aufzuknöpfen, und wie er ihn mir in die Hand steckte und sagte, das wäre meine Puppe, meine Lutschstange, und ich sollte das und das damit machen, fester, bis ...«

»Hör auf!« schrie Gregory und hielt sich die Ohren zu.

Jeden Montagmorgen rief Gregory Carmen an, eine Gewohnheit, die er bis zum heutigen Tag beibehalten hat. Nach der Abtreibung, die sie fast das Leben kostete, hatte sie sich von ihrer Mutter verabschiedet und war verschwunden, ohne eine Spur zu hinterlassen. Im Haus der Morales war ihr Name ausgelöscht, aber keiner hatte sie vergessen, schon gar nicht ihr Vater, dem sie oft im Traum erschien, und doch hätte sein Stolz ihm nie erlaubt, zuzugeben, daß der Kummer um seine fortgelaufene Tochter ihm hart zusetzte.

Carmen nahm zu ihrer Familie keine Verbindung auf, aber zwei Monate nach ihrem Verschwinden erhielt Gregory eine Karte aus Mexiko-Stadt mit einer Telefonnummer und einer kleinen gezeichneten Blume, ihrem unverwechselbaren Kennzeichen. Er war der einzige, der in jener Zeit Nachricht von ihr bekam, und über ihn erfuhr Inmaculada, wie es ihrer Tochter ging. In den Montagsgesprächen hielten sich die beiden Freunde auf dem laufenden über ihr Tun und ihre Pläne. Ihre Stimmen kamen durch atmosphärische Störungen verzerrt an, wobei auch die Aufregung mitspielte, die zu Mitteilungen über weite Entfernungen hinweg nun einmal gehört, sie hatten Mühe, einander in den abgerissenen Sätzen zu erkennen, und beiden begann sich das Gesicht des andern zu verwischen, sie waren zwei Blinde, die in der Dunkelheit die Arme ausstrecken.

Carmen hatte sich in einem schäbigen Zimmer in einem Vorort von Mexiko-Stadt eingemietet und arbeitete in einer Goldschmiedewerkstatt. Sie verlor so viele Stunden durch die Busfahrerei von einem Ende zum andern in dieser riesigen, zur Verzweiflung treibenden Stadt, daß ihr keine Zeit für andere Dinge blieb. Sie hatte weder Freunde noch Liebschaften. Die Enttäuschung, die sie durch Tom Clayton erfahren hatte, hatte ihre unbefangene Neigung, sich auf den ersten Blick zu verlieben, zerstört, andererseits war es in ihrer neuen Umgebung auch sehr schwierig, einen Mann zu finden, der sie verstanden und ihren unabhängigen Charakter akzeptiert hätte. Der Machismo ihres Vaters und ihrer Brüder war nur ein schwächlicher Abklatsch von dem, den sie hier erlebte, und sie war weise genug, sich mit der Einsamkeit als dem kleineren Übel abzufinden. Olgas verunglückter Eingriff und die nachfolgende Operation hatten sie der Fähigkeit beraubt, Kinder zu bekommen, das machte sie freier, aber auch trauriger.

Sie wohnte in dem unklaren Grenzbezirk, wo die offizielle Stadt aufhört und die unerträgliche Welt der Randgruppen beginnt. Das Haus bestand aus einem engen Gang mit zwei Reihen Zimmer an den Seiten, zwei Wasserhähnen, einem Waschraum in der Mitte und gemeinsamen Toiletten am Ende, die so schmutzig waren, daß sie sich möglichst hütete, sie zu benutzen. Dieser Bezirk war gewalttätiger als das Barrio, in dem sie aufgewachsen war, die Menschen mußten um ihr bißchen Raum kämpfen, Groll gab es im Überfluß und Hoffnung nur spärlich, es war ein Albtraumland, von dem die Touristen nichts ahnten, ein schreckliches Labyrinth, das rings um die schöne Aztekenstadt wucherte, eine riesige Anhäufung von

Elendswohnungen und im Dreck schwimmenden Straßen ohne Pflaster und ohne Elektrizität, ohne Wasser und Kanalisation, die kein Ende zu haben schien. Carmen ging vorbei an heruntergekommenen Indios und armen Mestizen, nackten Kindern und hungrigen Hunden, Frauen, gebeugt von der Last der Kinder und der Arbeit, müßiggehenden Männern, die sich mit ihrem Unglück abgefunden hatten, die Hand um den Messergriff und jederzeit bereit, Würde und Mannesehre zu verteidigen, die ewig bedroht waren.
Mit dem Schutz durch ihre Familie konnte sie nicht rechnen, und sie hatte sehr bald begriffen, daß eine alleinstehende junge Frau hier ein von Jagdhunden umzingeltes Kaninchen war. Abends ging sie nicht aus und schlief mit einem Riegel an der Tür, einem am Fenster und einem Schlachtermesser neben dem Kopfkissen. Wenn sie ihre Wäsche waschen ging, traf sie andere Frauen, die sie mit Mißtrauen betrachteten, weil sie anders war. Sie nannten sie »Gringa«, obwohl sie ihnen tausendmal erklärt hatte, daß sie aus Zacatecas stammte. Mit den Männern sprach sie nicht. Manchmal kaufte sie Bonbons, setzte sich in die Gasse und wartete, daß die Kinder zu ihr kamen, das waren ihre wenigen fröhlichen Augenblicke.
In der Goldschmiedewerkstatt arbeiteten einige Indios, verschlossene Menschen, die sie nur selten ansprachen, aber sie hatten Zauberhände und lehrten sie die Geheimnisse ihrer Kunst. Dabei vergingen ihr die Stunden, ohne daß sie es gewahr wurde, so vertieft war sie in den schwierigen Arbeitsprozeß – das Wachs modellieren, die Metalle gießen, schneiden, schleifen, die Steine einfassen und jedes winzige Teil einsetzen. Abends in ihrem Zimmer entwarf sie Ringe, Ohrringe und Armbänder. Anfangs fertigte sie sie, um zu üben, aus Blech und mit Glasstückchen an, und als sie dann ein bißchen Geld gespart hatte, aus Silber mit Halbedelsteinen. In ihren freien Stunden verkaufte sie sie von Tür zu Tür und war sorgfältig darauf bedacht, daß ihre Arbeitgeber nichts von dem bescheidenen Konkurrenzunternehmen erfuhren.

Die Geburt ihrer Tochter hatte Samantha in eine anhaltende Depression gestürzt. Sie bekam zwar keine wilden Anfälle und hatte sich auch in ihrem Verhalten nicht auffällig verändert, aber im tiefsten Innern fühlte sie sich leer und traurig. Nach wie vor stand sie erst mittags auf, sah fern und sonnte sich wie eine Eidechse, sie leistete der Wirklichkeit keinen Widerstand, aber sie nahm auch nicht daran teil. Sie aß sehr wenig, war immer schläfrig und wurde nur auf dem Sportplatz munter, während Margaret in ihrem Kinderwagen im Schatten abgestellt dahindämmerte. Die Kleine war so vernachlässigt, daß sie mit acht Monaten noch nicht fähig war, sich aufzusetzen, und kaum einmal lachte. Ihre Mutter rührte sie nur an, um ihr die Windeln zu wechseln und das Fläschchen an den Mund zu halten. Am Abend badete Gregory sie und schaukelte sie manchmal ein Weilchen, immer darauf bedacht, es in Samanthas Gegenwart zu tun.

Er liebte die Kleine sehr, und wenn er sie im Arm hielt, empfand er eine schmerzvolle Zärtlichkeit, ein überwältigendes Verlangen, sie zu beschützen, aber er konnte sie nicht so verhätscheln, wie er es gern getan hätte. Das Geständnis seiner Schwester hatte eine Mauer zwischen ihm und seiner Tochter errichtet. Er fühlte sich auch nicht mehr wohl bei den Kindern, die er hütete, und er ertappte sich dabei, daß er sich selbst überwachte und nach irgendeiner Kleinigkeit suchte, die eine latente, von seinem Vater geerbte Veranlagung enthüllen könnte.

Wenn er Margaret mit anderen Kindern ihres Alters verglich, erkannte er, daß sie in der Entwicklung zurückgeblieben war, offensichtlich lief da etwas falsch, aber er wollte diese Zweifel nicht mit seiner Frau teilen, um sie nicht zu erschrecken und noch mehr von dem Baby zu entfernen. Er versuchte herauszubekommen, ob die Kleine überhaupt hören konnte, vielleicht war sie taub und deshalb so still, aber als er neben dem Kinderbett in die Hände klatschte, schreckte sie zusammen. Er glaubte, Samantha hätte noch nichts bemerkt, aber eines Tages fragte sie ihn, woran man wohl sieht, ob ein Kind zurückgeblieben ist, und nun konnten sie zum erstenmal über ihre Ängste sprechen.

Nachdem Margaret im Krankenhaus vom Kopf bis zu den Füßen untersucht worden war, sagte ihnen der Arzt, sie sei völlig gesund, sie brauche nur ein wenig Ansprache, sie sei wie ein Tier in einem Käfig, das seine Sinne nicht gebrauchte. Die Eltern besuchten einen Kursus über frühzeitige Stimulation, wo sie lernten, ihre Tochter zu liebkosen, sie mit singender Stimme anzusprechen, ihr nach und nach die Dinge zu zeigen, die sie umgaben, und andere elementare Fähigkeiten, mit denen jeder armselige Orang-Utan schon geboren wird, die sie sich jedoch mit Hilfe eines Lehrbuches erst aneignen mußten. Schon nach wenigen Wochen konnten sie die ersten Erfolge sehen, als die Kleine anfing, auf dem Fußboden zu krabbeln, und ein Jahr später sprach sie ihre ersten zwei Wörter, die freilich nicht Mama oder Papa waren, sondern Miezi und Tennis.

Gregory arbeitete für die letzten Examina, Stunden, Tage, Monate saß er in seinen Büchern vergraben und dankte dem Himmel für sein gutes Gedächtnis. Inzwischen jedoch schien ringsum alles in einem raschen Verfallsprozeß unrettbar vor die Hunde zu gehen. Der Vietnamkrieg, der keineswegs, wie er geschätzt hatte, vor seinem Ende stand, hatte katastrophale Ausmaße angenommen. Der Erleichterung, endlich als Anwalt zugelassen zu werden, stand der Albtraum gegenüber, an die Front gehen zu müssen, denn er hatte sich gegenüber den Streitkräften verpflichtet und konnte seine Einberufung dann nicht länger hinausschieben. Aber seine Familie war der Hauptgrund seiner Ängste. Seine Beziehung zu Samantha schwankte und schlingerte, und eine Trennung würde sie mit Sicherheit endgültig zum Scheitern bringen. Außerdem fürchtete er sich davor, Margaret zu verlassen, die voller Absonderlichkeiten steckte.

Seine Tochter führte ein so verborgenes Leben, daß Samantha sie bisweilen völlig vergaß, und wenn Gregory abends nach Hause kam, mußte er feststellen, daß sie seit dem Frühstück nichts gegessen hatte. Sie spielte nicht mit anderen Kindern, unterhielt sich stundenlang damit, sich im Fernsehen die Zeichentrickfilme anzusehen, hatte nie Appetit, und ihr Drang, sich zu waschen, war schon zwanghaft, smutzig, smutzig, sagte sie, zog einen Schemel vor das Waschbecken und seifte sich endlos lange die Hände. Sie näßte ein und weinte verzweifelt, wenn sie in den nassen Laken aufwachte. Sie war sehr hübsch und würde das auch weiterhin sein, trotz der Feindseligkeiten, die sie gegen ihren eigenen Körper begehen sollte, sie hatte die stolze Anmut ihrer Großmutter aus Virginia und das exotisch slawische Gesicht Noras, wie man auf einem Foto sehen konnte, das auf dem Auswandererschiff aus Odessa aufgenommen worden war. Während Margaret im Schatten der Möbel und versteckt in den Ecken lebte, waren ihre Eltern, allzusehr beschäftigt mit ihren eigenen Angelegenheiten und getäuscht durch ihre scheinbare Bravheit, unfähig, die Dämonen zu sehen, die ihre Seele ausbrütete.

Gerade in diesen Jahren vollzog sich im einstmals puritanischen Amerika ein erstaunlicher Wandel. Die Liebe, die jahrhundertelang in Gefangenschaft gehalten worden war, hatte sich mit beträchtlichem Ungestüm befreit, und was dabei herausgekommen war, verbreitete sich rasch, und was als Hippietraum begonnen hatte, wurde das Lieblingsspiel der Bürger. Verblüfft sah Gregory, wie dieselben Leute, die noch vor kurzem die lustfeindlichsten Ideen verfochten hatten, sich nun bei ihren kleinen Orgien häuslichen Zuschnitts in Ausschweifungen ergingen. In seinen Singlejahren war es fast unmöglich gewesen, ein Mädchen dazu zu bringen, ohne Eheversprechen mit einem ins Bett zu gehen, Lust ohne Schuldgefühl und ohne Angst war vor der Pille undenkbar gewesen. Ihm schien, er hätte Jahre seiner Jugend damit verbracht, Frauen nachzulaufen, und aller Eifer und alle Vorstellungskraft wären ihm bei dieser erschöpfenden und meistens vergeblichen Jagd abhanden gekommen. Plötzlich hatten die Dinge sich umgekehrt, und nach ein, zwei Jahren war die Keuschheit kein Vorzug mehr, sondern ein Defekt, den man schleunigst beheben mußte, bevor die Nachbarn etwas merkten. Es war eine so schroffe Kehrtwendung, daß Gregory, in seine Probleme eingekapselt, gar keine Zeit hatte, sich an die dramatischen Veränderungen zu gewöhnen, die Revolution erreichte ihn zu spät.

Obwohl seine Ehe ein Fehlschlag war, kam es ihm nie in den Sinn, die Verführungsversuche einiger verwegener Kommilitoninnen oder Mütter der von ihm gehüteten Kinder auszunutzen.

Eines Sonnabends im Frühling waren die Reeves bei Freunden zum Abendessen eingeladen. Es war bereits nicht mehr üblich, sich zu Tisch zu setzen, das Essen wartete in der Küche, und jeder Gast bediente sich selbst auf Papptellern und machte es sich bequem, so gut er konnte, während er ein volles Glas, einen von Soße triefenden Teller, ein Stück Brot, eine Serviette und manchmal auch noch eine Zigarette balancierte. Es wurde zuviel getrunken, und es wurde Marihuana geraucht. Gregory hatte einen schweren Tag hinter sich, er war müde und fragte sich, ob er nicht besser zu Hause aufgehoben war, statt sich hier damit zu beschäftigen, auf seinen Knien ein Hühnchen zu zerlegen, ohne daß es auf dem Schoß landete.

Nach dem Dessert begann ein kollektives Manöver, dem er verblüfft zusah: Die Leute zogen sich aus und stiegen in eine riesige Badewanne mit warmem Wasser, die in dem vom Mond beschienenen Garten aufgestellt war. Die Mode der Wassergeburten war ohne große Folgen vorübergegangen, aber bei vielen Familien war solch eine monumentale Bütte zur Erinnerung stehengeblieben. Auch die Reeves hatten noch die ihre im Wohnzimmer, sie diente als Ställchen für Margaret und als Behälter für alles, was sie vom Boden aufsammelten und was dann, zum Vergessen bestimmt, drin liegenblieb. Andere, Kühnere, hatten die Monstren als Attraktion in den Mittelpunkt ihrer Lustbarkeiten gestellt, inspiriert von den gemeinsamen Bädern der Japaner, woraufhin die heimische Industrie eigens für diesen Zweck angefertigte Riesenzuber auf den Markt warf.

Gregory empfand es nicht unbedingt als verlockend, sich gleich nach dem Essen im Patio abzukühlen, aber es erschien ihm nicht sehr taktvoll, angekleidet zu bleiben, wenn alle andern hüllenlos waren, zudem sollten sie nicht denken, er müßte sich über irgend etwas schämen. Also zog er sich aus, wobei er Samantha aus dem Augenwinkel beobachtete und verwundert

war, mit welcher Natürlichkeit sich seine Frau zur Schau stellte. Er war nicht schamhaft, er war stolz auf seinen Körper und spazierte häufig nackt im Haus herum, aber diese öffentliche Vorführung machte ihn doch ein wenig nervös.
Die anderen Teilnehmer der Abendgesellschaft dagegen schienen sich so wohl zu fühlen wie ein Eingeborenenstamm am Amazonas. Die Frauen sahen zu, daß sie im Wasser blieben, aber die Männer nutzten jeden Vorwand, mit dem ihrigen zu protzen, die schneidigsten unter ihnen offerierten den Anblick ihrer Nacktheit, indem sie Drinks herumreichten, Joints für die Allgemeinheit anzündeten oder die Platten wechselten, einige hockten sich auch an den Rand der Wanne, wenige Zentimeter von dem Gesicht einer fremden Ehefrau entfernt. Gregory begriff, daß seine Freunde nicht zum ersten Mal auf diese Weise zusammenkamen, und fühlte sich verraten, als teilten alle ein Geheimnis, von dem er vorsätzlich ausgeschlossen worden war. Ihm kam der Argwohn, daß Samantha schon früher auf solchen Partys gewesen war und es nicht für nötig gehalten hatte, es ihm zu erzählen. Er war bemüht, die Frauen nicht anzusehen, aber seine Augen wanderten doch zu den vollendeten Brüsten, die der Mutter der Gastgeberin gehörten, einer ehrwürdigen Lady von fast sechzig Jahren, die er nicht eher bemerkt hatte, als bis ihre in dieser Form unerwarteten Attribute im Wasser schwammen. Auf seinem unruhigen Lebensweg sollte Gregory sich in so vielen weiblichen Lustgärtchen ergehen, daß es ihm unmöglich sein würde, sich an alle zu erinnern, aber niemals würde er die Brüste dieser Großmutter vergessen. Samantha indessen, die Augen geschlossen und den Kopf in den Nacken gelegt, gelöster und heiterer, als ihr Mann sie je gesehen hatte, summte friedlich vor sich hin, in einer Hand ein Glas Weißwein, die andere unter Wasser und nach Gregorys Meinung zu nahe an Timothy Duanes Beinen. Auf dem Heimweg im Auto versuchte er, den Punkt anzuschneiden, aber sie war eingeschlafen. Am folgenden Tag, als sie im hellen Sonnenlicht vor einer Tasse dampfenden Kaffees in der Küche saßen, schien das Nudistenfest ein ferner Traum, und keiner der beiden erwähnte es auch nur.

Von diesem Abend an nutzte Samantha jede Gelegenheit, neue Sinneseindrücke in der Gruppe auszuprobieren, wogegen sie in der Intimität des Ehebettes genauso kalt war wie vorher. Warum sich etwas versagen? Man darf nicht zurückbleiben, man muß dem Leben Erfahrungen hinzufügen, aus jeder Begegnung geht man bereichert hervor und kann gerade deshalb seinem Partner mehr bieten, die Liebe reicht für viele, das Vergnügen ist ein unerschöpflicher Brunnen, aus dem man bis zur Sättigung trinken kann, versicherten die Propheten der offenen Ehe. Gregory vermutete mißtrauisch, daß in diesen Argumentationen eine Falle verborgen sein müsse, aber er wagte seine Zweifel nicht laut zu äußern aus Furcht, als Höhlenmensch angesehen zu werden.
Er fühlte sich als Fremdling in diesem Milieu, die Promiskuität vermochte ihn nicht zu überzeugen, und wenn er sah, wie begeistert sich seine Freunde darauf einließen, bildete er sich ein, daß seine Vergangenheit im Barrio ihn belastete und er sich deshalb nicht anpassen konnte. Er wollte nicht zugeben, wie sehr es ihn störte, wenn andere Männer an seiner Frau herumgriffen unter dem Vorwand, ihr entgiftende Massagen zu verabreichen, ihre holistischen Punkte zu aktivieren oder das geistige Wachstum durch Kommunion der Körper zu stimulieren. Sie verwirrte ihn, er glaubte, sie verberge vor ihm Seiten ihres Wesens und führe ein geheimes Leben, zeige ihm niemals ihr wahres Gesicht, sondern nur eine Folge von Masken. Er fand es abartig, eine andere Frau vor seiner eigenen zu liebkosen, aber er wollte auch nicht gern zurückbleiben. Jede Woche entdeckten die Sexologen neue erogene Zonen, und offenbar mußte man sie alle ausprobieren, wenn man nicht als Ignorant gelten wollte. Auf seinem Nachttisch stapelten sich die Handbücher und warteten darauf, durchgearbeitet zu werden.
Dann traute er sich einmal doch, aufzutrumpfen gegen eine Methode, in der es um die Begegnung mit dem Ich und Bewußtseinserweiterung vermittels kollektiver Masturbation ging, woraufhin Samantha ihn beschuldigte, ein Barbar zu sein und eine unausgegorene, primitive Seele zu haben.
»Ich weiß nicht, was die Qualität meiner Seele mit der völlig

natürlichen Tatsache zu tun hat, daß es mir nicht gefällt, die Finger eines anderen Mannes zwischen deinen Beinen zu sehen!«

»Typisch für eine unterentwickelte und fremde Kultur«, bemerkte sie und trank ungerührt ihren Selleriesaft.

»Wie bitte?« fragte er verblüfft.

»Du bist genau wie diese Latinos, zwischen denen du aufgewachsen bist. Du hättest nie aus deinem Barrio herauskommen dürfen.«

Gregory dachte an Inmaculada und Pedro Morales und versuchte sie sich vorzustellen, wie sie splitternackt mit ihren Nachbarn in einer Wanne mit heißem Wasser saßen und wie alle aneinander das Ich und das Bewußtsein auskundschafteten. Allein bei dem Gedanken daran ging seiner Wut die Luft aus, und er begann schallend zu lachen. Am Montag darauf erzählte er Carmen die Geschichte am Telefon, und über Tausende Kilometer hinweg hörte er das hemmungslose Gelächter seiner Freundin. Keine dieser modernen Errungenschaften war in das Barrio von Los Angeles gelangt und schon gar nicht nach Mexiko-Stadt.

»Verrückt, allesamt verrückt«, stellte Carmen fest. »Nicht einmal tot würde ich mich nackt vor fremden Ehemännern sehen lassen. Ich wüßte nicht, wo ich hingucken sollte, Greg. Und außerdem, wenn manche Männer mich schon vorn und hinten betatschen, wenn ich angezogen bin, dann stell dir vor, was passieren würde, wenn ich ausgezogen wäre.«

»Wo lebst du denn, Mädchen! Hier würde dich gar keiner ansehen.«

»Warum machen sie's denn dann?«

Ich fühlte mich nirgends wohl, das Barrio gehörte der Vergangenheit an, und ich hatte an keinem andern Ort Wurzeln schlagen können. Von meiner erträumten Familie war mir nicht viel geblieben, meine Frau und meine Tochter standen mir so fern wie früher meine Mutter und Judy. Auch die Freunde fehlten mir, Carmen lebte auf einem anderen Planeten, und mit Timothy konnte ich nicht groß rechnen, er langweilte sich mit

Samantha, und ich glaube, er mied uns. Selbst Balcescu, der so sehr einer Comicfigur ähnelte, daß man sich eine Veränderung bei ihm kaum vorstellen konnte, hatte sich einmal kurz überschlagen und in das Ebenbild eines kräuselbärtigen Wanderheiligen verwandelt. Er war von Anhängerinnen umgeben, die die Luft verehrten, die er ausatmete, und weil er sich soviel in diesen anbetenden Augen gespiegelt sah, nahm der skurrile Rumäne sich schließlich ernst. Und da er mit dem Sinn für Humor auch den Spaß am Erfinden exotischer Gerichte und am Kultivieren von Rosen verloren hatte, blieb uns nicht mehr viel Gemeinsames. Joan und Susan bewahrten ihren mütterlichen Charme und den köstlichen Duft nach Kräutern und Gewürzen, der ihrer Haut anhaftete, aber sie waren unerreichbar geworden, sie lebten ganz ihren feministischen Kämpfen und der kulinarischen Chemie ihrer vegetarischen Rezepte, sie waren Experten darin, den Tofu so zuzubereiten, daß er nach Nierchenpastete schmeckte.

Auf der Uni schloß ich keine neuen Freundschaften, wir Studenten wetteiferten gegeneinander in einem grausamen Milieu, wir schufteten ohne Ruhepause, jeder auf seine eigenen Pläne und Bestrebungen konzentriert. Mir blieb keine Spannkraft für irgendwelche Versammlungen, und innerlich war das, was mich politisch und intellektuell umgetrieben hatte, in den Hintergrund getreten. Es wäre schwierig gewesen, Cyrus zu erklären, daß man hierorts nur ein einziges Problem mit der Linken hatte – nämlich das, daß keiner zur Rechten gehören wollte. Wenn ich abends heimkehrte, fühlte ich mich unendlich müde, und ich stellte mir vor, es gäbe die Möglichkeit, einfach vom Weg abzubiegen und dem Horizont zuzugehen, wie es mein Vater tat, als wir noch ohne Richtung und ohne Ziel durch das Land fuhren. Das Chaos im Haus entnervte mich, und dabei war ich wirklich kein Ordnungsfanatiker. Vermutlich war ich ausgelaugt vom Studium und von der Arbeit, ich benahm mich sicherlich nicht wie ein guter Ehemann, und deshalb gab auch Samantha nicht das Ihrige. Bisweilen schienen wir eher Gegner als Partner zu sein.

Unter solchen Umständen wird man blind und findet keinen

Ausweg aus der Sackgasse, in der man steckt, es sieht so aus, als müßte man ewig in derselben Knochenmühle strampeln, als gäbe es kein Entrinnen. Wenn du erst dein Diplom hast, wird alles anders, tröstete Carmen mich aus der Ferne, aber ich wußte, daß das nicht der einzige Grund für mein Unbehagen war. Ich sah mir getreulich eine Fernsehserie über einen gewieften Anwalt an, der seinen Ruf und manchmal das Leben einsetzte, um einen Unschuldigen vor dem Gefängnis zu retten oder einen Schuldigen zu bestrafen. Ich ließ keine Folge aus in der Hoffnung, daß diese Figur mir die Begeisterung für die Juristerei zurückgeben und mich von dem ungeheuren Widerwillen erlösen würde, den dieser Beruf mir inzwischen einflößte. Die Zukunft sah sehr viel anders aus als das Abenteuer, das ich mir in meiner Jugend vorgestellt hatte, und ich war der letzten Anstrengung, das Studium zu Ende zu bringen, so überdrüssig, daß ich schon davon sprach, es aufzugeben und mich anderen Dingen zuzuwenden.

Überdruß ist Wut ohne Begeisterung, versicherte mir Timothy. Seiner Meinung nach war ich böse auf die Welt und auf mich selbst, und das mit gutem Grund, mein Leben war nie ein Bett aus Rosen gewesen. Er riet mir, mich aus meinen Verstrickungen zu lösen, angefangen bei meiner Ehe, die er für einen offenkundigen Fehler hielt. Ich weigerte mich, das zuzugeben, doch dann kam ein Augenblick, in dem ich ihm wenigstens in diesem Punkt recht geben mußte.

Es war eine Party wie so viele andere, zu denen wir in dieser Zeit gingen, in einem Haus wie alle, abgenutzte Möbel, Indianerdecken über den Flecken auf dem Sofa, Poster von Ho Chi Minh und Che Guevara neben gestickten Mantras aus Indien, dieselben befreundeten Paare, die Männer ohne Socken und die Frauen ohne Büstenhalter, kaltes Essen und Käsehappen, die im Verlauf der Stunden immer ranziger wurden, allzu viele Drinks, Zigaretten und Marihuana von so schlechter Qualität, daß der Rauch die Mücken vertrieb. Auch dieselben endlosen Gespräche über die letzten Urschrei-Seminare, wo jeder sich die Seele aus dem Leib brüllte, um sich von unproduktiven Aggressionen zu befreien, oder über die Rückkehr in den

Uterus, wo alle Teilnehmer sich unbekleidet in Fötushaltung auf den Boden legten und am Daumen lutschten. Ich hatte diese Therapien nie begriffen und gab mich auch nicht dazu her, sie auszuprobieren, es war mir lästig, über das Thema zu reden, ich war es auch müde, mir die zahllosen transzendentalen Verwandlungen im Leben eines jeden meiner Bekannten anzuhören.

Ich setzte mich auf die Terrasse, um allein zu trinken. Ich gebe zu, daß es jeden Tag mehr wurde. Ich hatte die starken Alkoholika aufgegeben, weil die Allergien, die ich danach bekam, mich beunruhigten und die entzündeten Schleimhäute und ein schrecklicher Druck in der Brust mich mehr und mehr ängstigten. Bald hatte ich entdeckt, daß der Wein zwar dieselben Symptome auslöste, aber ich konnte größere Mengen trinken, ehe ich mich wirklich krank fühlte. Ein paar Stunden vorher hatte ich eine Auseinandersetzung mit Samantha gehabt, wir hatten uns angeschrien, und ich begann zu ahnen, daß unsere Ehe auf einen Abgrund zuschlitterte.

Ich hatte das Auto in die Garage gefahren, als ich einen Nachbarn kommen sah mit Margaret an der Hand – meine Tochter war nur wenig älter als zwei Jahre. Ich glaube, das ist Ihre, ich habe sie zwei Meilen von hier herumstrolchen sehen, um so weit zu kommen, muß sie schon am Morgen losmarschiert sein, sagte der Mann, ohne seine Mißbilligung und seine Verachtung zu verbergen. Entsetzt schloß ich das Kind in die Arme. Mir hämmerte das Blut in den Schläfen, und ich konnte kaum sprechen, als ich meiner Frau gegenüberstand und sie fragte, wo sie gewesen sei, als Margaret das Haus verließ, wieso sie in all den Stunden nicht gemerkt habe, daß das Kind nicht da war. Die Arme in die Seiten gestemmt, stand sie vor mir, ebenso wütend wie ich, und behauptete, der Nachbar sei ein Mistkerl, und er hasse sie, weil die Katzen seinen Kanarienvogel gefressen hätten, und überhaupt schulde sie mir keine Erklärungen, sie frage mich ja auch nicht, wo ich den ganzen Tag sei, Margaret sei sehr unabhängig für ihr Alter, und sie sei nicht bereit, sie zu bewachen wie ein Gefängniswärter oder sie mit einer Schnur anzubinden, wie ich das mit den Kindern machte, die ich hütete, und so schimpfte sie fort, bis ich es nicht mehr aushielt und aus dem Zimmer lief und die Tür hinter mir zuschlug. Ich nahm eine lange kalte Dusche, um die Vorstellung von all den schrecklichen Dingen loszuwerden, die Margaret auf diesen verdammten zwei Meilen hätten zustoßen können, aber auf dem Fest war ich immer noch wütend auf Samantha.

Ich ging also mit einem Glas Wein auf die Terrasse und sackte schlecht gelaunt auf einem Stuhl zusammen, mir war ein wenig schwindlig, und außerdem hatte ich die monotone Musik aus Katmandu, die aus dem Wohnzimmer drang, mehr als satt. Ich rechnete mir vor, wieviel Zeit ich auf dieser albernen Fete verlor, in einer Woche mußte ich die Schlußexamina ablegen, und jede Minute Vorbereitung war kostbar. Plötzlich kam Timothy heraus, und als er mich sah, zog er sich einen Stuhl heran und setzte sich neben mich. Wir hatten nur noch selten Gelegenheit, uns allein zu sehen. Ich stellte fest, daß er in der letzten Zeit abgenommen hatte und daß seine Züge schärfer geworden waren, er hatte nicht mehr das Unschuldsgesicht, das bei aller Großtuerei ein Teil seines Charmes gewesen war, als wir uns kennenlernten. Er zog ein Glasröhrchen aus der Tasche, schüttete sich ein wenig Kokain auf den Handrücken und zog es geräuschvoll durch die Nase hoch. Dann bot er mir auch davon an, aber ich kann es nicht nehmen, es bringt mich um, das einzige Mal, da ich es probierte, war mir, als rammte man mir einen eisigen Dolch zwischen die Augen, die Kopfschmerzen hielten drei Tage an, und an das versprochene Paradies kann ich mich nicht erinnern.

Tim sagte, wir sollten hineingehen, ein neues Spiel werde gerade vorbereitet, aber ich hatte nicht die geringste Lust, wieder alle Welt splitternackt zu sehen.

»Diesmal ist es was anderes. Wir werden die Ehefrauen tauschen«, sagte er.

»Du hast doch gar keine, soviel ich weiß.«

»Ich hab eine Freundin mitgebracht.«

»Deine Freundin sieht aus wie eine Nutte.«

»Sie ist eine«, sagte er lachend und zog mich ins Zimmer.

Die Männer hatten sich um den Eßzimmertisch versammelt, und als ich nach den Frauen fragte, wurde mir geantwortet, die warteten in den Autos. Sie schienen nervös, klopften sich gegenseitig auf die Schulter, machten zweideutige Witzchen und belohnten sie mit Riesengelächter. Nun wurden die Regeln erklärt: Es war verboten, einen Rückzieher zu machen, es gab kein Bereuen, und es gab keine Tauschversuche. Sie machten das Licht aus, legten ihre Schlüssel auf ein Tablett, einer schüttelte sie durcheinander, und dann griff sich jeder Teilnehmer aufs Geratewohl einen heraus. Trotz des Alkoholnebels und trotz meiner Fassungslosigkeit, die mich hinderte, mich wie die andern auf das Tablett zu stürzen, sah ich, als das Licht wieder anging, meinen Schlüsselbund deutlich in den Händen eines Zahnarztes, eines dickbäuchigen, pedantischen Mannes, der als eine kleine Berühmtheit galt, weil er Zähne zog mit in die Füße gestochenen chinesischen Nadeln als einziger Betäubung. Ich nahm den letzten Schlüsselbund, dabei hätte ich gern den Zahnarzt beim Kragen gepackt und ihm das Gesicht mit einem jener treffsicheren Fausthiebe eingehauen, die mir Padre Larraguibel im Patio der Lourdes-Kirche beigebracht hatte, aber mich hielt die Angst zurück, mich lächerlich zu machen.
Die andern zogen lachend und witzereißend ab zu den Wagen, und ich ging in die Küche, drehte den Kaltwasserhahn weit auf und hielt meinen Kopf unter den Strahl, um die Betäubung abzuschütteln. Ich goß mir aus einer Thermosflasche den Rest des Kaffees ein, setzte mich auf einen Hocker und dachte an die Zeiten zurück, in denen das Leben einfacher war und jeder die Regeln verstand. Nach einiger Zeit fand mich dort die Mitspielerin, die mir durch das Los zugefallen war, eine sympathische sommersprossige Blondine, Mutter von drei Kindern und Mathematiklehrerin in der Grundschule, die letzte, die mir für einen Ehebruch je in den Sinn gekommen wäre. Ich warte schon eine ganze Weile auf dich, sagte sie mit schüchternem Lächeln. Ich versuchte ihr zu erklären, daß ich mich nicht wohl fühlte, aber sie glaubte, ich wiese sie zurück, weil sie mir nicht gefiel, sie schien sich im Türrahmen zu ducken wie ein beim Naschen ertapptes Kind. Ich lächelte sie an, so gut ich konnte,

und sie kam zu mir, nahm mich bei der Hand, half mir beim Aufstehen und führte mich zum Auto mit einer Mischung aus ängstlicher Schamhaftigkeit und Bestimmtheit, die mich entwaffnete. Sie fuhr zu ihrer Wohnung.

Wir fanden die Kinder schlafend vor dem Fernseher und trugen sie zu ihren Betten. Meine Gefährtin zog ihnen die Pyjamas an, küßte sie auf die Stirn, deckte sie zu und blieb bei ihnen, bis sie wieder eingeschlafen waren. Danach gingen wir ins Schlafzimmer, wo das Foto ihres Mannes im Akademikertalar auf der Kommode präsidierte. Sie verkündete, daß sie sich etwas Bequemeres anziehen wolle, und verschwand im Bad, während ich das Bett aufschlug und mich wie ein Idiot fühlte, weil mir Samantha und der Zahnarzt nicht aus dem Kopf gingen, und ich fragte mich, warum zum Teufel ich nicht fähig war, diese Spiele genauso ungezwungen wie die anderen mitzumachen, warum sie mich so in Wut brachten.

Die Blondine kam ungeschminkt und sich das Haar bürstend zurück, sie trug einen erdbeereisfarbenen gesteppten Morgenrock, tadellos für eine Mutter, die früh aufsteht, um das Frühstück für die Familie zu machen, aber den Umständen sehr wenig angepaßt. In ihren Bewegungen war nicht die geringste Koketterie, als wären wir ein altes Ehepaar bei den letzten Hantierungen vorm Zubettgehen nach einem arbeitsreichen Tag. Sie setzte sich auf meine Knie und machte sich daran, mir das Hemd aufzuknöpfen. Sie hatte ein liebenswürdiges Lächeln und eine Stupsnase und duftete frisch nach Seife und Zahnpasta, aber all das rief bei mir keinerlei Erregung hervor. Ich bat sie, mich zu entschuldigen, ich hätte zuviel getrunken, und nun plage mich meine Allergie.

»Im Grunde weiß ich nicht, weshalb ich mitgekommen bin. Ich mag diese Spiele nicht, ich mag sie überhaupt nicht, und ich glaube, Samantha mag sie auch nicht«, gestand ich ihr endlich.

»Was sagst du da?«, und sie fing entzückt an zu lachen. »Deine Frau geht mit mehreren deiner Freunde ins Bett, und wie es heißt, auch mit einigen deiner Freundinnen, warum amüsierst du dich nicht auch ein bißchen?«

Das waren keine guten Zeiten für mich. An Schwierigkeiten hat es in meinem Leben nicht gefehlt, aber wenn ich jetzt, mit fünfzig Jahren, zurückblicke und Anstrengungen und Mißgeschicke abwäge, dann war diese Periode, glaube ich, die schlimmste, weil sich etwas Wesentliches in meiner Seele verbog und ich nie wieder der alte wurde. Vielleicht ist es besser so, man kann nicht als einfältiger Tor durchs Leben gehen, wehrlos und verletzlich. Ich bin raufend auf der Straße aufgewachsen, ich mußte mich schon frühzeitig abhärten, aber so wie dies jetzt war mir bisher noch nichts unter die Haut gegangen. Samanthas Verrat hatte mich tief getroffen. Heute, wo ich mein Leben lesen kann wie eine Landkarte voller Fehler, wo ich imstande bin, es ohne Gefühlsduselei zu überprüfen, weil ich einen gewissen Frieden gefunden habe, beklage ich nur den Verlust der Unschuld. Ich vermisse den Idealismus der Jugend, der Zeit, in der es für mich noch eine klare Trennlinie zwischen Gut und Böse gab und in der ich glaubte, es wäre möglich, immer im Einklang mit unaufkündbaren Prinzipien zu handeln. Das war weder eine praktische noch eine realistische Einstellung, das weiß ich wohl, aber in dieser Unnachgiebigkeit steckte eine reine Leidenschaft, die mich heute noch bewegt, wenn ich sie in anderen finde. Ich kann nicht sagen, zu welchem Zeitpunkt ich mich zu verändern begann und so hart wurde, wie ich heute bin. Es wäre einfach, alles dem Krieg zuzuschreiben, aber in Wirklichkeit setzte der Wandel früher ein. Oder ich könnte auch sagen, daß der Anwaltsberuf eine gute Dosis Zynismus verlangt, ich kenne keinen, der davon frei wäre, doch auch das ist eine unvollständige Antwort. Carmen sagt, ich solle mir nichts draus machen, ich könnte nie zynisch genug sein für diese Welt, und außerdem seien diese Zweifel der pure Blödsinn, denn in Wahrheit sei ich doch immer noch das rüde, kämpferische Viech mit dem weichen Herzen, das sie vor langer Zeit als Bruder adoptiert habe, aber ich kenne mich gut und weiß, wie ich wirklich bin.

Ich zog der Mathematiklehrerin den Erdbeereismorgenrock aus, und wir wälzten uns in ihrem Ehebett. Sie dürfte keine gute Erinnerung an mich haben, sicherlich hatte sie einen einfallsreichen, erfahrenen Liebhaber erwartet und war auf einen getroffen, der entschlossen war, sich so schnell wie möglich aus der Affäre zu ziehen. Dann zog ich mich an und ging zu Joan und Susan, wo ich um drei Uhr morgens ankam, erschöpft und deutlich angetrunken. Ich lehnte mich minutenlang gegen die Klingel, bis sie barfuß und im Nachthemd öffneten. Sie ließen mich ein, ohne Fragen zu stellen, als wären sie es gewohnt, um diese Stunde Besucher zu empfangen. Während die eine mir einen Kamillentee machte, richtete die andere mir ein Lager auf dem Sofa im Wohnzimmer. Sie müssen etwas in den Tee getan haben, denn ich wachte erst zwölf Stunden später auf mit der Sonne im Gesicht und dem Hund meiner Freundinnen auf den Füßen.

Als ich aufstand, hatte ich schon die Entschlüsse im Sinn und im Herzen, die mein Leben in den folgenden Jahren leiten sollten, wenn ich das auch zu diesem Zeitpunkt noch nicht wußte. Heute, wo ich die Vergangenheit aus einer sicheren Perspektive sehen kann, wird mir klar, daß ich an diesem Tag anfing, der zu werden, der ich lange Zeit blieb, ein arroganter, leichtfertiger, begehrlicher Mann, den ich immer gehaßt habe und von dem loszukommen mich viel gekostet hat.

Ich blieb fünf Tage bei meinen Freundinnen, ohne Samantha anzurufen. Sie wechselten sich ab, um bei mir zu sitzen und sich geduldig die tausendmal wiederholte Aufzählung meiner Sehnsüchte, Mutlosigkeiten und Klagen anzuhören. Am Freitag stellte ich mich den Abschlußprüfungen, ohne Angst, denn ich hatte keine Illusion, der Anwaltstitel interessierte mich nicht, im Grunde war mir die Zukunft zutiefst gleichgültig. Ein paar Monate später erhielt ich auf der anderen Seite der Erde die Mitteilung, daß ich das Diplom im ersten Anlauf erhalten hatte, was in diesem verrückten Fach selten passiert.

Vom Prüfungszimmer ging ich geradewegs in das Rekrutierungsbüro der Army. Ich hätte sechzehn Wochen gedrillt werden müssen, aber der Krieg war auf seinem Höhepunkt, und die Ausbildung war auf zwölf Wochen verkürzt worden. In gewissen Punkten waren diese drei Monate schlimmer als der Krieg selbst, aber ich ging daraus hervor als ein Kraftpaket von neunzig Kilo, mit der Widerstandsfähigkeit eines Kamels und völlig abgestumpft, bereit, meinen eigenen Schatten zu vernichten, wenn sie es mir befohlen hätten. Zwei Tage, bevor ich eingeschifft werden sollte, wählte mich der Computer aus für das Spracheninstitut in Monterey. Ich nehme an, daß mein Gehör gut trainiert war, weil ich im mexikanischen Barrio aufgewachsen und an das Russisch meiner Mutter und das Italienisch ihrer Opern gewöhnt war. Fast zwei Monate verbrachte ich in einem Paradies mit Steilküsten, Robben, die sich auf den Felsen sonnten, viktorianischen Häusern und postkartenreifen Sonnenuntergängen und lernte den ganzen Tag Vietnamesisch mit Lehrern, die stündlich wechselten, und unter der Drohung, wenn ich es nicht schnell kapierte, würde ich wegen Landesverrat abgeurteilt werden. Am Ende des Lehrgangs radebrechte ich diese Sprache besser als die meisten meiner Kameraden. Ich wurde nach Vietnam in Marsch gesetzt und hegte die heimliche Wunschvorstellung zu fallen, um mich nicht den Mühen und den Kümmernissen des Daseins stellen zu müssen. Aber sterben ist doch ein sehr viel schwierigeres Geschäft als sterbensmüde weiterleben.

Dritter Teil

Ich bin allein auf dem Gipfel des Berges im Morgengrauen. Im milchigen Nebel sehe ich die Leiber meiner Freunde zu meinen Füßen, einige sind die Abhänge hinuntergerollt wie zerbrochene rote Puppen, andere sind bleiche Statuen, von der Ewigkeit des Todes überrascht. Schweigende Schatten klimmen verstohlen zu mir herauf. Stille. Ich warte. Sie kommen näher. Ich schieße auf die dunklen Silhouetten in den schwarzen Pyjamas, gesichtslose Gespenster, ich spüre den Rückstoß des Maschinengewehrs, der Druck verbrennt mir die Hände, die Leuchtspuren des Mündungsfeuers schneiden durch die Luft, aber ich höre keinen einzigen menschlichen Laut. Die Angreifer sind durchsichtig geworden, die Geschosse gehen durch sie hindurch, ohne sie aufzuhalten, sie nähern sich unaufhaltsam, unerbittlich. Sie umzingeln mich... Schweigen...
Mein eigener Schrei weckt mich, und ich schreie, schreie.

Menschen. Der Krieg, das sind Menschen. Das erste Wort, das mir einfällt, wenn ich an Krieg denke, ist Menschen: wir, meine Freunde, meine Brüder, alle vereint in der gleichen verzweifelten Brüderlichkeit. Meine Kameraden. Und die anderen, diese kleinen Männer und Frauen mit den undurchdringlichen Gesichtern, die ich hassen soll, aber nicht hassen kann, weil ich in den vergangenen Wochen gelernt habe zu verstehen. Hier ist alles schwarz oder weiß, es gibt keine Zwischentöne oder Zweifelsfälle, hier ist Schluß mit Machenschaften, Heuchelei, Betrug. Leben oder Tod, du tötest oder du stirbst. Wir sind die Guten, und sie sind die Bösen, ohne diese Sicherheit sind wir hier verloren, und in gewissem Sinn ist dieser Irrglaube erfrischend, er ist einer der Vorteile des Krieges.
In dieses verfluchte Land hier kommt alles mögliche, Schwarze

auf der Flucht vor dem Elend, verarmte Farmer, die noch an den amerikanischen Traum glauben, ein paar Latinos mit einer jahrhundertealten Wut im Bauch, Heldenanwärter, Psychopathen und solche wie ich, die vor Fehlschlägen und Schuldgefühlen davonlaufen, aber im Kampf sind wir alle gleich, die Vergangenheit zählt nicht, eine Kugel ist die große demokratische Erfahrung.

Wir müssen jeden Tag beweisen, daß wir Männer sind, Soldaten sind, und das heißt durchhalten, Schmerz und Unbequemlichkeit ertragen, sich nie beklagen, die Zähne zusammenbeißen und töten, ohne zu denken. Überleg nicht lange, gehorche, dafür haben sie uns doch wie Pferde abgerichtet, haben uns mit Fußtritten, Beschimpfungen und Erniedrigungen dressiert. Wir sind keine Individuen, in diesem tragischen Theater der Gewalt sind wir Maschinen im Dienste des verdammten Vaterlands. Um zu überleben, macht man alles, ich fühle mich gut, wenn ich getötet habe, weil ich wenigstens dieses Mal am Leben geblieben bin. Ich nehme den Wahnsinn hin und versuche nicht, ihn zu erklären, ich klammere mich einfach nur an meine Waffe und schieße. Nicht nachdenken, sonst wirst du unsicher, du zögerst, und wenn du das tust, stirbst du, das ist das unmißverständliche Gesetz des Krieges.

Der Feind hat kein Gesicht, er ist kein Mensch, er ist ein Tier, ein Ungeheuer, ein Teufel – wenn ich das im Grunde meines Herzens glauben könnte, wäre vieles einfacher, aber Cyrus hat mir beigebracht, alles in Frage zu stellen, er hat mich gezwungen, die Dinge beim Namen zu nennen: töten ist töten, morden ist morden.

Ich kam hierher, um die Gleichgültigkeit abzuschütteln und mich in ein mitreißendes Abenteuer zu stürzen, ich kam als Zyniker hierher, wollte aufregende Erfahrungen sammeln, um meinem Leben einen Sinn zu geben. Ich kam Hemingways wegen hierher, auf der Suche nach der Mannhaftigkeit, nach dem Machomythos, nach einer Definition der Männlichkeit, stolz auf die Muskeln und die Widerstandsfähigkeit, die der Drill im Trainingslager mir gebracht hatte. Ich war entschlossen, meine Kraft zu beweisen, weil ich es müde war, immer

wieder von Gefühlen verraten zu werden. Ein reichlich verspäteter Initiationsritus. Mit achtundzwanzig Jahren marschiert man einfach nicht mit offenen Augen ins Verderben.
Die ersten vier Monate waren wie ein Spiel mit dem Verhängnis, eine ständige Wette gegen mich selbst. Ich beobachtete mich aus der Distanz und beurteilte mich voller Ironie, die Vergangenheit jagte mich, und ich suchte die äußerste Grenze der Gefahr, des Schmerzes, der Erschöpfung, der Verrohung, und wenn ich sie dann erreichte, konnte ich sie nicht mehr ertragen. Die Drogen halfen. Aber dann wachte ich plötzlich eines Tages auf und fühlte mich lebendig, von Grund auf lebendig, lebendiger, als ich je zuvor gewesen war, wild auf dieses lodernde Feuer, das wir Leben nennen. Mir wurde klar, daß ich sterblich bin, eine Eierschale, ein Nichts, das ganz schnell zu Staub wird und von dem nicht einmal eine Erinnerung bleibt.
Wenn neue Truppen kommen, gehe ich mir immer die Männer ansehen. Ich betrachte sie aufmerksam, ich habe einen sechsten Sinn im Lesen der Zeichen entwickelt, ich weiß, welche sterben werden und welche vielleicht nicht. Die tollkühnen Draufgänger werden als erste fallen, weil sie sich für unbesiegbar halten, ihre Vermessenheit tötet sie. Auch die allzu Ängstlichen werden fallen, weil die Furcht sie lähmt oder weil sie durchdrehen, sie schießen blind drauflos und können leicht einen ihrer Kameraden treffen, es ist besser, man hält sie auf Abstand. Sie bringen Unglück, ich will sie nicht in meinem Zug haben. Die Besten bleiben ruhig, gehen keine unnötigen Risiken ein, versuchen nicht, immer vorne zu sein oder aufzufallen, und haben einen ungeheuren Lebenswillen. Ich mag die Latinos, sie sind nach außen hin schweigsam und verschlossen und innerlich wie Dynamit, explosiv, tödlich, sie haben keine Angst vorm Sterben. Sie sind nicht nur tapfer, sie sind auch gute Kameraden.
Ich schlucke Unmengen Amphetamintabletten, alle auf einmal, ein Schlag in den Magen, bitterer Geschmack im Mund, ich spreche so schnell, daß ich nicht weiß, was ich sage, nach kurzer Zeit kann ich gar nicht mehr sprechen, ich kaue Kau-

gummi, um nicht auf meiner Zunge herumzubeißen, dann pumpe ich mich mit Alkohol und Betäubungsmitteln voll, um ein wenig schlafen zu können. Im Traum sehe ich Ströme von Blut, Fluten von loderndem Benzin, klaffende Wunden, Frauenlippen, Schamlippen, Leichenhaufen, abgetrennte Köpfe, im Napalm brennende Kinder, diese abstoßenden Fotos, die die Soldaten sammeln, alles rot, nur rot. Ich habe gelernt, bröckchenweise zu schlafen, immer fünf bis zehn Minuten, so oft ich kann, irgendwo hingehauen, in meinen Plastikumhang gewikkelt, die Sinne stets in Alarmbereitschaft. Mein Gehör hat sich verfeinert, ich kann ein Insekt über den Boden krabbeln hören, und auch mein Geruchssinn ist schärfer geworden, ich kann die fremden Soldaten aus einigen Metern Entfernung riechen, sie essen Fischsuppe, und wenn sie Angst haben, verbreitet sich ihr Schweißgeruch. Wonach wir wohl riechen? Nach Rasierwasser, nehme ich an, weil wir es trinken, als wäre es Whisky, es hat vierzig Prozent Alkohol.
Wenn ich ein paar Stunden ohne Albträume schlafen kann, bin ich wieder wie neu, aber das geht nicht immer. Falls ich nicht Wachdienst habe oder irgendwo im Einsatz bin, verbringe ich die Nacht im Lager und zittere vor Kälte unter einer regennassen Plane in einem Zelt, in dem es nach Urin, Stiefeln, Feuchtigkeit, verdorbenen Essensresten und Schweiß stinkt, und höre dem geschäftigen Getrappel der Ratten und den gewohnten Geräuschen der Männer zu, und die Moskitos kriechen mir fast in den Mund. Manchmal wache ich auf und weine wie ein Verrückter; wie Juan José über mich lachen würde, so oft hatte er mich auf dem Schulhof in eine Ecke gezerrt, damit mich die anderen nicht weinen sahen, hör endlich auf, du Schlappschwanz von einem Gringo, Männer heulen nicht! Er schüttelte mich wütend, aber da seine Drohungen das Problem nicht lösten, sondern alles eher schlimmer machten, verlegte er sich aufs Betteln, nun sei doch bitte, bitte endlich still, Mann, bevor sie uns verprügeln, weil wir uns wie zwei Weiber benehmen!
Um morgens in Gang zu kommen, nehme ich Aspirin zum Kaffee, kaltem Kaffee natürlich, rauche den ersten Joint am Tag, und bevor ich rausgehe, schlucke ich noch die Amphet-

amine. Ich sehne mich nach einem warmen Essen, einer Dusche, einem eisgekühlten Bier, ich habe diese Rationen so satt, die sie uns in blauen und gelben Paketen aus der Luft abwerfen, ewig die gleichen Bohnen mit Schweinefleisch und Obstsalat.
Hier bin ich wieder zum Kind degradiert, und das ist schon ein merkwürdiges Gefühl. Man ist sich selbst nicht verantwortlich, es gibt keine Fragezeichen, es gibt nur den Gehorsam, obwohl mir der im Grunde ziemlich schwerfällt, ich bin ganz brauchbar im Erteilen von Befehlen, aber nicht darin, ihnen blind zu gehorchen, ich werde nie ein guter Soldat werden. Es ist leicht hier, nicht aufzufallen, nur als Schemen anwesend zu sein. Wenn man nicht gerade einen überdimensionalen Blödsinn anstellt, verläuft ein Tag wie der andere, und es gibt nur ein einziges Ziel: überleben. Diese ungeheure, unschlagbare Maschinerie kümmert sich um alles, die da oben treffen die Entscheidungen, und man setzt voraus, daß sie das können; ich muß mich um nichts sorgen, ich kann in den Reihen untertauchen, ich bin genau wie alle anderen, ich bin eine Nummer ohne Gesicht, ohne Vergangenheit und ohne Zukunft. So muß es sein, wenn man verrückt wird, man schwebt in einem Limbus, wo die Zeit stillsteht und die Räume sich krümmen, niemand kann mich zur Rechenschaft ziehen, ich brauche nur meine Arbeit zu machen und kann im übrigen tun, was mir paßt.
Nichts ist gefährlicher, als wenn du dich überlegen fühlst, dann stehst du nämlich mutterseelenallein da, erklärte mir Juan José an jenem Tag am Strand, während der Rauch einer opiumgetränkten Marihuanazigarette zwischen uns aufstieg. Das stimmt, denn das einzige, was dich rettet, ist die verbissene Kameradschaft der Soldaten. Ich fühle wütendes Mitleid, ich möchte weinen über all den aufgestauten Schmerz, den eigenen und den fremden, ich möchte ein Maschinengewehr packen und hinausgehen und töten, ich kann ihn nicht mehr aushalten, diesen Drang, zu heulen und zu heulen, bis das ganze Universum zerspringt, in meiner Kehle steckt ein Brüllen, das nicht enden will. Du bist verrückt, Mann, im Krieg gibt's kein Mitleid.

Juan José und ich waren am Strand aufeinandergestoßen, wo wir ein paar freie Tage verbrachten, nicht zu fassen, daß wir uns bei einer halben Million Soldaten zur gleichen Zeit am gleichen Ort befanden. Wir umarmten uns und konnten kaum an solch einen Zufall glauben, was für ein unwahrscheinliches Glück, daß wir uns hier treffen, Mann, und wir klopften einander auf die Schulter und lachten und waren so glücklich, daß wir einen Augenblick vergaßen, wo wir waren und weshalb wir hier waren. Jeder versuchte dem andern zu erzählen, was alles in der vergangenen Zeit passiert war, aber das war einfach unmöglich, denn wir hatten uns vor zehn Jahren zum letztenmal gesehen, als er in die Army eingetreten war und in seiner Uniform herumstolzierte, während ich für einen Dollar fünfzig die Stunde in die Fabrik trottete. Jeder ging seinen eigenen Weg, er als Soldat und ich als Schwerarbeiter, bis Cyrus mich zwang, das Barrio zu verlassen. Ich denke nicht daran, in Vaters jämmerlicher Autowerkstatt zu bleiben, Bruder, sagte Juan José damals zu mir, mein Alter ist ein richtiger Sklaventreiber, der Militärdienst ist das Beste, was ich machen kann, ich bleibe bei dem Scheißverein, bis ich achtunddreißig oder vierzig bin, dann nehme ich mit einer guten Pension meinen Abschied, und die Welt gehört mir, Mann. Was kann ich denn sonst tun mit meiner Hautfarbe und meinem Indiogesicht? Außerdem sind die Frauen ganz wild auf Uniformen.
Wir lachten wie die Verrückten da am Strand. Erinnerst du dich noch daran, wie wir Veilchenschwanz die Zigarren geklaut haben und Padre Larraguibel den Meßwein? Und an die Pferdeäpfelschlachten? Und wie wir Oliver rasiert und mit Merkurochrom eingeschmiert haben und ihn dann in die Schule mitgenommen und erzählt haben, er hätte die Beulenpest? Was zum Teufel ist Beulenpest, Bruder? Und das alles mit dieser ruppigen versteckten Herzlichkeit, dieser mit Schimpfwörtern gespickten Rauhbeinigkeit, genauso, wie wir schon als Kinder miteinander umgegangen waren.
Er erzählte mir, er habe sich in ein vietnamesisches Mädchen verliebt, und als er mir ihr Foto zeigte, das er in einer Plastikhülle in seiner Brieftasche aufbewahrte, wurde er plötzlich

ernst, und seine Stimme bekam einen anderen Klang. Es war einer dieser laienhaften, überbelichteten Schnappschüsse, auf dem das Gesicht der Frau wie ein bleicher Mond aussah, vom Schwarz der Haare eingerahmt. Ihre Augen fielen mir auf, doch das übrige unterschied sich für mich nicht von so vielen anderen asiatischen Gesichtern, die ich in diesen Monaten gesehen hatte.

»Sie heißt Thui«, sagte er.

»Das klingt wie der Name eines Kobolds.«

»Es bedeutet Wasser.«

Ich hatte Gerüchte über meinen Freund gehört, die Soldaten reden untereinander, das Gemunkel macht die Runde. Er bestätigte mir, was man sich hinter vorgehaltener Hand erzählte: Ein schwieriger Einsatz, der Offizier, der die Einheit führte, war ein Neuer, plötzlich waren sie umzingelt, wurden beschossen, fünf Männer wurden getroffen, und der Offizier befahl den Rückzug, ohne die Verwundeten mitzunehmen. Stell dir das vor, so ein Scheißkerl, wir konnten sie doch nicht einfach dalassen, Mann, wenn du das nun gewesen wärst, ich wäre niemals ohne dich abgehauen, wo der Feind dich dann erwischt hätte. Das versuchte ich ihm ja auch zu erklären, aber dieser verdammte Hurensohn war total hysterisch, Mann, er zog die Pistole und bedrohte uns, schrie uns an und fuchtelte mit den Armen.

Ich wartete nicht erst ab, ob er sich vielleicht beruhigte, dazu war keine Zeit, ich schoß, ganz schnell. Er fiel um und wußte nichts mehr. Wir zogen uns dann kämpfend zurück und schleppten unsere Kameraden mit, wie es sich gehört, Mann. Wir konnten sie alle retten bis auf einen, dem war nicht mehr zu helfen, dem hingen schon die Eingeweide raus, armer Kerl. Er preßte die Hände auf seine Gedärme und schaute mich ganz verzweifelt an, laß mich nicht am Leben, laß mich hier nicht so zurück, flehte er ... Und ich mußte ihm eine Kugel in den Kopf schießen, Gott verzeih mir, ist das eine verdammte Scheiße, Bruder, brach es aus ihm heraus.

Die Toten müßten eigentlich in Säcke gepackt werden, mit einem Namensschild daran, aber die Vorschriften werden nicht immer eingehalten, mal fehlt es an Zeit, mal fehlt es an Säcken, dann nehmen sie sie an den Handgelenken und den Knöcheln und werfen sie in die Hubschrauber, oder sie wickeln sie in ihre Regenumhänge und verschnüren sie wie Pakete, und die Fliegen sitzen in Schwärmen drauf; nach ein paar Stunden sind die Leichen unförmig aufgebläht und von Maden zerfressen und schmoren im Saft der Verwesung. Die Hubschrauber sind Vögel, die den Wind mitbringen, sie landen in einem Wirbelsturm, der im Umkreis von dreißig Metern Staub, Abfälle und schlammige Erdbrocken aufwirbelt. Wenn die Leichen stundenlang in der Hitze oder im Regen gelegen haben, mischen sich noch Fleischstückchen in diesen Luftstrudel, und wenn du in der Nähe stehst, können sie dir ins Gesicht klatschen.

Auf dem Berg damals habe ich mich geweigert, die Toten aufzuheben. Ich half den Verwundeten, aber dann erstarrte ich zu Stein, und keiner wagte es, mir Befehle zu geben, ich schien jenseits von Leben und Tod zu sein, ich hatte allen Halt verloren. Nervenkrise, Anzeichen einer Psychose, ich weiß nicht mehr, welchen Namen sie dafür fanden.

Sie spritzen die Hubschrauber zwar mit dem Schlauch ab, aber der Geruch bleibt. Auch das Echo der Schreie bleibt, die Toten verschwinden nie ganz. Ich weine nicht, das ist die verfluchte Allergie oder der Qualm, was weiß ich, ich laufe ständig mit tränenden Augen herum, man atmet hier ja nur Dreck ein. Ich bin jedesmal dankbar, daß ich nicht einer von denen bin, die in Plastiksäcken verschickt werden, oder, schlimmer noch, einer der anderen, deren Brust wie eine aufgeplatzte Frucht aussieht und die dort, wo einmal ihre Arme oder Beine waren, rote Stümpfe haben, aber sie sind am Leben und werden vielleicht noch viele Jahre weiterleben, immer verfolgt von den bösen Erinnerungen.

Danke, daß ich noch lebe, danke, mein Gott, schrie ich auf englisch dort oben auf dem Berg, mein Schutzengel, du liebreicher Begleiter, verlaß mich nicht, nicht bei Tag und nicht bei Nacht, schrie ich auf spanisch, aber keiner hörte mich, nicht einmal ich selbst konnte mich hören in dem Krachen und Rattern der Schüsse und dem Heulen der Verwundeten, Mut-

tergottes du chingada, hol mich hier lebend raus, brüllte ich mit dem geweihten Band der Jungfrau von Guadalupe um den Hals, diesem Stückchen Stoff, das schwarz und hart geworden war vom getrockneten Blut Juan Josés. Ein Feldkaplan hatte es mir gegeben einige Wochen, nachdem mein Bruder gefallen war. Er hatte ihm die Augen schließen müssen und erzählte mir, Juan José sei schon grau wie ein Gespenst gewesen, als er das Band abnahm und ihn bat, es mir zu geben, damit es mir Glück brachte, vielleicht würde ich es ja schaffen, lebend hier rauszukommen. Was waren seine letzten Worte? war das einzige, was mir einfiel. Halten Sie mich fest, Padre, ich falle, halten Sie mich ganz fest, dort unten ist es furchtbar dunkel, das waren deine letzten Worte, Bruder, und ich konnte dich nicht hören, ich war nicht da, um dich festzuhalten und dich dem Tod aus den Klauen zu reißen, Scheiße, verdammte Scheiße! Was hat dir dein geweihtes Band genützt, Bruder?
Man verliert hier den Glauben, aber dafür wird man abergläubisch und fängt an, überall unheilverkündende Zeichen zu sehen: Die Dienstage bringen Unglück, es sind jetzt genau sieben Tage, daß nichts mehr passiert ist, das ist die Ruhe vor dem Sturm, es stürzen immer drei Flugzeuge ab, und heute sind es erst zwei ... Du wirst einmal alt werden, Greg, du wirst Zeit haben, viele Fehler zu machen, einige davon wirst du bereuen und darunter leiden wie ein Hund, es wird kein einfaches Leben werden, aber ich garantiere dir, daß es lang sein wird, so steht es in den Linien deiner Hand und in den Tarotkarten geschrieben, schwor mir Olga, aber sie kann es auch erfunden haben, sie weiß nämlich gar nichts, sie ist ein noch schlimmerer Scharlatan als mein Vater, schlimmer als alle Wahrsager und Amulettverkäufer in diesem gottverdammten Land. Zu Juan José hat sie dasselbe gesagt, und er hat es geglaubt, da warst du ganz schön bescheuert, Bruder. Er war überzeugt von seinem Glück, deshalb ging er immer unbekümmert drauflos, und sein Selbstvertrauen war so ansteckend, daß zwei Jungs aus seiner Abteilung ihm nicht von der Seite wichen, weil sie fest daran glaubten, daß sie neben ihm sicher waren. Jetzt kann keiner der drei mehr zu Olga gehen und sich beschweren.

Der Dschungel ist voller Geräusche – Gekreisch von Tieren, Tappen von Pfoten, Rascheln und Knistern, Gemurmel; dagegen ist der Wald still, undurchdringlich still. Ich nehme an, aus der Luft sieht alles sauber aus, wie durch das Feuer gereinigt, aber unten ist es die Hölle. Mit der Zeit gewöhnt man sich daran: Das ist die schlimmste Perversion, das Obszönste am Krieg – daß einem das alles normal vorkommt. Am Anfang war ich wie betäubt, später dann euphorisch, aber mein Bewußtsein schlief. Jetzt, in diesem Dorf, habe ich wieder angefangen zu denken. Im Kampf darf man nicht denken, man ist nur noch eine Maschine, die Zerstörung und Tod bringt. Die gebildeten, kritischen, gewissenhaften Typen sind nicht beliebt, hier zählen nur die vor Testosteron platzenden Machos, die schwarzen Analphabeten, die mexikanischen Banditen, die Kriminellen, die sie aus den Gefängnissen holen und hierherschicken, Typen wie ich sind nur Ballast. Nach jedem Einsatz flattern mir die Muskeln, ich kann die Hände nicht beherrschen, beiße krampfhaft die Zähne zusammen, und mein Gesicht zuckt in einem nervösen Tick, das sieht dann aus wie das Grinsen eines Schwachsinnigen. Aber das haben viele hier, es geht auch wieder weg, sagen sie.

In diesen Monaten habe ich mich an manches gewöhnt, an die Nässe, die einen durchweicht bis auf die Knochen, an die in den Stiefeln bis aufs bloße Fleisch wundgescheuerten Füße, an die um die Waffe gekrampften Finger, an dieses ständige Gefühl, von Schatten umgeben zu sein, auf den Todesschuß zu warten, der irgendwann von irgendwoher kommen wird, während ich überlege, wie viele Schritte ich bis zu dem Strauch dort brauche, wie viele Minuten bis zum Fluß, wie viele Stunden, bis ich abgelöst werde, wie viele Tage mir noch fehlen, bis ich meine Zeit abgedient habe und nach Hause kann. Während ich die Sekunden zähle, die ich noch lebe, und mir ausrechne, daß die nächste Maschinengewehrsalve, wenn ich großes Glück habe, einen Kameraden töten wird und nicht mich. Und während ich mich frage, was zum Teufel ich hier zu suchen habe, und mir nicht einmal im tiefsten Innern diese merkwürdige Faszination der Gewalt, diesen Kriegsrausch eingestehen mag.

Als es an jenem Morgen auf dem Berg hell wurde, sahen wir, daß nur noch neun von uns unversehrt waren, die Toten und Verwundeten waren gar nicht zu zählen. Wir hatten die ganze Nacht gekämpft. Im ersten Frühlicht kamen die Bomber, sie beharkten die Abhänge und zwangen die feindlichen Soldaten zum Rückzug. Dann landeten die Hubschrauber. Das Motorengedröhn war Musik für mich, es war wie die Herzschläge meiner Mutter, bevor ich geboren wurde, tick-tack-tick-tack, Leben. Lasset uns beten, sagt der Methodistenprediger, und die anderen singen Halleluja, während ich O Susanna singe; du solltest beichten, mein Sohn, sagt der katholische Kaplan zu mir, und ich antworte ihm, er soll mit seiner Beichte zu der Hure gehen, die ihn in die Welt gesetzt hat, aber später bereue ich es, sonst trifft mich am Ende noch der Blitz, wie Padre Larraguibel immer gesagt hat, und erwischt mich bei einer Todsünde. Hab keine Angst, Gott ist mit dir. In der Sonntagspredigt lasen sie die Geschichte von Hiob vor. Niedergeschmettert vom Unglück, mit dem der Herr ihn prüft, sagt Hiob: »Denn was ich gefürchtet habe, ist über mich gekommen, und wovor mir graute, hat mich getroffen. Ich hatte keinen Frieden, keine Rast, keine Ruhe, da kam schon wieder ein Ungemach!« Denk nie an schlimme Dinge, Bruder, sonst passieren sie, man darf das Unglück nicht mit den Gedanken herbeirufen, riet mir Juan José und lachte, er lachte immer gern.

Und dann natürlich der Qualm. Mein Kopf ist völlig benebelt. Qualm von Tabak, Marihuana, Haschisch und dem ganzen Dreck, den ich sonst noch rauche, in den kalten Morgenstunden Dunstschleier in den Bergen und am Mittag der hitzige Dampf in den Tälern, Motorenabgase und Staub, stinkende Schwaden von Napalm und Phosphor, von den Unmassen Sprengstoff und der Feuersbrunst ohne Anfang und Ende, die dieses Land in eine von schwarzen Narben durchzogene Wüste verwandelt. Alle Arten von Rauch in allen möglichen Farben. Von oben muß das wie Wolken aussehen, und manchmal sind es auch welche, hier unten ist es Teil der Angst.

Wir können keinen Augenblick stehenbleiben, keiner kann

das, wenn wir uns bewegen, bilden wir uns ein, wir könnten den Tod überlisten, wir rennen wie vergiftete Ratten. Der Feind dagegen verhält sich ruhig, verschwendet keine unnötige Angst, er wartet schweigend, er hat seit vielen Generationen Übung im Schmerz, unmöglich, den unbewegten Ausdruck in diesen Gesichtern zu deuten. Diese Scheißkerle empfinden gar nichts, die sind wie Kröten im Versuchslabor, sagte mir einmal ein Marine, der darauf spezialisiert ist, Gefangenen Informationen zu entreißen.

Wir sind wie die Irren dauernd in Bewegung, um zu überleben, und stehen unversehens dem Tod gegenüber. Sie schleichen lautlos durch ihre Tunnel, sind im Laubwerk perfekt getarnt, verschwinden im Nu und haben Augen, die auch nachts sehen. Nie sind wir sicher vor ihnen.

Rechne doch mal nach, sagte Juan José zu mir, wie viele Männer sind in diesen Scheißkrieg geschickt worden, und wie viele sind davon gefallen? Doch nur ein geringer Prozentsatz, Bruder, wir werden hier schon heil rauskommen, keine Sorge. Er hatte wahrscheinlich recht, und die meisten von uns werden überleben und das alles einmal erzählen können, aber hier denken wir nur an die Toten und an die schrecklichen Geschichten der Überlebenden. Gewiß, viele kommen tatsächlich scheinbar unversehrt davon, doch keiner wird je wieder so sein wie früher, wir sind für immer gezeichnet.

Aber wen interessiert das schon, wir sind ja ohnehin nur der letzte Dreck, dies ist ein Krieg für Schwarze und arme Weiße, für junge Burschen vom Land, aus den kleinen Nestern und den Armenvierteln der Städte, die Söhne der Reichen stehen nicht in den vordersten Reihen, ihre Väter finden Mittel und Wege, sie zu Hause zu behalten, oder Onkel Colonel schickt den teuren Neffen in eine sichere Gegend. Meine Mutter behauptet, die schlimmste Perversion sei der Rassismus, für Cyrus war es die Klassengesellschaft, ich denke, sie haben beide recht, nicht einmal, wenn wir in den Krieg geschickt werden, sind alle gleich. Mexikaner und Hunde haben hier keinen Zutritt, war vor noch gar nicht langer Zeit an manchen Restaurants zu lesen; Nur für Weiße, stand an öffentlichen Toiletten;

hier dagegen sind *die Farbigen* willkommen, sehr willkommen sogar, aber hinter der scheinbaren Kameradschaft schwelen die Rassenvorurteile; Weiße mit Weißen, Schwarze mit Schwarzen, Latinos mit Latinos, Asiaten mit Asiaten, jeder mit seiner Sprache, seiner Musik, seinen Riten, seinem Aberglauben.
In den Lagern haben die einzelnen Viertel Grenzen, die nicht verletzt werden dürfen, ich würde es nie wagen, das Schwarzenviertel ohne Einladung zu betreten, genau wie damals in dem Barrio, in dem ich aufgewachsen bin, es hat sich nichts geändert. Jeder hat seine Geschichte, aber ich will sie nicht hören, ich will auch keine Freunde, ich kann es mir nicht leisten, jemanden ins Herz zu schließen und ihn dann sterben zu sehen, wie Juan José oder diesen armen Jungen aus Kansas, dort oben auf dem Berg, ich will nur meinen Dienst tun, meine Zeit ableisten und hier lebend rauskommen. Ich bete darum, schwer verwundet zu werden, damit sie mich nach Hause schicken, aber nicht so schwer, daß ich ein Krüppel bleibe. Wenn sie mich nur nicht in die Eier treffen, sagte ein Hubschrauberpilot bei jedem Flug, er war ein fröhlicher Mulatte aus Alabama, der mit Orden behängt im Rollstuhl in seine Kleinstadt zurückkehrte.
Das wird mir nie passieren, das mit den Orden, sagte ich, und dann gaben sie mir doch einen, weil ich durchdrehte, ich bin ein Kriegsheld, ich habe so einen dämlichen Silberstern, dabei war es nie meine Absicht, mehr zu tun, als ich unbedingt mußte, ich habe immer gesagt, lieber wie ein Feigling leben als wie ein Dummkopf sterben, aber durch einen dieser lächerlichen Einfälle des Schicksals bin ich jetzt ein Scheißheld geworden. Erste Lektion des Barrios: Verdienstvoll ist nicht das Heldentum, sondern nur das Überleben. Ach, Juan José, wieso bloß hast du das nicht mehr gewußt, wo du es mir doch selbst beigebracht hast, damals, als wir noch zwei Rotzjungen waren? Und wie soll ich es jetzt deinen Eltern und Geschwistern erklären, wie zum Teufel soll ich deiner Mutter und Carmen ins Gesicht sehen, wie soll ich ihnen die Wahrheit sagen, ich werde sie anlügen müssen, Bruder, und ich werde immer weiter lügen, weil ich es nicht fertigbringe, ihnen zu sagen, daß sie dir den

halben Körper zerschossen haben und daß diese Tapferkeitsmedaillen, die sie deiner Mutter bestimmt überreicht haben, damit sie sie an die Wohnzimmerwand hängen kann, nichts weiter sind als bemalte Blechsterne und einem nicht das geringste bedeuten, wenn man vor Schmerzen schreiend stirbt.
Ich kenne die Gewalt, sie ist ein blindwütiges Raubtier, es hat keinen Sinn, sich vernünftig mit ihr auseinanderzusetzen, man muß versuchen, sie zu überlisten. Ich beneide die Piloten, dort oben kannst du einen eleganteren Abgang machen, entweder du fällst wie ein Stein herunter oder wirst von einer Explosion in tausend Stücke gerissen und hast nicht einmal mehr Zeit für ein Stoßgebet, wie Martínez, als er vom Zug erfaßt wurde, dieser dreckige Pachuco, ich hasse ihn nicht einmal mehr. Hier unten bei der Infanterie dagegen kannst du auf tausend verschiedene Arten abserviert werden – aufgespießt auf den angespitzten Pfählen einer Fallgrube, geköpft durch einen Hieb mit einem Buschmesser, zerfetzt von einer Granate oder einer Mine, zweigeteilt von einer Maschinengewehrsalve, in eine brennende Fackel verwandelt, ganz zu schweigen von all den phantasievollen Todesarten, wenn du in Gefangenschaft gerätst.
Ein Loch in die Erde graben und mich darin verstecken, bis das hier zu Ende ist, mich in einer Höhle verkriechen, wie ich es als kleiner Junge mit Oliver tat.
Warum konnten sie mir keine Arbeit in einer Schreibstube geben? So viele Typen sitzen den ganzen Krieg hindurch friedlich unter einem Ventilator; wäre ich ein bißchen schlauer gewesen, dann wäre ich jetzt nicht hier, ich hätte meinen Militärdienst durchgezogen, als ich mit der High-School fertig war, zum Beispiel, anstatt mich wie der letzte Hilfsarbeiter abzurakkern, damals sprach noch kein Mensch von Krieg. Und jetzt stehe ich hier wie ein Idiot, in einem Alter, in dem keiner mehr mit offenen Augen ins Verderben marschiert, ich komme mir vor wie der Großvater dieser armen verarschten Jungs im Tarnanzug. Ich bin nicht scharf darauf, später mit wurmzerfressenen Knochen unter einem Kreuz auf dem Militärfriedhof zu liegen, als einer unter Tausenden, ich ziehe es vor, als alter Mann in Carmens Armen zu sterben.

Menschenskind, ich habe schon ewig nicht mehr an Carmen gedacht. Warum habe ich Carmen gesagt und nicht Samantha? Warum ist mir das jetzt plötzlich durch den Kopf geschossen? In ihrem letzten Brief verkündete sie mir, sie habe einen neuen Verehrer, einen Chinesen oder Japaner, glaube ich, sie nennt ihn nicht mit Namen, was es wohl diesmal für einer ist? Sie hat wirklich ein Talent dafür, sich immer das auszusuchen, was am wenigsten zu ihr paßt, das wird so ein zerlumpter, langhaariger Blumenjüngling sein, die laufen ja auch in Europa scharenweise rum. Auf dem letzten Foto, das sie mir geschickt hat, steht sie, als Flamencotänzerin oder etwas von der Sorte gekleidet, vor der Kathedrale von Barcelona. Ich bin ja nun wirklich kein Puritaner, aber ich mußte an Pedro Morales denken, also habe ich ihr geschrieben, für solche Kindereien sei sie wohl doch zu alt, sie solle sich diese Klamotten ausziehen, und es wäre wohl auch besser, wenn sie einen Büstenhalter trüge, aber was geht mich das eigentlich an, das ist schließlich ihre Sache, soll sie sich doch lächerlich machen, wenn sie so dumm ist. Carmen ... ich würde so gern deine Stimme hören, Carmen.
Ich fürchte, ich habe völlig den Halt verloren, ich kann Gut und Böse nicht mehr unterscheiden und weiß nicht mehr, was Anstand ist. Ich habe mich schon so an die Gemeinheit gewöhnt, daß ich mir das wirkliche Leben ohne sie gar nicht mehr vorstellen kann. Ich versuche mich daran zu erinnern, wie Freunde miteinander Spaß haben, wie ein Frühstück im Kreis der Familie aussieht, wie man beim ersten Rendezvous mit einer Frau spricht, aber all das ist wie weggewischt, und ich glaube, es kommt auch nie mehr wieder. Die Vergangenheit ist ein Strudel vorbeiflirrender Bilder, die Tanzwettbewerbe mit Carmen, meine Mutter, wie sie in ihrem Korbsessel sitzt und Opernmusik hört, das Duell mit Martínez, das mich in der Schule zum Helden, zum Scheißhelden machte, Himmel, was bringt man in diesem Alter doch für Dummheiten fertig!
Als ich den Buick gekauft hatte, bettelten mich die Mädchen regelrecht an, sie mitfahren zu lassen. Ich war zwar arm wie eine Kirchenmaus, hatte mir aber dieses klapprige Gefährt zugelegt, am Steuer fühlte ich mich wie ein Scheich, und auf

dem Rücksitz stellte ich wer weiß wie oft höchst sündige Dinge an. Es ging natürlich über das Petting nie hinaus, man griff an, das Mädchen wehrte sich halbherzig, sie durfte ja nicht bei ihrer eigenen Verführung mithelfen, wenn sie auch noch so große Lust dazu hatte, ein bißchen hitziges Gerangel, das eher wie das Gebalge von Katzen aussah, und danach waren wir beide total erschöpft – immer schön draußen bleiben, daß du sie ja nicht schwängerst, wenn du mit ihr schläfst, mußt du sie auch heiraten, du bist doch ein Ehrenmann, oder? Nur Ernestina Pereda tat es mit allen, gepriesen seist du, Ernestina Pereda, Gott beschütze dich, heilige Ernestina, du warst wahnsinnig scharf drauf, hinterher hast du aber immer geweint, und man mußte dir schwören, das Geheimnis zu hüten, ein offenes Geheimnis, wir alle kannten es und nutzten deine Heißblütigkeit und deine Großzügigkeit schamlos aus, wenn du nicht gewesen wärst, hätte der quälende Drang mir das Blut vergiftet.

Die Frauen hier sehen aus wie unentwickelte kleine Mädchen, winzige Gliederpuppen, sie haben keine Brüste und nicht ein Härchen am Körper und sind immer traurig. Sie erregen eher Mitleid als Lustgefühle, das einzig Üppige an ihnen sind die langen Haare, diese glatten schwarzen Mähnen mit dem bläulichen Schimmer. Einmal habe ich es mit einem Mädchen in einem Raum voller Leute gemacht, die Familie saß in einer Ecke beim Essen, und in einer Verpflegungskiste der Armee weinte ein Kind, wir lagen im Bett, von den anderen durch einen verschlissenen Vorhang getrennt, und sie leierte mir eine ganze Latte Obszönitäten auf englisch runter, die sie auswendig gelernt hatte. Bestimmt gibt es ein Handbuch für Schweinereien, das Oberkommando denkt an jede Kleinigkeit, wenn es schon Handbücher für die Benutzung von Latrinen gibt, warum sollten sie dann nicht auch eins für die Schulung von Prostituierten schreiben lassen, schließlich geht es hier doch um die braven Jungs, das Herz des Vaterlandes, oder? Sei doch still, du dummes Ding, bat ich sie, aber sie verstand mich nicht oder hatte keine Lust, still zu sein, und ihre Familie redete hinter dem Vorhang, und das Baby schrie immer weiter.

Da erinnerte ich mich plötzlich an etwas, was ich mit fünf Jahren in einem staubigen Nest im Süden erlebt hatte: Zwei Männer vergewaltigten ein kleines schwarzes Mädchen, zwei Riesen, die das arme Geschöpf zwischen sich fast zerquetschten, und dieses Geschöpf war genauso dünn und klein wie das, das hier neben mir lag, und ich kam mir vor wie einer von ihnen, riesenhaft und teuflisch, und die Lust verging mir, ich schlaffte völlig ab. Weiß der Himmel, wieso ich mich in diesem Augenblick an etwas erinnerte, das vor über zwanzig Jahren auf der anderen Seite der Erde passiert war.
Leo Galupi, dieser liebenswerte Halunke, nahm mich einmal mit zur *Großmutter*, einer der Kuriositäten hier, eine uralte Frau mit zerknittertem Gesicht, die in der Kneipe unter den Tischen herumkriecht und ihre Dienste anbietet. Sie ist eine Meisterin auf ihrem Gebiet, heißt es, wenn man einmal ihre Schimpansenkinnbacken kennengelernt hat, wird man anspruchsvoll; man gibt ihr zehn Dollar und braucht sich um nichts mehr zu kümmern, sie erledigt alles, hinterher macht sie dich sogar sauber und zieht dir den Reißverschluß hoch, sie bedient reihum alle Gäste und rackert sich unter dem Tisch ab, während die anderen weitertrinken, Karten spielen und ordinäre Witze erzählen. Ich konnte nicht, der Ekel oder das Mitleid waren stärker. Die *Großmutter* hat fast weißes Haar, eine ganz und gar nicht würdige Greisin mit einem erstaunlichen Bizeps und spitzen Sägezähnen, eines Tages wird sie mal genau das tun, wovor wir alle Angst haben, nämlich mit einem kräftigen Biß einem den Schwanz abreißen, aber dieses Risiko gehört zum Spiel, jeder Kunde fürchtet, daß die Alte ausgerechnet bei ihm Ernst macht, und ratsch!
Hier im Dorf fühle ich mich allmählich wieder wie ein Mensch. Sie laden mich der Reihe nach ein, jeden Tag in ein anderes Haus, sie kochen für mich, und die ganze Familie setzt sich um mich herum und sieht mir beim Essen zu, lächelnd und stolz darauf, mich füttern zu können, obwohl es für sie selbst kaum reicht. Und ich habe gelernt, anzunehmen, was sie mir anbieten, und mich ohne Überschwang zu bedanken, denn so etwas würde sie kränken. Nichts ist schwieriger, als etwas ganz ein-

fach anzunehmen, ich wußte schon gar nicht mehr, wie das ist, seit der Zeit im Haus der Morales hatte man mir nichts mehr gegeben, ohne eine Gegenleistung zu erwarten, für mich ist das eine Lektion in Zuneigung und Demut gewesen, man kann nicht durchs Leben gehen, ohne irgend jemandem etwas zu schulden. Manchmal nimmt mich einer der Männer bei der Hand, wie ein Mädchen, und ich habe auch gelernt, die Hand nicht wegzuziehen. Am Anfang war mir das peinlich, Männer fassen sich nicht an, Männer weinen nicht, Männer empfinden keine Rührung, Männer, Männer...
Wie lange war es her, daß mich jemand mal aus reiner Anhänglichkeit, aus purer Freundschaft anfaßte? Ich darf nicht weich werden, mich nicht öffnen, nicht vertrauen, wenn du nicht aufpaßt, bist du tot. Nicht nachdenken, das Wichtigste ist, nicht ins Grübeln zu geraten, wenn man an den Tod denkt, kommt er auch, das ist wie eine Vorwarnung, aber ich kann nicht damit aufhören, ich habe den Kopf voller Todesvisionen, voller Todesworte. Ich will an das Leben denken...

Ende Februar lag die Kompanie auf der Kuppe eines Berges mit dem Befehl, die Stellung um jeden Preis zu halten. Aus der späteren Untersuchung ging nicht klar hervor, weshalb die Männer dort oben unbedingt Widerstand leisten sollten, doch die Bürokratie und die Zeit taten das Ihre, diese Sache mit dem Mantel des Vergessens zuzudecken. Hier werden wir alle sterben, sagte ein Junge aus Kansas zitternd zu Gregory Reeves. Es war nicht seine Feuertaufe, er war schon seit Monaten an der Front, aber er spürte mit tödlicher Sicherheit, daß das Ende nahte, und dachte daran, wie wenig Zeit er gehabt hatte, sich am Leben zu freuen, er war vor einer Woche gerade zwanzig geworden. Du wirst nicht sterben, red doch nicht so dummes Zeug, sagte Gregory und schüttelte ihn.
Die Soldaten warteten, sie hoben Schützengräben aus und stapelten Steine und mit Erde gefüllte Säcke aufeinander, um eine Brustwehr zu errichten, nicht so sehr in der Hoffnung, dahinter geschützt zu sein, als vielmehr, um die Angst zu vertreiben und sich zu beschäftigen. Das Warten zog sich den-

noch endlos hin, sie hockten da in angstvoller Spannung, die Waffe umklammert, und die Kälte, als die Sonne untergegangen war, und die Hitze des folgenden Tages zermürbten sie.
Der Angriff kam in der nächsten Nacht, und sie erkannten schon im ersten Augenblick, daß sie einen zahlenmäßig zehnfach überlegenen Feind vor sich hatten und daß es kein Entrinnen gab. Wenige Stunden später war das Lager eine verzweifelte Enklave, wo nur noch eine Handvoll Männer unter ständigem Feuer die Stellung hielt. Um sie herum lagen, über die Hänge verstreut, die Leiber von mehr als hundert gefallenen Kameraden. In dem orangefarbenen Blitz einer Explosion sah Gregory plötzlich, wie der Soldat aus Kansas über die Brustwehr hinweg durch die Luft flog, und ohne zu überlegen, was er tat und was ihn dazu bewog, sprang er über die Säcke und kroch in einem Inferno aus Kreuzfeuer, aufblitzenden Detonationen und unerträglichen Rauchschwaden zu dem Jungen hinüber.
Er bettete ihn in seine Arme und rief seinen Namen, mach dir keine Sorgen, ich bin ja da, es ist nichts passiert, und er spürte, wie sich die Hände an sein Uniformhemd klammerten, hörte das Todesröcheln in der brechenden Stimme, roch die Angst, das Blut und das zerfetzte Fleisch, und als der nächste Donnerschlag aufblitzte, sah er den Tod in den Augen des Jungen und in der Farbe seiner Haut und sah endlich auch, daß er keine Beine mehr hatte, da unten war nur noch ein schwärzlicher Brei. Es ist alles in Ordnung, ich bring dich gleich rüber zu den andern, die Hubschrauber müssen jeden Augenblick kommen, dauert gar nicht mehr lange, und dann trinken wir zusammen ein Bier und feiern ordentlich, nur Mut. Laß mich nicht allein, laß mich bitte nicht allein, und Gregory fühlte, wie die Finsternis sie beide einhüllte, und wollte ihn aus der Verzweiflung reißen, aber er glitt ihm wie Sand aus den Händen, er zerbröselte, wurde zu Rauch, und als der Kopf des Jungen schwer gegen seine Brust sackte und die Hände ihn losließen und der letzte warme Blutschwall sich über seinen Hals ergoß, da wußte er, daß etwas in ihm in tausend Stücke zerbrochen war, ein zersplitterter Spiegel.

Behutsam legte er seinen Kameraden auf den Boden und schleuderte dann seine Waffe weit fort. Da schlug schauerlich dröhnend eine riesige Glocke in ihm an, und ein furchtbarer, metallischer Schrei brach aus ihm hervor und gellte durch die Nacht und übertönte für einen Augenblick das Krachen der Explosionen, fror die Zeit ein und hielt den Lauf der Welt an. Und er schrie und schrie, bis kein Atem und kein Schrei mehr in ihm war. Endlich verhallte die Glocke, aber die Zeit stand immer noch still, und von diesem Augenblick an bis zum Morgengrauen vollzog sich alles auf einem einzigen, unbeweglichen und unveränderlichen Bild, einem Bild in Schwarz, Weiß und Rot, auf dem die Ereignisse der Nacht für immer festgehalten waren. Er ist auf diesem blutigen Wandgemälde nicht zu sehen. Er sucht sich zwischen den Toten und Verwundeten, zwischen den Säcken und in den Schützengräben, doch er kann sich nicht finden. Er ist aus seiner eigenen Erinnerung verschwunden.

Einer der geretteten Männer erzählte später, er habe gesehen, wie er seine Waffe wegwarf und brüllend dastand, mit erhobenen Armen, als schrie er nach dem nächsten Kugelhagel, und als er diesen langen Schrei aus seiner Lunge gepumpt hatte, wandte er sich zu ihm, der zwei Meter weiter ohne Schmerzen in seinem Blut lag, lud ihn sich auf den Rücken und marschierte, ohne sich um das Feuer zu kümmern, das um sie herum tobte, geradewegs auf den Gipfel zu, wo sich ihm vier Hände entgegenstreckten, um ihm den Verwundeten abzunehmen. Gregory Reeves ging wieder zurück, um den nächsten verwundeten Kameraden zu holen und dann den nächsten, und diese ganze unselige Nacht hindurch trug er einen nach dem anderen durch das Maschinengewehrfeuer, in der Gewißheit, daß ihm, solange er das tat, nichts geschehen konnte, er war unverletzbar. Nie zuvor in seinem Leben hatte er dieses Gefühl absoluter Macht gehabt, und er würde es auch später nie wieder haben.

Im Morgengrauen kam Hilfe. Die Hubschrauber nahmen zuerst die Verwundeten mit, dann die neun Heilgebliebenen, und schließlich wurden die Plastiksäcke ausgeladen, um die Toten hineinzupacken. Von den Männern, die unversehrt geborgen wurden, waren acht vor Angst und Anspannung völlig erschöpft und zitterten so in ihren durchnäßten Uniformen, daß sie nicht einmal die Whiskyflasche halten konnten, um einen Schluck zu trinken. Doch als sie Stunden später am Strand abgeladen wurden, wo sie sich drei Tage lang vergnügen und entspannen und von dem Grauen erholen sollten, konnten sie schon über das Geschehene sprechen und Einzelheiten erzählen. Verdreckt und überreizt bis zum Irrsinn, stürzten sich alle, Ellbogen an Ellbogen, ein Haufe räuberischer Desperados, wie die Tiere auf das eisgekühlte Bier und die warmen Hamburger, Dinge, die sie seit Monaten nicht mehr gesehen hatten, und als sie irgendwer zur Ordnung rufen wollte, fingen sie eine Schlägerei an, die um ein Haar in ein neues Gemetzel ausgeartet wäre. Als die Militärpolizei kam, ihre Gesichter sah und erfuhr, was sie durchgemacht hatten, nahm sie ihnen die Waffen weg und ließ sie laufen, vielleicht würden ihnen ja ein bißchen Salzwasser und Sand in die Welt der Lebenden zurückhelfen.

Der neunte Überlebende, Gregory Reeves, stieg als letzter in den Hubschrauber, nachdem er den anderen hineingeholfen hatte. Er saß stumm und wie versteinert da, den Blick starr geradeaus gerichtet, das Gesicht von tiefen Furchen der Erschöpfung durchzogen, ohne einen Kratzer und über und über mit fremdem Blut besudelt. Seine Nerven waren in Fetzen. Sie konnten ihn nicht mit an den Strand schicken, sie gaben ihm eine Spritze, und er wachte zwei Tage später in einem Feldlazarett auf, wo er am Bett festgebunden war, damit er sich in der Panik seiner Albträume nicht verletzte. Sie erzählten ihm, daß er elf seiner Kameraden das Leben gerettet habe und dafür eine der höchsten Auszeichnungen erhalten werde.

Nach dem Kodex des Aberglaubens, der in jedem Krieg gilt, waren die neun unverletzt Überlebenden des Massakers zwar dem Tod von der Schippe gesprungen, waren aber jetzt Gezeichnete. Zusammen hatten sie nicht die geringste Chance, ein zweites Mal davonzukommen, doch getrennt würden sie es vielleicht schaffen, das Schicksal auch weiter auszutricksen. Sie wurden auf verschiedene Kompanien verteilt mit dem stillschweigenden Übereinkommen, daß sie eine Zeitlang keinen Kontakt miteinander haben würden. Allerdings hatte auch keiner von ihnen ein Verlangen danach, auf die Euphorie nach der Rettung war die Angst gefolgt: Sie konnten sich nicht erklären, weshalb sie als einzige unter mehr als hundert Männern dieses Glück gehabt hatten. Zwei der Verwundeten waren nach einigen Wochen wieder auf den Beinen und liefen Gregory Reeves ein paarmal über den Weg, aber sie sprachen ihn nicht an und taten so, als hätten sie ihn nie gesehen, denn die Schuld war zu groß, sie konnten sie nicht bezahlen, und die Folge war ein seltsames Gefühl der Scham.

Mehrere Monate waren vergangen, seit Gregory nach Vietnam gekommen war, als sich seine Vorgesetzten endlich daran erinnerten, daß er die Landessprache beherrschte, und der Nachrichtendienst schickte ihn als Verbindungsmann in ein Dorf in den Bergen. Offiziell bestand seine Aufgabe darin, in der Schule Englisch zu unterrichten, aber keiner der Dorfbewohner hatte auch nur den geringsten Zweifel, was den wirklichen Charakter seiner Arbeit anging, und deshalb machte auch er sich gar nicht erst die Mühe, irgend etwas vorzutäuschen.

Am ersten Unterrichtstag kam er mit der Maschinenpistole über der Schulter und einer Tasche mit Büchern in der Hand herein, ging durchs Klassenzimmer, ohne nach rechts und links zu blicken, legte seine Mappe auf den Tisch und wandte sich dann seinen Schülern zu. Zwanzig Männer unterschiedlichen Alters begrüßten ihn mit einer tiefen Verbeugung. Sie verneigten sich nicht vor ihm, sondern vor dem Lehrer, denn dieses Volk hat schon seit uralten Zeiten Achtung vor dem Wissen. Er fühlte, wie ihm das Blut ins Gesicht schoß, nur in wenigen Augenblicken des Krieges hatte er soviel Verantwortung empfunden wie hier und jetzt. Langsam nahm er die Waffe von der Schulter und ging zur Wand, um sie an einen Haken zu hängen, dann kehrte er zur Tafel zurück und verneigte sich nun seinerseits vor den Schülern, im stillen dankbar für seine zwölf Jahre Schule und die sieben an der Universität. Der Englischunterricht, der eigentlich nur als Tarnung zum Sammeln von Informationen gedacht war, wurde für ihn vom ersten Tag an zur vordringlichen Pflicht, da es die einzige Möglichkeit war, sich bei den Dorfbewohnern für all das, was er von ihnen bekam, ein wenig erkenntlich zu zeigen.

Er wohnte in einem einfachen, aber kühlen und bequemen Haus, das einmal einem Beamten der französischen Regierung gehört hatte, eins der wenigen im Umkreis von mehreren Kilometern, das über ein Klosetthäuschen hinten im Hof verfügte. Das Trappeln und Scharren der Katzen und Ratten auf dem Dach wurde ihm nach und nach so vertraut, daß er aus dem Schlaf schreckte, wenn sie nachts einmal Ruhe gaben. Er hatte viel Zeit, seinen Unterricht vorzubereiten, im Grunde gab es sehr wenig zu tun, der militärische Auftrag war eher lachhaft, die Verbündeten stellten sich als unberechenbare Schatten heraus. Die vereinzelten Kontakte waren surrealistisch und seine Berichte schließlich nur noch Ratespiele. Er meldete sich jeden Tag über Funk bei seinem Bataillon, hatte aber selten Neuigkeiten zu bieten. Zwar war er hier mitten im Kampfgebiet, dennoch schien der Krieg sich manchmal ganz woanders abzuspielen.

Wenn er, in Schlamm und Schweinekot watend, an den strohgedeckten Häusern vorbeischlenderte, grüßte er jeden mit Namen, half den Bauern, die Büffel vor die schweren Holzpflüge zu spannen, um die Felder für die Reissaat vorzubereiten, war den Frauen behilflich, die mit ihren großen Krügen und ihren Sprößlingen im Schlepptau Wasser holen gingen, und war dabei, wenn die Kinder Drachen steigen ließen und Stoffbälle machten. Abends tönten leise die Lieder der Mütter, die ihre Kleinen in den Schlaf wiegten, und raunten die Stimmen der Männer, die sich in ihrer singenden Sprache unterhielten. Diese Töne bestimmten den Rhythmus der Stunden, sie waren die Musik des Dorfes. Nach einer Ewigkeit hörte er sich auch zum erstenmal wieder seine eigene Musik an, er machte es sich bequem, spielte seine Kassetten mit klassischer Musik ab und stellte sich ein paar Stunden lang vor, der Krieg wäre nur ein böser Traum. Ihm war, als wäre er hier geboren, bei diesen freundlichen, sanftmütigen Menschen, die aber bei aller Duld-

samkeit auch imstande waren, eine Waffe in die Hand zu nehmen und ihr Leben aufs Spiel zu setzen, wenn es darum ging, ihr Land zu verteidigen.
Nach kurzer Zeit konnte er ihre Sprache fließend sprechen, wenn auch mit einem harten Akzent, der ihm fröhliches Gelächter einbrachte. Im Unterricht allerdings lachte ihn keiner aus, die Männer, die sonst vertraulich mit ihm umgingen, wenn er als Gast bei ihnen war, begrüßten ihn in der Schule mit tiefen Verbeugungen. Abends spielte er mit ihnen Karten, und die Regel dabei war, in wahren Rededuellen sarkastisch-witzige Sticheleien auszutauschen, wobei er immer den kürzeren zog, denn bis er sich die Pointe übersetzt hatte, waren die anderen längst weiter. Er mußte achtsam sein im Umgang mit ihnen, es gab eine unklare Grenze zwischen den allgemein gängigen Scherzen und einem unverletzlichen Verhaltenskodex, den Respekt und gute Sitten vorschrieben. Dem Anschein nach verhielten sich alle wie Gleiche unter Gleichen, aber es gab ein verwickeltes und sehr heikles System der Rangordnungen, und jeder wachte mit stolzer Entschiedenheit über seine Ehre. Sie waren gastfreundlich und herzlich, und ihre Türen standen für Gregory immer offen, genauso wie sie ihn in seinem Haus ohne Vorankündigung besuchten und stundenlang angeregt plaudernd sitzen blieben.
Die Kunst des Geschichtenerzählens wurde hoch geschätzt, es gab bei ihnen einen alten Geschichtenerzähler, der es fertigbrachte, seine Zuhörer in Himmel und Hölle zu versetzen und mit seinen gefühlvollen Märchen und weitschweifigen Balladen, in denen Jungfrauen aus Lebensgefahr gerettet wurden und in Ungnade gefallene Söhne wieder zu Ehren kamen, selbst die härtesten Männer rührte. Wenn eine Geschichte zu Ende war, herrschte immer langes andächtiges Schweigen, und dann lachte der Alte plötzlich laut auf und machte sich über seine Zuhörer lustig, die sich vom Zauber seiner Worte wie Kinder hatten betören lassen.
Gregory fühlte sich von Freunden umgeben, ein Mitglied mehr in einer großen Familie. Bald kam er sich nicht mehr wie ein weißer Hüne vor, er vergaß die Unterschiede in Körpergröße,

Kultur, Rasse, Sprache und Zielen und gab sich dem angenehmen Gefühl hin, wie alle anderen zu sein. Eines Nachts ertappte er sich dabei, wie er zur schwarzen Himmelskuppel hinaufschaute und lächelte, weil ihm bewußt wurde, daß er sich hier, in diesem abgelegenen asiatischen Nest, zum erstenmal in fast dreißig Jahren als Teil einer Gemeinschaft fühlte.

Er schrieb an Timothy Duane und legte ihm eine Liste mit Unterrichtsmaterial bei, das er ihn zu schicken bat, weil seine Lehrbücher auf Kinder zugeschnitten und veraltet waren, außerdem setzte er sich mit einer High-School in San Francisco in Verbindung, um einen Briefwechsel zwischen seinen und den amerikanischen Schülern anzuregen. Seine Schüler erzählten in ihrem holprigen Englisch auf ein paar Seiten ihre Lebensgeschichte, und einige Wochen später erhielten sie einen Sack voller Antwortbriefe aus den Vereinigten Staaten. An diesem Abend fand ein Fest statt, um das große Ereignis zu feiern.

Timothy Duane hatte unter anderem eine Maske mitgeschickt, die das alljährliche traditionelle Halloween anschaulich machen sollte; sie war aus Gummi und hatte die Gesichtszüge eines Gorillas, dazu grüne Haare, Haifischzähne und spitz zulaufende Ohren, die wie Gelatine glibberten. Gregory setzte sie auf, hängte sich ein Bettlaken um und sprang so mit einer brennenden Fackel in jeder Hand auf der Straße herum. Der Spaß hatte eine verheerende Wirkung. Es gab einen Aufruhr wie bei einem Luftangriff, Frauen und Kinder flüchteten kreischend in den Wald, und die Männer, soweit sie ihre Angst überwinden konnten, taten sich zusammen, um das Ungeheuer mit Stöcken anzugreifen. Der Gorilla mußte um sein Leben rennen und verhedderte sich dabei im Laken, während er verzweifelt versuchte, sich die Maske abzureißen. Er konnte sich gerade noch rechtzeitig zu erkennen geben, aber ein paar Steinwürfe hatte er doch schon kassiert.

Die Maske wurde eine hochgeschätzte Trophäe, die Schaulustigen standen Schlange, um sie aus der Nähe zu bewundern und sie mit zaghaftem Finger zu berühren. Gregory hatte vorgehabt, sie als Belohnung für den besten Schüler seiner Klasse auszusetzen, aber dieser Anreiz war so stark, daß viele sich den ersten Platz teilten, und deshalb hielt er es für richtiger, den Schatz der Gemeinde zu überlassen. King Kongs Gesicht landete also im Gemeindehaus, wo es neben einer blutgetränkten Fahne, einem Verbandskasten, einem Funkgerät und anderen Reliquien seinen Platz fand. Als Gegenleistung schenkten sie ihrem Englischlehrer einen kleinen Holzdrachen, das Symbol des Wohlstands und des Glücks, der im Vergleich zu dem Gummiungeheuer wie ein Engel aussah.

Die trügerische Ruhe dieser Monate im Dorf endete für Gregory früher als erwartet. Die ersten Symptome waren ähnlich wie bei Ruhr, er gab dem womöglich verseuchten Wasser oder einer vielleicht verdorbenen Speise die Schuld und beschränkte sich darauf, über Funk ein Medikament anzufordern. Sie schickten ihm einen Karton mit vielen Fläschchen und ein Merkblatt voller Anweisungen. Er kochte nun getreulich jeden Schluck Wasser ab, versuchte die Einladungen so schonend abzulehnen, daß er niemanden kränkte, und nahm regelmäßig die Medikamente ein. Ein paar Tage fühlte er sich besser, aber dann kamen die Beschwerden verstärkt zurück. Er dachte, das wären die Nachwirkungen der Krankheit, und ließ sich nicht beunruhigen, er war fest entschlossen, das Virus durch Gleichgültigkeit zu killen, so was ist doch kein Grund, wie ein altes Weib zu flennen, Männer jammern nicht, Mann.

Aber es ging ihm zusehends schlechter, er verlor an Gewicht, alle Knochen taten ihm weh, es kostete ihn unendliche Mühe, vom Bett aufzustehen und seinen Blick auf die Buchstaben zu heften, um seinen Unterricht vorzubereiten oder die Hausaufgaben seiner Schüler durchzusehen. Er stand mit der Kreide in der Hand vor der Tafel und hatte nicht die Kraft, den Arm zu heben, er starrte nur entgeistert auf das schwarze Rechteck und wußte nicht, was das Gekrakel bedeutete, das er selbst daraufgeschrieben hatte, und was das für eine glühende Hitze war, die seinen Körper verzehrte. *Is this pencil red? No, this pencil is blue*, und er konnte sich beim besten Willen nicht daran erinnern, von welchem Stift hier die Rede war und wen es überhaupt interessieren konnte, ob er rot oder blau war. In weniger als zwei Monaten hatte er achtzehn Kilo abgenommen, und als einmal ein alter Bauer zu ihm sagte, er schrumpfe ja immer mehr zusammen und im Gesicht sei er gelb wie ein Kürbis, antwortete er mit einem schwachen Lächeln, ein guter Spion müsse sich eben völlig an seine Umgebung anpassen.

Zu diesem Zeitpunkt waren seine verschlüsselten Botschaften schon für keinen im Dorf mehr ein Geheimnis, und er selbst machte seine Witze darüber. Die Leute betrachteten seine Anwesenheit als unvermeidliche Folgeerscheinung des Krieges, das hatte nichts mit ihm persönlich zu tun, wäre es nicht Reeves, dann wäre es eben ein anderer, darum kam man nicht herum. Von all den Ausländern, die hier schon durchgekommen waren, ob Freunde oder Feinde, war dieser der einzige, mit dem sie gut auskamen, den sie sogar liebgewonnen hatten.

Manchmal tauchte ein kleiner Junge bei ihm auf und flüsterte ihm ins Ohr, in der Nacht werde es Sturm geben, und er solle doch lieber kein Licht anmachen und die Türen gut verschließen und auf gar keinen Fall aus dem Haus gehen. Gewöhnlich sah es dann gar nicht so aus, als hätte sich das Wetter geändert, und Gregory betrachtete durch eine Ritze in der Bambusjalousie die fahle Sichel des Mondes, lauschte den Schreien der Nachtvögel und überhörte gewisse andere Geräusche in den Gassen des Dorfes. Er meldete diese Zwischenspiele nicht, seine Vorgesetzten würden nicht verstehen, daß die Menschen hier, wenn sie überleben wollten, keine Wahl hatten, sie mußten sich dem Stärkeren beugen, gleichgültig, zu welcher Seite er gehörte. Ein Wort von ihm über diese merkwürdigen Nächte voll heimlicher Geschäftigkeit, und eine Strafexpedition würde mit allem ein Ende machen, seine Freunde würden getötet und das Dorf in einen Haufen verkohlter Ruinen verwandelt werden, eine Tragödie, die die Pläne des Vietcong um kein Jota ändern würde.

Das Ausbleiben der Nachrichten erregte in seinem Bataillon Verdacht, und sie schickten einen Jeep, ihn zu holen, um ihm persönlich ein paar Fragen zu stellen. Auf dem Weg zum Stützpunkt wurde er ohnmächtig, und bei der Ankunft mußten sie ihn zu zweit herausziehen und zu einem Stuhl im Schatten schleppen. Sie brachten ihm eine große Flasche voll Wasser, das er in einem Zug heruntertrank und sofort wieder ausbrach. Die Blutuntersuchungen schlossen die üblichen Erkrankungen aus, und der Arzt, der eine ansteckende Infektion befürchtete, ließ ihn direkt in ein Krankenhaus auf Hawaii fliegen.

Der Krankenhausaufenthalt war für Gregory Reeves von entscheidender Bedeutung, denn er gab ihm Gelegenheit, an die Zukunft zu denken, ein Luxus, den er bis dahin nicht gekannt hatte. Selten einmal hatte er soviel Muße gehabt, er schwebte in einer Luftblase durch den leeren Raum, die Stunden kamen ihm wie Ewigkeiten vor. In den Monaten an der Front war er, statt abzustumpfen, überempfindlich geworden, und jetzt, in der relativen Stille seines Krankenzimmers, schreckte er auf, wenn ein Thermometer auf ein Metalltablett fiel oder eine Tür zuschlug. Der Essensgeruch war ihm unangenehm, vom Geruch der Medikamente wurde ihm übel, und wenn er eine Wunde roch, drehte sich ihm der Magen um. Die Berührung der Bettücher war eine Tortur für seine Haut, das Essen schmeckte wie Sand in seinem Mund. Mehrere Tage wurde er durch Infusionen ernährt, danach fütterte eine geduldige Krankenschwester ihn Löffel für Löffel mit Babybrei, und so bekam er allmählich wieder Appetit.

In den ersten Tagen konzentrierte er sich nur auf sich selbst, alle fünf Sinne waren auf seine Genesung eingestellt, er selbst ausschließlich mit dem Auf und Ab seiner Krankheit und den Reaktionen seines Organismus beschäftigt. Als sein Körper von den Drogen entgiftet war, mit denen er sich seit Beginn seines Militärdienstes irgendwie in Betrieb gehalten hatte, lichtete sich der Nebel in seinem Gehirn, und eine große Klarheit zwang ihn, sich selbst zu sehen. Er lag auf dem Rücken, starrte den Ventilator an der Decke an und dachte nach. Sein Leben hatte bis zu diesem Augenblick nur aus Arbeit und Einschränkung bestanden. Er hatte es zwar geschafft, aus seinem Barrio herauszukommen und Anwalt zu werden, was keinem seiner Freunde aus der Kinderzeit gelungen war, doch das Stigma der Armut war er dadurch nicht losgeworden. Seine Ehe hatte dieses Gefühl der Unterlegenheit nicht von ihm genommen.

Die Sprödigkeit und Passivität seiner Frau, die früher eine gewisse Neugier in ihm geweckt hatten, ärgerten ihn jetzt nur noch. Timothy Duane sagte, die Welt teile sich in Drohnen, die nur zu ihrem Vergnügen da seien, und Arbeitsbienen, deren Aufgabe es sei, für den Unterhalt der Drohnen zu sorgen. Leute wie Samantha und Timothy hatten schon alles gehabt, noch bevor sie geboren wurden, sie waren Menschen ohne Sorgen, immer fand sich jemand, der ihre Rechnungen bezahlte, wenn sie mal nicht flüssig waren.
Verfluchte Bande, knurrte er, als er sich mit ihnen verglich. Ich werd's dem Schicksal schon zeigen, darauf kann es Gift nehmen! sagte er sich immer wieder und versuchte, nicht daran zu denken, daß ihn sein Schicksal auch auf den Friedhof bringen könnte. Nein, das kann gar nicht passieren, ich habe doch keine zwei Monate mehr, die schicken mich auf keinen Fall an die Front zurück, tröstete er sich. Er empfand Sympathie für die anderen Patienten, Verlierer wie er, aber ihr Wimmern, das langsame Schlurfen ihrer Pantoffeln über den Linoleumboden, ihre kleinen Sorgen und Nöte gingen ihm auf die Nerven. Er hörte sich diese belanglosen Gespräche und Klagen an und dachte, daß sie doch nur armseliger Ausschuß waren, nur Nummern auf den Verwaltungslisten, nichts von Bedeutung, sie konnten ohne weiteres morgen verschwinden, und es würde nicht einmal eine Spur von ihnen bleiben.
Und ich? Würde denn an mich jemand denken? Nein, niemand, weder meine Frau noch meine Tochter würden um mich weinen, und meine Mutter ebensowenig. Und Carmen? Die wird immer noch um ihren Bruder trauern, sie hat Juan José abgöttisch geliebt, er war der einzige, der mit ihr in Kontakt blieb, als die anderen nichts mehr von ihr wissen wollten. Vorsicht, jetzt werde ich sentimental. Eigentlich ist es mir nämlich scheißegal, ob sie an mich denken oder nicht, was ich will, ist reich sein, Macht haben. Mein Vater hatte diese Macht bei den Randexistenzen, unter denen er sich bewegte, er konnte einen ganzen Saal hypnotisieren und die Leute davon überzeugen, daß er der Abgesandte der Höchsten Intelligenz sei, er machte uns allen vor, er kenne die Pläne und Gesetze des

Universums, und starb dennoch an ein Bett gefesselt, mit blutigem Schaum vor dem Mund und zwanzig eiternden Kratern in der Haut, in völliger geistiger Umnachtung.
Ich weiß, was du da flüsterst, Cyrus, daß nur die moralische Macht zählt. Du warst ein gutes Beispiel dafür, aber du hast Jahre in einem Aufzug ohne Luft und Licht verbracht, wo du heimlich deine Bücher gelesen hast, und ich nehme an, daß deine Seele immer noch herumirrt und irgendwelche Schmöker wälzt. Was hat es dir denn genutzt, ein so guter Mensch zu sein? Mir hast du viel gegeben, das kann ich nicht leugnen, aber du hattest doch gar nichts, du hast ein ganz armseliges und einsames Leben geführt. Pedro Morales ist auch so ein gerechter Mann. Als ich ein kleiner Junge war, glaubte ich, er sei mächtig, ich hatte Angst vor seiner donnernden Patriarchenstimme und seinem steinernen Indiogesicht mit den Goldzähnen, armer Pedro Morales, er ist unfähig, einer Fliege etwas zuleide zu tun, noch so ein Opfer dieser Scheißgesellschaft. Es heißt, es ist aus mit ihm, seit Carmen das Haus verlassen hat, er ist alt geworden, und jetzt auch noch der Tod von Juan José.
Ich werde wirkliche Macht besitzen, die des Geldes und die des Ruhms, die Macht, die ich in meinem Barrio bei keinem erlebt habe, niemand wird mich mehr von oben herab ansehen oder es wagen, mich anzuschreien. Bei diesem Zynismus wird sich deine arme Seele jetzt wohl im Fegefeuer überschlagen, Cyrus, aber versuch mich zu verstehen, die Welt gehört den Starken, und ich habe es endgültig satt, immer auf der Seite der Schwachen zu stehen. Damit ist jetzt Schluß.
Als erstes muß ich gesund werden, vorläufig kann ich nicht einmal die Arme hochheben, um mich zu kämmen, das Atmen fällt mir schwer, und in meinem Gehirn fängt es offenbar gleich an zu brodeln, aber das hat nichts mit der verfluchten Krankheit zu tun, das hängt mir noch von früher an, diese Allergien machen mich fertig. Ich rühre keine Drogen mehr an, die bringen mich um, höchstens mal ein bißchen Marihuana, um den Tag zu überstehen, aber keine Tabletten mehr und keine Spritzen mit diesem Scheißzeug, ich muß wieder ein gesunder Mensch werden, nicht einer von diesen Veteranen im Rollstuhl,

alkoholsüchtig und drogenabhängig und völlig kaputt, von denen gibt es schon genug. Ich werde reich sein, verdammt noch mal.

Die Gedanken überstürzten sich in seinem Kopf; wenn er die Augen schloß, drehten und drehten sich die Bilder vor ihm in einer unendlichen Spirale, und wenn er sie öffnete, waren seine Erinnerungen auf die graue Fläche der Decke projiziert. Er hatte große Schwierigkeiten einzuschlafen, nachts lag er wach in seinem dunklen Zimmer und mühte sich ab, Luft in seine Lungen zu pumpen.

Die Ärzte kamen der Infektion endlich auf die Spur, verordneten ihm Antibiotika, und drei Wochen später war er wieder auf den Beinen. Er hatte zwar einige Kilo zugenommen, würde aber nie wieder so kräftig werden wie früher und sah schließlich ein, daß Muskulatur nichts mit Männlichkeit zu tun hat. Die allergischen Reaktionen wurden schwächer, der Kopfschmerz ließ nach, er röchelte nicht mehr beim Atmen, und seine Augen waren wieder klar, aber er fühlte sich immer noch schwach, und bei der kleinsten Anstrengung wurde ihm schwarz vor den Augen. Und eines Tages hörte er ungläubig dem Arzt zu, der ihn für gesund erklärte und ihm gleichzeitig die Order aushändigte, an die Front zurückzukehren. Er hatte nicht geglaubt, daß er noch einmal eine Waffe in die Hand nehmen müßte, er hatte gehofft, für die restlichen Wochen seines Militärdienstes auf irgendeine Schreibstube oder zurück ins Dorf geschickt zu werden.

Er wurde nach Saigon geflogen und bekam zwei Tage Urlaub und den ausdrücklichen Befehl, diese achtundvierzig Stunden zu nutzen, um endgültig wieder auf die Beine zu kommen. Er nutzte diese Stunden, um Thui, Juan Josés Freundin, zu suchen. Mit Hilfe seines Freundes Leo Galupi, für den es auf der Welt kein unlösbares Problem gab, erreichte er sie schließlich über Telefon und verabredete sich mit ihr in einem einfachen Restaurant.

Gregory war elend zumute, während er auf sie wartete, er hatte keine Vorstellung, wie er ihr am schonendsten beibringen sollte, was geschehen war. Thui hatte gesagt, sie würde ein

blaues Kleid und eine Kette mit weißen Perlen tragen, damit er sie erkannte. Gregory sah sie hereinkommen, und bevor er auf sie zuging, ließ er sich ein paar Sekunden Zeit, um sie von weitem zu betrachten und sein Herzklopfen zu besänftigen. Die Frau war nicht hübsch, sie hatte eine stumpfe Haut, als wäre sie krank, eine platte Nase und kurze Beine, das einzig Bemerkenswerte an ihr waren die weit auseinanderstehenden schrägen Augen, zwei vollkommene schwarze Mandeln. Sie hielt ihm eine kleine Hand hin, die in seiner verschwand, und murmelte einen Gruß, ohne ihm ins Gesicht zu sehen. Sie setzten sich an einen Tisch mit einer Plastikdecke, und sie wartete gelassen, die Hände auf dem Schoß und den Blick gesenkt, während er mit einem lächerlichen Eifer die Speisekarte studierte und sich fragte, warum zum Teufel er sie hatte kommen lassen, jetzt saß er in der Patsche und hatte nur noch den Wunsch, von hier zu verschwinden. Der Kellner brachte ihnen Bier und eine Schüssel mit einem undefinierbaren Frikassee, das für jemanden mit einer gerade überstandenen Darminfektion genau das Rechte war. Das Schweigen wurde immer unbehaglicher, Gregory betastete das geweihte Band der Jungfrau von Guadalupe unter seinem Hemd. Schließlich hob Thui den Kopf und blickte ihn völlig ausdruckslos an.
»Ich weiß es schon«, sagte sie.
»Was?« Und er bereute sofort, daß er das gefragt hatte.
»Das mit Juan José. Ich weiß es schon.«
»Es tut mir leid. Ich weiß nicht, was ich Ihnen sagen soll, ich bin sehr ungeschickt in solchen Dingen ... ich weiß, daß ihr euch sehr geliebt habt. Ich habe ihn auch sehr gern gehabt«, stammelte Gregory und konnte in seiner Trauer nicht weitersprechen, sein Herz war voller Tränen, die nicht geweint werden konnten, und er wußte sich nicht anders zu helfen, als mit der Faust auf den Tisch zu schlagen.
»Kann ich etwas für Sie tun?« fragte sie.
»Das muß ich Sie fragen. Das war ja der Grund, weshalb ich Sie angerufen habe. Entschuldigen Sie, ich komme Ihnen bestimmt sehr aufdringlich vor ... Hat Ihnen Juan José nicht von mir erzählt?«

»Er hat mir von seiner Familie und seinem Land erzählt. Sie sind sein Bruder, nicht wahr?«

»So kann man es nennen. Er hat mir auch von Ihnen erzählt, Thui, er hat mir gesagt, daß er zum ersten Mal in seinem Leben verliebt sei, daß Sie ein sehr lieber Mensch sind und daß er Sie heiraten und nach Amerika mitnehmen würde, wenn der Krieg zu Ende ist.«

»Ja.«

»Brauchen Sie irgend etwas? Es wäre in Juan Josés Sinn, wenn ich ...«

»Nein, danke.«

»Geld vielleicht?«

»Nein.«

Sie saßen noch eine ganze Weile schweigend da, aber schließlich sagte sie, nun müsse sie wieder zu ihrer Arbeit zurück, und stand auf. Ihr Kopf überragte Gregory, der noch auf seinem Stuhl saß, nur um wenige Zentimeter. Sie legte ihm ihre Kinderhand auf die Schulter und lächelte, es war ein feines und ein wenig schelmisches Lächeln, durch das sie wirklich wie ein kleiner Kobold aussah.

»Machen Sie sich keine Sorgen, Juan José hat mir alles hinterlassen, was ich brauche«, sagte sie.

Angst. Panik. Ich ersticke vor Angst, ein Gefühl, das ich in all den vergangenen Monaten nie hatte, dies ist etwas Neues. Vorher war ich auf diese Scheiße programmiert, ich wußte, was ich zu tun hatte, konnte mich auf meinen Körper verlassen, war immer in Alarmbereitschaft, immer angespannt, ein echter Soldat. Jetzt bin ich ein armer Teufel, krank, in Ohnmacht verkrampft, ein richtig schlapper Sack. Viele fallen gerade in den letzten Tagen ihres Militärdienstes, weil ihre Aufmerksamkeit nachläßt oder weil sie Angst bekommen. Ich habe Angst davor, ganz plötzlich zu sterben, ohne daß ich Zeit habe, vom Licht Abschied zu nehmen, und noch größere Angst habe ich davor, langsam zu sterben. Angst vor dem Blut, meinem eigenen Blut, das aus meinem Körper heraussprudelt, vor dem Schmerz, Angst davor, als Krüppel zu überleben, den Verstand zu verlieren, Angst vor der Syphilis und anderen Seuchen, mit denen sie uns hier anstecken, Angst davor, dem Feind in die Hände zu fallen und gefoltert in einem Affenkäfig zu verenden, Angst davor, vom Dschungel verschluckt zu werden, einzuschlafen und zu träumen, mich ans Töten zu gewöhnen, an die Gewalt, die Drogen, den Dreck, die Nutten, den unsinnigen Gehorsam, das Geschrei, und Angst davor, daß ich später – falls es ein Später gibt – nicht mehr wie ein normaler Mensch durch die Straßen gehen kann und irgendwann anfange, alte Frauen in Parks zu vergewaltigen oder die Kinder auf dem Schulhof mit einem Gewehr zu bedrohen. Angst vor allem, was mich erwartet.

Tapfer ist derjenige, der angesichts der Gefahr gelassen bleibt, das hast du mir im Buch unterstrichen, Cyrus, du hast mir gesagt, daß ich nie mutlos sein soll, daß ein aufrechter Mensch nicht verzagt, sondern die Angst überwindet, aber das hier ist anders, das sind keine eingebildeten Gefahren, das sind keine Phantome oder Ausgeburten meiner Phantasie, das ist Weltuntergangsfeuer, Cyrus.

Und Wut. Ich müßte eigentlich Haß empfinden, aber trotz Drill, trotz Propaganda und all der Dinge, die ich hier sehe und höre, kann ich den nötigen Haß nicht aufbringen; vielleicht ist meine Mutter schuld, die mir den Kopf mit ihren Bahai-Lehren vollstopfte, oder auch meine Freunde im Dorf, die mir beigebracht haben, die Gemeinsamkeiten zu sehen und die Unterschiede zu vergessen. Keine Spur von Haß, dafür aber eine Riesenwut, ein tiefsitzender Groll gegen alle, gegen den Feind, diese Scheißkerle, die sich wie Maulwürfe unter der Erde bewegen und sich genauso schnell vermehren, wie wir sie ausrotten, und die genauso aussehen wie die Männer und Frauen im Dorf, die mich in ihre Häuser zum Essen einluden. Wut auf jeden einzelnen dieser korrupten Schweinehunde, die durch diesen Krieg reich werden, auf die Politiker und Generäle mit ihren Landkarten und Computern, ihrem heißen Kaffee, ihren tödlichen Irrtümern und ihrer grenzenlosen Selbstherrlichkeit; auf die Bürokraten mit ihren Verlustlisten, Zahlen in langen Kolonnen, Plastiksäcke in endlosen Reihen; Wut auf die, die zu

Hause geblieben sind und ihre Einberufungen verbrennen, und auch auf die, die Fahnen schwenken und uns zujubeln, wenn wir auf dem Fernsehbildschirm erscheinen, und die auch nicht wissen, warum wir uns gegenseitig umbringen. Entweder nennen sie uns Kanonenfutter oder heldenhafte Kämpfer für die Freiheit, diese Hurensöhne, von denen keiner die Namen der Orte aussprechen kann, an denen wir fallen, aber alle wollen sie mitreden, alle haben sie ihre Meinungen dazu. Meinungen! Was wir hier am wenigsten gebrauchen können, sind irgendwelche bescheuerten Meinungen. Und Wut auf diese Sturzbäche vom Himmel, diesen Regen, der alles aufweicht und faulen läßt, dieses Klima wie auf einem anderen Planeten, wo wir abwechselnd in der Kälte erfrieren und in der Hitze schmoren, Wut auf dieses verwüstete Land mit seinem unheimlichen Dschungel.

Wir werden gewinnen, aber sicher, sagt Leo Galupi immer, der König des Schwarzmarkts. Nachdem er seine zwei Jahre abgedient hatte, kam er irgendwann wieder, um sich hier niederzulassen, und er hat nicht vor, jemals wieder wegzugehen, weil er von diesem Scheißland begeistert ist. Außerdem wird er langsam Millionär, indem er uns geschmuggeltes Elfenbein und den anderen unsere Socken und Deodorants verkauft. Wir gehen aus jedem Gefecht als Sieger hervor, behauptet Galupi, nur weiß ich wirklich nicht, warum wir dann ständig dieses Gefühl der Unterlegenheit haben. Am Ende siegt immer das Gute, wie im Kino, und wir sind doch die Guten, oder? Wir haben Himmel und Meer unter Kontrolle, wir können dieses Land in Schutt und Asche legen und einen Krater auf der Landkarte daraus machen, ein riesiges Krematorium, wo eine Million Jahre kein Grashalm mehr wächst, wir brauchen nur auf den berühmten Knopf zu drücken, viel einfacher als in Hiroshima, erinnerst du dich noch daran, Mama, oder hast du es schon vergessen? Du hast es seit Jahren nicht mehr erwähnt, Mutter, worüber unterhältst du dich denn jetzt mit dem Geist meines Vaters? Diese Bomben sind aus der Mode gekommen, wir haben jetzt andere, die schneller und besser töten, na, was sagst du dazu?

Aber die Kriege werden weder in der Luft noch auf dem Wasser

gewonnen, sondern auf der Erde, Meter für Meter, Mann für Mann. Äußerste Brutalität. Warum machen wir nicht einfach einen Atomangriff, damit wir ein für allemal nach Hause gehen können, sagen die Marines beim zweiten Bier. Ich will nicht in dieser Gegend sein, wenn wir das tun. Ich darf nicht an die verschwundenen Freunde denken, an all die, die krepiert sind, an die in Flammen stehenden Gehöfte, die Flüchtlingsströme, die Mönche, die sich mit Benzin übergossen und angezündet haben; auch nicht an Juan José oder den armen Jungen aus Kansas, ich darf nicht jedesmal an meine Tochter denken, wenn ich eins dieser blinden und mit Narben und Brandwunden übersäten Kinder sehe. Ich darf nur daran denken, daß ich hier wieder lebend herauskomme, Sentimentalitäten sind da fehl am Platz, lebend herauskommen, sonst nichts. Ich kann niemandem in die Augen sehen, wir sind alle vom Tod gezeichnet, mir graut vor den leeren Augen dieser achtzehnjährigen Jungen, ihr Blick ist ein einziger schwarzer Abgrund.
Die anderen sind ständig um uns herum, durchschauen alle unsere Absichten, hören unser Geflüster, riechen uns, folgen uns, lassen uns nicht aus den Augen, warten ab. Sie haben keine Alternative: siegen oder sterben; sie fragen sich nicht, was zum Teufel sie hier zu suchen haben, seit Tausenden von Jahren werden sie auf diesem Boden geboren, und seit mindestens hundert kämpfen sie. Der kleine Junge, der uns Obst verkauft, die Frau ohne Ohren, die uns zu den Bordellen führt, der Alte, der den Müll verbrennt, sie alle sind Feinde. Oder vielleicht ist es auch keiner von ihnen. Während der drei Monate im Dorf war ich ein Mensch, kein Soldat, ein Mensch, aber jetzt bin ich wieder ein gehetztes Tier.
Und wenn das alles nur ein Albtraum wäre? Ein Albtraum ... Gleich werde ich in einer stillen, sauberen Wüste aufwachen und an der Hand meines Vaters den Abendhimmel betrachten. Der Himmel hier ist unvergleichlich, er ist das einzige, was der Krieg noch nicht zerstört hat. Die Morgendämmerung ist lang, und die Sonne steigt ganz langsam empor, orange, purpurrot, gelb, die Sonne ist eine riesige goldene Scheibe.
Ich hätte nie gedacht, daß sie mich in diese Hölle zurückschik-

ken würden, ich habe nur noch einen Monat, weniger als einen Monat, genau noch fünfundzwanzig Tage. Ich will nicht sterben, das wäre ein blödsinniges Ende, ich kann doch nicht die rabiaten Prügel der Barriobanden, die Spurts vor dem heranrasenden Zug, das Massaker auf dem Berg und diese ganzen dreizehn Monate im Feuer überlebt haben, um dann am Ende ohne Sang und Klang in einem Plastiksack zu verschwinden, weil ich mich womöglich im letzten Augenblick wie ein Idiot habe abschlachten lassen. Das kann doch nicht sein. Vielleicht hat Olga ja recht, vielleicht bin ich wirklich anders als die andern und bin deshalb mit heiler Haut von dem Berg heruntergekommen, bin unbesiegbar und unsterblich. Das glaubt jeder von sich, wenn es nicht so wäre, könnten wir gar nicht weiterkämpfen, auch Juan José fühlte sich unsterblich.
Glück, Karma, Schicksal... Vorsicht mit diesen Worten, ich verwende sie zu oft, das alles gibt es gar nicht, es ist Hokuspokus von meinem Vater und Olga, um die Leichtgläubigen hinters Licht zu führen. Das Schicksal schmiedet man sich selbst, indem man Schläge austeilt und zupackt, ich werde aus meinem Leben das machen, wozu ich Lust habe... immer vorausgesetzt, ich komme hier lebend raus und kann wieder nach Hause. Und ist das vielleicht kein Schicksal?
Es hängt eben nicht von mir ab, ob ich heimkehre – egal, was ich auch tue oder lasse, nichts kann mir die Garantie geben, daß ich in diesen fünfundzwanzig Tagen nicht die Beine oder Arme oder gar das Leben verlieren kann.

Inmaculada Morales hatte schon vor Pedros erstem Anfall begriffen, daß ihr Mann krank war; sie kannte ihn lange genug und bemerkte die Veränderungen, die er selbst nicht wahrnahm. Pedro hatte immer gestrotzt vor Gesundheit, er lehnte alle Medikamente ab außer seinem Hausmittel, Eukalyptusessenz, mit der er sich den von allzuviel Arbeit schmerzenden Rücken einrieb, und die einzige Betäubungsspritze in seinem Leben hatte er bekommen, als seine gesunden Zähne durch Goldzähne ersetzt wurden. Niemand kannte sein genaues Alter, er hatte sich seine Geburtsurkunde bei einem Fälscher in

Tijuana machen lassen, als es soweit gewesen war, seine Einwanderungspapiere in Ordnung zu bringen, und hatte ein beliebiges Datum genannt. Zu der Zeit, als Carmen das Haus verließ, war er nach Inmaculadas Schätzung ungefähr fünfundfünfzig.

Nach dem Weggang seiner Tochter war Pedro Morales nicht mehr der alte, er wurde ein schweigsamer Mann mit versteinertem Gesicht, mit dem zusammenzuleben nicht einfach war. Die Kinder stellten seine Autorität nie in Frage, es wäre ihnen gar nicht in den Sinn gekommen, sich ihm zu widersetzen oder Erklärungen von ihm zu verlangen. Als dann einige Zeit später die Ältesten verheiratet waren und ihm Enkel schenkten, wurde er wieder etwas umgänglicher, und wenn er die Kleinen um sich hatte, die mit ihm plapperten und ihm wie die Küchenschaben zwischen den Füßen herumkrabbelten, lächelte er wieder wie in den guten Zeiten.

Nur von Carmen durfte Inmaculada nicht mit ihm sprechen. Als sie es einmal versuchte, hätte er sie fast geschlagen. Da siehst du mal, wie weit du mich treibst, Weib! brüllte er, als er sich plötzlich mit erhobenem Arm ertappte. Im Unterschied zu vielen anderen Männern im Barrio fand er es feige, seine Frau zu schlagen, bei den Töchtern sei das etwas anderes, sagte er, die müsse er schließlich erziehen. Inmaculada wußte genau, wie sehr er trotz aller altmodischen Strenge Carmen vermißte, und ihr fiel ein Weg ein, wie sie ihn auf dem laufenden halten konnte. Sie brachte eine wenn auch nicht sehr regelmäßige Korrespondenz mit Gregory in Gang, deren einziges Thema ihre verschwundene Tochter war. Sie schickte ihm Postkarten mit Blumen und Tauben, auf denen sie ihm mitteilte, was es Neues in ihrer Familie gab, und ihr Gringosohn schrieb ihr von seinem letzten Telefongespräch mit Carmen, und so erfuhr sie Näheres aus dem Leben ihrer Tochter, von deren Aufenthalt in Mexiko, ihrer Europareise, ihren Liebschaften, ihrer Arbeit. Sie ließ die Karten und Briefe immer irgendwo liegen, wo der Vater sie lesen konnte, ohne daß sich sein Stolz verletzt fühlen mußte.

In diesen Jahren hatten sich die Sitten drastisch geändert, und

Carmens Ausrutscher war etwas ganz Alltägliches geworden, es war gar nicht so leicht, sie weiterhin zu verdammen, als wäre sie eine Ausgeburt des Teufels. Außereheliche Schwangerschaften waren ein Lieblingsthema von Filmen, Fernsehserien und Romanen, bekannte Schauspielerinnen hatten Kinder, deren Väter sie nicht nannten, die Feministinnen predigten das Recht auf Abtreibung, und in den öffentlichen Parks kopulierten die Hippies vor jedem, der zusehen wollte, und nicht einmal der strenge Padre Larraguibel verstand mehr, warum Pedro Morales so unnachgiebig war.

An jenem unglückseligen Mittwoch erschienen zwei junge Offiziere bei der Familie Morales, zwei schüchterne Jungen, die ihr Unbehagen hinter unsinniger soldatischer Steifheit und der Förmlichkeit eines oft aufgesagten Spruches zu verbergen suchten. Sie überbrachten die Nachricht von Juan Josés Tod. Es werde ein Gottesdienst abgehalten werden, wenn die Familie einverstanden sei, und die Beisetzung werde in einer Woche auf dem Militärfriedhof stattfinden, sagten sie und übergaben den Eltern die Auszeichnungen ihres Sohnes für heldenhafte Einsätze, die weit über seine Pflicht hinausgegangen waren.

In dieser Nacht erlitt Pedro Morales einen Anfall. Er fühlte eine plötzliche Schwäche in den Gliedern, als wäre sein Körper zu weichem Wachs geworden, und brach vor seiner Frau ohnmächtig zusammen. Inmaculada schaffte es nicht, ihn hochzuheben, um ihn ins Bett zu bringen, aber sie wagte auch nicht, ihn allein zu lassen und Hilfe zu holen. Als sie merkte, daß er nicht mehr atmete, schüttete sie ihm kaltes Wasser ins Gesicht, doch das zeigte keine Wirkung. Da erinnerte sie sich an eine Sendung im Fernsehen und versuchte es mit Mund-zu-Mund-Beatmung, wobei sie ihm gleichzeitig mit der Faust auf die Brust schlug. Eine Minute später kam ihr Mann tropfnaß wieder zu sich, und kaum hatte sich seine dumpfe Übelkeit gelegt, trank er zwei Gläser Tequila und verschlang einen halben Apfelkuchen. Er weigerte sich, ins Krankenhaus zu gehen, das seien sicher nur die Nerven, das Unwohlsein würde mit ein wenig Schlaf wieder weggehen, sagte er, und so war es auch. Am nächsten Morgen stand er wie gewöhnlich früh auf, öffnete die Werkstatt, gab den Mechanikern einige Anweisungen und ging sich dann einen schwarzen Anzug für die Beerdigung seines Sohnes kaufen. Von dem Ohnmachtsanfall war außer einem kräftigen Schmerz in den Rippen, die seine Frau mit der Faust traktiert hatte, nichts geblieben.

Weil er nicht zu bewegen war, zu einem Arzt zu gehen, beschloß Inmaculada, Olga um Rat zu fragen, mit der sie sich nach Carmens unglückseliger Abtreibung wieder versöhnt hatte, weil sie wußte, daß die Heilerin ihr nur hatte helfen wollen. Olga hätte sich bei ihrer langjährigen Erfahrung nie auf einen so späten Eingriff eingelassen, wenn es sich nicht ausgerechnet um Carmen gehandelt hätte, die für sie wie eine Nichte war. Das Ganze hatte böse geendet, aber Inmaculada war der Meinung, das sei niemandes Schuld gewesen, sondern der Wille Gottes. Olga hatte schon von Juan Josés Tod gehört und wollte wie das ganze Barrio an der Messe von Padre Larraguibel teilnehmen. Die beiden Frauen umarmten sich lange, dann setzten sie sich hin, um Kaffee zu trinken und über Pedros Ohnmachtsanfälle zu sprechen.

»Er ist nicht mehr der alte. Er nimmt immer mehr ab. Er trinkt literweise Zitronenlimonade und hat bestimmt schon Löcher im Bauch von soviel Zitrone. Er hat kaum noch die Kraft, mit mir zu zanken, und stellen Sie sich vor, an manchen Tagen geht er nicht einmal in die Werkstatt.«

»Ist sonst noch was?«

»Er weint im Schlaf.«

»Don Pedro ist so sehr Mann, daß er nicht weinen kann, wenn er wach ist. Sein Herz ist aber voller Trauer, weil er seinen Sohn verloren hat, da ist es normal, daß ihm die Tränen im Schlaf kommen.«

»Das hat schon vor Juan Josés Tod angefangen, Gott hab ihn selig.«

»Es gibt nur zwei Möglichkeiten: Entweder sein Blut ist schlecht geworden, oder es ist der Kummer.«

»Ich glaube, er ist sehr krank. Bei meiner Mutter war es genauso. Erinnern Sie sich noch an sie?«

Olga konnte sich noch gut an sie erinnern, sie war berühmt

geworden, als an ihrem hundertsten Geburtstag das Fernsehen zu ihr gekommen war. Die schwachsinnige Großmutter, die im Grunde ein fröhlicher Mensch war, wachte eines Morgens tränenüberströmt auf und war durch nichts zu trösten – sie würde sterben und war traurig, daß sie alleine gehen mußte, sie fühlte sich so wohl im Kreise ihrer Familie. Sie glaubte, sie wäre immer noch in ihrem Dorf in Zacatecas, sie hatte nie mitgekriegt, daß sie dreißig Jahre in den Vereinigten Staaten gelebt hatte, daß ihre Enkel Chicanos waren und daß außerhalb ihres Viertels Englisch gesprochen wurde. Sie bügelte ihr bestes Kleid, weil sie anständig unter die Erde kommen wollte, und ließ sich zum Friedhof bringen, um sich die Grabstätte ihrer Vorfahren anzusehen. Die Moralessöhne hatten in aller Eile einen Grabstein mit den Namen der Eltern der alten Dame in Auftrag gegeben und ihn an einem strategisch günstigen Platz aufstellen lassen, damit sie ihn mit eigenen Augen sehen konnte. Wie schnell sich die Toten vermehren! war ihr einziger Kommentar, als sie sah, wie riesig der County-Friedhof war. In den darauffolgenden Wochen beweinte sie immer noch ihr eigenes Ableben im voraus, bis sie sich wie eine Kerze verzehrt hatte und verlosch.

»Ich werde Ihnen Magdalena-Sirup mitgeben, das ist für solche Fälle genau das Richtige. Wenn es Don Pedro auch damit nicht bessergeht, müssen Sie ihn zu einem Arzt bringen«, empfahl Olga. »Und dann, verzeihen Sie mir, wenn ich mich da einmische, Doñita, aber Liebe machen ist eine Wohltat für Körper und Geist. Ich empfehle Ihnen, zärtlich zu ihm zu sein.«

Inmaculada wurde rot. Das war ein Thema, über das sie nie mit jemandem sprechen könnte.

»An Ihrer Stelle würde ich auch Carmen bitten, daß sie zurückkommt. Es ist doch alles schon so lange her, und ihr Vater braucht sie. Es wird Zeit, daß sie Frieden schließen.«

»Mein Mann würde mir das nie verzeihen, Doña Olga.«

»Don Pedro hat gerade einen Sohn verloren, meinen Sie nicht, daß es da ein schöner Trost wäre, wenn die Tochter, die für ihn gestorben war, wiedererscheinen würde? Carmen war doch immer sein Liebling.«

Inmaculada nahm den Magdalena-Sirup mit, um nicht undankbar zu erscheinen. Sie gab nicht allzuviel auf die Mixturen der Hellseherin, hatte aber blindes Vertrauen in ihr Urteilsvermögen als Beraterin. Als sie nach Hause kam, warf sie die Flasche in den Müll und durchwühlte die Blechdose, in der sie die Postkarten von Gregory aufbewahrte, bis sie die letzte Adresse ihrer Tochter gefunden hatte.

Carmen Morales lebte vier Jahre in Mexiko-Stadt. Die beiden ersten waren so voller Einsamkeit und Entbehrung, daß sie ihre Zuflucht zu Büchern nahm und bald richtige Freude daran fand, was sie nie für möglich gehalten hätte. Anfangs hatte ihr Gregory noch englischsprachige Romane geschickt, doch dann schrieb sie sich in einer öffentlichen Bibliothek ein und fing an, Bücher auf spanisch zu lesen. Dort lernte sie einen zwanzig Jahre älteren Anthropologen kennen, der sie in das Studium fremder Kulturen einführte und sie die Achtung vor ihrem indianischen Erbe lehrte.
Er war vom Ausschnitt des Mädchens genauso fasziniert wie sie vom Wissen ihres neuen Freundes. Zuerst war Carmen entsetzt gewesen über die gewalttätige und blutige Vergangenheit dieses Kontinents, sie fand nichts Bewundernswertes an diesen blutbespritzten Priestern, die bei ihren Kulthandlungen den noch lebenden Opfern das Herz herausrissen, aber der Anthropologe erklärte ihr die Bedeutung dieser Rituale, erzählte ihr alte Legenden, brachte ihr bei, Hieroglyphen zu entziffern, nahm sie mit in Museen und zeigte ihr so viele Federumhänge, Wandbehänge, Basreliefs und Skulpturen, daß sie diese brutale Ästhetik schließlich schätzenlernte. Am meisten interessierten sie die Muster und Farben der Stoffe, Malereien, Keramiken und Schmuckgegenstände, sie verbrachte Stunden damit, sie auf ihren Zeichenblock zu übertragen, um sie dann für ihren Schmuck zu verwenden.
Der Anthropologe und seine Schülerin wanderten so lange zwischen Mumien und schaurigen aztekischen Statuen herum, bis sie schließlich ein Liebespaar wurden. Er bat sie, mit ihm zusammenzuleben, um Liebe und Kosten zu teilen, und sie

verließ das stinkende Loch, in dem sie bis dahin gelebt hatte, und zog in die Wohnung ihres Freundes im Zentrum der Stadt. Die Luftverschmutzung war zwar beängstigend, manchmal fielen Vögel tot vom Himmel, aber wenigstens hatte sie jetzt ein Bad mit warmem Wasser und ein sonniges Zimmer, in dem sie ihre Silberschmiedewerkstatt unterbrachte.

Sie glaubte, ihr Glück gefunden zu haben, und bildete sich ein, sie könne sich durch körperlichen Kontakt Wissen aneignen. Sie war sehr lernbegierig, und ihre staunende Bewunderung für ihren Geliebten kannte keine Grenzen, jedes Körnchen Wissen, das er fallen ließ, landete bei ihr auf fruchtbarem Boden. Als Gegenleistung für die brillanten Lektionen des Anthropologen war sie bereit, ihn zu bedienen, die Wäsche zu waschen, zu putzen, zu kochen und ihm sogar die Fingernägel und die Haare zu schneiden, und darüber hinaus lieferte sie ihm das ganze Geld ab, das sie durch den Verkauf ihres Silberschmucks an Touristen verdiente. Dieser Mensch kannte sich nicht nur mit gespenstischen Indios und Gräberfeldern mit zerbröckelnden Urnen aus, sondern war auch ein Experte in Sachen Film, Literatur und Restaurants; er bestimmte, wie sie sich zu kleiden, wie sie zu sprechen, mit ihm zu schlafen und sogar, wie sie zu denken hatte.

Carmen unterwarf sich dem viel länger, als man von einer jungen Frau ihres Temperaments erwartet hätte, fast zwei Jahre lang gehorchte sie ihm voller Ehrfurcht, sie duldete nicht nur, daß er andere Frauen hatte und sie darüber ausgiebig mit schlüpfrigen Einzelheiten informierte – weil es zwischen uns keine Geheimnisse geben soll –, sie nahm es auch hin, daß er sie gelegentlich ohrfeigte, wenn er mal ein paar Gläser zuviel getrunken hatte.

Nach jeder Gewaltszene kam ihr gelehrter Gefährte mit einem Blumenstrauß nach Hause, weinte sich in ihrem Schoß aus, flehte um Verständnis – der Teufel mußte in ihn gefahren sein – und schwor ihr, es nie wieder zu tun.

Carmen verzieh, vergaß aber nicht, und saugte unterdessen wie ein Schwamm Wissen auf. Sie schämte sich, daß sie sich diese Schläge gefallen ließ, sie fühlte sich gedemütigt, aber manchmal glaubte sie dann wieder, daß sie sie verdient hatte, vielleicht war das ja normal, war sie nicht auch von ihrem Vater oft genug geschlagen worden? Eines Tages endlich nahm sie allen Mut zusammen und erzählte bei einem ihrer heimlichen Montagsgespräche Gregory davon. Der brüllte auf am Telefon, nannte sie eine dumme Pute, erschreckte sie mit erfundenen Statistiken und machte ihr überzeugend klar, daß dieser Mann sich nicht mehr ändern würde, im Gegenteil, diese Entgleisungen würden eher noch schlimmer werden und irgendwann Gott weiß wie enden.

Zehn Tage später bekam Carmen von Gregory eine Banküberweisung für ein Flugticket und einen Brief, in dem er ihr seine Hilfe anbot und sie beschwor, in die Vereinigten Staaten zurückzukehren. Dieses Geschenk kam einen Tag nach einem Geplänkel, bei dem der Anthropologe als Folge eines Faustschlags gegen den Suppentopf sie mit der heißen Brühe übergossen hatte. Es war ein Unfall, wie beide anschließend feststellten, aber immerhin mußte sie sich hinterher zwei Tage lang die Brust mit Milch und Olivenöl salben. Sobald sie wieder eine Bluse anziehen konnte, ging sie in ein Reisebüro mit der Absicht, nach Hause zu fliegen, aber als sie dort saß und Reiseprospekte durchblätterte, erinnerte sie sich wieder, wie die Wut ihres Vaters sich auswachsen konnte, und fand, daß sie nicht die Kraft hatte, ihm gegenüberzutreten. Und plötzlich beschloß sie, einfach ihrer Phantasie zu folgen, änderte kurzerhand den Kurs und kaufte ein Ticket nach Amsterdam.

Sie ging mit leichtem Gepäck und ohne sich von ihrem Geliebten zu verabschieden. Sie hatte vorgehabt, ihm einen Abschiedsbrief zu schreiben, hatte es aber über dem fröhlichen Geschäft des Packens vergessen. Im Handgepäck hatte sie ihre Werkzeuge und Arbeitsmaterialien sowie zwei Dosen Kondensmilch, um sich die Unannehmlichkeiten der Reise etwas zu versüßen.

Europa begeisterte sie. Mit einem Rucksack auf dem Rücken durchreiste sie es kreuz und quer und konnte sich ohne große Schwierigkeiten durchschlagen, indem sie eine Weile Englischunterricht gab oder Schmuck verkaufte, falls sie eine Gelegenheit fand, ihn zusammenzubasteln, und wenn doch einmal der Hunger drohte, konnte sie sich immer an Gregory wenden und ihn um Hilfe bitten. Sie ließ kaum eine Kirche, ein Schloß und ein Museum aus, bis sie irgendwann so übersättigt war, daß sie sich vornahm, diese Kultstätten der Touristen nie mehr zu betreten, lieber wollte sie durch die Straßen schlendern und das Leben genießen.

An einem Sommertag kam sie nach Barcelona, und als sie aus dem Zug stieg, wurde sie von einer lärmenden Gruppe Zigeunerinnen umringt, die ihr unbedingt aus der Hand lesen und Amulette verkaufen wollten. Staunend musterte sie die bunte Gesellschaft und kam zu dem Schluß, daß dies der Stil war, der ihr am meisten zusagte, nicht nur für ihre Schmuckarbeiten, sondern auch für die eigene Kleidung. Später entdeckte sie den maurischen Einfluß in Südspanien und die Farben Nordafrikas und machte sich alles in einem gelungenen Stilgemisch zu eigen. Sie zog in eine Pension im Barrio Gótico, in die kein Sonnenstrahl fiel und wo man unablässig das Konzert der röchelnden Wasserleitungen hörte, doch dafür hatte sie ein geräumiges Zimmer mit einer hohen Kassettendecke und einem riesigen Arbeitstisch. Wenige Tage später hatte sie sich ein paar weite Röcke zurechtgeschneidert, die aussahen wie Olgas Hellseherinnentracht in ihren früheren Jahren und wie die Verkleidungen, in denen sie selbst damals auf dem Pershing Square ihre Jongleurkunststücke vorgeführt hatte. Diesen Kleiderstil sollte sie nie mehr aufgeben, in den folgenden Jahren verfeinerte sie ihn bis zur Perfektion, weil sie sich wohl darin fühlte, nicht ahnend, daß er sie später einmal reich und berühmt machen würde.

Bevor sie nach Barcelona kam, war sie mit dem Gepäck auf dem Rücken und fast ohne Geld von Oslo bis Athen gefahren, aber dann hatte sie gefunden, dieses Herumvagabundieren müsse jetzt aufhören, es sei an der Zeit, die Vernunft ein wenig mitreden zu lassen. Sie war überzeugt, daß die einzig passende Beschäftigung für sie das Herstellen von Schmuck war, aber auf diesem Gebiet herrschte eine erbarmungslose Konkurrenz, originelle Entwürfe allein reichten da nicht aus, um die anderen

auszustechen, als erstes mußte sie tiefer in die Geheimnisse des Handwerks eindringen.
Barcelona war der ideale Ort dafür. Sie belegte verschiedene Kurse, wo sie Techniken lernte, die sie bisher nicht gekannt hatte, darunter solche, die schon ein Jahrtausend alt waren, und ganz allmählich entwickelte sie dabei ihren einzigartigen Stil, eine Verbindung von solidem altem Kunsthandwerk mit gewagtem Zigeunereinschlag und afrikanischen, lateinamerikanischen und auch einigen indischen Elementen, Indien war in jenem Jahrzehnt nun einmal groß in Mode. Sie war immer die Schülerin mit den originellsten Ideen in der Klasse, ihre Arbeiten verkauften sich so schnell, daß sie den vielen Bestellungen gar nicht hinterherkommen konnte.
Alles lief besser, als sie erwartet hatte, bis sie eines Tages einem Japaner begegnete, der ebenfalls Silberschmied war und ein paar Jahre jünger als sie. Carmen hatte es geschafft, ihren Schmuck in renommierten Geschäften unterzubringen, während er seinen mit wenig Erfolg auf den Ramblas anbot, ein Gegensatz, durch den er sich gedemütigt fühlte. Um seinen Stolz wiederaufzurichten, verkaufte auch sie schließlich auf der Straße und redete sich und ihm ein, dort schlage eben das Herz der Stadt. Sie zogen in Carmens dämmeriger Pension zusammen. Sehr bald schon wogen die kulturellen Unterschiede schwerer als die gegenseitige Anziehungskraft, aber sie hatte so große Sehnsucht nach einem Menschen, daß sie über die Anzeichen hinwegsah.
Der Japaner verzichtete nicht auf seine überkommenen Bräuche, er hatte immer den Vortritt und erwartete, bedient zu werden. Er lag stundenlang in der warmen Badewanne und überließ sie ihr erst, wenn das Wasser kalt war. Mit dem Essen, dem Bett, dem Werkzeug und dem Arbeitsmaterial war es genauso, auf der Straße ging er voraus, und sie mußte ihm mit zwei Schritt Abstand folgen. Wenn die Sonne schien, stellte sich der junge Mann mit dem Schmuck auf die Straße, und Carmen arbeitete in ihrem dunklen Zimmer, war es aber morgens regnerisch, dann war sie es, die den ganzen Tag draußen stehen mußte, weil ihr Freund gerade zur rechten Zeit von

rheumatischen Schmerzen geplagt wurde, die mit der Witterung zusammenhingen.
Anfangs hatte sie diese seltsamen Eigenheiten noch drollig gefunden, das wird wohl so sein bei den Asiaten, hatte sie sich erheitert gesagt, aber nachdem sie eine Zeitlang mitgespielt hatte, verlor sie allmählich die Geduld, und es gab die ersten Meinungsverschiedenheiten. Der Mensch geriet nie aus der Fassung und setzte ihren Vorwürfen ein langes, eisiges Schweigen entgegen, daß ihr war, als umschlösse die Leere ringsum sie wie eine hohe Mauer, doch sie beschwerte sich nicht, immerhin verzichtete dieser Liebhaber wenigstens darauf, sie zu ohrfeigen oder mit kochender Suppe zu überschütten. Am Ende gab sie immer nach, nur um nicht allein zu bleiben, zudem faszinierte ihr Freund sie einfach, sie war verliebt in sein langes schwarzes Haar, seinen muskulösen kleinen Körper, seinen fremdartigen Akzent und seine präzisen Bewegungen. Sie ging schüchtern zu ihm, umschnurrte ihn eine Weile und schaffte es im allgemeinen, ihn zu erweichen, und dann versöhnten sie sich im Bett, wo er ein absoluter Experte war.
Sie wären wohl aus purer Trägheit noch lange zusammengeblieben, wenn nicht eines Tages ein Telegramm gekommen wäre, in dem Inmaculada ihre Tochter bat, doch um Gottes willen zu dem schwerkranken Pedro zurückzukommen, weil sie als einzige ihren Vater noch retten könne, den die Trauer verzehrte. Da wurde ihr klar, wie sehr sie diesen starrköpfigen Alten liebte, wie sehr sie sich danach sehnte, ihr Gesicht im Schoß ihrer Mutter zu bergen und wieder das verwöhnte kleine Mädchen von früher zu sein, und sei es nur für einen Augenblick. Da sie dachte, sie werde lediglich ein paar Wochen fort sein, nahm sie nur das Nötigste mit, das sie schnell in einer Tasche untergebracht hatte. Der Japaner begleitete sie zum Flughafen, wünschte ihr Glück und verabschiedete sich mit einer leichten Verbeugung, in der Öffentlichkeit berührte er sie niemals.

Ich hatte so oft die Fratze des Todes gesehen, daß ich den Wert des Lebens erkennen gelernt hatte. Unser einziger Besitz ist das

Leben, und kein Leben ist wertvoller als ein anderes. Das Leben Juan Josés ist nicht mehr wert als das der Männer, die ich getötet habe, dennoch belasten mich die Toten nicht, sie sind immer bei mir, sie sind meine Gefährten. Entweder du tötest oder du wirst getötet, so einfach ist das, das ist keine moralische Frage für mich, die Zweifel und Verwirrungen sind anderer Art. Ich bin einer der Glücklichen, die unversehrt aus dem Krieg zurückgekehrt sind.

Als ich in San Francisco angekommen war, fuhr ich vom Flughafen aus in ein Motel, ich rief niemanden an. Der Himmel war bewölkt, und es war winterlich kalt wie so oft hier im Sommer, und ich beschloß zu warten, bis die Sonne herauskam, ehe ich Samantha anrief. Weiß der Himmel, wieso ich mir einbildete, das Wetter könnte einen freundlichen Einfluß auf unser Wiedersehen haben, schließlich hatten wir uns in der Absicht getrennt, uns scheiden zu lassen. Wir hatten uns nie geschrieben, und als ich sie einmal von Hawaii aus anrief, hatten wir beide deutlich gespürt, daß wir uns nichts mehr zu sagen hatten. Ich war müde, hatte keine Lust auf Diskussionen und Vorwürfe und noch weniger darauf, ihr oder irgend jemandem sonst meine Kriegserlebnisse zu erzählen. Mir ging es natürlich um Margaret, aber vielleicht würde mich meine Tochter ja gar nicht wiedererkennen, in diesem Alter vergessen die Kinder schnell, und sie hatte mich seit anderthalb Jahren nicht mehr gesehen.

Ich stellte mein Gepäck im Zimmer ab und machte mich dann auf die Suche nach einer Cafeteria, ich sehnte mich nach dem guten Kaffee von San Francisco, das ist der beste der Welt. Ich schlenderte durch diesen Großstadtwahnwitz, in dem man selten einmal das Meer sieht, schnurgerade Linien, die ansteigen und wieder abfallen, gezogen nach einem geometrischen Muster, das die Topographie der elf Hügel völlig außer acht läßt, ich suchte meine bekannten Plätze, doch durch den Nebel war alles verzerrt. Ich kam mir vor wie an einem fremden Ort, ich erkannte die Gebäude nicht wieder und wanderte hierhin und dorthin, völlig desorientiert in dieser Stadt der Widersprüche und Wohlgerüche, die lasterhaft war wie alle Hafenstädte

und unbekümmert wie ein leichtsinniges Mädchen. Ich verstehe nicht, woher San Francisco dieses elegante Gepräge hat, schließlich wurde es von einer Horde goldgieriger Abenteurer, von Prostituierten und Banditen gegründet.
Ein Chinese streifte mich am Arm, und ich machte einen Satz, als hätte mich ein Skorpion gebissen, ballte die Fäuste und tastete nach der Waffe, die ich gar nicht bei mir hatte. Der Mann lächelte mir zu, ich wünsche Ihnen einen guten Tag, sagte er im Weitergehen, und ich stand wie gelähmt und spürte die Blicke der Leute auf mir, obwohl mich in Wirklichkeit niemand beachtete. Straßenbahnen fuhren mit lautem Gebimmel vorbei, und Menschen gingen vorüber, Schüler, Sekretärinnen, die unvermeidlichen Touristen, mexikanische Arbeiter, asiatische Geschäftsleute, Hippies, schwarze Prostituierte mit platinblonden Perücken, Homosexuelle Hand in Hand, alle wie Schauspieler in einem Film, die von einem künstlichen Licht angestrahlt wurden, während ich diesseits der Leinwand blieb, ohne etwas zu verstehen, ein völliger Außenseiter, Tausende von Jahren entfernt.
Ich schlenderte durch das italienische Viertel, durch Chinatown, durch die Straßen der Seeleute, wo sie Schnaps, Drogen und pornographische Artikel – aufblasbare Schafe waren der letzte Schrei – neben Anhängern mit dem Bild des heiligen Christophorus verkaufen, der gegen die Gefahren der Schifffahrt schützen soll. Ich ging ins Motel zurück, nahm ein paar Schlaftabletten und kam erst zwanzig Stunden später wieder zu mir, als mich die Sonne weckte, die strahlend ins Fenster schien. Ich nahm den Telefonhörer, um Samantha anzurufen, aber mir fiel meine eigene Nummer nicht mehr ein, woraufhin ich beschloß, noch eine Weile damit zu warten. Ich wollte mir ein paar Tage Einsamkeit gönnen, um Körper und Seele ein wenig aufzufrischen, ich hatte das Bedürfnis, mich innen und außen reinzuwaschen von den vielen Sünden und schrecklichen Erinnerungen. Ich fühlte mich besudelt, schmutzig, zu Tode erschöpft.
Ich rief auch die Morales nicht an, ich hätte dann sofort nach Los Angeles fahren müssen, und dazu fehlte mir der Mut, ich

konnte noch nicht über Juan José sprechen. Ich konnte nicht Inmaculada und Pedro in die Augen sehen und ihnen versichern, daß ihr Sohn für sein Vaterland gefallen sei wie ein Held, daß er noch die Beichte abgelegt und keine Schmerzen gehabt, ja fast gar nichts gespürt habe, während er sich in Wirklichkeit die Seele aus dem Leib geschrien und verstümmelt in dem Sarg gelegen hatte, den sie hier beerdigt hatten. Ich konnte ihnen nicht sagen, daß seine letzten Worte keine Botschaft für sie gewesen waren, daß er dem Feldkaplan die Hand zusammengepreßt und gesagt hatte, halten Sie mich fest, Padre, ich falle, dort unten ist es furchtbar dunkel.
Nichts ist wie im Film, nicht einmal der Tod, wir sterben nicht hygienisch sauber, sondern von Grauen gepackt in einer Lache aus Blut und Scheiße. Im Film stirbt man nicht wirklich, im Krieg lebt man nicht wirklich. In Vietnam hatte ich mir oft vorgestellt, bald würden die Lichter im Saal angehen, und ich würde auf die Straße hinausspazieren, um einen Kaffee zu trinken, und hätte das Ganze bald wieder vergessen. Jetzt, wo ich gelernt habe, mit den Greueln in meinem viel zu guten Gedächtnis zu leben, habe ich das Spiel aufgegeben, das Leben als eine erfundene Geschichte zu betrachten, ich akzeptiere es mit all dem Schmerz, den es mit sich bringt.
Meine Schwester und ich hatten uns sehr auseinandergelebt, seit Margarets Geburt hatten wir uns nicht mehr gesehen, ich wollte auch sie nicht anrufen. Meine Mutter wollte ich ebensowenig sehen, worüber hätte ich mit ihr reden sollen? Sie war gegen den Krieg, hielt es für anständiger, zu desertieren als zu töten, jede Form von Gewalt ist schändlich und widernatürlich, denk an Gandhi, sagte sie zu mir, wir können nicht eine Zivilisation unterstützen, die auf Waffengewalt beruht, wir sind auf dieser Welt, um das Leben zu ehren und für mehr Mitgefühl und Gerechtigkeit einzutreten. Arme Mutter, völlig losgelöst von der Wirklichkeit irrte sie auf den Spuren meines Vaters durch die Gefilde des Unendlichen Plans, aber wenn sie auch geistig gestört war, die Klarheit, die sich in ihren Phantasien offenbarte, ließ sich nicht bestreiten.
Ich war nach Vietnam gefahren, ohne mich von ihr zu verab-

schieden, weil ich sie nicht hatte verletzen wollen, für sie war es ums Prinzip gegangen, das hatte nichts mit meiner persönlichen Sicherheit zu tun gehabt. Ich denke, daß sie mich auf ihre Art liebte, aber zwischen uns beiden war immer eine Kluft. Was hätte mir mein Vater wohl geraten? Er hätte nie gesagt, ich solle ins Gefängnis oder ins Exil gehen, er hätte mich auf die Jagd mitgenommen und mir, während wir in der kalten Stille der Morgendämmerung Ausschau nach Enten hielten, auf die Schulter geklopft, und wir hätten uns ohne Worte verstanden, wie Männer das manchmal können.

Die ersten drei Tage blieb ich im Motel, wo ich mit ein paar Kästen Bier und mehreren Flaschen Whisky vor dem Fernseher hockte, dann ging ich mit einem Schlafsack an den Strand und verbrachte dort zwei Wochen damit, aufs Meer zu schauen, Marihuana zu rauchen und mit dem Geist von Juan José zu reden. Das Wasser war kalt, aber ich schwamm trotzdem so lange, bis ich spürte, wie mir das Blut in den Adern gefror und mein Gehirn erstarrt war, ohne Erinnerungen, völlig leer. Dort drüben ist das Meer lauwarm, auf dem Sand wimmelt es von Soldaten, drei Tage Spiele, Bier und Rock als Entschädigung für monatelange Kämpfe. Zwei Wochen lang sprach ich mit niemandem einen vollständigen Satz, ich brummte nur das Nötigste, um eine Pizza oder einen Hamburger zu bestellen, ich glaube, im Grunde wäre ich am liebsten nach Vietnam zurückgegangen, weil ich an der Front wenigstens Kameraden hatte und etwas tun konnte, hier war ich ohne Freunde, allein, gehörte nirgendwohin.

Im Zivilleben spricht keiner die Sprache des Krieges, es gibt kein Vokabular, mit dem man die Erlebnisse auf dem Schlachtfeld erzählen könnte, aber selbst wenn es das gäbe, würde sich niemand finden, der meine Geschichte hätte hören wollen, an schlechten Nachrichten ist niemand interessiert. Nur mit ehemaligen Soldaten konnte ich mich unter meinesgleichen fühlen und über die Dinge reden, die ich einem Zivilisten nie sagen würde. Sie würden verstehen, warum man sich gegen Gefühle sperrt und Angst hat, auf jemanden zuzugehen, sie wissen, daß es einfacher ist, körperlichen Mut zu beweisen als emotionalen, weil auch sie Freunde verloren haben, die sie wie Brüder liebten, und deshalb haben sie beschlossen, sich in Zukunft diesen unerträglichen Schmerz zu ersparen, es ist besser, wenn man niemanden allzusehr liebt. Ohne es zu merken, rutschte ich allmählich in den Abgrund, in dem so viele versinken, ich fing an, die spektakuläre Seite der Gewalt zu sehen, und dachte nicht nur einmal, daß ich etwas so Aufregendes nie mehr erleben würde, daß der Rest meines Daseins vielleicht eine einzige graue Leere sein würde.

Ich glaube herausgefunden zu haben, warum es immer wieder Kriege gibt. Joan und Susan behaupten, der Krieg sei eine Erfindung der Altbullen, um die Jungbullen auszurotten, weil sie sie hassen und fürchten und nichts mit ihnen teilen wollen, weder Frauen noch Macht oder Geld, sie wissen, daß sie ihnen das früher oder später alles wegnehmen werden, deshalb schikken sie sie in den Tod, auch wenn es ihre eigenen Söhne sind. Für die Alten gibt es also einen logischen Grund, aber warum machen die Jungen da mit? Warum haben sie sich denn in all den Jahrtausenden nicht gegen diese rituellen Massaker aufgelehnt?

Ich habe eine Antwort darauf. Es gibt noch etwas anderes außer dem elementaren Kampfinstinkt und dem Blutrausch: Lust. Ich habe das auf dem Berg entdeckt. Ich wage nicht, dieses Wort laut auszusprechen, es würde mir Unglück bringen, aber ich wiederhole es still für mich, Lust, Lust. Die tiefste Lust, die man überhaupt empfinden kann, viel stärker als das Lustgefühl beim Sex oder wenn man seinen Durst löscht, wenn die erste Liebe erwidert wird oder wenn man eine göttliche Offenbarung hat, sagen diejenigen, die sich auskennen.

In jener Nacht auf dem Berg trennte mich nur der Bruchteil einer Sekunde vom Tod. Die Kugel streifte meine Wange und schlug dem Soldaten, der hinter mir stand, in die Stirn. Einen Augenblick war ich gelähmt vor Entsetzen, war gefangen in der Faszination meines eigenen Grauens, dann gab es einen Riß in meinem Bewußtsein, und ich fing an, wie ein Rasender zu schießen, zu schreien und zu fluchen, ich konnte gar nicht mehr aufhören, konnte keinen klaren Gedanken fassen, und in der ganzen Zeit pfiffen die Kugeln um mich herum, Mündungsfeuer blitzten auf, die Welt explodierte mit apokalyptischem Getöse, ich war eingehüllt in Hitze und Rauch in dem furchtbaren leeren Raum, aus dem die lodernden Flammen die Luft zum Atmen aufgesogen hatten. Ich weiß nicht mehr, wie lange das alles dauerte, was ich tat und warum ich es tat, ich weiß nur, daß ich wie durch ein Wunder überlebt habe, und erinnere mich an den Adrenalinstoß und den Schmerz im ganzen Körper, ein sinnlicher Schmerz, eine furchtbare Lust, anders als alle anderen Lustgefühle, die ich kenne, ungeheuerlicher als der längste Orgasmus, ein Lustgefühl, das meinen ganzen Körper in Besitz nahm, Zucker aus meinem Blut und Sand aus meinen Gliedern machte und mich schließlich in eine schwarze Leere tauchte.

Ich wohnte seit etwa zwei Wochen in dem Motel am Strand, als ich eines Nachts schreiend aufwachte. In meinem Albtraum hatte ich im Morgengrauen ganz allein auf dem Berg gestanden, ich hatte die Leichen vor mir liegen gesehen und die Schatten der Feinde, die im Nebel auf mich zukrochen. Sie kamen immer näher. Alles lief sehr langsam und in tiefer Stille ab, ein Stummfilm. Ich schoß, spürte den Rückstoß der Waffe, die Hände taten mir weh, ich sah die Leuchtspuren des Mündungsfeuers, doch es war kein einziger Laut zu hören. Die Kugeln durchbohrten die Feinde, ohne sie aufzuhalten, die Soldaten waren durchsichtig, als wären sie auf Glas gemalt, sie kamen immer näher, gnadenlos, sie umzingelten mich. Ich öffnete den Mund, um zu schreien, doch ich war so von Grauen erfüllt, daß mir die Stimme versagte und statt dessen Eisstückchen aus meinem Mund fielen.

Ich konnte danach nicht wieder einschlafen, mein Herz hämmerte wie rasend. Ich stand auf, nahm meine Jacke und ging hinaus, um einen Strandspaziergang zu machen. Ist ja gut jetzt, genug lamentiert, erzählte ich den Möwen im Morgengrauen.

Carmen traute sich nicht, geradewegs zu ihrer Familie zu fahren, weil sie nicht wußte, wie ihr Vater, den sie sieben Jahre

nicht gesehen hatte, sie empfangen würde. Am Flughafen nahm sie ein Taxi und ließ sich zuerst einmal zu den Reeves bringen. Als sie durch die Straßen des Barrios fuhr, war sie überrascht, wie sehr es sich verändert hatte: Es sah nicht mehr so ärmlich aus, wirkte sauberer, geordneter und viel kleiner, als sie es in Erinnerung hatte. Abgesehen von den tatsächlichen Veränderungen hatte sie auch den Vergleich mit den riesigen Randgebieten von Mexiko-Stadt im Kopf. Sie lächelte bei dem Gedanken, daß diese Straßen viele Jahre lang ihre Welt gewesen waren, daß sie wie eine Verbannte von hier geflohen war und ihrer verlorenen Familie und der zurückgelassenen Heimat nachgeweint hatte. Jetzt kam sie sich wie eine Fremde vor. Der Taxifahrer musterte sie neugierig im Rückspiegel und konnte der Versuchung nicht widerstehen, sie zu fragen, woher sie kam. Eine Frau wie diese mit ihren bunten Röcken und klimpernden Armreifen hatte er noch nie gesehen, sie schien auch nicht eine dieser schlafwandlerischen Hippiefrauen zu sein, die sich ähnliche Gewänder umhängten, diese hier trat mit der Entschlossenheit einer Geschäftsfrau auf.
»Ich bin Zigeunerin«, klärte Carmen ihn auf, ohne mit der Wimper zu zucken.
»Wo ist das denn?«
»Wir Zigeuner haben keine Heimat, wir kommen von überallher.«
»Sie sprechen aber sehr gut Englisch«, stellte der Mann fest.
Sie hatte einige Mühe, das Häuschen der Reeves ausfindig zu machen, in all diesen Jahren war das Gestrüpp so gewuchert, daß es den ganzen Garten verschlungen hatte, und die Weide verdeckte das Haus. Sie ging über den Pfad durch den Patio und erkannte die Stelle wieder, an der sie nach Gregorys Anweisungen Oliver begraben hatte, weil die sterblichen Überreste seines Kindheitsgefährten in der Nähe des Hauses ruhen sollten, anstatt auf dem Müll zu landen wie irgendein ganz gewöhnlicher Hund.
Nora Reeves saß unter dem Vordach, in demselben wackligen Korbsessel, in dem sie sie schon früher hatte sitzen sehen. Sie war nun eine verwelkte Greisin mit einem spärlichen Haarkno-

ten und trug einen Kittel, der so verblichen war wie die ganze Frau. Sie war kleiner geworden, und ihr Gesicht hatte einen sanften und ein wenig schwachsinnigen Ausdruck, als lebte sie in einer anderen Welt. Sie stand etwas schwankend auf und begrüßte Carmen höflich, ohne sie zu erkennen.

»Ich bin's, Doña Nora, Carmen, die Tochter von Pedro und Inmaculada Morales ...«

Nora brauchte fast eine Minute, bis sie diese Fremde auf der verschwommenen Landkarte ihrer Erinnerung gefunden hatte, sie starrte sie eine Weile mit offenem Mund an, ohne das Bild des Mädchens mit den schwarzen Zöpfen, das immer mit ihrem Sohn gespielt hatte, mit dieser Erscheinung in Verbindung bringen zu können, die dem Harem eines Scheichs entsprungen zu sein schien. Endlich streckte sie ihr beide Arme entgegen und umarmte sie zitternd. Sie setzten sich, tranken heißen Tee aus Gläsern und erzählten sich gegenseitig von der Vergangenheit.

Kurz darauf stürmten mit lautem Geschrei Judys Kinder herein, die gerade aus der Schule kamen, vier Rangen unbestimmbaren Alters – zwei stämmige Rothaarige und zwei, die wie Latinos aussahen. Nora erklärte, daß die beiden ersten Judys eigene Kinder seien und die beiden anderen die Kinder ihres zweiten Mannes aus dessen früherer Ehe. Die Großmutter stellte ihnen Milch und Marmeladebrote hin.

»Wohnen die alle hier?« fragte Carmen erstaunt.

»Nein. Ich passe nur auf sie auf, wenn sie aus der Schule kommen, bis ihre Mutter sie abends abholt.«

Gegen sieben Uhr tauchte Judy auf, die ihre Freundin auch nicht wiedererkannte. Carmen hatte Gregorys Schwester als üppig in Erinnerung, aber sie hätte nie für möglich gehalten, daß jemand so unglaubliche Ausmaße erreichen konnte, die Frau paßte auf keinen der verfügbaren Stühle, sie breitete sich schwerfällig auf den Stufen der Vortreppe aus, und Carmen kam unwillkürlich die Befürchtung, daß wohl nur ein Kran sie wieder hochzuhieven vermochte. Doch Judy strahlte.

»Das ist nicht alles Fett, ich bin wieder schwanger«, verkündete sie stolz.

Die eigenen wie die fremden Kinder kamen angelaufen, um die liebenswerten Fleischmassen ihrer Mutter zu erklettern, und sie zog sie lachend an sich und brachte sie mit einer Behendigkeit, die auf Übung und Zuneigung zurückging, zwischen ihren Wülsten unter, während sie gleichzeitig mit Zucker bestäubte Windbeutel verteilte, von denen sie sich nebenbei selbst ein paar in den Mund steckte. Als Carmen sie so mit den Kindern spielen sah, erkannte sie, daß die Mutterschaft der natürliche Zustand ihrer Freundin war, und das gab ihrem Herzen einen neidvollen kleinen Stich.

»Nach dem Abendessen bring ich dich nach Hause, aber vorher rufen wir Doña Inmaculada an, damit sie deinen Vater schon mal vorbereitet. Hast du keine normaleren Kleider? Denk daran, daß der alte Pedro Extravaganzen bei Frauen nicht ausstehen kann. Ist das jetzt Mode in Europa?« fragte Judy ohne die geringste Spur von Spott.

Pedro Morales erwartete seine Tochter in seinem Beerdigungsanzug, hatte sich aber zur Feier des Tages eine rote Krawatte umgebunden und eine Nelke aus seinem Garten ins Knopfloch gesteckt. Inmaculada hatte ihm die Nachricht mit der größten Behutsamkeit beigebracht, weil sie mit einer heftigen Reaktion gerechnet hatte, und war dann um so erstaunter gewesen, als ihr Mann aufstrahlte und prompt zwanzig Jahre jünger aussah.

»Bürste mir meinen Anzug aus, Frau«, war das einzige, was er in diesem Augenblick hatte sagen können, und dann hatte er sich ein Taschentuch vors Gesicht gehalten und sich kräftig geschneuzt, um seine Rührung zu verbergen.

»Das Kind hat sich bestimmt sehr verändert, so Gott will...« hatte ihm Inmaculada zu bedenken gegeben.

»Keine Angst, meine Alte, ich werde sie schon erkennen, und wenn sie mit blaugefärbten Haaren ankommt.«

Aber auf die Frau, die eine halbe Stunde später das Haus betrat, war er dann doch nicht vorbereitet, und genauso wie Nora und Judy brauchte auch er ein paar Sekunden, bis er den Mund wieder zumachen konnte. Zuerst glaubte er, Carmen wäre gewachsen, aber dann sah er die krausen Haarmassen auf ihrem

Kopf und die hochhackigen Sandaletten, die sie um eine Handbreit größer machten. Sie hatte sich wie ein Götzenbild mit Schmuck behängt, hatte sich schwarze Lidstriche um die Augen gemalt und trug eine Tracht, die ihn an ein Werbeplakat für Marokko erinnerte, das in der Kneipe »Los Tres Amigos« an der Wand hing. Auf jeden Fall fand er, daß seine Tochter sehr schön war. Sie umarmten sich lange und weinten gemeinsam um Juan José und diese sieben Jahre Trennung.
Dann setzte sie sich dicht neben ihn und erzählte ihm einige ihrer Abenteuer, ließ aber vorsichtshalber dies und jenes aus, woran er Anstoß hätte nehmen können. In der Zwischenzeit machte sich Inmaculada in der Küche zu schaffen und sagte immer wieder: Gott sei's gedankt, Gott sei's gedankt, während sich Judy ans Telefon hängte und die Moralesgeschwister und alle Freunde anrief, um ihnen zu verkünden, daß Carmen zurückgekommen sei und wie eine etwas verrückte, langmähnige Zigeunerin aussehe, aber im Grunde sei sie immer noch die alte; und daß sie Bier und ihre Gitarren mitbringen sollten, weil Inmaculada gerade Tacos mache, um zu feiern.

Die Anwesenheit seiner Tochter gab Pedro die gute Laune zurück. Mit der ganzen Familie im Rücken setzte Carmen ihm solange zu, bis er sich endlich bereit erklärte, einen Arzt aufzusuchen; der stellte Diabetes in fortgeschrittenem Stadium fest. Keiner meiner Vorfahren hat je so was gehabt, das ist eine amerikanische Erfindung, ich denke ja gar nicht daran, mich alle paar Stunden zu spritzen, als hätte ich eine Seuche, dieser Doktor hat doch keine Ahnung, in den Labors vertauschen sie die Proben und machen die unglaublichsten Fehler, brummte der Patient beleidigt vor sich hin, doch Inmaculada setzte sich durch, sie zwang ihn, Diät zu halten, und sorgte dafür, daß er pünktlich seine Medikamente nahm. Lieber zanke ich mich jeden Tag mit dir, als daß ich Witwe werde, einen anderen Mann zu zähmen wäre mir wirklich zu mühsam, sagte sie. Ihm wäre nie in den Sinn gekommen, daß er im Herzen seiner Frau, das doch anscheinend immer ihm allein gehört hatte, je durch einen anderen Mann ersetzt werden könnte, und die Vorstellung verwirrte ihn dermaßen, daß er gar keine Lust mehr hatte, weiter zu streiten. Er erkannte seine Krankheit nie an, fügte sich aber in die Behandlung, damit diese Verrückte zufrieden ist, wie er sagte.

Bald wurde Carmen das Barrio zu klein; nachdem sie ein paar Wochen bei ihren Eltern gelebt hatte, glaubte sie zu ersticken. Aus der Ferne hatte sie die Vergangenheit idealisiert, in den Stunden größter Einsamkeit hatte sie sich nach der Zärtlichkeit ihrer Mutter, der schützenden Hand ihres Vaters und der Gesellschaft der Ihren gesehnt, aber sie hatte vergessen, wie eng die Verhältnisse hier waren. Sie hatte sich in diesen Jahren verändert, an ihren Schuhen haftete der Staub vieler Länder. Sie wanderte durch das Haus wie ein Leopard im Käfig und störte die Ruhe mit dem allgegenwärtigen Geraschel ihrer Röcke, dem Geklimper ihrer Armreifen und ihrer ständigen Unrast. Auf der Straße blieben die Leute stehen und schauten ihr nach, und die Kinder kamen gerannt, um sie anzufassen. Das mißbilligende Getuschel hinter ihrem Rücken war nicht mehr zu überhören, jetzt guck dir bloß mal an, wie die Jüngste von den Morales rumläuft, der Kopf hat seit hundert Jahren keinen Kamm mehr gesehen, die ist bestimmt unter die Hippies gegangen – oder Hure geworden, sagten sie. Es gab auch keine Arbeit für sie, denn sie war nicht bereit, wie Judy in eine Fabrik zu gehen, und im Barrio gab es keinen Markt für ihren Schmuck, die Frauen trugen Vergoldetes und falsche Diamanten, keine würde sich ihre Eingeborenenohrringe anhängen.

Sie überlegte, daß es nicht schwierig sein würde, ihre Sachen in verschiedenen Geschäften im Stadtzentrum unterzubringen, wo Schauspielerinnen, durchgestylte Ladys und Touristinnen einkauften, aber in der Enge ihres Elternhauses wurde ihre Kreativität nicht angeregt, die Ideen gingen ihr aus, und sie verlor jede Lust an der Arbeit. Sie lief durch die Zimmer und fühlte sich ganz beklommen zwischen all den Porzellanfiguren, Seidenblumen, Familienporträts und mit Plastikhüllen überzogenen rubinroten Plüschmöbeln, Symbolen der neuen Eleganz der Familie Morales. Dieser Zierat, der der ganze Stolz ihrer Mutter war, verursachte ihr Albträume, ihr war das Haus ihrer

Kindheit, wo sie zusammen mit den Geschwistern in bescheidensten Verhältnissen aufgewachsen war, tausendmal lieber. Sie konnte die Programme von Radio und Fernsehen nicht ertragen, aus denen Tag und Nacht die verlogenen Familien- oder High-Society-Serien und die Werbespots für Seifenmarken, Autohäuser und Glücksspiele dröhnten. Am schlimmsten war der allgemeine Hang zum Klatschen, jeder paßte auf jeden auf, im ganzen Barrio konnte man keinen Schritt tun, ohne daß darüber geredet wurde.

Sie kam sich vor wie ein Marsmensch auf Besuch und tröstete sich mit den Gerichten ihrer Mutter, die sich an die strenge Diät ihres Mannes angepaßt hatte, ohne daß ihre Mahlzeiten dadurch an Schmackhaftigkeit verloren hätten, und stundenlang in der Küche mit Töpfen und Pfannen werkelte, umgeben vom köstlichen Duft der Soßen und Gewürze. Carmen langweilte sich. Sie spielte mit ihrem Vater Dame, half im Haushalt mit und kümmerte sich sonntags um die Verwandten, wenn sich die Familie zum Mittagessen versammelte, und sonst hatte sie nichts zu tun. Sie dachte daran, nach Spanien zurückzugehen, aber auch dort gehörte sie nicht hin, und außerdem hatte die Anziehungskraft ihres Liebhabers durch die Trennung doch ziemlich gelitten. Sie hatte ihm geschrieben und ihn auch angerufen, aber nur sehr kühle Antworten bekommen. Nun, da sie so fern war von seinen haselnußfarbenen Muskeln und seiner schwarzen Mähne, dachte sie mit Schaudern an das kalte Badewasser und all die anderen Demütigungen, und der Gedanke, zu ihm zurückzukehren, war ihr zuwider.

Olga war es, die sie anregte, sich einmal in Berkeley umzusehen, denn mit ein bißchen Glück würde Gregory Reeves in nicht allzu ferner Zukunft dorthin zurückkommen und könnte ihr dann helfen. Nach dem, was die Zeitungen so schrieben, war das genau der richtige Ort für eine so originelle Person wie sie, dort passierte jede Woche ein neuer Skandal in den Grünanlagen auf dem Campus. Carmen stimmte ihr zu – ein Versuch konnte ja nichts schaden. Sie rief ihren Freund in Barcelona an und bat ihn, ihre Ersparnisse und ihr Werkzeug zu schicken, und er versprach auch, es zu tun, sobald er Zeit hätte, aber als

nach mehreren Wochen Wartens und fünf weiteren Anrufen immer noch nichts kam, wurde ihr klar, wie beschäftigt er war, und sie ließ es dabei bewenden.
Sie beschloß, sich mit einem äußerst dürftigen finanziellen Polster ins Abenteuer zu stürzen, wie sie es schon so oft getan hatte, aber als Pedro von ihren Plänen erfuhr, war er nicht etwa dagegen, sondern stellte ihr einen Scheck aus und bezahlte ihr die Reise. Er war zwar glücklich, daß er seine Tochter wieder hatte, doch er war nicht blind für ihre Bedürfnisse, und es tat ihm leid, wenn er sah, wie sie sich an den engen Wänden stieß, als wäre sie ein Vogel mit gebrochenen Flügeln.

In Berkeley blühte Carmen wieder auf, denn die Stadt war wie für sie geschaffen. In dem Menschengewimmel auf den Straßen erregten ihre Kleider kein Aufsehen, und der Inhalt ihrer Bluse verursachte keine unverschämten Pfiffe, wie das im mexikanischen Barrio gang und gäbe war. Hier fand sie Anreize ähnlich denen, die sie schon in Europa fasziniert hatten, und eine bis dahin nicht gekannte Freiheit. Auch die Landschaft mit Wasser und Hügeln war wie maßgeschneidert für sie. Sie schätzte, daß sie sich, wenn sie sparsam mit dem Geldgeschenk ihres Vaters umging, ein paar Monate über Wasser halten könnte, beschloß aber trotzdem, sich eine Arbeit zu suchen, weil sie wieder Schmuck machen wollte und Werkzeug und Material brauchte.
Gregory hätte ihr ganz selbstverständlich ein Sofa in seinem Haus angeboten, damit sie fürs erste eine Bleibe gehabt hätte, doch von Samantha war solche Großzügigkeit nicht einmal im Traum zu erwarten. Carmen kannte die Frau ihres Freundes nicht, ahnte aber, daß sie sie ohne große Begeisterung empfangen würde, schon gar jetzt, da der Scheidungsprozeß lief. Sie machte am Telefon ein Treffen mit ihr aus, um die kleine Margaret kennenzulernen, von der ihr Gregory ein paar Fotos geschickt hatte, doch als sie hinkam, war Samantha nicht da, und die Tür wurde von einem so zarten und zerbrechlichen kleinen Mädchen geöffnet, daß man sie sich kaum als Tochter von Gregory und der sportlichen Samantha vorstellen konnte. Carmen verglich sie mit ihren gleichaltrigen Nichten und Nef-

fen und fand, daß dies doch ein sehr ungewöhnliches Kind sei, eigentlich eher die vollendete Miniatur einer schönen, traurigen Frau. Margaret bat sie herein und erklärte ihr mit affektierter Stimme, ihre Mama sei zum Tennisspielen gegangen, werde aber bald zurückkommen. Anfangs zeigte sie noch ein vages Interesse an Carmens Armreifen, doch dann setzte sie sich hin, schlug die Beine übereinander, legte die Hände in den Schoß und hüllte sich in Schweigen. Es war zwecklos, ihr noch ein Wort entlocken zu wollen, und so saßen sie sich denn gegenüber und waren bemüht, sich nicht anzusehen, wie zwei Fremde in einem Vorzimmer.

Endlich kam Samantha herein, einen Tennisschläger in der einen und eine Stange Weißbrot in der anderen Hand, und wie Carmen vorausgesehen hatte, war der Empfang kühl. Sie musterten einander unverhohlen, jede hatte durch Gregorys Beschreibungen ein bestimmtes Bild von der anderen im Kopf, und beide waren erleichtert, daß ihre Vorstellungen nicht mit der Wirklichkeit übereinstimmten. Carmen hatte sich eine hübschere Frau ausgemalt, nicht so eine drahtige, knabenhafte Gestalt mit sonnengegerbter Haut, wie die wohl in ein paar Jahren aussehen wird, die Gringas werden schnell alt, sagte sie sich. Samantha ihrerseits machte sich insgeheim über das weite Flattergewand lustig, das die andere trug und das sie fürchterlich fand, die versteckt bestimmt so einige Kilos darunter, und Sport hat sie offensichtlich ihr ganzes Leben lang noch nicht getrieben, wenn die so weitermacht, wird sie bald eine fette Matrone sein, die Latinas werden schnell alt, dachte sie mit Genugtuung. Beide wußten sofort, daß sie niemals Freundinnen werden könnten, und der Besuch fiel sehr kurz aus.

Als Carmen ging, war sie froh, daß sich ihr bester Freund von diesem Tennis-As scheiden ließ, und Samantha fragte sich, ob Gregory nach seiner Rückkehr, falls er zurückkehren sollte, ein Verhältnis mit dieser pummeligen Person anfangen würde, ein Gedanke, den die beiden sicherlich schon seit Jahren hegten. Na dann viel Spaß, murmelte sie vor sich hin und wußte nicht, warum diese Aussicht sie wütend machte.

Carmen konnte das Motelzimmer, in dem sie gelandet war,

nicht mehr lange bezahlen und beschloß, sich eine Arbeit und eine Wohnung zu suchen. Sie setzte sich in eine Cafeteria in der Nähe der Universität, um eine Zeitung zu studieren, und zwischen unzähligen Anzeigen für holistische Massagen, Aromatherapien, wunderwirkende Kristalle, Dreiecke aus Kupfer, um die Farbe der Aura zu verbessern, und andere Neuheiten, die Olga mit großem Interesse auf ihre Brauchbarkeit für Kunden geprüft hätte, entdeckte sie schließlich auch mehrere Stellenangebote. Sie telefonierte herum, bis sie für den nächsten Tag in ein Restaurant bestellt wurde, wozu sie ihren Sozialversicherungsausweis und ein Empfehlungsschreiben mitbringen sollte, zwei Dinge, die sie nicht besaß.

Das erste war nicht schwer, sie brauchte nur herauszufinden, wo man sich einschreiben mußte, füllte ein Formular aus und bekam eine Nummer, aber sie hatte keine Ahnung, wie sie das zweite beschaffen sollte. Sie überlegte, daß Gregory ihr so etwas ohne weiteres geschrieben hätte, es war wirklich ein Jammer, daß er so weit weg war, aber dieser Nachteil war kein unüberwindliches Hindernis. Sie machte einen schäbigen kleinen Laden ausfindig, wo man Schreibmaschinen leihen konnte, und verfaßte einen Brief, in dem sie sich Kompetenz auf dem Gebiet der Kinderbetreuung, einen untadeligen Lebenswandel und die Fähigkeit, mit Menschen umzugehen, bescheinigte. Der Brief fiel etwas blumig aus, aber was ich nicht weiß, macht mich nicht heiß, wie ihre Mutter sagen würde, Gregory brauchte ja keine Einzelheiten zu erfahren. Die Unterschrift ihres Freundes kannte sie auswendig, sie hatten sich nicht umsonst jahrelang geschrieben.

Am nächsten Tag stellte sie sich in einem alten, mit Knoblauchzöpfen und vielen Grünpflanzen geschmückten Haus vor. Sie wurde von einer Frau mit graumeliertem Haar und einem freundlichen Gesicht empfangen, die weite Hosen und Jesuslatschen trug.

»Interessant«, sagte sie, als sie das Empfehlungsschreiben las. »Sehr interessant... Sie kennen also Gregory Reeves?«

»Ich habe mal für ihn gearbeitet«, antwortete Carmen errötend.

»Soviel ich weiß, ist er seit über einem Jahr in Vietnam. Wie erklären Sie sich dann, daß dieses Schreiben das Datum von gestern trägt?«

Die Frau war Joan, eine von Gregorys Freundinnen, und dies war das makrobiotische Restaurant, in das er so oft gegangen war, um vegetarische Hamburger zu essen und Trost zu suchen. Mit weichen Knien und kaum hörbarer Stimme gestand Carmen ihren Betrug und erzählte in wenigen Sätzen, in welcher Beziehung sie zu Gregory stand.

»Ist schon gut, ich sehe, du bist eine Frau, die sich zu helfen weiß«, lachte Joan. »Gregory ist wie ein Sohn für mich, wenn ich auch noch nicht so alt bin, daß ich seine Mutter sein könnte, laß dich nicht von meinen grauen Haaren täuschen. Auf meinem Wohnzimmersofa hat er geschlafen in der Nacht, bevor er in den Krieg ging. Was war das doch für eine Riesendummheit! Susan und ich haben uns den Mund fusselig geredet, daß er nicht gehen sollte, aber es war zwecklos. Ich hoffe, daß er, sobald er nur kann, genauso rasch wieder zurückkommt, wie er damals weg wollte, es wäre wirklich schrecklich, wenn ihm etwas zustieße, für mich ist er immer ein Prachtexemplar von einem Mann gewesen. Wenn du seine Freundin bist, wirst du auch unsere werden. Du kannst gleich heute anfangen. Zieh dir eine Schürze über und binde dir ein Kopftuch um, damit deine Haare nicht bei den Gästen auf dem Teller landen, und dann geh in die Küche und laß dir von Susan deine Arbeit erklären.«

Wenig später bediente Carmen nicht nur an den Tischen, sondern half auch in der Küche mit, weil sie ein Gefühl für die richtige Würzmischung hatte und neue Zusammenstellungen erfand, um die Speisekarte abwechslungsreicher zu machen. Sie schloß so enge Freundschaft mit Joan und Susan, daß sie ihr den Dachboden ihres Hauses vermieteten, ein geräumiges Zimmer voller Gerümpel, das, als Carmen es leergeräumt und saubergemacht hatte, ein wunderbarer Zufluchtsort wurde. Es hatte zwei Fenster, und da das Haus auf einem Hügel stand, boten sie einen prächtigen Blick auf die Bucht. Durch eine Dachluke konnte man den Gang der Sterne verfolgen. Tagsüber hatte Carmen natürliches Licht, und abends brannten zwei große viktorianische Lampen, die sie auf dem Flohmarkt erstanden hatte.

Sie arbeitete nachmittags und einen Teil des Abends im Restaurant, aber über den Vormittag konnte sie nach Belieben verfügen. Sie kaufte Werkzeug und Material und machte in ihrer Freizeit wieder Silberschmiedearbeiten, wobei sie mit Erleichterung feststellte, daß sie weder ihre Inspiration noch die Lust an der Arbeit verloren hatte. Die ersten Ohrringe waren für ihre Chefinnen, denen sie erst die Ohrläppchen durchstechen mußte, damit sie sie tragen konnten. Sie jammerten beide zwar ein bißchen, nahmen die Ohrringe aber nur noch zum Schlafen ab, weil sie fanden, daß sie ihre Persönlichkeit betonten – Feministinnen, ohne auf das Feminine zu verzichten, meinten sie lachend. Carmen war in ihren Augen die beste Mitarbeiterin, die sie je gehabt hatten, dennoch gaben sie ihr den Rat, sie solle ihr Talent nicht damit vergeuden, daß sie Gäste bediente und in Kochtöpfen rührte, sondern sich lieber ganz der Silberschmiedekunst widmen.

»Das ist das einzig Richtige für dich. Jeder Mensch kommt mit einer Begabung auf die Welt, und das Glück besteht darin, sie frühzeitig zu erkennen«, sagten sie zu ihr, wenn sie zusammensaßen, um Mangotee zu trinken und sich ihre Lebensgeschichten zu erzählen.

»Macht euch nur keine Sorgen, ich bin glücklich«, antwortete Carmen in voller Überzeugung. Sie hatte das sichere Gefühl, daß die Entbehrungen der Vergangenheit angehörten und daß jetzt die beste Zeit ihres Lebens begann.

Als Gregory in die Welt der Lebenden zurückgekehrt war, packte er alle seine Kriegsandenken – Fotos, Briefe, Musikkassetten, Uniform, Unterwäsche und seine Heldenmedaille – auf einen Haufen, übergoß das Ganze mit Benzin und zündete es an. Er behielt nur den kleinen Drachen aus bemaltem Holz, ein Andenken an seine Freunde im Dorf, und Juan Josés geweihtes Band. Er wollte es Inmaculada zurückgeben, sobald er es geschafft hatte, es von dem getrockneten Blut zu reinigen. Er hatte sich geschworen, es nicht wie so viele andere Veteranen zu machen, die für immer und ewig den wehmütigen Erinnerungen an die einzige großartige Zeit ihres Lebens nachhingen, geistige Invaliden, unfähig, sich an den ganz normalen Alltag zu gewöhnen oder von den vielfältigen Süchten loszukommen, die der Krieg ihnen beschert hatte. Er mied die Zeitungsmeldungen, die Protestveranstaltungen auf der Straße, die früheren Freunde, die inzwischen zurückgekehrt waren und sich regelmäßig trafen, um die Abenteuer und die Kameradschaft von Vietnam wiederaufleben zu lassen. Auch von den anderen wollte er lieber nichts hören, von denen, die im Rollstuhl saßen oder den Verstand verloren hatten oder Selbstmord begingen.

In den ersten paar Tagen war er für jede alltägliche Kleinigkeit dankbar, für den Hamburger mit Pommes frites, das warme Wasser in der Dusche, die Laken auf dem Bett, die bequeme Zivilkleidung, die Gespräche der Leute auf der Straße, die Stille und Ungestörtheit seines Zimmers, doch ihm wurde bald klar, daß auch das Gefahren in sich barg. Nein, er hatte keinen Grund zur Freude, nicht einmal darüber, daß er heil und gesund heimgekehrt war. Gewiß, die Vergangenheit lag hinter ihm, nur müßte er jetzt auch seine Erinnerungen auslöschen können. Tagsüber gelang es ihm oft, alles zu vergessen, doch nachts wurde er von Albträumen gequält und wachte dann schweißgebadet auf.

Er streckte die Hand nach den Tabletten oder dem Marihuana aus, tastete auf dem Nachttisch herum, machte in halber Betäubung Licht und wußte oft nicht, wo er war. Der Whisky stand in der Kochnische, das gab ihm Zeit zum Überlegen, bevor er sich ein Glas genehmigte. Er dachte sich kleine Hindernisse aus, die ihm helfen sollten: keinen Alkohol, bevor ich angezogen bin oder etwas gegessen habe, an ungeraden Tagen trinke ich gar nichts, keinen Schluck, solange die Sonne noch nicht aufgegangen ist, erst zwanzig Rumpfbeugen machen und ein ganzes Konzert hören. So schob er den Schritt hinaus, den Schrank zu öffnen, in dem er die Flasche stehen hatte, und im allgemeinen gelang es ihm auch, sich unter Kontrolle zu halten, aber er konnte sich nicht dazu durchringen, den Alkohol ganz

wegzulassen, für den Notfall hatte er immer etwas bei der Hand.
Als er Samantha schließlich anrief, verheimlichte er ihr, daß er schon seit über zwei Wochen im Lande war und nur zwanzig Meilen von ihrem Haus entfernt, er erzählte ihr, er sei gerade angekommen, und bat sie, ihn am Flughafen abzuholen, wo er sie frisch geduscht, rasiert, nüchtern und in Zivil erwartete. Er war überrascht, wie hübsch Margaret geworden war, sie sah aus wie die Federzeichnung einer Prinzessin in einem alten Märchenbuch mit ihren meerblauen Augen, den blonden Lokken und dem sehr fein gezeichneten, slawisch geformten Gesicht. Ihm fiel auch auf, wie wenig sich seine Frau verändert hatte, sie schien sogar dieselbe weiße Hose zu tragen, in der er sie das letzte Mal gesehen hatte. Margaret hielt ihm, ohne zu lächeln, eine schlaffe Hand hin und weigerte sich, ihm einen Kuß zu geben. Sie hatte sich reichlich frühreife kokette Bewegungen angewöhnt, die sie offenbar den Schauspielerinnen der Fernsehserien abgeguckt hatte, und wackelte beim Gehen mit dem winzigen Hintern. Gregory wurde nicht warm mit ihr und fühlte sich unbehaglich, er konnte sie nicht als das kleine Mädchen sehen, das sie in Wirklichkeit war, sie wirkte auf ihn eher wie eine schamlose Parodie der Femme fatale, und er schämte sich vor sich selbst. Vielleicht hatte Judy ja doch recht, und die perverse Veranlagung seines Vaters schlummerte als erblicher Fluch auch in ihm.
Samanthas Empfang war lau, sie freue sich, ihn in so guter Verfassung zu sehen, sagte sie, er sei zwar schmaler geworden, sehe aber kräftiger aus, die Bräune stehe ihm wirklich gut, offensichtlich sei der Krieg für ihn nicht so traumatisch gewesen. Dafür gehe es ihr allerdings nicht besonders gut, sie bedaure, das sagen zu müssen, aber ihre finanzielle Lage sei miserabel, die Ersparnisse seien aufgebraucht, und der dürftige Sold reiche ihr beim besten Willen nicht zum Leben. Sie wolle sich natürlich nicht beklagen, sie habe ja Verständnis für die besonderen Umstände, aber sie sei eben nicht daran gewöhnt, Entbehrungen auf sich zu nehmen, und Margaret auch nicht. Nein, mit der Kinderbetreuung habe sie nicht weitermachen

können, das sei eine sehr anstrengende und langweilige Arbeit gewesen, außerdem habe sie sich ja um ihre eigene Tochter kümmern müssen, nicht wahr? Als sie ins Auto stiegen, sagte sie mit ihrer sanften Stimme, sie habe ihm ein Zimmer in einem Hotel reserviert, habe aber nichts dagegen, daß er seine Sachen in der Garage abstellte, bis er etwas Besseres gefunden habe.

Wenn Gregory sich noch Illusionen über eine mögliche Versöhnung gemacht hatte, reichten diese wenigen Sätze aus, um ihn erneut spüren zu lassen, welch ein Abgrund zwischen ihnen lag. Samantha hatte ihre gewohnte Höflichkeit nicht verloren, sie hatte ihre Gefühle bewundernswert unter Kontrolle und konnte sich stundenlang mit jemandem unterhalten, ohne wirklich etwas zu sagen. Sie stellte ihm keine Fragen, sie wollte keine unangenehmen Dinge erfahren, mit äußerster Anstrengung war es ihr gelungen, weiter in einer Phantasiewelt zu leben, in der Schmerz und Häßlichkeit nichts zu suchen hatten. Getreu ihrer Lebenseinstellung war sie fest entschlossen, den Krieg, die Scheidung, das Auseinanderbrechen ihrer Familie und überhaupt alles zu übergehen, was ihren Tennisstundenplan durcheinanderbringen könnte. Gregory dachte mit einer gewissen Erleichterung, daß er ihr nichts bedeutete und daß er kein schlechtes Gewissen zu haben brauchte, wenn er ein neues Leben ohne sie anfing. Während der restlichen Fahrt versuchte er, mit Margaret ins Gespräch zu kommen, doch seine Tochter war nicht bereit, ihm entgegenzukommen. Sie saß auf dem Rücksitz, kaute an ihren rotlackierten Fingernägeln, spielte an einer Haarsträhne herum und betrachtete sich im Rückspiegel. Wenn ihre Mutter mit ihr redete, gab sie einsilbige Antworten, und wenn er sie ansprach, schwieg sie beharrlich.

Er mietete ein Haus auf der anderen Seite der Bucht, dessen größter Reiz eine halbverfallene Mole war. Er hatte vor, sich später einmal ein Segelboot zu kaufen, mehr aus Angeberei als aus Spaß am Segeln, denn jedesmal, wenn er mit Timothy auf dessen Boot hinausfuhr, war er zum Schluß überzeugt, daß soviel Plackerei nur gerechtfertigt wäre, wenn man damit bei einem Schiffbruch sein Leben rettete, aber niemals als Zeitvertreib. Aus dem gleichen Hang zum Renommieren legte er sich einen Porsche zu, er hoffte, damit die Bewunderung der Männer und die Aufmerksamkeit der Frauen zu erregen. Autos sind Phallussymbole, ich möchte wissen, wieso deins so klein, eng und plattgedrückt ist, machte sich Carmen lustig, als sie es erfuhr. Immerhin war er vernünftig genug, sich keine Möbel zu kaufen, solange er keine feste Anstellung hatte, er begnügte sich mit einem Bett, das die Ausmaße eines Boxrings hatte, einem vielseitig verwendbaren Tisch und ein paar Stühlen. Nachdem er sich so häuslich eingerichtet hatte, fuhr er nach Los Angeles, wo er vor Jahren zum letztenmal gewesen war, als er Margaret der Familie Morales vorgestellt hatte.

Nora Reeves empfing ihn ganz unbefangen, als hätte sie ihn gerade am Tag zuvor gesehen, sie bot ihm eine Tasse Tee an und erzählte ihm, was es im Barrio Neues gab und was sein Vater gesagt hatte, der immer noch jede Woche mit ihr in Verbindung trat, um sie über die Entwicklung des Unendlichen Plans auf dem laufenden zu halten. Mit keinem Wort erwähnte sie den Krieg, und zum ersten Mal verglich Gregory die Eigenschaften, die Samantha und seine Mutter gemeinsam hatten, die gleiche Gefühlskälte, Empfindungslosigkeit und höfliche Förmlichkeit, die gleiche Entschlossenheit, die Wirklichkeit nicht zu beachten, obwohl gerade das seiner Mutter schwerer gefallen sein mußte, weil sie ein sehr viel härteres Leben gehabt hatte. Für Nora Reeves hatte Gleichgültigkeit allein nicht ausgereicht, sie hatte einen eisernen Willen aufbringen müssen, um sich von den Problemen nicht mehr berühren zu lassen.

Judy traf er im Bett an, ein Neugeborenes im Arm und ein paar spielende Kinder um sie herum. Das Bettzeug verdeckte ihre Körperfülle, sie sah aus wie eine üppige Renaissance-Madonna. Sie war so mit Stillen beschäftigt, daß sie gar nicht auf den Gedanken kam, ihn zu fragen, wie es ihm gehe, denn da er ganz offensichtlich mit heiler Haut vor ihr stand, war doch wohl anzunehmen, daß es keine besonderen Neuigkeiten gab. Gregory erfuhr nun, daß der zweite Mann seiner Schwester Besitzer eines Taxis, Witwer und der Vater von zweien der älteren

Kinder und des Babys war. Er war ein im Land geborener Latino, einer dieser Chicanos, die zwar schlecht Spanisch sprechen, aber die unverwechselbaren indianischen Merkmale ihrer Vorfahren haben, klein, schmal, mit dem langen, herabhängenden Schnauzbart eines mongolischen Kriegers. Im Vergleich zu seinem Vorgänger, dem hünenhaften Jim Morgan, sah er aus wie ein unterernährter Hänfling. Gregory war nicht klar, ob dieser Mann Judy mehr liebte, als er sie fürchtete, er stellte sich einen Streit zwischen den beiden vor und konnte sich ein Lächeln nicht verkneifen, seine Schwester wäre in der Lage, ihrem Mann mit einer Hand den Schädel zu spalten, als ob sie ein Frühstücksei aufschlug. Wie die wohl miteinander schlafen? fragte sich Gregory fasziniert.

Inmaculada und Pedro Morales bereiteten ihm den Empfang, der ihm bis dahin vorenthalten worden war, sie weinten und umarmten ihn minutenlang. Zuerst war Gregory fast versucht zu glauben, sie vergossen deshalb Tränen, weil er unversehrt heimgekommen war und nicht ihr Sohn Juan José, doch als er die glückstrahlenden Gesichter seiner alten Freunde sah, verbannte er diese schäbigen Zweifel schleunigst aus seinem Herzen. Sie nahmen die Plastikhülle von einem der Sessel und ließen ihn dort Platz nehmen, um ihn ausgiebig über den Krieg auszufragen. Er hatte sich fest vorgenommen, nicht über dieses Thema zu sprechen, ertappte sich aber dann doch dabei, daß er ihnen alles erzählte, was sie wissen wollten. Er begriff, daß dies ein Teil des Abschieds war, zu dritt trugen sie Juan José endgültig zu Grabe. Inmaculada vergaß, das Licht anzumachen und ihm etwas zu essen anzubieten, keiner rührte sich, bis es schon tiefe Nacht war und Pedro in die Küche ging, um Bier zu holen.

Als Gregory mit Inmaculada allein war, nahm er das geweihte Band vom Hals und gab es ihr. Er war doch von dem Gedanken abgekommen, es zu waschen, weil er befürchtet hatte, daß es sich dabei auflösen könnte, aber er brauchte gar nicht zu erklären, wo die dunklen Flecken herstammten. Sie nahm es an sich, ohne es anzuschauen, hängte es sich um und verbarg es unter ihrer Bluse.

»Es wäre eine Sünde, es in den Müll zu werfen, weil es von einem Bischof geweiht wurde, aber wenn es meinen Sohn nicht beschützen konnte, taugt es auch nichts«, seufzte sie.
Und dann konnten sie über Juan Josés letzte Augenblicke sprechen. Die Eltern saßen Seite an Seite auf dem gräßlichen rubinroten Sofa, zum erstenmal in Gegenwart eines Dritten Hand in Hand, und hörten sich an, was Gregory sich geschworen hatte, ihnen nie zu sagen, jetzt aber nicht mehr verschweigen konnte. Er erzählte ihnen, daß Juan José den Ruf gehabt hatte, ein Glückspilz und ein Held zu sein, daß er ihn wie durch ein Wunder am Strand getroffen hatte und daß er weiß Gott was darum gegeben hätte, wenn er und nur er allein hätte bei ihm sein können, um ihn in den Armen zu halten, als er immer tiefer fiel, Padre, halten Sie mich fest, dort unten ist es furchtbar dunkel.
»Hatte er noch Zeit, sich mit Gott zu versöhnen?« wollte die Mutter wissen.
»Der Kaplan war bei ihm.«
»Hat er sehr gelitten?« fragte Pedro.
»Ich weiß nicht, es ist sehr schnell gegangen ...«
»Hatte er Angst? War er verzweifelt? Hat er geschrien?«
»Nein, sie haben mir gesagt, er war ganz ruhig.«
»Wenigstens du bist zurückgekommen, Gott sei's gedankt«, sagte Inmaculada, und für eine Weile fühlte sich Gregory von jeglicher Schuld freigesprochen, von aller Angst erlöst und in Sicherheit vor seinen schlimmsten Erinnerungen, und eine Woge der Dankbarkeit durchströmte ihn. In dieser Nacht erlaubten ihm die Morales nicht, in ein Hotel zu gehen, sie nötigten ihn zu bleiben und machten ihm Juan Josés Junggesellenbett zurecht. In der Nachttischschublade fand er ein Schulheft mit Versen, die sein Freund mit Bleistift geschrieben hatte. Es waren Liebesgedichte.
Bevor er wieder zurückflog, stattete er Olga noch einen Besuch ab. Die Jahre hatten ihre Spuren an ihr hinterlassen, von ihrem früheren Papageienaufputz war nichts geblieben, sie sah aus wie eine zerzauste Hexe, doch die Kunst des Heilens und Hellsehens betrieb sie mit ungebrochener Energie. Zu dieser

Zeit war sie bereits restlos von der menschlichen Dummheit überzeugt und verließ sich deshalb statt auf ihre Heilkräuter lieber auf ihre Hexereien, weil diese die unermeßliche Leichtgläubigkeit der Menschen stärker ansprachen. Alles spielt sich im Kopf ab, die Einbildung wirkt Wunder, behauptete sie. Auch ihre Wohnung war etwas heruntergekommen, sie sah aus wie ein mit zugestaubten Zauberartikeln vollgestopfter Devotionalienbasar und war unordentlicher, dafür aber weniger bunt als früher. Von der Decke hingen immer noch trockene Zweige, Baumrinden und Wurzeln herab, es waren noch mehr Regale voller Flaschen und Schachteln hinzugekommen, aber der ehemalige Duft des Weihrauchs aus den pakistanischen Läden war verschwunden, aufgeschluckt von stärkeren Gerüchen. Auf vielen Tiegeln standen immer noch suggestive Namen: Vergiß-mich-nicht, Sicheres-Geschäft, Unwiderstehlicher-Eroberer, Heimtückische-Rache, Ungeheure-Lust, Nimm-ihr-alles.

Mit ihrem geschulten Blick, der auch das Nichtsichtbare erfaßte, sah Olga sofort, wie sehr Gregory sich verändert hatte, sie bemerkte seine Unnahbarkeit, den harten Blick, das grelle, freudlose Lachen, die rauhe Stimme und dieses Mundverziehen, das bei schmalen Lippen verächtlich gewirkt hätte, bei seinen eher spöttisch aussah. Er strahlte eine animalische Kraft aus, aber unter der Panzerung ahnte sie ein schwer angeschlagenes Herz. Sie erkannte, daß dies nicht der rechte Augenblick war, ihm ihren alterprobten Rat anzubieten, weil er dafür offensichtlich nicht zugänglich gewesen wäre, und erzählte ihm lieber von sich selbst.

»Ich habe viele Feinde, Gregory«, gestand sie ihm. »Da versucht man Gutes zu tun, und sie danken es einem mit Neid und Bosheit. Jetzt erzählen sie schon herum, ich stünde mit dem Teufel im Bunde.«

»Das ist bestimmt schlecht fürs Geschäft ...«

»Ach nein, das nicht, solange es ängstliche oder leidende Menschen gibt, wird es mit diesem Geschäft nie bergab gehen«, erwiderte Olga mit einem Zwinkern. »Apropos, kann ich irgend etwas für dich tun?«

»Ich glaube nicht, Olga. Was mir fehlt, kann man nicht mit Beschwörungsformeln heilen.«
Die Morales gaben ihm Carmens Adresse. Er hatte geglaubt, sie wäre noch in Europa, und konnte sich kaum vorstellen, daß sie in San Francisco nur durch eine Brücke voneinander getrennt waren. Ihre Montagsanrufe hatte der Krieg unterbrochen, und die Post war in Vietnam immer mit riesiger Verspätung angekommen, ihre letzte Nachricht war eine Postkarte aus Barcelona gewesen, auf der sie ihm von einem japanischen Liebhaber berichtet hatte. Er staunte über den merkwürdigen Zufall, daß seine Freundin ausgerechnet bei Joan und Susan eingezogen war, die Wirklichkeit war manchmal so unwahrscheinlich wie die blödsinnigen Fernsehserien, von denen Inmaculada keine einzige Folge verpaßte.

In den Jahren seiner erotischen Unrast und vor allem in den Zeiten, da ihm die Einsamkeit im Nacken saß, wenn er sich mit einer neuen Frau eingelassen und wieder einmal festgestellt hatte, daß auch sie nicht die war, die er suchte, hatte sich Gregory häufig gefragt, warum Carmen und er kein Liebespaar hatten werden können. Als er sich einmal traute, sie darauf anzusprechen, hatte sie ihm geantwortet, er sei damals nicht zugänglich gewesen für die einzige Art von Liebe, die zwischen ihnen möglich gewesen wäre, er habe sich zum Schutz einen Mantel aus Zynismus umgehängt, der ihm letztlich wenig genutzt habe, weil er einerseits dadurch vereinsamt sei und andererseits ihn schon ein kleiner Windstoß wieder hilflos den Elementen ausgeliefert habe.
»Damals hattest du nur Geld und Sex im Kopf, das war schon die schiere Besessenheit. Wenn du willst, können wir die Schuld auf den Krieg schieben, aber ich denke mir, daß es da noch andere Ursachen gab, du hast auch viele Dinge aus deiner Kindheit mit dir herumgeschleppt«, sagte Carmen viele Jahre später, als beide in ihren eigenen Labyrinthen herumgewandert waren und sich am Ausgang treffen konnten. »Das Merkwürdige war, man brauchte nur ein wenig an der Oberfläche zu kratzen, dann sah man, daß du hinter deinen Schutzwällen um

Hilfe schriest. Aber auch mir fehlten noch die Voraussetzungen für eine gute Beziehung, ich war längst nicht reif genug und konnte dir so viel Liebe, wie du brauchtest, einfach nicht geben.«

Nach seinem Besuch bei den Morales schob Gregory die Begegnung mit seiner Freundin mit immer neuen Ausreden hinaus. Der Gedanke, sie zu sehen, machte ihm angst, er fürchtete, sie könnten sich beide verändert haben und sich nicht wiedererkennen oder, schlimmer noch, sich nicht mehr mögen. Schließlich aber wurde es unmöglich, immer neue Entschuldigungen zu erfinden, und nachdem er noch mal zwei Wochen gewartet hatte, fuhr er hinüber nach Berkeley, um sie zu besuchen. Er wollte sie überraschen und tauchte ohne Vorankündigung im Restaurant auf, wo er erfuhr, daß sie wenige Tage zuvor ihre Stelle aufgegeben hatte.

Joan und Susan empfingen ihn mit Freudengeschrei, sie begutachteten ihn von Kopf bis Fuß, um zu sehen, ob er noch ganz war, stopften ihn mit vegetarischer Lasagne und pistaziengefülltem Honiggebäck voll und sagten ihm anschließend, wo er Carmen finden würde. Er bemerkte die Veränderungen in der Erscheinung der beiden Frauen, sie trugen auffallende Ohrgehänge, die man schon von weitem sah, hatten sich die Haare schneiden lassen, und Joan hatte, der ungewöhnlichen Röte ihrer Wangen nach zu urteilen, sogar Rouge aufgelegt. Sie erklärten ihm unter viel Gelächter, daß sie jetzt nicht mehr mit Indianerzöpfen oder Großmutterdutts herumlaufen könnten, für die Ohrringe von Tamar brauche man schon ein bißchen Koketterie, und das sei gewiß nichts Schlechtes, das hatten sie zwar etwas spät entdeckt, doch sie waren entschlossen, die verlorene Zeit nachzuholen. Man kann auch mit diesem Gebaumel an den Ohren und ein bißchen Schminke im Gesicht Feministin sein, aber keine Angst, Junge, wir haben auf keine unserer Forderungen verzichtet, versicherten sie ihm.

Gregory wollte wissen, wer Tamar sei, und sie erklärten ihm, daß Carmen ihren Namen geändert hatte, weil sie sich jetzt ausschließlich mit der Herstellung von Schmuck befaßte, sie wollte einen Stil durchsetzen und sich einen Namen machen, und ihren fand sie dafür nicht exotisch genug. Sie ging jeden Morgen in die Straße der Hippies und bot ihre Waren auf einem Tablett an, das auf einem zusammenklappbaren Untergestell stand. Die Plätze wurden täglich verlost, ein System, das die Streitereien früherer Jahre beendete, als die Straßenverkäufer ihre Lieblingsterritorien noch mit den Fäusten verteidigt hatten. Um einen guten Platz zu bekommen, mußte man früh aufstehen, aber Carmen war sehr diszipliniert, wie Joan und Susan sagten, so daß er sie mit Sicherheit an der ersten Straßenecke antreffen würde, dem begehrtesten Platz, weil er in der Nähe der Universität war, wo man die Toiletten benutzen konnte.

Die ganze Straße entlang hatten sich auf beiden Bürgersteigen Händler und kleine Kunsthandwerker aufgebaut, die sich ihr Brot mit den Verkäufen des Tages verdienten und sich mit Drogen, metaphysischen Illusionen und politischer Harmlosigkeit über Wasser hielten. Zwischen ihnen lungerten auch ein paar Geisteskranke herum, die von Gott weiß welchem mysteriösen Magneten angezogen wurden. Die Regierung hatte die Gelder für die medizinische Versorgung gekürzt, so daß die vorher schon verarmten psychiatrischen Anstalten jetzt völlig mittellos dastanden und sich gezwungen sahen, ihre Patienten zu entlassen. Den Sommer über kamen die Kranken mit den Almosen barmherziger Leute über die Runden, und im Winter sammelte man sie von Amts wegen ein, um sich die Peinlichkeit zu ersparen, daß auf der Straße steifgefrorene Leichen lagen.

Die Polizei übersah diese armen Irren, solange sie nicht aggressiv wurden, die Anwohner kannten sie, sie fürchteten sich nicht mehr vor ihnen und waren auch gern bereit, ihnen etwas zu essen zu geben, wenn sie vor Hunger schlappmachten. Oft konnte man sie gar nicht von den unter Drogen stehenden Hippies unterscheiden, aber einige waren unverwechselbar und sogar berühmt, wie etwa der Tänzer im durchsichtigen Trikot und dem flammendroten Umhang eines gefallenen Erzengels, der auf Zehenspitzen leise dahinschwebte und zerstreute Passanten erschreckte. Zu den bekanntesten gehörte ein unglücklicher Seher, der aus selbsterfundenen Karten die Zukunft voraussagte und ständig über die Greuel dieser Welt wehklagte. Verzweifelt über all die Bosheit und Habsucht, hielt er es eines Tages nicht mehr aus und stach sich mitten auf der Straße mit einem Löffel die Augen aus. Er wurde in einem Krankenwagen weggebracht und war kurze Zeit später wieder da, schweigsam und lächelnd, weil er die grausame Realität nicht mehr sah. Jemand bohrte Löcher in seine Karten, damit er sie unterscheiden konnte, und er sagte den Passanten weiter die Zukunft voraus, diesmal mit noch größerem Erfolg, weil er zu einer Legende geworden war.

Unter diesen Leuten suchte Gregory seine Freundin. Er bahnte sich einen Weg durch das Gewühl auf der Straße, konnte sie aber nirgends sehen. Weihnachten stand vor der Tür, und Menschenmassen wälzten sich die Bürgersteige entlang, um die letzten Einkäufe zu tätigen. Als er Carmen endlich entdeckte, brauchte er ein paar Sekunden, bis er dieses Bild dem angepaßt hatte, das er in seiner Erinnerung bewahrte.

Sie saß auf einem Bänkchen hinter einem zusammenklappbaren Tisch, auf dem ihre Arbeiten in schimmernden Reihen ausgelegt waren, das Haar fiel ihr unordentlich über die Schultern, sie trug ein mit Arabesken besticktes Bolerojäckchen, unzählige Armreifen und ein fremdartiges dunkles Baumwollkleid, das wie eine Tunika in der Taille mit einer Kette aus Kupfer- und Silbermünzen gegürtet war. Sie bediente gerade ein Touristenpaar, das sichtlich von seiner Farm im Mittleren Westen angereist war, um sich das wüste Treiben in Berkeley, das sie nur von Fernsehbildern kannten, einmal aus der Nähe anzusehen. Sie hatte Gregory noch nicht bemerkt, und er blieb in einiger Entfernung stehen, um sie im Schutz des Menschengewimmels zu beobachten.

In diesen Minuten erinnerte er sich an all die Dinge, die er mit ihr geteilt hatte, an die heißen Träume der Jugendzeit, die Illusionen, die sie in ihm geweckt hatte, und er glaubte, sie seit dem fernen Tag zu lieben, an dem sein Vater gestorben war und sie zusammen in einem Bett geschlafen hatten. Sie kam ihm sehr verändert vor, sie bewegte sich sicher und anmutig, ihre Latinozüge waren stärker ausgeprägt als früher: Die Augen waren schwärzer, die Gesten ausladender, das Lachen übermütiger. Die Reisen hatten ihren Spürsinn geschärft, sie war cleverer geworden, daher der neue Name und der veränderte Stil. Damals war gerade das Wort »ethnisch« aufgekommen, um all das zu bezeichnen, was aus Gegenden kam, die für Amerikaner auf der Landkarte nur schwer zu finden waren, und sie hatte es sich angeeignet, weil sie sich sagte, daß in dieser Umwelt niemand stolz den Schmuck einer einfachen Chicana tragen würde. Auf ihrem Tisch stand ein Schild mit der Aufschrift *Tamar, Ethno-Schmuck*.

Gregory konnte von seinem Standort aus ihr Gespräch mit den Kunden hören. Sie erzählte ihnen, sie sei Zigeunerin, woraufhin die beiden etwas schwankend wurden, weil sie befürchteten, bei der Transaktion übers Ohr gehauen zu werden. Sie sprach mit einem leichten Akzent, den sie früher nicht gehabt hatte. Gregory war klar, daß sie ihn bestimmt nicht aus alberner Ziererei angenommen hatte, aber es war durchaus möglich, daß sie aus reinem Vergnügen so redete, genauso, wie sie sich eher aus Freude am Spaß als aus Neigung zum Schwindeln eine geheimnisvolle Vergangenheit zurechtgebastelt hatte. Wenn jemand sie daran erinnert hätte, daß sie die verstoßene Tochter illegaler Einwanderer aus Zacatecas war, wäre sie selbst am meisten verwundert gewesen. In ihren Briefen hatte sie ihm die ausgefallene Autobiographie erzählt, die sie sich Kapitel für Kapitel ausdachte wie die einzelnen Folgen einer Fernsehserie, und er hatte ihr mehr als einmal geschrieben, sie solle damit vorsichtig sein, wenn sie so weitermachte, könnte sie diese Lügen vielleicht eines Tages selbst glauben. Jetzt, da er sie nur wenige Meter entfernt vor sich sah, wurde ihm klar, daß Carmen die Heldin ihres eigenen Romans geworden war und daß Tamar besser zu der malerisch aufgeputzten Verkäuferin von modischem Schnickschnack paßte. In diesem Augenblick hob sie den Kopf, und als sie ihn sah, schrie sie laut auf.

Sie hielten sich lange in den Armen, wie zwei verlorengegangene Kinder, die sich wiederfinden, und schließlich suchten sich ihre Lippen, und sie küßten sich zitternd mit all der Leidenschaft, die sie seit Jahren in geheimen Wunschträumen genährt hatten. Carmen packte auf der Stelle ihre Sachen ein und klappte den Tisch zusammen, und dann machten sie sich, begehrliche Blicke tauschend, mit dem Einkaufswägelchen, in dem die Schachteln mit dem Schmuck verstaut waren, auf die Suche nach einem Ort, wo sie miteinander schlafen konnten. Sie hatten es so eilig, daß sie sich nicht einmal die Zeit nahmen, miteinander zu reden, sie hatten das Bedürfnis, sich zu berühren, sich zu erkunden und festzustellen, ob der andere wirklich so war, wie man ihn sich vorgestellt hatte.

Sie wollte Gregory nicht mit Joan und Susan teilen, sie befürchtete, wenn sie in ihre Dachwohnung gingen, würde eine Begegnung unvermeidlich sein, und dann würde es schwierig werden, sich der Gesellschaft der beiden Frauen zu entziehen, mochten diese auch noch so taktvoll sein. Er dachte das gleiche, und ohne lange zu fragen, führte er sie in ein schäbiges Motel, dessen einziger Vorteil seine Nähe war. Dort entkleideten sie sich hastig und rollten fast besinnungslos vor hungriger Begierde auf das Bett. Die erste Umarmung war ungeduldig und ungestüm, sie fielen ohne Vorgeplänkel übereinander her, keuchend im Gewirr der Laken, und sanken dann völlig erschöpft für ein paar Minuten in einen tiefen Schlaf.

Carmen wurde als erste wieder wach und richtete sich auf, um den Mann zu betrachten, mit dem sie zusammen aufgewachsen war, der ihr jedoch jetzt wie ein Fremder vorkam. Sie hatte unzählige Male von ihm geträumt, und jetzt lag er nackt vor ihr, ihren Lippen erreichbar. Der Krieg hatte seinen Körper gemeißelt, er war schlanker und muskulöser geworden, die Sehnen lagen wie Stricke unter der Haut, und ein Bein zeigte ein blaues Venengeäst, die bleibende Erinnerung an den Unfall in seiner Hilfsarbeiterzeit. Selbst im Schlaf war er noch angespannt.

Sie küßte ihn ein bißchen wehmütig, sie hatte sich diese Begegnung ganz anders vorgestellt, nicht als gegenseitige Vergewaltigung, als verbissenen Kampf, sie hatten sich nicht geliebt, sondern etwas getan, was ihr im nachhinein wie etwas Sündiges vorkam. Sie hatte den Eindruck gehabt, daß er nicht ganz da war, er war nicht mit dem Herzen dabeigewesen, er hatte nicht sie umarmt, sondern Gott weiß welches Gespenst aus seiner Vergangenheit oder seinen Albträumen, es hatte an Zärtlichkeit, Harmonie, guter Laune gefehlt, er hatte kein einziges Mal ihren Namen geflüstert oder ihr in die Augen gesehen. Auch sie hatte nicht gerade ihren besten Tag gehabt, aber sie wußte nicht, wieso sie versagt hatte, Gregory hatte den Takt angegeben, und das Ganze war so verrückt abgelaufen, daß sie sich in einem dunklen Dschungel verloren hatte und jetzt heiß und schweißbedeckt, ein wenig bekümmert und traurig wieder daraus auftauchte.

Die Fehlschläge, die sie in ihren bisherigen Beziehungen erlebt hatte, hatten ihre Fähigkeit zu lieben nicht zu zerstören vermocht. Sie war für ihn bereit gewesen, war jedoch auf den unerwarteten Widerstand dieses Freundes gestoßen, auf den sie seit ihrer Kindheit gewartet hatte. Dann überlegte sie, daß sein Verhalten sicherlich den Entbehrungen des Krieges zuzuschreiben war, und schöpfte neue Hoffnung, irgendwann einen Spalt zu finden, durch den sie in sein Herz eindringen könnte. Sie beugte sich zu ihm hinunter, um ihn noch einmal zu küssen, und er schreckte aus dem Schlaf hoch, sofort abwehrbereit. Aber als er sie erkannte, lächelte er, zum erstenmal entspannt. Er faßte sie bei den Schultern und zog sie zu sich herab.

»Du bist ein einsamer Kämpfer, Greg, wie die Cowboys im Film.«

»Ich habe noch nie im Leben auf einem Pferd gesessen, Carmen.«

In diesem Augenblick stürmten all die Erinnerungen auf ihn ein, die er immer in Schach zu halten versuchte, und ihn überkam ein Gefühl tiefer Bitterkeit, das er mit niemandem teilen konnte, nicht einmal mit ihr in dieser vertrauten Stunde. Er war aufgewachsen wie das Gestrüpp im Patio der elterlichen Hütte, ohne Wasser und ohne Gärtner, umgeben von den übersinnlichen Phantasien seines Vaters, dem unerschütterlichen Schweigen seiner Mutter, dem hartnäckigen Groll seiner Schwester und der Gewalt des Barrios, wo er wegen seiner Hautfarbe und seiner exzentrischen Familie geplagt und geprügelt worden war, immer hin und her gerissen zwischen den Geboten eines

empfindsamen Herzens und dieser kämpferischen Leidenschaft, dieser wilden Energie, die sein Blut in Wallung brachte, bis er den Kopf verlor. Ein Teil von ihm wollte dem Mitgefühl nachgeben, der andere trieb ihn in die Hemmungslosigkeit. Er war gefangen in der ewigen Unentschlossenheit zwischen diesen beiden entgegengesetzten Kräften, die ihn in zwei unversöhnbare Hälften teilten, es war wie eine Klaue, die ihn innerlich zerriß und von den anderen Menschen trennte. Er fühlte sich zur Einsamkeit verdammt.
Du mußt das ein für allemal akzeptieren und aufhören, dir darüber Gedanken zu machen, Gregory, wir werden einsam geboren, und einsam leben und sterben wir auch, hatte Cyrus ihm gesagt, das Leben bedeutet Verwirrung und Leid, aber vor allem bedeutet es Einsamkeit. Es gibt philosophische Erklärungen dafür, aber wenn du lieber an das Märchen vom Garten Eden glaubst, dann stell dir eben vor, daß das die Strafe für das Menschengeschlecht ist, weil Adam in die Frucht der Erkenntnis gebissen hat. Gegen diese Vorstellung hatte sich Gregory immer wütend gesträubt, er hatte die Illusion seiner Kindheit nicht aufgegeben, als er gehofft hatte, daß die Kümmernisse dieses Lebens durch ein Wunder verschwinden würden. Damals hatte er sich oft, von einer irrationalen Angst gepackt, im Schuppen hinter der elterlichen Hütte versteckt und sich eingebildet, er würde eines Tages aufwachen und für immer von diesem dumpfen Schmerz in der Mitte seines Körpers befreit sein, er mußte sich nur an die Gebote und Regeln der Anständigkeit halten.
Nur leider war es so nicht gewesen. Er war durch die Initiationsriten und die einzelnen Stationen auf dem Weg zur Männlichkeit gegangen, hatte sich selbst geformt, schweigend durchgehalten, auch wenn es knüppeldick gekommen war, getreu dem nationalen Mythos des unabhängigen, stolzen und freien Individuums. Er hielt sich für einen guten Staatsbürger, der bereit war, seine Steuern zu bezahlen und sein Vaterland zu verteidigen, aber irgendwo war da eine gemeine Falle eingebaut, und statt die erwartete Belohnung zu erhalten, steckte er immer noch im Dreck. Es war nicht damit getan, daß man

unentwegt seine Pflichten erfüllte, das Leben war eine unersättliche Geliebte, es forderte immer mehr Kraftanstrengung und immer noch mehr Mut.
In Vietnam hatte er gelernt, daß man viele Regeln verletzen mußte, wenn man überleben wollte, die Welt gehörte nicht den Zaghaften, sondern den Kühnen, im wirklichen Leben hatte es der Böse besser als der Held. Im Krieg gab es keine moralischen Lösungen, es gab auch keine Sieger, alle wirkten an derselben gewaltigen Niederlage mit, und im Privatleben, schien es ihm jetzt, war es keinen Deut anders, aber er war fest entschlossen, diesem Fluch eine Nase zu drehen. Ich werde in diesem Hühnerstall auf die höchsten Stufen der Leiter klettern, selbst wenn ich dabei über meine eigene Mutter hinwegsteigen muß, sagte er sich oft, während er sich vor dem Badezimmerspiegel rasierte – vielleicht würde er ja mit dieser Niedergeschlagenheit jeden Morgen fertig, wenn er sich diese Litanei lange genug vorbetete.
Er spürte Carmens Haar an seinem Mund, sog ihren Geruch einer wilden Sirene ein und gab sich wieder den Lockungen der Lust hin. Er sah ihren biegsamen Körper im Dämmerlicht der zugezogenen Vorhänge, hörte ihr Lachen und Stöhnen, spürte das Beben ihrer Brustwarzen in seinen Handflächen, und für einen allzu kurzen Augenblick glaubte er, vom Fluch der Einsamkeit erlöst zu sein, doch dann versank er mehr und mehr im Abgrund der Lust, der letzten und tiefsten Vereinsamung.
Erst viel später zogen sie sich wieder an, als das Bedürfnis nach frischer Luft und etwas Eßbarem – im Motel gab es nur kalte Pizza und lauwarmes Bier – sie in die Wirklichkeit zurückholte. Inzwischen hatten sie Zeit gehabt, sich mit mehr Ruhe zu liebkosen und über Vergangenes zu sprechen, sie hatten die über Jahre hindurch geführten und durch den Krieg unterbrochenen Telefongespräche abgeschlossen, hatten Juan Josés gedacht, hatten einander von ihren zerstörten Illusionen, gescheiterten Liebschaften, unvollendeten Plänen, Abenteuern und all dem angestauten Schmerz erzählt. In diesen Stunden hatte Carmen gemerkt, daß Gregory sich nicht nur äußerlich, sondern auch innerlich verändert hatte, aber sie tröstete sich mit

dem Gedanken, daß seine schlimmen Erinnerungen mit der Zeit verblassen würden und er wieder so sein würde wie früher, der gute Freund, der gefühlvoll und lustig war und mit dem sie Rock 'n' Roll-Wettbewerbe gewonnen hatte, der Vertraute, der Bruder. Nein, Bruder nie wieder, sagte sie sich ein bißchen bedauernd.

Nachdem sie ihre Neugier gestillt hatten, zogen sie sich an und gingen auf die Straße hinaus, das Wägelchen mit dem Schmuck ließen sie im Zimmer stehen. Als sie dann vor dampfenden Kaffeetassen und knusprigen Toastscheiben saßen, blickten sie sich im rötlichen Licht des Nachmittags an und fühlten sich unbehaglich. Sie wußten nicht, was das für ein Schatten war, der sich zwischen ihnen niedergelassen hatte, aber beide konnten spüren, daß Böses von ihm ausging. Sie hatten zwar ihr drängendes Verlangen befriedigt, aber sie hatten sich nicht wirklich gefunden, waren nicht auch seelisch vereint gewesen, und ebensowenig hatte sich ihnen die Liebe offenbart, die ihr ganzes Leben hätte verändern können, wie sie es sich vorgestellt hatten.

Nun, da sie wieder angezogen und gesättigt waren, erkannten sie, wie grundverschieden ihre Wege waren, sie waren nur in wenigen Punkten einer Meinung, hatten ganz unterschiedliche Interessen, und in ihren Plänen wie in ihren Wertvorstellungen gab es keine Gemeinsamkeiten. Als Gregory ihr von seinem Ehrgeiz erzählte, ein erfolgreicher Anwalt zu werden und viel Geld zu verdienen, dachte sie, er machte einen Witz. Diese Gier paßte überhaupt nicht zu ihm, wo waren denn seine Ideale, die klugen Bücher und die Vorträge von Cyrus geblieben, mit denen er sie in ihrer Jugend so oft gelangweilt hatte? Damals hatte sie sich darüber lustig gemacht, um ihn zu ärgern, aber im Laufe der Zeit hatte sie sich vieles davon selbst angeeignet. Jahrelang hatte sie sich für schrecklich leichtfertig gehalten und ihn als ihren geistigen Führer betrachtet, und jetzt fühlte sie sich verraten.

Gregory seinerseits brachte nicht die Geduld auf, sich Carmens Meinung zu dem oder jenem wichtigen Thema anzuhören, sei es nun der Krieg oder seien es die Hippies, für ihn waren das die dummen Sprüche eines verwöhnten Mädchens aus der Boheme, dem es nie wirklich schlechtgegangen war. Die Tatsache, daß sie sich ganz und gar mit sich in Einklang fühlte, wenn sie auf der Straße Schmuck verkaufte, und für den Rest ihres Lebens wie eine Vagabundin mit ihrem Wägelchen herumziehen wollte, Seite an Seite mit Geistesgestörten und gescheiterten Existenzen, war ihm Beweis genug für ihre Unreife.

»Du bist ja ein Kapitalist geworden«, klagte Carmen ihn entsetzt an.

»Und warum nicht? Du hast doch gar keine Ahnung, was ein Kapitalist überhaupt ist!« erwiderte Gregory, und sie konnte nicht erklären, was ihr im Gemüt querlag, und verstrickte sich in umständlichen Abschweifungen, die sich wie pubertäres Geplapper anhörten.

Sie hatten das Motelzimmer für eine weitere Nacht bezahlt, aber nachdem sie schweigend ihre dritte Tasse Kaffee ausgetrunken hatten, jeder in seine Gedanken versunken, und eine Zeitlang in der Abendstimmung durch die Straßen spaziert waren, sagte sie, daß sie ihre Sachen aus dem Motel holen und nach Hause gehen müsse, weil sie noch viel Arbeit habe. Das ersparte Gregory die Peinlichkeit, selbst nach einer Ausrede suchen zu müssen. Sie trennten sich mit einem flüchtigen Kuß und dem vagen Versprechen, sich sehr bald zu besuchen. Fast zwei Jahre vergingen, ehe sie wieder voneinander hörten, und das geschah, als Carmen ihn anrief und um seine Hilfe bat, weil sie ein Kind von der anderen Seite der Welt herüberholen wollte.

Timothy Duane lud Gregory zu einem Abendessen im Haus seiner Eltern ein und gab ihm damit unbewußt den Anstoß, den er für seinen Aufstieg brauchte. Timothy hatte seinen Freund mit dem üblichen Händedruck begrüßt, als wäre dieser gerade aus einem kurzen Urlaub zurückgekehrt, und nur seine glänzenden Augen verrieten, wie gerührt er war, ihn wiederzusehen, aber genau wie alle anderen weigerte er sich, Einzelheiten aus dem Krieg zu hören. Gregory hatte allmählich das Gefühl, etwas Schändliches verbrochen zu haben, aus Vietnam zurückzukehren war genauso, als wäre man nach einer langen Haftstrafe aus dem Gefängnis entlassen worden, die Leute taten so, als wäre nichts geschehen, sie behandelten ihn entweder mit übertriebener Höflichkeit oder übersahen ihn völlig, für Soldaten war außerhalb des Schlachtfelds kein Platz.

Das Essen bei den Duanes war langweilig und steif. Die Tür war ihm von einer schönen alten Negerin in strahlendweißem Kittel geöffnet worden, die ihn ins Empfangszimmer geführt hatte. Verwundert stellte er fest, daß es an den Wänden und auf dem Boden keinen einzigen Quadratzentimeter gab, der nicht mit irgendwelchen Gegenständen bedeckt war, die unzähligen Bilder, Wandbehänge, Skulpturen, Möbel, Teppiche und Pflanzen ließen dem Auge keinen Raum, wo es sich hätte ausruhen können. Es gab Tische mit Perlmuttintarsien und filigranen Goldarabesken, Ebenholzstühle mit Seidenkissen, silberne Käfige mit ausgestopften Vögeln und eine Porzellan- und Kristallsammlung, die einem Museum Ehre gemacht hätte.

Timothy kam ihm entgegen.

»Was für ein Luxus!« entfuhr es Gregory anstelle einer Begrüßung.

»Sie ist der einzige Luxus in diesem Haus. Ich darf dich mit Belle Benedict bekannt machen«, antwortete sein Freund und zeigte auf die Hausangestellte, die eher wie eine afrikanische Skulptur aussah.

Endlich lernte Gregory nun auch den Vater seines Freundes kennen, über den ihm der Sohn so viel Schlechtes erzählt hatte, einen blasierten und verknöcherten Patriarchen, der keine zwei Sätze mit einem wechseln konnte, ohne seine Autorität spüren zu lassen. Das Essen wäre für Gregory gräßlich stumpfsinnig geworden, wenn da nicht die Orchideen gewesen wären, die ihm den Abend verschönten und darüber hinaus ganz nebenbei die Tür zu seiner Karriere als Rechtsanwalt öffneten.

Sein Freund Balcescu hatte in ihm die Leidenschaft für die Botanik geweckt, die mit einer Begeisterung für Rosen begonnen und sich im Lauf der Jahre auf andere Arten ausgedehnt hatte. Was ihn in dieser mit kostbaren Gegenständen vollgestopften Prachtvilla am meisten beeindruckte, waren die

Orchideen von Timothys Mutter. Es gab sie in tausend verschiedenen Formen und Farben, sie waren in Blumentöpfe gepflanzt, hingen in Baumrinden von den Decken herab und wucherten wie ein Dschungel in einem Wintergarten, wo die Lady ein richtiges Amazonasklima geschaffen hatte. Während die anderen Gäste Kaffee tranken, verzog sich Gregory unbemerkt in den Wintergarten, um die Orchideen zu bewundern, und begegnete dort einem älteren Herrn mit diabolischen Augenbrauen und drahtiger Gestalt, der auch ein Blumenliebhaber war. Sie unterhielten sich über die Orchideen, und jeder war erstaunt über das Wissen des anderen. Wie sich herausstellte, war dieser Mann einer der berühmtesten Anwälte des Landes, ein Krake, dessen Tentakel sich über den ganzen Westen ausbreiteten, und als er erfuhr, daß Gregory eine Stellung suchte, gab er ihm seine Visitenkarte und lud ihn zu einem Gespräch ein. Eine Woche später nahm er ihn in seine Firma auf.

Gregory Reeves war einer von sechzig Anwälten, die alle gleichermaßen ehrgeizig waren, aber nicht unbedingt genauso entschlossen. Sie alle arbeiteten für die drei Firmengründer, die durch das Unglück anderer Leute Millionäre geworden waren. Die Kanzlei war in drei Stockwerken eines Turmes mitten im Stadtzentrum untergebracht, von wo aus man zwischen Stahl und Glas hindurch die Bucht schimmern sah. Die Fenster konnten nicht geöffnet werden, die Luft zum Atmen kam aus der Klimaanlage, und das in der Decke versteckt untergebrachte Beleuchtungssystem täuschte einen ewigen Polartag vor. An der Anzahl der Fenster in jedem Büro war die Bedeutung des jeweiligen Inhabers abzulesen, am Anfang hatte Gregory gar keins gehabt, und als er sieben Jahre später aus der Kanzlei ausschied, konnte er sich zweier Eckfenster rühmen, durch die man zwar kaum das gegenüberstehende Gebäude und nur ein winziges Stückchen Himmel erkennen konnte, die aber ein Zeichen für seinen beruflichen und sozialen Aufstieg waren. Er hatte auch verschiedene Töpfe mit Pflanzen in seinem Büro und ein vornehmes englisches Ledersofa, das viel aushalten konnte, ohne seine stoische Würde einzubüßen. Auf

diesem Möbelstück lösten sich mehrere Kolleginnen und eine unbestimmte Anzahl von Sekretärinnen, Freundinnen und Klientinnen ab, die ihm die Arbeit an seinen langweiligen erb-, versicherungs- und steuerrechtlichen Streitfällen etwas versüßten.
Schon nach kurzer Zeit besuchte ihn sein Chef unter dem Vorwand, neueste Erkenntnisse über eine seltene Farnart mit ihm auszutauschen, und lud ihn anschließend ein paarmal zum Essen ein. Er hatte ihn beobachtet und war auf die Aggressivität und Energie seines neuen Angestellten aufmerksam geworden, und bald teilte er ihm interessantere Fälle zu, an denen er seine Krallen wetzen konnte. Hervorragend, Reeves, machen Sie weiter so, dann werden Sie vielleicht schon bald mein Kompagnon, gratulierte er ihm ab und zu. Gregory hegte die Vermutung, daß er anderen Angestellten genau das gleiche sagte, aber leider hatten in fünfundzwanzig Jahren nur sehr wenige Kollegen eine solche Position in der Firma erreicht. Er machte sich keine falschen Hoffnungen auf einen großartigen Aufstieg, er wußte, daß er ausgebeutet wurde, er arbeitete zwischen zehn und fünfzehn Stunden am Tag, doch er betrachtete das als einen Teil des Trainings, um sich später einmal auf seine eigenen Füße zu stellen, und beklagte sich nicht.
Das Gesetz war ein Spinnennetz der Bürokratie, und die Geschicklichkeit bestand darin, die Spinne zu sein und nicht die Fliege, das Rechtswesen war zu einem so unentwirrbaren Wust von Verordnungen geworden, daß es nicht mehr zu dem taugte, wozu es geschaffen worden war, und statt dem Recht zum Durchbruch zu verhelfen, komplizierten sie es bis zum Irrwitz. Gregorys Ziel war es nicht, die Wahrheit herauszufinden, die Schuldigen zu bestrafen oder die Opfer zu entschädigen, wie er es auf der Universität gelernt hatte, sondern den Fall mit allen ihm zur Verfügung stehenden Mitteln zu gewinnen. Um erfolgreich zu sein, mußte er das Gesetz bis in die absurdesten Verästelungen kennen und zu seinen Gunsten ausnutzen. Dokumente verschwinden lassen, Zeugen verwirren und Daten fälschen waren gängige Praktiken, die Herausforderung bestand darin, es möglichst effizient und diskret anzustellen.

Der Arm des Gesetzes durfte auf keinen Fall die Klienten treffen, die sich die gewieften Anwälte der Firma leisten konnten.
Sein Leben nahm eine Richtung, die seine Mutter und Cyrus entsetzt hätte, er verlor die anfängliche Freude an der Arbeit und sah in ihr nur noch ein Mittel zum Aufstieg. Auch in anderen Bereichen seines Lebens machte er sich keine Illusionen mehr, am wenigsten über die Liebe und die Familie. Die Scheidung von Samantha vollzog sich ohne unnötige Feindseligkeiten und mit einer Vereinbarung, die sie in einem italienischen Restaurant zwischen zwei Gläsern Chianti trafen. Es gab keine Wertsachen, die sie hätten aufteilen können, Gregory willigte ein, ihr Unterhalt zu zahlen und die Kosten für Margaret zu übernehmen. Beim Abschied fragte er sie, ob er die fahrbaren Fäßchen mit den Rosenstöcken mitnehmen könne; die waren zwar so lange vernachlässigt worden, daß sie nur noch wie trockene Stecken aussahen, doch er fühlte sich verpflichtet, sie wieder zum Leben zu erwecken. Sie hatte nichts dagegen und bot ihm auch den Holzzuber an, der für die nicht stattgefundene Unterwassergeburt angeschafft worden war und in dem er jetzt ja vielleicht einen kleinen tropischen Hausgarten anlegen könnte.
Anfangs war Gregory noch jede Woche hingefahren, um seine Tochter zu sehen, doch bald wurden seine Besuche seltener. Die Kleine erwartete ihn immer mit einer Liste von Dingen, die er ihr kaufen sollte, und sobald ihre Wünsche erfüllt waren, kümmerte sie sich nicht mehr um ihn und schien seine Anwesenheit lästig zu finden. Er meldete sich weder bei Judy noch bei seiner Mutter und rief auch Carmen lange Zeit nicht an, er rechtfertigte sich damit, daß ihn seine Arbeit zu sehr in Anspruch nehme.
Gesellschaftliche Beziehungen machen einen wesentlichen Teil des beruflichen Erfolgs aus, Freundschaften sind dazu da, Türen zu öffnen, sagten ihm seine Kollegen im Büro. Man muß im richtigen Augenblick am richtigen Ort mit den richtigen Leuten zusammentreffen. Die Richter gehörten demselben Club an wie die Anwälte, denen sie dann später im Gericht begegne-

ten, unter Freunden würde man sich schon einig. Sport war zwar nicht gerade Gregorys starke Seite, doch er zwang sich dazu, Golf zu spielen, weil er dadurch die Gelegenheit bekam, Kontakte zu knüpfen. Wie geplant, kaufte er sich ein Boot und sah sich schon weiß gekleidet und von neidischen Kollegen und neiderregenden Frauen umgeben auf Segeltörn gehen, aber leider kam er den Tücken des Windes und den Geheimnissen der Segel nie auf die Spur, jede Fahrt über die Bucht endete eher kläglich, und schließlich lag das Boot vergessen an der Mole, wo es mit Möwennestern auf den Masten und mit einem Pelz fauliger Algen überzogen vor sich hin trauerte.
Gregory hatte eine arme Kindheit und eine entbehrungsreiche Jugend gehabt, aber er hatte sich nicht satt sehen können an Filmen über das Leben in der sogenannten großen Welt, das ihn ungeheuer beeindruckte. Im Kino des Barrios hatte er Männer im Smoking, Frauen in Abendkleidern aus Silberlamé und Tische mit vier Kandelabern gesehen, an denen livrierte Diener das Essen herumreichten. Obwohl das alles zu einer hypothetischen Hollywood-Vergangenheit gehörte und in der Wirklichkeit kaum praktiziert wurde, war er davon fasziniert gewesen. Vielleicht hatte er sich deshalb in Samantha verliebt, man konnte sie sich so gut in der Rolle einer blonden, eiskalten, vornehmen Leinwandschönheit vorstellen.
Er ließ sich seine Anzüge bei einem chinesischen Schneider anfertigen, dem teuersten der Stadt, der auch für den alten Herrn mit den Orchideen und andere Bosse arbeitete, kaufte sich Seidenhemden und trug goldene Manschettenknöpfe mit seinen Initialen. Der Schneider erwies sich als guter Berater, er untersagte ihm, zweifarbige Schuhe, gepunktete Krawatten, karierte Hosen und ähnlich verlockende Dinge zu tragen, bis Gregory nach und nach seinen Geschmack in Sachen Kleidung verfeinerte.
Bei der Einrichtung seines Hauses hatte er ebenfalls eine fähige Lehrmeisterin. Zuerst kaufte er auf Kredit jeden Nippes, der ihm ins Auge fiel, je größer und verschnörkelter, desto besser, und versuchte, das Haus von Timothys Eltern im Kleinformat nachzubilden, weil er glaubte, daß so die Reichen lebten. Dabei

verschuldete er sich gründlich, dennoch gelang es ihm nicht, derartige Extravaganzen zu finanzieren. Er fing an, alte Möbel aus Secondhandläden, Lüster und Krüge zu sammeln, und erstand sogar zwei lebensgroße Bronzemohren mit Turban und Babuschen. Sein Haus war auf dem besten Wege, sich in einen orientalischen Basar zu verwandeln, als eine junge Dekorateurin in sein Leben trat, die ihn vor weiteren Auswüchsen des schlechten Geschmacks bewahrte. Er lernte sie auf einer Party kennen, und noch in derselben Nacht fingen sie eine leidenschaftliche, wenn auch kurzlebige Beziehung an, die sehr wichtig für Gregory wurde, weil er die Lektionen dieser Frau nie wieder vergaß. Sie lehrte ihn, daß Zurschaustellung und Eleganz miteinander auf Kriegsfuß stehen, was einen krassen Widerspruch zu den Geboten des Barrios darstellte und ihm wahrlich nie in den Sinn gekommen wäre, und machte sich daran, gnadenlos fast den gesamten Hausrat hinauszuwerfen, einschließlich der beiden Mohren, die sie zu einem horrenden Preis an das Hotel Saint Francis verkaufte, wo man sie noch heute am Eingang der Bar sehen kann. Sie verschonte nur das Himmelbett, die Rosenfäßchen und den Gebärzuber, aus dem ein Kleinbiotop geworden war.
In den fünf Wochen gemeinsam durchlebter Trance krempelte sie die Wohnung völlig um und gab ihr einen schlichten, funktionalen Charakter, sie ließ die Wände weiß streichen und sandfarbenen Teppichboden legen und ging dann mit Gregory ein paar moderne Möbel kaufen. Sie war kategorisch in ihren Anweisungen: nicht Quantität, sondern Qualität, neutrale Farben, möglichst wenig Dekorationsgegenstände, und wenn du Zweifel hast, halt dich lieber zurück. Dank ihrer Ratschläge nahm die Wohnung eine klösterliche Strenge an und blieb in diesem Zustand, bis ihr Besitzer einige Jahre später wieder heiratete.
Gregory sprach nie über seine Erfahrungen in Vietnam, zum Teil, weil niemand etwas davon hören wollte, vor allem aber, weil er hoffte, daß ihn das Schweigen mit der Zeit von seinen Erinnerungen heilen würde. Er war mit einer Vorstellung von Heldentum im Kopf dorthin gegangen, um die Interessen sei-

nes Landes zu verteidigen, und war besiegt zurückgekommen, ohne zu verstehen, warum seine Landsleute zu Tausenden fallen und auf fremder Erde kaltblütig töten mußten.

Zu diesem Zeitpunkt war der Krieg, der anfangs noch die euphorische Unterstützung der öffentlichen Meinung gefunden hatte, zu einem nationalen Albtraum geworden, die Proteste der Pazifisten hatten sich ausgedehnt und brachten die Regierung in Bedrängnis. Niemand konnte verstehen, daß es einerseits möglich war, Menschen ins All zu schicken, andererseits aber kein Weg gefunden wurde, um diesen Krieg ein für allemal zu beenden. Wenn die Soldaten heimkehrten, begegneten sie statt Respekt und Bewunderung, wie man ihnen bei ihrer Rekrutierung versprochen hatte, einem Haß, der noch erbitterter war als der ihrer Feinde. Sie wurden zu Mördern abgestempelt, ihre Leiden interessierten niemanden. Viele, die den Krieg einigermaßen unversehrt überstanden hatten, zerbrachen bei ihrer Heimkehr, wenn sie feststellen mußten, daß für sie kein Platz mehr war.

»Dies ist ein Land der Sieger, Greg, das einzige, was hier keiner verzeiht, sind Niederlagen«, sagte Timothy. »Es geht uns nicht um die Moral oder die Gerechtigkeit dieses Krieges, von den Toten will keiner was wissen, nicht von den eigenen und noch weniger von den fremden, wir sind nur stinksauer, weil wir nicht gewonnen haben und mit eingezogenem Schwanz abziehen müssen.«

»Hier weiß doch kaum einer, was Krieg wirklich ist, Tim. Wir haben nie eine feindliche Invasion oder ein Bombardement erlebt. Wir kämpfen zwar seit einem Jahrhundert mal hier, mal da, aber seit dem Bürgerkrieg haben wir auf unserem Territorium keinen einzigen Kanonenschuß mehr gehört. Die Menschen hier können sich gar nicht vorstellen, wie es ist, wenn eine Stadt unter Beschuß steht. Sie würden ganz anders reden, wenn ihre Kinder bei einer Explosion zerrissen würden, wenn ihre Häuser in Schutt und Asche gelegt würden und sie nichts mehr zu beißen hätten«, antwortete Gregory, als er das einzige Mal mit seinem Freund über dieses Thema sprach.

Er vergeudete keine Energien mit sinnlosem Gejammer; die-

selbe Entschiedenheit, die ihm lebend aus Vietnam herausgeholfen hatte, setzte er nun ein, um alle Hindernisse zu überwinden, die sich ihm in den Weg stellen würden. Er rückte keinen Millimeter von dem Beschluß ab, den er in seinem Krankenhausbett auf Hawaii gefaßt hatte – es zu etwas zu bringen, und das funktionierte so gut, daß er ein paar Jahre später, als der Krieg zu Ende war, zum Prototyp des erfolgreichen Mannes geworden war und sein Leben mit der gleichen gewagten Geschicklichkeit eines Jongleurs meisterte, mit der Carmen fünf Schlachtermesser gleichzeitig in der Luft halten konnte.
Niemand ahnte etwas von der Angst, die wie ein Zentnersack auf ihm lastete, weil er sich stets als großspuriger und übermütiger Spaßmacher gebärdete. Nur Carmen konnte er wie immer nichts vormachen, doch auch sie wußte nicht, wie sie ihm helfen sollte.
»Weißt du, was mit dir los ist? Du stehst mitten in einer Stierkampfarena, hast aber nicht den Instinkt eines Matadors«, sagte sie zu ihm.

Was suchte ich in den Frauen? Ich weiß es immer noch nicht. Es ging mir nicht darum, die andere Hälfte meiner Seele zu finden, um mich als vollständiger Mensch zu fühlen, oder etwas in der Art. Dafür hatte ich in jener Zeit nicht die nötige Reife, ich jagte etwas ganz und gar Irdischem hinterher. Meinen Freundinnen verlangte ich etwas ab, was ich selbst nicht benennen konnte, und wenn ich es nicht bekam, wurde ich traurig.
Jeden gewitzteren Menschen hätten die Scheidung, der Krieg und das Alter für immer von romantischen Vorstellungen geheilt, aber bei mir wirkte das leider nicht. Einerseits versuchte ich, aus rein sexuellen Gründen fast jede Frau ins Bett zu kriegen, und andererseits wurde ich mißmutig, wenn sie meine heimlichen sentimentalen Erwartungen nicht erfüllte. Verworren das Ganze, völlig verworren. Jahrzehnte ging das so, ich war frustriert, nach jedem Beischlaf befiel mich bohrende Schwermut, und ich hatte nur noch den Wunsch, mich ganz schnell zurückzuziehen. Selbst bei Carmen war das so gewesen, zu Recht hatte sie mich ein paar Jahre lang nicht sehen

wollen, sie muß mich verachtet haben. Die Frauen sind gefräßige Spinnen, wenn du nicht von ihnen loskommst, bist du nie mehr du selbst und nur noch dafür da, ihnen Genuß zu verschaffen, warnte mich Timothy, der jede Woche zu einer Männergruppe ging, wo sie über die Bedrohung der Männlichkeit durch die feministischen Flausen redeten.

Ich habe nie auf ihn gehört, mein Freund ist in dieser Frage kein gutes Beispiel. In meiner Jugend war ich weder selbstbewußt noch erfahren genug gewesen, um mich mit einem bestimmten System an die Mädchen heranzumachen, ich hatte mich mit der Tapsigkeit eines jungen Hundes auf sie gestürzt, und es hatte immer unglücklich geendet. Samantha war ich bis zu der Nacht treu geblieben, in der ich jener Mathematiklehrerin, die ich gar nicht wollte, den Erdbeereismorgenrock auszog, aber ich bin nicht stolz auf diese Treue, die sie nicht erwiderte, im Gegenteil, ich war nur schrecklich blöd, und außerdem bekam ich auch noch Hörner aufgesetzt.

Als ich wieder Junggeselle war, nahm ich mir vor, die Vorteile zu nutzen, die die Revolution der Sitten mit sich gebracht hatte. Die alten Eroberungsstrategien hatten ausgedient, keiner hatte mehr Angst vor dem Teufel, den bösen Zungen oder einer ungewollten Schwangerschaft, und so wurden mein Bett zu Hause, ungezählte Hotelbetten und sogar die britischen Sprungfedern meines Bürosofas hart geprüft. Mein Chef hatte mich kurz und bündig gewarnt, daß ich sofort meine Stelle verlieren würde, wenn ihm Klagen der weiblichen Angestellten zu Ohren kämen. Ich kümmerte mich nicht darum, aber ich hatte Glück, niemand beschwerte sich, oder vielleicht drang auch das Gerede nicht bis zu ihm.

Ein paar Abende in der Woche hielt ich mir frei, um zusammen mit Timothy auf Bummeltour zu gehen, wir tauschten Adressen aus und legten Listen mit den Namen der Kandidatinnen an. Für ihn war das ein Sport, für mich war es ein Rausch. Mein Freund sah sehr gut aus, war liebenswürdig und reich, aber ich war ein besserer Tänzer, konnte kochen und mehrere Instrumente gar nicht so übel nach Gehör spielen, und solche läppischen Vorzüge kommen bei manchen Frauen gut an. Gemeinsam fanden wir uns unwiderstehlich, aber wahrscheinlich waren wir es nur deshalb, weil wir auf Quantität und nicht auf Qualität aus waren, wir schleppten jede ab, die unsere Einladung annahm, wählerisch waren wir wahrhaftig nicht. Einmal verliebten wir uns beide am selben Tag in eine kesse und gierige Filipina, die wir mit Aufmerksamkeiten überhäuften, wir überschlugen uns fast, weil jeder ihr Herz erobern wollte, aber sie war viel fortschrittlicher und erklärte uns ohne Umstände, daß sie es mit uns beiden zu tun gedenke. Diese salomonische Lösung scheiterte beim ersten Versuch, wir konnten die Konkurrenz nicht ertragen.

Von da an teilten wir uns die Mädchen auf eine so prosaische Art und Weise zu, daß wir nie bei ihnen gelandet wären, wenn sie etwas davon geahnt hätten. Ich rief die Frauen in meinem Adreßbuch in regelmäßigen Abständen an, keine war eine feste Freundin, keiner wurde etwas versprochen. Das war eine ganz bequeme Regelung, doch sie reichte mir nicht, sobald mir eine halbwegs interessante Frau über den Weg lief, machte ich mich mit der gleichen Eile an sie heran, mit der ich sie später wieder verließ. Ich glaube, mich trieb die Illusion, daß ich eines Tages die ideale Partnerin finden würde, für die sich das Suchen gelohnt hätte, genauso wie ich im Sommer durch die Welt reiste und dabei von einer Stadt zur anderen hetzte, auf der erschöpfenden Suche nach dem wunderbaren Ort, an dem ich mich uneingeschränkt wohl fühlen würde. Ich war immer und ewig auf der Suche, suchte aber nie bei mir selbst.

In dieser Etappe meines Lebens war die Sexualität gleichbedeutend mit der Gewalt des Krieges, sie war eine verderbliche Form, einen Kontakt herzustellen, der letztlich eine schreckliche Leere in mir hinterließ. Damals wußte ich nicht, daß ich bei jeder Begegnung etwas lernte, daß ich nicht wie ein Blinder im Kreis lief, sondern mich in einer langsam ansteigenden Spirale bewegte. Mein Reifungsprozeß war mit einer ungeheuren Anstrengung verbunden, genau wie Olga mir prophezeit hatte.

Du bist ein starker und eigensinniger Kerl, du wirst kein leichtes Leben haben, du wirst viel Schläge einstecken müssen, hatte sie gesagt. Sie war meine erste Lehrmeisterin gewesen in einer Materie, die für meinen Charakter zu einem gut Teil bestimmend sein sollte. Mit sechzehn Jahren durfte ich bei ihr nicht nur erotische Abenteuer erleben, ihre wichtigste Lektion bezog sich auf die Basis einer echten Partnerschaft. Sie versuchte mir beizubringen, daß sich in einer Liebesbeziehung beide Partner öffnen, sich gegenseitig annehmen, sich einander hingeben. Wenige Männer haben die Chance, das in ihrer Jugend zu lernen, aber ich konnte nichts damit anfangen und vergaß es bald wieder.

Die Liebe ist die Musik, der Sex ist nur das Instrument, sagte Olga zu mir, aber ich brauchte länger als ein halbes Leben, um zu mir selbst zu finden, und deshalb hatte ich auch solche Mühe zu lernen, wie man die Musik spielt. Ich jagte der Liebe dort verbissen hinterher, wo ich sie nicht finden konnte, und wenn sie wirklich einmal vor mir stand, was selten vorkam, war ich nicht imstande, sie zu sehen. Meine Beziehungen waren stürmisch und flüchtig, ich konnte mich einer Frau weder hingeben noch sie annehmen. Carmen hatte das gespürt das eine einzige Mal, als wir miteinander schliefen, doch auch sie hatte bis dahin noch keine wirklich befriedigende Beziehung erlebt, sie war genauso unwissend wie ich, keiner von uns beiden konnte den anderen auf den Weg der Liebe führen. Auch sie hatte noch nie die tiefste Vertrautheit erfahren, alle ihre Partner hatten sie verletzt oder verlassen, sie glaubte keinem mehr, und als sie es mit mir versuchen wollte, enttäuschte auch ich sie. Ich bin überzeugt, daß sie guten Willens war, mich nicht nur in ihren Körper, sondern auch in ihr Herz aufzunehmen, Carmen ist durch und durch Zärtlichkeit, Instinkt und Mitgefühl, ihr fällt es leicht, Liebe zu geben, aber ich war nicht bereit dazu, und als ich mich ihr später nähern wollte, war es schon zu spät.

Wer um Verlorenes weint, verschwendet seine Tränen, wie Doña Inmaculada sagt, das Leben beschert uns viele Überraschungen, und wenn ich mir ansehe, was mir in letzter Zeit alles passiert ist, muß ich sagen, daß es vielleicht besser so war. In jener Phase waren die Frauen, ebenso wie Kleidung oder Autos, Symbole der Macht, sie lösten einander ab, ohne Spuren zu hinterlassen. Falls unter meinen Freundinnen die eine oder andere vielleicht heimliche Tränen vergoß, weil ich mich nicht auf eine tiefere Beziehung einlassen wollte, so weiß ich nicht, welche das gewesen sein könnte, genausowenig wie ich die Zufallsbekanntschaften registriert habe. Ich habe nicht das Bedürfnis, mich an die Gesichter der Geliebten aus meiner wilden Zeit zu erinnern, und wenn ich es wollte, würde ich wohl nur leere Seiten sehen.

Die Morales erhielten den Brief, der Carmens Leben verändern sollte, und lasen ihn ihr am Telefon vor: *Miss Carmen, ich möchte Ihnen meinen Sohn anvertrauen, weil Ihr Bruder Juan José wollte, daß er in den Vereinigten Staaten aufwächst. Er heißt Dai Morales, ist ein Jahr und neun Monate alt und ganz gesund. Er wird Ihnen ein guter Sohn und seinen ehrenwerten Großeltern ein guter Enkel sein. Bitte kommen Sie ihn bald holen. Ich bin sehr krank und werde nicht mehr lange leben. Es grüßt Sie hochachtungsvoll, Thui Nguyen.*

»Hast du gewußt, daß Juan José dort unten eine Frau hatte?« fragte Pedro Morales mit brüchiger Stimme, weil er um Fassung rang, während Inmaculada in der Küche ein Taschentuch zusammenknüllte und einfach nicht wußte, ob sie sich darüber freuen sollte, daß sie noch einen Enkel bekommen hatte, oder ob sie die Zweifel ihres Mannes teilen sollte, für den das Ganze nach Betrug roch.

»Sicher, und ich hab auch das mit dem Kind gewußt«, log Carmen, die weniger als fünfzehn Sekunden gebraucht hatte, um das Kind in ihrem Herzen zu adoptieren.

»Wir haben keine Beweise dafür, daß Juan José der Vater ist.«

»Mein Bruder hat es mir am Telefon gesagt.«

»Die Frau kann ihn ja betrogen haben. Es wäre nicht das erste Mal, daß sie einen Soldaten mit dieser Geschichte festnageln. Wer die Mutter ist, weiß man immer, aber beim Vater kann man nie sicher sein.«

»Dann könntest du ja auch nicht sicher sein, daß ich deine Tochter bin, Papa.«

»Ich bitte mir mehr Respekt aus! Und wenn du es gewußt hast, warum hast du uns dann nichts gesagt?«
»Weil ich euch keinen Kummer machen wollte. Ich dachte, wir würden das Kind nie kennenlernen. Ich werde den kleinen Dai herüberholen.«
»Das wird nicht so einfach sein, Carmen. In diesem Fall können wir ihn nicht unter einem Haufen Salatköpfen versteckt über die Grenze schmuggeln, wie viele mexikanische Freunde das mit ihren Kindern gemacht haben.«
»Ich bringe ihn hier rüber, Papa, da kannst du ganz sicher sein.«
Sie rief auf der Stelle Gregory Reeves an, mit dem sie schon eine Ewigkeit nicht mehr gesprochen hatte, und erzählte ihm die Neuigkeit ohne lange Vorrede. Sie war so gerührt und begeistert von der Vorstellung, Adoptivmutter zu werden, daß sie völlig vergaß, ein Wort des Mitleids mit der sterbenden Frau zu finden oder ihren Freund zu fragen, wie es ihm in all der Zeit, in der sie nichts voneinander gehört hatten, ergangen war. Wenige Stunden später rief er zurück und kündigte ihr seinen Besuch an, um sie über gewisse Einzelheiten aufzuklären. Er hatte inzwischen einige Nachforschungen angestellt, und dabei war herausgekommen, daß Pedro Morales recht hatte, es würde ziemlich schwierig sein, das Kind ins Land zu holen.
Sie trafen sich im Restaurant von Joan und Susan, das mittlerweile so berühmt war, daß es sogar in Reiseführern erwähnt wurde. Das Essen war immer noch das gleiche, aber anstelle der Knoblauchzöpfe hingen jetzt feministische Plakate, signierte Fotos von den Vorkämpferinnen der Bewegung und Karikaturen zu diesem Thema an den Wänden, und an einem Ehrenplatz war der berühmte, auf einen Besenstiel aufgespießte Büstenhalter zu sehen, den die Besitzerinnen des Lokals einige Jahre zuvor zum Symbol gemacht hatten. Die beiden Frauen waren mit zunehmendem Wohlstand üppiger geworden und begrüßten ihre Gäste so herzlich wie eh und je. Joan war mit dem gefragtesten Guru der Stadt, dem Rumänen Balcescu, liiert, dem man jetzt nicht mehr im Park, sondern in seiner eigenen »Akademie« lauschen konnte, und Susan hatte von ihrem Vater

ein Stück Land geerbt, auf dem sie Gemüse biologisch anbauten und Hühner züchteten, die frei herumlaufen und echte Körner aufpicken konnten, bis sie gerupft wurden und in den Pfannen des Restaurants landeten. Hier zog Balcescu auch Marihuana in Hydrokultur, das vor allem gegen Weihnachten wegging wie warme Semmeln.

Sie saßen am besten Tisch des Lokals, an einem Fenster, das auf einen verwilderten Garten hinausging, und dort sagte Carmen ihrem Freund noch einmal, daß sie ihren Neffen adoptieren würde, und wenn sie den Rest ihres Lebens auf einer Reisplantage in Südostasien verbringen müßte. Ich werde niemals ein eigenes Kind haben, aber bei diesem Kind ist es bereits so, als wäre es meins, wir haben das gleiche Blut, außerdem fühle ich mich verpflichtet, mich um Juan Josés Sohn zu kümmern, und keine Einwanderungsbehörde der Welt wird mich davon abhalten können, sagte sie. Gregory erklärte ihr geduldig, daß das Visum nicht das einzige Problem sei, solche Dinge müßten über ein Adoptionsbüro abgewickelt werden, und die Leute dort würden ihr Leben genau unter die Lupe nehmen, um festzustellen, ob sie sich als Mutter eignete und ob sie dem Kind ein zuverlässiges Zuhause bieten konnte.

»Sie werden dir unbequeme Fragen stellen. Sie werden es nicht gutheißen, daß du dich den ganzen Tag unter Hippies, Drogenabhängigen, Geistesgestörten und Bettlern auf der Straße aufhältst, daß du kein festes Einkommen, keine Kranken- und Sozialversicherung und keine normalen Arbeitszeiten hast. Wo wohnst du denn jetzt?«

»Nu ja, im Augenblick schlafe ich in meinem Auto, im Hof eines Freundes. Ich habe mir einen gelben Cadillac, Baujahr 49, zugelegt, eine Reliquie! Den mußt du dir mal ansehen.«

»Na toll, da wird das Adoptionsbüro begeistert sein!«

»Das ist doch nur eine vorübergehende Lösung, Greg. Ich bin gerade dabei, eine Wohnung zu suchen.«

»Brauchst du Geld?«

»Nein. Der Verkauf läuft sehr gut, ich verdiene mehr als alle anderen auf der Straße und gebe nicht viel aus. Ich hab sogar ein paar Ersparnisse auf der Bank.«

»Und warum lebst du dann wie eine Bettlerin? Also, ehrlich gesagt, bezweifle ich, daß sie dir den Jungen geben, Carmen.«
»Könntest du mich bitte Tamar nennen? Das ist jetzt mein Name.«
»Ich werd's versuchen, aber es fällt mir nicht leicht, für mich wirst du immer Carmen sein. Sie werden dich auch fragen, ob du verheiratet bist, die haben nämlich lieber Ehepaare.«
»Hast du gewußt, daß die Kinder amerikanischer Väter dort wie der letzte Dreck behandelt werden? Die haben was gegen unser Blut. Dai wird bei mir viel besser aufgehoben sein als in einem Waisenhaus.«
»Natürlich, mich brauchst du nicht zu überzeugen. Du wirst Formulare ausfüllen, Fragen beantworten und nachweisen müssen, daß es sich wirklich um deinen Neffen handelt. Ich sage dir, das wird Monate dauern, wenn nicht sogar Jahre.«
»Solange können wir nicht warten, darum habe ich dich ja angerufen, Gregory. Du kennst doch das Gesetz.«
»Ich kann aber keine Wunder tun.«
»Ich verlange ja keine Wunder von dir, nur ein paar harmlose Tricks für eine gute Sache.«
Sie legten sich einen Plan zurecht. Carmen würde einen Teil ihrer Ersparnisse dafür verwenden, eine Wohnung in einem anständigen Viertel zu beziehen, sie würde versuchen, den Straßenverkauf aufzugeben, und Freunde und Bekannte dazu vergattern, die verfänglichen Fragen der Behörden richtig zu beantworten. Sie fragte Gregory, ob er sie heiraten würde, falls ein Ehemann die unumgängliche Voraussetzung sein sollte, aber er versicherte ihr belustigt, so grausam seien die Gesetze denn doch nicht, und mit ein bißchen Glück würde es wohl nicht nötig sein, so weit zu gehen. Dafür bot er ihr jedoch an, ihr mit Geld auszuhelfen, dieses Abenteuer dürfte kostspielig werden.
»Ich hab dir doch gesagt, daß ich ein paar Ersparnisse habe. Trotzdem vielen Dank.«
»Die heb dir für den Unterhalt des Jungen auf, falls du ihn wirklich herbringst. Ich werde die Flugtickets bezahlen und dir noch etwas für die Reise geben.«

»So reich bist du?«
»Reich an Schulden, aber ich bekomme immer wieder einen Kredit, keine Sorge.«
Drei Monate später, nach langwierigen Verhandlungen mit staatlichen Behörden und Konsulaten, begleitete Gregory seine Freundin zum Flughafen. Um bürokratischen Argwohn zu zerstreuen, hatte Carmen ihre Zigeunertracht abgelegt, sie trug jetzt ein strenges, maßgeschneidertes Kostüm und die Haare tadellos hochgesteckt, das einzige Zeichen eines nicht ganz erloschenen Feuers waren die dicken Kajalstriche um die Augen, auf die sie nicht hatte verzichten mögen. Sie sah kleiner, älter und beinahe häßlich aus. Der herausfordernde Busen, so verführerisch unter ihren Zigeunerblusen, war unter der dunklen Jacke ein schlichter Vorbau. Gregory mußte zugeben, daß ihre selbstgeschaffene exotische Persönlichkeit die Originalversion bei weitem übertraf, und nahm sich vor, in Zukunft keine Änderungsvorschläge zu ihrem Stil mehr zu machen.
Du brauchst gar nicht so erschrocken zu kucken, sobald ich mein Kind habe, werde ich wieder ich selbst sein, sagte Carmen errötend. Sie betrachtete sich im Spiegel und konnte sich nicht finden. In ihrer Reisetasche lag der kleine Holzdrachen, den Gregory ihr im letzten Augenblick geschenkt hatte, damit er dir Glück bringt, das wirst du nämlich brauchen, sagte er. Sie hatte auch eine ganze Reihe von Dokumenten dabei, das Ergebnis von Inspiration und Kühnheit, dazu Fotos und Briefe von ihrem Bruder Juan José, die sie ohne allzuviel Rücksicht auf das Gebot der Ehrlichkeit einsetzen wollte.
Gregory hatte an Leo Galupi in Saigon geschrieben, weil er sicher war, daß sein guter Freund, der alle Welt kannte, sich über jedes Hindernis hinwegsetzen konnte. Er versicherte Carmen, daß sie diesem sympathischen Italiener aus Chicago vertrauen könne, obwohl gemunkelt wurde, er sei ein Gangster. Man unterstellte ihm, auf dem Schwarzmarkt ein Vermögen gemacht zu haben, deshalb gehe er nicht mehr in die Vereinigten Staaten zurück. Die Wahrheit sah anders aus, Galupi hatte schon vor einiger Zeit seinen Militärdienst abgeleistet und war

nicht geblieben, weil man in Vietnam leicht Geld verdienen konnte, sondern weil er eine Vorliebe für Unordnung und Unsicherheit hatte, er war für ein aufregendes Leben geboren, und dort war er in seinem Element.

Er hatte kein Geld, er war ein Bandit, den sein eigenes großzügiges Herz ruinierte. In den Jahren, in denen er immer am Rande des Gesetzes seine Geschäfte betrieb, hatte er zwar viel Geld verdient, aber auch alles wieder ausgegeben, hatte entfernte Verwandte unterstützt, in Not geratenen Freunden geholfen und jedesmal den Geldbeutel aufgemacht, wenn er sah, daß es jemandem schlechtging. Der Krieg ermöglichte ihm zwar, mit unsauberen Transaktionen Geld zu machen, drängte ihn andererseits aber dazu, dieses Geld in unzähligen Akten der Menschenfreundlichkeit wieder unter die Leute zu bringen.

Er wohnte in einem Lagerraum, wo sich die Kisten mit seinen Waren stapelten, amerikanische Produkte, die er den Vietnamesen verkaufte, und asiatische Kuriositäten, die er an seine Landsleute verscheuerte, von Haifischflossen als Mittel gegen Impotenz bis zu langen Zöpfen von Jungfrauen zur Herstellung von Perücken, chinesischem Pulver für angenehme Träume und Figuren alter Gottheiten aus Gold und Elfenbein. In einer Ecke hatte er einen Gasherd aufgestellt, auf dem er schmackhafte sizilianische Gerichte zubereitete, und damit tröstete er sich nicht nur über sein Heimweh hinweg, sondern ernährte auch ein halbes Dutzend bettelnder Kinder, die er so vor dem Hungertod bewahrte.

Wie er Gregory versprochen hatte, stand er am Flughafen und erwartete Carmen mit einem schon etwas angewelkten Blumenstrauß. Es dauerte eine Weile, bis er sie entdeckte, weil er einen Wirbelwind aus Röcken, Ketten und Armreifen erwartet hatte, statt dessen stand er dann einer reizlosen Frau gegenüber, die vom langen Flug erschöpft und von der Hitze völlig aufgelöst war.

Carmen hatte ihn auch nicht erkannt, weil Gregory ihn als unverwechselbaren Mafioso beschrieben hatte, und ihr kam er eher wie ein Troubadour vor, der einem alten Gemälde entsprungen war, aber er hielt ein Pappschild mit dem Namen

Tamar in der Hand, und so konnten sie sich in dem Gewühl finden. Du brauchst dir um nichts Gedanken zu machen, Schätzchen, von jetzt an kümmere ich mich um dich und deine Probleme, sagte er und küßte sie auf beide Wangen. Er hielt sein Wort. Er sollte vor einem Notar die falsche eidesstattliche Erklärung abgeben, daß Thui Nguyen keine Familie mehr hatte, Juan Josés Schrift in selbsterfundenen Briefen nachmachen, in denen dieser die Schwangerschaft seiner Freundin erwähnte, Fotos türken, aus zweien eines machen, so daß beide an verschiedenen Orten nebeneinander zu sehen waren, Urkunden und Stempel fälschen, unbestechliche Beamte anflehen und die bestechlichen bestechen, und er meisterte diese Aufgaben mit der Souveränität eines Menschen, der sich schon immer auf diesem Terrain bewegt hat. Er war ein gutgebauter Mann, fröhlich und charmant, mit ausgeprägt mediterranen Zügen und einer glänzenden schwarzen Mähne, die er hinten zu einem kleinen Zöpfchen zusammenband.

Carmen bat ihn, sie zu ihrem ersten Besuch bei Thui Nguyen zu begleiten, denn sie hatte diesen Augenblick so oft im Geist erlebt und sich so intensiv auf die Begegnung vorbereitet, daß sie ihre Unbekümmertheit verloren hatte und beim bloßen Gedanken daran, daß sie das Kind bald sehen würde, weiche Knie bekam.

Thui bewohnte ein gemietetes Zimmer in einem großen Haus, das vor dem Krieg vermutlich einer wohlhabenden Kaufmannsfamilie gehört hatte, jetzt aber in einzelne Zimmer aufgeteilt war und an die zwanzig Menschen beherbergte. Es hätten aber auch gut noch zwanzig mehr sein können, nach dem munteren Treiben auf der Treppe und den Fluren zu urteilen, wo sie überall auf offenbar sehr beschäftigte Leute stießen, fast über die herumtobenden Kinder stolperten und ihnen die verschiedenen Programme aus zahlreichen Radios und Fernsehern in den Ohren dröhnten. Sie hatten einige Mühe, das Zimmer zu finden, das sie suchten.

Die Tür wurde ihnen von einer winzigen, unscheinbaren Frau geöffnet, einem bleichen Schatten mit einem Tuch um den Kopf und einem Kleid in einer undefinierbaren Farbe. Ein Blick

genügte, um zu erkennen, daß Thui Nguyen nicht gelogen hatte, sie war wirklich sehr krank. Klein war sie sicherlich immer schon gewesen, aber jetzt sah sie aus, als wäre sie plötzlich geschrumpft, als hätte sich ihr Skelett zusammengezogen, ohne der Haut Zeit zu geben, sich an die neue Größe anzupassen, es war unmöglich, ihr Alter zu schätzen, weil sie wie ein junges Mädchen im Körper einer Tausendjährigen wirkte. Sie begrüßte sie sehr zurückhaltend, entschuldigte sich für die Unbequemlichkeit ihres Zimmers und bat sie, auf dem Bett Platz zu nehmen; dann bot sie ihnen Tee an, und ohne ihre Antwort abzuwarten, setzte sie auf einem Kocher, der auf dem einzigen verfügbaren Stuhl stand, Wasser auf. In einer Ecke konnte man einen Hausaltar mit einem Bild von Juan José und verschiedenen Opfergaben wie Blumen, Früchten und Weihrauch sehen. Ich gehe Dai holen, sagte sie und entfernte sich mit langsamen Schritten.
Carmen war es, als arbeite ein Schmiedehammer in ihrer Brust, sie zitterte trotz der warmen, von den Wänden ausgeschwitzten Feuchtigkeit, die in den Ecken eine grünliche Flora nährte. Leo Galupi ahnte, daß dies der bedeutsamste Augenblick im Leben dieser Frau war, und hätte gern dem Impuls nachgegeben, sie in die Arme zu nehmen, doch er wagte nicht, sie zu berühren.
Dai Morales kam an der Hand seiner Mutter herein. Er war ein schmales, dunkelhäutiges Kind, ziemlich groß für seine zwei Jahre, hatte einen Bürstenschnitt und ein sehr ernstes Gesicht, in dem die schwarzen Mandelaugen mit den kaum wahrnehmbaren Lidern der einzige asiatische Zug waren. Er sah genauso aus wie Juan José auf einem alten Foto, das ihn im gleichen Alter zeigte, in dem jetzt sein Sohn war, nur lächelte Dai nicht. Carmen versuchte aufzustehen, doch sie hatte nicht die Kraft und fiel auf das Bett zurück. Mit einer geradezu wahnwitzigen Sicherheit entschied sie, daß dies das Kind war, das vor zehn Jahren in Olgas Küche durch den Abfluß gespült worden war, das Kind, das ihr schon seit Urzeiten bestimmt war. Einen Augenblick verlor sie das Gefühl für die Zeit und fragte sich angstvoll, was ihr Kind denn in diesem elenden Zimmer zu suchen hatte.

Thui sagte etwas, das wie ein Zwitschern klang, und der Kleine ging schüchtern auf Leo Galupi zu und gab ihm die Hand. Thui korrigierte ihn mit einem weiteren Vogellaut, und er wandte sich mit dem gleichen zaghaften Gruß Carmen zu, doch dann trafen sich ihre Augen, und sie blickten sich ein paar Sekunden lang an, die wie eine Ewigkeit waren, als hätten sie sich nach einer langen Trennung wiedererkannt. Endlich streckte sie die Arme aus, hob ihn hoch und setzte ihn rittlings auf ihre Knie. Er war leicht wie eine Katze. Dai blieb ganz ruhig und stumm sitzen und schaute sie mit feierlicher Miene an.

»Von jetzt an ist sie deine Mama«, sagte Thui Nguyen auf englisch und wiederholte es dann in ihrer Sprache, damit ihr Sohn es auch verstand.

Carmen war elf Wochen damit beschäftigt, die Formalitäten für die Adoption ihres Neffen zu erledigen und auf sein Einreisevisum zu warten. Sie hätte es auch in kürzerer Zeit schaffen können, aber das hat sie nie erfahren. Leo Galupi, der sich anfangs schier überschlagen hatte, um ihr zu helfen, anscheinend unüberwindliche Hindernisse aus dem Weg zu räumen, setzte plötzlich alles daran, den endgültigen Abschluß der Sache in die Länge zu ziehen, und er verstrickte sich dabei in einem Wust von Entschuldigungen und Verzögerungen, die er sich selbst nicht erklären konnte.

Inzwischen stellte sich heraus, daß die Stadt wesentlich teurer war als erwartet, und noch bevor ein Monat vergangen war, geriet Carmen in finanzielle Nöte. Gregory überwies ihr Geld, das durch Bestechungen und Hotelkosten aufgezehrt wurde, aber als sie auf ihr Sparbuch zurückgreifen wollte, schaltete sich Galupi blitzschnell ein, um ihr unter die Arme zu greifen. Er sei in ein neues Geschäft mit Elefantenstoßzähnen eingestiegen, sagte er, und habe genügend Geld in den Taschen, sie habe nicht das Recht, seine Hilfe zurückzuweisen, zumal er das für Juan José Morales tue, seinen Herzensfreund, den er so gern gehabt habe und von dem er sich nicht einmal habe verabschieden können. Sie hatte den Verdacht, daß Galupi ihren Bruder in Wirklichkeit nicht einmal vom Hörensagen gekannt hatte, bevor Gregory ihn bat, sich um sie zu kümmern, aber jetzt war nicht der rechte Zeitpunkt, das herauszufinden.

Sie wollte nicht, daß er ihre Hotelrechnung bezahlte, nahm aber das Angebot an, bei ihm zu wohnen, um so die Kosten geringer zu halten. Sie zog mit ihrem Koffer und einer Tasche voller Perlen und Steine um, die sie in ihrer freien Zeit nach und nach gekauft hatte, zusammen mit ein paar kleinen Insektenfossilien aus der Jungsteinzeit, die sie zu Broschen verarbeiten wollte. Sie hätte nicht gedacht, daß dieser Mann, der ein Bonzenauto fuhr und das Geld mit vollen Händen ausgab, in so einem Hafenspeicher hauste, einem richtigen Labyrinth aus Kisten und Metallregalen, auf denen sich alles mögliche türmte. Mit einem raschen Blick sah sie ein Feldbett, Bücherstapel, Kartons mit Schallplatten und Kassetten, eine ausgezeichnete Stereoanlage und einen tragbaren Fernseher mit einer Antenne in Form eines Kleiderbügels.

Galupi zeigte ihr den Herd und die anderen Annehmlichkeiten seines Heims und stellte ihr die Kinder vor, die zu dieser Zeit zum Essen kamen, nicht ohne sie zu warnen, daß sie ihnen kein Geld geben und ihre Tasche nicht in Reichweite dieser gierigen Hände liegenlassen sollte. Inmitten dieses Durcheinanders, das an ein Feldlager erinnerte, war das Badezimmer eine echte Überraschung – ein schöner holzgetäfelter Raum mit einer Badewanne, großen Spiegeln und flauschigen roten Handtüchern. Das ist das Kostbarste, das mir hier durch die Hände gegangen ist, du kannst dir gar nicht vorstellen, wie schwierig es ist, gute Handtücher aufzutreiben, sagte der Gastgeber lächelnd und streichelte stolz seinen Schatz.

Zum Schluß führte er Carmen in den hinteren Teil seiner Lagerhalle, wo er eine große Ecke mit einer Reihe aufeinandergestapelter Kisten abgetrennt und als Tür einen wundervollen Paravent aus Koromandelholz aufgestellt hatte. Im Innern sah Carmen ein breites, mit einem weißen Moskitonetz überspanntes Bett, zierliche schwarze Lackmöbel mit handgemalten Reiher- und Kirschblütenmotiven, Seidenteppiche, bestickte Stoffe an den Wänden und kleine Lampen aus Reispapier, die ein schummriges Licht verbreiteten. Leo Galupi hatte für sie das Gemach einer chinesischen Kaiserin nachgebildet. Das würde für die nächsten paar Wochen ihr Refugium sein, bis dorthin drang weder der Straßenlärm noch das Kriegsgetöse. Manchmal fragte sie sich, was die geheimnisvollen Kisten, die sie umgaben, wohl enthalten mochten, sie stellte sich kostbare Gegenstände vor, jeden mit seiner Geschichte, und sie spürte, wie der Geist dieser Dinge den Raum erfüllte. An diesem Ort fühlte sie sich wohl und in guter Gesellschaft, nur das angstvolle Warten bereitete ihr Qualen.

»Geduld, Geduld«, empfahl ihr Leo Galupi, wenn sie wieder einmal tobte. »Du mußt denken, daß du neun Monate auf Dai hättest warten müssen, wenn er dein Kind wäre. Dagegen sind neun Wochen doch gar nichts.«

Wenn Carmen nicht gerade Thui und das Kind besuchte, schlenderte sie in ihren langen Mußestunden über die Märkte, um Material für ihren Schmuck zu kaufen, oder sie zeichnete neue Entwürfe, zu denen diese seltsame Reise sie inspirierte. Es kam ihr absurd vor, daß sie mitten in einem Krieg wie eine Touristin auf den Basaren herumlief. Obwohl sich zu diesem Zeitpunkt ein großer Teil der amerikanischen Truppen bereits zurückgezogen hatte, waren die Kämpfe noch immer nicht abgeflaut. Sie hatte sich die Stadt als riesiges Feldlager vorgestellt, wo sie auf der Suche nach ihrem Neffen zwischen alarmbereiten Soldaten durch Schützengräben kriechen müßte, und statt dessen spazierte sie durch enge Sträßchen und feilschte hier und da inmitten einer bunten Menschenmenge, die der Krieg scheinbar nicht berührte. Wenn du mit den Leuten reden könntest, würdest du ein ganz anderes Bild bekommen, sagte Galupi.

Irgendwann dann hörte sie, ohne es recht zu merken, auf, sich um die Realität zu kümmern, und konzentrierte sich ganz auf die beiden einzigen Dinge, die ihr wichtig waren, den kleinen Dai und ihre Arbeit. Ihr Geist schien sich auszudehnen, Asien drang ihr durch alle Poren, nahm sie ganz in Besitz, verzauberte sie. Sie dachte, wie wenig sie von der Welt bisher gesehen hatte, und wenn sie in ihrem Beruf wirklich erfolgreich sein und die Zukunft einigermaßen sichern wollte, wie sie es sich vorgenommen hatte, als sie beschloß, Dai zu sich zu nehmen, dann würde sie von nun an jedes Jahr in ferne, exotische Länder reisen, auf der Suche nach seltenen Materialien und neuen Ideen.

»Ich werde dir schicken, was du brauchst, ich habe überall Beziehungen und kann dir alles mögliche beschaffen«, bot Galupi an, der zwar den tieferen Sinn von Carmens Arbeit nicht ganz verstand, aber die kommerziellen Möglichkeiten durchaus erkannte.

»Das muß ich schon selbst aussuchen. Jeder Stein, jede Muschel, jedes Stück Holz oder Metall regt mich anders an.«

»Hier würde niemand tragen, was du da zeichnest. Ich habe hier noch nie eine elegante Frau mit Knochenstückchen und Federn im Ohr gesehen.«

»Drüben schlagen sie sich darum. Die Frauen hungern lieber, als daß sie auf ein Paar solcher Ohrringe verzichten würden. Je teurer ich sie verkaufe, desto wilder sind sie danach.«

»Was du machst, ist wenigstens legal«, lachte Galupi.

Die Tage kamen ihr unendlich lang vor, die Hitze und die Feuchtigkeit machten ihr zu schaffen. Ihre seriösen Matronenkostüme zog sie nur für die unvermeidlichen Behördengänge an, sonst trug sie schlichte Baumwollkleider und Bauernsandalen, die sie auf dem Markt gekauft hatte. In den vielen Stunden, in denen sie allein war, las oder zeichnete sie, begleitet vom Surren der Ventilatoren.

Abends kam Galupi mit Taschen voller Lebensmittel nach Hause, duschte sich, zog Shorts an, legte eine Schallplatte auf und fing an zu kochen. Bald tauchten dann verschiedene Gäste auf, fast alles Kinder, die herumwuselten und den Schuppen mit ihrem Geplapper und ihrem Lachen erfüllten, und wenn sie fertig gegessen hatten, gingen sie wieder, ohne sich zu verabschieden. Manchmal brachte Galupi amerikanische Freunde mit, Soldaten oder Auslandskorrespondenten der Presse, die bis spät in die Nacht tranken und Marihuana rauchten. Alle akzeptierten Carmens Anwesenheit, ohne Fragen zu stellen, als wäre sie immer schon ein Teil von Galupis Leben gewesen.

Ab und zu lud er sie zum Essen in ein Restaurant ein, und wenn er nichts zu tun hatte, führte er sie durch die Stadt, er wollte ihr verschiedene Seiten Saigons zeigen, von den bunten, volkstümlichen Vierteln, wo sich das brodelnde Leben abspielte, bis zu den Wohngebieten der Europäer und Amerikaner, wo man mit Klimaanlagen und Trinkwasser aus Flaschen lebte.

»Wir gehen jetzt ein todschickes Abendkleid für dich kaufen, wir sind nämlich zu einem Diner in der Botschaft eingeladen«, verkündete er ihr eines Tages und fuhr mit ihr zum elegantesten Einkaufszentrum der Stadt, wo er sie mit einem Bündel Geldscheinen in der Hand ablud. Sie kam sich ganz verloren vor, seit Jahren nähte sie sich ihre Sachen selbst, und sie hätte nie gedacht, daß ein Kleid so teuer sein könnte. Als ihr Freund drei Stunden später kam, um sie abzuholen, sah er sie mit den Schuhen in der Hand auf der Treppe des Geschäfts sitzen, wo sie frustriert vor sich hin schimpfte.

»Was ist denn los?«

»Es ist alles gräßlich und furchtbar teuer. Heutzutage sind die Frauen flach. Diese Melonen hier kriege ich in kein Kleid«, murrte sie und zeigte auf ihren Busen.

»Das freut mich«, lachte Galupi und ging mit ihr ins Hindu-Viertel, wo sie einen wunderschönen Sari aus kirschfarbener Seide mit Goldstickereien erstanden, in den Carmen sich mit erstaunlicher Geschicklichkeit einwickelte und in dem sie sich viel mehr im Einklang mit sich selbst fühlte als in den engen französischen Kleidern, die nur für spindeldürre Frauen gedacht waren.

Als sie an diesem Abend den Salon der Botschaft betrat, erkannte sie unter all den Leuten auf der Stelle den Mann, an den sie oft dachte und den sie niemals wiederzusehen geglaubt hatte. Es war Tom Clayton, im Smoking, der sich, ein Glas Whisky in der Hand, mit einer jungen Frau unterhielt. Sein Haar war grau geworden, doch sein Gesicht hatte sich nicht verändert. Der Journalist hatte das Schreiben von Artikeln für eine gewisse Zeit aufgegeben, um nach Vietnam zu fahren und dort ein Buch zu verfassen. Er verbrachte mehr Zeit auf Festen und in Clubs als an der Front, getreu seiner Theorie, daß der Krieg in Wirklichkeit in den Salons gemacht werde. Er hatte

Zugang zu Orten, wo kein Korrespondent gern gesehen war, und kannte die richtigen Leute im Oberkommando, im diplomatischen Korps, in der Regierung und in den höheren Gesellschaftskreisen der Stadt.

Er erkannte Carmen nicht, aber er fühlte sich von der magischen Ausstrahlung dieser Frau, die er nie zuvor gesehen zu haben meinte, ungewöhnlich angezogen. Der olivfarbenen Haut, der kräftig geschminkten Augen und des prächtigen Saris wegen vermutete er, daß sie aus Indien kam. Er merkte, daß auch sie ihn beobachtete, und suchte eine passende Gelegenheit, sich ihr zu nähern. Carmen reichte ihm die Hand und stellte sich mit dem Namen vor, den sie nun immer benutzte, Tamar. Sie hatte sich oft ausgemalt, was sie sagen würde, wenn sie je ihrem ersten Liebhaber, der einen so entscheidenden Einfluß auf ihr Leben gehabt hatte, noch einmal begegnen würde, nur hätte sie nie gedacht, daß ihr in diesem Augenblick aber auch gar nichts einfallen würde. Im Lauf der Jahre war ihr Groll verblaßt, sie stellte erstaunt fest, daß sie für diesen arroganten Mann, von dem sie nicht einmal mehr wußte, wie er nackt aussah, nur noch Gleichgültigkeit übrig hatte. Sie merkte, daß er sie verstohlen musterte, während er mit Galupi redete, ganz offensichtlich war er beeindruckt, und sie wunderte sich, daß sie einmal so verrückt nach diesem Mann gewesen war. Sie fragte sich nicht mehr, wie ihr gemeinsames Kind wohl ausgesehen hätte, wie sie es so oft an einsamen Tagen getan hatte, denn sie konnte sich nicht mehr vorstellen, ein anderes Kind als Dai zu haben. Sie stieß einen Seufzer aus, zum Teil aus Erleichterung, weil er sie nicht erkannt hatte, und zum Teil aus tiefem Verdruß über die mit Liebeskummer vergeudete Zeit.

Tom Clayton wandte sich ihr wieder zu. »Ich habe Sie noch nie hier gesehen. Woher kommen Sie?« fragte er.

»Ich komme aus der Vergangenheit«, erwiderte Carmen und wandte ihm den Rücken zu. Sie trat hinaus auf den Balkon und blickte hinunter auf die Stadt, die hell erleuchtet vor ihr lag, als spielte sich der Krieg irgendwo anders ab.

Als Carmen und Leo Galupi heimkamen, setzten sie sich, ohne

Licht anzumachen, unter den Ventilator, um im spärlichen Schein der Straßenlaternen noch ein wenig über den vergangenen Abend zu reden. Er bot ihr etwas zu trinken an, und sie fragte, ob er vielleicht eine Dose Kondensmilch da habe. Mit der Spitze eines Messers bohrte sie zwei Löcher in den Deckel und machte es sich auf ein paar Kissen auf dem Boden bequem, um das süße Getränk zu schlürfen, mit dem sie sich schon in so vielen kritischen Augenblicken ihres Lebens getröstet hatte. Schließlich wagte Galupi, sie nach Clayton zu fragen, ihm sei aufgefallen, daß sie sich bei der Begegnung etwas merkwürdig verhalten habe. Da erzählte ihm Carmen die ganze Geschichte mit allen Einzelheiten, es war das erste Mal, daß sie über ihr Erlebnis in Olgas Küche sprach, über die Schmerzen und die Angst, den Fieberwahn im Krankenhaus und den langen Leidensweg, auf dem sie für eine Schuld büßte, die nicht ihre allein war, die er aber nicht hatte mittragen wollen. Eins führte zum andern, und schließlich erzählte sie ihm ihr ganzes Leben.

Als es dämmerte, redete sie noch immer. Sie merkte, wie gut es tat, einem Vertrauten das Herz auszuschütten. Nach dem letzten Schluck Kondensmilch streckte sie sich gähnend, weil sie todmüde war, dann beugte sie sich zu ihrem Freund hinunter und küßte ihn flüchtig auf die Stirn. Galupi faßte sie am Handgelenk und zog sie an sich, aber Carmen wandte das Gesicht ab, und die Geste ging ins Leere.

»Ich kann nicht«, sagte sie.

»Warum nicht?«

»Weil ich nicht mehr allein bin, ich habe jetzt ein Kind.«

An diesem Morgen wachte Carmen auf und glaubte, Leo Galupi stünde neben dem Koromandel-Paravent und beobachtete sie, weil es aber noch nicht ganz hell und sie nicht ganz wach war, konnte diese Vision auch Teil ihres Traums gewesen sein. Sie war mitten im gleichen Albtraum, der sie jahrelang verfolgt hatte, aber diesmal kam Tom Clayton nicht darin vor, und das Kind, das ihr die Arme entgegenstreckte, hatte keine Papiertüte über dem Kopf, diesmal konnte sie es klar erkennen, es hatte Dais Gesicht.

Sie richteten sich in der ruhigen Beschaulichkeit ihres Lebens

zu zweit ein wie ein altes Ehepaar. Carmen gewöhnte sich allmählich an ihre Mutterrolle, sie machte mit dem Kind immer ausgedehntere Spaziergänge, las ein paar Wörter Vietnamesisch auf und brachte ihm ein paar englische bei, sie fand seine Vorlieben und Ängste heraus und lernte seine Familie kennen. Thui nahm sie einmal zu einem zweitägigen Ausflug mit aufs Land, wo sie ihre Verwandten besuchten, damit sie sich von Dai verabschieden konnten. Es waren arme Bauern, die die Fremde mit haßerfüllten Blicken musterten, trotz Thuis langen Erklärungen. Sie hatten das Kind unbedingt zu sich nehmen wollen, weil sie die Vorstellung entsetzte, daß einer der Ihren auf die andere Seite des Meeres geschickt werden sollte, aber Thui war sich der Tatsache bewußt, daß ihr Sohn in ihrem Land immer ein Bastard sein würde, ein Bürger zweiter Klasse, ohne Hoffnung, jemals ein besseres Leben zu führen. Sicherlich würde es nicht leicht sein, sich in Amerika einzuleben, aber dort hätte Dai zumindest bessere Chancen, als wenn er das allzu kleine Feld des Familienclans bestellte.
Leo Galupi hatte darauf bestanden, mit ihnen zu fahren, weil er fand, in solchen Zeiten sollten zwei Frauen und ein Kind auf keinen Fall ohne Begleitung unterwegs sein. Für Carmen bestätigte sich jetzt, was Joan und Susan ihr so oft vorgebetet hatten, nämlich daß Frauen und Männer zwar am gleichen Ort und in der gleichen Zeit, aber in verschiedenen Dimensionen leben. Sie schaute ständig über die Schulter zurück, war immer auf der Hut vor realen und eingebildeten Gefahren, immer in der Defensive und brauchte doppelt soviel Energie wie ein Mann, um nur halb soviel zu erreichen. Was für einen Mann eine banale Angelegenheit war, an die man keine weiteren Gedanken zu verschwenden brauchte, war für sie ein Risiko, das bestimmte Überlegungen und Strategien erforderlich machte. Etwas so Simples wie dieser Ausflug aufs Land konnte bei einer Frau als Provokation angesehen werden, als etwas, das die Katastrophe regelrecht heraufbeschwor. Sie sprach mit Galupi darüber, und der wunderte sich, daß er über diese Unterschiede noch nie nachgedacht hatte.
Thui wurde zusehends schwächer, als hätte sie den Krebs so

lange in Schach gehalten, bis sie Carmen kennenlernte, und sich dann geschlagen gegeben, als sie sah, daß das Kind in gute Hände kam. Sie nahm ohne Aufsehen Abschied. Ganz behutsam zog sie sich immer mehr zurück, damit Dai sie allmählich vergessen sollte, als hätte seine Mutter nie existiert, so würde die Trennung leichter zu ertragen sein. Sie erklärte das Carmen, und die wagte nicht, ihr zu widersprechen. Thui bat sie immer häufiger, Dai über Nacht bei sich zu behalten, mir geht es nicht besonders gut und ich habe ein ruhigeres Gefühl, wenn ich allein bin, sagte sie, doch wenn sie dann gingen, drehte sie das Gesicht zur Seite, um ihre Tränen zu verbergen, und wenn ihr Sohn wieder zurückkam, leuchteten ihre Augen auf.
Sie konnte kaum noch gehen und litt unter ständigen Schmerzen, doch sie klagte nie. Sie setzte die Medikamente aus dem Krankenhaus ab, die nur zu Erschöpfung und Übelkeit führten, anstatt ihr Linderung zu verschaffen, und suchte einen alten Akupunkteur auf. Carmen begleitete sie ein paarmal zu diesen merkwürdigen Behandlungen in einer dunklen, nach Zimt riechenden Kammer. Thui legte sich auf eine schmale Schilfmatte, und der Heiler stach ihr Nadeln in mehrere Stellen ihres ausgemergelten Körpers, dann schloß sie die Augen und dämmerte eine Weile vor sich hin. Zu Hause half Carmen ihr ins Bett, bereitete ihr eine Opiumpfeife, und wenn sie sah, daß sie in tiefe Besinnungslosigkeit sank, ging sie mit dem Kind Eis essen.
Als es auf das Ende zuging, konnte Thui gar nicht mehr aufstehen, und Dai zog ganz in den Lagerschuppen, wo er das große chinesische Bett mit seiner neuen Mutter teilte. Galupi stellte eine Frau ein, die die Sterbende pflegte, und brachte den Akupunkteur jeden Tag in seinem Auto zu ihr. Mit wachsender Ungeduld erkundigte sich Thui, wie es mit den Papieren stand, sie wollte sicher sein, daß Dai wohlbehalten in der Heimat seines Vaters ankommen würde, und jede Verzögerung bereitete ihr zusätzliche Qualen.
An einem Sonntag brachten sie den Kleinen zu seiner Mutter, damit er von ihr Abschied nahm. Endlich waren die letzten Hindernisse beseitigt, er war als leibliches Kind von Carmen

Morales registriert, hatte einen Paß mit einem Einreisevisum, und am folgenden Tag würde er die Reise nach Amerika antreten, wo er neue Wurzeln schlagen sollte. Sie ließen Thui eine Zeitlang mit dem Jungen allein. Dai setzte sich auf das Bett, und er muß wohl gespürt haben, daß dies ein entscheidender Augenblick in seinem Leben war, denn viele Jahre später, als er bereits ein Mathematikgenie war und Artikel von ihm in wissenschaftlichen Zeitschriften erschienen, erzählte er Gregory einmal, seine letzte Erinnerung an seine Kindheit in Vietnam sei eine bleiche Frau mit brennenden Augen, die ihm das Gesicht küßt und ihm ein gelbes Päckchen in die Hand drückt. Er zeigte es Gregory, es war ein altes, in einen Seidenschal gewickeltes Fotoalbum.

Carmen und Galupi warteten vor der Tür, bis die Kranke sie rief. Als sie hereinkamen, hatte sie den Kopf gegen das Kissen gelehnt und lächelte friedlich. Sie küßte das Kind zum letztenmal und machte Galupi ein Zeichen, es hinauszubringen. Carmen setzte sich neben sie und nahm ihre Hand, während ihr die Tränen über die Wangen liefen.

»Danke, Thui. Du gibst mir das, wonach ich mich in meinem ganzen Leben am meisten gesehnt habe. Mach dir keine Sorgen, ich werde Dai eine so gute Mutter sein wie du, das schwöre ich dir.«

»Man tut, was man kann«, antwortete sie sanft.

Wenig später, als die Familie Morales Dais Ankunft in Amerika feierte, gab Leo Galupi bei einem schlichten Bestattungsritus Thui Nguyen das letzte Geleit. Diese elf Wochen hatten das Leben mehrerer Menschen verändert, auch das dieses Lebenskünstlers aus Chicago, der immer ein unsteter, großspuriger Blender gewesen war und jetzt seit ein paar Tagen einen dumpfen Schmerz in der Brust verspürte.

Mit Dai wandelte und erneuerte sich Carmens Leben, als wäre ein Sturmwind hindurchgefahren, sie vergaß alle vergangenen Liebeskümmernisse, die finanziellen Nöte, die Einsamkeit und die Zweifel. Sie sah die Zukunft klar vor sich, wie auf eine Leinwand projiziert, sie würde sich ganz diesem Kind widmen,

sie würde ihm helfen, erwachsen zu werden, es an der Hand halten, damit es nicht strauchelte, und alles Leid, selbst Heimweh und Traurigkeit, von ihm fernhalten.
»Ich denke, als erstes werden wir diesen kleinen Chinesen einmal taufen, damit er einer der Unseren wird und kein Heidenkind bleibt«, sagte der alte Padre Larraguibel beim Begrüßungsfest, als er das Kind mit all der Herzlichkeit an sich drückte, die in dem massigen baskischen Bauern steckte, die er aber in seinen jungen Jahren nie zu zeigen gewagt hatte. Carmen jedoch vertröstete ihn geschickt auf später, sie wollte Dai nicht mit so vielen neuen Dingen verschrecken, zumal ihr der Buddhismus eine durchaus respektable Lehre zu sein schien und vielleicht auch leichter zu ertragen als der christliche Glaube.
Die frischgebackene Mutter erledigte die unumgänglichen Familienzeremonien, sie stellte ihren Sohn nacheinander allen Verwandten und Freunden im Barrio vor und versuchte geduldig, ihm die unaussprechlichen Namen seiner neuen Großeltern und der unzähligen Cousins und Cousinen beizubringen, doch Dai schien verängstigt und sprach kein Wort, er beschränkte sich darauf, alles mit seinen schwarzen Augen zu beobachten, ohne Carmens Hand loszulassen. Sie nahm ihn auch mit ins Gefängnis zu Olga, die aufgrund eines ihr überhaupt nicht einleuchtenden Paragraphen im Strafgesetzbuch angeklagt war. Carmen hoffte, daß der Heilerin etwas einfallen würde, womit man den Jungen zum Essen bringen könnte, denn seit er sein Land verlassen hatte, ernährte er sich nur von Fruchtsäften, er hatte sehr abgenommen und war bald nur noch ein Hauch. Carmen und Inmaculada waren schon in heller Aufregung, sie hatten einen Arzt aufgesucht, der ihn nach einer gründlichen Untersuchung für völlig gesund befunden und ihm Vitamintabletten verschrieben hatte. Die Adoptivgroßmutter gab sich große Mühe, ihre mexikanischen Gerichte mit Unmengen von Sojasoße nach asiatischer Küche schmecken zu lassen, und flößte ihm unerbittlich den gleichen Lebertran ein, mit dem sie schon ihre sechs Kinder geplagt hatte, aber nichts schlug an.

»Er vermißt seine Mutter«, sagte Olga, kaum daß sie ihn durch das Gitter im Besuchszimmer gesehen hatte.
»Gestern habe ich die Nachricht bekommen, daß Thui gestorben ist.«
»Erklär dem Jungen, daß seine Mutter bei ihm ist, auch wenn er sie nicht sehen kann.«
»Er ist noch zu klein, er würde das nicht verstehen, in diesem Alter können sie mit abstrakten Dingen noch nichts anfangen. Ich will ihm auch nicht den Kopf mit abergläubischem Zeug vollstopfen.«
»Ach Kind, du hast ja überhaupt keine Ahnung«, seufzte die Heilerin. »Die Toten halten die Lebenden immer an der Hand.«
Im Untersuchungsgefängnis hatte sich Olga mit der gleichen Anpassungsfähigkeit eingelebt, mit der sie sich früher an jedem Ort, an dem der wandernde Lastwagen eine Weile hielt, eingerichtet hatte, als wollte sie für immer bleiben. Die Haft beeinträchtigte ihr heiteres Gemüt kein bißchen, sie war nur eine kleine Unannehmlichkeit, das einzige, was sie wütend machte, waren die falschen Anschuldigungen. Sie hatte noch nie einen Kranken ohne Medizin wieder weggeschickt, und was man ihr da als Verhinderung ärztlicher Hilfe in die Schuhe schieben wollte, war doch bloß böse Nachrede. Ein paar ganz Dumme wollten jetzt sogar wissen, sie hätte Schwarze Magie getrieben. Mit Schwarzer Magie würde sie sich sowieso nicht abgeben, weil damit kein gutes Geschäft zu machen war, sie verdiente viel mehr, wenn sie ihren Kunden half, als wenn sie deren Feinde verfluchte. Sie hatte keine Angst um ihren Ruf, im Gegenteil, diese Ungerechtigkeit würde sie todsicher nur noch berühmter machen, aber sie war besorgt um ihre Katzen, die sie einer Nachbarin anvertraut hatte. Gregory versicherte ihr, daß kein Gericht sich für die unheilvolle Wirkung von angeblichen Hexenriten interessieren würde, aber sie sollte unbedingt verhindern, daß der wahre Charakter ihres Geschäfts ans Licht käme, denn in diesem Falle wäre das Gesetz unerbittlich.
Sie hatte sich damit abgefunden, ihre Untersuchungshaft diskret und ohne viel Aufsehen abzusitzen, doch Stillhalten war

nun einmal nicht ihre Haupttugend, und in weniger als einer Woche hatte sie aus ihrer Zelle eine Filiale ihres ausgefallenen heimischen Behandlungszimmers gemacht. An Kundinnen mangelte es ihr nicht. Die anderen Häftlinge bezahlten sie für ihre hoffnungsträchtigen Ratschläge, therapeutischen Massagen, beruhigenden Hypnosen, wunderwirkenden Talismane und hellseherischen Künste, und sehr bald wurde sie auch von den Wärterinnen zu Rate gezogen.
Sie schaffte es tatsächlich, sich nach und nach ihre Heilkräuter, die Fläschchen mit dem magnetisierten Wasser, ihre Tarotkarten und den Buddha aus vergoldetem Gips bringen zu lassen. Von ihrer in einen Basar verwandelten Zelle aus praktizierte sie ihre wirkungsvollen Zauberkünste und spann die feinen Fäden ihrer Macht. Sie wurde nicht nur zu der am höchsten geachteten Person im Gefängnis, sondern bekam auch den meisten Besuch, das ganze mexikanische Barrio kam zu ihr gepilgert.
In ihrer Angst, Dai könnte bis aufs Skelett abmagern, beschloß Carmen, Olgas Rat auszuprobieren, und brachte es irgendwie fertig, dem Kind in einer Mischung aus Englisch, Vietnamesisch und Gebärdensprache klarzumachen, daß seine Mutter in eine andere Ebene emporgestiegen sei, wo sie ihren Körper nicht mehr gebrauchen könne, sie habe nun die Gestalt einer kleinen, durchsichtigen Fee angenommen, die immer über seinem Kopf fliege, um ihn zu beschützen.
Diese Idee hatte sie von Padre Larraguibel übernommen, der so die Engel beschrieb. Er behauptete, jeder Mensch habe zu seiner Linken einen Teufel und zu seiner Rechten einen Engel, und der Engel sei genau dreiunddreißig Zentimeter groß, was der Anzahl der Jahre Christi in seinem irdischen Leben entspreche, des weiteren sei er nackt, und die Behauptung, er habe Flügel, sei gänzlich falsch, er fliege nämlich mit Düsenantrieb, einem göttlichen Navigationssystem, das zwar weniger elegant, dafür aber viel logischer sei als die Vogelflügel, die man sich immer vorstelle. Der Gute war im Alter etwas exzentrisch geworden, gleichzeitig hatte aber die Sehschärfe seines berühmten dritten Auges zugenommen, es gab unwiderlegbare

Beweise dafür, daß er in der Dunkelheit sehen konnte, genauso wie er alles mitbekam, was sich hinter seinem Rücken abspielte, und deshalb gab es auch kein Getuschel während seines Gottesdienstes. Mit unumstrittener Autorität beschrieb er Teufel und Engel in allen Einzelheiten, und keiner, nicht einmal Inmaculada Morales, die in religiösen Dingen sehr konservativ war, wagte es, seine Worte in Zweifel zu ziehen.

Um die sprachlichen Barrieren beiseite zu räumen, machte Carmen eine Zeichnung, auf der Dai im Vordergrund zu sehen war, und über ihm kreiste eine kleine Gestalt mit einem Propeller auf dem Kopf, die eine Rauchwolke hinter sich herzog und die unverwechselbaren schwarzen Mandelaugen von Thui Nguyen hatte. Der Junge betrachtete sie lange, faltete sie dann sorgfältig zusammen und legte sie in sein Album zu den von Leo Galupi gefälschten Fotos, die seine Eltern Arm in Arm an Orten zeigten, an denen sie nie gemeinsam gewesen waren. Daraufhin aß er seinen ersten amerikanischen Hamburger.

Nach einer Woche intensiven Familienlebens fuhr Carmen mit ihrem Sohn nach Berkeley zurück, wo sie bereits den äußeren Rahmen für ihre neue Existenz geschaffen hatte. Vor ihrer Abreise nach Vietnam hatte sie eine Wohnung gemietet und ein Zimmer davon mit weißen Möbeln und einer Unmenge Spielsachen für ihren Sohn eingerichtet. Das zweite Zimmer diente ihr als Arbeits- und Schlafstätte. Sie stellte sich mit ihrem Schmuck jetzt nicht mehr an eine Ecke, sondern bot ihn über einige Geschäfte zum Verkauf an, doch der Reiz des Straßenverkaufs war einfach unwiderstehlich. An den Wochenenden war sie früher mit ihrem Auto auf kunsthandwerkliche Märkte in anderen Orten gefahren und hatte dort ihren Stand aufgebaut. Sie hatte das jahrelang getan, und es hatte ihr nichts ausgemacht, daß diese Fahrten beschwerlich waren, daß sie achtzehn Stunden ohne Pause arbeitete, sich nur von Erdnüssen und Schokolade ernährte, im Auto schlief und kein Badezimmer zur Verfügung hatte, aber des Kindes wegen war sie gezwungen, sich in einigen Dingen umzustellen.

Sie verkaufte den klapprigen gelben Cadillac und kaufte sich dafür einen stabilen und geräumigen Lieferwagen, in dem sie nachts zwei Schlafsäcke auf den Boden legen konnte, wenn sie kein Zimmer mehr bekam. Die beiden saßen nebeneinander wie Geschäftspartner, Dai half ihr, einen Teil der Sachen zu tragen und den Tisch aufzustellen, dann setzte er sich eine Weile hin und beobachtete die Kunden oder spielte für sich allein, wenn es ihm langweilig wurde, schaute er sich ein wenig auf dem Markt um, und wenn er müde war, legte er sich vor die Füße seiner Mutter auf den Boden und schlief eine Runde. Da sich an den verschiedenen Orten immer dieselben Aussteller trafen, kannten bereits alle den Sohn von Tamar, nirgendwo war er so sicher wie auf diesen bunten Jahrmärkten, wo es von Dieben, Betrunkenen und Drogensüchtigen nur so wimmelte.

Die Woche über arbeitete Carmen zu Hause, wo sie den Kleinen immer um sich hatte. Sie nahm sich die Zeit, ihm Englisch beizubringen, ihm in Büchern aus der Bibliothek die Welt zu zeigen, mit ihm durch die Stadt zu spazieren und ins Schwimmbad und in öffentliche Parks zu gehen. Sobald er sich in seiner neuen Heimat etwas sicherer fühlte, wollte sie ihn in einen Kindergarten schicken, damit er mit gleichaltrigen Kindern zusammenkam, doch vorläufig war ihr der Gedanke, sich von ihm zu trennen, und sei es nur für ein paar Stunden, fast unerträglich; sie bedachte Dai mit all der Zärtlichkeit, die sich in den vielen Jahren angestaut hatte, in denen sie insgeheim ihre Kinderlosigkeit beklagt hatte. Sie hatte keine Ahnung, wie man ein Kind aufzieht, und hatte auch nicht die Geduld, das in Handbüchern nachzulesen, doch das bekümmerte sie nicht. Die beiden gingen eine unauflösliche Verbindung ein, die von uneingeschränkter gegenseitiger Anerkennung und guter Laune getragen wurde. Der Junge gewöhnte sich daran, in so vollkommener Harmonie mit ihr zusammenzuleben, daß er auf demselben Tisch, auf dem sie ein Paar feine Goldohrringe mit winzigen präkolumbianischen Keramikperlen anfertigte, mit seinen Bauklötzen ein Schloß errichten konnte. Um Mitternacht schlüpfte er in Carmens Bett, und morgens wachten sie aneinandergeschmiegt auf.

Nach einem Jahr zeigte er sein erstes, noch zaghaftes Lächeln, aber sobald sie sich einmal trennten, was selten geschah, bekam er wieder seinen abwesenden Gesichtsausdruck. Sie redete den ganzen Tag mit ihm, ohne sich darüber Sorgen zu machen, daß er kein Wort sprach, wie soll der arme kleine Kerl denn sprechen, wenn er noch kein Englisch kann und seine eigene Sprache vergessen hat, er ist noch im Limbus der Taubstummen, aber wenn er etwas zu sagen hat, wird er es schon sagen, erklärte sie Gregory bei ihren Montagsgesprächen am Telefon. Sie behielt recht.

Als er vier Jahre alt war und fast keine Hoffnung mehr bestand, daß er irgendwann anfangen würde zu reden, gab Carmen schließlich dem allgemeinen Druck nach und brachte ihn zähneknirschend zu einem Spezialisten, der ihn lange und gründlich untersuchte, ohne auch nur einen Laut aus ihm herauszubringen, und anschließend bestätigte, was sie bereits wußte, daß nämlich ihr Sohn nicht taub war. Carmen nahm Dai bei der Hand und ging mit ihm in den Park. Sie setzte sich auf eine Bank an einem Ententeich und erklärte ihm, wenn sie einen Therapeuten bezahlen müßte, der ihn zum Sprechen bringen sollte, wäre der diesjährige Urlaub im Eimer, weil ihre Finanzen nicht für beides reichten.

»Wir beide verstehen uns auch ohne Worte, Dai, aber um in der Welt zurechtzukommen, mußt du dich mitteilen können. Die Bildchen reichen da nicht mehr. Versuch doch ein bißchen zu sprechen, damit wir in Urlaub fahren können, wenn nicht, sind wir beide die Dummen ...«

»Ich mag diesen Doktor nicht, Mama, er hat nach Sojasoße gerochen«, antwortete der Junge in tadellosem Englisch. Geschwätzig sollte er nie werden, aber die Sache mit seiner Stummheit war ausgestanden.

Freizeit wurde zu einem absoluten Luxusgut, Carmen machte sich bei ihren Freunden rar und lehnte Einladungen derselben Verehrer ab, von denen sie noch bis vor kurzem begeistert gewesen war. Bislang hatte ihr die Liebe mehr Kummer gebracht als schöne Erinnerungen, nach Gregorys Meinung suchte sie sich immer die miesesten Kandidaten aus, als könnte sie sich nur in Männer verlieben, die sie schlecht behandelten.

Sie war überzeugt, daß ihre unglückliche Phase nun beendet war, beschloß aber auf alle Fälle, in Zukunft sehr, sehr vorsichtig zu sein. Inmaculada legte seit Jahren dem heiligen Antonius von Padua Gelübde ab in der Hoffnung, daß dieser Schutzpatron der unverheirateten Frauen ihrer extravaganten Tochter einen Mann bescheren würde, denn die hatte die Dreißig schon überschritten und machte immer noch keine Anstalten, vernünftig zu werden.

Den richtigen Partner zu finden war der Punkt, der Carmen schon seit Jahren unablässig beschäftigte. Wenn sie einmal keinen Mann hatte, waren ihre Träume mit wollüstigen Wunschbildern bevölkert, sie brauchte eine feste Umarmung, wärmende Nähe, Männerhände um die Taille, eine rauhe Stimme, die ihr ins Ohr flüsterte. Aber jetzt ging es nicht mehr allein darum, einen Partner zu suchen, sondern auch einen richtigen Vater für Dai. Sie dachte an die Männer, mit denen sie zusammengewesen war, und merkte zum erstenmal, wie wütend sie auf sie war. Sie fragte sich, ob sie sich vor dem Jungen hätte schlagen lassen oder ob sie es hingenommen hätte, ihn in kaltem, von einem andern benutzten Wasser zu baden, und war über ihre eigene Unterwürfigkeit entsetzt. Sie ließ ihre letzten Liebhaber Revue passieren, und keiner von ihnen bestand ihre strenge Prüfung. Also war es zweifellos besser, wenn sie allein blieben, entschied sie. Durch die Mutterschaft war sie ruhiger geworden, und für die Bedürfnisse des Körpers würde sie Gregorys Beispiel folgen und sich mit flüchtigen Liebschaften begnügen.

Sie fragte sich auch, warum sie vor zehn Jahren nicht den Mut aufgebracht hatte, ihr Kind zu bekommen, warum sie sich von der Angst und der Macht überholter Traditionen hatte überwältigen lassen, so schwer war es ja eigentlich gar nicht, eine ledige Mutter zu sein. Die neue Verantwortung speiste ihre Energie, sie bekam immer mehr Lust zu arbeiten, und unter ihren Händen entstanden immer originellere Designs. Mit ihren Zangen und Lötröhrchen erweckte sie die Ideen und exotischen Materialien, die sie aus fernen Gegenden mitgebracht hatte, zum Leben.

Manchmal wachte sie frühmorgens plötzlich auf und hatte einen ganz bestimmten Entwurf im Kopf. Sie blieb noch ein paar Minuten im Bett liegen, eingehüllt in den Geruch und die Wärme ihres Kindes, stand dann auf, zog den bestickten Seidenmorgenmantel an, ein Geschenk von Leo Galupi, setzte Wasser auf, um Mangotee zu kochen, schaltete die viktorianischen Lampen über dem Tisch an und griff mit fröhlicher Entschlossenheit zum Werkzeug. Ab und zu warf sie einen Blick auf ihr schlafendes Kind und lächelte zufrieden. Mein Leben ist vollkommen, nie bin ich so glücklich gewesen, dachte sie.

Gib acht, worum du bittest, der Himmel könnte es dir geben, war einer von Inmaculadas Sprüchen, und in Gregorys Fall ging die darin enthaltene Drohung wie ein böser Witz in Erfüllung. In den folgenden Jahren verwirklichte er die Pläne, die er sich so nachdrücklich vorgenommen hatte, dennoch brannte er innerlich vor verzehrender Ungeduld. Er durfte nicht einen Augenblick innehalten; solange er beschäftigt war, konnte er seine seelischen Nöte beiseite schieben, aber wenn er ein wenig Muße hatte und es still um ihn war, dann spürte er das Feuer in seinem Innern. Ein so starkes Feuer, daß er sicher war, es war nicht allein das seine, schon sein Vater hatte es genährt und vor ihm sein Großvater, der Pferdedieb, und vor ihm wer weiß wie viele Urgroßväter, die vom gleichen Stigma der Unruhe gezeichnet waren.

Der Schwung trug ihn nach vorn, er wurde zum Prototyp des Siegers gerade zu der Zeit, als die bukolische Selbstlosigkeit und die unendliche Unschuld der Hippies ins Räderwerk der Maschinerie des Systems gerieten. Niemand konnte ihm seinen Ehrgeiz zum Vorwurf machen, denn schon brütete das Land die Epoche der hemmungslosen Gewinnsucht aus, die bald anbrechen sollte. Der verlorene Krieg hatte Scham und Verstörung hinterlassen und den kollektiven Wunsch, auf anderen Wegen Genugtuung zu erhalten. Man sprach nicht über das Thema, mehr als zehn Jahre sollten vergehen, ehe die Geschichtsschreibung, ehe Bücher und Filme es wagten, die Dämonen des Unheils auszutreiben.

Carmen sah die Straße langsam verfallen, wo ihre besten Freunde sich früher ihr Brot verdient hatten, sie nahm Abschied von vielen Kunsthandwerkern, die vertrieben wurden, weil der Druck der Händler, die billige Erzeugnisse aus Taiwan anboten, immer stärker wurde, und sie sah einen nach dem andern die unschuldigen Sonderlinge verschwinden, die an Entbehrung starben oder davonzogen, als die Leute vergaßen, ihnen zu essen zu geben. Andere, noch verzweifeltere Verrückte kamen, die Veteranen des Krieges, die am Grauen der Erinnerung krankten. Der Straßenrebellion von einst folgte die Seuche des Konformismus, die selbst die Studenten der Universität ansteckte. Sie erhöhte die Zahl der Elenden und der Banditen, überall sah man Bettler, Betrunkene, Prostituierte, Drogendealer, Diebe. Die Welt verfault vor unseren Augen, klagte Carmen.

Gregory Reeves, der jedenfalls nie die naiven Illusionen derer geteilt hatte, die das Zeitalter des Wassermanns verkündeten, ein Zeitalter der vermeintlichen Brüderschaft und des Friedens, antwortete mit dem Beispiel des Pendels, das mal nach der einen, mal nach der anderen Seite ausschlägt. Ihn berührte der Wandel nicht. Er prahlte mit seinen Erfolgen, während seine Kollegen sich fragten, wie er es fertigbrachte, stets die besten Fälle zu bekommen, und woher er die Mittel nahm, jede Party mitzumachen, Seidenhemden zu tragen und auch mal für eine Woche zum Schwimmen ans Mittelmeer zu fliegen. Sie wußten nichts von den ungeheuren Darlehen der Banken und von den gewagten Manövern mit seinen Kreditkarten. Reeves zog es vor, nicht daran zu denken, daß er früher oder später die Schulden würde bezahlen müssen; wenn ihm die Mittel ausgingen, beantragte er bei seinem Bankier einen neuen Kredit mit dem Argument, daß er bei einem Bankrott oder im Gefängnis seinen Verpflichtungen niemals nachkommen könnte und daß Geld Geld anzieht wie ein Magnet. Er sorgte sich nicht um die Zukunft, er war hinreichend mit dem Bemühen beschäftigt, die Gegenwart auszubeuten. Wie er sagte, hatte er sich nie so stark und so frei gefühlt, deshalb begriff er den Fluchttrieb nicht, der ihm keine Ruhe gönnte.

Von seiner Tochter trennte ihn eine halbe Wegstunde, dennoch sah er sie nur zweimal im Jahr, wenn er sie in seinem eleganten Wagen zum Spazierenfahren abholte und sich einbildete, er könnte ihr in vier Stunden das geben, was er ihr sechs Monate vorenthalten hatte. Nach jedem Besuch brachte er sie mit einer Ladung Geschenke zurück, die eher für eine kokette Frau geeignet waren als für ein halbwüchsiges Schulmädchen, das sich an Eiskrem und Kuchen bis zur Übelkeit überfressen hatte.

Es war nutzlos gewesen, Margaret zuzureden, sie solle ihn Papa nennen, sie hatte entschieden, daß Gregory besser zu diesem nahezu Unbekannten paßte, der zweimal im Jahr kurz in ihrem Leben auftauchte wie ein unbefugter Santa Claus. Sie gebrauchte auch nicht das Wort Mama. Die Lehrerin in der Schule bat Samantha zu sich, um sie zu fragen, ob es wirklich stimmte, daß sie Margaret adoptiert hatte, weil ihre wahren Eltern von einer Verbrecherbande grausam ermordet worden waren. Sie empfahl, einen Kinderpsychologen zu Rate zu ziehen, aber die Mutter konnte ihre Tochter nur zur ersten Konsultation begleiten, weil die Therapiestunde mit ihrem Yoga-Unterricht zusammenfiel. Ich brauche keinen, der mir sagt, wer ihr seid, das weiß ich sehr gut, aber es macht mir Spaß, die Lehrerin durcheinanderzubringen, weil sie so dumm ist, erklärte Margaret mit der ruhigen Gelassenheit, die bezeichnend für sie war.

Ihre Eltern schlossen daraus, daß sie ein Wunder an Einbildungskraft sei und viel Sinn für Humor habe. Sie waren auch nicht darüber beunruhigt, daß sie nachts einnäßte wie ein Baby, während sie andererseits darauf bestand, sich wie eine Frau zu kleiden, daß sie sich die Nägel lackierte und die Lippen anmalte, nicht mit anderen Kindern spielte und kokettierte wie eine Edelnutte. Außer der Unannehmlichkeit, ihr abends Windeln anlegen zu müssen in einem Alter, in dem sie bereits ihren ersten Unterricht in Sexualerziehung bekam, bereitete sie ihrer Mutter keine Kopfschmerzen, sie entwickelte sich wie ein geheimnisvolles, gar nicht recht vorhandenes Wesen, dessen Hauptvorzug es war, unbemerkt zu bleiben. Es war so leicht, ihre Existenz zu vergessen, daß ihr Vater bei mehr als einer Gelegenheit scherzend sagte, für das Kind wären Olgas Halsbänder gegen die Unsichtbarkeit genau das Richtige gewesen.

In den ersten sieben Jahren seiner Tätigkeit als Anwalt legte Gregory Reeves sich das Handwerkszeug und die Laster seines Berufes zu. Sein Chef zeichnete ihn vor den anderen Anwälten der Firma aus und übernahm es persönlich, ihm die grundlegenden Tricks beizubringen. Er war einer von diesen pedantischen Typen, die von dem Zwang getrieben werden, alles bis ins kleinste zu überwachen, ein unerträglicher Mensch, aber ein blendender Anwalt. Nichts entging seiner genauen Überprüfung, er hatte die Nase eines Jagdhundes, um die Lösung jedes rechtlichen Problems aufzuspüren, und eine unwiderstehliche Beredsamkeit, um das Gericht zu überzeugen. Er lehrte Gregory, den jeweiligen Fall eingehend zu studieren, auch die geringfügigsten Spuren zu untersuchen und seine Strategie zu planen wie ein General.

»Das ist ein Schachspiel, das der gewinnt, der die meisten Züge vorausberechnen kann. Man braucht die Angriffslust eines wilden Tieres, muß dabei aber stets einen kühlen Kopf behalten. Wenn Sie die Ruhe verlieren, sind Sie geliefert. Lernen Sie, Ihren Charakter zu beherrschen, sonst werden Sie nie zu den Besten gehören, Reeves«, sagte er oft. »Sie haben gute Anlagen, aber im Kampfgetümmel schlagen Sie häufig mit geschlossenen Augen um sich.«

»Das hat mir Padre Larraguibel auch immer gesagt.«

»Wer?«

»Mein Boxlehrer.«

Gregory war hartnäckig, unermüdlich, schwer zu beugen, unmöglich zu brechen und vehement bei Zusammenstößen, aber umgetrieben von seinen Leidenschaften. Dem Alten gefiel seine Energie, er selbst hatte sie in seiner Jugend im Übermaß besessen, und ihm war noch eine gute Reserve davon verblieben, deswegen wußte er sie auch bei anderen zu schätzen. Ebenso freute er sich über seinen Ehrgeiz, denn das war der Hebel, um ihn in Bewegung zu setzen, er brauchte ihm gewissermaßen nur eine Mohrrübe vor die Nase zu halten, und schon rannte er wie ein Kaninchen. Sollte er irgendwann bemerkt haben, mit welchen Tricks Gregory bemüht war, sich seine Kenntnisse anzueignen und ihn als Trampolin für den eigenen Aufstieg in der Firma zu benutzen, dürfte er kaum verwundert gewesen sein. Genauso hatte er es in seinen Anfängen gemacht, mit dem Unterschied, daß er keinen schlauen Chef hatte, der fähig gewesen wäre, ihn rechtzeitig zu stoppen. Er betrachtete sich als guten Charakterkenner, er war sicher, er konnte Gregory im

Griff behalten und ihn auf ewige Zeiten für sich ausbeuten; das war wie beim Pferdezähmen, man mußte ihn an der langen Leine laufen lassen, ihn müde machen, und wenn ihm der Übermut zu Kopf stieg, ihm eins überziehen und ihn zwingen, auf der Kandare zu kauen, damit er die Überlegenheit seines Herrn erkannte. Er machte das nicht zum erstenmal, und immer hatte es ihm gute Erfolge gebracht.
In seinen seltenen Anwandlungen von Schwäche fühlte er sich versucht, sich auf den Arm dieses jungen Anwalts zu stützen, der ihm so ähnlich war, er war der Sohn, den er sich gewünscht hätte. Er hatte ein kleines Imperium geschaffen, und jetzt, wo er auf die Achtzig zuging, fragte er sich, wer es erben würde. Ihm waren nur noch wenige Freuden erreichbar, der Körper entsprach nicht mehr den Anregungen der Vorstellungskraft, er konnte kein raffiniertes Essen mehr genießen, ohne mit Leibschmerzen dafür zu bezahlen, von Frauen gar nicht zu reden, das war ein zu schmerzliches Thema. Er beobachtete Gregory mit einer Mischung aus Neid und väterlichem Verständnis, aber er war weder ein gefühlsduseliges Alterchen, noch war er bereit, auch nur einen Fußbreit Macht abzutreten. Er hielt es sich sehr zugute, mit einem harten Herzen geboren zu sein, wie er jedem sagte, der an sein Wohlwollen appellierte, um eine Gefälligkeit von ihm zu erbitten. Die lange Gewohnheit der Selbstsucht und der unüberwindliche Panzer seiner Schäbigkeit waren stärker als jede Zuneigung. Er war der perfekte Lehrmeister für das fleißige Studium der Gewinngier.

Timothy Duane hatte seinem Vater nicht verziehen, daß er ihn in die Welt gesetzt hatte, daß er nicht frühzeitig gestorben war und daß er ihm mit seiner guten Gesundheit und seinem schlechten Charakter noch immer jede Lust am Leben verdarb. Um ihn herauszufordern, stellte er eine Tollheit nach der andern an, wobei er stets dafür sorgte, daß der Alte es auch erfuhr, und so vergingen ihm fünfzig Jahre in verbissenem Haß, der ihn Frieden und heitere Gelassenheit kostete. Bisweilen freilich rettete ihn sein Widerspruchsgeist auch, wie damals, als er

beschloß, sich um den Militärdienst zu drücken, weil sein Vater den Krieg unterstützte – nicht gerade aus Patriotismus, sondern weil er an Rüstungsfabriken beteiligt war –, im allgemeinen aber kehrte seine Rebellion sich gegen ihn und schlug ihm ins Gesicht. Er hatte beschlossen, nicht zu heiraten und keine Kinder zu haben, selbst in den wenigen Fällen, in denen er verliebt war, um das Bestreben des Vaters, eine Dynastie zu gründen, zunichte zu machen. Mit ihm starb der Familienname aus, den er so haßte, abgesehen von einem Zweig der Duanes in Irland, von dem der Vater nicht sprechen mochte, weil er ihn an seine bescheidene Herkunft erinnerte.
Kultiviert und gebildet, wie er war, und mit der natürlichen Eleganz der Menschen ausgestattet, die zwischen bestickten Bettüchern zur Welt gekommen sind, besaß er neben einer leidenschaftlichen Neigung zu den Künsten eine Liebenswürdigkeit, die ihm viele Freunde gewann, aber irgendwie schaffte er es immer, diese Vorzüge vor seinem Vater zu verbergen und sich wie ein Flegel zu benehmen, nur um ihn zu reizen. Wenn der Patriarch Duane der Creme der Gesellschaft ein Essen gab, erschien Timothy ungeladen mit einem Flittchen am Arm und entschlossen, etliche Regeln der Höflichkeit zu verletzen. Während sein Vater tobte, er wünsche ihn nie im Leben wiederzusehen, nahm seine Mutter ihn offen in Schutz, selbst auf Kosten eines Ehekrachs. Geh zu einem Psychiater, Kind, damit er dir hilft, die Fehler in deinem Charakter abzulegen, riet sie ihm oft, aber Timothy antwortete, ohne Fehler würde von seinem Charakter nichts übrigbleiben.
Unterdessen führte er ein elendes Leben, nicht weil es ihm an Geldmitteln fehlte, sondern wegen seiner Neigung zur Selbstquälerei. Er besaß eine Altbauwohnung im teuersten Viertel der Stadt, die mit modernen Möbeln und raffiniert angebrachten Spiegeln ausgestattet war, und verfügte über eine lebenslange Rente, das letzte Geschenk seines Großvaters. Weil er immer Geld gehabt hatte, bedeutete es ihm nichts, und er machte sich lustig über die zahlreichen Stiftungen, die seine Familie sich hatte einfallen lassen, nicht nur, um Steuern zu umgehen, sondern auch, um ihm jede mögliche Erbschaft zu

beschneiden. Seine Dämonen verfolgten ihn unablässig, sie hetzten ihn in Laster, die ihn anwiderten, denen er jedoch nachgab, weil er seinen Vater damit treffen konnte, obwohl er sich dabei selber zerstörte.

Den Tag verbrachte er in seinem Labor in der Pathologie. Ihn ekelten die Vergänglichkeit des Menschen und die unendlich vielen Wege des Schmerzes und der Verwesung, aber er stand auch bewundernd vor den Möglichkeiten der Wissenschaft. Er gab es niemals zu, aber dies war der einzige Ort, an dem er einen gewissen Frieden fand. Er vertiefte sich in die Untersuchung einer kranken Zelle, und wenn er von den Fotoplatten, den Reagenzgläsern und den Laserstrahlen endlich hochsah, war es meistens schon spät in der Nacht, Halsmuskeln und Schultern schmerzten, aber er war zufrieden. Dieses Gefühl hielt an, bis er auf die Straße trat, sich ins Auto setzte, den Motor anließ und wieder einmal feststellte, daß er nirgendwohin fahren konnte, daß niemand ihn irgendwo erwartete, und dann ließ er sich wieder in seinen Selbsthaß fallen.

Er ging in die gemeinsten Kneipen, er fing wahllos Schlägereien mit Matrosen an und wachte in der Notaufnahme eines Krankenhauses wieder auf, in Freibädern provozierte er Homosexuelle und entkam nur um Haaresbreite der Gewalttätigkeit, die er entfesselt hatte, er las Prostituierte auf, um sich eine schändliche Lust zu kaufen, die durch die Gefahr einer tödlichen Ansteckung ihre besondere Würze erhielt. Es war ein steiler Abhang, den er hinunterglitt in einer Mischung aus Entsetzen und Wonne, während er Gott verfluchte und nach dem Tod rief.

Nach ein paar Wochen der Verwahrlosung geriet er in eine Reuekrise und hielt schaudernd vor dem Abgrund inne, der sich vor ihm auftat. Er schwor sich, nie wieder einen Tropfen Alkohol zu trinken, schloß sich wie ein Einsiedler in seiner Wohnung ein, wo er seine Lieblingsschriftsteller las und bis zum Morgengrauen Jazz hörte, und ließ einen Bluttest machen, um nach dem Beweis für eine Seuche zu suchen, die er sich im Grunde vielleicht sogar wünschte, als gerechte Strafe für seine Sünden.

Nun begann gewöhnlich eine Periode der Ruhe. Er ging zu Konzerten und ins Theater, besuchte seine Mutter wie ein guter Sohn und ließ sich wieder bei seinen geduldigen Bräuten sehen, die auf ihn warteten und die Hoffnung nicht aufgaben, ihn doch noch zu bessern. Er machte lange Ausflüge in die Berge, um im Wind den Ruf Gottes zu hören.
Der einzige, mit dem er sich in guten wie in bösen Tagen traf, war sein Freund Gregory Reeves, der ihn aus diversen Schwierigkeiten rettete und ihm half, wieder auf die Füße zu kommen. Duane machte kein Geheimnis aus seiner vergeudeten Existenz, im Gegenteil, er weidete sich daran, seine Ausschweifungen noch zu übertreiben, um seinen Ruf als verlorene Seele zu pflegen.
Dennoch gab es in ihm eine Seite, die er sorgfältig vor anderen verbarg und von der nur sehr wenige wußten. Während er mit herausforderndem Zynismus über jedes edelmütige Vorhaben spottete, beteiligte er sich mit hohen Beträgen an verschiedenen Hilfsaktionen, wobei er aber immer darauf bedacht war, daß sein Name strikt geheim blieb. Einen Teil seiner Einkünfte bestimmte er für die Unterstützung von Bedürftigen, die ihm in den Weg kamen, und von Hilfswerken in südlichen Ländern, ob es dabei nun um hungernde Kinder oder um politische Gefangene ging. Im Gegensatz zu dem, was mancher erwartet hatte, als er sich für die Pathologie entschied, entwickelte die Arbeit unter Leichen sein Mitgefühl für die Lebenden, der ganzen leidenden Menschheit gehörte seine Teilnahme, aber ihm blieben keine Gefühlsreserven, um sich über aussterbende Tierarten, zerstörte Wälder oder vergiftete Gewässer aufzuregen. Über all das machte er grausame Witze, wie er auch Rassen, Religionen und Frauen hämisch aufs Korn nahm, nicht zuletzt, weil es Mode war, als Sittenhüter in diesen Bereichen zu gelten, und weil es nun einmal sein größtes Entzücken war, bei seinen Mitmenschen Ärgernis zu erregen. Ihn machte die falsche Tugendhaftigkeit der Leute wütend, die sich darüber empörten, wenn ein Delphin sich in einem Thunfischnetz gefangen hatte, aber in den Straßen gleichgültig an den im Stich gelassenen Bettlern vorbeigingen und taten, als sähen sie sie

nicht. Die Welt ist eine schöne Scheiße, war sein häufigster Ausspruch.
»Was du brauchst, ist eine äußerlich sanfte, aber innen stahlharte Frau, die dich beim Kragen packt und dich vor dir selbst rettet. Ich werde dich Carmen Morales vorstellen«, sagte Gregory, als er endlich begriffen hatte, daß seine Freundin für ihn nicht mehr erreichbar war, und sich damit abgefunden hatte, sie als Schwester zu lieben.
»Es ist zu spät, Greg. Ich tauge nur noch für die Nutten«, antwortete Timothy, diesmal ohne Sarkasmus.

Shanon erschien in Gregorys Leben wie eine frische Brise. Jahrelang war er mühsam bergauf geklettert, aber trotz der erzielten Erfolge war ihm, als hätte er sich nicht vom Fleck gerührt, so wie man im Albtraum rennt und rennt und keinen Schritt vorwärts kommt. Geradezu artistisch jonglierte er mit Schulden, übereilt beschlossenen Reisen, ausgedehnten Festivitäten, dem Stundenplan eines Irren und einem Rosenkranz von Frauen und hatte dabei doch täglich aufs neue das Gefühl, daß bei der geringsten Unaufmerksamkeit alles mit dem Getöse eines mittleren Erdbebens zu Boden krachen würde. Er hatte mehr Rechtsfälle an der Hand, als er bewältigen, mehr Schulden, als er bezahlen, und mehr Geliebte, als er befriedigen konnte. Ihm halfen das gute Gedächtnis, das ihn an jeden losen Faden in diesem Wirrwarr erinnerte, das Glück, das ihn davor behütete, auf einer Unachtsamkeit auszurutschen, und seine gute Gesundheit, die ihn davor bewahrte, erledigt zusammenzubrechen wie ein Zugochs, der die Grenze seiner Widerstandskraft überschritten hat.
Shanon trat eines Montag morgens in die Anwaltskanzlei, in bräutliches Weiß gekleidet, nach Blumen duftend und mit dem lieblichsten Lächeln, das dieses Gebäude aus Glas und Stahl je gesehen hatte. Sie war zweiundzwanzig, aber mit ihrem kindlichen Auftreten und ihrer entwaffnenden Zutraulichkeit wirkte sie sehr viel jünger. Dies war ihre erste Tätigkeit als Empfangsdame, vorher hatte sie als Verkäuferin in verschiedenen Geschäften, als Kellnerin und als Sängerin gearbeitet, aber, wie sie

mit ihrer hinreißenden Stimme einer verwöhnten Halbwüchsigen sagte, in diesen Jobs war ja keine Zukunft.
Gregory, geblendet von ihrer strahlenden Fröhlichkeit und neugierig angesichts der für ein so junges Mädchen recht zahlreichen Anstellungen, fragte sie, was sie denn für Vorteile darin sehe, hinter einem Marmortisch zu sitzen und das Telefon zu bedienen, und sie antwortete etwas rätselvoll, daß sie hier zumindest die passenden Leute kennenlernen würde. Gregory nahm sie sofort in sein Adreßbuch auf, und bevor eine Woche vergangen war, hatte er sie schon zum Tanzen eingeladen. Sie akzeptierte mit dem gelassenen Selbstbewußtsein einer ruhenden Löwin, ich mag ältere Männer, bemerkte sie lächelnd, und er wußte nicht recht, was das heißen sollte, denn er war an die jungen Mädchen gewöhnt und hatte den Altersunterschied nie für wichtig gehalten. Schon bald sollte er vor der Kluft stehen, die die Generationen trennt.
Shanon war ein modernes Mädchen. Sie war vor einem gewalttätigen Vater ausgerissen und vor einer Mutter, die die blauen Flecke überschminkte, wenn sie von ihrem Mann wieder einmal verprügelt worden war, und hatte zu Fuß das gottvergessene Nest in Georgia verlassen, in dem sie geboren war. Nach zwei Meilen nahm sie ein Lastwagenfahrer mit, der ihre süße Gestalt auf dem endlosen Band der Straße wie eine Vision erblickt hatte, und nach zahlreichen Abenteuern war sie in San Francisco gelandet.
Ihre Mischung aus Naivität und Keckheit verzauberte die Menschen und half ihr, über den schmutzigen Realitäten dieser Welt zu schweben. Vor ihr öffneten sich die Türen von allein, und die Hindernisse lösten sich in nichts auf, die Einladung ihrer absichtslosen Augen entwaffnete die Frauen und verführte die Männer. Es schien, als wüßte sie nichts von ihrer Macht, sie ging durchs Leben mit der Leichtigkeit eines Luftgeistes, in ständigem Staunen, daß ihr alles zum Guten ausschlug. Ihr wankelmütiges Wesen trieb sie, mit heiterer Bereitwilligkeit von einer Sache zur andern zu wechseln, ohne unnütze Gedanken an die Mühen und Schmerzen der übrigen Sterblichen zu wenden, sie sorgte sich nicht um die Gegenwart

und noch weniger um die Zukunft. Durch ständiges Üben ihrer Gabe zu vergessen bewältigte sie die abscheulichen Szenen ihrer Kindheit, die Entbehrungen ihrer frühen Jugend, die Treulosigkeit der Liebhaber, die sie verließen, wenn sie befriedigt waren, und die unbestreitbare Tatsache, daß sie nichts besaß. Sie war nicht fähig, etwas von einem Tag zum andern aufzubewahren, sie schlug sich mit kurzfristigen Jobs durch, die kaum zum Überleben ausreichten, aber sie hielt sich nicht für arm, denn wenn sie etwas haben wollte, brauchte sie nur darum zu bitten, und es gab immer ein paar verzückte Anwärter auf ihre Gunst, die bereit waren, ihren Launen nachzukommen.

Sie benutzte die Männer nicht aus Böswilligkeit oder Verderbtheit, sondern weil ihr einfach nicht in den Sinn kam, daß sie für mehr Dinge taugen könnten. Sie kannte keinen Liebeskummer oder den Schmerz eines anderen tiefen Gefühls, sie begeisterte sich oberflächlich für jeden Verehrer, solange das erste Ungestüm anhielt, aber bald war sie der Sache müde und ging davon, ohne Mitleid mit dem, der zurückblieb. Sie verurteilte mehrere Liebhaber zum Martyrium der Eifersucht und der Verzweiflung, ohne es gewahr zu werden, denn sie selbst war gefeit gegen diese Art Leiden; wenn sie selbst verlassen wurde, wandte sie sich ohne zu klagen in eine andere Richtung, die Welt verfügte schließlich über einen unerschöpflichen Vorrat an Männern.

»Verzeih, aber du weißt schon, ich bin wie eine Artischocke, ein Blättchen für diesen, ein anderes für den, aber mein Herz gehört dir«, versicherte sie Gregory ohne die Absicht zu scherzen.

Das war zwei Jahre, nachdem sie sich kennengelernt hatten, und sie verband ihm gerade die Fingerknöchel, die er sich bei einem Fausthieb in das Gesicht ihrer jüngsten Eroberung aufgeschlagen hatte. Von ihrer ersten Verabredung an war eindeutig klar gewesen, wer der Stärkere war. Gregory war auf seinem eigenen Gebiet besiegt worden, seine ganze angehäufte Erfahrung und seine großsprecherische Verführermasche waren ihm zu nichts nutze gewesen. Er erlag augenblicklich, aber nicht nur den körperlichen Reizen der neuen Empfangsdame – in seiner Vergangenheit hatte es mehrere so schöne Frauen wie sie gegeben –, sondern auch ihrem immer bereiten schnellen Lachen und ihrer augenscheinlichen Unschuld. An diesem ersten Abend hatte er sich mit echter Sorge gefragt, wie er dieses herrliche Geschöpf vor sich selbst retten konnte, er stellte sich die vielen Gefahren und Schwierigkeiten vor, denen sie ausgesetzt sein könnte, und nahm die Verantwortung auf sich, sie zu beschützen.

»Es hat seinen Grund, daß das Schicksal sie mir in den Weg gestellt hat«, erklärte er Carmen. »Nach dem Unendlichen Plan meines Vaters geschieht nichts durch Zufall. Dieses Mädchen braucht mich.«

Carmen konnte ihn nicht warnen, denn die Antennen ihrer Intuition waren ganz auf Dai gerichtet, außerdem war sie in diesen Tagen damit beschäftigt, für die Weihnachtsfeier in der Schule ein Kostüm für einen der Heiligen Drei Könige zu nähen. Während sie den Telefonhörer zwischen Schulter und Ohr eingeklemmt hielt, klebte sie Federn auf einen smaragdgrünen Turban unter den aufmerksamen Augen ihres Sohnes.

»Hoffentlich ist sie keine Vegetarierin«, sagte sie zerstreut.

Das war sie nicht. Shanon genoß die üppigen Gerichte, die ihr neuer Liebhaber ihr vorsetzte, mit ansteckender Begeisterung und unersättlichem Appetit, es war tatsächlich ein Wunder, daß sie solche Mengen verschlingen und trotzdem ihre Figur behalten konnte. Sie trank auch wie ein Seemann. Beim zweiten Glas begannen ihre Augen fiebrig zu glänzen, und dieses engelhafte Kind verwandelte sich in eine Straßenpflanze. Zu jenem Zeitpunkt wußte Gregory noch nicht, welche der beiden Persönlichkeiten ihn mehr anzog: die arglos naive Empfangsdame, die montags in gestärkter Baumwollbluse hinter dem Marmortisch saß, oder die nackte, mutwillige Bacchantin der Sonntage. Sie war eine faszinierende Frau, und er wurde nicht müde, sie wie ein Geograph zu erforschen oder sie im biblischen Sinne zu erkennen.

Sie sahen sich jeden Tag bei der Arbeit, wo sie eine Gleichgültigkeit vortäuschten, die manchem verdächtig vorkommen mußte, der seinen Ruf als Frauenheld und ihre angeborene Koketterie kannte. Alle paar Nächte schliefen sie miteinander in unersättlichen Vereinigungen, die sie für Liebe hielten, und in der Kanzlei stahlen sie sich manchmal in ein unbenutztes Zimmer und trieben es in einer Ecke im Stehen mit der Hast von Halbwüchsigen, immer in der Gefahr, ertappt zu werden.

Gregory hatte sich verliebt wie nie zuvor und sie vielleicht auch, wiewohl das in ihrem Fall nicht viel besagen will. Für ihn hatte ein Zeitabschnitt begonnen, der dem seiner Jugend sehr ähnlich war, als ihn seine Hormone gezwungen hatten, jedes Mädchen, das an ihm vorüberging, zu verfolgen, nur daß jetzt die ganze Wucht seiner Leidenschaft einem einzigen Ziel galt. Seine Gedanken kamen von Shanon nicht los, alle Augenblicke stand er von seinem Schreibtisch auf, um sie von fern anzusehen; er war gequält von Eifersucht auf alle Männer im allgemeinen und auf seine Kollegen im besonderen, den Alten mit den Orchideen eingeschlossen, der auch häufig vor der jungen Empfangsdame stehenblieb und womöglich versucht war, sie seinen Trophäen einzuverleiben, den aber sein Sinn für das Lächerliche und die klare Kenntnis der Grenzen seines Alters zurückhielten. Keiner ging am Empfang vorbei, ohne von Shanons strahlendem Lächeln wie von einem Pfeil getroffen zu werden. Wenn sie einmal abends nicht zum Ausgehen aufgelegt war, stellte Gregory sie sich unweigerlich in den Armen eines anderen vor, und allein der Verdacht machte ihn rasend.

Er überhäufte sie mit unsinnigen Geschenken, um sie zu beeindrucken, und merkte nicht, daß sie mit handgemalten russischen Schatullen, Miniaturbäumchen oder Perlenohrringen nichts anzufangen wußte und sicherlich lieber eine schwarze Lederhose gehabt hätte, um mit Freunden ihres Alters Motorrad zu fahren. Er versuchte, sie mit den Dingen vertraut zu machen, die ihm wichtig waren, in diesem Drang der Verliebten, alles zu teilen. Als er sie das erste Mal in die Oper führte, war sie hingerissen von den eleganten Kleidern der Konkurrentinnen, und als der Vorhang hochging, glaubte sie, es handelte sich um ein Lustspiel. Sie hielt durch bis zum dritten Akt, aber als sie sah, wie eine dicke, als Geisha gekleidete Dame sich ein Messer in den Bauch stieß, während ihr Sohn in der einen Hand eine japanische Fahne und in der anderen eine der Vereinigten Staaten schwenkte, brachte ihr hemmungsloses Gelächter das Orchester zum Schweigen, und sie mußten den Saal verlassen.

Im August nahm er sie mit nach Italien. Sie hatte ihr erstes Arbeitsjahr noch nicht hinter sich, und so stand ihr eigentlich noch kein Urlaub zu, aber das bot keine Schwierigkeit, denn sie hatte der Anwaltskanzlei bereits ihre Kündigung überreicht. Ihr war von einer Werbeagentur eine Beschäftigung als Fotomodell angeboten worden. Auf der ganzen Reise litt Gregory schon im vorhinein, er haßte die Vorstellung, sie auf den Seiten einer Zeitschrift den Blicken Fremder ausgesetzt zu wissen, aber er traute sich nicht, die Angelegenheit zur Sprache zu bringen, aus Angst, sie könnte ihn für rückständig halten. Er mochte es auch nicht mit Carmen besprechen, denn die hätte ihn mit ihrem Spott zerfetzt.

Als er mit ihr dann eines Tages einen blumengesäumten Weg am Comer See entlangspazierte – und weder den durchsichtig klaren Spiegel des Wassers sah noch die an den Hügeln klebenden ockerfarbenen Villen, weil er auch neben ihr gehend von ihrer Körperlichkeit gefangen war –, da fiel ihm die Lösung ein, wie er sie an seiner Seite halten konnte, und er schlug ihr vor, mit ihm zusammenzuleben. Dann würde sie nicht arbeiten müssen und könnte auf die Universität gehen und studieren, sie sei doch eine intelligente Person und schöpferisch dazu, gab es nicht etwas, was sie gern studieren würde? Im Augenblick nicht, antwortete Shanon mit dem ungezügelten Lachen von mehreren Glas Wein, aber sie würde darüber nachdenken. An diesem Abend griff Gregory zum Telefon, um Carmen auf der anderen Seite des Ozeans die Neuigkeit zu erzählen, aber er traf sie nicht an. Seine Freundin war mit Dai zu einer Reise in den Fernen Osten aufgebrochen.

Belle Benedict kannte ihr genaues Alter nicht und wollte es auch gar nicht wissen. Die Jahre hatten ihre Knochen ein wenig angerostet und ihre karamelfarbene Haut mehr ins Schokoladenbraune gedunkelt, aber sie hatten den Topasglanz ihrer länglichen Augen nicht geschwächt und schon gar nicht die Forderungen ihres Unterleibs zur Ruhe gebracht. In manchen Nächten träumte sie von der Glut des einzigen Mannes, den sie in ihrem Leben geliebt hatte, und erwachte feucht vor Lust. Ich muß wohl die einzige heiße Alte der Geschichte sein, möge Jesus mir vergeben, dachte sie ohne einen Anflug von Scham, vielmehr mit geheimem Stolz. Scham empfand sie nur, wenn sie sich im Spiegel betrachtete und sah, daß ihr dunkler Stutenkörper ein Haufen trauriger Hautlappen war – wenn ihr Mann sie so sehen könnte, würde er mit entsetztem Gesicht auf der Stelle kehrtmachen. Nie kam ihr in den Sinn, daß auch für ihn viele Jahre vergangen waren, falls er überhaupt noch lebte, und daß er nicht mehr der geschmeidige, fröhliche Riese war, der sie verführt hatte, als sie fünfzehn war.

Aber Belle konnte sich nicht den Luxus leisten, im Bett zu bleiben und der Vergangenheit nachzusinnen oder vorm Spiegel die Verschleißspuren zu beklagen. Jeden Morgen stand sie in aller Frühe auf, um sich an ihre Arbeit zu machen, nur sonntags ging sie in die Kirche und auf den Markt. Im letzten Jahr hatte sie keinen Augenblick Muße gehabt, denn wenn sie mit der Arbeit fertig war, lief sie eilig nach Hause, um ihren Sohn zu pflegen. Sie nannte ihn wieder Baby wie in den Zeiten, als sie ihn an der Brust getragen und ihm Wiegenlieder vorgesungen hatte. Sag nicht so zu mir, Mama, meine Freunde werden mich auslachen, bat er, aber in Wirklichkeit waren ihm keine Freunde geblieben, er hatte alle verloren, ebenso, wie er seine Arbeit, die Frau, die Kinder und das Gedächtnis verloren hatte.

Armes Baby, seufzte Belle, aber sie bemitleidete ihn nicht, eher beneidete sie ihn ein wenig; sie gedachte noch viele lange Jahre nicht zu sterben, und solange sie lebte, würde er in Sicherheit sein. Schritt um Schritt, nur ein Tag auf einmal, das war ihre Philosophie, es brachte überhaupt nichts ein, sich um ein unbekanntes Morgen Gedanken zu machen. Ihr Großvater, ein Sklave vom Mississippi, hatte ihr gesagt, wir haben die Vergangenheit vor uns, sie ist das einzig Wirkliche, aus der Vergangenheit können wir Wissen und Erfahrung fürs Leben ziehen; die Gegenwart ist eine Täuschung, denn in weniger als einem Augenblick gehört sie schon zur Vergangenheit, und die Zukunft ist ein schwarzes Loch, das man nicht sehen kann, und vielleicht ist sie gar nicht vorhanden, denn wir können in diesem Augenblick sterben.

Sie arbeitete als Dienstmädchen bei Timothys Eltern, und zwar schon so lange, daß es schwerfiel, sich das Haus ohne sie vorzustellen. Als sie die Stellung annahm, war sie noch ein sagenhaftes Vollweib gewesen, eine dieser Negerinnen mit biegsamer Taille, die sich bewegen wie Schwimmer unter Wasser.

»Heirate mich«, sagte Timothy zu ihr in der Küche, wenn sie ihn mit Pfannkuchen bewirtete, ihrer einzigen kulinarischen Leistung. »Du bist so schön, daß du ein Filmstar sein müßtest statt Dienstmädchen bei meiner Mutter.«

»Die einzigen Neger im Kino sind schwarz angemalte Weiße«, sagte sie lachend.

Sie war noch sehr jung gewesen, als ein Vagabund mit einem dröhnenden Lachen die Straße daherkam und einen schattigen Platz suchte, wo er sich hinsetzen und ausruhen konnte. Sie verliebten sich augenblicklich ineinander mit einer so heißen Leidenschaft, daß sie das Klima hätte durcheinanderbringen können, und so zeugten sie King Benedict, der zwei Leben leben sollte, wie Olga ihm geweissagt hatte, als der Lastwagen des Unendlichen Plans ihn zur Zeit des Zweiten Weltkriegs auf einer staubigen Straße aufgelesen hatte. Wenige Tage nach der Geburt hatte Belle die neun Monate mit der Kindeslast unter dem Herzen und alle Schmerzen und Ängste vergessen und verfolgte ihren Mann schon wieder durch alle Winkel der Farm. Sie liebten sich in der Lache des Menstruationsbluts neben den Kühen im Stall, den Vögeln im Maisfeld und den Skorpionen in der Scheune.

Als der kleine King die ersten wackligen Schritte probierte, machte sich der Vater davon, ausgepumpt vom Lieben und in großer Furcht, seine Seele und seine Mannesehre einzubüßen zwischen den Beinen dieses unersättlichen Überweibs, und nahm zur Erinnerung eine Haarsträhne mit, die er Belle abgeschnitten hatte, während sie schlief. Im Wirbel all der wilden Liebesspiele hatte sie nur taube Ohren gehabt für das Drängen des Baptistenpastors, sie sollten doch vor den Augen des Herrn das heilige Eheband knüpfen, wie er sagte. Für Belle machte eine Unterschrift im Kirchenbuch keinen Unterschied, sie betrachtete sich als verheiratet. Ihr weiteres Leben lang benutzte sie den Familiennamen ihres Mannes, und den vielen Männern, die in dem folgenden halben Jahrhundert bei ihr Rast machten, erzählte sie, ihr Mann sei vorübergehend auf Reisen. Weil sie es so oft wiederholt hatte, glaubte sie es schließlich selbst, deshalb machte es sie so wütend, sich nackt im Spiegel zu sehen, wenn du dich nicht ein bißchen beeilst mit dem Zurückkommen, wirst du bloß noch eine zusammengeschrumpfte Schwarte vorfinden, mahnte sie den Verschwundenen.

Als an diesem Januarmorgen die Stadt erwachte, fegte ein rauher Wind vom Meer her durch die Straßen. Belle Benedict zog ihr türkisfarbenes Kleid an, dazu Hut, Schuhe und Handschuhe im gleichen Ton, ihr Staat für sonntags und alle Festtage. Sie hatte festgestellt, daß Königin Elizabeth immer in dieser einfarbigen Aufmachung glänzte, und hatte keine Ruhe gegeben, bis sie sich etwas Ähnliches zugelegt hatte. Timothy Duane wartete in seinem Auto auf sie vor dem bescheidenen Haus, in dem sie wohnte.

»Du bist nicht unsterblich, Belle. Was wird aus deinem Sohn, wenn du nicht mehr bist?« sagte Timothy.

»King wird nicht der einzige Vierzehnjährige sein, der allein zurechtkommt.«

»Er ist nicht vierzehn, sondern dreiundfünfzig.«

»Aber in praktischen Dingen ist er vierzehn.«

»Richtig, das meine ich ja gerade. Er wird immer ein Halbwüchsiger bleiben.«

»Vielleicht auch nicht, kann doch sein, daß er erwachsen wird ...«

»Mit ein bißchen Geld wird für euch beide alles leichter. Sei doch nicht so dickköpfig, Weib!«
»Ich hab's dir doch schon gesagt, Tim. Da ist nichts zu machen. Der Anwalt von der Versicherung war ganz offen zu uns, wir haben überhaupt kein Anrecht. Aus reiner Güte werden sie uns zehntausend Dollar geben, aber nicht gleich, da sind noch viele Formalitäten zu erfüllen.«
»Ich verstehe nichts von diesen Dingen, aber ich habe einen Freund, der uns beraten kann.«
Gregory empfing sie in dem Blumentopfdschungel seines Büros. Belle hielt einen triumphalen Einzug in ihrer königlichen Gewandung, setzte sich auf das geduldige Ledersofa und begann die seltsame Geschichte ihres Sohnes King Benedict zu erzählen. Gregory hörte ihr aufmerksam zu, während er in seinem unfehlbaren Gedächtnis stocherte und nach der Herkunft dieses Namens suchte, der wie ein fernes Echo aus der Vergangenheit in ihm anschlug. Einen so klangvollen Namen konnte man doch unmöglich vergessen, er war sicher, daß er ihn schon einmal gehört hatte.
King war ein guter Christ, sagte die Frau, aber Gott hatte ihm kein leichtes Leben gegeben. Sie waren immer arm, und in der ersten Zeit zogen sie von einem Ort zum andern auf der Suche nach Arbeit, verabschiedeten sich von neugewonnenen Freunden und wechselten wieder einmal die Schule. King wuchs auf in ewiger Ungewißheit, ob seine Mutter nicht vielleicht mit einem Freier verschwand und ihn in einem fremden Zimmer in einer Stadt ohne Namen allein ließ. Er war ein schwermütiger, schüchterner Junge, dem auch zwei Jahre Krieg im Südpazifik die Unsicherheit nicht rausgeprügelt hatten. Als er heimkehrte, heiratete er, bekam zwei Söhne und verdiente sich sein Brot als Bauarbeiter. In den letzten Jahren war seine Ehe ins Schleudern geraten, seine Frau drohte, ihn zu verlassen, seine Söhne betrachteten ihn als armen Teufel. Belle merkte, wie angespannt und traurig er war, und fürchtete, daß er wieder anfangen würde zu trinken wie schon in anderen schwierigen Situationen, die Dinge liefen schlecht, und dann krachte alles zusammen, als er verunglückte.

King Benedict befand sich auf der Höhe des zweiten Stockwerks, als das Gerüst nachgab und er hinabstürzte und auf dem Boden aufschlug. Der Aufprall betäubte ihn einige Sekunden, aber er konnte aufstehen und hatte anscheinend nur leichte Prellungen davongetragen, sie brachten ihn jedoch auf alle Fälle ins Krankenhaus, wo der Arzt ihn nach einer Routineuntersuchung gehen ließ. Als seine Kopfschmerzen vergangen waren und er wieder zu sprechen anfing, zeigte sich, daß er sich weder erinnerte, wo er war, noch die Seinen erkannte, er glaubte, er wäre noch ein Kind. Seine Mutter entdeckte bald, daß seine Erinnerung nur bis ins vierzehnte Jahr reichte, alles, was danach kam, war in einem meerestiefen Abgrund verschwunden.

Die Ärzte untersuchten ihn von Kopf bis Fuß, steckten ihm Sonden in jede Körperöffnung, jagten ihm Elektrizität durchs Gehirn, fragten ihn wochenlang aus, hypnotisierten ihn und analysierten seine Seele, aber sie entdeckten keine logische Erklärung für ein so dramatisches Vergessen. Auf keinem Wege konnten die Mediziner einen organischen Schaden feststellen.

Er fing an, sich wie ein dummer Junge zu benehmen, erfand plumpe Lügen, um sich bei seinen Söhnen einzuschmeicheln, die er wie Spielkameraden behandelte, und um die Wachsamkeit seiner Frau zu umgehen, die er mit seiner Mutter verwechselte. Er vermochte Belle nicht zu erkennen, die er als junge und sehr schöne Frau in Erinnerung hatte, aber in den folgenden Monaten hängte er sich an diese unbekannte alte Frau wie an einen Rettungsring, sie war das einzig Sichere in einer Welt voller Wirrnis. Verwandte und Freunde wollten seinen Gedächtnisverlust nicht wahrhaben, vielleicht handelte es sich um eine hysterische Laune, sagten sie und waren es bald müde, in den Winkeln seines Geistes nach einem Zeichen des Wiedererkennens zu forschen. Auch die Versicherungsgesellschaft glaubte ihm nicht, er wurde beschuldigt, diesen Schwindel erfunden zu haben, um eine Pension herauszuschinden und den Rest seines Lebens als Invalide versorgt zu werden, während ihm in Wirklichkeit gar nichts fehle, er sei ein Betrüger.

Jedesmal, wenn seine Frau ausging, fühlte King sich verlassen, und als sie anfing, ihren Liebhaber zum Schlafen mit nach Hause zu bringen, fand Belle, daß nun der Augenblick zum Eingreifen gekommen war, und nahm ihren Sohn zu sich.
In den letzten Monaten hatte sie ihn sorgfältig beobachtet, ohne jedoch eine Erinnerung an ihm wahrzunehmen, die nach seinem vierzehnten Lebensjahr lag. King hatte sich ein wenig beruhigt, er war ein guter Hausgenosse, und seine Mutter war froh, daß sie ihn bei sich hatte. Das einzig Merkwürdige an seinem Verhalten waren Stimmen und Visionen, von denen er erzählte, aber sie hatten sich beide an die Gegenwart dieser ungreifbaren Erscheinungen seiner Phantasie gewöhnt, denen die Ärzte keinerlei Bedeutung beilegten.
Timothy zog die Gutachten des Krankenhauses und die Schreiben der Versicherungsanwälte heraus, und Gregory prüfte sie oberflächlich. Er spürte im ganzen Körper die Hitze des Gefechtes, die er so gut kannte, dieses leidenschaftliche Vorausgefühl des Kämpfers, das für ihn das Beste an seinem Beruf war, er liebte die komplizierten Fälle, die schwierigen Duelle, die Wortscharmützel.
»Wenn Sie sich entschließen, damit vor Gericht zu gehen, müssen Sie das schnell tun, Sie haben nur noch ein Jahr Frist seit dem Unfall.«
»Aber dann werden sie mir nicht die zehntausend Dollar geben!«
»Dieser Fall kann sehr viel mehr einbringen, Mrs. Benedict. Vielleicht haben sie Ihnen das Angebot gemacht, um Zeit zu gewinnen, und damit würden Sie dann Ihr Recht verlieren, sie zu verklagen.«
Belle Benedict willigte erschrocken ein, zehntausend Dollar waren mehr, als sie in einem ganzen mühebeladenen Leben gespart hatte, aber dieser Mann flößte ihr Vertrauen ein, und Timothy Duane hatte ganz recht, sie mußte ihren Sohn vor einer sehr unsicheren Zukunft schützen.
Gregory trug seinem Chef den Fall vor, er war so begeistert, daß seine Worte sich überstürzten, als er von der schönen Negerin und ihrem fünfzigjährigen Sohn erzählte, der durch

einen Sturz auf den Schädel in die Kindheit zurückversetzt worden war, stellen Sie sich vor, wenn wir gewinnen, wir werden das Leben dieser armen Leute verändern, aber er stieß auf die bis zum Haaransatz hochgeschobenen diabolischen Augenbrauen und einen ironischen Blick. Verlieren Sie Ihre Zeit nicht mit Dummheiten, Gregory, sagte er, es ist nicht der Mühe wert, sich mit so was in die Nesseln zu setzen. Er erklärte ihm, daß die Möglichkeiten zu gewinnen sehr vage waren, sie würden Jahre für die Ermittlung brauchen, Dutzende von Expertengutachten, viele Stunden Arbeit, und das Ergebnis konnte gleich Null sein – ohne eine Gehirnverletzung, die den Verlust des Gedächtnisses plausibel machte, würde kein Gericht an die Amnesie glauben.

Gregory spürte, wie Ernüchterung in ihm hochstieg, er hatte es mehr als satt, Entscheidungen anderer zu gehorchen, jeden Tag fühlte er sich ruheloser und enttäuschter bei seiner Arbeit, und die Zeit, sich selbständig zu machen, schien einfach nicht zu kommen. Nun hielt er sich an dieser Absage fest, um dem alten Mann mit den Orchideen unverblümt seine Abschiedsrede zu halten, die er so lange schon für sich geprobt hatte.

Als Gregory an diesem Abend heimkam, fand er Shanon im Wohnzimmer, wo sie auf dem Teppich lag und eine Fernsehsendung verfolgte. Er küßte sie mit einer Mischung aus Stolz und Beklemmung.

»Ich habe in der Firma gekündigt. Von heute an fliege ich allein.«

»Das müssen wir feiern«, rief sie aus. »Und wenn wir schon einmal dabei sind, Greg, wollen wir auch gleich auf das Baby anstoßen.«

»Welches Baby?«

»Das Baby, das wir erwarten«, sagte Shanon lächelnd und goß ihm ein Glas aus der Flasche ein, die neben ihr stand.

Als Judy von ihrem zweiten Ehemann geschieden worden war, blieb sie mit den Kindern zurück, einschließlich derer, die er mit seiner ersten Frau gehabt hatte. Mit der Zeit hatte sich ihre Ehe zu einem Albtraum voller Groll und Streit ausgewachsen, wobei der Ehemann stets den kürzeren zog. Als der Augenblick der endgültigen Trennung kam, dachte keiner auch nur an die Möglichkeit, daß der Vater die Kinder mitnehmen könnte, die Zuneigung zwischen Judy und diesen beiden braunhäutigen Geschöpfen war stark und innig, und keinem fiel mehr ein, daß es nicht die ihren waren.

Aber Judy blieb nur ein paar Monate ohne Mann. An einem heißen Nachmittag fuhr sie mit ihrer Familie an den Strand, und dort lernte sie einen stämmigen Tierarzt aus Nordkalifornien kennen, der in einem klapprigen Auto mit seinen drei Kindern und einem Hund eine Ferienreise machte. Das Tier war überfahren worden und war im Hinterteil gelähmt, aber statt es in eine bessere Welt zu befördern, wie ihm die Berufserfahrung vielleicht hätte raten können, hatte er ihm ein Geschirr gebastelt, damit es sich mit Hilfe der Kinder bewegen konnte, die es abwechselnd hinten hielten, während es auf den Vorderbeinen lief. Das Schauspiel des invaliden Hundes, der sich selig kläffend in den Wellen wälzte, zog Judys Kinder an. So lernten sie sich kennen. Sie quoll aus den Nähten eines gestreiften Badeanzugs und schlürfte ein Eis nach dem andern, pausenlos. Der Tierarzt betrachtete sie mit ebensoviel Entsetzen wie Faszination angesichts soviel nackten Fettes, aber als sie sich eine Weile unterhalten hatten, wurden sie Freunde, er vergaß ihr Aussehen, und als die Sonne unterging, lud er sie zum Essen ein. Die beiden Familien beendeten den Tag mit Pizzas und Hamburgern.

Der Mann kehrte mit den Seinen ins Tal von Napa zurück, wo er lebte, und Judy rief in Gedanken nach ihm. Seit den Zeiten Jim Morgans hatte sie keinen Mann wieder getroffen, der sich mit ihr im Bett ebenso wie in einem handfesten Streit hätte messen können. Jim Morgan war wegen guter Führung aus dem Gefängnis entlassen worden, und obwohl sie damals schon mit dem schnurrbärtigen Knirps verheiratet war, hatte er sie angerufen, um ihr zu sagen, daß nicht ein einziger Tag seiner Strafzeit vergangen sei, ohne daß er in Liebe an sie gedacht habe. Aber sie marschierte bereits auf anderen Straßen. Außerdem hatte er sich einer Sekte von fundamentalistischen Chri-

sten angeschlossen, deren Fanatismus ihr unverständlich blieb, die sie von ihrer Mutter den toleranten Bahai-Glauben übernommen hatte, und deshalb wollte sie ihn nicht sehen, als sie wieder allein war.
Judys geistige Botschaften überquerten Berge und ausgedehnte Weingärten, und schon bald kam der Tierarzt zurück, um sie zu besuchen. Sie verbrachten die Flitterwochen mit allen Kindern und mit Nora, der Großmutter, die inzwischen völlig von Judy abhängig war. Die Hütte, die Charles Reeves vor dreißig Jahren gekauft hatte, war in ihren damaligen baufälligen Zustand zurückgekehrt. Die Termiten, der Staub und der Lauf der Zeit taten ihre langsame Arbeit an den Holzwänden, und Nora unternahm nichts, um ihr Haus vor dem Niedergang zu retten. Eines Abends gingen Judy und ihr dritter Ehemann sie besuchen und fanden die alte Frau in ihrem Korbsessel unter der Weide sitzend, denn das Vordach war eingestürzt, die Pfeiler waren verfault.
»Also gut, Madam, Sie kommen jetzt mit und leben bei uns«, verkündete ihr der Schwiegersohn.
»Danke, mein Sohn, aber das ist unmöglich. Stellen Sie sich die Bestürzung des Doktors der Göttlichen Wissenschaften vor, wenn er mich Donnerstag nicht hier antrifft.«
»Was sagt deine Mama?«
»Sie glaubt, daß der Geist meines Vaters sie jeden Donnerstag besucht, deswegen hat sie das Haus nie verlassen wollen«, erklärte Judy.
»Das ist doch kein Problem, Madam. Wir werden Ihrem Gatten eine Nachricht mit Ihrer neuen Anschrift hinterlassen«, entschied der Schwiegersohn.
Niemandem war bisher eine so einfache Lösung eingefallen. Nora erhob sich, schrieb die Nachricht mit ihrer vollendeten Lehrerinnenschönschrift, packte ihr über so viele Geldnöte hinweggerettetes Perlenhalsband, einen Karton mit alten Fotos und zwei Bilder ein, die ihr Mann gemalt hatte, und setzte sich ruhig in das Auto ihrer Tochter. Judy warf den Korbsessel in den Kofferraum, weil ihre Mutter ihn gewiß noch gebrauchen würde, sicherte das Haus mit einem Vorhängeschloß, und sie

fuhren ab, ohne zurückzublicken. Charles Reeves muß die Botschaft gefunden haben, wie er auch die andern fand jedesmal, wenn seine Witwe umzog, denn er fehlte nicht einen einzigen Donnerstag bei der postumen Verabredung, und Nora verlor nie den Faden mit der Orange aus den Augen, der sie mit der anderen Welt verband.

In dem Jahr, in dem Gregory Shanon heiratete, lebte seine Schwester zusammen mit ihrem Mann, dem Tierarzt, ihrer Mutter und einem Haufen Kinder verschiedener Altersstufen, Farben und Nachnamen, erwartete das achte und erklärte sich für verliebt. Sie hatte kein leichtes Dasein, das halbe Haus war für die Tierklinik bestimmt, sie mußte den ständigen Vorbeizug kranker Tiere ertragen, die Luft war mit dem Geruch von Desinfektionsmitteln gesättigt, die Kinder balgten sich wie die Wilden, und Nora war in die barmherzige Welt der Phantasie versunken: In einem Alter, in dem andere Großmütter Strümpfe für die Urenkel stricken, war sie in ihre Jugend zurückgekehrt. Dennoch hielt Judy sich zum erstenmal für glücklich, sie hatte einen guten Gefährten, und sie brauchte nicht mehr aus dem Haus zur Arbeit zu gehen. Ihr Mann bereitete auf dem Grill riesige Fleischmengen zu, um die Sippe zu füttern, und kaufte Schokoladenkuchen en gros. Trotz der Schwangerschaft, der guten Küche und ihres beachtlichen Appetits nahm Judy allmählich ab, und wenige Monate nach der Geburt hatte sie fast ihr Mädchengewicht wieder.

Zur Hochzeit ihres Bruders erschien sie am Arm ihres dritten Ehemannes in einem Prachtkleid aus hellem Schleierstoff und mit einem eleganten Strohhut auf dem Kopf, mit sieben Kindern im Sonntagsstaat im Gefolge und dem achten auf dem Arm, mit ihrer als Schulmädchen gekleideten Mutter und einem gelähmten Hund im stützenden Geschirr, aber mit dem Lächeln, das zufriedene Tiere zeigen können.

»Begrüß deine Tante Judy und deine Großmutter Nora«, sagte Gregory zu Margaret, die inzwischen elf Jahre alt war und noch immer sehr klein, sich aber benahm wie eine Erwachsene. Das Kind hatte noch nie von dieser dicken Frau gehört und auch nicht von der zerstreuten Alten mit der Schleife im Haar und

dachte, dieser ganze Aufzug wäre als Scherz gedacht. Sie schätzte ihres Vaters Sinn für Humor durchaus nicht.
Der Bräutigam wollte seiner Hochzeit einen Latino-Anstrich geben, er hatte eine Gruppe von Mariachis aus dem Barrio La Misión gemietet, und das Essen war das Werk Rosemarys, einer seiner ehemaligen Geliebten, die ihm seine Heirat nicht verübelte, denn sie hatte ihn nie als Ehemann haben wollen. Sie hatte mehrere Kochbücher geschrieben und verdiente sich ihr Brot mit der Vorbereitung von Festessen. Mit ihrem Stab von Kellnerinnen konnte sie eine mexikanische Fiesta mit der gleichen Leichtigkeit ausrichten wie ein Frühstück für japanische Manager oder ein französisches Souper.
Shanon, in einem unschuldigen Kleid aus weißem Organdy, war der Mittelpunkt des Empfangsabends und übte sich in Pasodobles, Boleros und Corridos, bis ihr die vielen Gläser zu Kopf stiegen und sie sich zurückziehen mußte. Den Rest der Nacht tanzten Gregory und Timothy mit Carmen wie in den alten Zeiten des Jitterbug und Rock 'n' Roll, während Dai verdutzt diese neue Seite in der Persönlichkeit seiner Mutter beobachtete.
»Dieses Kind sieht aus wie Juan José«, stellte Gregory fest.
»Nein, es sieht aus wie ich«, erwiderte Carmen.
Sie war von ihrer Reise nach Thailand, Bali und Indien zurückgekehrt mit einer ganzen Ladung von Materialien und den Kopf voll neuer Ideen. Sie schaffte es nicht, den Aufträgen nachzukommen, sie hatte Räume für ihre Werkstatt gemietet und zu ihrer Hilfe zwei vietnamesische Flüchtlinge angestellt, die sie in die Arbeit einwies. In den Stunden, in denen Dai in der Schule war, hatte sie Ruhe und Stille genug, den Schmuck zu entwerfen, den ihre Angestellten dann nachbildeten. Sie erzählte Gregory, daß sie daran dachte, einen eigenen Laden aufzumachen, sobald sie genug gespart hatte.
»So läuft das nicht. Du hast die Mentalität einer Bäuerin. Du mußt ein Darlehen aufnehmen, Geschäfte werden auf Kredit gemacht, Carmen.«
»Wie oft habe ich dich schon gebeten, du sollst mich Tamar nennen?«

»Ich werde dich mit meinem Bankier bekannt machen.«
»Ich will nicht so enden wie du, Gregory. Auch nicht in hundert Jahren kannst du all deine Schulden bezahlen.«
Damit hatte sie recht. Der Bankier, mit dem er befreundet war, mußte ihm noch ein weiteres Darlehen geben, damit er seine Kanzlei einrichten konnte, aber er beklagte sich nicht, denn in diesem Jahr waren die Zinsen in hierzulande nie gesehene Höhen geschossen, und es gab nicht mehr viele, die imstande waren, sie zu bezahlen, deshalb mußte er sich an Gregory Reeves halten. Die Strähne konnte nicht allzu lange dauern, die Experten sagten voraus, daß die wirtschaftliche Unsicherheit den Präsidenten die Wiederwahl kosten würde. Er war zwar ein guter Mann, aber ihm wurde vorgeworfen, er sei zu schwach und zu liberal, zwei unverzeihliche Sünden in diesem Land und zu dieser Zeit.

Gregory richtete seine Kanzlei über einem chinesischen Restaurant ein und ließ seinen Namen und seinen Titel mit großen vergoldeten Lettern in die Fensterscheiben prägen, wie er es in Detektivfilmen gesehen hatte: Gregory Reeves, Rechtsanwalt. Diese Aufschrift war ein Sinnbild seines Triumphes. Man merkt dir deine niedrige Herkunft an, Mensch, etwas so Vulgäres habe ich noch nie gesehen, kommentierte Timothy, aber Carmen gefiel die Idee, und sie beschloß, sie für ihren Laden zu übernehmen, in einer Arabeskenschrift.
Es war eine geräumige Etage mitten im Zentrum von San Francisco und verfügte über einen direkten Fahrstuhl und einen Notausgang, der bei mehr als einer Gelegenheit von Nutzen sein sollte. Gleich am ersten Tag, als Gregory seine Kanzlei betrat, kam der Besitzer des Restaurants, der aus Hongkong stammte, herauf, um ihn zu begrüßen. Er wurde von seinem Sohn begleitet, einem kurzsichtigen, kleinen jungen Mann mit sanften Manieren, Geologe von Beruf, aber ohne jede Neigung zu Mineralen und Steinen, in Wirklichkeit liebte er nur die Zahlen.
Er hieß Mike Tong und war sehr jung ins Land gekommen, als sein Vater die ganze Familie in diese neue Heimat übersiedelte.

Er fragte, ob der Herr einen Buchhalter brauchte, und Gregory erklärte ihm, im Augenblick habe er nur einen einzigen Klienten und könne ihm kein Gehalt zahlen, aber er würde ihn gern für ein paar Stunden die Woche einstellen. Er konnte nicht ahnen, daß Mike Tong sein getreuester Bilanzhüter werden und ihn vor der Verzweiflung und dem Bankrott retten würde.
Inzwischen war der Bevölkerungsanteil der mexikanischen Arbeiter erheblich angestiegen. In zwanzig Jahren werden wir Weißen die Minorität in diesem Land sein, prophezeite Timothy. Gregory plante, die Erfahrung aus dem Barrio, in dem er aufgewachsen war, und seine Beherrschung des Spanischen zu benutzen, um seine Klientel unter den Latinos zu suchen, denn in anderen Bereichen war die Konkurrenz groß, drei Viertel aller Anwälte der ganzen Welt arbeiteten in den Vereinigten Staaten, hier kam einer auf jeweils dreihundertsiebzig Einwohner. Sein wichtigster Grund jedoch war, daß er sich in den Gedanken verliebt hatte, den Geringsten zu helfen, er konnte besser als jeder andere die Ängste der mexikanischen Einwanderer verstehen, auch er war ja ein Grenzgänger und hart schuftender kleiner Geldverdiener gewesen. Er brauchte eine Sekretärin, die sich in beiden Sprachen auskannte, und Carmen vermittelte ihm eine gewisse Tina Faibich, die alle Bedingungen erfüllte.
Die Bewerberin erschien in der Kanzlei, als die Möbel noch nicht angekommen waren, nur das englische Ledersofa stand schon da, der Komplize so vieler Eroberungen, und Dutzende von Blumentöpfen, Kartotheken und Ordnern waren bunt durcheinander über den Fußboden verteilt. Sie mußte sich einen Weg durch die Unordnung bahnen und setzte sich auf eine Kiste mit Büchern. Gregory sah sich einer sympathischen, sanften Frau gegenüber, die sich in perfektem Spanisch ausdrückte und ihn mit einem rätselhaften Ausdruck in den freundlichen großen Augen ansah. Er fühlte sich wohl in ihrer Gegenwart, sie strahlte die heitere Gelassenheit aus, die ihm fehlte. Er sah sie nur an, überprüfte weder ihre Empfehlungsschreiben, noch stellte er ihr viele Fragen, er vertraute seinem Instinkt.

Als sie sich verabschiedete, nahm sie die Brille ab und lächelte ihn an: Erkennen Sie mich nicht? fragte sie schüchtern. Gregory hob den Blick und betrachtete sie eingehender, und dann glaubte er seinen Augen nicht trauen zu können – es war Ernestina Pereda, das kecke Eichhörnchen der erotischen Spiele auf der Schultoilette, die heiße Wölfin seiner Jugend, das Mädchen mit den schnellen Bumsern und den Reuetränen, Santa Ernestina, nun eine ruhig gewordene ältere Frau. Nach vielen Eintagsliebhabern hatte sie, schon bei Jahren, einen Angestellten der Telefongesellschaft geheiratet, Kinder hatte sie nicht und brauchte sie auch nicht, ihr Mann sei ihr genug, sagte sie und zeigte ihm ein Foto von Mr. Faibich, einem Mann von so alltäglichem, durchschnittlichem Aussehen, daß man sich an sein Gesicht nicht mehr erinnerte schon eine Minute, nachdem man es gesehen hatte. Gregory stand da mit dem Foto in der Hand, blickte zu Boden und wußte nicht, was er sagen sollte.

»Ich bin eine gute Sekretärin«, murmelte sie rot werdend.

»Diese Situation kann für uns beide unangenehm werden, Ernestina.«

»Sie werden über mich nicht zu klagen haben, Mr. Reeves.«

»Nenn mich Gregory.«

»Nein. Es ist besser, wenn wir ganz neu anfangen. Das Vergangene ist vergangen.« Und dann erzählte sie ihm, wie ihr Leben sich verändert hatte, seit sie ihren Mann kannte, einen Mann, der nur wie ein gutmütiger Trottel aussah, aber privat reines Dynamit war, ein unersättlicher und treuer Liebhaber, dem es gelungen war, ihren leidenschaftlichen Unterleib zur Ruhe zu bringen. Von der stürmischen Vergangenheit war ihr nur noch ein verschwommenes Bild geblieben, schon deshalb, weil das, was sich damals abgespielt hatte, von keiner Bedeutung mehr für sie war, ihr genügte das Glück von heute.

»Trotz allem habe ich Sie nie vergessen, denn Sie waren der einzige, der mir nie etwas versprochen hat, was er nicht auch halten wollte«, sagte sie.

»Ich erwarte Sie morgen um acht, Tina«, sagte er lächelnd.

»Einen feinen Witz hast du dir mit mir erlaubt«, beschwerte er sich später am Telefon bei Carmen, die von den heimlichen und reuebeladenen Zusammenkünften ihres Freundes mit Ernestina Pereda wußte, aber sie versicherte ihm, von einem Witz könne keine Rede sein, sie sei aufrichtig überzeugt, daß dies die richtige Sekretärin für ihn sei.

Sie hatte sich nicht getäuscht, Tina Faibich und Mike Tong sollten die einzigen festen Pfeiler in dem zerbrechlichen Gebäude von Gregory Reeves' Kanzlei sein. Carmens Einfall war es auch, mexikanische Klienten durch Werbung auf dem spanischsprachigen Kanal zur Zeit der Telenovelas zu gewinnen, sie erinnerte sich, wie ihre Mutter hypnotisiert vor dem Bildschirm gesessen hatte, um das Schicksal der fiktiven Geschöpfe dort nicht weniger besorgt als um das ihrer eigenen Familie.

Keiner von beiden ahnte, wie gründlich die Ankündigung einschlagen würde. Bei jeder Unterbrechung des Melodrams erschien Gregory Reeves, blauäugig und im gut geschnittenen Anzug, das Bild eines respektablen angelsächsischen Fachmanns, aber wenn er den Mund aufmachte, um seine Dienste anzubieten, tat er das in dem klangvollen Spanisch des Barrios, mit den Redewendungen und dem unverwechselbaren schleppenden Tonfall der Hispanos, die ihm vor dem Bildschirm zusahen. Dem kann man trauen, entschieden die potentiellen Klienten, der ist einer von uns, bloß daß er eine andere Farbe hat. Bald kannten ihn die Kellner in den Restaurants, die Taxichauffeure, die Bauarbeiter und wer ihm sonst an Braunhäutigen über den Weg lief. King Benedict war sein einziger Fall, als er anfing, und nach einem Monat hatte er schon so viele, daß er daran dachte, sich einen Teilhaber zu suchen.

»Untergebene ja, Teilhaber nie«, empfahl ihm Mike Tong, der den ganzen Tag in der Kanzlei zubrachte, obwohl er nur für ein paar Stunden in der Woche angestellt war.

Zwei Jahre später arbeiteten sechs Anwälte, eine Empfangsdame und drei Sekretärinnen in der Firma, Gregory vertrat Fälle in ganz Kalifornien, war mehr mit Flugzeugen als auf der festen Erde unterwegs, verdiente haufenweise Geld und gab sehr viel mehr aus, als hereinkam. Mike Tong verbrachte inzwischen den größten Teil seines Daseins in dem Durcheinander seiner Abstellkammer, zwischen Akten, Papieren, Rechnungsbüchern, Bankauszügen und dem Kopierer, ganz zu schweigen von der Kaffeemaschine, diversen Besen, Vorräten an Toilettenpapier und Wegwerfgläsern, was er alles mit dem Fleiß einer Elster verwaltete. Die andern machten sich über die Knauserei des Chinesen lustig, sie versicherten, in der Nacht schleiche er sich heimlich wieder ein, um die Pappbecher aus dem Abfall zu klauben, abzuwaschen und in den Karton zu packen, damit sie am nächsten Tag wieder verwendet würden, aber Mike Tong kümmerte sich kein bißchen um diese Scherze, er war vollauf damit beschäftigt, die Rechnungen auf seinem Abakus ins Quadrat zu erheben.

Das Alltagseinerlei und die Pflichten der Monogamie bedrückten Shanon schon bald, sie hatte das erstickende Gefühl, sich durch eine Wüste mit endlos aufeinanderfolgenden Dünen zu schleppen und bei jedem Schritt Fetzen ihrer Jugend zurückzulassen. Das Glöckchenlachen, das ihren größten Reiz ausgemacht hatte, war leiser geworden, und ihr träges Wesen trat deutlicher zutage. Sie langweilte sich maßlos. Sie hatte sich einer illusorischen Sicherheit wegen an einen Ehemann gebunden, wie ihre Mutter, mit der sie sich längst wieder versöhnt hatte, ihr geraten hatte, die ihr auch einredete, das beste Mittel, Gregory Reeves zu fangen, sei eine rechtzeitige Schwangerschaft. Sie hatte heiraten wollen, gewiß, aber nicht aus niedrigen Überlegungen, sondern weil sie diesen Mann wirklich gern hatte. An seiner Seite fühlte sie sich zum erstenmal beschützt. Ich freue mich, Kind, denn Reeves wird sehr bald reich sein, wenn er's nicht schon ist, wie ich hier hab reden hören, sagte die Mutter.

Shanon stellte keine Berechnungen an, sie zeigte kein besonderes Interesse an Geld, trotz der mütterlichen Ratschläge, sich einen dicken Fisch zu angeln, der ihr die gehobene Stellung geben könne, die ihrer Schönheit würdig sei. Andererseits erschien ihr der Gedanke unerträglich, sich selbst ihr Brot zu verdienen, täglich ihre Stunden abzuarbeiten und sich mit dem Gehalt einrichten zu müssen, sie hatte es ja versucht, aber es hatte sich gezeigt, daß sie das nicht durchhielt. Ein wohlhabender Mann würde ihre Probleme lösen, aber sie hatte nicht an den Preis gedacht. Nun war sie als Ehefrau eines Rechtsanwalts gefangen und an das Geschöpf gekettet, das in ihrem Leib wuchs.

In den ersten Wochen vergnügte sie sich damit, sich auf der Mole neben dem Geisterboot zu sonnen, aber bald hatte sie Gregory überredet, umzuziehen, und in dem Eifer, das Haus ihrer Träume zu suchen, vergingen ihr die Monate. Sie fand nichts, was ihr zusagte, hatte aber auch keinen rechten Schwung, ihre Wohnung mit ein wenig Sorgfalt einzurichten. Sie kaufte übereilt Möbel und sonstige Einrichtungsgegenstände aus einem Katalog, und als sie geliefert wurden, baute sie sie irgendwie irgendwohin. Sie schlenderte durch die vollgestopften Räume und unterhielt sich damit, mit ihren Freunden zu telefonieren. Aus Spaß rief sie zu den unpassendsten Stunden ihre ehemaligen Liebhaber an und flüsterte ihnen Obszönitäten zu, womit sie die Männer und sich selbst ganz hübsch heiß machte. Sie mußte ihre natürliche Koketterie in Übung halten, sonst wurde ihr das Gemüt sauer, was leider auch geschah, wenn ihr der Alkohol fehlte. Aus purem Überdruß steigerte sie die Anzahl der Gläser und trank schließlich wie ihr Vater.

In den ersten Monaten, bevor ihr Bauch anschwoll, ging sie in Gregorys Kanzlei, setzte sich auf den Schreibtisch eines der jungen Anwälte und rauchte mit hochgezogenen Beinen, nur um das Vergnügen zu haben, sie aufgeregt zu sehen. Vielleicht hätte sie die Existenz von Mike Tong gar nicht wahrgenommen, wenn er nicht unzugänglich für ihren Charme gewesen wäre, er behandelte sie mit der höflichen Distanz, die man der Großmutter eines Bekannten entgegenbringt. Das weckte in ihr einen dumpfen Groll, der sich dadurch noch verschärfte, daß der chinesische Buchhalter ihr den Gebrauch der Kreditkarten beschnitt und den Chef bremste, wenn der sich ihr zu Gefallen in unvernünftige Ausgaben stürzen wollte.

Sie mochte auch Timothy Duane nicht, sie hatte ihn einmal zum Essen eingeladen unter dem Vorwand, mit ihm die Geburtstagsparty für ihren Mann zu besprechen, und er war in

Begleitung einer österreichischen Touristin erschienen, mit der er in der Woche gerade ausging, und hatte überhaupt nicht erkennen lassen, wieviel schöner und verfügbarer Shanon ihm womöglich erschien. Paß auf deine Frau auf, warnte er Gregory am Tag darauf, aber als der nach Hause kam und eine Erklärung verlangen wollte, fand er sie besinnungslos auf dem Fußboden der Küche, und als er sie aufheben wollte, erbrach sie sich und besudelte dabei seinen Anzug. Es ist die Schwangerschaft, sagte sie, aber sie roch nach Alkohol. Er half ihr sich hinzulegen, und als er sie später schlafen sah in ihren rosafarbenen Laken, dachte er, wie jung sie noch war und doch auch ein wenig naiv, vielleicht hatte Timothy, zynisch wie er war, eine unschuldige Einladung mißdeutet.

Dennoch konnte er sich nicht auf längere Zeit selbst betrügen, in den folgenden Monaten sah er die Symptome des Niedergangs, so wie er sie früher mit Samantha erlebt hatte, aber er überlegte, daß er mit Shanon doch sehr viel mehr gemeinsam hatte als mit seiner ersten Frau, und an diesen Gedanken klammerte er sich, um nicht mutlos zu werden. Zumindest teilten sie den Spaß am guten Essen und am unersättlichen Herumtollen im Bett. Wie er war auch Shanon ruhelos und abenteuerlustig, auch sie hatte Freude am Reisen, an Einkäufen und an Festen. Ihr beide werdet noch bös enden, deine Frau ist genau auf die Schwächen deines Charakters eingestellt, warnte ihn Carmen, aber er sah die Dinge nicht so.

Vielleicht hätten sie mit diesen übereinstimmenden Neigungen die Grundlagen für eine echte eheliche Beziehung aufbauen können, wäre nicht die Leidenschaft der ersten Begegnungen erkaltet, und wenn sie in der Glutasche des ehemaligen Feuers stocherten, fanden sie keine Liebe. Gregory war immer noch geblendet von Shanons Jugend, von ihrer Fröhlichkeit und ihrer Schönheit, aber er war sehr von seiner Arbeit in Anspruch genommen und hatte wenig Zeit für seine Frau. Inzwischen verzehrte sie sich vor Ungeduld und führte sich auf wie eine verwöhnte Minderjährige. Keiner von ihnen zeigte große Neigung, das Boot, in dem sie beide saßen, am Schwimmen zu halten.

Gregorys Begeisterung für Shanon verflüchtigte sich ziemlich rasch, aber er merkte es nicht, weil er während ihrer Schwangerschaft von fürsorglicher Zärtlichkeit erfüllt war, in der sich Mitgefühl und Entzücken die Waage hielten. Er war an ihrer Seite, als sie niederkam, hielt sie, trocknete ihr den Schweiß, sprach beruhigend auf sie ein, während die Ärzte sich unter den erbarmungslosen Lampen des Kreißsaales um sie bemühten. Der Blutgeruch rief ihm die Erinnerung an den Krieg zurück, und er sah wieder den Jungen aus Kansas vor sich, der ihm so oft im Traum erschien, wie er ihn anflehte, ihn nicht allein zu lassen. Shanon klammerte sich an ihn, während sie preßte, um das kleine Geschöpf aus ihrem Innern zu drängen, und in diesen Stunden glaubte Gregory sie zu lieben. Er mochte Kinder und war hingerissen von der Vorstellung, wieder Vater zu sein. Diesmal soll es anders werden, versprach er sich, das Baby sollte kein Fremdling für ihn sein wie Margaret. Er wollte der erste sein, der es ans Licht brachte, und er streckte gleich die Hände aus, als der Kopf erschien, um es in Empfang zu nehmen. Er hob es hoch, um es der Mutter zu zeigen, und konnte nicht sprechen, weil die Rührung ihm die Stimme verschlug.

Später sollte er sich daran als an den einzigen Augenblick vollkommenen Glücks neben dieser Frau erinnern, denn die strahlende Freude erlosch schon nach wenigen Tagen. Sie taugte für die Mühen der Mutterschaft ebensowenig wie für die Rolle der Gattin oder der Hausfrau, und kaum konnte sie die engen Bluejeans ihrer Mädchenzeit wieder anziehen, versuchte sie, der Ehefalle zu entwischen. Ihr erster Liebhaber war einer der Ärzte, die ihr bei der Geburt beigestanden hatten. Bald folgten andere, während Gregory von seiner Arbeit in Anspruch genommen war und keinen Blick für das Offensichtliche hatte. Shanon paßte sich bei jeder neuen Liebe den Wünschen des jeweiligen Mannes an; so erschien sie einmal mit Dauerwelle und neuer Unterwäsche aus schwarzer Spitze, aber zwei Wochen später lagen die französischen Strapse vergessen in der Schublade, weil sie ihren Nachbarn, einen Schriftsteller, ins Auge gefaßt hatte, und so fand Gregory sie mit einer seiner Westen ausstaffiert, wie sie ungeschminkt und mit einer Schildpattbrille C. G. Jung las. Indessen war David, das Baby, in einem Laufgitter untergebracht und war ein so ängstliches, weinerliches und launisches Kind, daß nicht mal seine Mutter sich mit ihm abgeben mochte.

Eines Tages erzählte Tina verlegen ihrem Chef, sie habe gesehen, wie Shanon sich mit einem seiner Kanzleikollegen auf dem Parkplatz geküßt habe; verzeihen Sie, wenn ich mich da einmische, Mr. Reeves, aber es ist meine Pflicht, es Ihnen zu sagen, schloß sie mit zitternder Stimme. Für Gregory färbte die Welt sich rot, er packte den Beschuldigten am Revers und versetzte ihm einen Fausthieb, woraufhin der Mann sich zwar in den Fahrstuhl retten konnte, aber Gregory rannte die Hintertreppe herunter und erwischte ihn auf der Straße. Es gab einen derartigen Tumult, daß die Polizei eingriff und zum Schluß alle auf der Polizeiwache aussagen mußten, einschließlich Mike Tongs, der gerade von der Post zurückkam und Zeuge des Prügelfinales wurde, als der Liebhaber mit blutender Nase auf dem Bürgersteig landete.

Am Abend schob Shanon die Schuld an dem Vorgefallenen ein paar zuviel genossenen Gläsern zu und versuchte ihren Mann zu überzeugen, daß Späßchen dieser Art gänzlich ohne Bedeutung seien, sie liebe doch nur ihn. Gregory wollte wissen, was zum Teufel sie auf dem Parkplatz zu suchen hatte, und sie schwor, es sei ein ganz zufälliges Zusammentreffen und im übrigen ein rein freundschaftlicher Kuß gewesen.

»Man merkt dir doch das Alter an, Gregory, du bist ganz und gar unmodern«, schloß sie.

»Wie's scheint, bin ich zum betrogenen Esel geboren!« brüllte Gregory, stürmte hinaus und schlug die Tür kräftig hinter sich zu.

Er verzog sich in ein Motel, bis Shanon ihn aufstöberte und ihn flehentlich bat zurückzukommen. Sie schwor ihm, daß sie ihn liebe, und beteuerte ihm, an seiner Seite fühle sie sich sicher und beschützt, allein bin ich verloren, sagte sie schluchzend. Insgeheim hatte Gregory sie erwartet. Er hatte die Nacht schlaflos verbracht, die Eifersucht hatte ihn gepeinigt, und er hatte sich nutzlose Strafen und unmögliche Lösungen ausgedacht. Er täuschte eine Wut vor, die er im Grunde nicht mehr empfand, er wollte nur die Befriedigung fühlen, sie zu demütigen. Aber er kehrte zu ihr zurück, wie er es in den folgenden Monaten jedesmal, wenn er fortging, wieder tun sollte.

Margaret verschwand mit dreizehn Jahren aus dem Haus ihrer Mutter. Samantha wartete zwei Tage, ehe sie mich anrief, sie hatte gedacht, die Kleine würde bald wieder zurückkommen, da sie ja niemanden hatte, zu dem sie gehen konnte, sicherlich handelte es sich nur um ein bedeutungsloses Ausreißerspiel. Alle Kinder in ihrem Alter haben solche verrückten Einfälle, da ist nichts Besonderes dabei, du weißt ja, daß Margaret keine Probleme macht, sie ist ein sehr liebes Kind, sagte sie.
Samanthas Fähigkeit, die Wirklichkeit nicht zur Kenntnis zu nehmen, gleicht der meiner Mutter, sie verblüfft mich immer aufs neue. Ich verständigte sofort die Polizei, die eine gründliche Suchaktion einleitete, wir schickten Anzeigen in jede Stadt an der Bucht und riefen Margaret über Rundfunk und Fernsehen auf, sich zu melden. Als ich mich in der Schule über sie erkundigte, erfuhr ich, daß man sie dort seit Monaten nicht mehr gesehen hatte, die Schulleitung war es schließlich müde geworden, Benachrichtigungen an die Mutter zu schicken und telefonische Botschaften ausrichten zu lassen. Meine Tochter war die schlechteste Schülerin, hatte keine Freundinnen, trieb keinen Sport und versäumte zu oft den Unterricht, bis sie schließlich überhaupt nicht mehr erschien. Ich befragte ihre Klassenkameradinnen, aber sie wußten wenig von ihr oder wollten mir nichts sagen, ich hatte den Eindruck, daß sie sie nicht mochten. Ein Mädchen beschrieb sie als aggressiv und patzig, zwei Adjektive, die ich einfach nicht mit Margaret in Verbindung bringen konnte, die sich doch immer benahm wie eine feine alte Dame in einem Teesalon.
Danach sprach ich mit den Nachbarn, und die erzählten mir, sie hätten sie häufig spätabends noch ausgehen sehen, manchmal habe ein Typ auf einem Motorrad sie abgeholt, aber heimgekommen sei sie im Auto, und fast jedesmal in einem anderen. Samantha behauptete, das könne nur böswilliger Klatsch sein,

sie habe nichts Ungewöhnliches festgestellt. Wie sollte sie auch die Abwesenheit ihrer Tochter bemerken, wenn sie nicht einmal ihre Anwesenheit bemerkte! Auf Margarets Foto, das vom Fernsehen ausgestrahlt wurde, sah sie sehr niedlich und unschuldig aus, aber ich erinnerte mich an ihre herausfordernden Bewegungen, und mir kamen furchtbare Möglichkeiten in den Sinn. Die Welt ist voll von Perversen, hatte mir einmal ein Polizeibeamter gesagt, als ich im Park nach einem entlaufenen Kind suchte. Es waren qualvolle Tage, ein Hin und Her zwischen Polizeirevieren und Krankenhäusern, dazwischen das Durchfliegen der Zeitungen nach Unfallnachrichten.

»Das ist ein Fall für den heiligen Judas Taddäus, den Schutzpatron der verlorenen Dinge«, empfahl Timothy mir allen Ernstes, als ich der Hand eines Freundes bedürftig in sein Labor kam und dort fast zusammenbrach. »Du mußt in die Kirche der Dominikaner gehen, zwanzig Dollar in die Büchse des Heiligen tun und ihm eine Kerze anzünden.«

»Du spinnst ja, Tim.«

»Ja, aber das ist nicht der Punkt. Das einzige, was mir nach zwölf Jahren katholisches Internat geblieben ist, ist das Schuldgefühl und der bedingungslose Glaube an den heiligen Judas. Du verlierst ja nichts dabei, wenn du's ausprobierst.«

»Doktor Duane hat recht, Sie verlieren nichts, wenn Sie's ausprobieren«, redete mir meine Sekretärin sanft zu, als ich ihr davon erzählte, und so kam es, daß ich in einer Kirche kniete und Kerzen anzündete, wie ich es seit meiner Zeit als Ministrant bei Padre Larraguibel nicht mehr getan hatte.

An diesem Abend rief mich jemand an und sagte, er habe in einer Bar eine Person gesehen, die dem Bild ähnele, nur scheine sie älter zu sein. Wir fuhren mit zwei Polizisten hin und fanden Margaret als Frau verkleidet, mit künstlichen Fingernägeln, hohen Absätzen, hautengen Hosen und einer Maske aus Schminke, die ihr Kindergesicht entstellte. Als sie mich sah, wollte sie fortrennen, aber als wir sie einholten, fiel sie mir weinend in die Arme und rief mich Papa, zum erstenmal, so lange ich zurückdenken kann.

Die medizinische Untersuchung ergab Einstichstellen an den

Armen und eine Geschlechtskrankheit. Als ich in dem Zimmer der Privatklinik, in der wir sie unterbrachten, mit ihr zu reden versuchte, wies sie mich mit einer Salve von Schimpfworten zurück, die sie mir mit grober Stimme ins Gesicht schleuderte und von denen ich einige noch nie gehört hatte, weder in meinem alten Barrio noch in meiner Soldatenzeit. Sie hatte sich die Sonde aus dem Arm gerissen, hatte mit ihrem Lippenstift ungeheuerliche Obszönitäten an die Zimmerwände geschmiert, hatte das Kopfkissen zerfetzt und alles, was sie erreichen konnte, auf den Fußboden gefegt. Drei Leute waren nötig, um sie zu bändigen, während sie ihr eine Beruhigungsspritze gaben.

Am nächsten Morgen ging ich sie mit Samantha besuchen. Sie lag heiter und lächelnd im Bett, mit sauberem Gesicht und einem Band im Haar, umgeben von Blumensträußen, Pralinenschachteln und Plüschtieren, die ihr die Angestellten meiner Kanzlei geschickt hatten. Von der Besessenen des Vortages war keine Spur geblieben. Als ich sie fragte, weshalb sie sich so barbarisch aufgeführt habe, brach sie in offensichtliche Reuetränen aus. Sie wisse nicht, was mit ihr passiert sei, sagte sie, so was habe sie doch früher noch nie gemacht, daran seien nur die schlechten Freunde schuld, aber wir sollten uns nicht sorgen, sie sei sich jetzt klar über die Gefahr und würde diese gemeine Bande nie wiedersehen, die Einstiche seien nur ein Experiment gewesen und würden sich nicht wiederholen, das schwöre sie.

»Mir geht's gut. Das einzige, was mir fehlt, ist ein Kassettenrecorder, damit ich Musik hören kann«, sagte sie.

»Was für eine Art Musik möchtest du haben?« fragte ihre Mutter, während sie ihr die Kissen aufschüttelte.

»Ein Freund hat mir schon mitgebracht, was ich am liebsten mag«, antwortete sie träge. »Und jetzt laßt mich bitte schlafen, ich bin ein bißchen müde.«

Beim Abschied bat sie uns, für sie Zigaretten zu kaufen, ohne Filter, bitte. Es befremdete mich, daß sie rauchte, aber dann fiel mir ein, daß ich mir in ihrem Alter eine Pfeife gebastelt hatte, und auf jeden Fall erschien mir ein bißchen Nikotin, verglichen mit ihren sonstigen Problemen, als das kleinere Übel. Ich hielt es für wenig sinnvoll, darüber zu diskutieren, wie gefährlich das Rauchen für die Lungen ist, wenn sie an einer Überdosis Heroin sterben konnte.

Als ich am Nachmittag wiederkam, war sie nicht mehr da. Sie hatte es geschafft, die diensthabende Krankenschwester abzulenken, hatte sich das Flittchenkleid angezogen, in dem sie gekommen war, und war entwischt. Beim Saubermachen des Zimmers hatte die Putzfrau unter der Matratze eine Einwegspritze gefunden neben der Kassette mit Rockmusik und den Resten des Lippenstiftes.

Ich hatte Margaret verloren – seit damals habe ich sie entweder im Gefängnis oder in einem Krankenhausbett wiedergesehen –, aber ich wußte es noch nicht. Ich zögerte neun Jahre damit, ihr Lebewohl zu sagen, neun Jahre enttäuschter Hoffnungen, nutzloser Suchaktionen, unzähliger Niederträchtigkeiten, falscher Reue, Verrat, Gemeinheit, Argwohn und Demütigung, bis ich mir endlich im Grunde meines Herzens eingestand, daß ihr nicht zu helfen ist.

Der erste »Tamar«-Laden entstand in einer Straße im Zentrum von Berkeley, zwischen einer Buchhandlung und einem Schönheitssalon, fünfundzwanzig Quadratmeter mit einem kleinen Schaufenster und einer schmalen Tür, die zwischen den anderen Geschäften der Nachbarschaft unbeachtet geblieben wäre, hätte Carmen nicht die gleichen dekorativen Prinzipien angewandt wie Olga, nur im umgekehrten Sinne. Das Haus der Heilerin war mit so viel schmückendem Beiwerk und so grellen Farben überladen wie eine Operettenpagode und stach deshalb von der grauen, ärmlichen Umgebung des Barrios ab. Carmens Laden war umgeben von prächtig aufgemachten Geschäften, von chinesischen Restaurants mit ihren zornsprühenden Drachen und von mexikanischen Gaststätten mit ihren riesigen Gipskakteen, von indischen Basaren, Verkaufsständen für Touristen und der florierenden Pornoindustrie mit ihren Neonlichtern und ihren Anzeigen von nackten Paaren in unwahrscheinlichen Stellungen. Bei einer solchen Konkurrenz war es

schwierig, Kunden anzulocken, aber Carmen tünchte alles weiß, brachte ein ebenso weißes Sonnendach über der Tür an und starke Lampen, um das laborähnliche Aussehen des Ladens zu betonen. Die Schmuckstücke legte sie auf einfachen Steigen mit feinem Sand und auf durchsichtigen Quarzbrocken aus, wo das vollendet herausgearbeitete Muster und das kostbare Material glänzend zur Geltung kamen. In einer Ecke hingen ein paar Zigeunerinnenröcke, solche, wie sie selber sie seit Jahren trug, die einzige warme Note in dieser schneeigen Weiße. In der Luft schwebten ein zarter Duft nach Gewürzen und die eintönigen Akkorde einer orientalischen Leier.
»Bald werde ich auch Gürtel, Handtaschen und Tücher haben«, erklärte sie Gregory, als sie ihm bei der Einweihungsfeier stolz ihr neues Geschäft zeigte. »Es wird kein großes Sortiment geben, aber man wird alle Stücke kombinieren können, so daß die Kundin nach einem Besuch in meinem Laden von Kopf bis Fuß neu eingekleidet aus der Tür gehen kann.«
»Du wirst nicht auf allzuviel Begeisterung stoßen mit diesen Karnevalskostümen«, sagte Gregory lachend, denn er war überzeugt, daß jeder krank im Kopf sein mußte, der sich die Schöpfungen seiner Freundin überzog. Aber schon ein paar Minuten später mußte er klein beigeben, als Shanon ihn bat, ihr verschiedene »ethnische« Anhänger zu kaufen, die ihm ungerechtfertigt teuer vorkamen, und vollends verblüfft war er, als er seine Freundin Joan sah, die am Arm Balcescus in einem dieser ausgefallenen, buntscheckigen Flickenröcke paradierte. Die Frauen sind weiß Gott ein Rätsel, murmelte er.
Carmen Morales führte ihr Geschäft mit der Umsicht eines Gemüsegärtners. Jede Woche rechnete sie ihre Einnahmen ab, ein Teil war dazu bestimmt, die Schmuckherstellung am Laufen zu halten, ein anderer für Steuern und ein weiterer, um davon ohne Aufwand zu leben und ihr Sparkonto zu erhöhen. Sie verfügte über ihre treuen Vietnamesen, um ihre Entwürfe auszuarbeiten, und über einige Mexikanerinnen aus ihrem alten Barrio, die nach ihren genauen Anweisungen die Röcke bei sich zu Hause nähten und ihr per Post zuschickten. Sie selbst wählte alle Materialien aus und fuhr einmal im Jahr während der

Sommermonate zum Einkaufen nach Asien oder Nordafrika. Es waren waghalsige Reisen, vor denen eine weniger selbstbewußte Frau zurückgeschreckt wäre, aber sie war gegen alle Gefahren gefeit, weil sie unfähig war, sich vorzustellen, daß andere Menschen schlecht sein könnten.

Sie konnte nur während Dais Schulferien fort, der schon gewöhnt war an diese Safaris im Zug, im Jeep, auf Eselsrücken oder zu Fuß zu abgelegenen Dörfern in den Dschungeln Thailands, zu Zeltlagern nomadisierender Hirten in den Bergen des Atlas oder zu Elendsvierteln in den volkreichen Städten Indiens. Sein schlanker, brauner Körper widerstand klaglos jeder Art Nahrung, verseuchtem Wasser, Moskitostichen, Strapazen und höllischer Hitze, für alle Schwierigkeiten besaß er die Durchhaltekraft eines Fakirs.

Er war ein ruhiger Junge, der die vier Grundrechnungsarten lernte, indem er mit den Perlen für Halsketten spielte, und ehe er zehn Jahre alt war, hatte er verschiedene mathematische Gesetze entdeckt, die er seiner Mutter und der Lehrerin vergeblich klarzumachen suchte. Später, als seine außerordentliche Begabung für Zahlen erkannt wurde und Professoren der Universität ihn prüften, stellten sie fest, daß es sich um trigonometrische Grundregeln gehandelt hatte. Er hatte ein kleines metallenes Schachbrett und magnetische Figuren, und im Rütteln des Zuges, halb erdrückt von der Menge der Reisenden, von Käfigen mit Tieren, zerfledderten Koffern und Körben mit Eßwaren, spielte Dai unerschütterlich Schach gegen sich selbst.

Nicht immer konnten sie in Hotels oder in Hütten von Freunden schlafen, manchmal reisten sie in kleinen Karawanen oder mieteten einen Führer und mußten in der Mitte von nichts kampieren. Auf einer Matte auf dem Fußboden oder in einer Hängematte unter einem behelfsmäßigen Moskitonetz, ringsum das bedrohlich klingende Kreischen der Nachtvögel und das Schleichen verstohlener Pfoten, überall der beunruhigende Geruch von vermodernden Pflanzen und Magnolien, fühlte Dai sich neben dem warmen Körper seiner Mutter völlig sicher, er hielt sie für unverwundbar. Mit ihr ging er durch viele

Abenteuer, und bei den seltenen Gelegenheiten, wo er sie erschrecken sah, hatte auch er den Stich der Furcht verspürt. Aber dann hatte er sich an seine Mutter erinnert, die mit den Augen wie schwarze Mandeln, die mit Düsenantrieb über ihm flog und ihn vor allem Bösen beschützte.

Auf einem Basar in Marokko, wo sie sich in der wimmelnden bunten Menge treiben ließen, hatte Dai sich von Carmens Hand losgemacht, um ein paar gebogene Messer zu bewundern, deren Griffe mit gepunztem Leder überzogen waren. Der Ladenbesitzer, ein in fleckige Gewänder gehüllter Riesenkerl mit einem Galgenvogelgesicht, packte den Kleinen beim Genick, hob ihn hoch und gab ihm eine kräftige Ohrfeige, aber als er zur zweiten ausholte, sprang ihn ein wildes Tier an, krallend, knurrend, beißend wie ein tollwütiger Hund. Dai sah seine Mutter mit dem Araber auf dem Boden rollen in einem wüsten Wirrwarr von zerrissenen Röcken, umgeworfenen Körben und verstreuten Waren und unter den spöttischen Zurufen herumstehender Männer. Carmen bekam einen Fausthieb ins Gesicht und war ein paar Sekunden betäubt, aber ihre rasende Wut brachte sie schnell wieder zu sich, und ehe jemand sie hindern konnte, hatte sie eines der krummen Messer gepackt. In diesem Augenblick griff die Polizei ein, sie nahmen ihr das Messer ab und bewahrten den Händler vor einer sicheren Stichverletzung, während die ringsum versammelten Männer ihm Beifall klatschten und die Fremde anschrien und beschimpften.

Carmen und Dai landeten im Gefängnis hinter Gittern, umgeben von Kriminellen, die jedoch nicht wagten, sie zu belästigen, weil sie den Tod aus den Augen der Frau blicken sahen. Der amerikanische Konsul kam selbst, um sie auszulösen, und beim Abschied gab er ihr den Rat, nie wieder den Fuß in dieses Land zu setzen. Nächstes Jahr sehen wir uns wieder, antwortete Carmen, nur konnte sie leider nicht lächeln, weil ihr Gesicht geschwollen war und ihre Lippe eingeschlitzt.

Von diesen Erkundungsreisen kehrten sie heim mit Kisten voll der verschiedensten Dinge, Perlen in allen Größen, Korallenzweigen, Stücken von alten Metallen, Halbedelsteinen, Knochen mit winzigen Schnitzereien, vollendet geformten Muscheln, Krallen und Zähnen unbekannter Tiere, versteinerten Blättern und Käfern. Sie brachten auch bestickte Stoffe und gepunztes Leder mit zur Ergänzung von Gürteln oder Taschen, von der Zeit ausgebleichte Bänder für die Röcke, dazu Knöpfe und Schnallen, die sie in vergessenen Winkeln aufgestöbert hatten.

Carmen arbeitete nicht mehr in ihrer Wohnung. In der Werkstatt hatte sie ihre Schätze in Kästen aus Plexiglas, nach Materialien und Farben geordnet, dort schloß sie sich für Stunden ein und fertigte jedes Modell selbst an, fügte Perlen hinzu oder nahm sie fort, hämmerte Metalle, schnitt und schleifte mit geduldig geübter Hand. Sie führte die Mode der astrologischen Motive von Monden und Sternbildern ein, den Gebrauch von Kristallen als Glückssymbolen, afrikanisch inspirierten Schmuck, die für links und rechts unterschiedlichen Ohrringe und das einseitige, spiralenförmige Ohrgehänge mit einer Kaskade von Steinen und Silberstückchen, das später bis zum Überdruß kopiert werden sollte.

Die Jahre hatten ihr Sicherheit gegeben und ihre Züge ein wenig verfeinert, aber sie hatten weder ihren Hang zur Fröhlichkeit gedämpft noch ihre Lust am Abenteuer vermindert. Sie führte ihr Geschäft wie eine Frau vom Fach, aber sie hatte so viel Spaß daran, daß sie es nicht als Arbeit betrachtete. Sie sah keinen Unterschied zwischen ihrem blühenden Unternehmen und den Zeiten, als sie in ihrem Elternhaus Kunsthandwerk anfertigte und im Barrio verkaufte oder sich einen Rock aus bunten Tüchern anzog, um auf dem Pershing Square Jongleurkünste vorzuführen. Alles war Teil desselben ununterbrochenen Zeitvertreibs Leben, und die Tatsache, daß sich die Nullen auf ihren Kontoauszügen vermehrten, änderte nichts an der spielerischen Natur ihrer Arbeit. Sie war die erste, die über ihren Erfolg staunte, sie konnte kaum glauben, daß es Leute gab, die bereit waren, soviel für diese Schmucksachen zu bezahlen, die sie zu ihrem puren Vergnügen erfunden hatte. Die Mühen des Daseins und die Heimtücken des Erfolgs hatten auch ihrem liebenswürdigen Wesen keinen Abbruch getan, sie war wie von jeher offen, vertrauensvoll und großzügig.

Die Reisen hatten ihr die unendlichen Leiden und Schmerzen der Menschen gezeigt, und im Vergleich mit anderen hielt sie sich für sehr glücklich. Für sie gab es keinen Konflikt zwischen dem guten Auge für das Geschäft und dem Mitgefühl, von Anfang an hatte sie das Ihre getan und hatte den auf der sozialen Leiter am meisten Getretenen Arbeit unter den bestmöglichen Bedingungen gegeben, und als später ihr Betrieb wuchs, stellte sie so viele Latinos und asiatische und mittelamerikanische Flüchtlinge ein, dazu Kriegsversehrte und sogar zwei geistig Zurückgebliebene, die sie mit der Pflege der Pflanzen und Gärten betraute, daß Gregory das Geschäft seiner Freundin »Tamars Hospiz« nannte.
Viel Zeit und Geld steckte sie in Schulungskurse und Englischunterricht für ihre Arbeiter, die im allgemeinen gerade ins Land gekommen und aus unsäglichem Elend geflohen waren. Ihre freiwilligen sozialen Leistungen – als da waren der kostenlose Mittagstisch, die obligatorischen Erholungspausen, die Begleitmusik, die bequemen Stühle, die Gymnastikstunden und Entspannungsübungen für die Muskeln, die verkrampft waren von dem anstrengenden, peinlich genauen Einfassen der Schmuckstücke, und viele andere Neuerungen – stellten sich als weitblickende unternehmerische Maßnahme heraus, denn die Angestellten dankten es ihr mit Treue und erstaunlicher Leistungsfähigkeit.
Auf ihren Reisen hatte Carmen gelernt, daß die Welt nicht weiß ist und es nie sein wird, deshalb stellte sie voll Stolz ihre braune Haut und ihr Latinogesicht zur Schau. Ihre selbstbewußte Haltung täuschte die Leute, sie schien größer und jünger zu sein, als sie war, und sie trat so sicher auf in ihren Zigeunergewändern, begleitet vom Klingklang ihrer Armbänder, daß niemand sich die Mühe machte, im einzelnen ihren geringen Wuchs, ihre schweren Brüste und ihre in die Breite gehende Figur zu beachten oder ihre ersten Falten und grauen Haare zu registrieren. In der Schulpause gewann Dai einen Wettbewerb unter seinen Kameraden für die schönste Mutter.
»Wirst du niemals heiraten, Mama?« fragte das Kind.
»Doch, wenn du groß bist, heirate ich dich.«

»Wenn ich groß bin, wirst du sehr alt sein«, erklärte ihr Dai, für den die Zahlen unumstößliche Wahrheiten waren.

»Dann werde ich mir einen Mann suchen müssen, der genauso klapprig ist wie ich«, sagte Carmen lachend, und in einem Aufblitzen des Gedächtnisses sah sie das Gesicht Leo Galupis, wie sie sich in diesen Jahren schon oft an ihn erinnert und wie sie ihn zum erstenmal gesehen hatte, halb verdeckt hinter einem Strauß welker Blumen auf dem Flughafen von Saigon, wo er sie erwartet hatte. Sie fragte sich, ob er wohl manchmal auch an sie dachte, und entschied, daß sie das eines Tages würde herausfinden müssen, denn Dai wuchs rasch und würde sie vielleicht schon bald nicht mehr brauchen. Zudem hatte sie die kurzzeitigen Liebhaber satt, sie suchte sich stets jüngere Männer aus, weil sie um sich herum Harmonie und Schönheit brauchte, aber die Gefühlsleere begann sie zu bedrücken.

Während ihr Freund Gregory auf großem Fuß lebte und in Schulden und Kopfschmerzen versank, lebte sie wie eine Arbeiterin, aber sie erntete Geld und Anerkennung. Bald war der Name Tamar ein Symbol für originellen Stil und tadellose Qualität. Ohne es geplant zu haben, sah sie sich Modenschauen leiten und Vorträge halten wie eine Expertin, wobei sie aber nie vergaß, daß die ganze Geschichte doch ein großer Witz war. Eines Tages werden sie mich drankriegen, ich hab doch von nichts eine Ahnung, ich komme klar, weil ich die Welt mit schierer Angeberei einwickle, sagte sie zu Gregory, als ihr Name in Frauenmagazinen und Kunstzeitschriften erschienen war oder auch auf den Wirtschaftsseiten der Zeitungen als Beispiel eines Unternehmens in rascher Aufwärtsentwicklung.

Wenige Jahre später, als es in verschiedenen Großstädten Filialen von »Tamar« gab, als zweihundert Angestellte für sie arbeiteten, ohne die Verkäufer zu zählen, die durch die Kontinente reisten und die Ware in den luxuriösesten Geschäften anboten, und als die Buchhaltungsabteilung ein ganzes Stockwerk einnahm, da zog sie immer noch auf dem Maultier durch den Dschungel oder auf dem Kamel durch die Wüste und kaufte ihre Materialien und lebte bescheiden mit ihrem Sohn, aber nicht aus Geiz, sondern weil sie nicht wußte, daß das Leben bequemer sein konnte.

King Benedict wünschte sich nichts auf der Welt so sehr wie eine elektrische Eisenbahn, die er im Wohnzimmer seiner Mutter aufbauen wollte. Er hatte schon den Bahnhof gebastelt, dazu ein Dorf mit Häuschen aus Holz, Bäume aus Pappe und eine Landschaft mit Hügeln und Tunneln, die sich von Wand zu Wand erstreckte und das Gehen durchs Zimmer unmöglich machte. Er wartete nur noch auf die Eisenbahn, denn Belle hatte ihm versprochen, die werde das erste sein, was sie kaufte, wenn sie das Geld vom Gericht bekamen. Er fühlte sich schwach und klammerte sich an diese Frau mit dem langen Hals und den gelben Augen, die ihm versicherte, sie sei seine Mutter, und die sein einziger Kompaß war in diesem Ungewitter der Ungewißheit. Seit dem Unfall war sein Gedächtnis nur ein Nebelgewoge, vierzig Jahre ausgelöscht in dem Augenblick, als sein Kopf auf dem Boden aufschlug. Er erinnerte sich an seine Mutter als eine schöne, junge Frau, wie hatte sie sich in diese von der Arbeit und den Jahren verbrauchte Alte verwandeln können? Wer ist Belle wirklich? Wenn sie mir nur die Eisenbahn kauft! ...

Er begriff, daß kindliche Spiele für ihn eigentlich nicht das Richtige waren, aber tatsächlich interessierten ihn die Dinge, nach denen die Männer verrückt waren, überhaupt nicht. Er hockte stundenlang staunend vor dem Fernseher, dieser wunderbaren Erfindung, die er vorher nicht gekannt hatte, und wenn er leidenschaftliche Küsse auf dem Bildschirm sah, spürte er ein blindes Begehren, etwas Pochendes in seinem Leib, das zum Glück nicht lange dauerte. Der Katalog mit elektrischen Eisenbahnen zog ihn viel mehr an als die Zeitschriften mit nackten Frauen, die ihm der Zeitungsverkäufer im Kiosk an der Ecke anbot.

Bisweilen sah er sich selber aus der Entfernung, als säße er im Kino und betrachtete sein eigenes Gesicht in einem unerbittlich scharfen Film. Er konnte sein Aussehen, seinen Körper nicht verstehen. Seine Mutter hatte ihm den Unfall und den Gedächtnisschwund erklärt, er war nicht verblödet, er wußte, daß er nicht vierzehn war. Er musterte sich lange im Spiegel, ohne diesen Großvater zu erkennen, der ihn von der anderen Seite her grüßte, er ging alle Veränderungen durch und fragte sich, in welchem Augenblick sie entstanden waren, wie sich eine solche Abnutzung so hatte häufen können. Er wußte nicht, wie er sein Haar verloren hatte, wie er so viel schwerer geworden, wo die Falten hergekommen und wo einige seiner Zähne geblieben waren, weshalb ihm die Knochen weh taten, wenn er einen Ball warf, weshalb ihm die Luft ausging, wenn er die Treppe hinauflief, und weshalb er nicht ohne Brille lesen konnte. Er erinnerte sich nicht, diese Gläser gekauft zu haben.

Nun saß er vor einem großen Tisch in einem Büro voller grüner Pflanzen und Bücher zwischen zwei Männern, die ihm mit Fragen zusetzten, von denen er einige einfach nicht beantworten konnte, während eine Sekretärin jedes Wort in eine Schreibmaschine tippte. Wer war Präsident in dem Jahr, als Sie geheiratet haben? Seine Mutter zwang ihn, täglich in die Stadtbücherei zu gehen und die alten Zeitungen zu lesen, damit er sich über alles unterrichtete, was in der Welt geschehen war in diesen vierzig Jahren, die ihm aus dem Kopf verschwunden waren. Die abstrakten Daten waren ihm verständlicher als die Apparate zum täglichen Gebrauch wie etwa ein Mikrowellenherd oder andere faszinierende und geheimnisvolle Dinge. King wußte die Namen der Präsidenten und die wichtigsten Baseballergebnisse, er kannte die Daten der Mondexpeditionen, der Kriege, der Ermordung von John F. Kennedy und von Martin Luther King, aber er hatte nicht die geringste Vorstellung, wo er während dieser Ereignisse gewesen war, und er hätte schwören können, daß er niemals geheiratet hatte. Seine Mutter verbrachte die Nachmittage damit, ihm Dinge aus seinem eigenen Leben zu erzählen, weil er es ja vielleicht schaffte, bei den ewigen Wiederholungen die Nebel des Vergessens zu verjagen, aber diese Pflichtübungen des Gedächtnisses waren nur eine unendliche Quälerei.

Es fiel ihm schwer, zu glauben, daß sein Leben so nichtssagend gewesen war, daß er nichts Bedeutendes geschaffen, keinen seiner jugendlichen Pläne verwirklicht hatte. Er war traurig wegen der in einer Kette von winzigen Alltäglichkeiten vergeudeten Zeit, aber eben deshalb war er auch dankbar, daß er eine zweite Möglichkeit bekommen hatte, auf dieser Welt zu leben. Seine Zukunft war kein schwarzes Loch, das hinter ihm, sondern ein Heft mit unbeschriebenen weißen Blättern, das vor ihm lag. Er konnte es mit dem füllen, was er immer angestrebt hatte, konnte die schon gelebten Jahre noch einmal durchleben. Er würde Abenteuer bestehen, Schätze entdecken, heldenhafte Taten vollbringen, nach Afrika gehen auf der Suche nach seinen Wurzeln, und er würde niemals heiraten und niemals alt werden. Wenn er sich nur an die Fehler und an die Erfolge erinnern könnte...

Er hatte immer eine elektrische Eisenbahn haben wollen, das war keine Augenblickslaune, sondern sein ältester Wunsch, der Traum seiner Kindheit. Als er das Reeves sagte, lächelte der ihn mit seinen hellen Augen an und gestand ihm, das sei auch seine größte Sehnsucht gewesen, aber er habe nie eine bekommen. Lüge, wenn er dieses Büro mit den Goldbuchstaben an den Fenstern bezahlen kann, dann kann er sich auch eine Eisenbahn kaufen oder sogar zwei, wenn er Lust hat, dachte King, aber er traute sich nicht, es auszusprechen, er wollte nicht als Flegel dastehen. Warum hatte seine Mutter sich einen weißen Anwalt ausgesucht? Hatte sie ihm nicht selbst soundso oft gesagt, daß man den Weißen grundsätzlich immer mißtrauen mußte?

Jetzt legte der andere Mann lange Reihen von Fotos vor ihm auf den Tisch, und er sollte die Personen darauf wiedererkennen, aber ihm war nicht eine davon vertraut, abgesehen von der schönen Frau, die in einer Fensteröffnung saß, das Gesicht zur Hälfte beleuchtet, zur andern Hälfte im Schatten, ohne Zweifel seine Mutter, und sie sah ganz und gar nicht aus wie die alte Frau von heute.

Danach legten sie ihm Fotos aus Zeitschriften vor, damit er Städte und Landschaften erkannte, aber er konnte sie nicht unterbringen. Und dies? Wo waren diese Baumwollpflanzung und dieser Lieferwagen? Er konnte sich nicht erinnern, aber er war sicher, daß er an einem solchen Ort schon gewesen war.

Wo ist das? wollte er fragen, aber da bohrten sich ihm Nägel in die Schläfen, und von einem Augenblick zum andern warf der Schmerz ihn um. Er hob die Hände, um den Kopf zu schützen, und versuchte zu fliehen, aber er fiel vornüber auf die Knie.
»Fühlen Sie sich nicht wohl, Mr. Benedict? Mr. Benedict...!«
Die Stimme kam aus weiter Ferne. Dann fühlte er die Hand seiner Mutter auf der Stirn und wandte sich ihr zu, um sie zu umfassen und sich an ihrer Brust zu verstecken, und krümmte sich zitternd unter den dumpf dröhnenden Hammerschlägen in seinem Kopf und der Woge der Übelkeit, die ihm den Mund mit Speichel füllte.

Gregory zögerte ein ganzes Jahr, ehe er einsah, daß es keinen Sinn hatte, um eine Ehe zu kämpfen, die er nie hätte eingehen dürfen, und ein weiteres Jahr, bis er sich entschlossen hatte, sich von Shanon zu trennen, denn er wollte David nicht aufgeben, zudem schmerzte es ihn, einen zweiten Fehlschlag einzugestehen.
»Das Problem ist nicht Shanon, sondern du«, stellte Carmen fest. »Keine Frau kann dir deine Probleme lösen, Greg. Du weißt noch immer nicht, was du suchst. Du kannst dich selbst nicht lieben, wie sollst du da jemand anderen lieben können?«
»Spricht da die Stimme der Erfahrung?« spottete er.
»Wenigstens habe ich nicht zweimal geheiratet!«
»Das wird ein Vermögen kosten!« jammerte Mike Tong, als er erfuhr, daß sein Chef sich abermals scheiden lassen wollte.
Gregory zog für eine Zeitlang zu Timothy. Nach einem lautstarken Ehekrach, in dem beide sich anschrien und beschimpften und Shanon eine Flasche nach ihm warf, hatte er seine Sachen in zwei Koffer gepackt und war mit dem Schwur gegangen, diesmal werde er nicht zurückkehren. Er platzte bei seinem Freund mitten in ein formelles Abendessen, das Timothy für einige andere Ärzte und ihre Frauen gab, trat in das Speisezimmer und ließ sein Gepäck fallen.
»Das ist alles, was von Gregory Reeves noch übrig ist«, verkündete er dramatisch.

»Wir sind gerade bei der Pilzsuppe«, erwiderte Timothy gelassen. Als sie später allein waren, bot er ihm das Gästezimmer an und erklärte, Gregory habe sich zur rechten Zeit von diesem Miststück getrennt. »Mir fehlt dringend ein Kumpel zum Herumsumpfen«, fügte er hinzu.

»Nichts zu machen, ich hab kein Glück bei den Frauen.«

»Red kein dummes Zeug, Greg. Wir leben im Paradies. Nicht nur, daß die Frauen hier schön sind, wir haben auch keine Konkurrenz zu fürchten. Wir beide müssen die letzten heterosexuellen Junggesellen von San Francisco sein.«

»Bis jetzt hat mir diese Statistik nicht viel eingebracht...«

Shanon behielt das Kind und zog bald in ein Haus auf einem Hügel mit Blick auf die Bucht. Gregory kehrte in sein Haus zurück, das nun keine Möbel mehr hatte, aber die Fäßchen mit den Rosen waren noch da. Er machte sich nicht die Mühe, das Verlorene zu ersetzen, denn in dem Debakel der letzten Zeit hatte er sich ganz in die Entrüstung des betrogenen Gatten zurückgezogen, und er fand, daß die leeren Zimmer einen seinem Seelenzustand angemessenen Rahmen abgaben.

Als der Groll auf seine Frau sich zum Wunsch nach Revanche auswuchs, wollte er sich liebevolle Trostspenderinnen suchen, wie er es auch früher getan hatte, aber er mußte entdecken, daß diese Lösung, statt ihn zu erleichtern, nur seinen Stundenplan durcheinanderbrachte und seine Wut vergrößerte. Er stürzte sich in seine Arbeit, brachte weder Zeit noch Lust für häusliches Herumwirtschaften auf und erhielt lediglich seine Pflanzen am Leben.

Shanon trieb es nicht besser. Als der Möbelwagen seine Last abgeladen hatte und alles im Wohnzimmer des neuen Hauses stand, blieb es dort auch in traurigem Durcheinander stehen, ihr reichten die Kräfte nur, die Betten und ein paar Küchenutensilien unterzubringen, während um sie herum Lärm und Wirrnis wuchsen.

Sie war unfähig, mit David fertig zu werden. Der Junge brauchte eher einen Löwenbändiger als ein Kindermädchen, er war mit einem hyperaktiven Organismus geboren und lebte wie ein Wildling. Aus den Kindergärten, wo sie ihn für ein paar Stun-

den täglich hatten unterbringen wollen, wurde er schnell wieder verabschiedet; er führte sich so barbarisch auf, daß seine Mutter im Zustand ständigen Alarms lebte, weil jede Unachtsamkeit in einer Katastrophe enden konnte. Er hatte sehr früh gelernt, die Aufmerksamkeit auf sich zu ziehen, er hielt dann einfach die Luft an und vervollkommnete dieses Mittel, bis er es geschafft hatte, daß ihm Schaum aus dem Mund trat, seine Augen sich verdrehten und er in Krämpfe fiel, wenn sie irgendeinen verrückten Einfall nicht dulden wollten. Er weigerte sich, eine Zahnbürste, einen Kamm oder einen Löffel zu benutzen, er aß auf dem Fußboden und leckte das Essen vom Teller. Sie konnten ihn weder mit anderen Kindern zusammenbringen, weil er sie biß, noch mit Erwachsenen, weil er ein glaszerschneidendes Gekreisch anstimmte, das auch dem Standhaftesten an den Nerven sägte.
Shanon hatte sich bereits geschlagen gegeben, als der Kleine anfing herumzukrabbeln, was gerade in die Zeit der schlimmsten Auseinandersetzungen mit Gregory fiel, und hatte im Gin Erleichterung gesucht. Während sein Vater sich mit Arbeit und mit Reisen betäubte, wodurch er fast immer abwesend war, und seine Mutter das gleiche mit Alkohol und Seitensprüngen tat, beide Opfer in einem Krieg zweier unversöhnlicher Feinde, ballte sich in dem kleinen David die dumpfe Wut der vernachlässigten Kinder. Die Scheidung machte wenigstens den abscheulichen täglichen Feldschlachten ein Ende, die die ganze Familie regelmäßig völlig erschöpften, das mexikanische Dienstmädchen eingeschlossen, das jeden Tag zum Saubermachen und Kinderhüten kam, aber schließlich die Unsicherheit der Straße diesem Tollhaus vorzog.
Ihr Weggang war für Shanon tragischer als der ihres Mannes. Von dem Augenblick an fühlte sie sich verlassen und bemühte sich auch nicht um einen Funken Selbstkontrolle, sie ließ es zu, daß ihr Heim und ihr Leben in Unordnung versanken, um sie herum häuften sich schmutzige Wäsche und schmutzige Teller, unbezahlte Rechnungen, kaputte Geräte und Pflichten, die sie zu übersehen versuchte. In diesem Zustand der Zerrüttung begann sie ihr Leben als geschiedene Frau. Sie bemühte sich nicht

mehr, ihre Rolle als Mutter und Herrin des Hauses zu spielen, sie verzichtete auf jeden Anspruch, häusliche Wohlanständigkeit zu wahren, eine Geschlagene, noch bevor sie ging. Immerhin blieb ihr genug Schwung, sich aus dem Schiffbruch zu retten und zu fliehen, anfangs für ein paar geraubte Augenblicke, dann für Stunden, bis sie schließlich ganz davonging.

Gregory blieb in seinem leeren Haus, wo das Boot an der Mole verfaulte und die Rosenstöcke in den Fäßchen dahinwelkten. Es war keine praktische Lösung für einen alleinstehenden Mann, wie er alle Welt sehen ließ, aber in einer Wohnung hätte er sich wie ein Gefangener gefühlt, er brauchte weite Räume, wo er den Körper strecken und die Seele freilassen konnte. Er arbeitete zwölf, vierzehn Stunden täglich, schlief weniger als fünf und trank zu jedem Essen eine Flasche Wein. Immerhin rauchst du nicht, dann wirst du wenigstens nicht am Lungenkrebs eingehen, tröstete ihn Timothy.

Die Kanzlei wirkte nach außen wie eine Geldfabrik, aber in Wirklichkeit hielt sie sich nur in einem sehr heiklen Gleichgewicht, während der chinesische Buchhalter Wunder vollbrachte, um die dringendsten Schulden bezahlen zu können. Vergebens suchte Mike Tong seinem Chef die Grundregeln der Buchführung zu erläutern, damit er selber mal die blutroten Zahlenkolonnen in den Büchern überprüfte und sah, wie sie auf einem Schlappseil im Dunkeln Pirouetten drehten. Reg dich nicht auf, Mann, wir werden schon klarkommen, das ist hier nicht wie in China, hier geht's immer vorwärts, dies ist das Land der Wagemutigen, nicht der Vorsichtigen, beruhigte ihn Gregory.

Wenn er sich umblickte, sah er, daß er nicht als einziger diese Haltung einnahm, die ganze Nation war dem Taumel der Verschwendung erlegen, sie war in eine Verbrauchsorgie geschleudert und einer lärmenden patriotischen Propaganda vorgeworfen worden, die darauf gerichtet war, den Stolz zurückzugewinnen, der durch die Niederlage in Vietnam gedemütigt worden war. Er marschierte zum Trommelschlag seiner Epoche, aber um das tun zu können, mußte er viele Stimmen zum Schweigen bringen – die von Cyrus mit seiner Gelehrtenmähne und seinen geheimen marxistischen Aufklärungsschriften, die seines Vaters mit der zahmen Boa, die der in Blut und Entsetzen erstickten Soldaten und die so vieler anderer eindringlich fragender Geister. Soviel Egoismus, Korruption und Arroganz hat man seit dem römischen Kaiserreich nicht mehr gesehen, sagte Timothy.

Als Carmen Gregory vor den Fallen der Habsucht warnte, erinnerte er sie daran, daß sie es gewesen war, die ihm in der Kindheit die erste Lektion in Gerissenheit gegeben hatte, als sie ihn aus dem Getto herausführte und ihn überredete, im Viertel der Bürger Geld zu verdienen. Dir habe ich es zu verdanken, daß ich die Straße überquerte. Natürlich ist es viel besser, reich zu sein, aber wenn ich es schon nicht sein kann, will ich wenigstens so leben, als wäre ich es, sagte er. Sie konnte diese Großsprecherei ihres Freundes nicht in Einklang bringen mit anderen Seiten seines Lebens, die er ungewollt in ihren langen Montagsgesprächen enthüllte, wie etwa seine immer stärker hervortretende Neigung, nur die Ärmsten zu vertreten, niemals die großen Unternehmen oder die Versicherungsgesellschaften, wo es fettere Gewinne ohne so viel Risiko gab.

»Du bist nicht aufrichtig, Greg. Du redest vom Geldmachen, aber durch deine Kanzlei ziehen bloß die Armen.«

»Latinos sind immer arm, das weißt du so gut wie ich.«

»Das meine ich ja. An dieser Art Klienten wird keiner reich. Aber ich freue mich, daß du auch weiterhin der alte sentimentale Trottel bist, deshalb liebe ich dich. Immer kümmerst du dich um die andern, ich weiß nicht, wo du die Kraft hernimmst.«

Dieser Zug seines Charakters war weitgehend unbemerkt geblieben, solange Gregory nur ein Rädchen in dem komplizierten Getriebe einer fremden Anwaltskanzlei gewesen war, aber das änderte sich, als er sein eigener Herr geworden war. Er war unfähig, die Tür vor einem Hilfsbedürftigen zu verschließen, sei es im Büro oder sei es in seinem Privatleben. Er umgab sich mit Menschen, die ins Unglück geraten waren, und konnte kaum allen gerecht werden; Ernestina Pereda wirkte wahre Wunder, wie sie die Stunden auf seinem Terminkalender

streckte. Häufig wurden die Klienten zum Schluß seine Freunde, und mehr als einmal wohnte einer in seinem Haus, der sonst kein Dach überm Kopf hatte.
Er hatte keinen guten Blick dafür, rechtzeitig die Schmarotzer zu erkennen, und wenn er sie loswerden wollte, war es zu spät, sie wurden giftig wie Skorpione und beschuldigten ihn aller möglichen Gemeinheiten. Vorsicht, daß wir uns nicht eine Klage wegen Schlechterfüllung des Anwaltsvertrages auf den Hals laden, warnte Mike Tong, wenn er sah, daß sein Chef den Klienten zu sehr vertraute, denn unter ihnen gab es auch üble Strolche, die davon lebten, daß sie das Rechtssystem ausnutzten, und schon eine Kette von Prozessen auf dem Buckel hatten – sie arbeiteten ein paar Monate, brachten es so weit, daß sie entlassen wurden, und erhoben dann Klage wegen Verlustes der Stellung, andere wieder brachten sich absichtlich Verletzungen bei, um die Versicherungssumme zu kassieren.
Gregory machte auch Fehler, wenn er Personal einstellte. Die meisten seiner Leute hatten Alkoholprobleme, einer war ein Spieler und verwettete nicht nur sein eigenes Geld, sondern auch alles, was er in der Kanzlei auf die Seite bringen konnte, und ein anderer litt an chronischer Depression und wurde ein paarmal auf der Toilette mit geöffneten Pulsadern gefunden. Er brauchte Jahre, bis er sich darüber im klaren war, daß sein Verhalten die Neurotiker anzog. Die Sekretärinnen wurden nicht fertig mit den verschiedenen Schrecknissen, nur wenige blieben länger als zwei, drei Monate. Mike Tong und Tina Faibich waren die einzigen normalen Personen in diesem Zirkus voller Irrer. In Carmens Augen war die Tatsache, daß ihr Freund noch nicht zusammengebrochen war, ein unumstößlicher Beweis für seine Seelenstärke, aber Timothy nannte dieses Wunder schlicht und einfach Glück.

Gregory betrat seine Kanzlei durch die Lieferantentür, wie er es öfter tat, um die Klienten im Warteraum zu umgehen. Auf seinem Schreibtisch häuften sich die Papiere, auch auf dem Boden waren Dokumente und juristische Kommentare gestapelt, auf dem Sofa lag eine Weste und verschiedene Schachteln mit Glöckchen und Hirschen aus Kristall. Die Unordnung um ihn herum wuchs ihm über den Kopf. Während er sich den Regenmantel auszog, warf er einen Blick über seine Pflanzen, das traurige Aussehen des Farns machte ihm Sorgen. Noch bevor er auf die Klingel drücken konnte, erschien Tina mit dem Terminkalender.

»Wir müssen etwas wegen dieser Heizung unternehmen, sie bringt mir die Pflanzen um.«

»Heute haben Sie um elf eine Aussage, und denken Sie daran, daß Sie heute nachmittag zum Gericht müssen. Kann ich hier ein bißchen aufräumen, Mr. Reeves? Es sieht aus wie eine Müllhalde, wenn ich das so sagen darf.«

»Gut, aber rühren Sie mir nicht die Akte Benedict an, ich arbeite daran. Schreiben Sie noch mal an den Weihnachtsklub, daß sie aufhören sollen, mir diesen Krimskrams zu schicken. Und können Sie mir bitte ein Aspirin bringen?«

»Ich glaube, Sie brauchen zwei. Ihre Schwester Judy hat schon ein paarmal versucht, Sie zu erreichen, es ist dringend«, verkündete sie und ging ab.

Gregory nahm den Hörer und rief seine Schwester an, die ihm in wenigen Worten mitteilte, Shanon sei schon früh am Morgen aufgetaucht, habe David bei ihr gelassen und sei zu einer Reise mit unbekanntem Ziel davongebraust.

»Komm schleunigst deinen Sohn abholen, ich denke nämlich nicht daran, mir dieses Monster aufzuladen, ich hab mit meinen eigenen Kindern und unserer Mutter genug zu tun. Weißt du, daß ich jetzt Windeln nehmen muß?«

»Für David?«

»Für Mama. Ich sehe, du weißt recht wenig über deinen eigenen Sohn.«

»Wir müssen sie in ein Altersheim geben, Judy.«

»Klar, das ist die einfachste Lösung, sie aufgeben, als wäre sie ein abgelatschter Schuh, das würdest du tun, sicherlich, aber ich nicht. Sie hat für mich gesorgt, als ich ein Kind war, sie hat mir geholfen, meine Kleinen aufzuziehn, und war in allen Nöten an meiner Seite. Wie kannst du dir einbilden, daß ich sie in ein Asyl stecke! Für dich ist sie nur eine nutzlose alte Frau,

aber ich liebe sie und hoffe, daß sie in meinen Armen stirbt und nicht beiseite gestoßen wie ein Hund. Du hast eine Stunde, um deinen Sohn abzuholen.«
»Ich kann nicht, Judy, auf mich warten drei Klienten.«
»Dann bringe ich ihn zur Polizei. In der kurzen Zeit, die er in meinem Haus ist, hat er schon die Katze in den Wäschetrockner gesteckt und seiner Großmutter die Haare abgeschnitten«, sagte Judy und bemühte sich, den hysterischen Klang ihrer Stimme zu zügeln.
»Hat Shanon nicht gesagt, wann sie zurückkommt?«
»Nein. Sie hat gesagt, sie hat ein Recht auf ihr eigenes Leben oder etwas in dem Stil. Sie roch nach Alkohol und war sehr nervös, fast verzweifelt. Ich nehm's ihr nicht übel, die arme Frau hat keinerlei Kontrolle über ihr eigenes Leben, wie sollte sie da mit ihrem Sohn klarkommen.«
»Was werden wir denn jetzt machen?«
»Was du machen wirst, weiß ich nicht. Du hättest sehr viel früher darüber nachdenken sollen, ich weiß wirklich nicht, weshalb du Kinder in die Welt setzt, wenn du nicht die Absicht hast, sie aufzuziehen. Du hast schon eine drogensüchtige Tochter, genügt das nicht? Oder willst du, daß David dem Beispiel seiner Schwester folgt? Wenn du nicht in genau einer Stunde hiersein kannst, dann geh zur Polizei, da wirst du dein Söhnchen finden«, und damit hängte sie auf.
Gregory rief Tina herein und bat sie, die Verabredungen des Tages abzusagen. Sie zog sich eilig den Blouson über, ergriff den Regenschirm und erwischte ihn noch in der Tür, sie war sicher, daß ihr Chef sie in dieser Notlage brauchte.
»Was halten Sie von einer Frau, die ihren vierjährigen Sohn im Stich läßt, Tina?« fragte Gregory seine Sekretärin unterwegs.
»Dasselbe, was ich von einem Vater halte, der den Dreijährigen im Stich läßt«, antwortete sie in einem Ton, wie sie ihn noch nie angeschlagen hatte, und das war das Ende der Unterhaltung, den Rest der Fahrt schwiegen sie, hörten einem Konzert im Radio zu und versuchten, ihre Kapriolen schlagende Einbildungskraft im Zaum zu halten. Bei David konnte man auf alles gefaßt sein.

Judy erwartete sie mit den Siebensachen ihres Neffen vor der Tür, während der Kleine, als Soldat gekleidet, durch den Garten tobte und den kranken alten Hund mit Steinen bewarf. Tina öffnete ihren riesigen Regenschirm und ließ ihn kreisen wie ein Karussellrad, und das vermochte David zu stoppen. Der Vater ging auf ihn zu und wollte ihn bei der Hand nehmen, doch der Junge warf einen Stein nach ihm und rannte Hals über Kopf zur Straße. Aber er kam nicht weit. Es war wie ein Taschenspielertrick, Tina klappte blitzschnell den Schirm zu, hakte den Griff um Davids Bein, warf ihn zu Boden, packte ihn bei der Jacke, hob ihn hoch und schob ihn mit Nachdruck ins Auto, das alles, ohne ihr gewohntes Lächeln zu verlieren. Sie schaffte es auch, ihn den ganzen Weg zurück in die Stadt ruhig zu halten. An diesem Nachmittag zeigte Gregory sich im Gericht streitsüchtiger als gewöhnlich, während seine unschlagbare Sekretärin draußen auf ihn wartete und David mit Märchen, Pommes frites und gelegentlichem Kneifen in den Po bei der Stange hielt.

So begann Gregorys Zusammenleben mit seinem Sohn. Er war nicht auf diesen Notfall vorbereitet und hatte in seinen Gewohnheiten keinen Platz für ein kleines Kind, schon gar nicht für ein so lästiges wie das seine. Davids Unsicherheit war so groß, daß er nicht einen Augenblick allein sein konnte, nachts schlüpfte er zu Gregory ins Bett und klammerte sich zum Schlafen an seine Hand. In den ersten Tagen mußte Gregory ihn überallhin mitnehmen, er war schließlich zu klein, als daß man ihn hätte allein lassen können, und keiner war bereit, ihn zu hüten, nicht einmal Judy, trotz ihrer natürlichen Neigung zu Kindern und trotz der hübschen Summe, die Gregory ihr anbot. Wenn er in ein paar Minuten Mutter die Haare abschneiden konnte, dann schneidet er ihr in einer Stunde den Kopf ab, war ihre Antwort.

Gregorys Haus und Wagen füllten sich mit Spielsachen, ranzigen Essensresten, ausgekauten Kaugummis, Bergen schmutziger Wäsche. Mangels einer besseren Lösung nahm er David mit in die Kanzlei, wo seine Angestellten anfangs versuchten, sich bei dem Jungen einzuschmeicheln, aber sie erklärten sich schon bald für geschlagen und gaben ehrlich zu, daß sie ihn haßten. David rannte über die Schreibtische, steckte die Büroklammern in den Mund und spuckte sie dann auf die Dokumente, schaltete die Computer ab, setzte die Toiletten unter Wasser, riß die Telefonkabel heraus und fuhr so ausgiebig Fahrstuhl, bis der den Dienst aufgab.

Gregory stellte eine illegale Einwanderin aus El Salvador an, um ihn zu betreuen, aber die Frau hielt nur vier Tage aus. Sie war die erste auf einer langen Liste von Kindermädchen, die durch das Haus zogen. Zum Teufel mit den Traumas, ich würde ihm mal ordentlich ein paar hinten draufgeben, empfahl Carmen per Telefon, obwohl sie selbst bei Dai dazu noch keine Gelegenheit gehabt hatte. Der Vater zog es vor, einen Kinderpsychiater zu konsultieren, der ihm zu einer Spezialschule für verhaltensgestörte Kinder riet und Beruhigungstabletten und sofortige Therapie verschrieb, denn, so erklärte er, die emotionalen Wunden der ersten Lebensjahre hinterlassen unauslöschliche Narben.

»Und nebenbei schlage ich vor, daß auch Sie eine Therapie machen, Sie brauchen sie nötiger als David. Wenn Sie Ihre Probleme nicht in den Griff kriegen, werden Sie Ihrem Sohn nicht helfen können«, fügte er hinzu, aber Gregory schob diese Vorstellung beiseite, ohne einen zweiten Gedanken daran zu verschwenden. Er war in einer Umgebung aufgewachsen, wo diese Möglichkeit gar nicht auftauchte, und zu dieser Zeit glaubte er immer noch, daß Männer allein mit allem fertig werden müssen.

Das war ein schweres Jahr für Gregory Reeves. Es ist das schlimmste deines Lebens, aber jetzt brauchst du dir keine Sorgen mehr zu machen, die Zukunft wird viel, viel leichter, versicherte ihm Olga, als sie ihn von der Macht der Kristalle, dem Unglück entgegenzuwirken, überzeugen wollte. Ein Schlag folgte dem andern, und das zerbrechliche Gleichgewicht seiner Wirklichkeit zerfiel. Eines Morgens kam Mike Tong verstört herein, um ihm zu berichten, daß die Summe, die er der Bank schuldete, nie und nimmer zurückzuzahlen war,

daß allein schon die Zinsen der Firma die Luft abschnürten und daß auch noch einiges an Scheidungskosten anstand. Die Frauen, mit denen er ausging, verschwanden eine nach der anderen, sowie sie Gelegenheit gehabt hatten, David kennenzulernen, keine besaß genügend Charakterstärke, den Geliebten mit diesem ungebärdigen Geschöpf zu teilen.
Es war ja nicht das erste Mal, daß die Umstände ihm über den Kopf wuchsen, aber jetzt kam noch die Betreuung seines Sohnes hinzu. Er stand in aller Frühe auf, um das Haus in Ordnung bringen zu können, machte Frühstück, hörte die Nachrichten im Radio, bereitete das Essen vor, zog das Kind an, brachte es zur Schule, wenn die Beruhigungstabletten gewirkt hatten, und fuhr in die Stadt. Diese vierzig Minuten Fahrt waren die einzigen friedlichen Minuten des Tages, und wenn er zwischen den stolzen Türmen der Golden Gate Bridge hindurchfuhr – wie hohe chinesische Glockentürme aus rotem Lack, auf der einen Seite die Bucht, ein dunkler Spiegel, auf dem Segelboote und Fischerboote kreuzten, und vor ihm die elegante Silhouette von San Francisco –, dann dachte er an seinen Vater. Den schönsten Ort der Welt hatte er diese Stadt genannt. Er hörte Musik und versuchte, den Kopf frei zu behalten, aber das war nur sehr selten möglich, denn die Liste der anhängigen Fälle war endlos.
Tina legte seine Termine so früh, daß er David um vier Uhr abholen konnte. Er nahm sich Akten mit nach Hause in der ehrlichen Absicht, sie am Nachmittag zu bearbeiten, aber ihm reichte einfach die Zeit nicht, er hätte nie gedacht, daß ein Kind so viel Raum einnehmen, so viel Lärm machen und so viel Aufmerksamkeit verlangen könnte. Zum erstenmal hatte er Mitleid mit Shanon und verstand schließlich sogar, daß sie verschwunden war. Außerdem sammelte das Kind Haustiere, als wären es Maskottchen, und seine Aufgabe war es dann, den Behälter für die Fische mit frischem Wasser zu versorgen, die Ratten zu füttern, das Bauer der Wellensittiche zu säubern und den Hund spazierenzuführen, einen hellbraunen Hirtenhund, den sie Oliver nannten zum Andenken an Gregorys ersten Freund.

»Das geschieht dir recht, wenn du so dämlich bist. Vor allem hättest du diesen Zoo gar nicht erst kaufen dürfen«, sagte Carmen.
»Du hättest mich ja vorher warnen können, jetzt ist da nichts mehr zu machen.«
»Aber klar, verschenk den Hund, laß die Vögel und die Ratten frei und schmeiß die Fische in die Bucht. So ist allen geholfen.«
Die Papiere häuften sich auf den Kisten, die ihm als Nachttisch dienten. Er mußte auf die Reisen verzichten und die in anderen Städten anhängigen Fälle seinen Angestellten übertragen, die nicht immer nüchtern und bei klarem Kopf waren und kostspielige Fehler begingen. Schluß war mit den Geschäftsessen, den Golfpartien, der Oper, den Tanzeskapaden mit Frauen aus seinem Katalog und dem Herumziehen mit Timothy, nicht einmal ins Kino konnte er gehen, weil er das Kind nicht allein lassen wollte. Auch sein Versuch, auf Videos auszuweichen, ging daneben, denn David billigte nur extrem gewalttätige Filme oder solche mit Monstern, je blutrünstiger, um so besser. Gregory, den all die Toten, Gefolterten, Zombies, Wolfsmenschen und heimtückischen Außerirdischen anekelten, versuchte, ihn mit Musicals und Zeichentrickfilmen vertraut zu machen, aber da langweilten sich beide gleichermaßen. Ganz unmöglich war es, Freunde einzuladen, David duldete niemanden, er sah jeden, der seinem Vater in die Nähe kam, als eine Bedrohung an, und es gab fürchterliche Eifersuchtsszenen mit Trampeln und Sich-auf-den-Boden-Schmeißen, woraufhin die Gäste schleunigst flüchteten.
Bisweilen, wenn Gregory selbst zu einer Festivität eingeladen war oder eine Verabredung mit einer interessanten Eroberung hatte, schaffte er es, daß jemand den Jungen ein paar Stunden beaufsichtigte, aber wenn er heimkam, fand er jedesmal das Haus vor, als wäre ein Orkan hindurchgezogen, und den Babysitter in Verzweiflung oder am Rande eines Nervenzusammenbruchs. Der einzige, der genug Geduld und Ausdauer hatte, war King Benedict, er war tatsächlich sehr begabt für die Rolle des Kinderhüters und hatte ebenfalls Freude an Videospielen

und Horrorfilmen, aber er wohnte zu weit weg und war zudem ebenso hilflos wie das Kind. Wenn Gregory sie einmal allein ließ, ging er schon unruhig fort und kehrte so früh und so schnell wie möglich zurück, während die zahllosen Unfälle, die in seiner Abwesenheit passiert sein konnten, in seinem Kopf Fangen spielten.

Die Wochenenden widmete er völlig seinem Sohn, putzte das Haus, ging auf den Markt, reparierte die angefallenen Zerstörungen, wechselte das Stroh für die Ratten und reinigte den Behälter für die Fische, die gewöhnlich ohnmächtig herumschwammen, weil David ihnen alles ins Wasser warf, was ihm unter die Finger kam. Bis in den Schlaf verfolgten ihn die unbezahlten Schulden, die rückständigen Steuerzahlungen und die unerfreuliche Möglichkeit, bald in einem ausweglosen Schlamassel zu stecken, denn er traute seinen Angestellten nicht, und er selbst hatte einige Klienten sträflich vernachlässigt. Zu allem Überfluß mußte er des Geldmangels wegen die Berufsversicherung kündigen, zum Entsetzen Mike Tongs, der alle nur möglichen finanziellen Katastrophen prophezeite und steif und fest behauptete, auf diesem Gebiet ohne den Schutz einer Versicherung zu arbeiten sei der schiere Selbstmord.

Gregory kam weder mit dem Geld noch mit der Kraft, noch mit der Zeit aus, er war schrecklich müde und sehnte sich nach ein bißchen Einsamkeit und Stille, er hätte mindestens eine Woche Urlaub an irgendeinem Strand gebraucht, aber es war unmöglich, mit David zu verreisen. Schenk ihn doch einem Labor, die brauchen immer Kinder für Experimente, riet ihm Timothy, der sich auch nicht mehr im Haus seines Freundes sehen ließ, weil ihn davor grauste, dem Kind die Stirn bieten zu müssen. Gregorys Kopf war voller Lärm wie in den schlimmsten Kriegstagen, das Unheil wuchs unaufhaltsam um ihn herum, er begann zuviel zu trinken, und folgerichtig hatten seine Allergien ihn wieder in den Klauen, er glaubte zu erstikken, als hätte er Watte in den Lungen. Der Alkohol bescherte ihm eine kurze Euphorie und stürzte ihn dann in eine lang anhaltende Traurigkeit, am Tag darauf erwachte er mit rotglü-

hender Haut, verquollenen Augen und einem Sausen in den Ohren.
Zum erstenmal im Leben fühlte er, daß sein Körper nicht mehr mittat. Bislang hatte er sich lustig gemacht über den kalifornischen Fanatismus, sich in Form zu halten, er hatte gedacht, die Gesundheit sei so etwas wie die Hautfarbe, etwas unwiderruflich Eigenes, das man bei der Geburt mitbekommt und über das nicht einmal zu reden lohnt. Niemals hatte er sich um Cholesterol, Raffinade oder mehrfach gesättigte Fette gekümmert, ihm war organische Nahrung ebenso gleichgültig wie Faserkost, er hielt weder etwas von der Bräunungssucht noch vom Jogging, es sei denn, man mußte eilig irgendwohin laufen. Er war immer überzeugt gewesen, daß er keine Zeit haben würde, an Krankheiten zu leiden, er würde nicht alt werden, sondern bei einem Unfall sterben.
Zum erstenmal auch sank sein Interesse an den Frauen. Das machte ihm zwar angst, aber gleichzeitig fühlte er sich erleichtert – einerseits fürchtete er, seine Manneskraft zu verlieren, andererseits dachte er, daß ohne diesen Drang sein Leben sehr viel erträglicher gewesen wäre. Die Verabredungen wurden seltener und beschränkten sich auf hastige Begegnungen um die Mittagszeit, denn am Nachmittag mußte er zu David zurück. Die Sexualität war wie der Hunger und der Schlaf für ihn eine Notwendigkeit, die er sofort befriedigen mußte, er schätzte keine langen Vorspiele, sein Verlangen gehörte zur verzweifelten Art.
»Ich werde langsam mäklig. Das muß das Alter sein«, sagte er zu Carmen.
»Wird auch Zeit. Ich hab das nie begriffen, du bist sonst so wählerisch, wenn es um Kleidung oder Musik oder Bücher geht, du ißt gern gut in einem anständigen Restaurant, kaufst den besten Wein, fliegst nur erster Klasse, wohnst im teuersten Hotel, wie kann sich so ein Mann mit diesen Strichmädchen abgeben!«
»Nun übertreib mal nicht, ein paar sind gar nicht so übel«, erwiderte er, aber im Grunde gab er seiner Freundin recht, auf diesem Gebiet hatte er noch viel zu lernen.

Die einzige Freude, bei der er sich ohne Druck entspannte und die er auch beizubehalten gedachte, war die Freude an der Musik. Nachts, wenn er nicht schlafen und vor lauter Unruhe auch nicht lesen konnte, warf er sich aufs Bett, starrte in die Dunkelheit und hörte einem Konzert zu.

Ende März starb Nora Reeves an Lungenentzündung. In den letzten Jahren war ihr Verstand auf gewundenen geistigen Wegen abgeschweift, und um die Richtung nicht zu verlieren, hielt sie immer die unsichtbare Orange des Unendlichen Plans in der Hand. Wenn sie ausgingen, bat Judy sie, die Orange zu Hause zu lassen, die Leute sollten nicht denken, ihre Mutter streckte die Hand aus, weil sie um Almosen bettelte. Nora glaubte, sie wäre siebzehn Jahre und wohnte in einem weißen Palast, wo ihr Bräutigam, Charles Reeves, sie besuchte. Er kam zur Teestunde mit einem Cowboyhut, einer zahmen Schlange und einer Tasche mit Werkzeug, um die Schäden der Welt zu reparieren, so wie er sie gewissenhaft jeden Donnerstag besucht hatte seit jenem fernen Tag, als der Krankenwagen ihn in die andere Welt gefahren hatte.

Ihre letzte Krankheit begann mit Wechselfieber, und als die Greisin in Dämmerzustand sank, brachten Judy und ihr Mann sie ins Krankenhaus. Hier lag sie zwei Wochen, und sie war so schwach, daß sie sich nach und nach zu verflüchtigen schien, aber Gregory war sicher, daß seine Mutter nicht im Todeskampf lag. Er schenkte ihr eine Stereoanlage, damit sie ihre Opernplatten hören konnte, und als er bemerkte, daß sie die Zehen unter der Bettdecke im Takt der Musik bewegte und etwas wie ein kindliches Lächeln um ihre Lippen spielte, war ihm das ein schlüssiger Beweis, daß sie nicht daran dachte, von ihnen zu gehen.

»Wenn sie sich noch von der Musik anrühren läßt, dann heißt das, daß sie nicht stirbt.«

»Mach dir keine Illusionen, Greg. Sie ißt nicht, sie spricht nicht, sie atmet kaum noch«, erwiderte Judy.

»Das macht sie, um uns zu foppen. Du wirst sehen, morgen geht's ihr wieder gut«, antwortete er, der sich an das Bild seiner jungen Mutter klammerte.

Aber eines Morgens, als es eben dämmerte, riefen sie ihn ins Krankenhaus, und als die Sonne aufging, stand er mit seiner Schwester neben einer Bahre, auf dem der leichte Körper einer Frau ohne Alter lag. Seine Mutter war fast achtzig geworden, aber sie hatte vor langer Zeit vom Dasein Abschied genommen und sich einem gnädigen Wahn überantwortet, der ihr half, den Schmerzen des Lebens völlig aus dem Weg zu gehen. Je hinfälliger ihr Körper geworden war, um so mehr hatte sie sich in eine andere Zeit und an einen anderen Ort zurückgezogen. Am Ende ihrer Tage glaubte sie, eine Fürstin aus dem Ural zu sein, und wandelte Arien singend durch die weißen Räume eines verzauberten Schlosses.

Seit langem schon hatte sie nur noch Judy erkannt, hatte sie aber häufig mit ihrer Mutter verwechselt und russisch mit ihr gesprochen. Sie war in eine verklärte Jugend zurückgeflüchtet, in der es keine Pflichten und keine Leiden gab, nur geruhige Zerstreuung mit Musik und Büchern. Sie las, weil es ihr Vergnügen machte festzustellen, in welch unendlichen Variationen man sechsundzwanzig Zeichen auf Papier drucken konnte, aber sie erinnerte sich weder an die Sätze, noch lag ihr etwas am Thema, sie blätterte in einem klassischen Roman mit demselben Interesse wie in einer Gebrauchsanweisung für ein Bügeleisen. Mit den Jahren hatte sie das Aussehen einer zerbrechlichen wächsernen Puppe angenommen, aber als sie starb, sah sie so aus, wie Gregory sie aus seiner Kindheit in Erinnerung hatte, wenn sie ihm nachts die Stellung der Sterne erklärte. Die Wochen im Fieber, das lange Fasten und das zerrupfte Haar, das ihr Enkel ihr in Strähnen abgeschnitten hatte und das nicht wieder nachgewachsen war, hatten diese Illusion der Schönheit nicht zerstören können. Ihre Seele verließ sie mit der sanften Schüchternheit, die ihr eigen war, während Judy ihre Hand hielt.

Es regnete, als sie sie begruben, ohne Tränen und große Gefühlsausbrüche. Judy packte das wenige, was sie zurückgelassen hatte, in einen Beutel: zwei sehr abgetragene Kleider, eine Blechdose mit einigen Dokumenten, die ihren Weg durch diese Welt bewiesen, zwei von Charles Reeves gemalte Bilder und ihr Perlenhalsband. Gregory nahm nur ein paar Fotos an sich.

Am Abend dieses Tages, nachdem Gregory seinen Sohn gebadet und den üblichen Kampf ums Schlafengehen mit ihm ausgefochten hatte, fütterte er die Haustiere, warf die schmutzige Wäsche in die Waschmaschine, sammelte die überall verstreuten Spielsachen auf und verstaute sie in einem Schrank, brachte den Abfall in die Garage, säuberte die Küche, stellte die Bücher, die das Kind gebraucht hatte, um eine Festung zu bauen, zurück in die Regale und war nun endlich allein in seinem Zimmer, vor sich seinen Aktenkoffer voller Unterlagen, die er für den folgenden Tag durchgehen wollte.
Er legte eine Mahler-Sinfonie auf den Plattenteller, goß sich ein Glas Weißwein ein und setzte sich aufs Bett, fast das einzige Möbelstück in diesem Raum. Es war bereits Mitternacht, und er brauchte mindestens zwei Stunden Arbeit, um den Fall, den er vor sich hatte, zu entwirren, aber er hatte nicht die Kraft anzufangen. Mit zwei Schlucken leerte er das Glas und goß sich das nächste ein und dann wieder das nächste, bis die Flasche leer war.
Er ließ im Bad Wasser in die Wanne, zog sich aus und betrachtete sich im Spiegel – den stämmigen Hals, die breiten Schultern, die festen Beine. Er war so daran gewöhnt, daß sein Körper ihm gehorchte wie eine exakt funktionierende Maschine, daß er gar nicht imstande war, sich vorzustellen, er könnte einmal krank werden. Er hatte nur zweimal in seinem Leben das Bett hüten müssen: als ihm die Venen im Bein geplatzt waren und dann in jenem Krankenhaus in Hawaii, aber das waren fast vergessene Episoden. Er überhörte störrisch die Alarmglocken, die ihn zur Ordnung riefen – die Allergien, die Kopfschmerzen, die Mattigkeit, die Schlaflosigkeit.
Er strich sich übers Haar und stellte fest, daß noch kein einziges weiß wurde und daß sie ihm auch nicht ausfielen. Er dachte an King Benedict, der sich den Schädel mit schwarzer Stiefelwichse einschmierte, um die Kahlheit zu tarnen, die ihn verwirrte. Er musterte sein Spiegelbild und suchte nach der Spur seiner Mutter und fand sie in den Händen mit den schlanken Fingern und in den schmalen Füßen, alles übrige war solides

väterliches Erbe. Margaret hatte das Aussehen ihrer Großmutter, ein Katzengesicht mit hohen Wangenknochen, einen engelhaften Blick, geschmeidige Bewegungen.
Was würde aus ihr werden? Als er sie das letzte Mal sah, war sie im Gefängnis. Von der Straße ins Gefängnis, vom Gefängnis auf die Straße, aus einer Unsicherheit in die andere, so verlief ihr Leben, seit sie das erste Mal aus Samanthas Haus fortgelaufen war. Sie war noch so jung, aber sie hatte schon alle Kreise der Hölle durchwandert und hatte die furchteinflößende Haltung einer stoßbereiten Kobra angenommen. Gegen jeden Augenschein wollte er sich vorstellen, daß unter dem Panzer der Laster ihr noch Reste von Reinheit verblieben waren. Schwankend stand er da und dachte, so wie Nora sich im Tod verklärt hatte, könnte Margaret sich vor dem Verderben retten und durch ein Wunder aus der Asche zu neuem Leben auferstehen. Seine Mutter hatte Jahrzehnte unberührt von den rohen Prüfungen der Welt gelebt, und er war sich dessen in seiner leichten Betrunkenheit gewiß, daß sie sich in ihrem Sarg in Nebel verwandeln würde, in Sicherheit vor den geschäftigen Maden der Verwesung. Ebenso würde seine Tochter sich selbst bewahren, vielleicht hatte die lange Leidenszeit, die sie auf ihrem schlimmen Weg so weit fortgeführt hatte, noch nicht jene wesenseigene Schönheit zerstört, vielleicht genügte eines der durchschlagenden Abführmittel, die Olga zu verordnen pflegte, und ein gründliches Bad mit Seife und Bürste, sie zu reinigen, ohne eine einzige Spur zurückzulassen, ohne Einstiche, ohne Kratzer oder Quetschungen oder Wunden, und die Haut würde wieder schimmern, die Zähne fleckenlos strahlen, das Haar lebendig glänzen, und das Herz wäre für immer reingewaschen von Schuld.
Ihm war ein wenig schwindlig, und er konnte nicht gut sehen. Er stieg in die Wanne und ließ die Wohltat des heißen Wassers auf sich wirken, versuchte, die verkrampften Glieder zu entspannen und an nichts zu denken, aber die Geschehnisse des Tages drangen jetzt im Schwarm auf ihn ein – die Formalitäten im Krankenhaus, der kurze Trauergottesdienst, das einsame Begräbnis, dem nur die großen Sträuße roter Nelken Farbe

gaben, die er gekauft hatte, um sein schlechtes Gewissen zu beschwichtigen, daß er sich so viele Jahre nicht um seine Mutter gekümmert hatte. Er erinnerte sich an den Regen, an Judys hartnäckiges, tränenloses Schweigen, an sein eigenes Unbehagen, als wäre der Tod von Nora Reeves eine Indiskretion, der einzige Fall, in dem sie es an Höflichkeit und guten Manieren hätte fehlen lassen.

Während der Fahrt zum Friedhof hatte er an die Arbeit gedacht, die sich in der Kanzlei häufte, und an den Fall Benedict: Sollte er einen Vergleich anstreben oder vor Gericht gehen auf die Gefahr hin, alles zu verlieren? Wie ein Hund hatte er hartnäckig jede Spur verfolgt, so unbedeutend sie auch schien, aber er hatte nichts Greifbares gefunden, woran er sich festhalten konnte. Sein Klient war ihm lieb geworden, er war wie ein braves Kind in der anachronistischen Hülle eines Fünfzigjährigen, vor allem aber bewunderte er Belle Benedict, diese erstaunliche Frau, die es verdiente, die Armut von sich abzuschütteln. Um ihretwillen mußte er den Manövern der gegnerischen Anwälte zuvorkommen und sie auf seinem eigenen Gebiet schlagen, nicht der gewinnt, der recht hat, sondern der, der besser kämpft, war die erste Regel des Alten mit den Orchideen gewesen.

Er haßte sich, weil er sich von diesen Überlegungen hatte ablenken lassen, als der Leichnam seiner Mutter noch nicht einmal kalt gewesen war. Er dachte an Noras letzte Jahre, in denen ihre Verfassung der eines zurückgebliebenen kleinen Mädchens geglichen hatte, das Judy mit barscher, ungeduldiger Fürsorge bemuttert hatte, als wäre es ein Kind mehr in ihrer Sippe von acht Bälgern. Wenigstens seine Schwester war bei ihr gewesen, er dagegen hatte immer neue Entschuldigungen erfunden, um sie nicht sehen zu müssen, er hatte sich darauf beschränkt, die Rechnungen zu bezahlen, wenn es nötig war, und ihr ein paarmal im Jahr kurze Besuche abzustatten. Es beängstigte ihn, daß sie ihn nicht erkannte, daß ihr Gehirn die Existenz eines Sohnes namens Gregory nicht aufgenommen hatte, er empfand die Altersamnesie seiner Mutter wie eine Strafe, als wäre dieses Vergessen nur wieder ein Vorwand, ihn endgültig aus ihrem Herzen zu streichen. Er hatte immer schon den Argwohn gehabt, daß sie ihn nicht liebte und daß, als sie ihn an das Waisenhaus und an die Farmer loszuwerden versuchte, nicht die Not sie bewogen hatte, sondern eine tiefe Gleichgültigkeit.

Das Wasser war zu heiß, seine Haut brannte, und in den Schläfen klopfte es, ein Schluck mehr könnte nicht schaden, dachte er. Er stieg aus der Wanne, wickelte sich ein Badetuch um, ging in die Küche, um sich eine Flasche zu holen, und drehte im Vorbeigehen die Heizung ab, weil ihm die Hitze den Atem nahm. Er warf einen Blick in Davids Zimmer und stellte fest, daß er zur Hälfte in seinem Indianerzelt lag und ruhig schlief. Er goß sich ein Glas Weißwein ein und setzte sich wieder auf sein Bett. Die Platte war abgelaufen, und er konnte die Stille hören, ein seltener Luxus, seit sein Sohn bei ihm lebte.

Von neuem fand seine Mutter sich ein in beharrlichem Erinnern, ihre Stimme flüsterte, versuchte ihm etwas zu sagen, und er entdeckte, daß er sie nicht kannte, sie war eine Fremde. In seiner frühen Kindheit hatte er sie vergöttert, aber dann hatte er sich von ihr entfernt, und in manchen Augenblicken hatte er geglaubt, sie zu hassen, vor allem in den schwierigsten Jahren, wenn sie sich in ihrem Korbsessel niederließ und sich in Armut und Machtlosigkeit ergab, während er sich auf der Straße durchschlug.

Er betrachtete die alten Fotos, vergilbte Bruchstücke einer fremden Vergangenheit, die in gewisser Weise auch die seine war, und versuchte, aus den Stücken die sanfte, fügsame Greisin zusammenzusetzen. Doch er konnte sie sich so nicht vorstellen, dagegen sah er sie jung, in dem Kleid mit dem Spitzenkragen, das Haar zum Knoten zurückgenommen, am Ausgang eines staubigen Ortes stehen, und auch sich selbst sah er, einen dünnen kleinen Jungen mit klar erkennbaren Zügen, blauen Augen und großem Mund, hinter ihm wollten zwei Männer ein Negermädchen vergewaltigen, er schrie, und sie lachten ihn aus, aber das Mädchen riß sich los aus der schrecklichen Umarmung und tauchte neben Nora Reeves auf, die ihr eine Broschüre des Unendlichen Plans anbot. Danach sah er Nora mit großen Schritten eine einsame Straße entlanggehen, er lief hinterher und versuchte sie einzuholen, aber je schneller er lief, um so größer wurde die Entfernung, und die Gestalt, die er verfolgte, wurde vor dem Horizont immer kleiner und verschwommener, der Asphalt war glühend heiß und aufgeweicht, seine Füße klebten fest, nie würden seine Kräfte reichen, die Mattigkeit zu überwinden, er konnte nicht mehr, er fiel hin, kroch auf Knien weiter, die Hitze benahm ihm den Atem. Er fühlte ein ungeheures Mitleid mit diesem Kind, mit sich selbst. Mutter! rief er sie zuerst in Gedanken, dann mit einem herzzerreißenden Schrei, und da sammelten sich die ungenauen Bilder, die diffusen Linien zeichneten sich ab wie feste Federstriche, und Nora Reeves erschien, körperlich, wirklich und gegenwärtig, und hielt ihm lächelnd die Hände hin.

Er wollte aufstehen und sie umarmen, wie er es nie getan hatte, aber er konnte sich nicht rühren und blieb auf seinem Bett sitzen und sagte nur immer Mama, Mama, während ein weißglühendes Licht das Zimmer erhellte und nach und nach weitere Besucher kamen: Cyrus, Juan José Morales Hand in Hand mit Thui Nguyen, der Junge aus Kansas, der in seinen Armen gestorben war, und andere bleiche Soldaten, Martínez ohne eine Spur seiner früheren Unverschämtheit, aber noch immer in seinem Pachucostaat, und viele andere mehr, die schweigend eintraten und das Zimmer füllten. Gregory fühlte sich überflutet von Noras Lächeln, das er als Kind so nötig gebraucht hätte und als Erwachsener vergeblich gesucht. Er saß regungslos in der ruhigen Stille einer stehengebliebenen Zeit, bis der Zug der Toten langsam wieder verschwand. Die letzte war seine Mutter, sie zog sich schwebend zurück, löste sich in der Wand auf und hinterließ ihm die Gewißheit einer Liebe, die sie im Leben nicht auszudrücken gewußt, die sie aber immer für ihn empfunden hatte.

Als alle verschwunden waren und er allein zurückblieb, barst etwas in seinem Herzen, ein furchtbarer Schmerz krallte sich ihm in die Brust und durchdrang in Wellen den ganzen Leib, verbrannte ihn, zerriß ihn, zerbrach ihm die Knochen und zerrte ihm die Haut ab, er verlor die Herrschaft über seinen Körper, er war nicht mehr er selbst, er war nur noch diese unerträgliche Qual, diese gepeinigte Meeresmeduse, die sich hilflos durch das Zimmer ausbreitete und den Raum füllte, eine einzige blutende Wunde. Wieder versuchte er aufzustehen, aber er konnte die Arme nicht bewegen, er konnte auch nicht atmen, er krümmte sich und fiel auf die Knie, gefällt von einer Lanze, die ihn durchbohrte.

Mehrere Minuten lag er zusammengesunken auf dem Boden, keuchend, nach Luft ringend, Trommelschläge in den Schläfen. Ein lichter Teil seines Verstandes registrierte, was vor sich ging, und er begriff, daß er Hilfe herbeirufen mußte, wenn er nicht hier auf der Stelle sterben wollte, aber er schaffte es nicht bis zum Telefon, er konnte auch nicht schreien, weil ihm die Stimme versagte, er lag zusammengekauert wie ein Fötus und versuchte zitternd sich zu erinnern, was er über Herzattacken wußte. Er fragte sich, wie lange es dauern würde, bis er starb, und der Gedanke entsetzte ihn, doch dann stellte er sich vor, welchen Frieden es bringen würde, nicht mehr zu existieren, sich nicht länger im Staub zu wälzen und mit den Schatten herumzuschlagen, sich nicht mehr eine Straße entlangzuschleppen hinter dieser Frau her, die sich weiter und weiter entfernte, und wie er sich in der Kindheit mit seinem Hund im Fuchsbau verkrochen hatte, so ergab er sich jetzt der Verlockung, nicht mehr zu sein.

Sehr langsam nahm ihm der Schmerz seine ungeheure Mattigkeit. Ihm war, als hätte er diesen Augenblick früher schon einmal erlebt. Er bekam wieder Luft und preßte die Hand auf die Brust, ob da drinnen noch etwas klopfte, nein, noch hatte es ihm das Herz nicht gesprengt. Er begann zu weinen, wie er seit dem Krieg nicht mehr geweint hatte, eine aus der Tiefe, aus der fernsten Vergangenheit heraufdringende Klage, es strömte heraus, genährt von den Tränen, die er in den letzten Jahren unterdrückt hatte, eine nicht einzudämmende Flut. Er weinte über die Verlassenheit des Kindes Gregory, über die Kämpfe und Niederlagen, die er vergebens in Siege zu verwandeln versucht hatte, die unbezahlten Schulden und die Treulosigkeiten, die ihm sein Leben lang begegnet waren, und die, die er begangen hatte, das Fehlen der Mutter und das verspätete Begreifen ihrer Liebe. Er sah Margaret in einen Abgrund gleiten, er wollte sie halten, aber sie rutschte ihm aus den Händen. Er murmelte den Namen Davids, dieses so verwundbaren und so verletzten kleinen Jungen, und er fragte sich, warum seine Kinder mit diesem Stigma des Kummers gezeichnet waren, warum für sie das Leben so schwer war, ob er ihnen vielleicht in den Genen einen Fluch mitgegeben hatte oder ob sie für seine Sünden bezahlen mußten. Er weinte über seine vielen Irrtümer und um die vollkommene Liebe, von der er träumte und die zu finden ihm unmöglich schien, um seinen vor so langer Zeit gestorbenen Vater und um seine in den schlimmsten Erinnerungen gefangene Schwester Judy, um Olga, die Schwindlerin, die aus ihren gezinkten Karten die Zukunft erfand, und um seine Klienten, nicht um die Schmarotzer und Betrüger, sondern um die Opfer wie King Benedict und so viele andere Unglückliche, Neger, Latinos, Illegale, Arme, Ausgestoßene und Gedemütigte, die kamen und um Hilfe baten in diesem Hof der Wunder, zu dem seine Kanzlei inzwischen geworden war. Er schluchzte unaufhörlich, über die Erinnerungen an den Krieg, die Kameraden in den Plastiksäcken, Juan José Morales, die zwölfjährigen Mädchen, die sich an die Soldaten verkauften, die hundert Toten auf dem Berg. Und als er begriff, daß er im Grunde nur um sich selbst weinte, öffnete er die Augen und wußte, daß dieses Tier, das immer hinter ihm lauerte, dessen Atem er seit jeher im Nacken gespürt hatte, sein eigenes hartnäckiges Grauen vor der Einsamkeit war, das ihn seit seiner Kindheit peinigte, wenn er sich zitternd im Schuppen eingeschlossen hatte. Die Angst zog ihn in ihre unheilvolle Umarmung, drang in ihn ein durch den Mund, die Ohren, die Augen, drang überall in ihn ein, nahm ihn ganz in Besitz, während er murmelte: Ich will leben, ich will leben …

Eine Klingel ertönte, rüttelte ihn aus seiner Trance. Es dauerte eine Ewigkeit, bis er den Ton erkannte, bis er sich klar wurde, wo er war, sich auf dem Fußboden sah, nackt, naß von Urin, Erbrochenem und Tränen, betrunken, in blindem Entsetzen.

Das Telefon läutete wie ein dringlicher Lockruf aus einer anderen Dimension, bis er sich endlich hinschleppte und den Hörer abnahm.
»Greg? Ich bin's, Tamar. Du hast mich heute nicht angerufen, es ist Montag...«
»Komm, Carmen, bitte komm...« stammelte er.
Eine halbe Stunde später war sie bei ihm, nachdem sie in verbotenem Tempo von Berkeley herübergerast war. Er öffnete ihr, in ein Badetuch gehüllt, verstört, klammerte sich an seine Freundin, und seine Worte überstürzten sich, als er ihr erklärte, wo es schmerzte, in der Brust, im Kopf, im Rücken, überall. Carmen zog ihm einen Bademantel über, ergriff den schlaftrunkenen David, setzte beide in ihr Auto und jagte zum nächsten Krankenhaus, wo Arzt und Schwestern Gregory in wenigen Minuten in ein Bett gepackt, an einen Tropf angeschlossen und mit einer Sauerstoffmaske versorgt hatten.
»Wird mein Papa sterben?« fragte David.
»Ja, wenn du nicht schläfst«, antwortete Carmen wild.
Sie blieb neben dem schlafenden Kind im Warteraum bis zum nächsten Morgen, als der Kardiologe ihr mitteilte, es bestehe keine Gefahr, es handle sich nicht um einen Herzfehler, sondern um einen akuten Anfall von Angst, der Patient könne nach Hause, aber er müsse unbedingt zu seinem Arzt gehen und eine Reihe von Tests machen lassen, und er solle nur ja einen Psychiater aufsuchen, denn er verliere sich in Wahnvorstellungen.
Als sie zurückgekehrt waren, half sie Gregory, sich zu duschen und sich hinzulegen, kochte Kaffee, zog David an, gab ihm Frühstück und brachte ihn zur Schule. Dann rief sie Tina Faibich an und erklärte ihr, daß der Chef heute nicht in der Verfassung sei zu arbeiten, worauf sie zurückging zu ihrem Freund und sich neben ihn aufs Bett setzte. Gregory war erschöpft und von Beruhigungsmitteln betäubt, aber er konnte wieder ohne Beklemmung atmen und verspürte sogar ein wenig Hunger.
»Was ist passiert?« wollte Carmen wissen.
»Meine Mutter ist gestorben.«

»Warum hast du mir nicht Bescheid gesagt?«

»Es ging sehr schnell, ich wollte niemanden belästigen, außerdem hättest du auch nichts mehr machen können.« Und nun erzählte Gregory ihr, was geschehen war, redete ohne Ordnung und Vernunft, in einem Strom unvollendeter Sätze, Hand in Hand mit der Frau, die ihm mehr als seine Schwester war, sie war seine älteste und treueste Liebe, seine Freundin, seine Kameradin, ein vertrauter Teil seiner selbst, ihm so nah und doch so verschieden von ihm, braune und notwendige Carmen, tüchtige und weise Carmen, mit fünfhundert Jahren indianischer und spanischer Tradition im Blut und einem soliden Menschenverstand, die ihr geholfen hatten, mit festem Schritt durch die Welt zu gehen.

»Erinnerst du dich daran, wie ich vor dem Zug vorbeilief, als wir Kinder waren? Das heilte mich von meiner Zwangsvorstellung vom Tod, und ich habe viele Jahre nicht an ihn gedacht, aber jetzt sind diese Zwangsvorstellungen wieder da, und ich habe Angst. Es hat mich erwischt, niemals werde ich aufhören, an die Banken zu zahlen, meine Tochter richtet sich mit Drogen zugrunde, mit David werde ich mich die kommenden fünfzehn Jahre herumstreiten. Mein Leben ist eine Katastrophe, ich bin ein Versager.«

»Versager und Erfolgreiche gibt es nicht, Greg, das sind Erfindungen der Gringos. Man lebt eben so gut wie möglich, ein bißchen jeden Tag, es ist wie eine Reise ohne Ziel, was zählt, ist der Weg. Jetzt ist eben Zeit, mal eine Pause einzulegen, also was soll das ganze Gehetze. Meine Großmutter sagte, wir dürfen uns nie zu Sklaven der Eile machen.«

»Deine Großmutter war verrückt, Carmen.«

»Nicht immer, manchmal war sie die klarste Person im ganzen Haus.«

»Ich bin abgesoffen und allein wie ein Hund.«

»Du mußt erst mal den Boden berühren, dann stößt du dich ab und steigst wieder an die Oberfläche. Krisen sind gut, sie sind eine großartige Möglichkeit, zu wachsen und sich zu ändern.«

»Ich bin der, den du vor dir siehst, mehr nicht. Alles hab ich

falsch gemacht, angefangen bei meinen Kindern. Ich bin wie der Turm von Pisa, Carmen, meine Achse ist schief, und deshalb geht mir alles verkehrt aus.«
»Wer hat dir denn gesagt, daß das Leben leicht ist? Immer gibt es Schmerz und Mühe. Du wirst die Achse geraderücken müssen, wenn das nötig ist. Schau dich an, Greg, du siehst aus wie ein Häufchen Elend ... Laß das Klagen und steh endlich auf. Du hast dir alles so eingerichtet, daß du nur immer wegrennst, aber man kann nicht immer rennen, einmal muß man stehenbleiben und sich selbst ins Gesicht sehen. Du kannst rennen, soviel du willst, du steckst doch immer in derselben Haut.«
Gregory kam sein nomadisierender Vater in den Sinn, er war gewandert, hatte Grenzen überschritten, hatte versucht, den Horizont zu erreichen, an das Ende des Regenbogens zu kommen und jenseits davon etwas zu finden, was sich ihm hier verweigerte. Das Land bietet große, weite Räume an, wohin man flüchten, wo man die Vergangenheit begraben, alles hinwerfen kann und erneut aufbrechen, so oft das nötig ist, ohne sich mit Schuldgefühlen oder Sehnsüchten zu belasten, immer kann man die Wurzeln abschneiden und neu beginnen, das Morgen ist ein unbeschriebenes Blatt. So war seine eigene Geschichte, niemals in Ruhe, ein ewiger Reisender, aber das Ergebnis dieses Dranges war die Einsamkeit gewesen.
»Ich hab es dir ja schon früher gesagt, Carmen, ich werde alt.«
»Das geht uns allen so. Ich mag meine Falten.«
Er betrachtete sie von nahem, zum erstenmal gründlich, und sah, daß sie kein Mädchen mehr war, und freute sich, daß sie nichts tat, um die Linien des Gesichts zu verstecken, diese Spuren ihrer Wanderung, und auch nicht die weißen Haare, die ihre schwarze Mähne aufhellten. Das Gewicht ihrer Brüste zog ihre Schultern nach vorn, getreu ihrem Stil trug sie einen weiten Rock, Sandalen, Ringe und Armbänder, all das war Carmen-Tamar. Er fand sie schön, schöner als in der Kindheit, als sie ein pummliges, keckes kleines Ding mit Zahnspange gewesen war, oder in der Jugend, das reizvollste Mädchen der ganzen Schule, oder als Frau, als sie schon ihre endgültige Form erreicht hatte

und mit einem Japaner durch das Barrio Gótico von Barcelona spaziert war. Er lächelte sie an, und sie gab das Lächeln zurück, sie sahen sich voll ungeheurer Zuneigung an, zwei verschworene Kumpane, seit sie Kinder gewesen waren. Gregory nahm sie bei den Schultern und küßte sie leicht auf die Lippen.

»Ich liebe dich«, murmelte er, obwohl er sich bewußt war, daß das banal klang, aber es war die reine Wahrheit. »Glaubst du, daß wir als Paar ein Erfolg würden?«

»Nein.«

»Wollen wir uns lieben?«

»Ich denke, nein. Ich muß wohl ein Persönlichkeitsproblem haben«, sagte sie lachend. »Ruh dich aus und versuch zu schlafen. Mike Tong wird David von der Schule abholen und ein paar Tage bei dir bleiben. Ich komme heute abend wieder, ich hab eine Überraschung für dich.«

Daisy war die Überraschung, neunzig Kilo schöne, fröhliche Negerin, reine schimmernde Schokolade, sie stammte aus der Dominikanischen Republik, hatte halb Mexiko zu Fuß durchquert, dann mit weiteren achtzehn Flüchtlingen im doppelten Boden eines mit Melonen beladenen Lastwagens die Grenze passiert und war entschlossen, sich hier im Norden ihr Brot zu verdienen.

Daisy sollte Gregorys und Davids Leben beträchtlich umkrempeln. Sie nahm das Kind freundlich und ohne große Umstände in ihre Obhut, genauso gelassen, wie sie mit den Nöten ihrer Vergangenheit fertig geworden war. Sie sprach kaum ein Wort Englisch, und ihr Arbeitgeber mußte für sie den Dolmetscher machen. Daisys Erziehungsmethoden erzielten bei David gute Erfolge, wenn auch das Verdienst daran ihr nicht allein zukam, denn der Junge war in den Händen einer kostspieligen Equipe von Professoren, Ärzten und Psychologen. Sie glaubte an keine dieser modischen Methoden, sie lernte das Wort »hyperaktiv« nicht einmal auf spanisch auszusprechen. Sie war überzeugt, daß der Grund für all die ungebärdige Wildheit ganz einfach war – der Bursche war vom Teufel besessen, eine ganz gewöhnliche Sache, wie sie versicherte, sie kannte persönlich mehrere Leute, denen das gleiche zugestoßen war, aber das

konnte man leichter heilen als eine Erkältung, jeder gute Christ konnte das. Vom ersten Tag an bemühte sie sich, den Teufel aus Davids Körper auszutreiben, und das tat sie mit einer Kombination aus Voodoo, Gebeten zu ihren Lieblingsheiligen, schmackhaften karibischen Gerichten, viel Liebe und hin und wieder einer schallenden Ohrfeige, die sie ihm hinter dem Rücken seines Vaters verabreichte, die aber der Betroffene nicht zu petzen wagte, denn die Aussicht, ohne Daisy zu leben, war ihm unerträglich. Mit beachtlicher Geduld unternahm sie es, ihn zu zähmen. Wenn er wie ein Stachelschwein die Borsten aufstellte und drauf und dran war, die Wände hochzugehen, dann schloß sie ihn in ihre dicken braunen Arme, machte es ihm zwischen ihren Mutterbrüsten bequem, strich ihm fest über den Kopf und sang ihm in ihrer sonnenprallen Sprache so lange etwas vor, bis er wieder ganz friedlich war.
Die beruhigende Gegenwart Daisys mit ihrem Duft nach Ananas und Zucker, ihrem stets bereiten Lachen, ihrem karibischen, konsonantenverwischenden Spanisch und ihren endlosen Geschichten von Heiligen und Hexern, die David zwar nicht verstand, aber deren gleichmäßiger Singsang ihn in den Schlaf wiegte, gaben dem Kind endlich Sicherheit. Dank dieser Hilfe in den grundlegenden Dingen des Alltags konnte Gregory Reeves die lange und schmerzvolle Reise in sein Inneres beginnen.

Jede Nacht, ein Jahr lang, glaubte Gregory, er müsse sterben. Wenn sein Sohn schlief, das Haus endlich zur Ruhe kam und er allein war, spürte er das Ende nahen. Er schloß die Tür seines Zimmers ab, damit David ihn nicht überraschte, falls er aufwachte, denn er wollte ihn nicht erschrecken, und dann überließ er sich dem Leiden, ohne ihm Widerstand entgegenzusetzen. Was ihm hier geschah, war etwas ganz anderes als die alte vage Angst, an die er mehr oder weniger gewöhnt war. Tagsüber war alles ganz normal, er fühlte sich stark und aktiv, traf Entscheidungen, leitete seine Kanzlei und sein Haus, kümmerte sich um seinen Sohn und bildete sich bisweilen ein, alles sei in Ordnung, aber kaum war er am Abend allein, übermannte ihn eine irrationale Furcht. Er sah sich gefangen in einem ringsum gepolsterten Raum, einer Zelle für Tobsüchtige, wo man vergebens schrie und gegen die Wände schlug, es gab kein Echo, keine Antwort, nur lastende Leere. Er wußte keinen Namen für diesen Albdruck, der sich aus Ungewißheit, Unruhe, Schuldbewußtsein, Verlassenheitsgefühl und tiefer Einsamkeit zusammensetzte, und so nannte er ihn schließlich einfach die Bestie. Er hatte über vierzig Jahre versucht, sie zu täuschen, aber nun hatte er endlich begriffen, daß sie ihn nie in Frieden lassen würde, wenn er sie nicht in einem Kampf Auge in Auge vernichtete. Die Zähne zusammenbeißen und standhalten wie in jener Nacht auf dem Berg, das schien ihm die einzig mögliche Strategie gegen diesen unerbittlichen Feind, der ihn folterte mit pressenden Zangen in der Brust, Hammerschlägen in den Schläfen, brennenden Holzkloben im Magen, dem Drang, loszurennen und zu rennen bis zum Horizont und sich für immer zu verlieren, dorthin, wo niemand und nichts ihn erreichen konnte, am wenigsten seine eigenen Erinnerungen. Bisweilen überraschte ihn der Morgen zusammengekauert wie ein gehetztes Tier, dann wieder schlief er nach mehreren Stunden stummen Kampfes erschöpft ein und erwachte schweißüberströmt aus dem Getümmel von Träumen, auf die er sich nicht mehr besinnen konnte. Gelegentlich barst wieder eine Granate in seiner Brust und nahm ihm die Luft, aber er kannte nun schon die Symptome und beschränkte sich darauf, zu warten, bis sie verschwanden, und bemühte sich nur, die Verzweiflung in Grenzen zu halten, damit er nicht wirklich starb. Er hatte sich sein Leben lang mit Zaubertricks selbst etwas vorgemacht, aber nun war die Stunde gekommen, zu leiden ohne Linderung, nur mit der Hoffnung, eines Tages die Schwelle zu überschreiten und zu genesen.

Die Erleichterung, die der Alkohol bringen konnte, schloß er aus, weil er spürte, daß jedes Trostmittel die Pferdekur, die er sich auferlegt hatte, verlängern würde. Wenn er an die Grenzen seiner Kräfte gelangt war, beschwor er die Vision seiner Mutter herauf, so wie sie ihm nach ihrem Tod erschienen war, die Arme nach ihm ausgestreckt und mit einem Willkommlächeln,

das ihn beruhigte, wenn er auch im Grunde wußte, daß er sich an eine Illusion klammerte, diese zärtliche Mutter war ein Geschöpf seiner Sehnsucht.
Er bemühte sich auch nicht um Frauen, was nicht heißen soll, daß er ganz ohne blieb, bisweilen lief ihm eine über den Weg, die die Initiative ergriff, und dann konnte er sich für ein paar Stunden entspannen, aber er geriet nicht wieder in die Falle romantischer Phantasien, er hatte begriffen, daß niemand ihn erlösen würde, daß er sich selber retten mußte. Rosemary, seine alte Liebste, die Kochbuchautorin, lud ihn häufig ein, ihre kulinarischen Neuheiten zu probieren, und bisweilen liebkoste sie ihn mehr aus Güte als aus Verlangen, und dann liebten sie sich, ohne Leidenschaft, aber mit ehrlichem guten Willen.
Mike Tong, der immer noch an seinem unwahrscheinlichen Abakus festhielt trotz des nagelneuen Computers in der Kanzlei, hatte es nicht geschafft, seinem Chef alle Geheimnisse der mit roter Tinte vollgekritzelten dicken Bücher zu enträtseln, aber er hatte ihm wenigstens die Anfänge finanzieller Vernunft beizubringen verstanden. Sie müssen Ordnung in Ihren Rechnungen schaffen, sonst landen wir alle in der Scheiße, bat ihn sein chinesischer Buchhalter mit seinem stets gleichbleibenden Lächeln und einer höflichen Verbeugung, aber er knetete seine Hände vor Nervosität. Aus Zuneigung zu seinem Chef hatte er sich angewöhnt, dasselbe Vokabular wie Gregory zu benutzen.
Tong hatte recht, nicht nur seine Rechnungen verlangten nach Ordnung, sondern auch sein ganzes Leben, das drauf und dran schien, auf Grund zu laufen. Sein Boot nahm an allen Ecken und Enden Wasser auf, seine Finger reichten nicht aus, die Löcher des Schiffbruchs zu verstopfen. Jetzt bestätigte sich für ihn der Wert von Carmens und Timothys Freundschaft, die stundenlang sein störrisches Schweigen ertrugen und keine Woche vergehen ließen, ohne ihn anzurufen oder zu besuchen, obwohl seine Gesellschaft wenig unterhaltsam war. Du bist unerträglich, ich kann dich nirgendwohin mitnehmen, was ist los mit dir? Du bist gräßlich langweilig geworden, beschwerte

sich Timothy, aber auch er begann das unordentliche Leben satt zu haben.
Timothy hatte ziemlichen Mißbrauch mit seiner robusten irischen Konstitution getrieben, sein Körper hielt die Orgien nicht mehr aus, die früher seine Wochenenden mit Sünden und nachfolgenden Gewissensbissen gefüllt hatten. Da Gregory nicht über seine Probleme sprach, zum Teil, weil er selber nicht wußte, was zum Teufel mit ihm vorging, hatte Timothy die rettende Idee, zu deren Verwirklichung er allerdings fast Gewalt anwenden mußte: Er schleppte ihn in die Sprechstunde von Dr. Ming O'Brien, ließ ihn aber vorher schwören, daß er nicht versuchen würde, sie zu verführen. Er hatte sie bei einem Vortrag über Mumien kennengelernt, zu dem er gekommen war, um zu hören, ob es eine Verbindung gab zwischen den Einbalsamiermethoden im alten Ägypten und der modernen Pathologie, und sie, um zu sehen, welcher geistig Zerrüttete sich für ein solches Thema interessieren konnte. Sie begegneten sich während der Pause in der Schlange, die nach Kaffee anstand. Von der Seite beobachtete sie dieses angeschlagene Parthenonstandbild, das sich drei Schritte von dem Rauchverbotsschild eine Pfeife ansteckte, und Timothy war ihres aparten Aussehens wegen auf sie aufmerksam geworden und hatte gedacht, dieses kleine Geschöpf mit dem schwarzen Haar und den klugen Augen müsse chinesisches Blut in den Adern haben.
Tatsächlich stammte sie aus Taiwan. Als sie vierzehn war, schickten ihre Eltern sie per Schiff nach Amerika zu einer ihnen flüchtig bekannten Familie von Landsleuten, nachdem sie sie mit einem Touristenvisum und genauen Verhaltensmaßregeln versehen hatten: studieren, vorwärtskommen, sich nie beklagen, denn was auch immer ihr zustoßen könnte, wäre dem Leben in ihrem Heimatland immer noch vorzuziehen. Schon im ersten Jahr hatte das Mädchen sich dem amerikanischen Temperament so gut angepaßt, daß sie auf den Einfall kam, einem Mitglied des Senats einen Brief zu schreiben, in dem sie die Vorzüge Amerikas aufzählte und ihn nebenbei um ein Dauervisum bat. Durch eines dieser merkwürdigen Zusammentreffen war der Politiker ein Sammler von Ming-Porzellan,

der Name des Mädchens fiel ihm sofort auf, und in einer Anwandlung von Sympathie ließ er ihre Papiere in Ordnung bringen. Der Name O'Brien stammte von einem Ehemann, den Ming sehr jung geheiratet und mit dem sie zehn Monate zusammengelebt hatte, wonach sie ihn verließ und sich schwor, ihr ganzes Leben lang nie wieder zu heiraten.
Timothy erkannte schon beim zweiten Blick die unaufdringliche Schönheit dieser Frau, und als sie aufgehört hatten, über Mumien zu reden, und sich sondierend anderen Themen zuwandten, entdeckte Timothy, daß zum erstenmal seit vielen Jahren eine Frau ihn fesselte. Sie blieben nicht bis zum Ende des Vortrags, zusammen gingen sie in ein Restaurant an den Kais, und nach der ersten Flasche Wein hörte Timothy sich einen Monolog von Brecht rezitieren. Die Chinesin redete wenig und beobachtete viel. Als er sie in seine Wohnung einlud, lehnte Ming liebenswürdig ab und tat das auch in den folgenden Monaten, was die Neugier des geplagten Verehrers wachhielt. Als sie später endlich zusammenzogen, war Timothy bereits besiegt.
»Noch nie habe ich eine so anmutige Frau gesehen, sie schaut aus wie eine Elfenbeinfigur, und dabei ist sie auch noch unterhaltsam, ich könnte ihr stundenlang zuhören ... Ich glaube, sie mag mich, ich kann gar nicht verstehen, warum sie mich abweist.«
»Ich denke, du kannst nur mit Nutten.«
»Mit ihr wäre es ganz anders, da bin ich sicher.«
»Wie ich ihn ertrage, Greg? Mit chinesischer Geduld ... Außerdem hab ich was übrig für Neurotiker, und Tim ist der schlimmste in meiner Sammlung«, erklärte Ming O'Brien Gregory mit einem frechen Zwinkern, während sie in der Küche der Wohnung, die sie mit Timothy teilte, Käsehappen aufspießte. Aber das war sehr viel später.

Nach langem Schwanken war es mir gelungen, die fixe Idee zu überwinden, daß Männer nicht von ihren Schwächen und Problemen sprechen, ein Vorurteil, das sich seinerzeit im mexikanischen Barrio in mir festgesetzt hatte, wo es eines der grundlegenden Merkmale der Männlichkeit ist. Ich saß also in einem Sprechzimmer, wo alles Harmonie war, Bilder, Farben und eine einzige vollkommene Rose in einer Kristallvase. Ich nehme an, all das lud zur Ruhe und vertraulichem Gespräch ein, aber ich fühlte mich unbehaglich, binnen kurzem war mein Hemd schweißnaß, und ich fragte mich, warum zum Teufel ich auf Timothy gehört hatte. Ich hatte es immer blödsinnig gefunden, einen Fachmann zu bezahlen, der sich stundenweise verkauft, besonders wenn man das Ergebnis nicht vorausberechnen kann. Außerdem war mein erster Eindruck von Ming O'Brien gewesen, daß sie zu einem anderen Sternbild gehörte, wir hatten nichts gemein, ich ließ mich von ihrem Puppengesicht täuschen und kam zu Schlüssen, für die ich mich heute schäme. Ich hielt sie für unfähig, sich die Stürme, die durch mein Leben gefegt waren, auch nur vorzustellen, was konnte sie schon wissen vom Überlebenskampf in einem armen Barrio, von meiner unglücklichen Tochter Margaret, von den unzähligen Problemen mit David, der ständig an ein Hochspannungskabel angeschlossen war, von meinen Zweifeln, von meinen Exfrauen und dem Reigen kurzfristiger Liebschaften, von dem Gerangel mit den Klienten und Anwälten meiner Firma, dieser Handvoll Ausbeuter, vom Schmerz in der Brust, von der Schlaflosigkeit und der Angst jede Nacht, zu sterben. Noch weitaus weniger würde sie vom Krieg wissen. Jahrelang hatte ich die Therapiegruppen von ehemaligen Kriegsteilnehmern gemieden, es ging mir auf die Nerven, den Fluch der Erinnerungen und die Zukunftsängste zu teilen, es schien mir unnötig, über diese Seite meiner Vergangenheit zu sprechen, ich hatte es nie zu Männern getan, um so weniger würde ich es jetzt zu dieser unerschütterlichen Lady tun.

»Erzählen Sie mir einen häufig wiederkehrenden Traum«, forderte Ming O'Brien mich auf.

Scheiße, das hab ich nötig gehabt, ein Freud in Röcken, dachte ich, aber nach einer allzu langen Pause überlegte ich, wieviel mich jede Schweigeminute kostete, und mangels etwas Interessanterem fiel mir ein, den mit dem Berg zu nehmen. Ich gebe zu, daß ich in ironischem Ton begann, das Bein lässig übergeschlagen, und daß ich sie indessen mit meinen im Betrachten von Frauen geübten Augen bewertete, denn in jener Zeit gab ich ihnen noch Zensuren, die auf einer Skala von eins bis zehn gingen: Frau Doktor ist nicht übel, stellte ich fest, sie verdient mehr oder weniger eine Sieben. Doch je länger ich den Albtraum erzählte, um so stärker bemächtigte sich meiner wieder die entsetzliche Angst, die ich empfand, wenn ich ihn träumte, ich sah meine schwarzgekleideten Feinde näher kommen, hundert verstohlen schleichende, drohende, durchsichtige Feinde, meine gefallenen Gefährten wie scharlachrote Pinselstriche in dem bedrückenden Grau der Landschaft, die Kugeln jagen wie Leuchtspuren durch die Angreifer hindurch, und ich glaube, mir rann der Schweiß über das Gesicht, meine Hände zitterten vom krampfhaften Halten der Waffe, ich weinte vor Anstrengung, in diesen dichten Nebel zu zielen, und ich keuchte und rang nach Luft, die sich in mir in Sand verwandelte. Ming O'Briens Hände hielten mich bei den Schultern gepackt und schüttelten mich und brachten mich in die Wirklichkeit zurück, ich saß in einem friedlichen Zimmer vor einer Frau mit asiatischen Zügen, die mit einem klugen, festen Blick meine Seele durchdrang.

»Schauen Sie den Feind an, Gregory. Schauen Sie ihm ins Gesicht, und sagen Sie mir, wie er aussieht.«

Ich versuchte zu gehorchen, aber ich konnte in dem Nebel nichts erkennen, nur Schatten. Sie drängte auf eine Antwort, und dann, nach und nach, wurden die Gestalten deutlicher, und ich konnte den sehen, der mir am nächsten war, und begriff verwirrt, daß ich mich in einem Spiegel anblickte.

»Mein Gott! ... Einer von ihnen gleicht mir!«

»Und die andern? Schauen Sie die andern an! Wie sehen sie aus?«

»Auch sie gleichen mir ... sie sind alle gleich ... alle haben mein Gesicht!«

Eine sehr lange Zeit verging, ich konnte mir den Schweiß abwischen und ein wenig Haltung zurückgewinnen. Die Ärztin blickte mich fest an mit ihren schwarzen Augen.

»Sie haben das Gesicht Ihres Feindes gesehen, jetzt können Sie ihn identifizieren, Sie wissen, wer er ist und wo er ist. Niemals wird dieser Albtraum Sie wieder ängstigen, weil Sie ihn nun bewußt bekämpfen werden«, sagte sie mit so viel Autorität, daß ich nicht den kleinsten Zweifel hatte: So würde es sein.

Als ich das Sprechzimmer verließ, kam ich mir ein bißchen albern vor, weil ich die Schwäche in den Beinen nicht unter Kontrolle bekam und weil ich mich nicht von ihr verabschieden konnte, denn mir versagte die Stimme. Einen Monat später ging ich wieder zu ihr, ich hatte inzwischen festgestellt, daß der Albtraum nicht zurückgekommen war, und gab endlich zu, daß ich ihre Hilfe brauchte. Sie erwartete mich.

»Ich kenne keine Wundermittel. Ich werde Ihnen zur Seite stehen und Ihnen helfen, die schwersten Hindernisse fortzuräumen, aber die Arbeit müssen Sie selber tun. Es ist ein langer Weg, er kann Jahre dauern, viele haben ihn begonnen, aber nur wenige erreichen das Ende, denn er ist voller Schmerzen. Es gibt weder schnelle noch dauernde Lösungen, Sie können die Veränderungen nur mit Anstrengung und Geduld erreichen.«

In den folgenden fünf Jahren hielt Ming O'Brien ihr Versprechen getreulich ein, jeden Dienstag war sie bereit, mir zuzuhören, gelassen und weise zwischen den zarten chinesischen Tuschzeichnungen und den frischen Blumen. Jedesmal, wenn ich versuchte, auf einem Seitenweg zu entwischen, zwang sie mich, stehenzubleiben und die Landkarte zu überprüfen. Wenn ich gegen ein unüberwindliches Hindernis stieß, zeigte sie mir, wie ich es Stück für Stück abtragen mußte, bis es überwunden war. Ebenso lehrte sie mich, mit der gleichen Technik meine Dämonen zu bekämpfen, einen nach dem andern. Sie begleitete mich Schritt für Schritt auf der Reise in die Vergangenheit, so weit zurück, daß ich mich an den Schrecken des Geborenwerdens erinnern und das Gefühl der Einsamkeit akzeptieren konnte, das mich begleitete fast von dem Augenblick an, als Olgas Schere mich von meiner Mutter trennte. Sie half mir die vielfachen Formen schmerzlicher Verlassenheit ertragen, vom vorzeitigen Tod meines Vaters, des einzigen starken Halts meiner ersten Jahre, über den irreparablen Eskapismus meiner armen Mutter, die so früh von der Wirklichkeit niedergedrückt wurde und auf Wegen verlorenging, auf denen ich ihr nicht folgen konnte. Sie zeigte mir die lange Kette meiner Irrtümer und warnte mich, daß ich nie in der Wachsamkeit nachlassen dürfe, denn die Krisen tauchten hartnäckig immer wieder auf.

Durch Ming O'Brien konnte ich endlich den Schmerz benennen, begreifen und in den Griff bekommen, weil ich wußte, daß er in der einen oder anderen Form immer dasein würde, denn er ist Teil des Lebens, und als dieser Gedanke in mir Wurzeln geschlagen hatte, schrumpfte meine Angst auf nachgerade wunderbare Weise. Der tödliche Schrecken jeder Nacht verschwand, ich konnte allein sein, ohne vor Entsetzen zu zittern. Endlich entdeckte ich, wieviel Freude es mir machte, nach Hause zu kommen, mit meinem Sohn zu spielen, für uns beide zu kochen und nachts, wenn alles zur Ruhe gekommen ist, zu lesen und Musik zu hören. Zum erstenmal wußte ich die Stille und den Vorzug der Einsamkeit zu schätzen. Ming O'Brien stützte mich, damit ich von den Knien aufstand, meine Schwächen und meine Grenzen erkannte, mich meiner Kraft freute und den Sack voller Steine abwarf, den ich auf dem Rücken schleppte.

Gemeinsam gingen wir Zeile für Zeile mein läppisches Betthasenverzeichnis durch, und ich stellte beschämt fest, daß fast alle Bettgenossinnen auf meiner langen Pilgerfahrt vom selben Zuschnitt und Stil gewesen waren, abhängig und letztlich unfähig, Zuneigung zu erwidern. Ich sah auch mit aller Klarheit, daß ich mit Frauen, die anders waren, wie Carmen oder Rosemary, niemals eine gesunde Beziehung aufbauen konnte, weil ich weder mich selbst auszuliefern noch die völlige Hingabe einer wirklichen Gefährtin zu akzeptieren verstand, ich ahnte nichts von der Gemeinsamkeit in der Liebe. Olga hatte mich gelehrt, daß der Sex das Instrument ist und die Liebe die Musik, aber ich hatte die Lektion nicht rechtzeitig gelernt, ich habe sie erst jetzt begriffen, wo ich auf meine mittleren Jahre zusteuere, aber ich denke, spät ist besser als nie.

Ich entdeckte, daß ich keinen Groll gegen meine Mutter hegte,

wie ich geglaubt hatte, und konnte mich mit der Zuneigung an sie erinnern, die keiner von uns beiden auszudrücken verstand, als sie noch lebte. Es war mir nicht mehr wichtig, eine Nora Reeves nach meinen Bedürfnissen zu erfinden, man macht die Vergangenheit unter allen Umständen passend, und das Gedächtnis ist aus vielen Erfindungen zusammengesetzt. Mir kam der Gedanke, daß ihr unbesiegbarer Geist mich begleitete, wie der Engel Thui Nguyen ihren Sohn Dai begleitet, und das gab mir eine gewisse Sicherheit. Ich gab Samantha und Shanon nicht länger die Schuld an unseren Mißerfolgen, ich hatte sie schließlich zu Gefährtinnen gewählt, das Problem lag hauptsächlich bei mir und war in den tiefen Schichten meiner Persönlichkeit entstanden, wo der Same des frühesten Verlassenseins lag. Eine nach der andern prüfte ich alle meine Bindungen, Kinder, Freunde und Angestellte, und auf einer jener Dienstagsitzungen wurde mir plötzlich eines klar: Mein ganzes Leben lang hatte ich mich mit schwachen Menschen umgeben in der stillen Hoffnung, ich würde dafür, daß ich mich um sie kümmerte, ein wenig Zuneigung oder zumindest Dankbarkeit ernten, aber das Ergebnis war jämmerlich gewesen, je mehr ich gab, um so mehr Groll bekam ich zurück. Nur die Starken, wie Carmen, Timothy, Mike, Tina, schätzten mich.
»Niemand ist dankbar dafür, als Schwächling behandelt zu werden«, erklärte mir Ming O'Brien. »Sie können sich nicht für immer mit anderen belasten, der Augenblick kommt, wo Sie müde werden, und wenn Sie sie fallenlassen, fühlen sie sich verraten und hassen Sie, das ist natürlich. So ist es Ihnen mit Ihren Ehefrauen ergangen, mit einigen Freunden, verschiedenen Klienten, fast all Ihren Angestellten, und so kann es Ihnen auch mit David passieren.«
Die ersten Veränderungen waren die schwersten, denn kaum begannen die Grundmauern des windschiefen Gebäudes, das mein Leben war, zu wanken, geriet es aus dem Gleichgewicht, und alles stürzte ein.

Tina Faibich nahm an diesem Dienstagnachmittag den Anruf entgegen. Ihr Chef war in einer Besprechung mit zwei Anwälten der Versicherungsgesellschaft im Fall King Benedict und wollte nicht gestört werden, aber in der Stimme des Unbekannten lag so viel Drängen, daß sie es wagte, den Anruf durchzustellen. Es war ein richtiger Entschluß, denn er rettete Margaret das Leben, wenigstens für einige Zeit. Kommen Sie schnell, sagte der Mann, gab ihm die Adresse eines Motels in Richmond und legte auf, ohne seinen Namen zu nennen.

King Benedict saß im Vorzimmer und blätterte in einem Comicheft, als er Gregory hinausgehen sah, und während der auf den Fahrstuhl wartete, holte er ihn ein und fragte, wohin er so eilig wolle.

»Dahin können Sie nicht allein und schon gar nicht in einem Auto wie Ihrem«, sagte er zu Gregory und heftete sich ihm an die Fersen, um ihn zu begleiten. Fünfundvierzig Minuten später sahen sie sich vor einer Reihe verlassener Häuser in einer von Unrat starrenden Straße. Je tiefer sie in das ärmste Viertel der Stadt eindrangen, um so deutlicher zeigte sich, daß Benedict recht gehabt hatte, nicht ein einziger Weißer war zu sehen. In den Haustüren, vor den Kneipen und an den Ecken standen Grüppchen von jungen Leuten müßig herum, die ihnen mit obszönen Gesten drohten und sie beschimpften, als sie vorbeifuhren. Einige Straßen hatten keinen Namen, und Gregory fuhr hilflos hindurch und wagte nicht, das Fenster herunterzukurbeln, um nach dem Weg zu fragen, aus Angst, sie könnten ihn anspucken oder mit Steinen werfen, aber King Benedict ließ Gregory halten, stieg aus, fragte ein paar Leute und begrüßte, als er zurückkam, den Haufen junger Burschen, die schon den Wagen umringten, Grimassen schnitten und aufs Verdeck hämmerten.

So fanden sie Margaret. Sie klopften an die Tür des Zimmers Nummer neun in einem zweifelhaften Motel, und ihnen öffnete ein stämmiger Neger mit kahlgeschorenem Schädel und fünf Nadeln im Ohr, die letzte Person, die Gregory neben seiner Tochter anzutreffen gewünscht hätte, aber er hatte keine Zeit, ihn sich näher anzusehen, denn der Mann packte ihn mit einem Zangengriff beim Arm und zog ihn zu dem Bett, in dem das Mädchen lag.

»Ich glaube, sie stirbt«, sagte er.
Er war ein Gelegenheitskunde, der erste an diesem Tag, der sich für ein paar Dollar ein Amüsement mit dieser verwahrlosten jungen Frau erkauft hatte, die alle in der Nachbarschaft kannten und trotz ihrer Rasse in Ruhe ließen, denn sie stand ja doch schon jenseits der üblichen Feindseligkeiten, jenseits jeder Kränkung. Aber als er ihr mit hastigem Zupacken das Kleid heruntergerissen hatte und sie hochhob, um sie auf das Lager zu werfen, sah er, daß er etwas wie eine verrenkte Gliederpuppe in den Armen hielt, ein armseliges Skelett, das vor Fieber glühte. Er schüttelte sie ein wenig, um ihr, wie er meinte, die Drogenschläfrigkeit auszutreiben, da fiel ihr Kopf kraftlos nach hinten, die Augen verdrehten sich, daß nur noch das Weiße zu sehen war, und ein Faden gelben Speichels rann ihr aus dem Mund. Scheiße, fluchte der Mann und hätte sie im ersten Schreck am liebsten liegenlassen und sich schleunigst davongemacht, bevor ihn jemand sah und er am Ende noch beschuldigt wurde, sie umgebracht zu haben. Aber als er sie auf das Bett legte, sah sie so rührend aus in ihrem Elend, daß ihn Mitleid ergriff, und weil es in seinem gewalttätigen Leben doch noch einen Raum für die Großmut gab, beugte er sich über sie und rief sie an, versuchte ihr Wasser einzuflößen, tastete sie ab, ob sie irgendwo eine Wunde hatte, und stellte fest, daß ihr Körper förmlich in Flammen stand.
Auf dem Boden trieben sich leere Flaschen, Zigarettenkippen, Spritzen, vergammelte Reste einer Pizza und aller nur mögliche Abfall herum. Auf dem Tisch lag neben offenstehenden Kosmetikdosen eine Handtasche aus Plastik. Er leerte sie, ohne recht zu wissen, was er suchte, und fand einen Schlüssel, Zigaretten, ein zusammengefaltetes Stück Papier mit einer Dosis Heroin, eine Geldbörse mit drei Dollar und eine Karte mit dem Namen eines Anwalts. Es kam ihm nicht in den Sinn, die Polizei zu holen, aber er dachte, es müsse doch einen Grund dafür geben, daß sie diese Karte bei sich hatte, und so lief er zur Telefonzelle an der Ecke und rief Gregory Reeves an, ohne zu ahnen, daß er mit dem Vater der jämmerlichen Hure sprach, die auf einem Bett ohne Bettücher zu sterben schien.

Als er seinen Alarmruf durchgegeben hatte, ging er in die nächste Kneipe, um ein Bier zu trinken, und war entschlossen, die ganze Geschichte zu vergessen und umgehend abzuhauen, falls die Polizei auftauchte, aber in einem verborgenen Winkel seiner Seele spürte er, daß das Mädchen nach ihm rief, und er überlegte, daß niemand gern allein stirbt – er verlor ja nichts, wenn er noch ein paar Minuten länger bei ihr blieb, nebenbei konnte er sich auch die Dollars und das Heroin einstecken, das sie ohnehin nicht mehr brauchte. Also kehrte er zurück in das Zimmer Nummer neun mit einer zweiten Flasche Bier und einem Pappbecher voll Eis, und in dem Eifer, ihr zu trinken zu geben, ihr Eis auf die Stirn zu legen und mit einem in kaltes Wasser eingetauchten Hemd den Körper abzukühlen, wobei er völlig vergaß, ihre Handtasche zu leeren, verbrauchte er die ganze Zeit, bis Gregory im Motel eintraf.

»Na schön, ich geh dann jetzt«, sagte er, etwas verblüfft, diesen weißen Mann im grauen Anzug mit Schlips hier auftauchen zu sehen, der an diesem Ort wie ein Witz wirkte, aber aus Neugier blieb er auf der Schwelle stehen.

»Was ist passiert? Wo gibt's hier ein Telefon? Wer sind Sie?« fragte Gregory, während er sein Jackett auszog, um seine nackte Tochter zuzudecken.

»Ich hab damit überhaupt nichts zu tun, ich kenne sie nicht einmal. Und Sie, wer sind Sie?«

»Ihr Vater. Danke, daß Sie mich angerufen haben«, damit brach ihm die Stimme.

»Scheiße... gottverdammte Scheiße... warten Sie, ich helf Ihnen.«

Der Neger hob Margaret hoch, als wäre sie ein Säugling, und trug sie zum Auto, wo King Benedict wartete, damit keiner es ausplünderte. Gregory, einen Tränenschleier vor den Augen, raste ohne Rücksicht auf den Verkehr zum Krankenhaus, während Margaret, kaum noch atmend, zusammengekauert auf Kings Knien lag, der ihr einen der alten Sklavensongs vorsummte, mit denen seine Mutter ihn in den Schlaf gesungen hatte, als er noch ein Kind war. Mit seiner Tochter auf den Armen betrat Gregory die Notaufnahme.

Zwei Stunden später durfte er sie ein paar Minuten auf der Intensivstation sehen, wo sie wie gekreuzigt im Bett lag, mit einem Sauerstoffgerät und mit mehreren Kanülen in den Venen. Der diensthabende Arzt gab ihm die erste Diagnose: eine vernachlässigte Infektion, die sich ausgebreitet und das Herz angegriffen hatte. Die Prognose sei ziemlich schwarz, sagte er, vielleicht könne sie durch massive Gaben Antibiotika gerettet werden, aber wenn sie nicht ihre Lebensweise radikal ändere, sei eine andauernde Genesung höchst unwahrscheinlich. Die späteren Untersuchungen ergaben, daß Margarets Organismus dem einer Greisin glich, ihre inneren Organe waren durch die Drogen geschädigt, die Venen durch die Einstiche ruiniert, die Zähne saßen locker, die Haut war schuppig, das Haar fiel in Büscheln aus, zudem verlor sie dauernd Blut als Folge zahlloser Abtreibungen und Geschlechtskrankheiten. Doch trotz all dieser Leiden sah das Mädchen, wie es da mit geschlossenen Augen hingestreckt im halbdunklen Zimmer lag, wie ein schlafender Engel aus, ohne sichtbare Spuren der Schande, eine unberührte Unschuld.

Die Illusion währte nicht lange, schon bald erkannte ihr Vater, in welchen Abgrund der Verkommenheit sie gestürzt war. Die Ärzte bemühten sich, ihre Entzugserscheinungen in den Griff zu bekommen. Sie verschrieben ihr Methadon und gaben ihr Nikotin in Form von Kaugummi, aber trotzdem mußte sie angebunden werden, damit sie nicht den Alkohol zur Wunddesinfektion trank oder Barbiturate stahl.

Gregory konnte sich nicht mit Samantha in Verbindung setzen, weil die in Indien den Schritten eines Gurus folgte. Verzweifelt wandte er sich an Ming O'Brien und bat sie um Hilfe, obwohl er im Grunde alle Hoffnung verloren hatte, Margaret noch aus den Klauen ihres verfluchten Schicksals reißen zu können. Kaum hatte die Kranke die Krise der ersten Tage überstanden, besuchte Dr. O'Brien sie regelmäßig und schloß sich stundenlang mit ihr ein, um sich mit ihr zu unterhalten. Nachmittags ging Gregory ins Krankenhaus und fand seine Tochter von Selbstmitleid zerrissen, mit irrem Gesichtsausdruck und unkontrollierbar zitternden Händen. Er setzte sich neben sie und hätte sie gern gestreichelt, aber er wagte nicht, sie anzurühren, und hörte sich nur stumm eine endlose Folge von Vorwürfen und abscheulichen Geständnissen an. So erfuhr er von dem Martyrium, das seine Tochter erduldet hatte. Er versuchte herauszufinden, wie sie in diese Hölle geraten war, welche unerklärliche Wut und welche düstere Schwermut ihr Leben derart zerrüttet hatten, aber sie wußte es selber nicht. Ich liebe dich, Papa, sagte sie bisweilen schluchzend, aber einen Augenblick später wandte sie sich gegen ihn, tobte in rasendem Haß und warf ihm schreiend vor, an all der Verwüstung schuld zu sein.

»Sieh mich an, verfluchter Hurensohn, sieh mich an!« Und mit einer Handbewegung riß sie das Deckbett beiseite, spreizte die Beine und zeigte ihm ihr Geschlecht, dabei weinte und lachte sie mit der Wildheit einer Wahnsinnigen. »Willst du wissen, wie ich mich durchschlage, während du nach Europa fliegst und deinen Weibern Brillanten kaufst und meine Mutter im Lotossitz meditiert? Willst du wissen, was sie mit mir anstellen, die Besoffenen, die Stadtstreicher, die Perversen, die Syphilitiker? Aber das brauche ich dir ja gar nicht zu sagen, du hast genug Erfahrung mit Huren, du bezahlst uns, damit wir dir die Schweinereien machen, die dir keine Frau umsonst machen würde...«

Ming O'Brien versuchte Margaret dazu zu bringen, sich ihrer eigenen Wirklichkeit zu stellen, damit sie die augenscheinliche Tatsache akzeptierte, daß sie sich nicht allein heilen konnte, daß sie eine langzeitige Behandlung brauchte, aber das war wie ein Schwindelspiel vor Vexierspiegeln. Das Mädchen tat, als hörte sie ihr zu, und bekannte, angeekelt zu sein von ihrem verkorksten Leben, aber kaum konnte sie das erste Mal aufstehen, schleppte sie sich zum Telefon im Krankenhausflur und bat ihre Kontaktleute, ihr Heroin zu bringen. Ein andermal wieder brach sie völlig zusammen, war entsetzt über sich selbst, fing an, Einzelheiten aus ihrer langen Erniedrigung zu erzählen, und versank in einem Morast von Reue. Ihr Vater bot ihr an, ein Rehabilitationsprogramm in einer Privatklinik zu bezahlen, und schließlich willigte sie scheinbar nachgiebig ein. Ming verbrachte den Vormittag damit, alle möglichen Hebel in Bewegung zu setzen, damit das Mädchen sofort aufgenommen wurde, und Gregory kaufte die Flugscheine, um sie am nächsten Tag nach Südkalifornien zu bringen. In dieser Nacht stahl Margaret die Kleider einer anderen Kranken und verschwand spurlos.

»Die Infektion ist nicht geheilt, nur die alarmierendsten Symptome sind abgeklungen. Wenn sie die Behandlung mit Antibiotika abbricht, wird sie mit Sicherheit sterben«, erklärte der Arzt in neutralem Ton. Er war an jede Art von Notfällen gewöhnt, und Drogensüchtige flößten ihm nicht die geringste Sympathie ein.

»Suchen Sie nicht nach ihr, Gregory. Irgendwann werden Sie einsehen müssen, daß Sie nichts für Ihre Tochter tun können. Sie müssen sie ziehen lassen, sie bestimmt über ihr Leben«, sagte Ming zu dem niedergeschlagenen Vater.

Inzwischen kam der Termin für King Benedicts Verhandlung heran. Die Versicherungsgesellschaft blieb fest bei ihrer Weigerung, Schadenersatz für den Unfall zu zahlen, und behauptete, die angebliche Amnesie sei Betrug. Sie hatten ihn demütigenden ärztlichen und psychiatrischen Untersuchungen unterzogen, um zu beweisen, daß kein körperlicher Schaden vorlag, der dem Sturz hätte zugeschrieben werden können, sie hatten ihn wochenlang befragt über jedes noch so unbedeutende Ereignis zwischen der Zeit seiner Jugend und dem laufenden Jahr, er mußte auf Fotos alte Baseballmannschaften erkennen und wurde gefragt, was für ein Tanz 1941 Mode war und an welchem Tag in Europa der Krieg ausbrach. Sie setzten auch Detektive auf ihn an, die ihm monatelang nachspionierten in der Hoffnung, ihn bei seinem Schwindel zu erwischen. Gutgläubig versuchte King, die endlosen Fragebogen zu beantworten, denn er wollte nicht gern als Dummkopf angesehen werden, aber außer einigen Tatsachen, die er aus seinem täglichen Besuch in der Bücherei behalten hatte, blieb das übrige verborgen in dem friedlichen Nebel der Alltäglichkeiten. Wir wissen nichts von der Zukunft, vielleicht gibt es sie nicht einmal, wir

haben nur die Vergangenheit vor Augen, hatte seine Mutter ihm viele Male gesagt, aber er konnte seine Vergangenheit nicht packen, sie war ein schlüpfriger Schatten, in dem sich vierzig Jahre seines Lebensweges verloren.
Gregory, der zeitlebens von einem hervorragenden Gedächtnis geplagt war, war von der Tragödie seines Klienten fasziniert. Auch er befragte ihn, aber nicht, um ihn bei Lügen zu ertappen, sondern um zu erfahren, wie sich ein Mensch fühlt, der gar nicht anders kann, als sein Leben ganz von vorn zu beginnen. Er kannte King seit vier Jahren und hatte in dieser Zeit seinen Jungenphantasien und seinen sehnsüchtigen Wünschen nach Größe zugehört, während er ihn Schritt für Schritt denselben Weg wie vorher gehen sah, wie ein Schlafwandler, der in einem immer wiederkehrenden Traum gefangen ist. King machte keine großen Veränderungen durch, es war, als träte er in seine eigenen Fußstapfen, er ging in die Abendschule, um für die High-School zu lernen, bekam die gleichen schlechten Zensuren wie in seiner Jungenzeit und gab schließlich auf halbem Wege auf; zwei Jahre später, als sein Verstand der eines Siebzehnjährigen war, stellte er sich in verschiedenen Rekrutierungsbüros der Streitkräfte vor mit der Bitte, ihn aufzunehmen, aber er wurde in allen zurückgewiesen. Er hatte viele Kriegsfilme gesehen, und benebelt von den militärischen Großmäuligkeiten, kaufte er sich schließlich eine Soldatenuniform, die er trug, um sich zu trösten.
»In ein paar Jahren wird er irgendein Flittchen heiraten, die genau wie seine erste Frau ist, und zwei Kinder mit ihr haben wie meine Strolche von Enkeln«, sagte Belle Benedict bitter.
»Ich kann nicht glauben, daß einer zweimal über denselben Stein stolpert«, antwortete Gregory, der gerade eine stille Reise in seine Vergangenheit begonnen hatte und sich oft fragte, was wohl geschehen wäre, wenn er dieses statt jenem getan hätte.
»Man kann nicht zweimal leben und auch nicht zwei verschiedene Schicksale. Man kann das Leben nicht ins reine schreiben«, sagte sie.
»Doch, man kann, Mrs. Benedict, ich versuche es gerade. Man kann das Konzept ändern und ins reine bringen.«

»Das Erlebte folgt keiner Regel. Man kann besser machen, was vor einem liegt, aber die Vergangenheit ist nicht umkehrbar.«
»Soll das heißen, es ist unmöglich, begangene Fehler wiedergutzumachen? Gibt es zum Beispiel keine Hoffnung für meine Tochter Margaret, die noch nicht einmal zwanzig ist?«
»Hoffnung ja, aber die verlorenen zwanzig Jahre kann sie nie wieder zurückbekommen.«
»Das ist ein schrecklicher Gedanke... Das bedeutet, jeder Schritt ist Teil unserer Geschichte, wir sind für immer belastet mit all unseren Wünschen, Gedanken und Handlungen. Mit anderen Worten, wir sind unsere Vergangenheit. Mein Vater predigte über die Folgen jeder einzelnen Tat und die Verantwortung, die uns in der geistigen Ordnung des Universums zufällt, er sagte, alles, was wir tun, kehrt zu uns zurück, früher oder später bezahlen wir für das Böse und bekommen unseren Dank für das Gute.«
»Der Mann wußte viel.«
»Er war geistig zerrüttet und starb im Wahnsinn. Seine Theorien waren ein konfuser Wirrwarr, ich habe sie nie verstanden.«
»Aber seine Wertvorstellungen waren klar, wie's scheint.«
»Er ging nicht mit gutem Beispiel voran. Meine Schwester sagt, er war ein Alkoholiker und ein perverser Mensch, der davon besessen war, alles unter Kontrolle zu haben, und der unser Leben zerstört hat, wenigstens ihres. Aber er war ein starker Mann, ich fühlte mich wohl an seiner Seite und habe gute Erinnerungen an ihn.«
»Anscheinend hat er Ihnen beigebracht, den geraden Weg zu gehen.«
»Er versuchte es, aber er starb zu früh. Mein Weg ist ziemlich krumm gewesen.«
Als Gregory bei Ming dieses Gespräch erwähnte, erzählte er ihr schließlich auch von seinem Klienten, und sie, die meistens aufmerksam zuhörte und nur selten eine Bemerkung einwarf, unterbrach ihn diesmal und fragte nach Einzelheiten. War King Benedict großem Druck ausgesetzt gewesen? Wie war seine Kindheit? War er ein ruhiger, ausgeglichener Mensch oder eher

unsicher? Dann erklärte sie ihm, diese Form der Amnesie sei selten, aber es gebe einige registrierte Fälle. Sie zog ein Buch aus dem Regal und reichte es ihm.

»Werfen Sie mal einen Blick hier rein. Wahrscheinlich hat Ihr Klient in der Jugend einen starken emotionalen Schock erlitten oder einen Schlag ähnlich dem, den er bei dem Unfall bekam. Als die Erfahrung sich wiederholte, wurde die Wirkung des Vergangenen unerträglich und blockierte das Gedächtnis.«

»Da scheint aber nichts dergleichen gewesen zu sein.«

»Es muß etwas sehr Schmerzliches oder Bedrohliches geben, an das er sich nicht erinnern will. Fragen Sie die Mutter.«

Gregory las die ganze Nacht hindurch, und am Morgen hatte er eine klare Vorstellung von dem, was Ming meinte. Er erinnerte sich an jenen Tag, an dem King in seiner Kanzlei ohnmächtig wurde, als ihm Fotos aus Zeitschriften vorgelegt wurden, und ihm fiel ein, wie sonderbar Belle darauf reagiert hatte. Sie hatte draußen gewartet, und als sie den Lärm hörte, kam sie hereingestürzt, sah ihren Sohn auf dem Boden und bückte sich, um ihm zu helfen. In diesem Augenblick entdeckte sie die aufgeschlagene Zeitschrift auf dem Tisch, und mit einer impulsiven Bewegung legte sie King die Hand auf den Mund. Danach hatte sie nicht erlaubt, die Befragung fortzusetzen, und war mit ihm in der Taxe nach Hause gefahren, aber von dem Tag an hatte sie darauf bestanden, bei allen weiteren Sitzungen dabeizusein. Gregory hatte das der Sorge um die Gesundheit ihres Sohnes zugeschrieben, aber nun kamen ihm Zweifel.

Erregt über diese Spur, die ihm wie ein Lichtstreif am düsteren Horizont vorkam, fuhr er geradewegs zum Haus der Duanes, um mit Belle zu sprechen. Sie war gerade dabei, das Silber zu putzen, als der Diener ihr den Besuch meldete, aber sie kam nicht dazu, ihm entgegenzugehen, denn ihr Anwalt stürmte schon in die Küche. Wir müssen miteinander reden, sagte er, ergriff sie beim Arm und ließ ihr nicht einmal Zeit, die Schürze abzubinden und sich die Hände zu waschen. Als er mit ihr allein in seinem Arbeitszimmer war, erklärte er ihr, daß sie Kings Zukunft auf eine einzige Karte setzen müßten, der Sieg hänge von den Argumenten ab, mit denen er das Gericht davon überzeugen könne, daß King nichts vortäuschte. Bis gestern sei ihm das fast unmöglich erschienen, aber wenn sie ihm heute helfe, würde er dem Fall eine neue Richtung geben können. Er wiederholte ihr Mings Theorie und bat sie, ihm zu erzählen, was King in seiner Jugend zugestoßen sei.

»Wie soll ich mich an etwas erinnern, das vor so langer Zeit passiert ist?«

»Ich bin sicher, daß Sie sich nicht anstrengen müssen, um sich zu erinnern, denn Sie haben es noch keinen Augenblick vergessen, Mrs. Benedict«, erwiderte er, öffnete seinen Aktenschrank und holte vor ihren Augen die Zeitschrift heraus, die den Anfall ihres Sohnes bewirkt hatte. »Was bedeutet diese Baumwollpflanzung?«

»Nichts.«

»Sind Sie mit King an einem solchen Ort gewesen?«

»Wir sind an vielen Orten gewesen, wir waren die ganze Zeit unterwegs und suchten Arbeit. Baumwolle haben wir mehrmals auf Farmen wie der da geerntet.«

»Als King vierzehn war?«

»Kann sein, ich erinnere mich nicht.«

»Bitte machen Sie doch die Dinge nicht noch schwerer für mich, wir haben nicht mehr viel Zeit. Ich will Ihnen helfen, wir spielen in derselben Mannschaft, Madam, ich bin nicht Ihr Feind.«

Belle Benedict betrachtete schweigend das Foto mit einem Ausdruck trotziger Würde, während Gregory sie bewundernd ansah und dachte, in ihrer Jugend müsse sie eine Schönheit gewesen sein, und wenn sie zu einer anderen Zeit und in einer anderen Weltgegend geboren wäre, hätte sie vielleicht einen mächtigen Magnaten geheiratet, der diesen schwarzen Panther stolz am Arm geführt hätte.

»Na gut, Mr. Reeves, wir stecken in einer Sackgasse«, sagte sie endlich mit einem Seufzer. »Wenn ich den Mund halte, wie ich es vierzig Jahre lang getan habe, wird mein Baby ein hilfloser, armer alter Mann sein. Wenn ich erzähle, was damals geschehen ist, werde ich verhaftet, und mein Sohn bleibt allein.«

»Vielleicht gibt es mehr als zwei Möglichkeiten. Wenn Sie mich

als Anwalt zu Rate ziehen, ist alles, was Sie sagen, vertraulich, nichts wird über diese vier Wände hinausdringen, das versichere ich Ihnen.«
»Heißt das, Sie können mich nicht anzeigen?«
»Genau das heißt es.«
»Dann bestelle ich Sie hiermit zu meinem Anwalt, ich werde ohnedies einen brauchen«, sagte sie nach einer weiteren langen Pause. »Es war Notwehr, aber wer hätte mir geglaubt? Ich war eine arme schwarze Wanderarbeiterin in der schlimmsten Rassistengegend von Texas, zog mit meinem Sohn von einem Ort zum andern und verdiente mir mein Brot mit dem, was ich vorfand, und besaß bloß einen Koffer mit Kleidern und zwei Arme zum Arbeiten. In der Zeit hatte ich schrecklich viel Ärger; ohne es zu wollen, geriet ich dauernd in Schwierigkeiten, ich zog das Unglück an wie der Honig die Fliegen. Nirgendwo blieb ich lange, immer passierte was, und wir mußten weiter.
Ich hatte mich schon gewundert, daß dieser Farmer mich einstellte, die meisten *braceros* waren Männer und fast alle Latinos, Wanderarbeiter, aber es war die Zeit der Baumwollernte, und ich nahm an, er brauchte noch Hilfskräfte. Er konnte mich nicht gut in den gemeinsamen Schlafräumen einquartieren, also steckte er Baby und mich in eine dreckige Hütte weit von den Farmgebäuden entfernt, wo er uns morgens in einem Lieferwagen abholen und nach der Arbeit zurückbringen ließ. Es war eine gute Arbeit, aber ich hatte eine Menge auszuhalten, das kann ich Ihnen versichern. Ich bin nicht zimperlich, ich unterscheide ganz klar zwischen wichtig und unwichtig, das erste war für mich immer, meinem Sohn zu essen zu geben, was sollte es mir groß ausmachen, mit einem Mann zu schlafen? Zehn oder zwanzig Minuten, und fertig, und dann vergißt man's. Aber er war einer von denen, die es nicht wie alle machen können, er hatte nur Spaß dran, wenn er prügelte, und wenn er mich nicht bluten sah, dann konnte er nicht. Keiner hätte das von ihm gedacht, er schien ein so anständiger Mensch zu sein, die Arbeiter respektierten ihn, er bezahlte gerecht, ging sonntags zur Kirche, ein Muster von einem Boß. Ich stand es

ein paarmal durch, daß er mich peitschte und mich Niggersau und viele andere hübsche Sachen nannte, er war nicht der einzige, ich war mehr oder weniger dran gewöhnt, und welche Frau ist noch nicht geschlagen worden?

An diesem Sonntag war Baby zum Baseballspielen gegangen, ich war allein, und der Mann kam in seinem Lieferwagen zur Hütte. Ich brauchte ihn bloß anzusehen und wußte, was er suchte, außerdem roch er nach Alkohol. Ich weiß nicht mehr genau, wie das im einzelnen alles passierte, Mr. Reeves, ich weiß, der Mann hatte den Gürtel abgenommen und schlug mich hart, und ich glaube, ich hab geschrien, jedenfalls kam Baby dazu und wollte dazwischengehen, und der Kerl schleuderte ihn mit einem Fausthieb beiseite, und Baby krachte mit dem Kopf gegen die Tischkante. Ich sah meinen Jungen regungslos auf dem Boden liegen und brauchte nicht lange nachzudenken, ich packte den Baseballschläger und haute ihn dem Kerl auf den Kopf. Es war ein einziger Schlag, aber er kam von Herzen. Und brachte ihn um.

Als Baby die Augen aufmachte, wusch ich ihm die Wunde aus, es war ein tiefer Schnitt, aber ich konnte ihn nicht ins Krankenhaus bringen, wo sie uns Fragen gestellt hätten, ich stillte ihm das Blut mit kaltem Wasser und ein paar Lappen. Die Leiche vom Boß warf ich in den Lieferwagen und deckte sie mit Säcken zu, dann versteckte ich den Wagen weit weg von der Hütte. Ich wartete die Nacht ab, dann fuhr ich ungefähr zwanzig Meilen und stieß ihn in eine Schlucht. Für den Rückweg zur Hütte brauchte ich fünf Stunden. Ich erinnere mich, daß ich den Rest der Nacht mit reinem Gewissen geschlafen habe und am Morgen vor der Tür darauf wartete, daß sie mich zur Arbeit abholten, als wäre nichts passiert.

Mein Sohn und ich, wir sprechen niemals darüber. Die Polizei fand den Wagen mit der Leiche und glaubte, der Boß hätte zuviel getrunken und wäre in die Schlucht gerast. Sie befragten die *braceros*, aber wenn einer etwas gesehen hatte, verriet er mich doch nicht, und die Sache wurde nicht weiter verfolgt. Bald darauf zog ich mit Baby weiter, und wir haben uns nie wieder in Texas blicken lassen. Da sehen Sie mal, wie das Leben

ist, Mr. Reeves, vierzig Jahre später taucht dieses Gespenst wieder auf und macht mich fertig.«
»Hat er Ihr Gewissen belastet?« fragte Gregory, der an die Toten dachte, die er selbst mit sich herumschleppte.
»Niemals, dank Gottes Hilfe. Der Mann hat sein Ende gesucht.«
»Meine Freundin Carmen ist eine unerschöpfliche Quelle, was gesunden Menschenverstand angeht, und die hat mir einmal gesagt, es bestehe keine Notwendigkeit, etwas zu gestehen, wonach keiner fragt.«
»Aber vor Gericht wird es rauskommen, Mr. Reeves.«
»Hat King noch die Narbe am Kopf?«
»Ja, sie ist sehr häßlich, weil wir sie nicht haben nähen lassen.«
»Wir werden beweisen, daß er sich mit vierzehn Jahren den Kopf aufschlug, als er gegen einen Tisch fiel, und wenn wir Glück haben, brauchen wir den Rest der Geschichte gar nicht zu erwähnen. Wenn ich einen Experten finde, der den ersten Sturz mit dem Unfall auf dem Bau in Zusammenhang bringt, können wir die Sache vielleicht regeln, ohne vor Gericht zu gehen, Mrs. Benedict.«
In der Vergleichsverhandlung bewies Ming O'Brien, daß das Krankheitsbild King Benedicts dem einer psychogenen Amnesie entsprach, und da bisher keine Fortschritte erzielt seien, werde er die Erinnerung wahrscheinlich niemals zurückgewinnen. Sie erklärte, daß die voraufgegangenen Umstände mit den üblichen Ursachen für diese Störung übereinstimmten, Kings Kindheit und Jugend waren voller Ängste und Unsicherheit, er hatte einen schweren Sturz während der Pubertätszeit, vor dem Unfall war er starkem Druck ausgesetzt gewesen und war überdies ein depressiver Mensch. Als er vom Gerüst stürzte, erlitt er ein Trauma ähnlich dem früheren, und sein Verstand tat einen Sprung zurück und flüchtete sich in das Vergessen zum Schutz gegen die Sorgen, die ihn niederdrückten.
Die gegnerischen Anwälte taten ihr möglichstes, um die Diagnose zu Fall zu bringen, aber sie prallten an der Festigkeit der Ärztin ab, die einen halben Meter Fachbücher mit Hinweisen

auf ähnlich gelagerte Fälle vorlegte. Zudem hatten die Detektive, die King beobachten sollten, nur Fotos des Verdächtigen bei der Beschäftigung mit einer elektrischen Eisenbahn, beim Lesen von Abenteuergeschichten und als Soldat verkleidet beim Kriegsspielen beibringen können. Die Richterin, eine Matrone mit einem ebenso starken Charakter, wie ihn Ming O'Brien hatte, nahm die Beklagten beiseite und machte ihnen klar, daß es ratsam für sie sei, ohne weiteres Theater zu bezahlen, denn wenn sie vor Gericht gingen, würden sie sehr viel mehr verlieren. Nach meiner langjährigen Erfahrung, sagte sie, werden die Mitglieder jedes Gerichts diesem armen Mann und seiner aufopfernden Mutter wohlgesinnt sein, wie ich es auch wäre, wenn ich dazugehörte.
Nach zwei Tagen Tauziehen gaben die Anwälte nach. Gregory feierte den Sieg, indem er Belle, King und David nach Disneyland einlud, wo sie sich treiben ließen in einer phantastischen Welt, in der die Tiere sprechen, Lichter die Nacht auslöschen und Maschinen den Gesetzen der Physik und den Geheimnissen der Zeit hohnzusprechen scheinen. Danach half er Belle, ein bescheidenes Haus auf dem Lande zu kaufen, und eröffnete mit dem Rest des Geldes von der Versicherung ein Konto, damit King und Belle ihr Leben lang eine Pension bekamen.

Als Dai anfing, seinen Computer zu vernachlässigen, Aftershave-Lotion zu benutzen und sich mit trostlosem Blick im Spiegel zu betrachten, lud Carmen ihn ein, auswärts essen zu gehen, getreu ihrem Brauch, ein Stelldichein wie für Verliebte zu verabreden, um wichtige Dinge zu besprechen. Ihr Zusammenleben war etwas schwierig geworden, und mit den Jahren hatte sich die liebevolle Vertrautheit, die sie verband, zum Teil verloren, obwohl sie noch immer die besten Freunde waren. Dai war jetzt ein Jugendlicher, der aussah wie ein Latino und stark seinem Vater ähnelte, nur war er konzentrierter und schwerblütiger. Er hatte weder Juan Josés Abenteuerlust noch Carmens explosive Persönlichkeit, er war ein introvertierter und ein wenig förmlich auftretender Junge und zu ernst für sein Alter.

Mit vier oder fünf Jahren hatte er eine ungewöhnliche Begabung für Mathematik gezeigt, und seither wurde er von allen wie ein Wunderkind behandelt, außer von seiner Adoptivmutter. Die Lehrerinnen stellten ihn in verschiedenen Fernsehprogrammen und Wettbewerben vor, wo er aus dem Kopf komplizierte Gleichungen löste. So gewann er mehrere Preise, darunter ein Motorrad, als er es noch gar nicht fahren durfte. Sein Stolz hätte leicht in Hochmut ausschlagen können, aber Carmen hielt ihn in Schach und ließ ihn in den Ferien in ihren Werkstätten arbeiten, damit er Kontakt mit den Arbeitern hatte und damit er von klein auf wußte, wie schwer es ist, sich sein Brot zu verdienen. Sie förderte auch seine Wißbegierde und machte seinen Geist aufnahmebereit für andere Kulturen.
Mit fünfzehn Jahren war Dai in Asien, Afrika und verschiedenen Ländern Südamerikas gewesen, sprach ein wenig Spanisch und Vietnamesisch, kannte sich in der Buchführung von Carmens Geschäft gründlich aus, hatte ein Sparkonto und Angebote von verschiedenen Universitäten, die ihm bereits Stipendien für ein zukünftiges Studium zugesagt hatten. Während das ganze Land den unter der Jugend eingetretenen Verfall der Werte heiß diskutierte und den miserablen Zustand des Erziehungssystems dafür verantwortlich machte, das eine Generation von Dummköpfen und Schwächlingen hervorgebracht habe, lernte und arbeitete Dai gewissenhaft, und in seinen freien Stunden stöberte er in der Bibliothek oder spielte mit seinem Computer. In seinem Zimmer hatte er einen kleinen Altar aufgebaut mit den von Leo Galupi zu einem Foto montierten Aufnahmen seiner Mutter und seines Vaters neben einem Holzkreuz, einem kleinen Buddha aus Steingut und einem Zeitschriftenausschnitt, der das Bild der Erde zeigte, von einem Raumschiff aus gesehen.
Er war nicht gesellig, am liebsten war er allein, und bislang war Carmen seine einzige und großartige Gefährtin gewesen. Dieser liebenswürdige Junge, der mit seinem Leben zufrieden war und sich wohl fühlte in der Haut des einsamen Wolfes, veränderte sich unversehens gegen Ende des Frühjahrs. Er verbrachte Stunden damit, an sich herumzuputzen, sprach, klei-

dete und bewegte sich plötzlich wie ein Rocksänger, ging zu den unmöglichsten Zeiten aus und machte gigantische Anstrengungen, von den Jungen anerkannt zu werden, deren Gesellschaft er früher verächtlich abgelehnt hatte. Er verleugnete sogar seine Leidenschaft für die Mathematik, weil sie ihn von seinen Kumpels trennte und weil er unbedingt zum großen Haufen gehören wollte.

Als seine Mutter sah, wie er sich geduldig das Haar mit Spray verklebte, um seine schwarze Mähne zu bändigen, sich Zahnpasta auf die Aknepickel schmierte und um das Telefon herumstrich, da wußte sie, daß die Zeit der idyllischen Gemeinsamkeit mit ihrem Sohn zu Ende ging, und geriet in eine Eifersuchtskrise, die sie nicht einmal Gregory in ihren Montagsgesprächen zu gestehen wagte.

Inzwischen gab es »Tamar«-Läden überall auf der Welt, und sie verfügte über eine Mannschaft von tüchtigen Angestellten, die ihr Geschäft betrieben, während sie sich darauf beschränkte, neue Modelinien zu entwerfen und das Firmenimage weiter zu fördern. Sie hatte ein Holzhaus inmitten hoher Bäume auf den Hügeln von Berkeley gekauft, in dem sie mit ihrer Mutter und ihrem Sohn wohnte.

Pedro Morales war einige Jahre zuvor gestorben. Als er sein Ende nahen fühlte, weigerte er sich, ins Krankenhaus zu gehen, und wollte nicht, daß die Ärzte ihm das Leben mit künstlichen Mitteln verlängerten, weil er fürchtete, daß die Kosten die Familie ruinieren würden und seine Frau dann auf der Straße stand. Er hatte ein Leben lang gearbeitet, um seine kleine Sippe voranzubringen, und wollte ihr nicht in seinen letzten Tagen noch Schaden zufügen. Er war sehr stolz auf die Seinen, vor allem auf Carmen und seinen Enkel Dai, in dem er seinen Sohn Juan José verkörpert sah. Er ging hinüber in die andere Welt, ohne lose Enden zu hinterlassen und in dem Gefühl, das Seine getan zu haben.

Inmaculada stand ihrem Mann bei in seinen letzten Stunden und tröstete dann die Trauernden. Als der Patriarch nicht mehr da war, löste sich die Familie nicht auf, denn die Mutter hielt die Bande der Zuneigung und der gegenseitigen Hilfe fest gebündelt. Nach der Beerdigung beschloß sie, eine Weile bei Carmen zu wohnen, und in wenigen Wochen hatte sie ihr Eigentum verteilt und das Haus verkauft. Jahrzehntelang hatte sie ihr Herz daran gewandt, diese Möbel und schmückenden Gegenstände, diese Zeugen ihres Wohlstandes, zu pflegen, aber als sie ihren Mann verloren hatte, hatte nichts Materielles mehr Bedeutung für sie. Man verbringt die erste Hälfte seines Lebens damit, Sachen anzuschaffen, und in der zweiten versucht man, sich von ihnen zu trennen, sagte sie. Sie behielt nur das Bett, in dem sie ein halbes Jahrhundert mit Pedro geschlafen hatte, denn darin wollte sie eines Tages sterben.

Inmaculada hatte sich in all den Jahren wenig verändert, als wäre sie von irgendeinem Zeitpunkt an nicht mehr älter geworden. Die Kraft ihrer indianischen Rasse schien sie vor der Abnutzung des Körpers und dem Versagen des Gedächtnisses zu schützen, sie war niemals klarer im Kopf gewesen, eine tüchtige, zuverlässige alte Frau, die immun war gegen Müdigkeit, Schwäche oder Krankheit. Sie übernahm die Führung von Carmens Haushalt mit kämpferischer Hingabe, sie hatte sechs Kinder in der Enge eines armen Barrios aufgezogen, und dieses Haus voller Bequemlichkeiten stellte keine Herausforderung für sie dar. Es war ziemlich schwierig, sie daran zu hindern, sich mit Wäschewaschen den Rücken zu verrenken, ihrer festen Meinung nach mußten die Hände immer beschäftigt sein, Müßiggang macht krank, sagte sie rechtfertigend, wenn sie dabei ertappt wurde, daß sie hoch oben auf der Leiter stehend Fenster putzte oder auf allen vieren Fallen für die Waschbären aufstellte, die in den Fundamenten des Hauses eine Kolonie gegründet hatten. Sie kochte auch weiterhin mexikanische Gerichte, die nur sie und Dai zu würdigen wußten, Carmen lebte Diät, sie stand in aller Frühe auf, um ihren Gemüse- und Kräutergarten zu bestellen, um zu putzen, zu waschen und zu kochen, und sie ging abends als letzte zu Bett, nachdem sie jedes ihrer Kinder in verschiedenen Städten des Landes angerufen hatte, denn sie war nicht die Frau, die darauf verzichtet hätte, ihrer Nachkommenschaft hart auf den Fersen zu bleiben.

Mit viel Geduld brachte Carmen ihre Mutter dazu, die modernen Maschinen zu benutzen, und richtete ihr ein Bankkonto ein, und Inmaculada behandelte das Scheckheft mit dem gleichen Respekt wie ihr Meßbuch. Die Gewohnheit, andere zu bedienen, war zu tief in ihr verwurzelt, als daß sie sie im Alter hätte ablegen können, aber sie war die erste, die sich über ihre Leidenschaft für die Hausarbeit lustig machte. Vor Jahren hatte sie es heimlich großartig gefunden, wenn Carmen von ihren Reisen zurückkehrte und eine »freigelassene Gringa« geworden war, wie Pedro brummte. Daß ihre Tochter besser verdiente als ihre Söhne, verschaffte ihr ein inniges Vergnügen, es entschädigte sie für ihr eigenes Leben, in dem sie sich vor den Männern hatte ducken müssen.

Inmaculada war es, die darauf kam, daß Dai das Stadium der unerwiderten Liebe erreicht hatte, und es ihrer Tochter klarmachte.

»Erzähl mir alles«, verlangte Carmen, als sie mit dem Jungen im Restaurant saß.

Dai versuchte sich herauszureden, aber sein hilfloser Blick und die Schamröte, die ihm ins Gesicht stieg und seiner braunen Haut einen auberginenfarbenen Ton gab, verrieten ihn. Seine Mutter ließ ihm kein Schlupfloch, und beim Schokoladenkuchen zum Nachtisch rutschte er auf seinem Stuhl herum und konnte nur noch alles beichten: daß er weder schlafen noch lernen, noch denken, noch leben konnte, daß er stundenlang am Telefon hockte und auf einen Anruf wartete, der niemals kam, und was soll ich machen, Mama, sicherlich verachtet sie mich, weil ich nicht weiß bin und nicht Football spiele, warum bin ich bloß geboren, warum hast du mich aus Vietnam geholt und mich so erzogen, daß ich anders bin als die anderen, ich kenne die Namen der Rockgruppen nicht, ich bin der einzige Trottel, der Asiaten nicht Orientalen nennt und Afroamerikaner zu den Negern sagt, der sich Sorgen macht über das Ozonloch und die Bettler auf der Straße und den Krieg gegen Nicaragua, der einzige, der sich politisch Gedanken macht auf dieser verdammten Schule, keinen andern kümmert das alles einen Dreck, Mama, das Leben ist eine Scheiße, und wenn Karen mich heute nicht anruft, ich schwör dir, ich steig auf mein Motorrad und stürz mich in die Schlucht, ich kann ohne sie nicht leben ... Hier unterbrach Carmen seine Rede mit einer Ohrfeige, die in dem esoterischen Frieden des vegetarischen Restaurants hallte wie eine zuknallende Tür. Niemals hatte sie ihn je geschlagen. Dai hob eine Hand zur Wange und war so verblüfft, daß ihm seine Klagelitanei auf den Lippen erstarb.

»Sag mir nie wieder, daß du dich umbringen willst, hast du verstanden?«

»Das ist doch nur so eine Redensart, Mama!«

»Ich will das nicht mal im Scherz hören. Du wirst dein ganzes Leben leben, auch wenn's dir weh tut. Und jetzt erzähl mir, wer dieses Unglückswurm ist, daß sich den Luxus leistet, meinen Sohn zu verachten.«

Es handelte sich um eine Klassenkameradin, die ihrerseits wie alle Mädchen der Schule in den Kapitän der Footballmannschaft verliebt war, mit dem Dai es nicht einmal im Traum aufnehmen konnte.

Am nächsten Tag begleitete Carmen ihren Sohn zur Schule, um sich das Mädchen zu betrachten, und sah eine fade Blondine mit Babygesicht, das halb von einem aufgeblasenen Kaugummi verdeckt war. Sie seufzte erleichtert auf, denn nun war sie sicher, daß Dai sich vom Liebeskummer erholen und schnell jemand Interessanteres finden würde, aber auch wenn das nicht passieren sollte, konnte sie doch nichts machen, sie konnte ihm nicht länger Erfahrungen oder Leiden ersparen, wie sie es getan hatte, als er klein war.

Später begriff sie, daß ihre Erleichterung eine tiefere Ursache hatte als die unbedeutende Persönlichkeit Karens und die Gewißheit, daß Dai nicht ewig um sie leiden würde. Sie begann zu erkennen, welche Vorteile für sie darin lagen, daß ihr Sohn flügge wurde. Zum erstenmal in den dreizehn Jahren, die sie zusammenlebten, konnte sie an sich selbst als an ein eigenständiges Einzelwesen denken, bislang war Dai ihr unlösbares Anhängsel gewesen und sie das seine, im Herzen zusammengewachsene siamesische Zwillinge, wie Inmaculada sagte. An diesem Abend fand ihre Mutter sie in der Küche vor einer Tasse

Mangotee, wie sie im letzten Tageslicht in die dunklen Schatten der Bäume starrte.
»Findest du, daß ich alt aussehe, Mama?«
»Älter als im vergangenen Jahr, aber jünger als im nächsten, so Gott will«, antwortete Inmaculada.
»Weißt du, daß ich Großmutter sein könnte? Das Leben vergeht wie im Fluge.«
»In deinem Alter vergeht es rasch, Tochter, man denkt, man wird ewig leben. In meinem Alter lösen sich die Stunden in nichts auf, ich merke nicht einmal, wie ich sie verschwende.«
»Glaubst du, daß sich noch mal jemand in mich verlieben könnte?«
»Frag lieber, ob du dich verlieben kannst. Das Glück, das man erlebt, geht aus der Liebe hervor, die man gibt.«
»Ich glaube bestimmt, daß ich mich verlieben kann.«
»Das freut mich, denn ich werde bald sterben, und Dai wird fortgehen, das ist ganz normal. Du darfst nicht allein bleiben. Ich hab es schon satt, dir immer wieder zu sagen, daß du heiraten sollst.«
»Aber wen, Mama?«
»Gregory Reeves natürlich, der Junge ist besser als alle deine Liebhaber, die ich kennengelernt habe, was allerdings nicht viel sagen will. Es ist doch wirklich unglaublich, was für einen schlechten Blick du für Männer hast!«
»Gregory ist mein Bruder, wenn wir heirateten, wäre das Blutschande.«
»Ein Jammer. Dann such dir einen in deinem Alter, ich versteh sowieso nicht, weshalb du mit Typen rumziehst, die jünger sind als du.«
»Das ist keine schlechte Idee, Mama«, entgegnete Carmen mit einem spitzbübischen Grinsen, das ihre Mutter ein wenig beunruhigte.
Drei Wochen später kündigte sie zu Hause an, daß sie nach Rom fahren werde, um einen Mann zu suchen. Durch einen Privatdetektiv hatte sie Leo Galupi im weiten Universum ausfindig gemacht, eine verhältnismäßig leichte Aufgabe, denn sein Name stand in hervorgehobenen Lettern im Telefonbuch

von Chicago. Nach dem Ende des Krieges war er so arm, wie er gewesen war, an seinen Ausgangspunkt zurückgekehrt, er hatte alles Geld verloren, das er mit seinen anrüchigen Geschäften verdient hatte, aber er war reich an Erfahrungen heimgekommen. Die Jahre, die er Handel treibend in Asien verbrachte, hatten seinen Geschmack verfeinert, er wußte viel über Kunst und hatte gute Beziehungen, also gab er dem Unternehmen seiner Träume Gestalt. Er eröffnete eine Galerie mit asiatischen Kunstgegenständen und hatte damit so großen Erfolg, daß er nach zehn Jahren eine Zweigstelle in New York und eine in Rom besaß, wo er den größten Teil des Jahres lebte.
Der Detektiv berichtete Carmen, daß Galupi Junggeselle geblieben war, und zeigte ihr eine Serie mit Teleobjektiv aufgenommener Fotos, auf denen er weiß gekleidet eine Straße entlangging, in ein Auto stieg oder auf den Treppenstufen der Piazza di Spagna ein Eis aß, auf demselben Platz, auf dem sie oft gesessen hatte, wenn sie nach Rom kam, um ihre »Tamar«-Läden zu besuchen. Als sie ihn sah, tat ihr Herz einen Sprung. Sie hatte seine Züge vergessen, im Grunde hatte sie nicht einmal viel an ihn gedacht, aber angesichts dieser etwas unscharfen Bilder fühlte sie die Sehnsucht wie eine Welle aufsteigen, und sie entdeckte, daß ihre Erinnerung an ihn in einem geheimen Winkel des Gedächtnisses wohl bewahrt war. Am besten packe ich die Sache gleich an, ich habe viel zu tun, entschied sie.
Nun folgten aufregende Tage, in denen sie ihre Reise vorbereitete, die sich so sehr von den anderen unterschied, in gewissem Sinne handelte es sich um eine Mission auf Leben oder Tod, sagte sie zu ihrer Mutter, als diese sie zwischen dem auf dem Boden ausgebreiteten Inhalt ihrer Schränke überraschte, wie sie in einem Wirbel erwartungsvoller Koketterie Kleider anprobierte. Als sie in den Werkstätten und im Haus alle Angelegenheiten geregelt hatte, ließ sie sich ärztlich untersuchen, färbte sich die weißen Haarsträhnen und kaufte seidene Unterwäsche. Mit schonungsloser Aufmerksamkeit musterte sie sich in dem großen Spiegel im Badezimmer, zählte ihre Falten und bedauerte nun, daß sie nie ihren Körper trainiert hatte und daß

sie so gern in Unmengen kondensierte Milch naschte, womit sie seit Jahren ihre Diät zunichte machte. Sie kniff sich in Arme und Beine und erkannte, daß sie nicht mehr allzu fest waren, sie versuchte, den Bauch einzuziehen, aber da gab es eine rebellische Falte, sie betrachtete ihre Hände, die von der Arbeit mit Metallen ruiniert waren, und die Brüste, die ihr immer wie eine fremde Last zu schwer gewesen waren. Das war nicht mehr derselbe Körper wie zu der Zeit, als Leo Galupi sie gekannt hatte, aber sie entschied, daß die Überprüfung ihrer Reize gar nicht so übel ausgefallen war, wenigstens habe ich keine Krampfadern und keinen Schwangerschaftsstreifen, sagte sie sich, ohne daran zu denken, daß sie ja nicht Dais Mutter war und nie geboren hatte.

Als sie alles geordnet hatte, ging sie mit Gregory essen, dem sie vorher nichts von ihren Plänen hatte sagen mögen, weil sie befürchtet hatte, er könnte sie für verrückt halten. Anfangs schüchtern, aber dann mehr und mehr begeistert erzählte sie ihm, was sie über Leo Galupi herausbekommen hatte, und zeigte ihm die Fotos. Sie erlebte eine Überraschung: Ihr Freund fand es ganz natürlich, daß sie in einem plötzlichen Impuls eine Reise nach Europa unternehmen wollte, um einem Mann einen Heiratsantrag zu machen, den sie länger als ein Jahrzehnt nicht mehr gesehen und mit dem sie nie über Liebe gesprochen hatte. Das schien ihm so zu Carmens Charakter zu passen, daß er fragte, weshalb sie das nicht schon früher getan hatte.

»Ich war ausgiebig damit beschäftigt, Dai aufzuziehen, aber jetzt ist mein Sohn groß und braucht mich nicht mehr so sehr.«

»Du kannst natürlich einen Reinfall erleben.«

»Ich werde ihn sorgfältig unter die Lupe nehmen, bevor ich mich festlege. Das macht mir keine Sorgen... aber vielleicht gefalle ich ihm nicht, Greg, ich bin wirklich sehr viel älter geworden.«

»Dann schau dir doch die Fotos an, Mädchen. An ihm sind die Jahre auch nicht gerade spurlos vorübergegangen«, sagte Gregory und legte die Fotos vor sie hin, und da bemerkte sie zum erstenmal, daß Leo Galupi an Haaren verloren, aber an Gewicht zugenommen hatte. Sie lachte fröhlich und beschloß, statt ihm zu schreiben oder ihn anzurufen, wie sie vorgehabt hatte, würde sie ihn einfach besuchen, um die Täuschungen der Einbildungskraft auszuschließen und sofort zu wissen, ob ihr ungewöhnliches Vorhaben eine Grundlage hatte.

Drei Tage später stand Carmen in Galupis Kunstgalerie in Rom, wohin sie geradewegs vom Flughafen aus gefahren war, ihre Koffer warteten im Taxi. Sie hatte gebetet, daß sie ihn antreffen möge, und diesmal gingen ihre Gebete in Erfüllung. Als sie den Raum betrat, erblickte sie Leo Galupi, der in Hose, zerknittertem Leinenhemd und ohne Strümpfe die Einzelheiten für den nächsten Katalog mit einem jungen Mann besprach, der genauso nachlässig gekleidet war. Zwischen Wandteppichen aus Indien, Elfenbein aus China, Holzschnitzereien aus Nepal, Porzellan und Bronzen aus Japan und vielen anderen exotischen Gegenständen schien Carmen ein Teil der Ausstellung zu sein in ihren bunten Zigeunerröcken und dem zarten Schimmer ihres Schmucks aus altem Silber. Als Leo Galupi sie sah, fiel ihm der Katalog aus den Händen, und er starrte sie an wie eine Erscheinung, von der er oft geträumt hatte. Sie dachte, dieser unwahrscheinliche Bräutigam hätte sie nicht erkannt, wie sie befürchtet hatte.

»Ich bin Tamar ... erinnerst du dich an mich?« fragte sie und kam zögernd näher.

»Wie sollte ich mich wohl an dich nicht erinnern!« Damit ergriff er ihre Hand und schüttelte sie eine ganze Weile, bis ihm das Lächerliche dieser Begrüßung bewußt wurde und er sie in die Arme schloß.

»Ich komme, um dich zu fragen, ob du mich heiraten willst«, platzte Carmen stammelnd und sich fast verschluckend heraus, denn so hatte sie das eigentlich nicht geplant, und noch während sie sprach, hätte sie sich ohrfeigen mögen, daß sie schon mit dem zweiten Satz alles verdarb.

»Ich weiß nicht«, war alles, was ihm zu sagen einfiel, als ihm die Stimme wieder gehorchte, und dann sahen sie sich eine ganze Weile verdutzt an, während der junge Mann sich geräuschlos verzog.

»Bist du in irgendwen verliebt?« stotterte sie und fand sich immer idiotischer, aber sie konnte sich einfach nicht mehr an ihre bis ins Detail ausgearbeitete Strategie erinnern.

»Gegenwärtig nicht, glaube ich.«

»Bist du homosexuell?«

»Nein.«

»Gehn wir einen Kaffee trinken? Ich bin ein bißchen müde, es ist eine lange Reise ...«

Leo Galupi führte sie am Arm auf die Straße, wo die strahlende Sommersonne, die wimmelnde Menschenmenge und der Verkehrslärm den beiden das Gefühl für die Gegenwart zurückgaben. In der Galerie waren sie in die Zeiten von Saigon zurückversetzt gewesen, in das Gemach der chinesischen Kaiserin, das er für sie eingerichtet hatte und wo er nachts so oft durch die Ritzen des Wandschirms gespäht hatte, um sie schlafen zu sehen. Als sie damals voneinander Abschied nahmen, hatte Galupi zum erstenmal in seinem Leben als Weltenbummler den Biß der Einsamkeit gespürt, aber er hatte das nicht zugeben wollen, er hatte sich mit sturer Gleichgültigkeit gepanzert und sich Hals über Kopf in seine Geschäfte und Reisen gestürzt. Mit der Zeit verflüchtigte sich die Versuchung, ihr zu schreiben, und er gewöhnte sich an das süße, traurige Gefühl, das der Gedanke an sie in ihm weckte.

Seine Erinnerung diente ihm als Schutz gegen den Reiz anderer Lieben, eine Art Versicherung gegen romantische Verstrickungen. Als ganz junger Mensch hatte er beschlossen, sich an nichts und an niemanden zu binden, er war kein Familienmensch und kein Mann weitreichender Verpflichtungen, er betrachtete sich als Einzelgänger, der unfähig war, die Alltagslangeweile oder die Forderungen des Ehelebens zu ertragen. Mehrmals war er einer allzu heftigen Beziehung entschlüpft, indem er der erbosten Lady erklärte, er könne sie nicht lieben, weil in seinem Leben nur für eine einzige Liebe Platz sei, die zu einer Frau namens Tamar. Aus diesem oftmals wiederholten Alibi war schließlich so etwas wie eine paradoxe Gewißheit für ihn geworden. Er ging seinen Gefühlen nicht auf den Grund, weil ihm seine Freiheit gefiel, und Tamar war nur ein nützliches

Phantom, auf das er zurückgriff, wenn er sich aus einer unangenehmen Lage befreien wollte. Und nun, gerade, als er sich sicher glaubte vor den verrückten Streichen des Herzens, tauchte sie auf, um die Lügen einzufordern, die er jahrelang anderen Frauen erzählt hatte. Er konnte kaum glauben, daß sie vor einer halben Stunde in seinen Laden getreten war und ihn unversehens gebeten hatte, sie zu heiraten. Jetzt saß er neben ihr und traute sich nicht, sie anzusehen, während er spürte, wie ihre Augen ihn unverhohlen musterten.

»Verzeih, Leo, ich wollte dich nicht überfahren, so hatte ich das nicht geplant.«

»Wie hattest du es denn geplant?«

»Ich wollte dich verführen, ich habe mir extra ein Nachthemd aus schwarzer Spitze gekauft.«

»Es wird nicht nötig sein, daß du dir soviel Mühe machst«, sagte Galupi lachend. »Ich fahre dich jetzt zu mir, damit du ein Bad nehmen und ein Weilchen schlafen kannst, du mußt ja ganz zerschlagen sein. Danach werden wir reden.«

»Großartig, das gibt dir Zeit zum Nachdenken«, seufzte Carmen, ohne ironisch sein zu wollen.

Galupi lebte in einer ehemaligen Villa, die in mehrere Wohnungen aufgeteilt war. Die seine hatte zur Straße nur ein Fenster, die anderen sahen auf einen kleinen, uralten Garten, in dem das Wasser eines Springbrunnens plätscherte und Kletterpflanzen sich um schadhafte, mit der grünen Patina der Zeit überzogene Statuen rankten. Spät am Abend saßen sie auf der Terrasse, tranken ein Glas Weißwein, bewunderten den Garten, den ein hell leuchtender Mond beschien, atmeten den zarten Duft von wildem Jasmin ein und legten ihre Seelen bloß. Beide hatten zahllose Liebschaften erlebt, hatten Fehlgriffe getan, viele Kehrtwendungen gemacht und fast all die Täuschungsspielchen praktiziert, mit denen sich die Liebenden quälen. Es war erfrischend, mit brutaler Offenheit von sich selbst und seinen Gefühlen zu sprechen, ohne Hintergedanken und ohne jede Taktik. Sie erzählten sich ihr Leben in großen Zügen, sagten einer dem andern, was sie sich für die Zukunft wünschten, und stellten fest, daß die alte Alchimie, die sie einst zueinander gezogen hatte, noch vorhanden war und daß ein wenig guter Wille genügte, um sie neu zu beleben.

»Noch vor ein paar Wochen wäre es mir nicht eingefallen, zu heiraten, Leo.«

»Und warum hast du an mich gedacht?«

»Weil ich dich nicht vergessen konnte. Ich mag dich, und ich glaube, vor unendlich vielen Jahren hast auch du mich ein bißchen gemocht. Unter allen Männern, die ich gekannt habe, sind nur zwei, die ich gern bei mir hätte, wenn ich traurig bin.«

»Und wer ist der andere?«

»Gregory Reeves, aber der ist noch nicht fertig für die Liebe, und ich habe keine Zeit, darauf zu warten.«

»Von welcher Art Liebe sprichst du?«

»Von totaler Liebe, keine Halbheiten. Ich suche einen Gefährten, der mich sehr liebt, mir treu ist, nicht lügt, meine Arbeit respektiert und mich zum Lachen bringt. Das ist viel verlangt, ich weiß, aber ich biete mehr oder weniger das gleiche, und außerdem bin ich bereit zu leben, wo du willst, vorausgesetzt, daß du meinen Sohn und meine Mutter akzeptierst und ich oft reisen kann. Ich bin gesund, komme allein für mich auf und habe nie Depressionen.«

»Das hört sich an wie ein Vertrag.«

»Es ist einer. Hast du Kinder?«

»Nicht daß ich wüßte, aber ich habe eine italienische Mutter. Das wird ein Problem, sie kann die Frauen nie leiden, die ich ihr vorstelle.«

»Kochen kann ich nicht, und ich bin ziemlich simpel im Bett, aber bei mir zu Hause sagen sie, daß es angenehm ist, mit mir zu leben, hauptsächlich, weil sie mich wenig zu sehen bekommen, ich sitze viele Stunden eingeschlossen in meiner Werkstatt. Ich bin nicht allzu lästig...«

»Dafür bin ich ganz und gar nicht einfach.«

»Könntest du nicht wenigstens einen Versuch machen?«

Sie küßten sich zum erstenmal, anfangs tastend, dann neugierig und plötzlich mit der Leidenschaft, die sich in den vielen Jahren aufgespeichert hatte, da sie das Bedürfnis nach Liebe mit banalen Begegnungen hintergingen. Leo Galupi führte diese unvergleichliche Braut in sein Schlafzimmer, einen hohen Raum mit gemalten Nymphen im Stuck der Decke, einem großen Bett und Kissen mit kostbarer alter Stickerei. Ihr drehte sich der Kopf, sie war ein wenig verwirrt und wußte nicht, ob ihr von der langen Reise schwindlig war oder vom Wein, aber sie wünschte das auch gar nicht zu ergründen, sie überließ sich dieser wohligen Mattigkeit und sah nicht die geringste Notwendigkeit, Leo mit ihrem schwarzen Spitzennachthemd zu beeindrucken oder mit Kunstfertigkeiten, die sie von früheren Liebhabern gelernt hatte. Sein Geruch nach gesundem Mann zog sie an, ein sauberer Geruch ohne eine Spur künstlicher Düfte, ein wenig trocken wie der Geruch von Brot oder Holz, und sie steckte die Nase in den Winkel zwischen Hals und Schulter und schnüffelte wie ein Jagdhund auf der Fährte. Gerüche blieben in ihrem Gedächtnis stärker haften als irgendeine andere Erinnerung, und in diesem Augenblick sah sie das Bild einer Nacht in Saigon vor sich, wo sie einander so nahe gewesen waren, daß sie die Spur seines Geruches aufgenommen hatte, ohne zu ahnen, daß er in all den Jahren bei ihr bleiben würde. Sie begann sein Hemd aufzuknöpfen, aber die Knopflöcher waren zu eng, und sie forderte ihn ungeduldig auf, es auszuziehen.

Musik von Saiteninstrumenten kam von weit her und brachte die jahrtausendealte Sinnlichkeit Indiens in dieses römische Zimmer, das im Schein des Mondes und dem zarten Duft von Jasmin gebadet war. Jahrelang hatte sie mit kräftigen jungen Burschen Liebe gemacht, und jetzt strich sie über einen etwas gekrümmten Rücken und ließ die Finger über eine breite Stirn und dünnes Haar gleiten. Sie empfand eine nachsichtige Zärtlichkeit für diesen reifen Mann, und einen Augenblick versuchte sie sich vorzustellen, wieviel Wege er zurückgelegt und wieviel Frauen er gehabt haben mochte, aber plötzlich erlag sie dem Vergnügen, ihn zu umarmen, ohne zu denken. Sie fühlte, wie seine Hände ihr die Bluse, den weiten Rock, die Sandalen auszogen und vor den Armbändern stockten. Niemals legte sie die ab, sie waren ihr letzter Panzer, aber sie fand, jetzt sei der

Augenblick gekommen, ganz nackt zu sein, und sie setzte sich im Bett auf, um sie eines nach dem anderen abzustreifen. Lautlos fielen sie auf den Teppich.

Leo liebkoste sie mit erkundenden Küssen und kundigen Händen, fuhr mit der Zunge über die noch festen Brustwarzen, in die Ohrmuscheln und über das Innere der Schenkel, die bei der Berührung erzitterten, während ihr die Luft dichter zu werden schien und sie keuchte in der Anstrengung, Atem zu holen. Ein heißes Drängen bemächtigte sich ihres Unterleibs, ihre Hüften wogten, sie stöhnte auf, und dann konnte sie nicht länger warten, sie warf ihn auf den Rücken und setzte sich auf ihn wie eine entzückte Amazone, klammerte sich fest, daß er sich zwischen ihren Beinen und den zerwühlten Kissen nicht bewegen konnte. Ungeduld oder Müdigkeit machten sie ungeschickt, suchend wand sie sich auf ihm, aber er entglitschte ihr in der Feuchtigkeit der Lust und dem Schweiß der Sommerschwüle, und schließlich mußte sie lachen und sank über ihm zusammen und erdrückte ihn mit dem Geschenk ihrer Brüste, verwickelte ihn in das Gewirr ihrer aufgelösten Haare und gab ihm Weisungen auf spanisch, die er nicht verstand. So blieben sie eine Weile umarmt, lachten, küßten sich, murmelten Torheiten in einem heillosen Sprachgemisch, bis das Verlangen überhandnahm und Leo Galupi diese Balgerei ausgelassener junger Tiere nutzte und ohne Eile und beharrlich in sie eindrang, bei jeder Station des Weges innehielt und auf sie wartete und sie bis in die letzten Gärten führte, wo er ihr allein die Erkundung überließ, und dann fühlte sie, wie sie durch einen dunklen Abgrund ging, und eine glückliche Explosion erschütterte ihren ganzen Körper. Nun war die Reihe an ihm, während sie ihn liebkoste, dankbar für diesen absoluten, mühelosen Orgasmus. Schließlich schliefen sie zu einem Knäuel aus Armen und Beinen zusammengerollt ein.

In den folgenden Tagen entdeckten sie, daß sie miteinander Spaß hatten, beide auf der gleichen Seite schliefen, beide nicht rauchten, daß ihnen dieselben Bücher, Filme und Speisen gefielen, daß sie auch politisch harmonierten, sich bei Sport langweilten und regelmäßig in exotische Gegenden reisten.

»Ich weiß nicht, ob ich zum Ehemann tauge, Tamar«, sagte Leo eines Nachmittags entschuldigend, als sie in einer Trattoria an der Via Veneto saßen. »Ich muß mich frei bewegen können, ich bin ein Vagabund.«

»Das gefällt mir ja gerade an dir, ich bin doch genauso. Aber wir sind in einem Alter, in dem uns ein bißchen mehr Ruhe bestimmt guttäte.«

»Der Gedanke erschreckt mich.«

»Die Liebe braucht ihre Zeit ... Du mußt mir nicht sofort antworten, wir können bis morgen warten«, sagte sie lachend.

»Es ist nichts Persönliches, wenn ich mich einmal entschließen werde zu heiraten, dann nur dich, das verspreche ich dir.«

»Das ist doch schon etwas.«

»Warum können wir nicht besser ein Liebespaar sein?«

»Das ist nicht dasselbe. Ich bin nicht mehr jung genug für Experimente. Ich möchte eine Bindung auf lange Sicht, ich möchte nachts in den Armen eines ständigen Partners schlafen. Glaubst du, ich wäre um die halbe Welt gereist, um dir vorzuschlagen, daß wir ein Liebespaar werden? Es wird sehr hübsch sein, Hand in Hand alt zu werden, du wirst schon sehen«, erwiderte Carmen entschieden.

»Entsetzlich!« rief Galupi freimütig und erbleichte.

Die Möglichkeit, mich einmal in der Woche in die Stille von Ming O'Briens Sprechzimmer zu setzen, um über mich zu sprechen und über meine Handlungen nachzudenken, war eine völlig neue Erfahrung. Anfangs war es mir ein wenig schwergefallen, mich zu entspannen, aber sie gewann bald mein Vertrauen, und nach und nach öffneten wir die versiegelten Fächer meiner Vergangenheit. Zum erstenmal sprach ich von jenem Tag in der Besenkammer, als Martínez mich vergewaltigte, und nach dieser Beichte konnte ich die geheimsten Bereiche meines Lebens erforschen. Das zweite Jahr war das schlimmste, nach jeder Sitzung erstickte ich fast an unterdrückten Tränen. Ming hatte nicht übertrieben, als sie gesagt hatte, es würde ein schmerzvoller Prozeß werden, mehrmals war ich drauf und dran, aufzugeben. Zum Glück tat ich es nicht.

Als ich während dieser fünf Jahre mein Leben überblickte, begriff ich, welcher Richtung es gefolgt war, und tat die nötigen Schritte, um sie zu ändern; mit der Zeit lernte ich, meine Impulse zu überwachen und sofort innezuhalten, wenn ich im Begriff war, meine alten Fehler zu wiederholen. Mein Familienleben war noch immer unerfreulich, und es gab nicht viel, was ich hätte tun können, um es zu verbessern, Margaret war mir nicht erreichbar, aber ich bemühte mich darum, David ein festes Gefüge zu geben. Bis jetzt war die Erziehung nach dem Spielautomatenprinzip gegangen, wie Ming es nannte, mein Sohn setzte stets seinen Kopf durch, es kam nur darauf an, den Hebel des Automaten immer und immer wieder herunterzudrücken, und er konnte sicher sein, daß er früher oder später gewann. Er bat mich um etwas, ich schlug es ihm ab, und er fing an, mich zu plagen, unentwegt, bis er mich so genervt hatte, daß ich erschöpft nachgab.
Ihm Grenzen zu setzen war nicht leicht, ich selbst hatte sie als Kind nicht gekannt, ich war frei auf der Straße aufgewachsen und hatte gedacht, der Mensch formt sich selbst, die Erfahrung lehrt ihn schon das Nötige. Aber ich hatte Disziplin gelernt und Werte vermittelt bekommen, als mein Vater noch lebte, es heißt ja, die ersten fünf, sechs Jahre seien außerordentlich wichtig für die Charakterbildung. Später mußte ich allein klarkommen, ich habe immer arbeiten müssen. Meine Kinder dagegen sind aufgewachsen wie Wilde, sie bekamen weder die rechte Betreuung noch echte Liebe, aber in materieller Beziehung hat es ihnen an nichts gefehlt. Ich hatte versucht, die Aufmerksamkeit, die ich ihnen nicht zu schenken verstand, durch Geld zu ersetzen. Wie falsch das war!
Einer meiner wichtigsten Entschlüsse zielte darauf ab, die Lasten, die ich mit mir herumschleppte, leichter zu machen und bei der Reorganisation meiner Kanzlei anzufangen. Meine Angestellten in ihrem Wesen zu verändern war unmöglich, aber ich konnte sie durch andere ersetzen, es war nicht meine Sache, sie von ihren Lastern zu heilen, für ihre Fehler zu bezahlen oder ihre Probleme zu lösen. Die Kanzlei kostete mehr, als sie einbrachte, ich selbst verdiente den größten Teil der Einkünfte,

und doch hatte ich immer eine leere Brieftasche, und die Kreditkarten hatte mir die Bank fast alle gesperrt. Mein guter Freund Mike Tong plagte sich schon jahrelang damit herum, die Zahlen in Übereinstimmung zu bringen, und Tina warnte mich bis zum Überdruß, daß die anderen Anwälte nicht nur die Klienten vernachlässigten, sondern bisweilen auch Fälle privat entschieden, ohne sie in meine Buchführung einzutragen, und daß sie mir auch ihre persönlichen Ausgaben aufhalsten wie Telefongespräche, Restaurantkosten, Reisen und sogar Geschenke für ihre Freundinnen.
Ich hatte das alles nicht beachtet, ich war zu sehr damit beschäftigt, in meinem eigenen Chaos herumzuwursteln. Eine ganze Zeit lang schlug ich mich mit Zweifeln und Schuldgefühlen herum, bis Mike Tong mit der Präzision seines Abakus und Ming O'Brien mit ihrer Beharrlichkeit mir halfen, die Drohnen eine nach der andern zu entlassen und die Zweigbüros in anderen Städten zu schließen. Ich behielt nur Tina, Mike und eine junge Anwältin, die intelligent und loyal war, und vermietete einen Teil der Etage an zwei Geschäftsleute, um das Budget zu entlasten, und reduzierte so die Ausgaben auf ein Minimum.
Ich stellte danach fest, daß die Arbeit im kleinen Maßstab viel einträglicher war und viel mehr Freude machte, ich hielt alle Fäden in der Hand und konnte mich den wirklichen Herausforderungen meines Berufes widmen, statt meine Energien beim Arrangieren eines erschöpfenden Affentanzes von läppischen Nichtigkeiten zu verschwenden. Zudem hatte ich jetzt mehr Kontakt zu meinen Klienten, was mir an meinem Beruf am meisten gefällt.
In dieser Zeit veränderte auch ich mich, ebenso, wie ich es mit der Kanzlei getan hatte, ich trennte mich von vielen überflüssigen Dingen und von Gewohnheiten, die mir lästig geworden waren, ich verzichtete auf die arroganten spanischen Zigarren, hörte sogar ganz mit dem Rauchen auf, und ich trank auch keinen Tropfen Alkohol mehr. Das Notizbuch mit der Betthasenliste war in irgendeiner Schublade verschwunden, und ich habe nie wieder danach gesucht. Aus Mangel an Mitteln blieb

mir nichts anderes übrig, als meinen Lebensstil zu beschneiden, und die Bummeltouren waren nur noch Vergangenheit, denn auch Timothy hatte aufgehört, mich zur Sünde zu verleiten.

»Sehr schön, wenn Sie nicht wieder heiraten, werden wir in drei Jahren alle Schulden bezahlt haben«, meldete Mike Tong glücklich, als die Einkünfte das erste Mal die Ausgaben überstiegen.

In diesem Jahr verkaufte ich ein Haus, das ich am Strand besaß, und brachte damit meine Zahlungen an Shanon zum Abschluß, die sofort, als sie den letzten Scheck in der Hand hielt, davonfuhr mit dem festen Entschluß, ein neues Leben zu beginnen, und das so weit weg wie möglich. Ich sah sie vor mir, wie sie in der Ferne entschwand, auf dem Highway, auf dem sie gekommen war, nur reiste sie diesmal nicht als Anhalterin, sondern saß am Lenkrad eines Luxusautos. Monate später fand ich ihr Foto in einer Zeitschrift, sie warb mit bezauberndem Lächeln für irgendwelche Kosmetika, und ich mußte zweimal hinschauen, um sie zu erkennen, sie sah viel hübscher aus, als ich sie in Erinnerung hatte. Ich schnitt das Foto aus und brachte es David, der es an die Wand seines Zimmers heftete.

Er hatte ein etwas verschwommenes Bild von seiner Mutter – ein schönes, fröhliches Geschöpf, das ab und zu auftauchte, ihn mit Küssen bedeckte und mit ihm ins Kino ging, eine wohlklingende Stimme am Telefon und nun ein verführerisches Gesicht in einer Anzeigenserie. Er hatte mit meiner Hilfe ein Holzkästchen gezimmert, um es ihr zum Geburtstag zu schenken, hatte seine Zeichnungen aus der Schule hineingelegt und es ihr mit der Post geschickt. Shanon war die himmlische Fee aus den Märchen, eine Prinzessin in Bluejeans, die hin und wieder wie eine glückbringende Brise heranwehte und dann wieder verschwand. In praktischen Dingen jedoch zählte sie nicht viel. Seine Mutter war Daisy, die ihn mit Weihwasser kämmte, um ihm die Dämonen auszutreiben, und die bei ihm war, wenn er am Morgen die Augen aufschlug und wenn er sie am Abend schloß.

»Ich möchte meine Mama sehen«, sagte er eines Tages.

»Sie ist weit fortgefahren und wird vorläufig nicht wiederkommen. Sie vermißt dich sehr, aber ihrer Arbeit wegen wohnt sie in einer anderen Stadt. Sie ist jetzt ein sehr berühmtes Modell.«

»Wo ist sie hingefahren?«

»Das weiß ich nicht, aber sie wird dir bestimmt bald schreiben.«

»Sie hat mich nicht lieb, darum ist sie weg.«

»Sie hat dich sehr lieb, aber das Leben ist ziemlich kompliziert, David. Du wirst sie eben eine Zeitlang nicht sehen, das ist alles.«

»Ich glaube, meine Mama ist tot, und du belügst mich.«

»Ich gebe dir mein Ehrenwort, daß ich dir die Wahrheit gesagt habe. Du hast doch ihr Foto in der Zeitschrift gesehen!«

»Schwör es mir!«

»Ich schwöre es dir.«

»Schwör mir auch, daß du dich nie wieder verheiraten wirst!«

»Das kann ich nicht, Junge. Ich hab dir doch gesagt, das Leben ist sehr kompliziert.«

An den folgenden Tagen war David sehr schweigsam und in sich gekehrt, stundenlang stand er am Fenster und sah hinaus auf das Meer, ein ungewohntes Benehmen bei diesem Wirbelwind an lärmender Betriebsamkeit, aber schließlich ließ er sich von den fröhlichen Vorbereitungen für die Ferien ablenken. Ich hatte ihm versprochen, wir würden in den Bergen campen, würden Oliver mitnehmen, und ich würde eine Flinte kaufen, um Enten zu jagen. Shanon blieb für ihren Sohn, was sie immer gewesen war, ein süßes Blendwerk.

Die Anklage wegen Schlechterfüllung eines Anwaltsvertrages traf mich gegen Ende desselben Jahres, und sie kam mir so unsinnig vor, daß sie mich überhaupt nicht beunruhigte. Es ging um einen meiner ehemaligen Klienten, den meine Firma vor einigen Jahren vertreten hatte. Er war Alkoholiker. Alles hatte damit angefangen, daß er in einem Interstate-Bus nach Oregon fuhr, zuviel getrunken hatte, unterwegs ins Delirium fiel und sich von gräßlichen Monstern verfolgt sah. In seiner Verblendung zog er ein Messer und griff seine Mitreisenden an, er verletzte zwei, und nur durch ein Wunder tötete er den dritten nicht, denn die Klinge drang nur Millimeter von der Schlagader entfernt in den Hals ein. Mit Hilfe einiger Tapferer konnte der Busfahrer den Messerstecher entwaffnen, zwang ihn auszusteigen und raste dann zum nächsten Krankenhaus, wo er die blutüberströmten Opfer auslud. Die Polizei konnte den Täter nicht finden, weil er sich versteckt hatte, aber vier Tage später sammelte ein Lastwagenfahrer ihn auf einer Landstraße auf. Es war Winter, seine Füße waren erfroren und mußten amputiert werden.

Als er aus dem Gefängnis kam, wo er seine Strafe abgesessen hatte, suchte er einen Anwalt, der ihn vertreten sollte in einer Klage gegen die Busgesellschaft, weil er auf freiem Feld ausgesetzt worden war. Meine Firma nahm ihn an, zu jener Zeit nahmen wir jeden, der an die Tür klopfte. Drei beinah gekillte Reisende sind ein guter Grund, diesen Mistkerl aus meinem Bus zu setzen, sein Pech, daß er sich was erfroren hat, was versteckt er sich vor der Polizei, der hat genau verdient, was ihm passiert ist, sagte der Busfahrer bei der Vernehmung. Trotz dieser Umstände konnten wir eine respektable Summe herausschlagen, denn der beklagten Partei schien es ratsamer, eine Entschädigung zu zahlen, als vor Gericht zu gehen.

Als der Kerl das Geld verbraucht hatte, wandte er sich an einen anderen Anwalt, der die Möglichkeit roch, sich sein Scheibchen abzuschneiden, wenn er mich wegen schlechter Vertragserfüllung anklagte. Ich war nicht versichert, wenn ich verlor, war ich erledigt, aber ich hielt es einfach nicht für möglich, daß das passieren könnte, kein Gericht der Welt würde einem Kriminellen recht geben. Mike Tong war nicht meiner Meinung, er sagte, wenn sich der Prozeß gegen den Busfahrer richtete, dann würde das Gericht eisern sein, jeder, der sich in die Rolle der Reisenden und der Opfer versetzte, würde gegen den Messerstecher stimmen, aber hier handelte es sich um mich.

»Auf der einen Seite werden sie einen armen Invaliden auf Krücken sehen und auf der anderen einen Anwalt mit Seidenkrawatte. Wir werden das Gericht gegen uns haben, Mr.

Reeves, die Leute hassen Anwälte. Außerdem brauchen wir einen Verteidiger, woher sollen wir's denn nehmen?« sagte seufzend mein Buchhalter, und dieses eine Mal ließ er das Protokoll beiseite, nach dem er mich sonst immer behandelte, packte mich beim Arm und führte mich in sein Kämmerchen, wo er mich mit der unanfechtbaren Wirklichkeit seiner Bücher konfrontierte.

Mike hatte recht. Drei Monate später entschied das Gericht, daß der Fahrer den Mann nicht aus dem Bus hätte setzen dürfen und daß meine Firma die Rechte des Klienten mißachtet habe, indem sie mit der Busfirma einen Vergleich schloß, statt zu prozessieren. Dieser Urteilsspruch, der erhebliche Verblüffung in der Welt des Gesetzes hervorrief, war mein endgültiges Aus. Wenn ich nicht Francis Drakes Schatz in meinem Hinterhof vergraben finde, dann habe ich nicht die geringste Hoffnung, diese Summe jemals bezahlen zu können, versuchte ich noch zu witzeln, aber bald verging mir der Spaß über dem Ernst der Situation, und ich mußte in wenigen Stunden drastische Maßnahmen ergreifen. Ich rief Tina und Mike zu mir, dankte ihnen für ihre große Treue und sagte ihnen, daß ich meinen Bankrott erklären und die Kanzlei schließen müsse, aber ich versprach ihnen, sollte ich in Zukunft einen neuen Anfang schaffen, würde ich immer Arbeit für sie haben. Tina weinte untröstlich, aber Mike ließ auf seinem gelassenen Asiatengesicht nicht die geringste Regung durchschimmern. Sie können auf uns zählen, sagte er nur und schloß sich in seinem Bau ein, um die Bücher zu ordnen.

Diese nicht enden wollenden Wochen vor Gericht, in denen ich neben meinem Verteidiger wild um jede Einzelheit kämpfte, waren eine Zeit großer Anspannung, aber als alles vorüber war, akzeptierte ich das Urteil mit einer Kaltblütigkeit, deren ich mich nicht für fähig gehalten hätte. Ich hatte das Gefühl, schon früher in ähnlichen Situationen gesteckt zu haben, wieder saß ich in einer Sackgasse gefangen wie einst im mexikanischen Barrio. Ich erinnerte mich, wie verzweifelt ich gerannt war, verfolgt von der Martínezbande und mit der Angst im Herzen: wenn sie mich fangen, bringen sie mich um, und trotzdem lebte ich noch. Ich war auch unverletzt aus so vielen Gefechten in Vietnam herausgekommen, wo andere gefallen waren, und ich hatte diese Nacht auf dem Berg überlebt, als die Würfel gegen mich entschieden hatten. Die Prügeleien in der Schule und die harten Lektionen des Krieges hatten mich gelehrt, mich zu verteidigen und durchzuhalten, ich wußte, ich durfte jetzt nicht durchdrehen und nicht den Sinn für Proportionen verlieren, verglichen mit den Schlachten der Vergangenheit war das, was mir jetzt passierte, nur ein Stolperer, ich war ja am Leben. Der Gedanke ging mir durch den Kopf, ob ich nicht umsatteln sollte, der Beruf des Anwalts hat zu viele düstere Seiten. Ich fragte mich, ob es wirklich der Mühe wert ist, ständig schlagbereit zu sein und sich in sinnloser Aggressivität aufzureiben. Diese Frage taucht auch jetzt noch bisweilen auf, aber ich habe keine Antwort, ich glaube, ich kann mir ein Leben ohne Kampf einfach nicht vorstellen.

Am Sonntag hatte ich mich schon damit abgefunden, die Firma schließen zu müssen. Unter anderen Möglichkeiten überlegte ich, ob ich nicht in ein lateinamerikanisches Land gehen sollte, ich dachte an ein kleines Dorf, wo das Leben ganz einfach ist, wo ich Teil der Gemeinschaft wäre und etwas für die Menschen tun könnte, wie ich es in dem vietnamesischen Dorf versucht hatte; aber später kam mir das vor wie eine Flucht.

Ich dachte auch daran, mich auf dem Lande niederzulassen. Die Ferienwoche, die David und ich mit Camping, Entenjagd und Fischfang verbracht hatten, ohne weitere Gesellschaft als den Hund, hatte mir eine unbekannte Seite meines Charakters enthüllt. In der Einsamkeit der Landschaft wurde mir die Stille meiner Kindheit zurückgegeben, diese Stille der Seele im Frieden der Natur, die mir verlorengegangen war, als mein Vater krank wurde und wir in der Stadt wohnen mußten. Von da an war mein ganzes Leben von Lärm gekennzeichnet, viel zuviel Lärm, und ich hatte mich so an ein unaufhörliches Geläut im Kopf gewöhnt, daß ich schließlich vergessen hatte, wie wohltuend tiefe Stille ist. Die Erfahrung, auf der Erde zu schlafen, ohne ein anderes Licht als die Sterne, versetzte mich in die einzige wirklich glückliche Zeit meines Lebens zurück, als ich

mit meiner Familie im Lastwagen durchs Land fuhr. Das erste Bild der Glückseligkeit kehrte wieder, ich selbst mit vier Jahren beim Pinkeln auf einem Hügel unter der orangefarbenen Kuppel eines prächtigen Himmels im Abendlicht. Um die Weite des wiedereroberten Raumes zu messen, schrie ich am See meinen Namen, und das Echo der Berge gab ihn mir zurück.
Diese Tage unter freiem Himmel taten auch David unglaublich gut, sein beschleunigter Organismus schien in eine normalere Gangart zu kommen, wir hatten nicht eine einzige Auseinandersetzung, er kehrte guter Stimmung in die Schule zurück, und danach vergingen mehr als zwei Monate ohne Auf-den-Boden-Schmeißen. Wir würden uns sehr viel besser befinden, wenn wir diese Umgebung verließen, wo die Zwänge meistens kaum zu ertragen sind, aber im Grunde sehe ich mich ja gar nicht als Farmer oder Ranger, wozu betrüge ich mich? Vielleicht später ... oder nie. Ich brauche das Gefühl, jemandem nützlich sein zu können, ich glaube nicht, daß ich es lange aushalten könnte, zurückgezogen wie ein Eremit zu leben.
Weißt du, daß ich an diesem Ort in der Wildnis zum erstenmal von dir erfuhr? Carmen hatte mir deinen Roman geschenkt, und ich las ihn während dieser Ferien, ohne zu ahnen, daß ich dich kennenlernen und dir diese lange Lebensbeichte ablegen würde. Wie konnte ich damals vermuten, daß wir zusammen in das mexikanische Barrio gehen würden, in dem ich aufgewachsen bin? In mehr als vier Jahrzehnten war es mir nie eingefallen, dorthin zurückzukehren, und hättest du nicht so beharrlich darauf bestanden, hätte ich auch die Hütte nicht wiedergesehen – eine Ruine, aber sie steht noch – oder die Weide, ein kräftiger Baum trotz der Vernachlässigung und trotz des Unrats, der sich um ihn aufgehäuft hat. Hättest du mich nicht dort hingeführt, hätte ich nicht das ramponierte Schild des Unendlichen Plans wiedergefunden, das mich mit abblätternder Schrift und halb verrottetem Holz, aber mit unbeschädigter Beredsamkeit erwartete. Nun schau dir an, wie viele Wege ich gegangen bin, um bis hier zu kommen und festzustellen, daß es keinen unendlichen Plan gibt, sondern nur den ewigen Hickhack des Lebens, sagte ich. Vielleicht trägt jeder seinen Plan in sich, aber er ist

eine halb verwischte Landkarte und schwer zu entziffern, deshalb machen wir so viele Umwege und verirren uns bisweilen, hast du geantwortet.
Auto und Haus, meine einzigen irdischen Besitztümer, gab ich verloren, der Rest waren Schulden, mit denen ich schon irgendwie fertig werden würde. Das würde letztlich das Problem der Konkursverwalter und Anwälte sein, die sich am Montag wie die Piranhas auf meine Überbleibsel stürzen würden. Der Gedanke machte mich wütend, aber er schreckte mich nicht. Ich habe mir mein Brot mit jeder Art Job verdient, seit ich sieben Jahre alt war, ich bin überzeugt, daß es immer etwas geben wird, was ich tun kann. Um meine Angestellten freilich machte ich mir Sorgen. Sie sind meine wahre Familie, aber ich dachte, Mike und Tina würden ohne weiteres andere Arbeit finden, und Carmen würde bestimmt Daisy nehmen, denn Doña Inmaculada war inzwischen zu alt, um allein mit dem Haushalt fertig zu werden.
Gegen Abend fiel ich Timothy und Ming ins Haus, um ihnen zu erzählen, was geschehen war. Sechs Monate zuvor war meine Therapie zu Ende gegangen, und jetzt waren Ming und ich die besten Freunde, nicht nur wegen der langen, in ihrem Sprechzimmer gepflegten Beziehung, sondern auch, weil sie mit Tim zusammenlebte, der ein anderer Mensch geworden war, seit sie in sein Leben getreten war. Ming war ein wunderbarer Balsam für meinen gequälten Freund.
Wie sie es auch für mich war. Als ich mit ihrer Hilfe alles bisher Erlebte in seinem ganzen Umfang durchwandert, als ich am Ende angekommen war und den Ausgangspunkt wieder erreicht hatte, erklärte sie, in diesem Augenblick beginne der wichtigste Teil meiner Heilung, und den müsse ich selbst übernehmen. Denn ich sei wie ein Invalide, den sie das Gehen gelehrt habe und dem nur fleißiges Üben zu Gleichgewicht und Festigkeit verhelfen kann. An ihrer Hand betrat ich den Raum mit den grotesken Maschinen und unvollendeten Apparaten, von denen mein Vater so viel gesprochen hatte, und schaffte nach und nach Ordnung, beseitigte Unrat, klebte Teile zusammen, besserte Schäden aus und vollendete das Unvollendete. Es

blieb noch vieles zu säubern übrig, aber das konnte ich allein machen. Ich wußte, daß meine Reise durch diese Welt immer einem abstrakten Wandteppich gleichen würde, der voller loser Fäden war, aber ich werde wenigstens das Muster erkennen können.

Das Leben ist geballte Ironie. Als ich meine Familie auseinanderfallen sah und meine Beziehungen zu einem guten Teil selber abbrach, hatte die Einsamkeit mich nicht länger gequält. Später, als das Kartenhaus meiner Kanzlei in sich zusammenfiel und nur noch ein Trümmerhäufchen war, fühlte ich mich zum erstenmal wirklich in Sicherheit. Und eben jetzt, als ich nicht mehr nach einer Gefährtin suchte, bist du erschienen und hast mich gezwungen, die Rosensträucher aus den rollenden Fäßchen in die Erde zu pflanzen.

Mir ist klargeworden, daß mir im Grunde nie soviel am Geld gelegen war, wie ich glauben wollte; die gewinnsüchtigen Pläne, die ich im Krankenhaus auf Hawaii gefaßt hatte, waren ein Irrtum, und innerlich hatte ich das immer geargwöhnt. Die scheinbaren Siege hatten mich nicht getäuscht, im Grunde hat mich immer ein vages Gefühl von Scheitern verfolgt. Dennoch habe ich eine Ewigkeit gebraucht, bis ich einsah, daß ich um so verwundbarer wurde, je mehr ich anhäufte, denn ich lebe in einer Umwelt, wo ständig die entgegengesetzte Botschaft wiedergekäut wird. Man braucht eine ungeheure Klarsichtigkeit, wie sie Carmen besitzt, wenn man nicht in diese Falle geraten will. Ich besaß sie nicht, ich mußte erst so tief eintauchen, bis ich den Grund berührte, um sie zu gewinnen. Im Augenblick des Erdrutsches, als mir nichts mehr blieb, entdeckte ich, daß ich nicht niedergeschlagen war, sondern befreit. Ich begriff, daß nicht das Überleben oder das Erfolghaben das Wichtigste gewesen war, wie ich mir früher einbildete, sondern die Suche nach meiner Seele, die ich in den Dünen der Kindheit zurückgelassen hatte. Als ich sie gefunden hatte, wußte ich, daß diese Kraft, für die ich so verzweifelte Anstrengungen verschwendet hatte, immer in mir gewesen war. Ich versöhnte mich mit mir selbst, fand mich mit ein bißchen Wohlwollen akzeptabel, und da sah ich zum erstenmal einen Abglanz des Friedens. Ich glaube, dies war genau der Augenblick, in dem ich erkannte, wer ich wirklich bin, und mich endlich als Herrn über mein Schicksal fühlte.

Am Montag kam ich in die Kanzlei, um mich um die letzten Einzelheiten zu kümmern, und fand einen Strauß roter Rosen auf meinem Schreibtisch und das verschwörerische Lächeln von Tina und Mike, die schon lange auf mich warteten.

»Wir haben zwar nicht Francis Drakes Schatz gefunden, aber ich habe Kredit bekommen«, verkündete mir mein Buchhalter und zerrte an seiner Krawatte, wie er es immer macht, wenn er nervös ist.

»Was sagst du, Mann?«

»Ich habe mir die Freiheit genommen, Ihre Freundin Carmen Morales in Rom anzurufen. Sie gibt uns eine anständige Summe. Ich habe auch einen Bankieronkel, der bereit ist, uns ein Darlehen zu bewilligen. Damit können wir verhandeln. Wenn wir uns für bankrott erklären, bekommen die andern gar nichts, also wird es ihnen ratsam erscheinen, uns Erleichterungen zu gewähren und sich zu gedulden.«

»Ich kann keinerlei Garantie bieten.«

»Unter uns Chinesen genügt das Ehrenwort. Carmen hat gesagt, Sie hätten sie finanziert, seit sie beide sechs waren, also gebe sie Ihnen nur zurück, was sie bekommen habe.«

»Noch mehr Schulden, Mike?«

»Daran sind wir doch schon gewöhnt. Was schert den Tiger ein Streifen mehr?«

»Das heißt also, der Kampf geht weiter!« sagte ich lachend und war ganz sicher, daß ich ihn diesmal nach meinen eigenen Bedingungen führen würde.

Das übrige kennst du schon, denn wir haben es gemeinsam erlebt. An dem Abend, als wir uns kennenlernten, batest du mich, dir mein Leben zu erzählen. Das ist eine lange Geschichte, warnte ich dich. Das macht nichts, ich habe viel Zeit, sagtest du, ohne zu ahnen, in was für eine schwierige Sache du dich mit diesem unendlichen Plan eingelassen hattest.

Isabel Allende

Fortunas Tochter

Roman
Aus dem Spanischen von Lieselotte Kolanoske
suhrkamp taschenbuch 3236
486 Seiten

»Jeder Mensch wird mit einer besonderen Begabung geboren, und Eliza Sommers entdeckte frühzeitig, daß sie über deren zwei verfügte: einen guten Geruchssinn und ein gutes Gedächtnis.«
Fortunas Tochter ist die bewegte Geschichte der Eliza Sommers, einer lebenshungrigen jungen Frau, die zwischen zwei Kulturen lebt und einen abenteuerlichen Weg geht. Als chilenisches Findelkind in der Obhut einer englischen Familie in Valparaíso aufgewachsen, bricht sie, kaum siebzehnjährig, aus dieser wohlbehüteten Welt aus. Die Suche nach ihrem Geliebten, der dem Sog des kalifornischen Goldrauschs nicht widerstehen konnte, macht aus dem unerfahrenen Mädchen eine selbstbewußte Frau, und am Ende ihrer Odyssee ist Eliza ganz bei sich und in der Welt, endlich frei.

»Ein detailliertes Sittenbild der amerikanischen Gesellschaft zur Zeit des Goldrauschs – ein packender Roman.«
Focus

NF 443/1/10.02

Isabel Allende

Das Geisterhaus

Roman
Aus dem Spanischen von Anneliese Botond
suhrkamp taschenbuch 1676
500 Seiten

»›Barrabas kam auf dem Seeweg in die Familie‹, trug die kleine Clara in ihrer zarten Schönschrift ein. Sie hatte schon damals die Gewohnheit, alles Wichtige aufzuschreiben, und später, als sie stumm wurde, notierte sie auch die Belanglosigkeiten, nicht ahnend, daß fünfzig Jahre später diese Hefte mir dazu dienen würden, das Gedächtnis der Vergangenheit wiederzufinden und mein eigenes Entsetzen zu überleben.«
So beginnt der erste Roman der »geborenen Geschichtenerzählerin aus Lateinamerikas Talentschmiede« *(Los Angeles Times)*, der zu einem Welterfolg wurde. Die Geschichte der Familie del Valle, die zu Beginn des 20. Jahrhunderts in Chiles heiler Welt ansetzt und uns über vier Generationen durch politischen Terror und persönliche Schicksale führt, ist »geist- und phantasievoll, schauererregend und verspielt zugleich.« *Weltwoche*

NF 444/1/10.02